"我们热爱自己的文化"系列丛书

窗扉的光芒与忧伤

古代诗人心中的家国

韩联社 著

浙江教育出版社·杭州

"我们热爱自己的文化"系列丛书编委会

主 编　韩建民　蒋　婷

编 委（按姓氏笔画排序）

韦春明　付　玉　刘晋苏　李　婷

余盈帆　蒋珗珗　韩联社

策划人语

师兄韩联社先生的大作《窗扉的光芒与忧伤——古代诗人心中的家国》就要出版了，作为本书的选题策划和推荐者，我感到特别高兴。浙江教育出版社蒋婷总编和作者还是希望我能写点东西，帮助梳理一下主题，讲点价值意义。说实话，师兄学问高我一截，我确实不敢妄言，但从出版的角度我倒是可以说几句，毕竟从事出版工作几十年，尤其是近些年主要研究主题出版理论和实践，可以从弘扬中华优秀传统文化的高度做一些思考，希望对有关专家和读者有些启发。

和师兄认识是件很神奇的事情，有一天我微信朋友圈突然出现韩联社，我迅即反应，是不是石家庄大名鼎鼎的文学史家？赶紧加微信。他说自己是河北大学出版社老总编任文京的大学同学，哈哈，这不就是河北大学的师兄嘛，赶紧鞠躬致敬，从此联系热络。通过朋友圈看到师兄不仅文采飞扬而且是性情中人，我对师兄写的诗词感触最深，确实是真情流露，并且用词特别和谐完美，意到词来，堪称一绝。师兄高产，据说几个月就能干出一部书稿，并且史料和内容非常扎实。我们微信认识后，相交甚欢，我不断给他点赞，他不断给我寄书稿。这些书稿有出过的，也有原生态的，当然出过的寄了不少样书。我正是在这些作品中发现了《窗扉的光芒与忧伤——古代诗人心中的家国》（当时还不叫这个书名）这部书稿，纳入我们研究院和浙江教育出版社共同打造的"我们热爱自己的文化"系列丛书。

河北是慷慨悲歌之地，也是文学的沃土，古往今来多少文人志士在这里吟诗作赋，抒发家国情怀。人们都说太行山的褶皱里沉淀着三千年青铜器的锈色，滹沱河的浪涛中翻涌着燕赵悲歌的余韵，作为燕赵同乡的我们也都有点赤子之心和人文情怀。当我2023年冬天在保定看完师兄送我的纸质书稿时，窗棂上凝结的霜花竟与书页间的墨痕渐渐重叠，恍惚间看见李太白在吟唱"燕山雪花大如席"，听见高适在正定城头写下"边尘涨北溟，虏骑正南驱"。这部书稿恰似一扇被时光擦亮的雕花木窗，让我们得以窥见古代诗人心中永恒的家国图景。

"窗扉"意象在书中被赋予深邃的文化密码，记得《窗扉的光芒与忧伤——古代诗人心中的家国》书名确定，还是在德国法兰克福到美因茨的老式火车上，一个人在新鲜环境下轻松行驶时，往往会有灵感出现，我做的其他图书书名有时也得益于轻松旅行，像《平易近人——习近平的语言力量》这个书名就是当年我和刘佩英副总编在飞机上头脑风暴碰撞出来的。作者以杜甫"窗含西岭千秋雪"为切入点，剖析古代诗人如何通过方寸之窗观照天下。这种以小见大的视角，恰似中华大地上随处可见的古代格子窗，将浩荡山河和家国忧愁收纳进规整的窗棂之中。本书通过30余位古代诗人两相辉映的诗词人生，让我们看到了中华传统文化的博大精深和豪情万丈，看到了一脉相承的家国情怀。

　　在全球化语境下重审家国情怀和文化自信，本书提供了独特的阐释维度。作者认为，古代诗人的"家国"从来不是封闭的概念：元好问笔下的"燕赵多佳人"承载着对文化多元的包容，赵孟頫在保州任上创作的山水画传递着南北艺术的交融，顾炎武在曲阳书院讲学时倡导的"天下兴亡"更是超越地域的文明自觉。在中央强调"两个结合"的今天，中华传统文化成为中国式现代化的底座和标识，而诗词正是这座华丽宫殿的瑰宝，古代诗人心中的家国更加绵长，今天当我们夜深人静时重读这些文字，会惊觉贯穿千年的文化基因正在新时代的土壤中萌发新芽。

　　暮色渐浓，文思涌来时，书稿翻页间飘落出一片金黄的银杏叶，那是去年深秋我在保定古莲花池拾得的纪念，当时把它放进了书稿，期待美好发生，现在即将付梓成书，这本书一定会成为读者朋友的大美大爱。韩联社先生笔下的古代诗人，恰似跨越时空的漫天星光，在传统与现代的碰撞中折射出永恒的光芒，古代诗人心中的家国就是我们这个民族的精神史诗。

杭州电子科技大学融媒体与主题出版研究院院长　韩建民

2025 年 7 月 5 日

目录

忧国思民，胸有丘壑

天下何人不识君

——高适与王昌龄

（一）烽烟乱世

一场导致天下分崩离析的残酷战争，使无数人陷入苦难；然而，有一个人却在战争的滚滚硝烟中崭露头角，并最终成为封疆大吏。

这个人就是唐代闻名遐迩的边塞诗人高适；而这场战争，就是历时八年、差点摧毁大唐王朝的"安史之乱"。

综观这场叛乱与反叛乱，历史学家发现，摧毁唐玄宗心理防线的关键，是潼关（今属陕西）失守。在此之前，他还在调兵遣将，千方百计组织反击，试图夺回主动权；但潼关陷落后，他的心理防线彻底崩溃，最终抛下京城和臣僚，带着杨贵妃连夜仓皇而逃！

潼关之战，实在是一场血泪之战。其悲惨结局，也是唐玄宗一手造成的。

天宝十四载（755）十一月初九，"安史之乱"爆发，安禄山率领十余万兵马席卷中原大地，并迅速占领东京洛阳（今属河南），剑指陕郡（治今河南三门峡西），进逼潼关。

洛阳数万守军大多是临时招募的平民子弟，未经严格训练，战斗力极差，难以抵挡气势汹汹的叛军，被迫退到陕郡。洛阳守将封常清且战且退，深感危机深重，他向驻守陕郡的东征副元帅高仙芝建议放弃陕郡，急保潼关："累日血战，贼锋不可当。且潼关无兵，若狂寇奔突，则京师危矣。"（《旧唐书·高仙芝传》）这无疑是个正确的决策。唐军于是连夜撤离陕郡，退守潼关。此时，安禄山滞留洛阳准备称帝，遂派部将崔乾佑率叛军追击，直逼潼关。一场生死较量，眼看就要爆发。

潼关地处陕西东端，南障秦岭，北连函谷，西拱华山，是京城长安（今陕西西安）最后一道屏障。这个由山川自然组成的军事要塞，"峰峦如聚，波涛如怒"，号称"三秦锁钥"，历来是兵家必争之地。

两军剑拔弩张，大战一触即发，唐朝统治集团内部却如一团乱麻。唐玄宗昏庸偏执，一错再错；杨国忠阴险狡诈，排斥异己；哥舒翰公报私仇，因小失大——凡此种种，终于导致了大唐王朝的全面崩溃。

高仙芝奉命东征时，唐玄宗派大宦官边令诚担任监军。监军作为皇帝的耳目，负责监督出征将帅，往往成为将帅们的掣肘。边令诚对军事一窍不通，却任意发号施令。对他的瞎指挥，高仙芝不予理睬，对他的贪婪索取，高仙芝直截了当予以拒绝，由此埋下祸根。边令诚借回朝奏事之机，谗毁说："常清以贼摇众，而仙芝弃陕地数百里，又盗减军士粮赐。"唐玄宗正为洛阳陷落而震怒，一听边令诚此言，当即令他带着诏书赶回潼关，处斩封常清、高仙芝！

边令诚之阴毒，皇帝之昏庸，令人气绝。在洛阳保卫战中，封常清身先士卒，与叛军展开白刃格斗，力尽而退；封常清与高仙芝做出弃守陕郡、保卫潼关的决策，是明智的战略部署，与临阵脱逃根本不同，至于"盗减军士粮赐"云云，更是诬蔑。唐玄宗轻信谗言，临阵处斩将帅，是潼关保卫战一大败因。

据《旧唐书·封常清传》记载，洛阳陷落后，封常清连续三次派人回京向唐玄宗报告军情，但唐玄宗拒绝接见。无奈之下，他只得亲自骑马回京。岂料走到渭南（今属陕西），他却接到革除官爵的皇命，令他以平民身份在高仙芝军中效力。临刑前，他悲愤地说："常清所以不死者，不忍污国家旌麾，受戮贼手。讨逆无效，死乃甘心。"遂呈上遗表，引颈就戮。他的遗表可谓情真意切，催人泪下："仰天饮鸩，向日封章，即为尸谏之臣，死做圣朝之鬼。若使殁而有知，必结草军前，回风阵上，引王师之旗鼓，平寇贼之戈铤……"

看着死去的封常清，高仙芝悲怆难忍："我退，罪也，死不辞；然以我为减截兵粮及赐物等，则污我也。"他环顾周围兵士，泪流满面："我把你们召来，原指望合力破贼，取得高官重赏，岂料战局不利，以致有今日之危。至于说我盗减军粮，若有此事，你们就说有，若无此事，你们就喊冤枉！"兵士们泪流不止，大呼冤枉，声震寰宇……

唐玄宗错杀了封、高两人，致使军无良将，潼关空虚。名将郭子仪、李光弼此时正率军鏖战中原，唐玄宗无将可用，只好命河西节度使哥舒翰出任皇太子先锋兵马元帅，率军镇守潼关。

哥舒翰是西突厥哥舒部落人，《旧唐书》说他"倜傥任侠，好然诺"，能征善战，勇冠三军，一直是镇守西北边陲的名将。接到皇命时，他因罹患风疾瘫痪在床已有十月之久。起初，他不愿出山，奈何君命难违，只好被人抬着来到潼关。跟随哥舒翰来到潼关的，就有著名边塞诗人高适，他担任哥舒翰幕府的掌书记。历史的风云际会、金戈铁马，把这位名满天下的大诗人推到了幕前，他从此不再是历史的看客，而成为搏击风云的重要人物。

哥舒翰手下兵卒号称二十万，其实大多是临时招募的乌合之众，与叛军的精锐之师相比，显然处于劣势。步兵统帅李承光与骑兵统帅王思礼大搞"窝里斗"，争权夺利，互不相让。在这种情况下，哥舒翰采取了闭关固守之策，他说："贼兵远来，利在速战。今王师自战其地，利在坚守，不利轻出；若轻出关，是入其算。"（《旧唐书·哥舒翰传》）在半年之内，唐军凭借潼关"一夫当关，万夫莫开"的天险，与叛军对峙，确保了京城长安的平安。

那时候，杨国忠已是人心丧尽。潼关前线不少将士呼吁诛灭杨贼，骑兵统帅王思礼甚至要求率骑兵小分队回京捉拿杨国忠，押到关前正法。杨国忠惶惶不可终日，在京城训练了三千监牧小儿，又在灞上（今陕西西安东）招募了一万人，令亲信杜乾运统率，名为御贼，实为防范哥舒翰。哥舒翰重兵在握，乘机公报私仇，诬陷户部尚书安思顺勾结叛军，致使安思顺与其弟太仆卿安元贞死于非命。同时，他上奏朝廷，将灞上兵士收归麾下，并借故斩杀了杜乾运。

杨国忠闻听此讯，心惊胆战，唯恐哥舒翰不出关作战，对自己有所不利，根本不考虑轻率出战的严重后果。在他看来，哥舒翰离长安越远，他就越安全。于是他喋喋不休地蛊惑唐玄宗，说什么"贼方无备，而翰逗留，将失机会"。昏聩的唐玄宗居然认为言之有理，接二连三派宦官赶赴前线，强令哥舒翰出关作战，以至途中的传令宦官"项背相望"，烟尘相接。

哥舒翰以重病之躯，被奸贼和昏君强行推入战阵，连吃败仗，最后导致全军覆没，潼关失守。他率领数百骑兵突围，其部将火拔归仁见大势已去，便与同伙密谋，将昔日的统帅捆绑起来，献给安禄山以邀功请赏。安禄山见到被五花大绑蜷缩在脚下的哥舒翰，狞笑道："哼！汝常轻我，今日如何？"

其实，安禄山对哥舒翰素怀怨恨。据《旧唐书·哥舒翰传》记载，那一年，哥舒翰镇守西北，剿灭前来进犯的吐蕃人，厥功至伟，官拜特进、鸿胪员外卿，加开府仪同三司，可谓荣宠备至。安禄山跟他套近乎说："我父是胡，母是突厥；公父是突厥，母是胡。与公族类同，何不相亲乎？"岂料哥舒翰满脸鄙夷："古人云，野狐向窟嗥，不祥，以其忘本也。敢不尽心焉！"安禄山勃然大怒，抡老拳欲殴之，幸亏给人拉住了。

此刻，哥舒翰成了安禄山的俘虏，脊梁骨咔吧一声折断，赶紧伏地谢罪，大骂自己"肉眼不识陛下"，称颂安禄山是拨乱反正的人主。然而他如此乞讨活命，得到的却是一声"呸"，不久就被暗杀了。可怜哥舒翰一世英名，就此化为灰烬。对卖主求荣的火拔归仁，安禄山牛眼一瞪，当场下令斩首："背主忘义，留你何用！"

对潼关失守，高适目眦尽裂；对高仙芝、封常清的冤情，他涕泗横流；对哥舒翰的被俘与变节，他痛心疾首；对杨国忠的祸国殃民，他更是痛恨入骨。向来以天下为己任的高适，面对山河破碎、大厦将倾的危局，心中涌起无尽的忧虑与责任感。熊熊战火，猎猎战旗，激发了他建功立业的雄心壮志，"公侯皆我辈，动用在谋略。圣心思贤才，朅来刈葵藿"（《和崔二少府登楚丘城作》）。

骑着一匹羸马，沿着崎岖山路，高适连夜追赶奔逃的唐玄宗。他暗暗发誓，一定要把潼关失守的真相奏明皇帝。翻山越岭，历尽艰险，他终于在河池郡（治今陕西凤县东北）赶上了皇帝的銮驾。他扑倒在唐玄宗面前，流着眼泪讲述潼关失守的经过，痛陈将士在前线浴血奋战的情形，揭露了奸贼杨国忠欺君误国、祸乱天下的累累罪行。

如果在国泰民安之时，像高适这一级别的官员，想一睹圣颜都很困难，更别说在御驾前慷慨陈词了。如今天下兵荒马乱，皇帝的銮驾颠沛流离，只有贵妃一家和部分近侍跟随，高适这个来自潼关前线的下级官员，自然引起了万念俱灰的皇帝的关注。老眼昏花的唐玄宗感其忠义，当即任命他为侍御史，不久又升他为谏议大夫。

著名边塞诗人高适，就这样完成了从哥舒翰幕府掌书记到朝廷大员的跨越。

（二）豪情壮志

高适（约700—765），字达夫，渤海蓨（今河北景县）人，祖父乃唐朝名将高侃，父亲高从文曾任韶州（治今广东韶关西南）长史。高适早年随父旅居岭南，后来父亲病死任所，高适年少失怙，辗转回到中原。

高适在诗中，多次声称自己住在"宋中""淇上""濮上"。"宋中"是当时的宋州睢阳（今河南商丘南），"淇上"是当时的卫州（治今河南卫辉），"濮上"是当时的濮州（治今山东鄄城北）。位于淇上、濮上、宋中之间的地方，就是梁，当时称汴州，即今河南开封一带。高适在淇上有一份小小的产业，收入微薄，不足以糊口。贫苦无依的高适，靠向亲朋好友索求借贷度日。《淇上别业》一诗描绘的淇上风光，却别有一番风味——

> 依依西山下，别业桑林边。
>
> 庭鸭喜多雨，邻鸡知暮天。
>
> 野人种秋菜，古老开原田。
>
> 且向世情远，吾今聊自然。

诗中透露的闲适、悠然，哪里像是经常为衣食发愁的人所表现的状态呢？20岁那年，他西游长安，京城鳞次栉比的朱门广厦，令他眼界洞开；开元十九年至二十年（731—732）之间，他北游蓟城（今北京西南），那辽阔原野与苍凉风光，为他平添了几分豪迈。此后近十年，他寓居宋中，结交游侠，往来于渔樵之间。芸芸众生的艰难困苦与汗水泪水，时时拨动着诗人的心弦——"朝从北岸来，泊船南河浒。试共野人言，深觉农夫苦。去秋虽薄熟，今夏犹未雨"（《自淇涉黄河途中作十三首·其九》）；"傍沿钜野泽，大水纵横流。虫蛇拥独树，麋鹿奔行舟。稼穑随波澜，西成不可求"（《东平路中遇大水》）。天旱不雨，庄稼颗粒无收，百姓啼饥号寒；大水横流，虫蛇横行，百姓泪水横淌——所有这些，都令诗人内心如煎，泪湿衣衫。

高适豪爽大气，磊磊如山中石，以天下为己任，其诗篇"以气质自高，多胸臆间语。每一篇已，好事者辄传播吟玩"（《唐才子传》）。他在《别韦参军》中自述："二十解书剑，西游长安城。举头望君门，屈指取公卿……弹棋击筑白日晚，纵酒高歌杨柳春。欢娱未尽分散去，使我惆怅惊心神。丈夫不作儿女别，临歧涕泪沾衣巾。"浪游梁宋期间，尽管一身贫寒，他却过着"天长沧洲路，日暮邯郸郭。酒肆或淹留，渔潭屡栖泊"（《淇上酬薛三据兼寄郭少府微》）的放浪生活，行止不定，喧呼不息。

《旧唐书·高适传》说他"少濩落，不事生业""喜言王霸大略，务功名，尚节义"。"濩落"，指落魄、失意。《唐才子传》说他"少性拓落，不拘小节，耻预常科，隐迹博徒，才名便远"。"拓落"与"隐博"，正是高适当年的生存状态与精神风貌。高适以他的全部人生作赌注，宁愿一贫如洗，宁愿一生落魄，也要有所作为，有所成就。

在那个年代，拿人生作赌注，其结果大抵有两种：要么一朝成名，传扬天下；要么终身落拓，委身泥尘。高适在艰涩年代里的诸多作品，流露出两种截然不同的风骨：其一是胸怀天下，显示出豪气干云、青紫俯拾之气象——"北上登蓟门，茫茫见沙漠。倚剑对风尘，慨然思卫霍。拂衣去燕赵，驱马怅不乐"（《淇上酬薛三据兼寄郭少府微》）；"策马自沙漠，长驱登塞垣。边城何萧条，白日黄云昏。一到征战处，每愁胡虏翻"（《蓟中作》）。其二是甘为凡尘，传达出隐居草莽、不求闻达之理念——"寒蹇蹉跎竟不成，年过四十尚躬耕。长歌达者杯中物，大笑前人身后名！幸逢明盛多招隐，高山大泽征求尽"（《留别郑三韦九兼洛下诸公》）；"檐前白日应可惜，篱下黄花为谁有？行子迎霜未授衣，主人得钱始沽酒。苏秦憔悴人多厌，蔡泽栖遑世看丑。纵使登高只断肠，不如独坐空搔首"（《九月九日酬颜少府》）。

这两种不同的风骨，其实反映了高适灵魂深处的矛盾：一方面，他渴望登高望远，叱咤风云，泽被苍生；另一方面，他又向往通达自由的气度和不为官场宫阙所羁勒的恣意人生。可以说，这一矛盾，存在于许多文人骚客的内心深处，是他们恒定的心灵悲剧，也是他们无法摆脱灵魂骚动和痛苦的终极根源。

腾达之前的诗人高适，概括其事迹，体现了"两个不"：一是"不事生业"，不愿意耕作，不屑于料理他那份小小的产业，这其实也是他经常吃不饱、穿不暖的一个原因。历史上像他那样发迹之前"不事生业"的人物，有两人最为著名:一个是汉高祖刘邦,另一个是东汉光武帝刘秀之兄刘𬙂。刘邦作为小小的泗水亭长,一身痞气,却能够将张良、韩信、陈平、萧何等精英收入麾下,打败各路英豪,建立了西汉王朝。刘𬙂生来慷慨豪爽,不务农事,不惜倾家荡产招侠养士,他在新莽末年与弟弟刘秀等人揭竿而起,做了绿林军的"柱天大将军",最后却被更始帝刘玄谋杀了。历史发展到盛唐时期,天下太平,百业兴旺,假如谁企图步刘邦、刘秀之后尘,只能是白日做梦,但做个宰相、将军或节度使,还是有可能的。高适作为一介穷书生,其远大志向已经足够令人瞠目了,偏偏他还耻预常科,这就是他的第二个"不":不屑于参加常科考试。

所谓"耻预常科",就是以参加普通进士考试为耻,而是要考取"特科",即由皇帝亲自主持的制科。皇帝主持的制科考试不是年年举行,想参加必须等待机会。等啊等,时光逝去如流水,高适一等就是三十年。无情岁月催人老,无奈人生令人悲。三十载光阴,即使从九品芝麻官做起,也能熬到太守一级官员了;可是,高适直到两鬓霜华,依然流落江湖,壮志难酬。

对于功名的渴求,盛唐诗人们都很强烈。上书阙下,毛遂自荐,成为当时的仕进捷径。李白曾写信给当时著名的伯乐韩朝宗,说自己日试万言,倚马可待,"而君侯何惜阶前盈尺之地,不使白扬眉吐气、激昂青云耶"。杜甫则给皇帝献上"三大礼赋",并且说道:"若令执先臣故事,拔泥涂之久辱,则臣之述作虽不足鼓吹六经,至沉郁顿挫,随时敏给,扬雄、枚皋可企及也。有臣如此,陛下其忍弃之?"

李白与杜甫不愧为天才,其口气之大,气吞山河;其心情之切,几如伸手要官。时代风尚如此,虽张狂扬厉些,却也无可厚非。而高适的两首干谒诗,似乎有些玄妙。一首写给左丞相陈希烈,赞左丞相"豁达云开霁,清明月映秋。能为吉甫颂,善用子房筹"(《古乐府飞龙曲留上陈左相》)。他说,左丞相既可以像周代贤臣尹吉甫那样作颂歌("吉甫颂"),又善于运用西汉留侯张良那样的谋略("子房筹"),堪称冠绝天下啊!他仰望日久,"阶砌思攀陟,门阑尚阻修。高山不易仰,大匠本难投",可谓一步三叹息。

而另一首写给右丞相李林甫的诗,就颇有争议了。李林甫是有唐一代著名的"口蜜腹剑"之徒,《新唐书·志·刑法》指出:"李林甫用事矣,自来俊臣诛后,至此始复起大狱,以诬陷所杀数十百人,如韦坚、李邕等皆一时名臣,天下冤之。"《旧唐书》著者叱责说："李林甫以谄佞进身，位极台辅，不惧盈满，蔽主聪明，生既唯务陷人，死亦为人所陷，得非彼苍假手，以示祸淫者乎！"

对这样一个大奸臣，高适居然颂扬道："本枝连帝系，长策冠生灵。傅说明殷道，萧何律汉刑。钧衡持国柄，柱石总贤经。"（《留上李右相》）他吹嘘李林甫乃皇帝同宗，与殷商时期著名贤臣傅说、汉初名相萧何一样，都是柱国之臣，他怅恨自己不能为李相效犬马之劳："莫以才难用，终期善易听。未为门下客，徒谢少微星。"

大约李林甫没有见到这首诗，或者根本瞧不上他，反正他没有机会上李林甫的贼船，因此也就没有湮没在历史的汪洋大海里。这是他的幸运呢。

西汉著名文学家贾谊曾说："吾闻古之圣人，不居朝廷，必在卜医之中。"（《史记·日者列传》）历来引车卖浆者流之中，总是卧虎藏龙。高适自谓如龙似虎，却久困江湖，且一困三十载。不遇的悲慨，无谓的蹉跎，常常流露在他早年的诗作中——"暮天摇落伤怀抱，抚剑悲歌对秋草。侠客犹传朱亥名，行人尚识夷门道……年代凄凉不可问，往来唯见水东流"（《古大梁行》）；"斗酒相留醉复醒，悲歌数年泪如雨。丈夫遭遇不可知，买臣主父皆如斯。我今蹭蹬无所似，看尔崩腾何若为"（《送蔡山人》）；"曲岸深潭一山叟，驻眼看钩不移手。世人欲得知姓名，良久问他不开口。笋皮笠子荷叶衣，心无所营守钓矶。料得孤舟无定止，日暮持竿何处归"（《渔父歌》）。

高适在诗中说："想当年，战国时期隐居市井为屠夫的朱亥，因为侯嬴的推荐，成为信陵君魏无忌的上宾，在围魏救赵那场著名战役中立下了汗马功劳；从小靠卖柴火为生的朱买臣，困顿之际得到同乡严助的推荐，官拜中大夫，因为平定东越叛乱有功，升任主爵都尉，位列九卿；那个受尽齐国儒生排挤的穷小子主父偃，因为上书汉武帝受到激赏，当天即被召见，先拜郎中，不久接连升任谒者、中郎、中大夫，一年四迁，羡煞了天下读书人。唉唉！这些先辈啊，真是上天垂怜，官运亨通，博得青史留名，可叹我高某人，就像那位在云山苍茫里不肯开口的老渔父，手持一柄钓竿，乘着一叶孤舟，在江心里打转转，却不晓得驶向何方……"

天宝三载（744），落拓江湖的高适，与闻名遐迩的"诗仙"李白、"诗圣"

杜甫相聚大梁，同登吹台，慷慨怀古，凛然高歌。这就是在中国文学史上广泛传播、影响深远的"吹台高会"。

当时，44岁的李谪仙抑郁而迷茫。三年前，他应唐玄宗征召，满怀浪漫理想奔向长安，自此成为御用诗人，演绎了为杨贵妃醉赋《清平调》、令权宦高力士为之脱靴等神妙传说。然而，一句"可怜飞燕倚新妆"，不知为何触怒了杨贵妃，随后他被唐玄宗"赐金放还"。他一路酣歌，"浮黄河"东至洛阳，邂逅了滞留此地的杜甫。33岁的杜甫十年前应试不第，一直四处漫游，不期在洛阳巧遇李白。

李白与杜甫的洛阳相遇，是中国文学史上最为激动人心的篇章。闻一多先生把此次相遇，比之为太阳与月亮的相碰。这大约是盛暑时节，天气炎热。到了秋天，二人来到大梁，与高适相聚吹台。《新唐书·杜甫传》载："甫少与李白齐名，时号'李杜'。尝从白及高适过汴州，酒酣登吹台，慷慨怀古，人莫测也。"

吹台，因春秋时期晋国盲音乐家师旷而得名。师旷是有史料记载以来中国最早的音乐家，被尊为"乐圣"，据说是山西洪洞人，天赋神绝，技艺超群，尤善鼓琴，古曲《阳春》《白雪》皆他所作，相传就在吹台完成。据《史记》记载，有一天，晋平公要师旷为他演奏一曲，乐声幽幽响起，十六只黑色飞鹤纷纷落下；乐声飒飒转悲，飞鹤纷纷引颈长鸣，翩翩起舞；乐声幽咽泣啼，天上乌云密布，寒风凛冽，大雨淋漓而下……

西汉时期，汉文帝次子梁孝王刘武在吹台遗址之上建造了规模宏大的苑囿，苑内亭台楼阁鳞次栉比，仙花瑶草、珍禽异兽无奇不有，时称"梁园"。

这次吹台高会，"诗仙"李白是当然的主角。这一天，三大诗人正在吹台开怀畅饮，忽听窗外传来如梦如幻的琴声，疑是师旷再生也。李白似醉非醉，乘兴赋诗，挥笔在墙壁上写下了歌行体名作《梁园吟》——

> 我浮黄河去京阙，挂席欲进波连山。
> 天长水阔厌远涉，访古始及平台间。
> 平台为客忧思多，对酒遂作梁园歌。
> 却忆蓬池阮公咏，因吟渌水扬洪波。

洪波浩荡迷旧国，路远西归安可得？

人生达命岂暇愁？且饮美酒登高楼。

平头奴子摇大扇，五月不热疑清秋。

玉盘杨梅为君设，吴盐如花皎白雪。

持盐把酒但饮之，莫学夷齐事高洁。

昔人豪贵信陵君，今人耕种信陵坟。

荒城虚照碧山月，古木尽入苍梧云。

梁王宫阙今安在？枚马先归不相待。

舞影歌声散渌池，空余汴水东流海。

沉吟此事泪满衣，黄金买醉未能归。

连呼五白行六博，分曹赌酒酣驰晖。

歌且谣，意方远。

东山高卧时起来，欲济苍生未应晚。

三大诗人离开后，一位云髻高耸、裙裾飘飘的白衣女子来到这里，站在诗壁前吟诵再三，如醉如痴，连僧人进来都没有发觉。僧人见墙壁上黑乎乎一片，有些生气，要拿抹布擦掉，女子急忙上前拦下，掏出一千两银子买下此壁，后人这才有幸能读到李白这首大作。李白闻讯，深受感动，委托杜甫与高适做媒，娶了这位宗氏才女为妻。这则"千金买壁"故事未必属实，但宗氏才女确有其人。她的祖父宗楚客在唐高宗时做过宰相，后因依附韦后被杀。李白与宗氏成婚后，依然四处漫游，直到"安史之乱"爆发，他才带着宗氏前往江南避难，结束了"一朝去京国，十载客梁园"的放达岁月。

对这次相聚，杜甫深有感触，"气酣登吹台，怀古视平芜"；而作为东道主的高适，却唱了一首悲凉之歌——

梁王昔全盛，宾客复多才。

悠悠一千年，陈迹唯高台。

寂寞向秋草，悲风千里来。

——《宋中十首·其一》

天宝八载（749），高适等待了三十年的机会，终于降临了！宰相张九龄之弟、睢阳太守张九皋举荐他参加制举有道科的考试，使他一举跃登龙门；然而，这时候的所谓制科已经很平常，与常科无异。高适随后被任命为汴州封丘（今属河南）县尉。可三年之后，他就挂冠而去了。他辞官的原因，《封丘县》一诗说得很明白："拜迎官长心欲碎，鞭挞黎庶令人悲。"

既不肯卑躬屈膝拜迎官长，又不愿凶神恶煞鞭挞百姓，留给他的，只有辞官一条路了。天宝十一载（752），高适盼到了他人生腾飞的第二次机会：经哥舒翰幕下判官田良丘举荐，他来到边塞武威（今属甘肃），进入河西节度使哥舒翰幕府，出任掌书记。

这一年，他已经50多岁，俨然一位风霜满面的老者了。在前往武威的漫漫长途中，他一路慨然而行，引吭高歌——"朝登百丈峰，遥望燕支道。汉垒青冥间，胡天白如扫。忆昔霍将军，连年此征讨"（《登百丈峰二首·其一》）；"陇头远行客，陇上分流水。流水无尽期，行人未云已。浅才登一命，孤剑通万里"（《登陇》）……抵达行营，他禁不住心潮澎湃，激情迸发——"城头画角三四声，匣里宝刀昼夜鸣。意气能甘万里去，辛勤动作一年行。黄云白草无前后，朝建旌旗夕刁斗"（《送浑将军出塞》）；"老将垂金甲，阏支着锦裘。雕戈蒙豹尾，红旆插狼头。日暮天山下，鸣笳汉使愁"（《部落曲》）；"头飞攒万戟，面缚聚辕门。鬼哭黄埃暮，天愁白日昏。石城与岩险，铁骑皆云屯。长策一言决，高踪百代存。威棱慑沙漠，忠义感乾坤"（《同李员外贺哥舒大夫破九曲之作》）……

高适的人生，由此卷起了昂扬跌宕之狂飙。他那些气势磅礴的边塞诗，也开始在举国上下到处传诵。与他齐名的，便有著名边塞诗人王昌龄。

（三）诗家天子

开元二十四年（736）初冬的一天傍晚，北风凄厉，雪花飘飞。王昌龄、高适、王之涣不期在京城街头相遇。他们诗名响彻天下，却身无一丝功名。倍感人生苍凉的三大诗人，踏着街上的积雪，相约来到一家名为"玉皇宫"的高档酒楼。这里乃京城繁华酒肆，平日里勋贵云集，名伶歌姬不断，是著名的"销金窟"。三人尽管囊中羞涩，却大摇大摆走进来，坐在一张靠近窗户的朱红色八仙桌旁，高喊一声："店家，拿酒来——！"

这时，有四个妙龄歌姬唱起了坊间流传的名曲。王昌龄敲了两下桌子，说道："吾辈皆有诗名，却难分伯仲。今日听歌姬唱歌，唱谁的诗多，谁便赢了，两位以为然否？"

高适、王之涣连连点头。随着弦乐咿呀声声，只听一个女子唱道——

　　　　寒雨连江夜入吴，平明送客楚山孤。
　　　　洛阳亲友如相问，一片冰心在玉壶。

这是王昌龄的《芙蓉楼送辛渐》。他引手画壁曰："一绝句。"须臾，第二个女子开了腔——

　　　　开箧泪沾臆，见君前日书。
　　　　夜台今寂寞，犹是子云居。

这是高适的古体诗《哭单父梁九少府》的前四句。高适也引手画壁曰："一绝句。"只听第三个女子接着唱道——

　　　　奉帚平明金殿开，且将团扇共徘徊。
　　　　玉颜不及寒鸦色，犹带昭阳日影来。

这是王昌龄的《长信秋词》，他连饮两大杯，又引手画壁曰："二绝句。"

王之涣有些沉不住气了，但豪言既出，哪肯认输，他索性来了个砸锅卖铁式的豪赌，指着第四个歌姬说："她若不唱我的诗，我从此甘拜下风！"

只见那女子轻启朱唇，泠泠然唱道——

　　　　黄河远上白云间，一片孤城万仞山。
　　　　羌笛何须怨杨柳，春风不度玉门关。

果然是王之涣的《凉州词》。他兴奋得满脸通红，连饮三杯，三人哈哈大笑。

古时酒楼亦称旗亭。这则"旗亭画壁"故事，载于唐人薛用弱《集异记》，也许属于小说家言，却流传很广，后人还把它搬上了舞台，这充分说明了盛唐诗歌的魅力，也说明了高适、王昌龄、王之涣在盛唐诗坛上的尊崇地位。

王昌龄（约698—756），字少伯，京兆长安（今陕西西安）人。他是盛唐时期大名鼎鼎的诗人，留下的历史资料却很少，生平事迹大多无法确切考证，只约略知道他出身于南朝士族琅邪王氏，但家道衰落已久，上溯四五代，未闻任何宦迹。他早年居住灞上，呜咽的灞水之波，摇曳的灞桥烟柳，在他的心灵深处种下了几多伤感因子。他困于垄亩，久于贫贱，夜半月亮照寒窗，冷泪泅泅湿孤枕，更是冰冻了他的诗心。为摆脱困境，他一边躬耕田亩，刻苦读书，一边多方奔走，谋求仕进。他后来回忆道："本家蓝田下，非为渔弋故。无何困躬耕，且欲驰永路。幽居与君近，出谷同所骛……京门望西岳，百里见郊树。飞雨祠上来，霭然关中暮。驱车郑城宿，秉烛论往素。"（《郑县宿陶太公馆中赠冯六元二》）

开元八年（720），王昌龄前往嵩山浪游。然而，尽管嵩山峰峦峻拔，自古多大隐高士，他却无法找到自己灵魂的栖息之所。只见古木挂云，垂峰而下，像心灵跌落尘海；危石穿空，翘翘耸天，似魂魄骚动不安……两年后，他走出嵩山，北上太行，蜿蜒进入并州（治今山西太原西南），并在那里度过了第二年的寒食节，有诗为证："晋阳寒食地，风俗旧来传。雨灭龙蛇火，春生鸿雁天。泣多流水涨，歌发舞云旋。西见之推庙，空为人所怜。"（《寒食即事》）

此后数年间，王昌龄追风逐月，漫游边塞。荒凉冷寂的边关大漠，在他的眼前熠熠生辉。后人沿着他的诗句，可以追寻到他在历史空间里留下的"蛛丝马迹"：他先后到过萧关——"蝉鸣空桑林，八月萧关道。出塞复入塞，处处黄芦草"（《塞下曲四首·其一》）；临洮——"饮马渡秋水，水寒风似刀。平沙日未没，黯黯见临洮"（《塞下曲四首·其二》）；玉门关——"青海长云暗雪山，孤城遥望玉门关。黄沙百战穿金甲，不破楼兰终不还"（《从军行七首·其四》），"玉门山嶂几千重，山北山南总是烽。人依远戍须看火，马踏深山不见踪"（《从军行七首·其七》）；也有可能远游到了帕米尔高原以西的碎叶城——"胡瓶落膊紫薄汗，碎叶城西秋月团。明敕星驰封宝剑，辞君一夜取楼兰"（《从军行七首·其六》）……

诗中提到的这些地名，都曾响彻青史。萧关位于宁夏固原东南，是三关口以北、古瓦亭峡以南的一段险要峡谷；临洮古称狄道，乃西北重镇，历来为控扼陇蜀的战略要地；玉门关故址位于甘肃敦煌西北，是古代通往西域的重要门户，王之涣的一曲"春风不度玉门关"，为古代雄关披上了苍凉的外衣；碎叶城古称素叶水城，故址在今吉尔吉斯斯坦北部托克马克西南，是大诗人李白的出生地。诗人的足迹，何其遥远啊！

开元十二年（724），27岁的王昌龄在京城参加了科举考试，落第而归，应好友吴吉虎之邀，来到云中游历。吴吉虎时任云中都护府统领。当时的云中都护府，在今内蒙古自治区呼和浩特市和林格尔县境内。老友相见，盛宴美酒，吴吉虎当场索诗，王昌龄默然不语。次日，吴吉虎带着几名护卫，陪王昌龄游览大青山。

大青山属于阴山山脉。巍巍阴山横亘于内蒙古自治区中部及河北省北部，西起狼山、乌拉山，中为大青山、灰腾梁山，南为凉城山、桦山，东为大马群山，全长约1200公里，海拔1500—2400米。南侧断崖陡峭，北坡倾斜和缓。山间垭口吴公坝和昆都仑沟，自古是南北交通孔道，早在秦汉时期就被辟为"白道"，当时内地的茶叶、瓷器等物产通过这里源源不断输往中亚地区，堪称"第二条丝绸之路"。重要的地理位置，使其成为历代兵家必争之地。战国时期，赵武灵王在此修建了赵长城；秦始皇统一中国后，派大将蒙恬率三十万大军在阴山一带修筑了秦长城。公元六世纪，北朝的鲜卑族人民曾写过一首讴歌阴山风光的谣曲，传唱千古："天苍苍，野茫茫，风吹草低见牛羊……"

此时正值仲秋，王昌龄登上烽火台，攀上阴山主峰，放眼远眺，但见九曲黄河腾起排排浊浪，发源于阴山的大黑河在敕勒川上蜿蜒而行；大黑河南岸，坐落着人们千秋咏叹的昭君墓……苍山如海，红叶如血，夕阳欲落，淡月初升……一首千古绝唱《出塞》，从王昌龄的胸中喷涌而出——

秦时明月汉时关，万里长征人未还。

但使龙城飞将在，不教胡马度阴山！

龙城飞将，乃汉代著名"飞将军"李广。诗人是盼望飞将军再生，还是以飞将军自许呢？

第二年，王昌龄来到位于长安西北的扶风，但见这里"杀气凝不流，风悲日彩寒。浮埃起四远，游子弥不欢"（《代扶风主人答》）。多灾多难的西北边境，好不容易平息了烽火，扶风主人说自己"幸逢休明代，寰宇静波澜。老马思伏枥，长鸣力已殚"，为什么诗人还要"弥不欢"呢？原来，他像唐代许多有抱负的文人一样，希望投笔从戎，建功立业。不过，自从几年前唐军击败东胡、吐蕃、突厥，北方边境进入了"三边皆无事"的平静状态，"天子初封禅，贤良刷羽翰"，他此时前来边疆，哪里会有用武之地呢？

开元十五年（727），30岁的王昌龄终于进士及第，任秘书省校书郎。与他同年登第的，还有著名诗人常建。开元二十二年（734），王昌龄通过博学宏词科考试，授河南道汜水（今河南荥阳西北）县尉。可是，王昌龄不谙官场之道，更不会左右逢源，任职不到五年就被贬谪岭南了。对这件事，《旧唐书》说他"不护细行，屡见贬斥"，至于贬谪详情，早已湮没于青史了。

开元二十八年（740），王昌龄遇赦北返长安，途经巴陵（今湖南岳阳）时邂逅李白。两人执手相望，不胜依依，他欣然赋诗："摇曳巴陵洲渚分，清江传语便风闻。山长不见秋城色，日暮兼葭空水云。"（《巴陵送李十二》）到了襄阳（今属湖北），他前往拜访老友孟浩然，他们已经几年不见了，悲伤与激动在两大诗人的心里澎湃荡漾。孟浩然令家人摆下宴席，两人开怀痛饮，直到初月升上天顶。

可是，这次豪饮却给王昌龄带来了无尽悲伤。不久前，孟浩然背上生了一个好大的毒疮，经过精心调养，眼看就要痊愈，而今他无所顾忌地大吃鱼鲜，导致毒疮再次发作，竟然就此一病不起，几日后便与世长辞了，年仅52岁！

对于孟浩然与王昌龄所食的这道"致命大餐"，正史语焉不详，《旧唐书》只说孟浩然"不达而卒"，《新唐书》说他"开元末，病疽背卒"。《唐才子传》所记较为具体："开元末，王昌龄游襄阳，时新病起，相见甚欢，浪情宴谑，食鲜疾动而终。"天宝四载（745），即孟浩然去世后五年，湖北宜城人王士源辑录孟浩然诗作二百一十八首，编成《孟浩然集》。他在序中称赞孟浩然"骨貌淑清，风神散朗"，并指明了诗人的死因："开元二十八年，王昌龄游襄阳。时浩然疾疹发背，且愈。相得欢甚，浪情宴谑，食鲜疾动，终于冶城南园，年五十有二。""南园"即涧南园，位于襄阳城南，靠近汉水西岸的岘山。

据说，两人吃了汉水特产"查头鳊"，味道特别鲜美，但是否受了细菌感染，不得而知。孟浩然的《与王昌龄宴王道士房》，应该是作于这次聚会之后。他说自己"归来卧青山，常梦游清都""书幌神仙箓，画屏山海图"，张眼一看，书页上尽为神仙符箓，屏风上也是神秘莫测的仙山图画，他与王昌龄一起餐流霞，饮美酒，犹如进入蓬莱仙境一般！——他是擎着酒壶、嚼着鱼鲜、驾着祥云，恍恍惚惚进入蓬莱，飞升至九霄云外了。愿他的灵魂安息！

王昌龄惊闻噩耗，号啕大哭，泪水如江河长流。人生残酷，莫如失去至爱，失去故友，失去知音！——浩然虽非为我而死，却是因我而死啊！

刚刚擦干痛悼孟浩然的泪水，他就接到了皇帝的一纸诏命，令他转任江宁（今江苏南京）县丞。

（四）饮恨濠州

王昌龄是在开元二十八年（740）冬天离京赶赴江宁的。著名诗人岑参写诗相送："对酒寂不语，怅然悲送君。明时未得用，白首徒攻文。泽国从一官，沧波几千里。群公满天阙，独去过淮水。"（《送王大昌龄赴江宁》）他也以诗作答："江城建业楼，山尽沧海头。副职守兹县，东南棹孤舟。长安故人宅，秣马经前秋。便以风雪暮，还为纵饮留。"（《留别岑参兄弟》）赠答之间，两人似乎都有些伤感。途经洛阳时，著名诗人李颀、綦毋潜在白马寺为他饯行，吟诗送别。李颀诗云："夜来莲花界，梦里金陵城。叹息此离别，悠悠江海行。"（《送王昌龄》）王昌龄对此感叹不已："鞍马上东门，裴回入孤舟。贤豪相追送，即棹千里流。赤岸落日在，空波微烟收。薄宦忘机括，醉来即淹留。"（《东京府县诸公与綦毋潜李颀相送至白马寺宿》）

王昌龄在江宁度过了将近八载岁月，其间宦海踪迹缥缈难寻，似乎神龙见首不见尾，从他与诸位诗友的诗集中也只能搜寻到一鳞半爪。天宝三载（744），他曾暂回长安，与辛渐、李白、王维等人交游，《别辛渐》云："别馆萧条风雨寒，扁舟月色渡江看。酒酣不识关西道，却望春江云尚残。"李白《同王昌龄送族弟襄归桂阳》云："秦地见碧草，楚谣对清樽。把酒尔何思？鹧鸪啼南园。予欲罗浮隐，犹怀明主恩。"面对诗友与兄弟，李白浮想联翩，诗思飘飞："觉来欲往心悠然，魂随越鸟飞南天。秦云连山海相接，桂水横烟不可涉。送君此去令人愁，风帆茫茫隔河洲。春潭琼草绿可折，西寄长安明月楼。"

王昌龄在江宁任职期间，日子过得并不愉快，"县职如长缨，终日检我身。平明趋郡府，不得展故人。故人念江湖，富贵如埃尘"（《送韦十二兵曹》）。长缨缚身，何时得自由？动辄得咎，何处觅潇洒？他期望苍天有眼，快一些云开雾散，不要让他在这里久留，"孤城海门月，万里流光带。不应百尺松，空老钟山霭"（《宿灞上寄侍御玙弟》）。百尺高松，空老山霭，云遮雾绕，面如死灰，他岂能甘心终老于斯？

然而，偏偏事与愿违，命运弄人。天宝七载（748），51岁的王昌龄因为"不矜细行，谤议沸腾"（《河岳英灵集》），再次遭贬，调任龙标县尉。

龙标，在今湖南洪江西，地处偏远。南朝宋学人盛弘之《荆州记》说这里"溪山阻绝，非人迹所履"；唐人张说在《端州别高六戬》中描述道"南海风潮壮，西江瘴疠多"。当年楚国三闾大夫屈原就曾被放逐于此，其悲哀幽咽，似浓雾弥漫天地间；唐太宗之女东阳公主也曾被女皇武则天发配到这里，其凄厉哀号，撕裂漆黑如磐之夜空。对王昌龄而言，被放逐到这个蛮荒之地，真可谓严惩了。

噩耗传出，一时间舆论哗然，许多人为之愤愤不平。他的好友常建尤为悲愤："刈芦旷野中，沙土飞黄云。天晦无精光，茫茫悲远君。"（《鄂渚招王昌龄张债》）李白闻讯，写下了千古名篇《闻王昌龄左迁龙标遥有此寄》——

> 杨花落尽子规啼，闻道龙标过五溪。
> 我寄愁心与明月，随君直到夜郎西。

五溪，指雄溪、樠溪、酉溪、沅溪、辰溪，主要在今天的湖南怀化境内。要到龙标去，必须过五溪。王昌龄此时的心情，可以从他的《送魏二》中探知一二——

醉别江楼橘柚香，江风引雨入舟凉。

忆君遥在潇湘月，愁听清猿梦里长。

雨中送客，江边宴饮，醉后分别——凄迷惨淡之心境，颓然如醺之情态，一缕愁思万里长，直把好友送到了潇湘之上！

王昌龄的送别，不是李白的汪伦岸上踏歌声，也不是王勃的歧路儿女共沾巾。他的缥缈诗才，有足够的神奇力量，使他超越痛苦的现实，获得精神的解脱——哪怕是短暂的。他没有太多悲伤，也没有太多时间品尝悲伤，因为，龙标实在太遥远了，他必须赶路！

这年春天，他从江宁乘船沿长江上行，经过安徽、湖北，秋天到达巴陵，他的许多朋友在巴陵为他酌酒饯行，赋诗话别。之后他转入洞庭湖，溯沅江而上，抵达武陵（今湖南常德），田太守热情款待了他，二人依依惜别。到了卢溪（今湖南泸溪），司马太守设宴洗尘，优礼有加，王昌龄在这里写下了著名的《箜篌引》："卢溪郡南夜泊舟，夜闻两岸羌戎讴，其时月黑猿啾啾。微雨沾衣令人愁，有一迁客登高楼，不言不寐弹箜篌。弹作蓟门桑叶秋，风沙飒飒青冢头，将军铁骢汗血流……"这位月夜不寐弹箜篌的"迁客"，不忧自己，却忧国忧民，"紫宸诏发远怀柔，摇笔飞霜如夺钩，鬼神不得知其由。怜爱苍生比蚍蜉，朔河屯兵须渐抽，尽遣降来拜御沟"……

一叶扁舟，一脉清流，一路温暖，一个踽踽独行、走向天涯的诗人！

任职龙标期间，王昌龄尽管心情抑郁，常自悲吟独啸，却勤政廉政，颇有建树。《黔阳县志》说他爱民如子，为政以宽，为官勤谨，深受当地百姓爱戴。《湖南通志·名宦志》说他"往返惟琴书一肩，令苍头拾败叶自爨。溪蛮慕其名，时有长跪乞诗者"。那些"长跪乞诗者"，可谓诗人的超级"粉丝"，他们用这种最古老、最朴素、最真诚的方式，向落魄的诗人表达无限崇敬之情！

在此之前，当地的苗民与汉民常年冲突不断。王昌龄率先垂范，尊重苗家风俗，主动与苗民修好，苗民深受感动。苗汉两族，从此和睦相处。

一个初夏的清晨，王昌龄正要策马上山，忽然一匹骏马飞奔而来，拦在了他的马前。诗人抬眼一望，只见一个靓丽的苗家女郎冲他微笑着，并伸出纤纤玉手，款款说道："拿来呀——！"

"拿来什么？"

"您的诗呀！"

这就是苗家女王，她是来向王昌龄索诗的。诗人欣然应允，把新作尽数奉上，交给了美丽的女王。

这段"拦马索诗"的佳话，实在是令人艳羡，也折射出了苗汉两族的团结与相亲。在女王的带动下，许多苗家女子开始读书识字，乡风自此发生巨变。在那里的乡野之间，至今仍流传着许多关于诗人的美好传说，譬如他为民除"三虎"、赠花连苗汉、设计惩贪官、补靴度荒年等。难怪《河岳英灵集》的作者殷璠感叹说："及沦落窜谪，竟未减才名，固知善毁者不能掩西施之美也。"

在所有美丽传说中，最动人的是关于芙蓉的故事。"芙蓉不及美人妆，水殿风来珠翠香。谁分含啼掩秋扇，空悬明月待君王。"（《西宫秋怨》）诗里的"芙蓉"，据说是指王昌龄的夫人。王夫人贤淑端丽，知书达理，陪伴诗人度过了许多颠沛流离的岁月。在江宁官衙，夫妻俩悉心培植了一株木芙蓉，芙蓉长高了，王夫人却去世了。后来，王昌龄把木芙蓉连根带土包好，千里迢迢带到了龙标，植于宅旁，精心浇灌，以寄托对夫人的哀思。

而诗人与好友辛渐话别的那座芙蓉楼，就坐落在沅江与沅溪汇流的黔城镇。此地背山临水，环境清幽，几条古旧的乌篷船，静泊岸边。在这里，诗人写下了他最动人的诗篇《芙蓉楼送辛渐》，发出了"一片冰心在玉壶"的感叹。一片明净的江水，一脉隐约的楚山，一掬波澜微涌的情致，一颗冰清玉洁的诗心！

一天夜晚，月光如银。王昌龄郁郁地走出寓所，不觉来到芙蓉楼下，只见一个妙龄少女在舞剑。剑气嗖嗖，把斑斑月光削得银屑飞溅。他不觉看得呆了。

"谁——？"

"龙标尉王少伯是也。"

少女一听，立刻弃剑跪拜。诗人急忙还礼，并请教剑法。少女嘻嘻一笑，说教剑可以，请赐诗一首。王昌龄不觉莞尔，诗情翩然奔临："月色溶溶照古城，芙蓉渡口水风清。焦桐一曲梨花雨，不知身在五溪滨。"

从此，诗人与少女经常在芙蓉楼下谈诗论剑，共度时光。有妙龄女子陪伴，孤独寂寞的贬谪岁月，也会变得快乐美好起来吧？——"沅溪夏晚足凉风，春酒相携就竹丛。莫道弦歌愁远谪，青山明月不曾空。"（《龙标野宴》）

这个旖旎故事，犹似南柯一梦。天宝末年，安史乱起，两京陷落，玄宗奔逃，肃宗即位，大赦天下。年近六旬的王昌龄闻讯，就此离开龙标返乡。他束装就道，过辰溪，至卢溪，经武陵，乘一叶扁舟，浩荡东去。他的心情，恰如黄鹤乘云："辰阳太守念王孙，远谪沅溪何可论。黄鹤青云当一举，明珠吐著报君恩。"（《留别司马太守》）

诗人就这样一路向东，岂料到了濠州（治今安徽凤阳东北），被早就嫉恨他的濠州刺史闾丘晓所杀！至于具体原因与细节，早已了无踪迹。后来，河南节度使张镐统辖淮南诸军，闾丘晓因延误战机被张镐杖杀了。

闾丘晓何许人也？《旧唐书·张镐传》说闾丘晓"素愎戾，驭下少恩，好独任己"，他曾写了一首平庸之作《夜渡江》，说什么"水穷沧海畔，路尽小山南"，沧海之畔水已穷，小山之南路已尽，已是日暮穷途矣。张镐乃唐朝重臣，《旧唐书·张镐传》说他"风仪魁岸，廓落有大志，涉猎经史，好谈王霸大略"，淡泊名利，治军严明。关于张镐杖杀闾丘晓一事，正史无载，《唐才子传》记载如下：

> （王昌龄）以刀火之际归乡里，为刺史闾丘晓所忌而杀。后张镐按军河南，晓愆期，将戮之，辞以亲老，乞恕，镐曰："王昌龄之亲欲与谁养乎？"晓大惭沮。

这段简短文字，要点有三：其一，王昌龄归乡之际，正值"安史之乱"爆发，所谓"刀火"，战乱之意也。其二，闾丘晓是个蹩脚诗人，他杀害王昌龄，是因为忌妒。其三，张镐杖杀闾丘晓，有一部分原因是为了替王昌龄报仇。临刑前，闾丘晓叩头如捣蒜，说自己家有老母，请求饶命，张镐厉声叱责："王昌龄的母亲谁来奉养啊？"闾丘晓汗如雨下，张镐下令行刑！

然而，杀一万个该死的闾丘晓，也赎不回一个王昌龄。王昌龄天鹅绒一样明丽的诗句，从此珠链尽断；他"惊耳骇目"的嘹亮歌声，从此戛然而止了！

令人感叹的是，唐代一些名动天下的才子，命运却很坎坷。在新旧《唐书》里，他们的身影都很黯淡，只在《艺文志》或《文苑传》中偶尔惊鸿一闪。直到元代西域才子辛文房的《唐才子传》问世，才略补阙如。

诗人们的才思绽放成美丽的花朵，成为全人类的财富，为什么历史学家却让他们在史册里"叨陪末座"呢？究其原因，似乎与"黄绶"有关。

黄绶是古代系官印的黄色丝带，借指官吏或官位。《汉书·百官公卿表第七上》云："（县）皆有丞、尉，秩四百石至二百石……凡吏秩比二千石以上，皆银印青绶……秩比六百石以上，皆铜印黑绶……比二百石以上，皆铜印黄绶。"因此，黄绶指代的一般是县尉一类小官。

在盛唐这个人才辈出的时代，不少才子却止于黄绶。赫赫有名的"诗家天子""七绝圣手"王昌龄是如此，著名诗人李颀、常建等亦是如此。辛文房在《唐才子传》中说李颀"发调既清，修辞亦秀……多为放浪之语，足可震荡心神。惜其伟材，只到黄绶"；唐人殷璠在《河岳英灵集》中提及常建时，也感叹他一生"沦于一尉"。

（五）命运沉浮

"安史之乱"导致的天下动荡，改变了许多人的命运。李白挈妇将雏，到江南避祸去了；王维成了叛军的俘虏，被迫接受伪职，差点丢掉性命；杜甫带着全家逃往鄜州羌村（今陕西富县北）避难，然后只身一人前往灵武（今宁夏灵武西南）追随唐肃宗，途中被叛军捕获，押至长安，八个月后逃归凤翔（今属陕西）肃宗行在，被任命为左拾遗；最悲惨的是王昌龄，命丧一个卑劣的刺史之手。只有高适踏着战争的硝烟跃上了高位，唐肃宗李亨灵武即位、永王李璘江南叛乱，又为高适的跃升提供了机遇。

"马嵬兵变"后，唐玄宗继续仓皇奔逃，还未到成都，他就命令诸子分治天下，任命第十六子永王李璘为山南东路及岭南、黔中、江南西路四道节度采访等使，镇守江陵（今湖北荆州市荆州区）。永王手握重兵，封疆千里，有意割据江南。

这时候，唐肃宗李亨已在灵武即位，遥尊唐玄宗为太上皇。肃宗得知李璘有反叛意图，令他速去成都觐见太上皇。李璘拒不从命，擅自领兵沿江东下，欲乘乱称雄一方，与肃宗分庭抗礼。肃宗任命高适为淮南节度使，辖广陵（今江苏扬州）等十二郡，与淮南西道节度使来瑱、江东节度使韦陟共同讨伐李璘。

至此，著名诗人高适成了真正的朝廷重臣，先后任彭州（今属四川）、蜀州（治今四川崇州）刺史，并入朝任刑部侍郎、散骑常侍，进封渤海（今山东滨州）县侯。《旧唐书·高适传》说："有唐已来，诗人之达者，唯适而已。"

历史的因缘，让高适与当年共赴"吹台高会"的李白，如今在疆场对峙。

原来，永王李璘是打着平叛旗号起兵的，其时李白一家避乱庐山屏风叠，李璘想借助李白的威名大造声势，便三次派人携带重礼，恭请诗人出山。李白天真地认为自己大展宏图的机会终于来了，以"浮云在一决，誓欲清幽燕"（《在水军宴赠幕府诸侍御》）为念，下庐山进入李璘幕府，并追随李璘沿江东下。他望着大江之上百舸争流、千帆竞发、旌旗蔽日的壮观景象，不禁豪气冲天，诗兴勃发，写下了《永王东巡歌十一首》——

其一

永王正月东出师，天子遥分龙虎旗。

楼船一举风波静，江汉翻为雁鹜池。

其二

三川北虏乱如麻，四海南奔似永嘉。

但用东山谢安石，为君谈笑静胡沙。

李谪仙踌躇满志高唱"为君谈笑静胡沙"，但他哪里知道，李璘图谋不轨，自己上了叛乱分子的贼船呢？朝廷几路大军在高适等人的统率下，很快平定了叛乱。李璘被杀，李白以"从璘"的罪名被囚于浔阳（今江西九江）狱中，虽经多人紧急营救，最终还是被判长流夜郎（今贵州桐梓北）。昔日豪气冲天的李谪仙，此时也不禁悲从中来："谷鸟吟晴日，江猿啸晚风。平生不下泪，于此泣无穷。"（《江夏别宋之悌》）

经过十五个月的长途跋涉，李白来到白帝城（在今重庆奉节东白帝山上）。这时，因为关中大旱，朝廷发布大赦令，李白得以重获自由。他乘舟由白帝城顺江而下，经过江陵时，留下了千古绝唱《早发白帝城》——

> 朝辞白帝彩云间，千里江陵一日还。
> 两岸猿声啼不住，轻舟已过万重山。

这年秋天，杜甫滞留秦州（治今甘肃天水），听到李白流放夜郎的消息，他辗转反侧，彻夜不寐，挥笔写下了《梦李白二首》——

> 死别已吞声，生别常恻恻。
> 江南瘴疠地，逐客无消息。
> 故人入我梦，明我长相忆。
> 恐非平生魂，路远不可测。
> 魂来枫林青，魂返关塞黑。
> 君今在罗网，何以有羽翼？
> 落月满屋梁，犹疑照颜色。
> 水深波浪阔，无使蛟龙得。
> ……

杜甫还不知道，此时李白早已乘风而还了。此后，杜甫辗转流寓成都，寄居草堂。而身在朝堂的高适因为"负气敢言"，遭到宦官李辅国的嫉恨。李辅国乃唐肃宗身边的大宦官，他与唐玄宗身边的高力士一样，权倾朝野，加之张皇后与之沆瀣一气，把朝堂弄得乌烟瘴气。高适随后被解除兵权，留守洛阳，不久出任彭州刺史，上元元年（760）转任蜀州刺史。杜甫闻讯，前去看望。

此时的高适年近六旬，历经宦海浮沉，意未冷，心尚雄；杜甫年近半百，半生江湖飘荡，身颓败，豪情在。两个意气相投的老朋友，对酒忆旧，感慨不已，万千思绪终化为一声叹息。谈起当年的"吹台高会"，二人不胜唏嘘；说起李白自投罗网般的"附逆之罪"，二人哭笑不得——两个大诗人说着，笑着，眼里忽然涌出了晶莹的泪花……

高适自此经常资助一贫如洗的老杜。当年"吹台高会"的三大诗人，被命运之神拨弄得团团转，谁也摆不脱啊！

次年正月初七，正是"人日"，高适写了一首诗寄赠杜甫——

> 人日题诗寄草堂，遥怜故人思故乡。
> 柳条弄色不忍见，梅花满枝空断肠！
> 身在南蕃无所预，心怀百忧复千虑。
> 今年人日空相忆，明年人日知何处？
> 一卧东山三十春，岂知书剑老风尘！
> 龙钟还忝二千石，愧尔东西南北人。
>
> ——《人日寄杜二拾遗》

九年后的大历五年（770），漂泊于湖南的杜甫偶翻书帙，重新读到了这首"人日诗"，竟至于"泪洒行间，读终篇末"，而此时高适早已亡故。睹物伤情，感事怀人，杜甫百感交集，写下了《追酬故高蜀州人日见寄》，以寄哀思——

> 自蒙蜀州人日作，不意清诗久零落。
> 今晨散帙眼忽开，迸泪幽吟事如昨。
> 呜呼壮士多慷慨，合沓高名动寥廓。
> 叹我凄凄求友篇，感时郁郁匡君略。
> 锦里春光空烂漫，瑶墀侍臣已冥寞。
> 潇湘水国傍鼋鼍，鄂杜秋天失雕鹗。
> ……

从此，高适与杜甫"人日唱和"的故事广泛流传，成为诗坛佳话。到今天，"人日游草堂"已成为成都具有民俗特色的群众文化活动。

（六）边塞之歌

田园诗与边塞诗，是盛唐诗坛的两大华彩乐章。田园诗人的天籁雅音，边塞诗人的黄钟大吕，构成了那个繁华富丽时代的二重奏。田园诗人们赞美祖国河山的明净秀美；边塞诗人们歌唱豪迈壮烈的征战生涯，他们记述严峻残酷的战争场面，描绘雄奇壮美的边塞风光，展示戍边将士丰富的情感世界，创作出了震撼人心的奇妙画卷。

边塞诗派的几大"武林高手"中，高适以功名自励，坦荡豪迈，心雄万夫；岑参以奇思妙想与生花妙笔，抒写夺人耳目的篇章；王昌龄的七绝独步天下，悲壮奇丽，读来令人热血翻涌；王之涣的一曲《凉州词》，苍凉遥远，令人心驰神往；还有王维、王翰、李颀、崔颢、卢纶等人，也高唱着同样的边塞之歌——这正是泱泱大国煌煌夺目的盛唐气象，席卷天地、空前绝后的大合唱。他们那些涵盖八荒的绚丽昂扬之作，在当时传播之广之深，一如晴朗之天光充塞寰宇之间。

葡萄美酒夜光杯，欲饮琵琶马上催。

醉卧沙场君莫笑，古来征战几人回。

王翰传世的边塞诗只此一首《凉州词》，却足以流传千古。豪壮的场面，凄美的字句，将士们痛饮葡萄美酒，醉笑着跨上战马去杀敌。豪言壮语之下，却是可以触摸的微微颤动的心灵之温柔与苍凉。

月黑雁飞高，单于夜遁逃。

欲将轻骑逐，大雪满弓刀。

卢纶的这首《塞下曲》，以边战之激烈、将士之威武，描摹疆场雄壮豪放之美，堪称绝唱；而岑参笔下的边塞八月飞雪，更是令人叹为观止——

北风卷地白草折，胡天八月即飞雪。

忽如一夜春风来，千树万树梨花开。

散入珠帘湿罗幕，狐裘不暖锦衾薄。

将军角弓不得控，都护铁衣冷难着。

瀚海阑干百丈冰，愁云惨淡万里凝。

中军置酒饮归客，胡琴琵琶与羌笛。

纷纷暮雪下辕门，风掣红旗冻不翻。

轮台东门送君去，去时雪满天山路。

山回路转不见君，雪上空留马行处。

——《白雪歌送武判官归京》

胡天八月的飞雪，宛如一夜之间春风吹开的千树万树梨花，此景雄奇绝美，配以愁云惨淡的苍凉和旗帜冷硬的火红，令人动容——如此神采飞扬的边塞风光，的确属于卓尔不群之岑参！

王昌龄的传世作品主要是边塞诗、闺怨诗、送别诗，尤以边塞诗著称。边塞的大漠、飞雪，关山的壮丽、雄浑，战斗的悲壮、惨烈，凯旋的威武、壮观，将士的厌战、思乡……他身临其境，魂依边塞，心系兴亡——

烽火城西百尺楼，黄昏独坐海风秋。

更吹羌笛关山月，无那金闺万里愁。

——《从军行七首·其一》

琵琶起舞换新声，总是关山旧别情。

撩乱边愁听不尽，高高秋月照长城。

——《从军行七首·其二》

大漠风尘日色昏，红旗半卷出辕门。

前军夜战洮河北，已报生擒吐谷浑。

——《从军行七首·其五》

然而，最能表现王昌龄"野蛮"性格的作品，却是一首并不怎么出名的《上马当山神》——

青骢一匹昆仑牵，奏上大王不取钱。

直为猛风波滚骤，莫怪昌龄不下船。

唐代殷璠在《河岳英灵集》中说高适诗歌"多胸臆语，兼有气骨""甚有奇句"，不但朝野"通赏"，也是自己"所最深爱者"。高适传世诗作以边塞诗闻名，或抒发慷慨报国的豪情壮志——"总戎扫大漠，一战擒单于。常怀感激心，愿效纵横谟"（《塞上》），"万里不惜死，一朝得成功。画图麒麟阁，入朝明光宫"（《塞下曲》）；或歌颂将士奋不顾身的英雄气概——"黯黯长城外，日没更烟尘。胡骑虽凭陵，汉兵不顾身。古树满空塞，黄云愁杀人"（《蓟门行五首·其五》），"作气群山动，扬军大旆翻。奇兵邀转战，连孥绝归奔。泉喷诸戎血，风驱死虏魂"（《同李员外贺哥舒大夫破九曲之作》）；或表现征人思乡、居妇念远——"雪净胡天牧马还，月明羌笛戍楼间。借问梅花何处落？风吹一夜满关山"（《塞上听吹笛》）……

高适的边塞诗如泰山滚石，砰然有声，亦如午夜豹鸣，凛冽寒肃。元人陈绎曾《诗谱》说他"尚质主理"，明人胡应麟《诗薮》说他"极有气骨"，明人王世贞在《艺苑卮言》中说他与"幽燕老将，气韵沉雄"的曹操相类。他的边塞诗"第一大篇"，就是《燕歌行》——

汉家烟尘在东北，汉将辞家破残贼。

男儿本自重横行，天子非常赐颜色。

拟金伐鼓下榆关，旌旆逶迤碣石间。

校尉羽书飞瀚海，单于猎火照狼山。

山川萧条极边土，胡骑凭陵杂风雨。

战士军前半死生，美人帐下犹歌舞！

大漠穷秋塞草腓，孤城落日斗兵稀。

身当恩遇常轻敌，力尽关山未解围。

铁衣远戍辛勤久，玉箸应啼别离后。

少妇城南欲断肠，征人蓟北空回首。

边庭飘飖那可度，绝域苍茫更何有！

杀气三时作阵云，寒声一夜传刁斗。

相看白刃血纷纷，死节从来岂顾勋！

君不见沙场征战苦，至今犹忆李将军。

这首诗将紧张的战斗场面、恶劣的边地自然环境、将士的戍边生活及复杂的思想感情，描绘得淋漓尽致。将士的尸骨与美人的舞姿、冷凝的刁斗之声与少妇的断肠之哭，被强有力地统一在一幅幅苍凉寂寞的画面里，是边塞诗中不可多得的杰作。

其实，高适最脍炙人口的诗作并不是这首洋洋洒洒的《燕歌行》，而是他当年落魄之际送给著名琴师董庭兰的七言绝句《别董大》——

千里黄云白日曛，北风吹雁雪纷纷。

莫愁前路无知己，天下谁人不识君！

的确，有天才如此，有豪情如此，天下芸芸众生之中，自有你的知音！

忧以天下，乐以天下

——欧阳修与范仲淹

（一）直言遭贬

圣贤一旦发怒，会是什么结果呢？

这个问题有点古怪。中国古代之"怒"，可约略分为三种："龙颜大怒"，山河变色；"布衣之怒"，草木惊魂；"庸人之怒"，一塌糊涂。而古之圣贤，谦谦君子，风流自赏，下笔惊风雨，行文泣鬼神，怎么会轻易发怒呢？

然而，北宋景祐三年（1036）五月十六日，时任馆阁校勘的欧阳修，怒火冲天，怒发冲冠，挥动如椽巨笔，写了一篇喷烟吐火的千古奇文《与高司谏书》，对朝廷谏官高若讷进行了一番挖心剖肝式的羞辱与怒骂，直骂得高司谏无地自容，恨不得找条地缝儿钻进去。

欧阳修是中国文学史上的一代文宗，堪比圣贤，他如此动怒，在当时与后世都引起了巨大反响。

事情的起因是时任吏部员外郎、权知开封府的范仲淹再一次被宰相吕夷简逐出朝堂。

吕夷简，字坦夫，寿州（治今安徽凤台）人，咸平三年（1000）进士及第，《宋史·吕夷简传》记载："自仁宗初立，太后临朝十余年，天下晏然，夷简之力为多……夷简当国柄最久，虽数为言者所诋，帝眷倚不衰……其于天下事，屈伸舒卷，动有操术。"吕夷简大权在握、治国有术，但在为政后期专事姑息、扰乱朝纲，时人多有议论。此前，范仲淹目睹吕宰相任人唯亲、徇私舞弊等行径，便向宋仁宗进献了一幅《百官图》，明确指出哪些人属于合理提拔，哪些人属于私情冒进，哪些人该留任，哪些人该罢黜。他建议，"进退近臣，凡超格者，不宜全委之宰相"（《宋史·范仲淹传》），意思是，凡破格提拔官吏，皇帝应当过问，不能只交给宰相一人处置。

范仲淹的放言无忌，无疑触了吕宰相的"逆鳞"，他的满腔怒火，是可以想见的。此后，两人围绕建都之事，在朝堂之上发生了激烈争论。范仲淹说，天下太平时宜建都汴京（今河南开封），天下动荡时则应建都洛阳（今属河南）。吕夷简斥之为"迂阔之论"，指责范仲淹"越职言事，离间君臣，自结朋党"。范仲淹哪肯示弱，直斥他专权误国，还写了《帝王好尚论》《选任贤能论》《近名论》《推委臣下论》等文章，与吕夷简激烈论战。

俗话说，"胳膊拧不过大腿"。奇崛不屈的范仲淹随后被贬为饶州（治今江西鄱阳）知州。秘书丞余靖坚决请求皇上收回成命，次日被贬往筠州（治今江西高安）；太子中允尹洙自称与范仲淹亦师亦友，自愿同贬，旋即被贬往郢州（治今湖北钟祥）。三个朝廷大员同时被贬，天下舆论汹汹，而身为朝廷谏官的高若讷因担心受牵连，始终不发一言。

高若讷，字敏之，并州榆次（今属山西）人，《宋史·高若讷传》总结了他的两大特点：一是"强学善记"，精通诸子百家，"尤喜申、韩、管子之书"，兼通医书，考校张仲景《伤寒杂病论》、孙思邈《千金要方》及王焘《外台秘要》，使之得以流传；二是"畏慑少过"，凡事小心谨慎。

五月十四日，欧阳修在余靖家里邂逅高若讷，彼此勉强点头而已。余靖，字安道，韶州曲江（今广东韶关）人，"少不事羁检，以文学称乡里"（《宋史·余靖传》），性情刚烈，正直敢言，通晓契丹语，曾三次出使辽国。此次他被贬出京，引起朝野广泛同情。临行之际，朋友前来相送。慷慨激昂时刻，他们不惧天塌地陷，一旦灾祸降临，心头也难免惶恐。尽管余靖谈笑自若，众人头顶依然阴云密布。言及范仲淹与吕夷简之争，高若讷混淆是非，说范仲淹任性使气，触怒宰相而惹下大祸是咎由自取。

欧阳修闻言，怒视高若讷，却不便当场发作。两天后，他心中的熊熊怒火终于喷涌而出，《与高司谏书》如万钧雷霆呼啸天下，至今读来仍令人灵魂战栗——

夫人之性，刚果懦软禀之于天，不可勉强，虽圣人亦不以不能责人之必能。今足下家有老母，身惜官位，惧饥寒而顾利禄，不敢一忤宰相以近刑祸，此乃庸人之常情，不过作一不才谏官尔。虽朝廷君子，亦将闵足下之不能，而不责以必能也。今乃不然，反昂然自得，了无愧畏，便毁其贤，以为当黜，庶乎饰己不言之过。夫力所不敢为，乃愚者之不逮；以智文其过，此君子之贼也。……足下在其位而不言，便当去之，无妨他人之堪其任者也。昨日安道（张方平）贬官，师鲁（尹洙）待罪，足下犹能以面目见士大夫，出入朝中称谏官，是足下不复知人间有羞耻事尔！

最后一句话，犹如劈面一个大嘴巴，抽得高司谏刹那间头晕目眩。

至此，欧阳修依然意犹未尽，昂然说道："愿足下直携此书于朝，使正予罪而诛之。"

高若讷读罢，面色煞白，牙一咬，心一横，将此书上奏皇帝。结果可想而知。欧阳修紧步范仲淹的后尘，被贬往夷陵（今湖北宜昌）。而高若讷却再次升官，"未几，加直史馆，以刑部员外郎兼侍御史知杂事"（《宋史·高若讷传》）。

欧阳修之刚直，向来如此。庆历三年（1043），吕夷简致仕，但朝中势力仍在，欧阳修向仁宗上了一道奏章《论吕夷简札子》，指名道姓抨击吕夷简："以夷简为陛下宰相，而致四夷外侵，百姓内困，贤愚失序，纲纪大隳，二十四年间坏了天下。人臣大富贵，夷简享之而去；天下大忧患，留与陛下当之。夷简罪恶满盈，事迹彰著。"不仅如此，他甚至直言批评皇帝说："陛下拒忠言，庇愚相，为圣德之累。"难怪《宋史》说他"论事切直，人视之如仇"呢！

如此指名道姓批判一位宰相，甚至指责当今圣上，没有"舍得一身剐，敢把皇帝拉下马"的勇气，可能吗？

（二）治世变局

宋仁宗赵祯是北宋王朝的第四位皇帝。宋太祖赵匡胤通过"陈桥兵变"夺取后周大权，建立北宋，却在神鬼莫测的"烛影斧声"之中毙命。其弟宋太宗赵光义登基，倡导以文治国，他下令编纂的《太平广记》《太平御览》《文苑英华》三部大书，成为后人研究中国古代历史与文学的宝贵资料。宋真宗赵恒强调"延宗社之鸿休，召天地之和气"，把改革科举和发展教育摆在重要位置；他下令编纂的重要典籍《册府元龟》，内容广博，卷帙浩繁；他在《劝学文》中提出的"书中自有黄金屋，书中自有颜如玉"，成了古今劝学的经典之语。然而，晚年的真宗迷信祥瑞，膜拜道教，沉溺于丹鼎之术，以致病重。皇后刘娥颇受真宗信赖，渐渐掌握朝政。

刘娥原籍河东太原，后迁居四川成都，其祖父刘延庆曾当过右骁卫大将军，其父刘通曾任虎捷都指挥使。奈何父母早逝，她尚在襁褓之中便成了孤儿，寄养在外祖父家艰难长大，并习练了一手播鼗绝技。鼗是一种乐器，类似拨浪鼓。在铮铮钹钹的鼗鼓声里，她的歌声时而如涓涓细流，时而如风卷残云，令人心神摇荡。后来，她随蜀人龚美来到京师。15岁那年，她进入襄王府，得以接近襄王赵恒（后来的宋真宗），并逐渐赢得他的宠爱。

赵恒登基称帝后，刘娥先被封为美人，后晋为修仪，再升为德妃。刘娥的侍儿李氏（后来的李宸妃），庄重寡言，为真宗所喜爱，后诞下赵祯。刘娥没有子嗣，便将赵祯收为己子，悉心照拂，母子感情深厚。"后性警悟，晓书史，闻朝廷事，能记其本末。真宗退朝，阅天下封奏，多至中夜，后皆预闻。宫闱事有问，辄傅引故实以对。"（《宋史·后妃·章献明肃刘皇后传》）大中祥符五年（1012），刘娥被册立为皇后。乾兴元年（1022）二月，真宗驾崩，13岁的赵祯即位，刘娥被尊为皇太后，从此她开始垂帘听政，执掌天下大权。直到刘娥去世，赵祯才知晓自己的身世，可惜其生母李宸妃已于一年前病逝了。母子当初同在皇宫，却咫尺天涯，如今天人永隔，痛何极也！"仁宗号恸顿毁，不视朝累日，下哀痛之诏自责。"（《宋史·后妃·李宸妃传》）

同他的身世一样，赵祯的皇帝生涯也充满了波折与隐忍。亲政之后，眼见内忧外患汹涌而来，国家面临严重的政治危机，他立志革除积弊，富民强国，强有力地推动了历史上著名的"庆历新政"。然而，面对强大的反对势力，加之陕西农民起义爆发和不少地方蝗虫肆虐，他终于由动摇而退缩，由退缩而妥协，最后竟决意牺牲改革派，使得轰轰烈烈的"庆历新政"成为昙花一现的政治游戏而载入史册。

北宋是一个历史包袱极为沉重的封建王朝。五代十国时期，武将横行天下，文臣不过是朝堂的点缀。宋太祖虽是行伍出身，却"重文轻武"，其"重文"政策被子孙奉为"祖宗成规"，代代相传。随着时间推移，北宋政府不断增设官职，导致机构日益臃肿、官员数量激增。宋代官制由此分为官、职、差遣三类，官与职只是政治待遇和俸禄的标志，只有差遣才是掌权干事的人。这种制度累积三代，到了仁宗时期已是积重难返，尽管有识之士呼吁改革，但"庆历新政"的夭折，揭示了一个王朝的步履沉重和历史的吁吁喘息。

终仁宗一朝，吕夷简为相十多年，是北宋开国以来任职时间最长的宰相，可谓久历宦海。在仁宗初登帝位、刘太后垂帘听政时期，吕夷简为稳定局势做出了一些努力。然而，他的威福自专导致弊政丛生，其操守气节也为世人所诟病。面对不断高涨的改革呼声，他置若罔闻，强力镇压；而与他斗争最激烈的代表人物，就是大名鼎鼎的欧阳修与范仲淹。

（三）幼学成才

景德四年（1007）六月二十一日，一个平常的日子，欧阳修生于绵州（治今四川绵阳），其父欧阳观时任绵州军事推官，一个从八品的军政助理。

据考证，欧阳氏的祖先乃大禹之后裔，传到越王勾践时，其第五代孙无疆被楚国打败，无疆的儿子蹄被楚人封到乌程（今浙江湖州）欧余山之阳做亭侯，称"欧阳亭侯"，欧阳氏由此产生。欧余山位于浙江湖州东郊，《湖州府志》载："越王无疆封会稽，为楚所灭。无疆子蹄更封于乌程欧余山之阳，为欧阳亭侯，遂以为氏。"唐朝大书法家欧阳询，正是欧阳修之远祖。欧阳氏的一支后来离开乌程，迁到庐陵（今江西吉安），成为当地望族。到了欧阳修祖父与父亲这两代，家道早已衰落了。其祖父虽有才名，却无任何功名；其父欧阳观颇具才华，但一生只做了几任判官、推官。欧阳修的刚正无畏，大约来自母亲的教诲与人生的磨难。

在中国历史上，先后出现过几位伟大母亲，"孟母三迁""岳母刺字"都是广为流传的故事；欧阳修之母与晋朝人陶侃之母，被后人并称为"欧陶懿范"。

陶侃是东晋名将，在寻阳县（今江西九江西南）做官时，他托人捎给母亲一罐腌鱼，母亲说："你把官家物品给我，是增加我的忧虑啊！"母亲是告诫他为官要清廉。

欧阳修的母亲郑氏出身于江南大户人家，娴雅刚毅，温柔慈爱。大中祥符三年（1010），欧阳修的父亲死于泰州（今属江苏）军事判官任上，享年59岁。欧阳老先生一生清廉，视钱财为身外之物，留给妻儿的，只有一幅古朴飘逸的《七贤图》。后来，欧阳修作《七贤画序》，追溯不凡来历，回望艰难岁月，"且使子孙不忘先世之清风，而示吾先君所好尚"。

其时，郑氏29岁，欧阳修4岁，其下尚有一妹。一个寡母，带着两个嗷嗷待哺的孩子，"无一瓦之覆、一垄之植"（《泷冈阡表》），其生活之艰难困苦，可想而知。郑氏无奈，只好带着一双儿女投奔时任随州（今属湖北）推官的小叔欧阳晔。随州地处长江流域和淮河流域交汇地带，居"荆豫要冲"，扼"汉襄咽喉"。欧阳修就在这里长大成人。他从小"敏悟过人，读书辄成诵。及冠，嶷然有声"（《宋史·欧阳修传》），而他的启蒙教育，则是在漫漫黄沙上开始的。母亲经常带着少年欧阳修来到随州城外的沙滩上，折一节芦荻作笔，教他在沙滩上一笔一画练习写字。这就是天下传诵的励学故事"芦荻学书"。

为了培养欧阳修的优良品格，郑氏常以欧阳修的父亲为榜样教育他，要他将来为官清廉，为人正直。父母的言传身教，深刻影响了欧阳修一生为官为人的准则，他曾在给侄儿的信中说："如有差使，尽心向前，不得避事。至于临难死节，亦是汝荣事，但存心尽公，神明亦自祐汝，慎不可思避事也。"（《与十二侄》）

对叔父欧阳晔的养育之恩，欧阳修始终铭记于心。庆历四年（1044），欧阳晔辞世，享年79岁。欧阳修作墓志铭以寄哀思："修不幸幼孤，依于叔父而长焉。尝奉太夫人之教曰：'尔欲识尔父乎？视尔叔父，其状貌起居言笑皆尔父也。'修虽幼，已能知太夫人言为悲，而叔父之为亲也。"（《尚书都官员外郎欧阳公墓志铭》）叔侄情深，跃然纸上矣。时值"庆历新政"推行关键之期，忧虑深重的欧阳修匆匆来到叔父坟前祭拜，并作《祭叔父文》以抒心头悲痛："昔官夷陵，有罪之罚；今位于朝，而参谏列。荣辱虽异，实皆羁绁，使修哭不及丧，而葬不临穴。孩童孤艰，哺养提挈。昊天之报，于义何阙？"

天圣元年（1023），17岁的欧阳修在随州参加了当年的科举考试，遗憾落榜。失望之余，他取出珍藏的《昌黎先生文集》潜心揣摩。这本韩愈文集是他小时候在邻居家草筐里发现的，尽管纸页散乱污损，他却如获至宝，读后"见其言深厚而雄博"。他幻想着有朝一日，自己能像韩愈那样名动天下。22岁那年，他怀揣文稿，只身来到汉阳（今湖北武汉），谒见翰林学士胥偃。胥学士是湖南长沙人，为人沉稳宽厚，官至工部郎中，以文章取得功名，以清节为人称颂。他读了欧阳修的文章，啧啧称奇："以你的才华，应当扬名天下啊！"自此，他把欧阳修留在家中，朝夕晤谈，并将自己的宝贝女儿许配给这位得意门生。

这年冬天，胥偃带着欧阳修离开汉阳，顺长江而下，直奔都城汴京。寒风凛冽，江上舟楫犁开凝滞的水流，缓慢航行。途经扬州（今属江苏）时，欧阳修随胥偃泊舟登岸，拜访了广受百姓爱戴的扬州知州杜衍。望着德高望重的杜知州，他心中慨叹不已：为官一任，能受人拥戴如此，足矣！

这次京城之行，成为欧阳修一生的转折点。欧阳修在上下求索的年代里遇见胥偃，犹如漆黑的夜晚点亮火把，从此照亮了他的人生之路。此后，他连中三元：天圣七年（1029）春天，应试国子监，名列榜首；秋天，赴国子监解试，又是第一；次年正月，参加礼部考试，还是第一。不久，他被任命为西京（今河南洛阳）留守推官。

西京离汴京不远，是当时宋王朝的陪都。西京留守是著名的西昆派诗人钱惟演。钱惟演，字希圣，临安（今浙江杭州市临安区）人，乃吴越王钱俶次子。欧阳修后来在《归田录》中，记述了钱惟演的"夫子自道"："平生惟好读书，坐则读经史，卧则读小说，上厕则阅小词，盖未尝顷刻释卷也。"钱惟演著有《典懿集》《金坡遗事》等，著名的唱和诗集《西昆酬唱集》收录了他和杨亿、刘筠等17人的诗歌248首。

钱惟演、杨亿、刘筠曾奉皇命共同编纂《册府元龟》。这部巨著与《太平广记》《太平御览》《文苑英华》合称"宋四大书"，而规模居四大书之首。该书共一千卷，将历代事迹自上古至五代分门顺序排列，其宗旨是"为将来典法，使开卷者动有资益"。在一起编书的日子里，他们饮酒赋诗，互相唱和，并辑录成集，这就是《西昆酬唱集》。其诗作追求辞藻，多用典故，在当时影响很大，风行一时，后人称之为"西昆体"。

　　误语成疑意已伤，春山低敛翠眉长。
　　鄂君绣被朝犹掩，荀令熏炉冷自香。
　　有恨岂因燕凤去，无言宁为息侯亡？
　　合欢不验丁香结，只得凄凉对烛房。

这首《无题》，展露了钱惟演诗歌的诸般特点，也展示了"西昆体"诗歌的大体风格。作为钱惟演的僚属，欧阳修的诗文风格却大异其趣。他对自己的顶头上司并没有太多微词，在工作中恭谨有加，对"西昆体"诗歌却十分反感，立志扫除笼罩西京文坛的绮靡之风。在这里，他结识了志同道合的河南洛阳人尹洙、浙江杭州人谢绛，这两人都是才华横溢的古文高手。几人经常小聚浅酌，诗酒唱和，无意间轻轻撩开了北宋诗文革新运动帷幕之一角。

景祐元年（1034），28岁的欧阳修因文名卓著升为馆阁校勘。他犹如驾着一片祥云，来到了京城。

假如没有胥偃引路，很难设想欧阳修还会在黑暗中摸索多久，甚至会不会被历史的波涛所湮没。后人在诵读欧阳修的滔滔雄文时，是不是应该为胥偃先生垂首默祷一刻呢？

不过，欧阳修的仕途看似顺风顺水，其实也酝酿着暴风骤雨。

（四）寒门崛起

北宋大中祥符七年（1014）正月十五日，痴迷道教的宋真宗赵恒率领满朝文武，从京城出发，浩浩荡荡奔往亳州（今属安徽），准备在太清宫祭谒道教道祖老聃先生。皇帝銮驾的正前方，一面两丈多长的黄帛在寒风里猎猎作响——这就是令宋真宗神魂颠倒的所谓"天书"。

说起"天书"，要追溯到六年前的正月。当时，真宗与群臣上朝议事，皇城司来人奏报，说在皇城左承天门南角发现一卷黄帛，字迹昭然，皆是歌颂圣上之语。群臣轰然跪拜，说是皇帝德薄云天，"天书"降临，可喜可贺！真宗龙颜大悦，下令大宴群臣，并改元大中祥符，改左承天门为左承天祥符门。从此，天下祥符纷飞，如严冬飘雪。宰相王钦若身材矮小，却屡屡制造符瑞以邀宠，人称"瘿相"；三司使丁谓巧舌如簧，空中乌鸦飞过，他说是"玄鹤"，被擢拔为参知政事，人称"鹤相"；右谏议大夫陈彭年满嘴跑火车，把野花说成"绿仙"，将金鱼称为"彩龙"，被擢拔为翰林学士兼龙图阁学士，人称"九尾野狐"。堂堂宋廷，如此乌烟瘴气，令人无语。宋真宗此次朝拜太清宫，为老子上法号曰"太上老君混元上德皇帝"，并御笔亲撰《先天太皇赞》《老君像赞》等，以示虔敬。

因为此举过于张扬，天下议论沸腾。皇帝的銮驾经过南京（今河南商丘）时，全城为之轰动，人们不顾兵卒的呵斥，山呼海啸聚拢过来，争睹"龙颜"。南京应天府书院的学生们倾巢而出瞧热闹，唯独一个学生依然埋头读书，有个同学喊他："喂，还不快去看皇帝！"他随口应道："太阳在天，每天都可以见到！"头也不抬，继续读书。

这个埋头读书的学生，就是后来的著名政治家、改革家范仲淹。

范仲淹（989—1052），字希文，祖籍邠州（治今陕西彬州），后移居苏州吴县（今江苏苏州）。祖父范赞时，曾任吴越国秘书监；父亲范墉，亦在吴越国为官，后随钱俶一起降宋，任武宁军节度掌书记。端拱二年（989）八月二日，范仲淹生于徐州（今属江苏）。此时，范家已经衰落，生活捉襟见肘。次年，父亲范墉不幸病逝，孤儿寡母，孤苦无依。母亲谢氏万般无奈，改嫁淄州长山县（今山东邹平）一个朱姓官吏，范仲淹改姓朱，名说。对家庭变故，母亲一直守口如瓶，从未提起。

《宋史·范仲淹传》说他"少有志操"，聪敏颖异，刻苦自励。长山县附近的长白山上有座醴泉寺，寺内古木苍郁、幽邃清寂。寺里只有一个老僧和几个小沙弥。那年，范仲淹到醴泉寺拜见老僧，请求借光读书。老僧欣然应允，收拾出一间闲屋给他。古寺读书，艰苦异常。寒冬腊月，风紧刺骨，累乏至极时，他常以冷水洗面，醒脑提神。饮食更是简单，他每天熬一锅粥，凉了以后分成四块，中午和晚上各取两块，再拌上一点咸菜，就算一顿饭了，后人称之为"断齑画粥"。粗疏如此，他却甘之如饴。一个深夜，看着灯下范仲淹埋头读书的背影，老僧告诉小沙弥："此人志不在小，将来必为人上人也！"

朱家在当地颇为富裕，朱氏子弟挥霍无度，范仲淹多次劝诫，却遭讥讽。一次，范仲淹向母亲追问究竟。母亲眼含热泪，将家中变故如实相告。他痛哭而出，跑到山上坐了一天，泪流不止。他为父亲早逝而流泪，为母亲含辛茹苦而流泪。傍晚时分，他决定离开朱家，到外面的世界去闯荡。

第二天，范仲淹匆匆收拾了简单的衣物，流泪叩别母亲，独自前往南京，投亲靠友进了应天府书院。他昼夜苦读，经常和衣而眠，有时困窘交加，一天只能喝一碗稀粥，肚子饿得咕咕叫。南京留守的儿子是他的同学，将此事告诉了父亲。留守大人感其勤奋，派人给他送来了一箩筐鸡鸭鱼肉，但他一口也不尝。同学惊问其故，他回答说："兄弟，我的肠胃习惯了喝粥，吃了这些美味后还喝得下粥吗？"

大中祥符八年（1015），范仲淹参加科举考试，荣登进士榜，随后任广德军司理参军，自此进入北宋官场。他把母亲接来，精心侍奉。两年后，他调任集庆军节度推官，恢复范姓，改名仲淹。

范仲淹入仕后的最初十年一直任地方官，每到一地，他都兢兢业业，干利国利民的实事。在泰州时，他发现唐代修建的捍海堰年久失修，每年秋季海潮泛滥，田地被淹，房舍倒塌，人畜丧亡，造成巨大损失。在他的主持下，经过四年努力，长达140余里的大堤终于修竣，灾民纷纷返回家园，恢复生产。昔日葭苇苍茫的荒地上，又见稼禾葱郁，碧波荡漾。当地人集资为他修建了祠堂，并将大堤命名为"范公堤"，许多新出生的婴儿改姓范。

因为政绩突出，范仲淹调任秘阁校理，负责皇家藏书的整理与校勘，成为皇帝身边的朝官。萦绕在他心底的，一是朝政得失，二是民间疾苦。对朝廷弊政，他"宁鸣而死，不默而生"，敢于犯颜直谏。有人劝他明哲保身，他说："如果我坐食禄米，尸位素餐，那和蠹虫有何区别呢？"《宋史》著者评论说："每感激论天下事，奋不顾身，一时士大夫矫厉尚风节，自仲淹倡之。"

那时，仁宗年幼，太后刘娥在宰相吕夷简的支持下，垂帘听政达十余年之久，天下人议论纷纷。范仲淹为此上书奏请太后还政。刘太后不予答复，不久把他贬往河中府（治今山西永济西南蒲州镇）任通判。这是他第一次被贬谪。直到刘太后去世，他才被朝廷召回，担任右司谏。

明道二年（1033），江淮一带大旱，飞蝗遍野，土地龟裂，百姓流离失所。范仲淹奏请朝廷救灾，宋仁宗不予理会。第二天上朝，范仲淹当场质问仁宗："宫掖中半日不食，当何如？"意思是，假如宫中断粮半日，结果会怎样呢？——如此直言极谏，无异于"捋虎须"，百官为之震悚，"帝恻然，乃命仲淹安抚江、淮"（《宋史·范仲淹传》）。他领命前往赈灾，每到一地，先开仓放粮，再减免赋税。回京时，他特意把饥民吃剩的树皮草根带回来，含泪进献仁宗，请他转赐给后宫妃嫔与皇亲国戚，让那些锦衣玉食的天潢贵胄们知道，老百姓承受的灾难究竟有多惨烈，不要再肆无忌惮地挥霍民脂民膏了！

景祐元年（1034），郭皇后与仁宗宠爱的尚美人起了争执，以至大打出手，仁宗侧身回护尚美人，郭皇后一巴掌正打在仁宗颈部。仁宗震怒，打算废后。范仲淹率谏官、御史伏阁抗争，为郭皇后请命，仁宗不但不答应，还严惩"抗命者"，范仲淹被贬往睦州（治今浙江建德东北），随后转任苏州（今属江苏）知州。当时苏州暴雨成灾，昔日的锦绣之乡沦为一片汪洋，农田被淹，秋收无望，数万百姓啼饥号寒。范仲淹彻夜难眠，经过深思熟虑，他提出了疏浚鲇鱼口、瓜泾口、吴家港、大浦港等泄水河道，导太湖之水入海的宏伟规划，并亲自监督施工，经日夜鏖战，终于完成了这项规模浩大的利民工程，对保障太湖周边地区的农业生产，起到了重要作用。

由于政绩斐然，范仲淹被召回京师，授天章阁待制，任吏部员外郎、权知开封府。

（五）贬谪岁月

对范仲淹此次升官，可以套用一句古语：塞翁得马，焉知祸福？

仅仅过了一年，即景祐三年（1036），范仲淹就因为向皇帝进献《百官图》，并与宰相吕夷简"过招"，导致第三次被贬，并牵连秘书丞余靖、太子中允尹洙、馆阁校勘欧阳修同时遭贬。

北宋王朝的几大政治精英，同时离开了朝堂。无论对于国家，还是对于他们个人，这都是一个不可小觑的政治悲剧。

欧阳修与范仲淹，北宋两个伟大的文学家、政治家，因为同一种情怀、同一种罪名，同时离开京城，走上了同一条漂泊之路——范仲淹去饶州，欧阳修奔夷陵。此后的岁月，风云际会，他们都在时代的绮丽画卷里，留下了自己的杰作。

北宋时的夷陵县，坐落在长江南岸，仅有一千多户人家，是既陋且穷的僻远之地，"县楼朝见虎，官舍夜闻鹗。寄信无秋雁，思归望斗杓"（《初至夷陵答苏子美见寄》）。一个忧国忧民的政治家，一个才华横溢的大诗人，一下子被甩到这个荒僻之地，其悲愤、惆怅、落寞、彷徨，是不言而喻的。在欧阳修最脆弱的时候，是宽和的母亲给予他无私的支持和鼓励。

其实，欧阳修被贬夷陵，不仅危及自身，也祸及全家。母亲早年守寡，欧阳修两次丧妻，结发妻子胥氏留下一个孩子，妹妹青年丧夫，亡夫前妻还给她留下一个幼女，真可谓命运多艰。欧阳修赴任后，全家人开始筹划奔赴夷陵，那时正是大暑天气，燥热难当，又无马可乘，一家老小在路上奔波了半年，汗水伴着泪水流，历尽艰辛才抵达夷陵。

夷陵百姓对欧阳修的热诚，使他像一个孤独的漂泊者回到了家园。人还未到，几个友人就在县城为他修建了"至喜堂"，供其全家居住；他乘船刚到江陵（今湖北荆州市荆州区），在此等候的夷陵县使者就迎上前去，嘘寒问暖。他在《回丁判官书》一文中，记述了自己的感激之情：夷陵使者"示书一通，言文意勤，不徒不恶之，而又加以厚礼，出其意料之外，不胜甚喜，而且有不自遂之心焉"。他感叹说："如修之愚，少无师传，而学出己见，未一发其蕴，忽发焉，果辄得罪，是其学不本实，而其中空虚无有而然也。今犹未获一见君子，而先辱以书待之厚意，以空虚之质当甚厚之意，窃惧既见而不若所待，徒重愧尔！"

治理夷陵将近两年，欧阳修深深地爱上了这里的山水和百姓——"丛林白昼飞妖鸟，庭砌非时见异花。惟有山川为胜绝，寄人堪作画图夸"（《寄梅圣俞》）；"非乡况复惊残岁，慰客偏宜把酒杯。行见江山且吟咏，不因迁谪岂能来"（《黄溪夜泊》）；"夜闻归雁生乡思，病入新年感物华。曾是洛阳花下客，野芳虽晚不须嗟"（《戏答元珍》）；"西陵江口折寒梅，争劝行人把一杯。须信春风无远近，维舟处处有花开"（《戏赠丁判官》）……他在夷陵整顿吏治，严明法纪，移风易俗，兴建城市——政绩可圈可点，为夷陵百姓历代传颂。

然而，欧阳修胸中始终盘绕着一股抑郁之气，他在《读李翱文》中感慨："恨翱不生于今，不得与之交；又恨予不得生翱时，与翱上下其论也……"

李翱是陇西成纪（今甘肃静宁西南）人，唐代文学家、思想家，官至山南东道节度使，乃韩愈侄婿，曾师从韩愈学古文，著有《李文公集》。其所著《来南录》为传世较早的日记体文章，《复性书》糅合儒、佛两家学说，提出以所谓"正思"消灭邪恶的"情"，达到"复性"而为"圣人"。欧阳修借李翱之"酒杯"浇自家之"块垒"，仰天长叹："呜呼，在位而不肯自忧，又禁他人使皆不得忧，可叹也夫！"

与欧阳修不同的是，范仲淹在贬谪的岁月里当了几年地方官，于康定元年

（1040）一跃成为大宋王朝西北边境的军事副统帅。

这年冬天，西北边境风云突变。居住在甘肃、宁夏、陕北一带的党项族人，本来臣属宋朝，到了景祐五年（1038）十月，党项族首领元昊崛起称帝，国号"大夏"，史称"西夏"。

据《宋史·夏国传》记载，元昊"性雄毅，多大略，善绘画，能创制物始。圆面高准，身长五尺余"。作为党项枭雄，他智勇双全，精于律法、兵法、佛法、汉文等，20岁便领军作战。西夏建国不久，他调集兵马深入宋境，进攻延州（治今陕西延安）等地。面对惊天遽变，北宋朝廷决定出兵讨伐西夏。之后，因战事胶着，宋仁宗宣召范仲淹，恢复其天章阁待制之职，令他出任陕西经略安抚招讨副使，即副统帅，与统帅夏竦、副统帅韩琦一起，全面统筹西北边防大事。

这位夏统帅以文学起家，"自经史、百家、阴阳、律历，外至佛老之书，无不通晓"，如此英才，品行却为人诟病，"急于进取，喜交结，任数术，倾侧反覆，世以为奸邪"（《宋史·夏竦传》）。这样一个人担任大宋西北军统帅，其边防局势之糟糕，是可以想见的。韩琦副统帅有"三朝社稷臣"之美誉，人称"韩公"，在北宋政坛叱咤风云，"凡事有不便，未尝不言，每以明得失、正纪纲、亲忠直、远邪佞为急"，后来成了"庆历新政"的坚定支持者。

身临疆场的时候，范仲淹已经52岁了，霜染鬓发，报国热忱依然澎湃如火。他来到形势最为险恶的延州，只见兵燹过处，断壁残垣，灰烬遍地，废墟之上，是那些无力逃走、忍饥挨饿、伤痕累累的羸弱百姓！入夜，他望着军营上空的凄凉月色，抒发心中悲慨——

塞下秋来风景异，衡阳雁去无留意。四面边声连角起。千嶂里，长烟落日孤城闭。　　浊酒一杯家万里，燕然未勒归无计。羌管悠悠霜满地。人不寐，将军白发征夫泪。

当年东汉车骑将军窦宪在率军击破匈奴之后，登临燕然山，勒石记功。这首沉郁慷慨的《渔家傲·秋思》，寄托了范仲淹保家卫国、驱寇安民的雄心壮志。

然而，雄心壮志改变不了严峻的现实。由于西北边境多年无战事，边防不修，士卒懈怠，加之将领庸碌无能，烽烟一起，狼狈不堪。西夏军队如狼似虎，战斗力极强，兵锋到处，势如破竹，延州北部数百里边寨悉数沦陷，百姓哀哀的号哭声一时间响彻天地。

范仲淹认为，面对如此乱局，宋军应坚壁清野，修固边城，以静制动，迫使西夏退兵求和。他的主张被斥为"怯懦惧敌"。副统帅韩琦主张坚决进攻，得到仁宗支持。范仲淹连上三表以示反对，请求自带一路人马，作为将来招纳西夏之用。仁宗无可奈何，只好勉强应允。

次年正月，统帅夏竦派遣范仲淹的好友尹洙前去劝说他改弦更张，执行进攻命令，范仲淹不为所动，尹洙感慨道："范公怎能如此固执呢？我记得武圣孙武曾经说过，大凡用兵，当置胜败于度外。"

范仲淹凛然说道："大军一动，关系到千百万人的身家性命，竟可以置胜败于度外吗？"

这边厢范仲淹稳如磐石，那边厢韩琦却急了。面对元昊十万大军来袭，他铁青了脸，命令环庆路副总管任福率军迎击。任福一声呐喊，部下将士列队前进，兵锋直逼六盘山敌军阵地。然而，草率出击，祸患无穷，在六盘山南麓的好水川，宋军陷入了西夏军队的包围圈。好水川位于今宁夏隆德西北，两边山谷环抱，只有一径可通，正是兵家设伏之处。当西夏兵卒如飞蝗一样汹涌杀来时，惊慌失措的宋军四散奔逃。此役，宋军死伤万余人，任福以下诸将皆战死。然而，将士的鲜血，并没有引起应有的警醒。次年，元昊再次进攻，渭州（治今甘肃平凉）知州王沿命泾原路副总管葛怀敏率军迎战，岂料又中了元昊的圈套，被西夏军围困在定川砦（今宁夏固原西北），最终导致全军覆没。

好水川和定川砦的惨败，使北宋朝廷决定采用范仲淹提出的"固守待变"的策略，重筑宋夏防线。范仲淹通过推行修固边城、精练士卒、招抚属羌等措施，扭转了宋军被动挨打的局面。一时间，一支歌谣在边境到处流传："军中有一范（仲淹），西贼闻之惊破胆。"与此同时，西夏国因长期用兵，物价飞涨，怨声载道，无力再战了。双方从庆历三年（1043）开始议和，次年达成协议，西北局势转危为安。

这年三月，范仲淹奉诏回京，授枢密副使，后升任参知政事。欧阳修从滑州（治今河南滑县东）通判任上奉诏回京，以太常丞、知谏院之职，成为朝廷谏官之首。

欧阳修与范仲淹，当年同时出京，流落江湖；如今同时进京，决策朝堂。历史的机缘，如风雨阴晴，没有定数。阴阳转合，日月升沉，天地轮回，问苍茫大地：究竟谁主沉浮？

这次朝堂相见，他们来不及叙旧，就投身于"庆历新政"的暴风骤雨之中了。

（六）新政兴衰

庆历三年，北宋政坛发生了一场"大地震"。

战事稍宁，锐意改革的宋仁宗痛下决心，调整官员任命，令参知政事范仲淹与枢密副使富弼、韩琦一起主持朝政，同时增设谏官四人：欧阳修、余靖、王素、蔡襄。一时间，朝堂之上群贤齐集，著名的"庆历新政"即将拉开帷幕。

当时，北宋王朝官僚机构臃肿不堪，效率低下，官员腐败，国家财政入不敷出，内忧外患不时爆发，民不聊生。许多有识之士为国家的前途命运担忧，纷纷上书皇帝，要求改革。宋仁宗有点心急火燎，多次召见范仲淹等人，催促他们谋划改革大计，并为此写下手诏，他说："国家有赖卿等，凡亟须改革之事，请尽早提出。"他甚至令人打开宫中的天章阁，在条案上摆好笔墨纸砚，督促他们即刻写出改革方案。

在如此急迫的形势下，范仲淹很快呈上了著名的《答手诏条陈十事》，提出"明黜陟，抑侥幸，精贡举，择长官，均公田，厚农桑，修武备，推恩信，重命令，减徭役"十项改革主张，以皇帝诏令的形式颁行天下，正式启动"庆历新政"。《答手诏条陈十事》，就是新政的改革纲领。

到了年底，范仲淹派出按察使，到各地考察官吏优劣及新政落实情况。他坐镇中央，根据考察报告，将一个个不称职者从官员名册上抹掉。富弼做事善于转圜，在范仲淹下笔前提示说："范公，您这一笔下去，可要使他一家人痛哭流涕啊！"

范仲淹凛然回答："一家人哭，总比一路人哭好吧？"

结果，一批尸位素餐的寄生虫被除名，一批贤才被擢拔到重要岗位，官府办事效率明显提高。天空中，曙光微露，流霞散乱。许多正直之士纷纷赋诗填词，称赞新政；新政诏令贴于城市与乡村的街巷，围观者总是挤得里三层外三层，啧啧之声不绝于耳。

可是，改革不可避免地触动了权贵们的利益，激起了他们的强烈反对。曾任西北军统帅的夏竦，因被谏官弹劾而罢免枢密使之职，心生不满，遂指责范仲淹、欧阳修、杜衍、韩琦、余靖等人互为朋党，图谋不轨。以"美姿表""浑厚有容"著称的同平章事章得象与当年被仁宗钦点为文科状元的王拱辰，也站在保守派一边。一时间，朝野上下流言四起，人心惶惶。宋仁宗将信将疑，决心开始动摇，新政推行阻碍重重。

正当斗争最激烈的时候，西夏皇帝元昊又发兵进犯西北边境，有些心灰意冷的范仲淹自请戍边，要求到疆场为国效命。宋仁宗顺水推舟，任命他为河东、陕西两路宣抚使，督责边防要务。保守派斗志昂扬地继续进攻，又制造了莫须有的"进奏院事件"。著名诗人苏舜钦时任集贤校理，主管进奏院，他是宰相杜衍的女婿，而杜衍支持新政，因此成了保守派的眼中钉，必欲除之而后快。庆历四年（1044）十一月，时值进奏院祀神。这一天，苏舜钦用卖废纸的钱宴请宾客，居然被诬为"监守自盗"，他因此被削职为民，所有参与宴会的人都先后受到惩罚，支持改革的大臣杜衍、梅尧臣等人受到牵连，不久被贬黜出京。

苏舜钦是个关切时政、渴望有所作为的诗人，一生抑郁不得志，胸中的积恨爆发出来，不过是一首《对酒》："嗟乎吾道不如酒，平褫哀乐如摧朽。读书百车人不知，地下刘伶吾与归！""进奏院事件"之后，他闲居苏州，不久就病故了。

到了庆历五年（1045），一年前慷慨激昂、励精图治的宋仁宗，终于完全退缩，下诏废除改革措施，保守派上台执掌大权。

在这场殊死较量中，抗争最激烈的是欧阳修。一年之内，他前后上了70余道奏议，献计献策，抨击权贵。夏竦等人炮制荒谬的"朋党说"，欧阳修奋笔写下《朋党论》予以批驳，他指出，"大凡君子与君子以同道为朋，小人与小人以同利为朋，此自然之理也"，小人贪财好利，互相争斗，而君子"所守者道义，所行者忠信，所惜者名节"，他希望皇帝"退小人之伪朋，用君子之真朋，则天下治矣"。他劝诫仁宗，"夫前世之主，能使人人异心不为朋，莫如纣；能禁绝善人为朋，莫如汉献帝；能诛戮清流之朋，莫如唐昭宗"，意思是，这些前朝昏君，好歹不分，忠奸不辨，导致国破家亡，陛下千万要汲取教训啊！

杜衍、范仲淹等被免职外放后，欧阳修又写下了沉痛的《论杜衍范仲淹等罢政事状》，开篇就说："臣闻士不忘身不为忠，言不逆耳不为谏。故臣不避群邪切齿之祸，敢干一人难犯之颜。"到了黑云压顶的时刻，他依然把大权在握的保守分子称为"群邪"，对杜衍、范仲淹等人的政绩大加赞赏，感叹说："夫正士在朝，群邪所忌，谋臣不用，敌国之福也。今此数人一旦罢去，而使群邪相贺于内，四夷相贺于外，此臣所以为陛下惜之也。"

欧阳修的慷慨陈词，并没有打动疑心重重的皇帝，而他的政敌们却早已张弓搭箭，将毒箭嗖嗖射向了他。

早年，欧阳修的小妹嫁给了一个叫张龟正的人。张龟正和前妻生有一个女儿。张龟正和小妹先后不幸去世，欧阳修便收养了这个和自己没有血缘关系的外甥女张氏。张氏成年后，嫁给了欧阳修的族兄之子欧阳晟。后来，张氏犯罪被关押在开封府牢狱，在查抄张氏财产时，其中一张地契上加盖有欧阳修的印戳。欧阳修因此遭受恶毒的人身攻击，被指与外甥女张氏私通并谋夺张氏家产。虽然最终查无实据，但欧阳修还是被贬往滁州（今属安徽）。对这起冤案，《宋史·欧阳修传》作了简单记述："于是邪党益忌修，因其孤甥张氏狱傅致以罪，左迁知制诰、知滁州。"当名满天下的欧阳文忠先生蒙羞含冤去往滁州时，不知道他心中激荡着怎样复杂的情感？

历史的航船，在北宋庆历年间的政治旋涡里转了一个弯，撞伤了范仲淹、欧阳修等时代先行者的"腰"，也使他们的英名在历史的空间里渐渐远播。

（七）君子之交

欧阳修比范仲淹小18岁，对范仲淹的学识与操守推崇备至，认为他胆识过人、胸襟博大、才略卓绝。他们堪称君子之交，彼此相眷相顾，相知相惜。

那一年，范仲淹迁任右司谏，有了在朝堂发声的权力。欧阳修写下《上范司谏书》，对范仲淹"系天下之事、任天下之责"表示由衷的支持和期待。他感叹说，有些人怅恨不得重用，牢骚满腹，等到让他发言论事之时，却胆小如鼠，"又曰彼非我职，不敢言；或曰我位犹卑，不得言；得言矣，又曰我有待；是终无一人言也，可不惜哉"。

然而，等欧阳修来到京城时，范仲淹却因谏阻仁宗废郭皇后而被贬谪出京了。欧阳修非常遗憾，写信给他："惟希文登朝廷，与国论，每顾事是非，不顾自身安危，则虽有东南之乐，岂能为有忧天下之心者乐哉！"（《与范希文书》）

南宋吴曾《能改斋漫录》记载：

> 范文正以言事贬，公率子弟荐留数日。时方治党人，大臣让公曰："何苦自陷党人。"公曰："范公天下贤者，若得涉之，幸矣。"

"范文正"，范仲淹；"公"，欧阳修；"让"，责备。那时，范仲淹因反对宰相吕夷简专权，被贬往饶州，欧阳修率领子弟"荐留数日"。有人批评他何苦跟范仲淹搅和在一起，他亢声回道："范公乃天下贤者，咱能与他的大名连在一起，是幸事啊！"

对才华横溢、正直无私的欧阳修，范仲淹既欣赏又钦佩。任西北军副统帅时，范仲淹惦记着当年受自己牵连被外放的欧阳修，举荐他出任掌书记，欧阳修笑着推辞说："昔者之举，岂以为己利哉？同其退不同其进可也。"（《宋史·欧阳修传》）

欧阳修说他昔日仗义执言，绝不是为了一己之利，因此婉谢掌书记之任。那他究竟为了什么呢？答案是两个字——天下。在当年给范仲淹的信里，欧阳修第一次提出了"有忧天下之心者乐"的命题；在作于夷陵时期的《易或问》《易童子问》中，他以天地自然之晦明变化，譬喻圣人心胸之博大旷远，"天地鬼神不可知其心，而见其迹之在物者，则据其迹曰亏盈，曰变流，曰害福"，他认为，圣人与常人最根本的区别，就是"以天下为心"，"圣人忧以天下，乐以天下。其乐也，荐之上帝祖考而已，其身不与焉。众人之豫，豫其身耳。圣人以天下为心者也，是故以天下之忧为己忧，以天下之乐为己乐"。

中国古代圣贤的传统处世哲学，历来强调"达则兼济天下，穷则独善其身"。而范仲淹与欧阳修，无论是高居朝堂之上（所谓"达"），还是放逐草野之间（所谓"穷"），都放眼四方、心系天下，正所谓"忧以天下，乐以天下"。这种"忧乐观"，是一种积极向上、高尚旷达的人生价值观，是范仲淹与欧阳修一生相知相契的思想基础，也是以范仲淹、欧阳修为代表的改革集团的思想基础。

"庆历新政"的熊熊烈火熄灭不久，范仲淹的好友滕子京谪守岳州（治今湖南岳阳），他重修岳阳楼，并请范仲淹作文记述其盛况。官场的起伏动荡，岁月的风刀霜剑，人生的百般滋味，一起从范仲淹的胸中喷涌而出，铸成了千古名篇《岳阳楼记》。"衔远山，吞长江，浩浩汤汤，横无际涯"的洞庭湖，阴风怒号时令人忧谗畏讥，满目萧然；春和景明时令人心旷神怡，宠辱偕忘。常人的悲与喜、乐与忧，往往受扰于天气的晦明变化，而范仲淹所追求的境界是"不以物喜，不以己悲，居庙堂之高，则忧其民；处江湖之远，则忧其君。是进亦忧，退亦忧"。

然而，何时才能快乐呢？范仲淹发出了千古浩叹——"先天下之忧而忧，后天下之乐而乐"！

滕子京有幸，因奇文《岳阳楼记》名传千古了。滕子京，名宗谅，河南洛阳人，与范仲淹为同年进士，曾任泾州（治今甘肃泾川北）知州，《宋史·滕宗谅传》记载："宗谅尚气，倜傥自任，好施与，及卒，无余财。所莅州喜建学，而湖州最盛，学者倾江、淮间。"

这位"倜傥自任"的滕子京先生，在主政泾州期间惹下了一桩"贪腐官司"，且看《宋史·滕宗谅传》之记载："御史梁坚劾奏宗谅前在泾州费公钱十六万贯，及遣中使检视，乃始至部日，以故事犒赉诸部属羌，又间以馈遗游士故人。宗谅恐连逮者众，因焚其籍以灭姓名。"

御史梁坚上书弹劾滕子京，说他在泾州任职期间耗费公款16万贯。朝廷派出"纪检人员"追查，原来滕子京刚到泾州时，按惯例犒赏当地各部族首领，加之偶尔资助游士故人，花了一笔公款，他怕殃及众人，就把馈赠名单一把火烧了，独自承担责任。"仲淹时参知政事，力救之，止降一官，知虢州"，在范仲淹的回护下，滕子京被贬到虢州（治今河南灵宝），可是御史中丞王拱辰不断上书追究，"论奏不已"，他再贬岳州，这才有了后来的《岳阳楼记》。

史学家司马光在《涑水记闻》中说，滕子京在泾州"用公使钱无度"，就是滥用公款，在修建岳阳楼期间也有贪腐行为，"所得近万缗，置库于厅侧，自掌之，不设主典案籍。楼成，极雄丽，所费甚广，自入者亦不鲜焉"。然而，滕子京主政岳州三年，留下了一座壮丽雄伟的岳阳楼，也是古今有目共睹的历史功绩。

如今，岳阳楼耸立于迷离的江南烟雨中，与南昌滕王阁、武汉黄鹤楼并称"江南三大名楼"。范仲淹的《岳阳楼记》与王勃的《滕王阁序》、崔颢的《黄鹤楼》，都成为千古名篇，他的警言"先天下之忧而忧，后天下之乐而乐"，如今依然感动、激励着无数后之来者。后世许多许多人的"唱高调"，说假话、空话、套话，尽管捶胸顿足、指天戳地，与范仲淹的千古浩叹相比较，都像一堆美丽的塑料花，是那样的不真实，虚伪可憎。

呼应范仲淹千古浩叹的，是欧阳修的"文章太守，挥毫万字，一饮千钟"（《朝中措·送刘仲原甫出守维扬》）。

庆历六年（1046），40岁的欧阳修来到滁州。有关道德沦丧的莫须有罪名，对他精神上的打击至为沉重。他自号"醉翁"，醉倚山水，无意世事，"旧学荒芜，文思衰落，既无曩昔少壮之心气，而有患祸难测之忧虞"（《与滕待制》）。他醉得彻底，醒得深沉，极力以"风流太守"的面孔来遮掩内心的痛楚，逃避政治斗争与人世风波——"绿树交加山鸟啼，晴风荡漾落花飞。鸟歌花舞太守醉，明日酒醒春已归"（《丰乐亭游春》）；"野鸟窥我醉，溪云留我眠。山花徒能笑，不解与我言"（《题滁州醉翁亭》）；"身闲酒美惜光景，惟恐鸟散花飘零。可笑灵均楚泽畔，离骚憔悴愁独醒"（《啼鸟》）……

欧阳修这一时期的散文代表作《醉翁亭记》，已不复往日痛斥高若讷时的凌厉机锋和进取之气，代之以悠然自遣、泰然自若、物我两忘、消而不沉的意态，形成了纡徐百折、条达疏畅的风格——

> 环滁皆山也。其西南诸峰，林壑尤美，望之蔚然而深秀者，琅琊也。山行六七里，渐闻水声潺潺，而泻出于两峰之间者，酿泉也。峰回路转，有亭翼然临于泉上者，醉翁亭也。作亭者谁？山之僧智仙也。名之者谁？太守自谓也。太守与客来饮于此，饮少辄醉，而年又最高，故自号曰醉翁也。醉翁之意不在酒，在乎山水之间也。山水之乐，得之心而寓之酒也……

宋代一州最高行政长官称"知州"，欧阳修在《醉翁亭记》中自称"太守"，除了有承袭前代旧称、彰显风雅情趣之因素，大概也是对自身遭遇的自嘲。但毕竟，欧阳修的灵魂深处有着难以抑制的激情翻涌，《秋声赋》与其说是抒发暮年的感慨，不如说是为了抚平自己动荡的心灵——

> 初淅沥以萧飒，忽奔腾而砰湃，如波涛夜惊，风雨骤至。其触于物也，鏦鏦铮铮，金铁皆鸣。又如赴敌之兵，衔枚疾走，不闻号令，但闻人马之声……

如此峻厉肃杀之秋声，铺天盖地，咆哮而来，然而——

> 嗟乎！草木无情，有时飘零。人为动物，惟物之灵。百忧感其心，万事劳其形，有动于中，必摇其精。而况思其力之所不及，忧其智之所不能，宜其渥然丹者为槁木，黟然黑者为星星。奈何以非金石之质，欲与草木而争荣？念谁为之戕贼，亦何恨乎秋声！

英雄暮年的冲动，也如此惊天动地吗？正如清人龚自珍所云："来何汹涌须挥剑，去尚缠绵可付箫。心药心灵总心病，寓言决欲就灯烧。"（《又忏心一首》）自己对自己的安慰、疏导、劝诫，跳跃在字里行间。

庆历八年（1048），欧阳修调到扬州。扬州风景秀美，物产丰富，素有"吃在扬州"之美誉。来到如此锦绣之乡，滁州那位酡颜白发的醉翁，依旧流连于山水之间。扬州瘦西湖清瘦秀美，宛然如画，湖畔园林依依，远山如眉似黛。他在大名寺侧畔修建了一座新堂，取"远山来此与堂平"之意，命名"平山堂"，在堂前遍植柳树。盛暑时节，欧阳修携客来此纳凉，又派人从邵伯湖摘来千朵荷花并插入数百只盆中，放在客人之间，用荷花来行酒令，主客尽情喧笑，陶然忘归。

皇祐四年（1052）正月，范仲淹调往颍州（治今安徽阜阳），颠簸赴任途中，在五月走到了他的出生地徐州，不幸病逝，享年64岁。仁宗追封他为兵部尚书，谥曰"文正"，还亲书其碑额为"褒贤之碑"。"云山苍苍，江水泱泱。先生之风，山高水长"——范仲淹赞颂东汉名士严子陵的诗句，也准确地概括了他自己的云水襟抱。

惊闻噩耗，欧阳修涕泪横流。在为范仲淹撰写的碑铭中，他记述了范公过人的胆识、崇高的品德与卓绝的才略："公少有大节，于富贵、贫贱、毁誉、欢戚，不一动其心，而慨然有志于天下"；"公为人外和内刚，乐善泛爱。丧其母时尚贫，终身非宾客食不重肉，临财好施，意豁如也。及退而视其私，妻子仅给衣食"（《资政殿学士户部侍郎文正范公神道碑铭并序》）。他说，范公每到一地，"民多立祠画像，其行己临事，自山林处士、里闾田野之人，外至夷狄，莫不知其名字，而乐道其事者甚众"，突出了范公"高名塞于宇宙，盛业光于天壤"（语出《隋书·韩擒虎传》）的社稷干臣形象。

就在这一年，因母亲病故，欧阳修赶回颍州守丧。自皇祐元年（1049）二月欧阳修调任颍州知州，当年七月离开，至今已近三年，他的家仍留在这里，白发母亲一直在等着他的归来。如今母亲仙逝，他不禁愧悔交加，血泪交流！次年八月，他扶着母亲的灵柩，回到庐陵老家安葬。他守在母亲墓前，长久长久地，不肯离去。一年之后，在朝廷的反复催召之下，欧阳修才回到了京城。

从某种意义上说，母亲是欧阳修一生的精神支柱。母亲辞世，他似乎也辞别了自己精神世界的一个时代。他的怀念多于悲伤，平静多于忧郁，隐逸之意多于进取之心。从庆历五年（1045）被贬谪出京，历滁州、扬州、颍州、应天府数任，如今又回到京城，九年岁月，一世恩怨，无从谈起。当48岁的欧阳修满头白发来到仁宗面前时，皇帝不禁神色黯然，关切地询问他的年龄、经历、身体状况。回答皇帝的问话时，他的心里，一定充满了难言的悲怆。他要求继续留任外官，仁宗不允，要他负责考核州郡官员。

此后的岁月，欧阳修先后升任礼部侍郎、枢密副使、参知政事，成了名副其实的朝廷大员。历经宦海沧桑之后，他已经淡泊名利，超然世外，在万卷藏书、千卷金石遗文、一张琴、一局棋、一壶酒中寄托情趣，自号"六一居士"，自谓"太山在前而不见，疾雷破柱而不惊"（《六一居士传》）。他的内心安详平和，官高位显已无所谓，足慰平生的，是对人才的识拔。

欧阳修30岁即名重当世，"庆历新政"之后更是名动天下。数十年来，他总是不遗余力地识拔人才。王安石和苏轼父子，都曾得益于他。吕夷简是欧阳修的政敌，其子吕公著胸襟开阔、识器深远，欧阳修上书举荐包拯等人时，也郑重举荐了吕公著，吕公著由此逐步高升，后来跻身于国家重臣之列；吕夷简的门生钱明逸、与苏轼为同年进士的蒋之奇，都曾经陷害过欧阳修，他也不计前嫌，用其所长。

欧阳修秉承传统儒家思想，立德、立言、立功，铸下了一世风范。

熙宁四年（1071）六月，在向朝廷屡乞退身之后，欧阳修终于得到皇帝恩准，以太子少师的身份致仕归田。一个月后，他回到了魂牵梦萦的颍州西湖之畔，在渔歌声里安度晚年。

颍州西湖位于城之西北一公里处，长5公里，宽1.5公里，是古代颍河、清河、小汝河、白龙沟四水汇流处。这里杨柳盈岸，菱荷十里，风景如画，集会老堂、清涟阁、画舫斋、湖心亭、宜远桥等数十处精巧建筑，水色盈空，久为游人憩息之胜景，历来与扬州瘦西湖、杭州西子湖并称。欧阳修有诗赞曰："菡萏香清画舸浮，使君宁复忆扬州。都将二十四桥月，换得西湖十顷秋。"（《西湖戏作示同游者》）可惜的是，后来由于黄河泛滥，颍州西湖被泥沙吞没，昔日美景，成了人们梦中的记忆。

欧阳修对这里神往已久，如今归来，犹如游子回乡，疲惫的灵魂随湖水而波澜起伏。次年闰七月，秋光晶莹，秋风吹遍寰宇。欧阳修来到寓所附近的寺院，与蜀僧祖秀"坐而论道"。两人说禅理，品佳茗，论觉悟，谈人生，话语如船儿荡漾，渺渺驶向了天国……

夕阳西下，欧阳修向祖秀借了一部《华严经》，归来潜心研读。读至第六卷时，欧阳修安然长逝，享年66岁。

　　　　庭院深深深几许。杨柳堆烟，帘幕无重数。玉勒雕鞍游冶处，楼高不见章台路。　　　雨横风狂三月暮。门掩黄昏，无计留春住。泪眼问花花不语，乱红飞过秋千去。

默诵着这首《蝶恋花》，似乎可以听到欧阳文忠公低微的叹息之声。

横看成岭侧成峰

——苏轼与王安石

（一）文星初耀

在四川西部的岷山与峨眉山之间，有一座盛产鱼米蚕桑的眉山古城，城里有一座举世景仰的庭院。古今中外，无数双眼睛向这里投来崇敬的目光，无数游人来到这里流连叹赏、凭吊膜拜。这座庭院，就是"三苏祠"，一个文星灿烂的家族曾经生活过的地方。当年，苏洵、苏轼、苏辙父子三人，先后在这里诞生，并从这里出发，英姿勃勃地走向了全国，走向了世界。

"岷山之阳土如腴，江水清滑多鲤鱼"（苏洵《赠陈景回》）；"想见青衣江畔路，白鱼紫笋不论钱"（苏轼《寄蔡子华》）。苏氏父子的诗句，道出了眉山的山妩水媚。这里"山不高而秀，水不深而清"，登高望远，但见黍稷盈畴，青山葱郁，岷江如带，清流如镜。

> 蜿蜒回顾山有情，平铺十里江无声。
> 孕奇蓄秀当此地，郁然千载诗书城。
>
> ——陆游《眉州披风榭拜东坡先生遗像》

据专家考证，苏氏之先祖，可以上溯至远古高阳氏颛顼大帝。高阳氏后裔繁盛，姓氏纷纭，苏氏乃其中一支，传至汉武帝时代，有名将苏建，因战功卓著封平陵侯，平陵（今陕西咸阳西北）古属扶风，这就是"扶风苏氏"的来历。苏建有三子：苏嘉、苏武、苏贤。长子苏嘉曾任奉车都尉，次子苏武北国牧羊十九载，"三苏"系苏嘉一支的后裔。苏嘉七代孙苏章，东汉时任冀州（治今河北柏乡北）刺史，其后人定居赵郡（治今河北赵县），这就是"赵郡苏氏"的来历。传至唐代，有著名的"模棱宰相"苏味道，其为政之道是凡事含糊其辞，

"模棱以持两端"，人称"苏模棱"。武则天末年，宰相张柬之发动"迎仙宫政变"，诛杀张易之、张昌宗兄弟，逼迫女皇退位，苏味道因依附"二张"，被贬为眉州（治今四川眉山）刺史，后来迁任益州（治今四川成都）刺史，未及上任就去世了。他的一个儿子定居眉山，成为"眉山苏氏"的远祖。

苏氏远祖定居眉山三百余年，形成了淳朴善良、淡然豁达之家风，到苏洵父亲苏序这一代，家族开始显达起来。

据记载，苏序生于开宝六年（973），生性随和，重视诗书传家，他购置了许多书籍，号称"门前万竿竹，堂上四库书"（苏轼《答任师中家汉公》）。其长子苏澹早亡，次子苏涣24岁进士及第，在眉山产生了很大影响，当地读书求学蔚然成风；而他的第三子，就是苏洵。

到了苏洵成年的时候，眉山已经成了一座书香弥漫的诗书城。早年的苏洵废学游荡，"少年喜奇迹，落拓鞍马间。纵目视天下，爱此宇宙宽。山川看不厌，浩然遂忘还"（苏洵《忆山送人》）。直到27岁那年，他才发奋读书，并于宝元元年（1038），也就是他30岁时，到都城汴京（今河南开封）参加进士考试和制科考试，结果两科都名落孙山。京城风月，萧瑟幽冷，不似眉州山水温润。"陟彼北芒兮，噫！顾瞻帝京兮，噫！……"他吟诵着东汉人梁鸿的《五噫歌》，从京城返回家乡。嵩山，华山，秦岭，苍山如海，残阳似血，"累累斩绝峰，兀不相属联。背出或逾峻，远骛如争先"。而此时他两岁的儿子苏轼，正赖在母亲程氏怀里啼哭呢！

苏轼出生于景祐三年十二月十九日（1037年1月8日）。这一天，无论对于苏氏家族，还是对于中国文学，都是值得庆贺的日子。中国文学史上最辉煌的"巨星"之一，带着嘹亮的啼哭，来到了人间。两年之后，他的弟弟苏辙降生。至此，中国文学史上闻名于世的文豪"三苏"父子，就在人间团聚了。

少年苏轼与弟弟苏辙，犹如雏凤凌空，翩翩而飞。苏洵自京城归来，广交文友，游学四方，其妻程氏课子读书。据《宋史·苏轼传》记载，一天，母亲为苏轼读《后汉书·范滂传》，喟然叹息，苏轼问道："轼若为滂，母许之否乎？"母亲回答："汝能为滂，吾顾不能为滂母邪？"

东汉末年，皇帝昏庸，外戚专权，宦官作乱。天下有识之士联合起来，与之进行生死较量，被称为"党人"。这些党人号称"八俊"（英才盖世者）、"八顾"（德行垂范者）、"八及"（导人仁义者）、"八厨"（仗义疏财者）。河南襄城人李膺乃"八俊"之首，曾任河南尹、司隶校尉，饱读诗书，刚正不阿，与宦官集团进行坚决斗争，天下百姓无不钦佩，把踏入李氏家门称为"登龙门"。河南登封人杜密官至太仆，才华出众，一身正气，恶斗宦官，号为"天下良吏"。正是这些党人的淋漓鲜血，染红了东汉末年的黑暗天空……

河南漯河人范滂追随着李膺、杜密的脚步，与宦官集团作斗争，自然难逃厄运。他被宦官追捕，因不忍祸及他人，便径自来到县衙投案，县令郭揖感其忠义，"出解印绶，引与俱亡"，被范滂断然拒绝："滂死则祸塞，何敢以罪累君，又令老母流离乎！"临刑之际，他与母亲诀别，白发苍苍的母亲凛然说道："汝今得与李、杜齐名，死亦何恨！"范滂叩头永别慈母，与李膺、杜密等百余人慨然就戮，时年33岁，"行路闻之，莫不流涕"（《后汉书·范滂传》）。

苏轼母子以范滂母子自励，足见其仰慕之情。苏轼自幼文采飞扬，慧冠眉山，到20岁时，"博通经史，属文日数千言，好贾谊、陆贽书"。读了《庄子》，他感叹说："吾昔有见，口未能言，今见是书，得吾心矣。"（《宋史·苏轼传》）

那时，北宋王朝正经历一次强烈的改革"阵痛"。机构臃肿，官场腐败，效率低下——这几只拦路虎，阻碍着帝国发展的脚步。范仲淹、欧阳修、富弼等时代先行者，在宋仁宗的支持下，发动了一场短命的政治改革，史称"庆历新政"。苏洵应试不第，失去了成为国家栋梁的机会，就把治国平天下的希望寄托在两个儿子身上。他把他们送到眉山天庆观，师从道士张易简。一次，张道士拿着从京城传抄来的诗稿《庆历圣德颂》，吟哦不止："于维庆历，三年三月。皇帝龙兴，徐出闱闼。晨坐太极，昼开阊阖。躬揽英贤，手锄奸蘖。大声汹汹，震摇六合。如乾之动，如雷之发……"

这首诗讴歌范仲淹、欧阳修等时代英华，痛斥权臣夏竦为"大奸"。作者石介是北宋著名学者、文学家，理学先驱之一，他明确表示支持新政。为此，石介受到夏竦的疯狂报复，忧惧而死，夏竦骂他"诈死"，企图开棺验尸，幸而未得逞。政治斗争之残酷无情，至于如斯也。

苏轼问张道士这是些什么人，张道士说小孩子莫问这个。苏轼不悦，说："先生差矣！人间何事不可问呢？"张道士心中一凛，眼前似乎有鸿鹄飞过。

后来，苏洵又送两子到眉山寿昌院读书，老师是当地著名学者刘微之。刘微之作了一首《鹭鸶诗》，颇为自得，末联云："渔人忽惊起，雪片逐风斜。"苏轼吟罢，建议将末句改为"雪片落蒹葭"，刘大学者拍案叫绝，说："我不能给你当老师啦！"

因为才高而失去了老师，天才的成长自有天才的逻辑。苏轼兄弟的一些早慧故事，至今仍脍炙人口。苏氏父子的高才大名，在眉山，在蜀地，渐渐远播。

从表面看，苏轼兄弟是在嘉祐二年（1057）的科举考试中一举成名的。其实，他们从眉山走向全国，逐渐为世人所知，当时的益州知州张方平厥功至伟。

张方平，字安道，南京（今河南商丘）人，"少颖悟绝伦，家贫无书，从人假三史，旬日即归之"（《宋史·张方平传》）。他读书过目不忘，下笔一泻千里，人称"天下奇才"。这个靠借书学习的少年，日后成了北宋王朝的翰林学士，做过滁州（今属安徽）、杭州（今属浙江）等地的地方大员，曾因不肯向皇帝打别人的"小报告"，惹得皇帝老大不高兴，被闲置了很长时间。至和元年（1054）七月，他出任益州知州，成了益州的最高长官。

张方平来到益州，第一要务就是访察人才。有人向他推荐了眉山苏洵，说苏洵是一位"隐居以求其志，行义以达其道"（《论语·季氏》）的贤士，文才如虹，理思如瀑，气势磅礴——至此，苏洵的大名终于被朝廷的地方大员听到了。

难能可贵的是，在尚未谋面的情况下，张方平就向朝廷举荐了苏洵。苏洵闻讯，深为感佩，写了《上张益州书》致谢。不久，他就带着儿子苏轼，到成都拜见张方平。张方平抬眼一望，只见苏洵目若星辰，面若止水；苏轼英气弥漫，勃勃如朝日初升。他展读苏洵奉上的《几策》《衡论》《权书》等文稿，暗暗称奇；再看看站在面前的翩翩少年苏轼，竟然是一位才逐云鹤、笔润风月的旷世奇才！

张方平兴奋不已，犹如眼前滚落了一轮金光闪闪的月亮。从此，张方平与苏洵父子成了"契心之交"，他们一起"论古今治乱，及一时人物，皆不谋而同"。许多年后，对于张方平的仕途蹭蹬与坎坷经历，苏轼感慨尤深，他说张公"上不求合于人主，故虽贵而不用，用而不尽；下不求合于士大夫，故悦公者寡，不悦公者众。然至言天下伟人，则必以公为首"（《张文定公墓志铭》）。

在张方平的引荐下，苏洵随后又拜访了雅州（治今四川雅安）知州雷简夫。雷知州把苏洵比作当世司马迁，感叹说，此等人物，"用之则为王者师，不用则幽谷一曳耳"（《旧唐书·萧昕传》）。这句话，是唐朝名臣萧昕向唐玄宗举荐张镐时说的。这位张镐，后来官至宰相，在平定"安史之乱"中率军收复河南、河东各郡县，杖杀残害著名诗人王昌龄的闾丘晓，可谓大快人心。

嘉祐元年（1056）三月，苏洵带领苏轼、苏辙，怀揣张方平、雷简夫的推介信，启程赴京，五月抵达京城，拜见了文坛泰斗欧阳修。欧阳修是杰出的古文大家，成就斐然，看了苏洵的文章，他叹赏不已，说："这简直就是荀卿手笔嘛！"荀子是战国末期著名思想家，文章说理透辟、结构谨严。欧阳修将苏洵比作荀子，足见对他的欣赏。次日，他携带苏洵的文章上朝，士大夫们争相传诵。

经过张方平、雷简夫、欧阳修等人的鼎力推举，苏洵的名字迅速传遍京城。

次年正月，苏轼、苏辙兄弟参加礼部考试，欧阳修是主考官，试题是《刑赏忠厚之至论》。欧阳修的好友梅尧臣在阅卷时发现了一篇奇文，此文议论精辟，行文华美，有"亚圣"孟轲之风，堪称第一。欧阳修怀疑此文是自己的学生曾巩所作，因而评判更为严格，定为第二，谁知开封揭名后，却发现作者是眉山考生苏轼。

这一年，苏轼21岁，苏辙19岁。其时，苏洵的文章正天下传诵，其两子又同科及第。"三苏"的鼎鼎大名，从此传遍天下。

苏轼、苏辙兄弟波澜壮阔的峥嵘岁月刚刚开始，岂料乐极生悲，从眉山老家传来噩耗：他们的慈母程氏，不幸病故了！父子三人泪雨滂沱，丧妻、丧母均为人间之剧痛。他们仓皇上路，连夜返乡。待父子三人守丧期满，重返京城时，已是嘉祐五年（1060）。

（二）变法风云

王安石（1021—1086），字介甫，号半山，抚州临川（今江西抚州）人。其祖父王用之曾任卫尉寺丞；父亲王益进士及第，历任多地州县官。据南宋郑伯熊《蒙斋笔谈》记载，王安石初生，道士李士宁前来祝贺，说王家麟儿乃狐仙降世；其母也说，生产之日恍惚看见一只獾儿掠过窗前。王安石小名"獾儿"，由此而来。

王安石自幼跟随父亲四处漂泊，到过江西、陕西、四川、岭南等地。《宋史·王安石传》载:"安石少好读书,一过目终身不忘。其属文动笔如飞,初若不经意,既成,见者皆服其精妙。"

10岁那年,祖父去世,父亲回乡守丧,王安石来到了临川三十里外的乌石冈外祖家。这里风光秀丽,山川妩媚,他陶醉于溪谷芳菲之美,静观"幽花媚草错杂出,黄蜂白蝶参差飞"(《忆昨诗示诸外弟》),还注意到一朵含苞待放的"解语花"——后来成为他夫人的表妹吴氏。他与夫人一生感情甚笃,这段时期的朦胧感觉,肯定在他心中留下了极为美好的回忆,成为二人一生琴瑟相谐的基石。

景祐三年(1036),父亲王益进京述职,王安石怏怏不乐地离开了外祖家,随父进京。16岁的他对京城没有太多好感,但他此行也有一个很大的收获,那就是结识了年长自己两岁的终生挚友曾巩。曾巩,字子固,与王安石同乡,"生而警敏,读书数百言,脱口辄诵",12岁时试作《六论》,"援笔而成,辞甚伟"(《宋史·曾巩传》)。这两个才情飞扬的英俊少年相遇京城,彼此欣赏,大有相见恨晚之感。曾巩这年来京城应试,其文才却不被考官赏识,只能与王安石含泪分别,落魄而归。那年冬天,风雪凄紧时节,他在家乡读到了王安石寄来的诗文,不禁拍案叫绝,以为其文汪洋恣肆、激昂慷慨,其诗清拔冷隽、才思浩荡,"孟(子)韩(愈)之后,唯此一人也"。

次年春天,王益调任江宁(今江苏南京)通判,王安石又跟随父亲到了江宁。在长江中流的采石矶上,望着奔腾不息的江水,他想起了孔夫子"逝者如斯夫"的感慨。光阴如梭,人生无常,青春韶华转瞬即逝,少壮不努力,老大徒伤悲,将来日暮途穷时,将何以生存呢?这是青春苦闷如暗夜之时,也是人生彷徨无所依之期,似乎流水在咆哮,大地在摇晃,灵魂在骚动,手足在舞蹈。此后,王安石足不出户,闭门读书,他后来回忆说:"某自百家诸子之书,至于《难经》《素问》《本草》,诸小说无所不读,农夫、女工无所不问,然后于经为能知其大体而无疑。"(《答曾子固书》)正当他潜心读书的时候,灾难骤然降临,一向身体健康的父亲突然病倒了,不久就离开了人世。家庭的重担,一下子落在他稚嫩的肩头。他彷徨四顾,飘摇无依,头上天空开阔,脚下却无路可走……他想,自己只有心无旁骛,刻苦读书,将来才有可能出人头地。

庆历二年(1042),22岁的王安石赴京应试,以第四名的成绩荣登进士榜,自此进入北宋官场，奔走在江苏、浙江、安徽等地。每到一地，他总是关注民生，兴利除弊，革故鼎新，纾解民困。近20年的基层任职经历，既磨砺了他的意志，也丰富了他的思想。庄稼绝收时，饥民的彻骨绝望犹如垂死者之眼眸，天降喜雨时，百姓的倾情欢呼犹如满天彩霞之绚烂；而错综复杂的官场纠葛，千变万化的世海纷纭，则如缠绕在一起的枯枝乱藤，让人不禁仰天长叹。

嘉祐五年（1060），王安石奉诏入朝，担任三司度支判官，成了朝廷大员。他前往拜会仰慕已久的文坛领袖欧阳修，二人惺惺相惜，相谈甚欢。此前，欧阳修曾赋诗赠王安石，对他十分推崇："翰林风月三千首，吏部文章二百年。老去自怜心尚在，后来谁与子争先。"（《赠王介甫》）王安石也作诗相答："抠衣最出诸生后，倒屣尝倾广座中。只恐虚名因此得，嘉篇为贶岂宜蒙。"（《奉酬永叔见赠》）他说："晚生毕恭毕敬拜会前辈您，受到您的热诚迎接，我只怕以后浪得虚名，辜负您的赞誉啊！"欧阳修年长王安石14岁，深怜其才，王安石的感激之情，溢于言表。

这一年，王安石依据长期在州县任职的经历与思考，写出了振聋发聩的《上仁宗皇帝言事书》，全面分析了北宋王朝面临的形势。他认为，只有培养和选拔一批"能讲先王之意以合当时之变"的贤才，方能"因人情之患苦，变更天下之弊法"。他进而从"教之、养之、取之、任之"四个方面，批判了当时培养、选拔、任用人才的科举制度和官僚体制，提出了自己的改革主张。同时，他主张用发展生产、增加收入的办法，来解决国家面临的财政困难，"因天下之力，以生天下之财；取天下之财，以供天下之费"。

《上仁宗皇帝言事书》洋洋万言，鞭辟入里，切中时弊。然而，这时候的宋仁宗，年事已高，精力不济，难以再有改革的决心了。王安石的"万言书"送到他手上，犹如石沉大海，没有激起丝毫波澜。这份后来对有宋一代政治、经济、文化诸方面都产生了深刻影响的"万言书"，被束之高阁了。三年之后，即嘉祐八年（1063）三月底，仁宗在惨淡的暮色里告别尘世，太子赵曙即位，是为宋英宗。这年八月，王安石母亲去世，他扶柩归葬，与慈母诀别，不免心潮起伏，热泪横流。此后四年里，他在江宁兴办书院，收徒讲学，陆佃、龚原、李定、蔡卞等人，都成了他的弟子，为后来推行变法储备了一批人才。

这时候的王安石，已成为天下瞩目的人物。《宋史·王安石传》指出："安石议论高奇，能以辨博济其说，果于自用，慨然有矫世变俗之志。"他那篇议论深刻的"万言书"，虽然当年没有引起仁宗的重视，却在朝野上下产生了重大影响，受到主张改革的士大夫们的广泛关注。人们把变法强国的希望寄托在他身上，一时间形成了天下公论——临川先生不执政，是他的不幸，也是朝廷的不幸。

宋英宗是个短命皇帝，甫登帝位便突发狂疾，喜怒不定，于治平四年（1067）逝世，终年36岁。20岁的宋神宗赵顼即位，改元熙宁。宋神宗胸怀扭转乾坤之志，在位期间，对外兴兵巩固边防，对内推行了对中国历史影响深远的"熙宁新政"，史称"王安石变法"。

登基之前，宋神宗就极为赞赏王安石的"万言书"，因此登基后他立刻召见王安石，询问"为治所先"，王安石回答："择术为先。"神宗问唐太宗如何，王安石回答："陛下当法尧舜，何以太宗为哉？尧舜之道，至简而不烦，至要而不迂，至易而不难。"（《宋史·王安石传》）听罢他的高论，神宗依然困惑："祖宗守天下，能百年无大变，粗致太平，以何道也？"（《续资治通鉴·宋纪六十六》）为给皇帝解疑释惑，王安石写下《本朝百年无事札子》，剖析北宋王朝存在的各种弊端，透过"百年无事"的表象，揭示出隐藏的种种危机，并就吏治、教育、科举、农业、财政、军事等多方面的问题谈了自己的主张，他说："伏惟陛下躬上圣之质，承无穷之绪，知天助之不可常恃，知人事之不可怠终，则大有为之时，正在今日。"所谓"大有为"，就是强力推进变法，实现富国强兵。

神宗虽然赞赏王安石的政治见解，然而在任用他的问题上，却遇到了阻力。因为王安石性格执拗，人称"拗相公"，加之他一向不修边幅，经常蓬头垢面出现在公众面前，被某些人视为"古怪"，甚至有人说王安石"眼中多白"，乃奸臣之相。然而，这些非议并没有改变神宗的决定。年轻的皇帝决意通过变法，富国强兵，改变国家积贫积弱的现状。

熙宁二年（1069），神宗下诏，任命王安石为参知政事，主持制置三司条例司，这是为适应变法的需要而设立的机构，其主要职能是制定经济、财政等方面的法令，同时组成新的执政班子，以推进变法。然而，神宗任命的五位执政大臣，却被讥为"生老病死苦"——"生"指王安石，他生机勃勃地投身于改革大业；"老"指曾公亮，他支持变法，却已年近古稀，白发苍苍；"病"指富弼，这位"庆历新政"时期的风云人物，此时却反对变法，称病不肯上朝；"死"指唐介，这位当年弹劾权臣"不怕下油锅"的斗士，如今却思想保守，反对改革，变法开始不久就去世了；"苦"指赵抃，他反对变法却无力阻止，徒唤奈何。

震动中华大地的"熙宁新政"，就这样艰难地拉开了帷幕。历史选择了王安石，他终于被推上了改革的风口浪尖。

飞来山上千寻塔，闻说鸡鸣见日升。

不畏浮云遮望眼，自缘身在最高层。

飞来峰又名灵鹫峰，在杭州灵隐山上。这首《登飞来峰》，表达了王安石不畏艰险、锐意改革的决心和魄力。

从庆历年间到熙宁年间，北宋王朝先后经历了两次不成功的改革。

范仲淹主导的"庆历新政"昙花一现，仅持续两年便偃旗息鼓；二十四年后，王安石主导的"熙宁新政"犹如春雷炸响，声势之浩大，措施之峻烈，范围之广泛，实属空前——"均输法""青苗法""市易法""免役法""保甲法""方田均税法""农田水利法"……一道道政令，闪电般划破了帝国阴霾沉沉的天空。变法强势推行，反对派强力阻击，导致北宋王朝出现了持续时间最久、牵涉面最广、卷入人物最多的政治冲突，改变了国家的发展方向，也改变了苏轼、王安石的命运，并在某种意义上影响了中国历史的发展进程。

苏轼与王安石，两位文学巨擘，围绕着国家如何改革进行了激烈争论，产生了纠缠不清的恩怨，逐渐成为政敌。

（三）仕途争锋

苏轼初入北宋官场时，被朝廷任命为凤翔府（今属陕西）签判。签判是"签书判官厅公事"的简称，综理一州府的日常事务。

嘉祐六年（1061）十一月，苏轼赴凤翔上任，弟弟苏辙一直把他送到距京城一百四十余里的郑州（今属河南），方才依依惜别。初冬时节，木叶尽脱，寒蛩啼鸣，天地间苍茫一片。苏轼怀念家人，写下"寒灯相对记畴昔，夜雨何时听萧瑟？君知此意不可忘，慎勿苦爱高官职"（《辛丑十一月十九日既与子由别于郑州西门之外，马上赋诗一篇寄之》）；苏辙对兄长的离去满怀伤感，"曾为县吏民知否？旧宿僧房壁共题。遥想独游佳味少，无言骓马但鸣嘶"（《怀渑池寄子瞻兄》）。

然而，苏轼很快就摆脱了离别的凄迷愁雾，发出了豪迈的人生宣言——

> 人生到处知何似？应似飞鸿踏雪泥。
> 泥上偶然留指爪，鸿飞那复计东西。
>
> ——《和子由渑池怀旧》

凤翔府地处关中平原西部，南望秦岭主峰太白山，东接古都长安（今陕西西安），一向被看作关中"粮仓"，终南山一带更是盛产竹木之岭野。苏轼到了一看，发现所谓"粮仓"徒有虚名，民众生活十分艰难；加之朝廷滥伐树木、竹料，百姓苦役繁重。身为签判，他建言减免租税，实施"减决囚犯"，力所能及地为百姓排忧解难。

那时的凤翔知府陈希亮（字公弼）乃苏轼眉州同乡，为政敢作敢为，"所至，奸民猾吏，易心改行，不改者必诛。然出于仁恕，故严而不残"（《宋史·陈希亮传》）。苏轼到任凤翔的第二年春天，连年大旱的关中大地普降喜雨，百姓沐雨欢呼。兴高采烈的苏轼将自己新落成的亭子命名为"喜雨亭"，并写下了著名的《喜雨亭记》。其歌曰："使天而雨珠，寒者不得以为襦。使天而雨玉，饥者不得以为粟。一雨三日，繄谁之力？民曰太守，太守不有。归之天子，天子曰不然。归之造物，造物不自以为功。归之太空，太空冥冥，不可得而名。吾以名吾亭。"

他说："假如天上落珍珠，受冻者不能当棉袄；假如天上落白玉，挨饿者不能当米粮。一场好雨，连下三天，滋润万物，究竟是谁的功劳呢？——老百姓归功于太守，太守归功于天子，天子归功于造物主，造物主归功于太空。而太空啊，缥缈寥廓，深邃无极，不能为之命名。那我就拿来为我的亭子命名吧。"

这篇文章，文字静美，情怀崇高，有人据此称苏轼为"苏贤良"。陈公弼闻之不喜："一个小小判官，何谈贤良也？"弄得苏轼好不尴尬。不久，陈公弼建造了一座"凌虚台"，请苏轼作文以记。苏轼大笔一挥，作《凌虚台记》，说陈太守杖履逍遥于南山之下，"见山之出于林木之上者，累累如人之旅行于墙外而见其髻也"，太守于此筑台，"然后人之至于其上者，恍然不知台之高，而以为山之踊跃奋迅而出也"。话里话外，讥讽滋响，苏轼犹不满足，笔锋一转，将矛头直指顶头上司："夫台犹不足恃以长久，而况于人事之得丧，忽往而忽来者欤？而或者欲以夸世而自足，则过矣。盖世有足恃者，而不在乎台之存亡也。"

他说："一座高台，当然不足以依托而长久，何况人事之得失，像风一样忽来而忽往，更难长久。如果有人想以高台为依托而夸耀长久，那就太过分了吧！这个世界上确实有值得依托的东西，但与高台之存在与否没有任何关系；因为，那取决于你的道德修养究竟如何！……"

对苏轼此文的"指桑骂槐"，陈公弼心知肚明，却毫不计较，一字不易，令人刻之碑石。两人由此成为忘年交，经常诗酒欢会。陈公弼辞世十四年之后，苏轼满怀深情地写下了一篇《陈公弼传》，说他"见义勇发，不计祸福，必极其志而后已"，正应了一句古语："山有虎豹，葵藿为之不采；国有贤士，边境为之不害也。"（《盐铁论·崇礼》）意思是，深山有虎豹护卫，葵藿等植物才能不被砍伐；国家有贤能之士筹划，边境才能长治久安。此事、此情、此人，随此文一起不朽了！

在凤翔，苏轼结识了著名画家文同。文同，自号笑笑先生，诗画兼绝，尤善画墨竹，创浓墨为面、淡墨为背之法，影响深远，被当朝大臣文彦博誉为"襟韵洒落，如晴云秋月，尘埃不到"。笑笑先生认为，画竹一定要"先得成竹于胸中"，苏轼由此总结出文艺理论上的"胸有成竹说"，其魅力犹如文同笔下之墨竹，至今摇曳生姿。在凤翔开元寺，苏轼常常独自观摩王维、吴道子的绘画，深得其中三昧："道子实雄放，浩如海波翻。当其下手风雨快，笔所未到气已吞。亭亭双林间，彩晕扶桑暾""摩诘本诗老，佩芷袭芳荪。今观此壁画，亦若其诗清且敦。祇园弟子尽鹤骨，心如死灰不复温"（《凤翔八观·王维吴道子画》）。他品评王维诗画的名言——"味摩诘之诗，诗中有画。观摩诘之画，画中有诗"（《书摩诘蓝田烟雨图》），至今仍被广泛引用。

治平二年（1065），苏轼任满回京，此后灾难接连不断。先是妻子王弗病逝，年仅27岁，接着父亲苏洵一病不起，不久辞世，享年58岁。九年前母亲仙逝，如今父亲又归天，苏轼兄弟悲伤难禁，涕泗涟涟，扶柩回乡，将父母合葬于眉山城东之蟆颐山老翁泉。蟆颐山宛如一只大蛤蟆，蹲在岷江之畔，随着江涛而俯仰偃伏；老翁泉在蟆颐山之东二十里，相传经常有一位白发老翁卧于泉上，只能远觑，不能近瞧，人一走近，他就隐身于清冽的泉水里。这里泉声幽咽，林木参天，云淡风轻，足可涤荡黄尘、净化身心矣！守丧期满后，苏轼兄弟于熙宁二年（1069）二月，携家带口，从眉山返回了京城。亡妻的堂妹王闰之此后成为苏轼的人生伴侣，略慰他那颗伤痛之心。

这时的京城上空，改革的火焰正熊熊燃烧。"王安石变法"的巨轮，从京城轰隆隆驶向了全国。苏轼兄弟一回京，便被卷入湍急的政治旋涡之中。随着变法的深入，他们与王安石的分歧越来越大，最终站到了反对变法的立场上。

其实，苏轼起初也是主张改革的。

当年进士及第后，苏轼在给欧阳修的致谢信中说，天下之事，难的是变革。虽然谈的是文事，却也表明了他固有的改革意识。在后来的《进策》《进论》各25篇中，苏轼系统地论述了自己的政治主张，提出了"课百官""安万民""厚货财""训兵旅"四大改革举措。"课百官"为改善吏治，"安万民"为缓解阶级矛盾，"厚货财"为增加财政收入，"训兵旅"为富国强兵。这些论述，表现出苏轼强烈的忧患意识和励精图治、改革进取的精神，他分析之深刻、措施之完备，甚至超过了同一时期王安石提出的改革方案。

历史，在这里划过一道靛蓝色弧光——苏轼与王安石，在同一时期，都提出了安邦富国的改革纲领。可惜，这两列时代的火车头，前进方向却不甚相同，按照王安石的说法，是"所操之术异耳"。

苏轼与王安石在对形势的认识与改革的要求上是一致的，而在改革的指导思想上却有很大差异：王安石认为改革是恒常的、绝对的，主张"权时而变"，不应墨守旧规；而苏轼主张修补枝节，维护大体，强调中庸，"执其两端而用其中"，具有浓烈的改良主义色彩。"道"如此之不同，"相谋"也难啊！

苏轼的官职是"直史馆"，虽不如翰林显贵，但毕竟是朝官，离皇帝很近。苏辙则因为一篇《上皇帝书》，一跃进入了变法决策层。

苏辙指出，目前国家"财之不足"，其原因是"三冗"：冗官、冗兵、冗费。

如何解决"三冗"问题呢？他似乎成竹在胸。这可挠到了神宗的痒处。年轻皇帝正为国库空虚发愁呢，对苏辙的建议十分赏识，任命他为"制置三司条例司检详文字"。

对苏轼兄弟与自己政见不同，王安石自然心知肚明，作为一个成熟的政治家，他要尽量争取他们。在讨论实施"青苗法"时，他首先征求苏辙的意见，由于苏辙反对，这条新法差点"胎死腹中"。不久，他打算派钦差到各地巡查新法的执行情况，苏辙又坚决反对，王安石非常生气，一怒之下要惩处他，经人劝说方才罢休。

王安石对科举制度的改革，则遭到苏轼的强烈反对。王安石要取消明经等科，只设进士科，不考诗赋，改考经义和策论。这就彻底改变了文学取士的传统。苏轼对皇帝说："不患不明，不患不勤，不患不断，但患求治太急，听言太广，进人太锐。"神宗听罢，似有所悟，要任命苏轼为"修中书条例"，但因王安石反对，最后只给了他一个"权开封府推官"的闲差。苏轼哪肯罢休，挥动如椽巨笔，写了《上神宗皇帝书》，宣称自己"披露腹心，捐弃肝脑，尽力所至，不知其它"，引经据典，逐项批驳新政。这实际上是对改革派全面公开的宣战。

反对王安石变法的，还有元老重臣司马光、文彦博等人。文彦博，史称"公忠直亮，临事果断"。司马光是宋代著名史学家，《宋史·司马光传》记载："光生七岁，凛然如成人……手不释书，至不知饥渴寒暑。"其巨著《资治通鉴》乃中国史学之"昆仑"，"司马光砸缸"的励志故事更是家喻户晓。王安石与司马光，前者因厉行改革扬名天下，后者以史学巨著名冠古今。当年，两人惺惺相惜，友情深厚，对王安石的人品、学识，司马光评价极高："远近之士，识与不识，咸谓介甫不起则已，起则太平可立致。"（《与王介甫书》）但是，不同的政治理念，却使两人几乎成了不共戴天的政敌。对于王安石大刀阔斧的改革举措，司马光先是消极抵制，继而坚决反对，他曾先后三次给王安石写信，规劝他改弦更张，放弃变法。司马光告诫神宗："汉武取高帝约束纷更，盗贼半天下；元帝改孝宣之政，汉业遂衰。由此言之，祖宗之法不可变也。"（《宋史·司马光传》）他指责王安石"侵官、生事、征利、拒谏"，王安石写了著名的《答司马谏议书》，逐条加以驳斥："受命于人主，议法度而修之于朝廷，以授之于有司，不为侵官；举先王之政，以兴利除弊，不为生事；为天下理财，不为征利；辟邪说，难壬人，不为拒谏。至于怨诽之多，则固前知其如此也……"

这篇简洁犀利的回信，集中表现了"中国十一世纪时的改革家"（列宁语）的胆识与气魄。两人自此势同水火，针锋相对。

在那个黑云翻腾的年代，围绕变法，朝野上下展开了激烈论战，一时间刀光剑影横飞。一方是有皇帝撑腰的以王安石、吕惠卿为首的改革派，王安石宣称"天变不足畏，祖宗不足法，人言不足恤"；另一方是由司马光、文彦博、韩琦、张方平等元老大臣组成的守旧派，"士夫沸腾，黎民骚动"（司马光语）。苏轼态度激烈，一马当先，又写了《再上皇帝书》，指出"自古存亡之所寄者，四人而已，一曰民，二曰军，三曰吏，四曰士，此四人者一失其心，则足以生变"。他说，王安石推行新法，将四者都得罪了，祸患深重啊！

到了熙宁三年（1070）下半年，较量初见分晓，反对变法的大臣，有的被罢官，有的致仕，苏轼也岌岌可危。当年八月五日，御史谢景温突然发难，揭发苏轼兄弟回乡奔丧时捎卖私盐，苏轼百口莫辩，只好请求外放。次年，他就抑郁地到杭州当通判去了。"通判"，一般由朝臣充任，与州府长官共同处理政务，地位略次于州府长官。其实，这起事件背后，似乎晃动着王安石的影子，"安石滋怒，使御史谢景温论奏其过，穷治无所得，轼遂请外，通判杭州"（《宋史·苏轼传》）。

杭州乃名扬天下的锦绣之地，温柔之乡。也是因祸得福吧，杭州的湖山胜景，激发了苏轼的绚烂才华，他许多脍炙人口的诗作，正是出自这一时期。

熙宁五年（1072）六月二十七日，苏轼登上西湖望湖楼。一阵急雨袭来，转瞬雨过天晴，望着西湖明净如梦的水面，他吟道——

　　黑云翻墨未遮山，白雨跳珠乱入船。

　　卷地风来忽吹散，望湖楼下水如天。

　　　　　　　　　　　　——《六月二十七日望湖楼醉书·其一》

卷地而来的熏风，呼呼吹散了压顶的黑云，也吹散了他心底的沉重与忧郁。

水光潋滟晴方好，山色空蒙雨亦奇。

欲把西湖比西子，淡妆浓抹总相宜。

——《饮湖上初晴后雨·其二》

这首诗传扬开来，使杭州西湖从此有了"西子湖"之美誉。苏轼的诗文风靡杭城，引得无数文人骚客吟啸唱和，连八十高龄的著名诗人张先也乐此不疲。张先是乌程（今浙江湖州）人，以"云破月来花弄影""柳径无人，堕风絮无影""娇柔懒起，帘压卷花影"闻名，人称"三影郎中"。满头白发的"三影郎中"与天下闻名的苏学士诗酒唱和，成了杭州城里的一段佳话。杭州知州陈述古喜欢说禅，自认为佛理如沸，禅意深邃，他哂笑苏轼说："尔之禅理，十分浅陋。"苏轼眉开眼笑，妙语如珠，他把陈氏之禅喻为"龙肉"，把苏氏之禅喻为"猪肉"，认为"龙飞在天，没人看见，猪肉乃家常菜，好吃又解馋"。他对宗教采取"为我所用"的实用主义态度，极为玄妙；"龙肉"之禅与"猪肉"之禅，咀嚼之下，的确味道殊异。

流连山光水影、结交知己好友之余，苏轼对新政依然心存忧虑，写了一些政治讽刺诗——

老翁七十自腰镰，惭愧春山笋蕨甜。

岂是闻韶解忘味，迩来三月食无盐。

——《山村五绝·其三》（讽刺"盐钞法"）

杖藜裹饭去匆匆，过眼青钱转手空。

赢得儿童语音好，一年强半在城中。

——《山村五绝·其四》（讽刺"青苗法"）

吴儿生长狎涛渊，冒利轻生不自怜。

东海若知明主意，应教斥卤变桑田。

——《八月十五日看潮五绝·其四》（讽刺"农田水利法"）

这些讽刺诗明白晓畅，广为传诵。也许苏轼很得意吧，但后来，这些诗却把他送进了牢房，让他差点丢掉性命。

（四）宦海风波

熙宁七年（1074），苏轼由杭州通判调任密州（治今山东诸城）知州。

密州地处山东半岛，历史悠久，相传上古名君虞舜即诞生于该州诸冯村。这里矿产资源丰富，重晶石、金红石、沸石，晶莹闪烁。然而，这里最有名的"财富"，是城西南十公里处的龙骨涧，此地如今已出土恐龙化石数十余吨，鹦鹉嘴龙、鸭嘴龙、霸王龙、蜥脚龙，各呈异彩。当然，北宋时期，恐龙化石还在地下沉睡，城里不免萧条寂寞。苏轼九月启程，十一月抵达任所。他乘着颠簸的马车，从繁花似锦的杭州来到寂寞萧条的密州，不见了妩媚浩渺的山水，满眼尽是广袤粗犷的田野。一到密州，他就病倒了。病中的诗人做了一个梦，梦见了已逝去十年的妻子王弗——

十年生死两茫茫。不思量，自难忘。千里孤坟，无处话凄凉。纵使相逢应不识，尘满面，鬓如霜。　　夜来幽梦忽还乡。小轩窗，正梳妆。相顾无言，惟有泪千行。料得年年肠断处，明月夜，短松冈。

——《江城子·乙卯正月二十日夜记梦》

诗人心境之悲凉，由此可见。但豪放豁达的天性，促使他很快走出了情感低谷。作为密州的"一把手"，苏轼视民如伤，与治下百姓忧乐同心。大旱时节，他与父老们一起祈祷求雨；春荒时节，他与众乡民一样挖野菜充饥。而此地淳朴的民风，更使他精神振奋。

一天，苏轼率僚属前往常山祭神，而后在山下围猎。民众闻讯，排山倒海赶来观看。苏轼豪情满怀，当即赋《江城子·密州出猎》一首——

老夫聊发少年狂。左牵黄，右擎苍。锦帽貂裘，千骑卷平冈。为报倾城随太守，亲射虎，看孙郎。　　酒酣胸胆尚开张。鬓微霜，又何妨。持节云中，何日遣冯唐。会挽雕弓如满月，西北望，射天狼。

当苏轼在密州围猎的时候，王安石却在朝廷遭到"围猎"。随着局势的变化，王安石在变法实施过程中，出现了许多值得检讨的地方，如他为人过于执拗，不善于团结大多数，致使一些支持者渐行渐远；某些新法不免矫枉过正，形同弊政，产生了很大的消极影响；有些改革者好大喜功，轻躁冒进，为世人所讥；一些贪墨之徒乘机中饱私囊，盘剥百姓，为害甚烈。此外，宗室、外戚势力的反对之声，也很强烈。例如，改革宗室子弟任官制度，使不少皇亲国戚失去了升官发财的机会，他们上蹿下跳，大喊大叫，必欲扼杀新政。有一天，这些人在皇宫外拦住王安石的车驾，群起鼓噪起来："丞相大老爷，给我们一口饭吃吧！丞相大老爷，救命啊！"

面对如此强大的阻力，王安石不为所动，"安石性强忮，遇事无可否，自信所见，执意不回"（《宋史·王安石传》）。

这年春天，全国大旱，灾民流离失所。神宗忧心忡忡，改革决心开始动摇，"欲尽罢法度之不善者"。王安石不以为然，说天下大旱不过是自然灾害，尧舜时代也难以避免，"此不足招圣虑，但当修人事以应之"。岂料皇帝脸色一变，说自己所担忧的，正是人事未修啊！

这时，毁谤王安石的声音愈加强烈。京城安上门之监门小吏郑侠，将所见流民扶老携幼的景象画成十二幅《流民图》呈献皇帝，说"去安石，天必雨"。

这位郑侠先生，字介夫，福州福清（今属福建）人。王安石任江宁知府期间，郑侠的父亲刚好调任江宁府监税官，他随之来到江宁，在城之西北的清凉寺就读。王安石闻听郑侠才华超群，邀其相见，黾勉有加。郑侠入仕之后，王安石将他一路提拔，希望他成为自己的股肱心膂。岂料，郑侠根本就反对王安石的改革，二人逐渐演变成政敌。此事极大地伤害了王安石的感情，令他不免心灰意冷起来。数年呕心沥血推行新政，饱受风雨摧折，他的锐气渐渐被消磨；亲朋好友的冷淡疏远，更使他百感交集。他感到累了，倦了。熙宁五年（1072），欧阳修在颍州去世。欧阳公早年对他有知遇之恩，晚年不赞成"青苗法"，上书表示反对，与他的关系也疏离了。欧阳公谢世，王安石悲伤难已，他在《祭欧阳文忠公文》中赞扬先生"功名成就，不居而去，其出处进退，又庶乎英魄灵气，不随异物腐散"，抚今追昔，他难掩伤感："临风想望，不能忘情者，念公之不可复见，而其谁与归！"

此后，疲态毕现的王安石多次上书求去，神宗犹豫再三，允准他暂时"离岗"，再一次出知江宁府。变法运动转而由韩绛、吕惠卿等人领导。韩绛虽然力倡改革，但缺乏创造性，被讥为"传法沙门"；吕惠卿才华出众，推行新法屡立功勋，却是个政治投机分子。二人道不同不相为谋，一旦共同掌舵，势同水火也就不奇怪了。吕惠卿大权在握，排除异己，扶植亲信，引起朝臣极大不满。"天下之人，复思荆公，天子断意，再召秉政"（魏泰《东轩笔录》），朝野上下强烈要求王安石重新出山，皇帝一纸诏书，又把王安石召回京城，重任宰相。

然而，"好马吃了回头草"，并不是什么好兆头。此时的吕惠卿再也不是王安石的左膀右臂了，反而处处掣肘，攻击、排挤他，公然为改革制造种种障碍。神宗震怒，下令将吕惠卿赶出朝堂，贬往陈州（治今河南淮阳）……

这时候，王安石心头的改革曙光，犹如夕阳余晖，渐渐地暗淡了；他的慷慨豪壮，也慢慢地归于沉寂。有时闲倚楼头，追忆往昔，不免低声自语；间或与知己小酌，论及时政，亦复摇首叹息。纵横古今，俯仰上下，天下之兴亡也，谁是真的英雄？大厦之将倾也，究竟谁能扶之？昆仑之崩摧，长江之倒流，亲人之遽逝，日月之升沉——这一切的一切，仿佛自然洪荒，不可测，不可抗，不可言。说是匪夷所思，终究还是"思"了；意欲占卜决疑，终究还是满怀惶恐……

此后，病魔常常临身，王安石强驱病体去施政，毕竟有些力不从心了。《宋史·王安石传》说，"安石之再相也，屡谢病求去"。他一再称病请辞，惹得神宗有些厌烦起来，君臣开始貌合神离。至此，北宋王朝改革之巨轮，伴随着刺耳的凄厉悲鸣，缓缓地、无可挽回地滑入了历史的逼仄低谷。

几个月后，天上出现了一颗拖着长长尾巴的彗星。这本来是正常的自然现象，在当时却被认为是不祥之兆。保守派乘机大肆攻击，说新法搞得天怒人怨，山河变色。神宗心神不宁；王安石徒唤奈何，不知所以，他似乎与生俱来的改革家的坚强信念，也像彗星拖着的那些光闪闪的"太空粉尘"一样，一点一点，悄悄地在宇宙间流失了。他的人生支柱，慢慢地在尘世间倾覆……

当此之际，厄运再次降临，王安石的儿子王雱不幸病逝，年仅33岁。王雱幼聪敏，善著述，思绪如黄鹤之飞，议论如高山流水，受到神宗赏识，被擢拔为天章阁待制兼侍讲，其诗句"开遍杏花人不到，满庭轻雨绿如烟"被誉为有"乃翁思致"，其著作《老子训传》《佛书义解》亦受到世人推重。如此英才，倏然离世，令人扼腕。王安石眼看着爱子的躯体被钉入棺木，埋进祖坟，没有号啕，只有婆娑的老泪无声地从沟壑纵横的脸颊滑落。他的脑海，一片空白。白发人送黑发人，乃人生之至痛至哀！爱子的早逝，彻底击毁了他的人生信念。万念俱灰的王安石，于熙宁九年（1076）十月，再一次辞去了宰相之职，头顶一连串"荣誉称号"——镇南军节度使、同平章事、左仆射、观文殿大学士等，永远离开了政坛，回到江宁钟山之下，过起了隐居生活。

一代改革家，就此彻底熄灭了改革之梦。这是他个人的不幸呢，还是历史的悲哀？

到了元丰元年（1078），变法已进行了将近十年，王安石去职后，宋神宗从幕后走到了前台，亲自主持变法。这是他的不同凡响，也是他的历史悲哀。他欲以一人之力，挪动乾坤，滚动历史巨轮，这实在是不可能完成的任务——哪怕他是君临四海、富有万邦的皇帝！神宗被迫放弃了从前的种种"新政"，转而进行官制与军兵保甲制度改革，后世称为"神宗改制"，岂料这是一块更难啃的"硬骨头"。如果说"王安石变法"是经济体制改革的话，那么官制与军兵保甲制度改革就是政治体制与军事体制改革了，其难度与烈度更深更强，当然也就更不可能完成了。

经年的挫折，耗去了皇帝的心血，也消磨尽了他的耐心。面对保守派的强烈阻击，神宗雷霆震怒，决心予以坚决镇压。他悍然下令，派出兵卒在京城大街小巷日夜巡逻，凡是非议新法者，一律严惩不贷。那位自作聪明上《流民图》的郑侠，率先尝到"专政"的滋味，他被控"嘲讪朝政"，刑具加身，押进大牢。朝廷专制的铁拳越攥越紧，最终落到了苏轼的头上。

元丰二年（1079），43岁的苏轼调任湖州（今属浙江）知州，而他反对新法的态度仍没有改变。上任伊始，他给神宗上了一封《湖州谢上表》，说自己"性资顽鄙，名迹埋微，议论阔疏，文学浅陋"，皇帝"知其愚不适时，难以追陪新进；察其老不生事，或能牧养小民"云云。这些高级牢骚，被新党指为"愚弄朝廷，妄自尊大""衔怨怀怒，包藏祸心"，一时间，倒苏之声响彻朝廷。到了这年七月，御史中丞李定向皇帝告密，说苏轼攻击时政，怨谤君父；御史舒亶把苏轼讽刺新法的诗呈献给皇帝，说无一句不是诽谤圣上；御史何正臣也乘机煽风点火，批判苏轼一向逞才傲物，目无纲纪。

这三个御史大人，均被史官记入《宋史·列传第八十八》。李定，字资深，扬州（今属江苏）人，"少受学于王安石"，因为不孝为世人所讥；舒亶，字信道，明州慈溪（今属浙江）人，早年受王安石赏识，出任御史后，"举劾多私，气焰熏灼，见者侧目"；何正臣，字君表，临江新淦（今江西新干）人，由变法派主将蔡确举荐出任御史，"遂与李定、舒亶论苏轼，得五品服"。这三位朝廷监察官员，均出自王安石门下，然而他们采取诬蔑陷害等卑劣手段，企图置政敌苏轼于死地，却也违背了王安石的为政之道，沦为政治流氓了。俗话说"三人成虎"，三个御史连番攻讦，聒噪朝堂，宋神宗本来爱怜苏轼之才，此时却把脸一翻，命将苏轼罢官，捉拿归案，酿成了历史上著名的"乌台诗案"。

"乌台"是御史台的别称。据《汉书·朱博传》记载，御史台官衙大院里有许多柏树，"常有野乌数千栖宿其上"，晨去暮来，号曰"朝夕乌"，后人因此将御史台称为乌台。这起由诗歌引起的"文字狱"由御史台审理，故称"乌台诗案"。

到了生死关头，才情非凡的东坡先生也乱了方寸。押解回京的路上，为维护尊严，他差点投水自尽。被关进御史台大牢后，悲愤、绝望、屈辱、恐惧，一起涌来。遥夜弥天，生死茫然。苏轼这才明白了，逞一时之才，泄一时之愤，有时候会付出多么大的代价。他含泪写了两首绝命诗《狱中寄子由》，交给一个叫梁成的狱卒，求他日后转交给弟弟苏辙。

其一

圣主如天万物春，小臣愚暗自亡身。

百年未满先偿债，十口无归更累人。

是处青山可埋骨，他年夜雨独伤神。

与君世世为兄弟，更结来生未了因。

其二

柏台霜气夜凄凄，风动琅珰月向低。

梦绕云山心似鹿，魂飞汤火命如鸡。

眼中犀角真吾子，身后牛衣愧老妻。

百岁神游定何处，桐乡知葬浙江西。

苏轼入狱，天下震恐。爱之者奔走呼号，千方百计营救；恨之者上蹿下跳，必欲置之死地而后快。善良与丑恶，表现得如此淋漓尽致。

率先向苏轼发难的御史李定、舒亶、何正臣，此时已变成了魔鬼。他们连夜审讯，逼迫苏轼承认"谤讪朝廷、反对变法、诋毁皇帝"诸般罪行。这几条罪名一旦成立，苏轼的人头肯定要落地。宰相王珪乘上朝之机，拿苏轼《王复秀才所居双桧二首》中的"根到九泉无曲处，世间惟有蛰龙知"说事，他煞有介事地对神宗说："陛下是飞龙在天，苏轼怨恨陛下，去寻找什么地下的'蛰龙'，这是犯了大不敬之罪！"

这位王珪先生，就是历史上有名的"三旨相公"。据《宋史·王珪传》记载，他当宰相十六年，上殿面君，曰"取圣旨"；听取皇帝指示后，曰"领圣旨"；回到衙门之后，对手下曰"已得圣旨"。这样一个唯唯诺诺的滑头官僚，这时候也露出了青面獠牙，对苏轼明枪暗箭齐放。幸而宋神宗不是昏君，他说："诗能这样评论吗？他说桧树，与朕何干呢？"

苏轼蒙难是举国关注的大事，湖州、杭州的老百姓为之祈祷，深居后宫的神宗生母高太后为之说情，已致仕回家、对苏轼有知遇之恩的老臣张方平连夜上书为之求情，欧阳修的女婿、宰相吴充在皇帝面前旁敲侧击为之转圜，王安石的弟弟王安礼也为之多方奔走疏通……

在营救苏轼的人中，还有他昔日的政敌王安石。远在江宁隐居的王安石，那天骑着毛驴不慌不忙走在回家的路上，听到苏轼入狱的消息，差点滚下驴背。他早忘了当年苏轼恃才傲物的往事，连夜上书神宗，说："哪里有圣世杀才子的呢？"

苏轼最终保住了性命。在狱中关了103天后，他终于重获自由。皇帝依然爱怜其才。到了年底，皇命下达：苏轼降职为检校水部员外郎、黄州团练副使，安置黄州（治今湖北黄冈）居住，其实就是流放。此案牵连多人，苏辙因知情不报，被贬官；张方平、司马光及"苏门四学士"等，因收受苏轼诗文，各罚铜20斤。

（五）寄怀江湖

黄州位于湖北东部，地处长江中游北岸、大别山南麓，自隋唐以降，历来为州、府、县的官府驻地。苏轼在黄州的生活，起初十分艰难。鸡鸭鱼肉，蔬菜米面，油盐酱醋，都寄托在那一串串苏大才子从前根本不屑一顾的铜钱里了。夜晚闲步庭院，看疏影横斜，忽闻空中一阵孤鸿哀鸣，他的心底悄悄掠过一片阴影；清晨登上高冈，看太阳升空，他的心头忽忽漾起了浩瀚之波。"乌台"之狱，乌鸦夜啼；杀头之祸，有惊无险——人生当怵惕之处，唯须谨慎；宦海翻波之时，何必逞强。天才恍若北斗星，人世间万众景仰，然而北斗星也有云遮雾绕的时候……

为改善生活条件，苏轼设法获得城郊一块荒颓的山坡（当地人称"东坡"），悉心经营。他带领一家老小，砍荆棘，清瓦砾，植稼禾，建瓦屋。荆棘去兮瓦砾清，稼禾荡漾兮自躬耕，日出而作兮日落而息，谁知天才兮面朝黄土汗流浃背赛老农！——噫！苏轼头戴斗笠，足蹬草鞋，手舞牛鞭，与老牛一起气喘吁吁犁地。即使到了这样的落魄时刻，他依然诗情洋溢："自笑平生为口忙，老来事业转荒唐。长江绕郭知鱼美，好竹连山觉笋香。"（《初到黄州》）

在这段烟霞蔼然如梦的日子里，他自称"东坡居士"。这块荒颓的山坡，从此进入了中国文学史，成了历史上最著名的一片"东坡"！

> 雨洗东坡月色清，市人行尽野人行。
>
> 莫嫌荦确坡头路，自爱铿然曳杖声。

——《东坡》

"乌台诗案"，一场惊魂，却催发了苏轼沸腾的才华，使他迎来了一个创作高峰。著名的三咏赤壁"一词两文"，可谓珠玉晶莹、瑰丽雄奇，是宋代文学的巅峰之作，是雄视千古的不朽篇章。

元丰五年（1082）七月的一个傍晚，夕阳欲落，江风浩荡。苏轼独自驾着一叶小舟，来到黄州城西长江之畔的赤壁之下。这块飞临长江之上的巨大石崖，赭红似血，形如兽鼻，当地人称之"赤鼻矶"。这里并非当年魏、蜀、吴三国赤壁鏖兵之"赤壁"。真正的赤壁在长江南岸的蒲圻（今湖北赤壁）。苏轼当然了解这一点，但压抑的激情点燃了江山胜景。他仰望突兀临空的巨崖，仿佛看见了当年令曹操丢盔卸甲的熊熊战火；俯视滚滚东去的长江水，似乎看见一朵朵浪花带走了一个个悲情英雄。一时之间，他激情澎湃，难以自持——

> 大江东去，浪淘尽，千古风流人物。故垒西边，人道是，三国周郎赤壁。乱石穿空，惊涛拍岸，卷起千堆雪。江山如画，一时多少豪杰。
>
> 遥想公瑾当年，小乔初嫁了，雄姿英发。羽扇纶巾，谈笑间，樯橹灰飞烟灭。故国神游，多情应笑我，早生华发。人生如梦，一尊还酹江月。

这首《念奴娇·赤壁怀古》展示的大江滔滔、千古风流的山河与历史场景，如山崩地坼，响绝古今。词中抒发的豪壮气魄，至今令人震撼不已。

七月十六日夜，大江上漂来几只轻舟。苏轼携二三友人，夜游赤壁。但见清风徐来，水波不兴，白露横江，水光接天。苏子与客人，饮酒乐甚，诵明月之诗，歌窈窕之章，对月吹箫，如怨如慕，如泣如诉，余音袅袅，不绝如缕。客人不由得记起了在长江之上横槊赋诗的曹孟德，感慨不已。曹孟德当年破荆州，下江陵，舳舻千里，旌旗蔽空，可谓英雄矣，而今安在哉？叹人生之苦短，悲人世之无常，哀吾生之须臾，羡长江之无穷……

苏子闻之愀然："天地之间，物各有主，苟非吾之所有，虽一毫而莫取。惟江上之清风，与山间之明月，耳得之而为声，目遇之而成色。"——这正是造物主赐给天下人的永恒的财富啊！

如果说《前赤壁赋》的旷达飘逸仿佛天外神曲，那么《后赤壁赋》的孤寂凛冽，则犹如寂灭峡谷里的绝世之音。这时节，霜露既降，木叶尽脱；江流有声，断岸千尺；山高月小，水落石出。苏子"摄衣而上，履巉岩，披蒙茸"，寻幽探奇，"二客不能从焉"，入之弥深，愈感孤独，"划然长啸，草木震动"。俄尔登舟涉水，已是夜半，"适有孤鹤，横江东来，翅如车轮，玄裳缟衣，戛然长鸣，掠予舟而西也"。

而作于同一时期的《定风波·沙湖道中遇雨》，却别有一番人生况味——

莫听穿林打叶声，何妨吟啸且徐行。竹杖芒鞋轻胜马，谁怕？一蓑烟雨任平生。　　料峭春风吹酒醒，微冷，山头斜照却相迎。回首向来萧瑟处，归去，也无风雨也无晴。

"竹杖芒鞋"是苏轼自己的形象，"一蓑烟雨任平生""也无风雨也无晴"，是他对待人生、对待挫折的态度。那份从容淡定，喜怒自适，悲喜无波，是诗人历经磨难实现升华之后平静心态的写照吧？

横看成岭侧成峰，远近高低各不同。
不识庐山真面目，只缘身在此山中。

这首写在庐山西林寺墙壁上的七言绝句，写了庐山的壮美景色，大约也写了由"乌台诗案"触发的某种人生反思吧？

（六）金陵佳话

如果用"人生何处不相逢"的古训来概括苏轼与王安石之间的人生际遇，实在是恰如其分。

王安石在56岁那一年，彻底退出了政坛，归隐江宁钟山之下，居于城东白下门外谢公墩，其府第号称"半山园"，距城东七里，距钟山也是七里，故曰"半山"。虽曰"府第"，却像两间穹庐茅舍，《东轩笔录》载："所居之地，四无人家，其宅仅蔽风雨，又不设垣墙，望之若逆旅之舍。"

徜徉在"半山园"里的王安石，抬眼远眺，"开门望钟山，松石皓相映"，心逐白云飞，神灵几登仙。这位不修边幅的"半山老人"，整天骑着一头毛驴，游钟山，逛古城，任意东西。有客来访，路旁相遇，他就翻身下驴，坐在小板凳上与之叙谈。

江宁古称金陵，也就是现在的南京，号称"六朝金粉地，金陵帝王州"，古迹遍布，繁花若梦，与北京、西安、洛阳并称为"中国四大古都"。秦淮河梦萦烟浮，莫愁湖心事浩茫，栖霞山落晖如锦。青年时代，雄姿英发，王安石曾写下"霁分星斗风雷静，凉入轩窗枕簟闲。谁似浮云知进退，才成霖雨便归山"（《雨过偶书》），豪壮之气溢于言表。如今归隐林泉，他并没有体会到一丝潇洒，却产生了些微的遗憾与自责。上天给了天分，历史给了机遇，自己也努力奋斗了，却没有实现富民强国的雄心壮志，怎么能不产生几丝遗憾与自责呢？

登临送目。正故国晚秋，天气初肃。千里澄江似练，翠峰如簇。归帆去棹残阳里，背西风，酒旗斜矗。彩舟云淡，星河鹭起，画图难足。

念往昔，繁华竞逐。叹门外楼头，悲恨相续。千古凭高，对此谩嗟荣辱。六朝旧事随流水，但寒烟，芳草凝绿。至今商女，时时犹唱，后庭遗曲。

王安石一生对金陵情有独钟。这首作于变法之前的《桂枝香·金陵怀古》，对金陵胜景的描述与历史回顾，悲郁，凝重，充溢着郁勃不平之气。如今，他胸中的块垒经数十年风雨淘洗、消磨，已慢慢消失，渐渐地杳无踪迹了。辞官后的赋闲生涯，毕竟令人陶醉，使人慵懒，使人浑忘诸想——"此物非他物，今吾即故吾。今吾如可状，此物若为摹"（《传神自赞》）；"萧然一世外，所乐有谁同。宴坐能忘老，斋蔬不过中。无心为佛事，有客问家风。笑谓西来意，虽空亦不空"（《和栖霞寂照庵僧云渺》）。

平日里，迹近无心的他，与佛徒僧侣殷勤往来，谈禅论道，交流心得，还运用佛理写了《字说》一书，为《楞严经》作了注释。在超迈的佛的世界里，他似乎找到了心灵的归依；而清幽的环境、悠远的遐思、浮漾的轻尘，则把他的诗句点缀得别具神采——

茅檐长扫静无苔，花木成畦手自栽。

一水护田将绿绕，两山排闼送青来。

——《书湖阴先生壁二首·其一》

湖阴先生本名杨德逢，是王安石晚年居住金陵时的邻居。这首写在湖阴先生屋壁上的小诗，是王安石晚期诗作的精品。

"乌台诗案"尘埃落定之后，苏轼被流放黄州，直到五年后的元丰七年（1084），朝廷才决定把他调往汝州（今属河南），官职虽没有恢复，离京城却近了。

第二年，即元丰八年（1085），素怀大志的宋神宗赵顼由于改革大业受阻，加之西北边境用兵败于西夏王朝，精神上受到沉重打击，就此一病不起，不久逝世。年仅10岁的宋哲宗赵煦即位，宣仁高太后听政，史入元祐，"新党"下野，"旧党"上台执政。

王安石闻听神宗驾崩的噩耗，五内俱焚，沉痛地写下了《神宗皇帝挽词二首》："将圣由天纵，成能与鬼谋。聪明初四达，隽乂尽旁求。一变前无古，三登岁有秋。讴歌归子启，钦念禹功修。"想到这位大无畏的改革皇帝英年早逝，王安石不禁涕泗横流，"玉暗蛟龙蛰，金寒雁鹜飞。老臣他日泪，湖海想遗衣"……

元丰七年五月，苏轼携家人北上汝州履任之前，先到筠州（治今江西高安）看望了在那里做盐酒税官的弟弟苏辙，又顺长江而下，于七月来到金陵，见到了在此隐居的王安石。一代文豪，两大巨擘，几经磨难，几经挫折，阅尽人间沧桑之后，终于又见面了。

这天，苏轼装扮得像个荒野村夫，在江宁知府王胜之的陪伴下，来到王安石竹木掩映的"半山园"。王安石闻讯，连忙走出茅屋，趋前相迎。

苏轼说："老丞相，这些年可好？"

王安石连连点头："好，好，苏学士可好？"

说完这么两句客套话，两人不由怔了一下，然后相视而笑。在两张睿智的脸上荡漾的笑容，犹如岁月之绵绵波涛，恍惚间泯灭了彼此心底许多年的恩怨。

"苏学士，你这是……"

王安石上下打量苏轼的装束，苏轼朗声大笑起来："我这是野服来见大丞相啊，失礼失礼！"

王安石也开心地笑了："礼仪难道是为吾辈所设的吗？"

两人在阳光下彼此相望，仿佛听闻了过往岁月的温婉与风雪，才华绝代，人生如寄——此刻，两个曾经叱咤风云的人物，眼角眉梢却在微微颤动。屈指算来，他们已经十几年未见了。往昔恩怨，杳如黄鹤。64岁的王安石面容清癯，白发萧疏；48岁的苏轼舒眉朗目，气度超迈。在过去的岁月里，两人虽是政治对手，但彼此并无私怨，更不是不共戴天的仇敌，即使在苏轼得罪外放期间，也时有联系。在密州时，苏轼写了《雪后书北台壁二首》，其一云："黄昏犹作雨纤纤，夜静无风势转严。但觉衾裯如泼水，不知庭院已堆盐。"王安石很欣赏，步韵唱和。苏轼到黄州后，一日夜宿临皋亭，醉梦中忽然惊起，写了一篇词采诡谲的奇文《胜相院经藏记》。这是一篇佛教藏经记，由"一切世间，无取无舍，无憎无爱，无可无不可"出发，乘舟驶入人海，论及赌博之输赢，说赢了钱物质财富是积累了，但精神更贫穷了，"如人善博，日胜日负"。王安石读罢，说"日胜日负"似乎说赌博有赢有输，不如改为"日胜日贫"更准确。苏轼听了这番高论，拊掌大笑，感叹道："荆公不愧是文章高手啊！"

两百多年后，元代著名史学家脱脱在《宋史·苏轼传》中，一往情深地描绘了两人金陵相见时的情景。苏轼与王安石在长江江畔诵经咏诗，开怀畅谈，不舍昼夜。长江的波涛滚滚东去，两个天才的话语绵绵不绝，宗教、文学、政治、变法，天马行空，万象纷呈。苏轼说起近年来朝廷屡屡在西北用兵，在东南起大狱，问道："公独无一言以救之乎？"王安石说自己身在江湖，不便多言。苏轼接着问道："在朝则言，在外则不言，事君之常礼耳。上所以待公者，非常礼，公所以待上者，岂可以常礼乎？"意思是，在朝则进言，在野则缄默，那不过是臣子事君的庸常之礼，可是皇帝以非常之礼厚待王公，王公哪能以庸常之礼回报陛下啊？

王安石闻言，挺身而起，厉声回答："安石须说！"又俯身在苏轼耳边低语："出在安石口，入在子瞻耳。"两人相视而笑。王安石正色道："人须是知行一不义，杀一不辜，得天下弗为，乃可。"他说，人生在世，必须明白一个道理：做出一件不义之事，杀死一个无罪之人，即使能得到整个天下也不可以啊！苏轼闻言笑曰："今之君子，争减半年磨勘，虽杀人亦为之。""磨勘"，唐宋时期定期复验官员政绩，以定升迁。苏轼笑道，如今的君子们，为了减少半年的磨勘期，连杀人都不眨眼啊！

苏轼话音落地，王安石沉重一叹，再不吱声。两人都久在宦海，彼此都明白国家面临的重大危机，只是无可奈何。话题由政治转入诗赋，苏轼赞赏王安石《寄蔡氏女子二首》中"积李兮缟夜，崇桃兮炫昼"两句大有屈原《离骚》之神韵，王安石高兴得像个孩子，说："我也这样认为，只是没法子跟那些凡夫俗子讲呢！"

苏轼将自己的新作《同王胜之游蒋山》呈请王安石"雅正"，王安石对其中"峰多巧障日，江远欲浮天"两句极为欣赏，赞叹说："老夫平生作诗，无此二句。"并作《和子瞻同王胜之游蒋山》，历数金陵千姿百态之山水形胜，尽抒恣肆奔涌之情感波流，"金陵限南北，形势岂其然？楚役六千里，陈亡三百年"，江山无限啊，隐埋着那么多的沉重往事，引得无数骚客咏叹不已，"朱门园渌水，碧瓦第青烟。墨客真能赋，留诗野竹娟"……

两人在金陵盘桓一月有余，苏轼告辞离去时，王安石望着他远去的背影，喟然长叹："不知再过几百年，方有如此人物啊！"而后展纸挥毫，赋诗《北山》，抒发和苏轼相会之后的愉悦心绪与神灵澄清、心无挂碍之高邈情怀——

> 北山输绿涨横陂，直堑回塘滟滟时。
> 细数落花因坐久，缓寻芳草得归迟。

离开金陵后，苏轼一路吟诵着王安石的千古名句"春风又绿江南岸，明月何时照我还"，慨叹不已。当读到《北山》时，他当即赋诗唱和——

> 青李扶疏禽自来，清真逸少手亲栽。
> 深红浅紫从争发，雪白鹅黄也斗开。
>
> ——《次荆公韵四绝·其一》
>
> 骑驴渺渺入荒陂，想见先生未病时。
> 劝我试求三亩宅，从公已觉十年迟。
>
> ——《次荆公韵四绝·其三》

苏轼的和诗，清丽如画，翩然可喜，其对王安石品格与才学的钦敬，可谓一往情深矣！

此后，苏轼一直打算卜居金陵，或者金陵附近，好与王安石作朝夕之游，可惜因为种种因素，始终未能如愿。那一年，苏轼到仪真（今江苏仪征）"求田问舍"，寻觅栖息之地，曾致信王安石："今仪真一住，又已二十日，日以求田为事，然成否未可知也。若幸而成，扁舟往来，见公不难矣。"（《与王荆公二首·其二》）

金陵相见两年之后，即元祐元年（1086）四月初六，王安石安然辞世，享年66岁。时任中书舍人的苏轼在为哲宗撰写的《王安石赠太傅》里，由衷地赞叹王安石："名高一时，学贯千载，智足以达其道，辩足以行其言，瑰玮之文，足以藻饰万物；卓绝之行，足以风动四方……"

15年之后，即建中靖国元年（1101）七月二十八日，巨星陨落，伟大的文学家苏轼在客居常州（今属江苏）时病逝，享年66岁。两人生死不同时，享年却相同。可叹也夫！

> ……鹤飞去兮，西山之缺。高翔而下览兮，择所适。翻然敛翼，婉将集兮，忽何所见，矫然而复击。独终日于涧谷之间兮，啄苍苔而履白石。鹤归来兮，东山之阴。其下有人兮，黄冠草履葛衣而鼓琴。躬耕而食兮，其余以汝饱。归来归来兮，西山不可以久留……

千古奇文《放鹤亭记》，仙气缭绕；放鹤招鹤之歌，去意徘徊。放鹤亭位于江苏徐州云龙山之巅，是彭城隐士张天骥于元丰元年（1078）兴建。彩栋丹楹，吉光笼罩，西北角有凉亭，西南角有清轩，敞怀可纳风雨，闭门足涵春秋。西侧有饮鹤泉，南侧有招鹤亭。饮鹤泉水甘且洌，招鹤亭檐腾欲飞。苏轼任徐州知州期间，与张天骥成为莫逆之交，时常对饮亭上，击空明，溯流光，大醉陶然，"荞麦余春雪，樱桃落晚风。入城都不记，归路醉眠中"（《访张山人得山中字》）。

苏轼与王安石，犹如两只"高翔而下览"的苍然孤鹤，最后归之于遥邈的远天白云里。他们一生是对手，一生是知己，一生是朋友。他们互相论争，针锋相对；互相欣赏，真心实意；互相交流，善意存焉；互相祝福，真挚高洁——这难道不是可贵、可叹、可歌、可泣的吗？

人世间的朋友，可谓多矣。有的人，与你饮酒吃肉时，是朋友；有的人，当你飞黄腾达时，是朋友；有的人，与你政见相同时，是朋友；有的人，与你利益相连时，是朋友——然而，一旦失去了这些前提，当你落魄了，满脸尘灰，衣食不继，那些所谓的"朋友"，早就消失得无影无踪了！

唉，寰宇之内，人海茫茫，到哪里去寻找苏轼与王安石那样的知音呢？

明月几时有，把酒问青天。不知天上宫阙，今夕是何年。我欲乘风归去，又恐琼楼玉宇，高处不胜寒。起舞弄清影，何似在人间。　转朱阁，低绮户，照无眠。不应有恨，何事长向别时圆。人有悲欢离合，月有阴晴圆缺，此事古难全。但愿人长久，千里共婵娟。

苏轼这首中秋绝唱，是写给弟弟苏辙的，也是写给王安石的，更是写给天下所有真心朋友的。

位卑未敢忘忧国

——陆游与辛弃疾

（一）乱世初生

一个人出生时的情景，是否预示着他一生的境遇呢？

北宋宣和七年（1125）十月十七日，陆游出生在淮水一叶风雨飘摇的小船上。那时候，陆游的父亲陆宰担任直秘阁、淮南路计度转运副使，数日前他接到宋徽宗的诏令，命前往都城汴京（今河南开封）。他不敢怠慢，匆匆带着临近产期的夫人，从淮南出发，准备乘船由淮水入汴河，走水路抵达皇城。如果一切顺利，夫人便可在京城平安生产。岂料他的官船在淮水遭遇狂风暴雨，滔滔水浪如恶龙翻腾，天地之间白茫茫一片。望着不断呕吐呻吟的夫人，他只好把船泊在了岸边。陆游就在电闪雷鸣之中来到了恶浊的人世，来到了这条饱受风雨吹击、恶浪围困的小船上——此后他的人生，也像这条在风浪中起伏的小船一样，飘摇无依，屡经挫折，虽波澜壮阔，却也遗恨深重。

陆宰进京后，被宋徽宗任命为京西路转运副使，负责泽州、潞州一带军队的给养。泽州的治所是山西晋城，潞州的治所是山西长治，两州都坐落在山西东南角。诏命下达，陆宰就急急忙忙上任去了。

转眼就到了第二年，即靖康元年（1126），这年发生的两件大事，令童年的陆游此后一生铭记。这年四月，陆宰不知何故突然被免职，一家人流落中原，生活无着，只得南归越州山阴（今浙江绍兴）。那时候，北宋王朝摇摇欲坠，政局随着金兵的凛凛铁蹄动荡不已。南归途中，一片颓败景象，逃难者衣衫褴褛，阻塞路途，不时有人倒毙路旁。陆氏一家涉淮水，渡运河，抵杭州，仓皇回到了故土山阴。幼小的陆游跟随家人，"扶床踉跄出京华"（《太平花》），在血与泪中逃难归乡，在心灵深处留下了不可磨灭的痛楚。他后来在《三山杜门作歌》中回忆说："我生学步逢丧乱，家在中原厌奔窜。淮边夜闻贼马嘶，跳去不待鸡号旦。人怀一饼草间伏，往往经旬不炊爨。呜呼！乱定百口俱得全，孰为此者宁非天！"

昏庸透顶的宋徽宗赵佶眼见金兵的刀锋已经逼临头顶，急急忙忙禅位当了太上皇，密谋南逃，太子赵桓被推上了帝位，这就是宋钦宗。面对沉沦的江山，父子俩束手无策。

靖康元年闰十一月二十五日（1127年1月9日），金兵攻陷汴京。次年二月，金太宗完颜晟下诏废除徽宗赵佶、钦宗赵桓两个皇帝，将其降为庶人，宣告了北宋王朝的彻底灭亡。金人随后扣押赵桓，诱捕赵佶，父子俩一起成了俘虏。三月，金人扶立张邦昌当了伪楚皇帝。赵佶与赵桓则被金人作为"战利品"，与数千名锦衣玉食的皇亲国戚一起，在冰天雪地里蹒跚跋涉，在金兵的呵斥詈骂声中，前往金国都城上京会宁府（今黑龙江哈尔滨市阿城区南）。路过赵州（治今河北赵县）时，人群里忽然传出号啕之声，原来燕王赵俣被活活饿死了。赵佶看着弟弟的尸体，痛哭流涕，说："你比为兄幸运，葬在了中原故土，为兄我却要成为异乡之鬼了……"

命运最悲惨的，是那些落入魔掌的女子。在金兵北归途中，被掳女子受到金人的残酷蹂躏，明人吕坤《呻吟语》记载："被掠者日以泪洗面，虏酋皆拥妇女，恣酒肉，弄管弦，喜乐无极。"宋钦宗的朱慎妃在中途解手时，遭到金兵调戏。金兵的虐戏狂吼，慎妃的哀哀惨叫，至今在天空里震鸣着亡国奴命运之凄惨。与此相伴的，是更加严重的死亡，一支原先三千多人的宗室队伍，到达燕山后，只剩下一千多人，而且十人九病……

被押到金国都城后，赵佶被金太宗封为"昏德公"，赵桓被封为"重昏侯"。金太宗给的蔑称还算恰如其分，父子俩真乃一对昏君啊！

这次重大变故，就是历史上著名的"靖康之变"。赵佶在赵州一语成谶。北宋王朝的这两个末世之君，从此再也没能返回故土，先后死于寒风凛冽、雪花飘飞的北国。

五月，康王赵构在南京（今河南商丘南）登坛受命，即皇帝位，是为宋高宗。宋高宗赵构是南宋第一任皇帝，却与徽、钦二帝一样懦弱无能，贪生怕死。后来在金兵的追击之下，他率领大臣渡江南逃，从建康（今江苏南京）一溜烟跑到了临安（今浙江杭州），过起了苟且偷安、醉生梦死的腐朽生活。

家庭的变故，故国的覆亡，如两幅血淋淋的图画，印在陆游幼小的心灵深处，铸就了他时时忧国忧民、一生誓死抗金的热血情怀。

（二）山河破碎

北宋末年至南宋初年这段历史，是一部饱受凌辱、摇尾乞怜、跪求生存而不可得的血泪史。

考察北宋王朝的历史，其江河日下之趋势，不由人喟然一叹。历任统治者为挽江山之颓，也曾百般挣扎。宋仁宗的"庆历新政"转瞬即逝，只留下了范仲淹、欧阳修诸位改革英雄之名；宋神宗的"熙宁新政"（王安石变法）虽历时十余载，却收效甚微，最后还演变成"新党""旧党"之争。到了宋徽宗赵佶时期，这个多才多艺的艺术家，作为皇帝却昏庸无道，以致朝政崩坏，金兵南下，神州陆沉。赵佶被金兵的刀剑吓破了胆，连皇位都不要了，只想一溜烟撒腿南逃。宋钦宗赵桓则一心求和：金人索要金一千万锭，银二千万锭，帛一千万匹，赵桓立刻下令搜刮；金人索要骡马，他赶紧搜罗七千余匹派人奉上；金人索要少女一千五百人，他下令抓捕民女，并把自己的妃嫔拿来凑数，导致妃嫔民女上吊投河者不计其数。赵佶、赵桓父子如此昏聩，难怪连金太宗都要骂他们"昏"了。

北宋灭亡，南宋登台。这个先天不足的封建王朝的首任皇帝宋高宗赵构，是历史上著名的投降派，胆小如鼠，畏敌如虎，置河山沦陷于不顾，不惜对金称臣，只求苟延残喘。他留下千载骂名的两大罪状，一是任用卖国奸贼秦桧，跪在金人脚下摇尾乞怜，甘当"儿皇帝"；二是以"莫须有"的罪名残杀抗金英雄岳飞，自毁长城。为了粉饰太平，赵构不顾百姓死活，在都城临安大兴土木，建造富丽堂皇的宫殿楼宇，举行名目繁多的盛大典礼。

山外青山楼外楼，西湖歌舞几时休？
暖风熏得游人醉，直把杭州作汴州。

南宋朝廷的皇宫建在临安城南凤凰山下，坐南向北，寓意不忘收复中原大地。可是，赵构及其一干投降派臣僚，哪里还知道中原为何物呢！诗人林升这首著名诗篇《题临安邸》，是那个悲惨时代的真实写照；比《题临安邸》更为著名的，则是岳飞的泣血之作《满江红》——

> 怒发冲冠，凭栏处，潇潇雨歇。抬望眼，仰天长啸，壮怀激烈。三十功名尘与土，八千里路云和月。莫等闲，白了少年头，空悲切。　靖康耻，犹未雪；臣子恨，何时灭！驾长车，踏破贺兰山缺。壮志饥餐胡虏肉，笑谈渴饮匈奴血。待从头，收拾旧山河，朝天阙。

岳飞父子被害，成为历史长河中的千古悲伤，也成为赵构、秦桧之流的可耻罪状。他们以为，只要甘心为奴，就会平安无事。然而，金朝内部爆发的一场残酷的宫廷政变，彻底击碎了这些鼠辈的可耻美梦。

金朝创建于1115年，在太祖完颜阿骨打、太宗完颜晟的苦心经营下，开疆拓土，迅速崛起，成为中国北方强大的民族地方政权。金熙宗完颜亶自幼接受汉文化教育，尊孔养士，重用汉人，铲除守旧势力，加强中央集权，促进了经济的发展。然而，他的骄奢淫逸、暴虐残忍也很有名。他视人命如草芥，动辄滥杀无辜，搞得天怒人怨。海陵王完颜亮瞅准时机，发动宫廷政变，诛杀金熙宗，篡夺了朝政大权。完颜亮是个欲壑难填的家伙，篡位之后，他命画匠将北宋著名词人柳永描绘杭州风情的《望海潮》中"三秋桂子，十里荷花"这一胜景画在宫廷屏风上，再画上自己横刀立马于吴山之巅的形象，并亲自题诗其上："万里车书尽混同，江南岂有别疆封？提兵百万西湖上，立马吴山第一峰！"

完颜亮如此野心勃勃，南宋的"儿皇帝"赵构及秦桧们苟且偷安的日子，只能是南柯一梦了。此后，金兵汹涌而来，铁蹄嗒嗒，宋高宗赵构犹如一条丧家之犬，从陆地到海上，到处奔窜……

在这样一个血雨腥风的时代里，伟大诗人陆游无怨无悔地奋斗了一生。无论何时何地，他都在高呼抗金救国，拯救江山社稷。他充满强烈悲剧色彩的人生岁月，也像南宋朝廷的命运一样，令无数后来者嗟叹不已。

（三）艰难入仕

陆游（1125—1210），字务观，号放翁，越州山阴（今浙江绍兴）人。山阴陆氏是个大家族，原本以耕读传家，到了陆游的高祖陆轸一辈才通过科举考试走上仕途，祖父陆佃官拜尚书右丞，父亲陆宰乃著名藏书家，藏书万卷，文气浮空。

陆游出生的第二年，"靖康之变"爆发，国破山河碎，他随家人流落中原，"儿时万死避胡兵"（《戏遣老怀》），在血火狼烟中南归，在山阴故园度过了童年岁月。乌篷船、油纸伞、咿咿呀呀的读书声与横行中原的金兵的刀光剑影，在他的眼前交织闪烁。幼年的他经常看到父亲和叔伯们议论国难家仇时神情激动的情形，他们或目眦尽裂、翘首北望，或流涕痛哭、握拳欲斗。他恍然间明白了，家庭与国家，都遭遇了惨变。一个沉重的童年，浸染了血海深仇。为此，他发奋用功，好学不辍，日读诗文，夜观兵书，"我生学语即耽书，万卷纵横眼欲枯"（《解嘲》）。诗文陶冶了他天高地迥之情怀，兵书铸就了他金戈铁马之梦想。读书之余，他苦练剑术，欲强身健体，杀敌立功，"学剑四十年，虏血未染锷。不得为长虹，万丈扫寥廓"（《醉歌》）。身为男子汉，一要重振家声，光宗耀祖；二要发扬国威，横扫贼寇。他徒有提剑安天下的豪壮气概，而报效国家的途径究竟在哪里呢？无论是在家习剑，还是在学府读书，这种有志难伸的郁闷，始终缭绕在他的心间。其胸中之郁怒，如滔滔江流，凝而为文，铸就了他绚烂华美的辞章。17岁的陆游，渐渐诗名远扬。

那一年，著名爱国诗人曾几到山阴拜访陆宰，宾主相见甚欢，推杯换盏。曾几是赣州（今属江西）人，早年通过吏部考试入仕，历任江西、浙西提刑，因力主抗金，触怒秦桧而被罢官，寓居上饶城北的茶山寺，自号"茶山居士"。"茶圣"陆羽的仙居就在寺内，他曾凿石引泉，泉水甘洌色白，品为"天下第四泉"。曾几在这里韬光养晦，度过了几载岁月。陆游见到仰慕已久的前辈诗人，决意拜师。两代诗人的相会，印证了爱国主义激情的磅礴无边。曾几赋诗赠陆游："江湖迥不见飞禽，陆子殷勤有使临。问我居家谁暖眼，为言忧国只寒心。"（《雪中陆务观数来问讯，用其韵奉赠》）金兵的铁蹄，践踏了大宋王朝的万里山河，也碾碎了无数志士的梦想。病中的陆游，尽管"病骨支离纱帽宽"，却坚守着"位卑未敢忘忧国"的信念（《病起书怀》）。他时时渴望"上马击狂胡，下马草军书"（《观大散关图有感》）——这无疑是他一生立志抗金救国的宣言书。

尽管胸怀凌云壮志，陆游的入仕之路却历尽坎坷。绍兴十年（1140），16岁的陆游第一次赴京城临安应试，雏凤凌空，却铩羽而归。绍兴十三年（1143）冬天，19岁的陆游投亲靠友，来到临安过年，准备来年考场搏杀。这时候，中原沦陷，血雨腥风，百姓啼饥号寒，而临安城正月十五上元节，却依然华灯绚烂、游人如织。南宋吴自牧《梦粱录》记载："深坊小巷，绣额珠帘，巧制新装，竞夸华丽。公子王孙，五陵少年，更以纱笼喝道，将带佳人美女，遍地游赏。人都道玉漏频催，金鸡屡唱，兴犹未已……"陆游见识了京城的奢靡繁华，又经历了考场的残酷蚀骨，依然落第还乡。此次失利，加之婚姻波折，颇令以诗名自负的陆游灰心。此后他跋涉书海，沉寂十载。

绍兴二十三年（1153），29岁的陆游再次来到京城，参加两浙转运司"锁厅试"。在宋代，为现任官员组织的科举考试，统称为"锁厅试"。此时的陆游已经托祖宗之福，补为登仕郎，具备了参加"锁厅试"的资格。陆游在试卷上力陈抗金主张，痛斥投降论调，文气奇崛，酣畅淋漓，辞章壮阔，滔滔不绝，仿若江河奔流。主考官陈阜卿读罢陆游的文章，感佩不已，毅然将陆游取为第一，将右文殿修撰秦埙取为第二，由此埋下了祸根。

原来，这个右文殿修撰秦埙是秦桧之孙，秦桧把持朝政，明令主考官将其孙取为第一，偏偏陈阜卿不畏强权，把"第一"的桂冠戴到了陆游头上。秦桧震怒，不但在第二年礼部试时黜落陆游，还扬言要严惩主考官。幸亏这个恶魔不久暴亡，陈阜卿才躲过一劫；但科举入仕的大门，却从此对陆游关闭了。对于陈阜卿先生的赏识，陆游终生难忘："冀北当年浩莫分，斯人一顾每空群。国家科第与风汉，天下英雄惟使君。"（《得陈阜卿手帖》）

秦桧身亡，人们奔走相告，额手称庆。尽管宋高宗昏庸依然，但毕竟奸佞毙命，污浊的寰宇开始澄清，正直之士先后重出江湖。曾被秦桧罢官的著名诗人曾几，被擢拔为直秘阁，仍知台州，不久调任秘书少监。在前往临安赴任途经山阴时，曾几会见了陆游。师生相聚，言之不尽，黾勉有加。陆游在《送曾学士赴行在》一诗中，表达了强烈的出仕愿望："流年不贷人，俯仰遂成昔。事贤要及时，感此我心恻。"曾几读罢，赋诗告诫陆游："新诗中律吕，虽美无人听。鸣声勿浪出，坐待轩皇伶。"（《还守台州次陆务观赠行韵》）

可能是由于曾几的大力举荐，绍兴二十八年（1158），34岁的陆游被任命为福州宁德县（今属福建）主簿。虽是一介小官，但毕竟正式进入了官场，有了报效国家的机会。他昼夜兼程20多天，涉曹娥江，过雁荡山，一路风尘，来到了宁德。

宁德一带俗称闽东，位于福建省东北部，东临东海，与宝岛台湾隔海相望，是东南沿海地区一颗璀璨的明珠。陆游徘徊东海之滨，遥望台湾海峡，难禁吟哦之情。福建提点刑狱公事（即提刑官，相当于现在的法官兼检察官）樊茂实生长于西子湖畔，对陆游的诗才无比欣赏，听闻他来到宁德任职，特意前来视察。两人相见，相谈甚洽。不久，樊茂实就把陆游调到了自己麾下，担任福州决曹。又过了不久，陆游的恩师曾几升任礼部侍郎，陆游随后被调入京城，担任敕令所删定官。当他从水路抵达永嘉（今浙江温州），越过括苍（今浙江丽水东南）等地，遥见隐现于云端的临安皇家宫阙时，这才相信，自己真的成为朝官了。这是陆游政治上最辉煌的一段时间，他先后升任大理寺司直兼宗正簿、玉牒所史官、枢密院编修等职，居住在京城"百官宅"，寻觅政坛知音，广交天下奇士，利用各种场合呼吁抗金救国。

绍兴三十一年（1161），金主完颜亮调集大军直逼江南。南宋将领刘锜率宋军抗击，取得"皂角林之战"的胜利。正当完颜亮恼羞成怒之时，金世宗完颜雍发动政变，夺取帝位，完颜亮被部下乘乱杀死。与此同时，均州（治今湖北丹江口西北）知州武钜率领一支民兵队伍发动奇袭，攻占西京洛阳。喜讯传来，临安城里鞭炮齐鸣，陆游热泪滂沱，赋诗《闻武均州报已复西京》："白发将军亦壮哉，西京昨夜捷书来。胡儿敢作千年计，天意宁知一日回。列圣仁恩深雨露，中兴赦令疾风雷。悬知寒食朝陵使，驿路梨花处处开。"

中原一战，举国欢庆，高宗赵构却忧心忡忡。他担心熊熊燃烧的抗金烽火，会把他的"议和梦"化为灰烬。陆游力主乘胜追击，甚至"泪溅龙床请北征"（《十一月五日夜半偶作》），提出作战方略，随时准备奔赴前线。无奈高宗的"恐金症"根深蒂固，致使陆游恢复中原的梦想化为泡影。他在《送七兄赴扬州帅幕》中，抒发了"急雪打窗心共碎，危楼望远涕俱流"的悲愤。他的犯颜直谏，触怒了高宗，不久就被罢职回乡了。

> 枕上三更雨，天涯万里游。
>
> 虫声憎好梦，灯影伴孤愁。
>
> 报国计安出？灭胡心未休。
>
> 明年起飞将，更试北平秋。

——《枕上》

（四）壮志难酬

乾道八年（1172），在陆游的一生中具有里程碑意义。这一年，他来到四川宣抚使王炎麾下，终于实现了亲赴抗金最前线的愿望。

这时候，月亮几度圆缺，世事几经变幻。宋高宗赵构在主战派与主和派之间摇摆不定，索性来个一推六二五，禅位当了太上皇，太子赵昚登基，是为宋孝宗，宋朝帝系由此实现了"乾坤大挪移"。当年太祖赵匡胤在"斧声烛影"里辞世，其弟太宗赵光义即位，孝宗赵昚之前诸帝都是太宗的子孙，而孝宗赵昚则是太祖少子秦王赵德芳的后裔，南宋帝系自此转入太祖一脉。北宋、南宋共传18帝，太祖一系9帝，太宗一系9帝。历史的兴衰存亡，真乃神秘莫测也！

宋孝宗赵昚36岁登基，在位27年，据《宋史·孝宗本纪》记载，他出生时"红光满室，如日正中"。在红光中来到人世，自然非同凡响，孝宗"聪明英毅，卓然为南渡诸帝之称首"，可惜生不逢时，1162年至1189年在位期间，他的强劲对手正是金世宗完颜雍。据《金史·世宗本纪》记载，完颜雍"性仁孝，沉静明达。善骑射，国人推为第一"，他在位期间，"躬节俭，崇孝弟，信赏罚，重农桑，慎守令之选，严廉察之责"，堪称治世明君，世称"小尧舜"。尽管宋孝宗几度决意抗金，力图恢复中原，先后任用主战派将领张浚、虞允文率军北伐，却都无功而返，他也在主战派与主和派的争斗中忽左忽右，导致国家政局不稳，最后心灰意冷，像高宗一样禅位给太子赵惇，自己做了太上皇。

抗金老将张浚在孝宗时期两度北上抗金，却未能力挽狂澜，惨败而归，忧闷而死，导致孝宗开始退缩畏敌，主和派重执朝纲，和议论调甚嚣尘上，主战派饱受摧折，纷纷下野。隆兴二年（1164）十一月，孝宗被迫派遣使臣赴金求和；十二月，宋金达成和议：南宋不再对金称臣，改称"侄皇帝"，"岁贡"改称"岁币"，数目略有减少，宋军收复的大片土地须"归还"金朝。这就是所谓的"隆兴和议"。措辞虽改，屈辱依旧。

当初被孝宗亲赐进士出身的主战派陆游，在一片乞和声中，又一次被罢职回乡了。宦海烟雨，迷离了诗人双眼。天下白茫茫一片，何处才是灵魂家园？——海上鸥鸟飞翔，山中虎啸狼奔，天心白云飘荡，而人世间，却是那样的污浊不堪！陆游将自己的住所命名为"烟艇"，并作《烟艇记》以明志。他说自己文弱多病，百无一用，"盖尝慨然有江湖之思，而饥寒妻子之累劫而留之，则寄其趣于烟波洲岛苍茫杳霭之间，未尝一日忘也"。虽然人生如梦，穷达由天，但他依然希望自己胸襟廓然，"纳烟云日月之伟观，揽雷霆风雨之奇变，虽坐容膝之室而常若顺流放棹，瞬息千里者，则安知此室果非烟艇也哉"！

后来，他被朝廷任命为夔州（治今重庆奉节东）通判，内心已是安波息澜。夔州远在千里之外，他越江苏、过安徽、转湖北，飞舟来到长江三峡，听涛声若雷，看奇峰摩天，而后进入蜀郡，一路流连山水，探幽窥奇，"道路半年行不到，江山万里看无穷"（《水亭有怀》）。

正当陆游在巴山蜀水之间徜徉之际，四川宣抚使王炎致信邀他前来南郑（今陕西汉中）"加盟"，出任四川宣抚使司干办公事兼检法官。当时，南郑是抗金最前线。年近五十的陆游仿佛听到了地动山摇的鼙鼓之声和疆场杀敌的狂涛怒浪，他迅速动身，于这年三月抵达南郑，"国家四纪失中原，师出江淮未易吞。会看金鼓从天下，却用关中作本根"（《山南行》）。

王炎，字公明，相州安阳（今属河南）人，是南宋官场上的实力派。这时候，王炎正指挥着千军万马，积极备战，决心一举收复中原。据《宋史·陆游传》记载，陆游一到南郑，立刻进献克敌之策，"以为经略中原必自长安始，取长安必自陇右始。当积粟练兵，有衅则攻，无则守"。

大战之前，万事纷纭，陆游穿梭于前线与后方之间，运筹帷幄，奔走呼号，足迹遍及四川、甘肃、陕西等地。他翻越秦岭群峰，来到两当县境内的黄花驿；沿着"难于上青天"的蜀道，进入汉中金牛道；攀上层峦叠嶂的宝鸡大散岭，俯视"川陕咽喉"大散关……他与将士一起，忍饥挨饿，遍尝疾苦。雪夜渡汉水，袭扰金兵；连天逐麋鹿，呼啸山野。渭水之滨，中流击楫；大散关前，仰天长嘶。时而腾跃陵野，射猎打虎，"挺剑刺乳虎，血溅貂裘殷；至今传军中，尚愧壮士颜"（《怀昔》）；时而登高长啸，抚剑哀吟，"有时登高望鄠杜，悲歌仰天泪如雨。头颅自揣已可知，一死犹思报明主"（《闻虏乱有感》）；时而机警巡边，驰书传情，"朝看十万阅武罢，暮驰三百巡边行。马蹄度陇雹声急，士甲照日波光明"（《秋怀》）。为了抗金事业，陆游视死如归，壮怀激烈："平生铁石心，忘家思报国。即今冒九死，家国两无益。中原久丧乱，志士泪横臆。切勿轻书生，上马能击贼。"（《太息》）

然而，这样酣畅淋漓的日子，只持续了短短八个月。不久，宋孝宗附和主和派之议，调王炎回京，撤销南郑幕府，陆游调任成都府路安抚司参议官。一腔热血，瞬间成冰，陆游吞声饮泣，长歌当哭——"季子貂裘端已弊，吴中莼菜正堪烹。朱颜渐改功名晚，击筑悲歌一再行"（《自阆复还汉中次益昌》）；"酒消顿觉衣裘薄，驿近先看炬火迎。渭水函关元不远，著鞭无日涕空横"（《嘉川铺得檄遂行中夜次小柏》）；"汉水东流那有极，秦关北望不胜悲。邮亭下马开孤剑，老大功名颇自期"（《驿亭小憩遣兴》）……

> 早岁那知世事艰，中原北望气如山。
> 楼船夜雪瓜洲渡，铁马秋风大散关。
> 塞上长城空自许，镜中衰鬓已先斑。
> 出师一表真名世，千载谁堪伯仲间！

在这首《书愤》中，诗人由悲愤的现实想到了蜀相诸葛亮《出师表》中"汉贼不两立，王业不偏安"之警言，只有焚心祭拜的份儿了。

当时的四川制置史，即最高长官，是著名诗人范成大。范成大出身贫苦，早年衣食不继，孤寒落寞，绍兴二十四年（1154）中进士后，仕途却如顺风行船。乾道六年（1170），范成大出使金国，他的"词气慷慨，全节而归"广受赞誉，此后一路升迁，先后任中书舍人、四川制置史、参知政事，成为那个时代最为显达的文人骚客。

范成大与陆游是多年老友，情趣相近，意气相投，经常诗文唱和，如今成了同事，哪里还分什么上级与下级呢，两人整天在一起登山临水、饮酒赋诗、赏乐听曲。中秋将至，皓月当空，两人对月饮酒，那哀回低迷的琵琶声，撩起诗人的无限感怀，范成大即席赋词《秦楼月》："香罗薄，带围宽尽无人觉。无人觉，东风日暮，一帘花落。　西园空锁秋千索，帘垂帘卷闲池阁。闲池阁，黄昏香火，画楼吹角。"

这段岁月虽然短暂，却有些醉生梦死的味道，陆游因此被讥讽为"不拘礼法，燕饮颓放"。陆游闻言，来见范成大，两人忍俊不禁，哈哈大笑。陆游索性自号"放翁"，并作诗纪念："名姓已甘黄纸外，光阴全付绿尊中。门前剥啄谁相觅，贺我今年号放翁。"（《和范待制秋兴》）岂料，"放翁"之号随着诗人的万首诗篇，一起不朽了！

此后，陆游几经宦海起伏，历任福建、浙江、江西等地地方官，而他被罢职的理由，都是所谓的"嘲咏风月"。还乡之后，他将居所命名为"风月轩"；而他的灵魂归依之处，则是山阴城沈园里的依依垂柳与萋萋秋草。

（五）风月寄情

沈园，是陆游一生情感的归依之所。

20岁那年，陆游娶唐琬为妻，夫妻恩爱，如胶似漆。可是，不知何故，陆母非常讨厌这个儿媳，逼迫陆游休妻。陆游被逼无奈，只得另寻别宅安置唐琬，两人私下里偷偷来往。此举被陆母得知，她兴师问罪，大张挞伐，两人虽是万般不舍，最后却只得涕泣分离。陆游续娶王氏，唐琬改嫁本郡赵士程。多年后的一个春天，陆游到山阴城禹迹寺南侧的沈园游玩，意外邂逅唐琬与其夫君。两人相见，悲不自胜。唐琬给陆游送上黄酒与果馔，陆游伤感莫名，将一首悲绝千古的《钗头凤》题写在沈园墙壁上——

红酥手，黄滕酒，满城春色宫墙柳。东风恶，欢情薄，一怀愁绪，几年离索。错，错，错。　春如旧，人空瘦，泪痕红浥鲛绡透。桃花落，闲池阁，山盟虽在，锦书难托。莫，莫，莫！

据说，唐琬读后，几乎瘫倒，写了一首泪湿衣衫的和词——

世情薄，人情恶，雨送黄昏花易落。晓风干，泪痕残，欲笺心事，独语斜阑。难，难，难。　　人成各，今非昨，病魂常似秋千索。角声寒，夜阑珊，怕人寻问，咽泪装欢。瞒，瞒，瞒！

人云情殇如箭，锋利彻骨。这次相见不久，唐琬就辞别了人世，沈园从此成了陆游的伤心之地。绍熙三年（1192），陆游再游沈园，感慨万千，赋诗一首，其序云："禹迹寺南，有沈氏小园，四十年前，尝题小阁壁间。偶复一到，而园已易主，刻小阁于石，读之怅然。"

枫叶初丹槲叶黄，河阳愁鬓怯新霜。
林亭感旧空回首，泉路凭谁说断肠！
坏壁醉题尘漠漠，断云幽梦事茫茫。
年来妄念消除尽，回向禅龛一炷香！

此时的陆游，妄念几乎消除殆尽，而对唐琬的怀念，却如扬子江中水，涓涓而汤汤。庆元五年（1199）春天，陆游已经75岁，白发苍苍的诗人步履蹒跚地来到沈园凭吊往事，写出了感人肺腑的《沈园二首》——

城上斜阳画角哀，沈园非复旧池台。
伤心桥下春波绿，曾是惊鸿照影来。

梦断香消四十年，沈园柳老不吹绵。
此身行作稽山土，犹吊遗踪一泫然。

沈园秋草，荣枯无涯；园中柳树，曾经葱茏。当年英姿勃发的山阴才子，如今垂垂老矣，行将魂归会稽山，追寻当年遗踪，却依旧泫然泣下。是的，真正的爱，令人一生铭记。当你白发苍苍时，也能够像陆游一样，凭吊你远逝的爱情吗？

当然，晚年的陆游，不但深深怀念着唐琬，也时时惦记着国家与民族的命运——

僵卧孤村不自哀，尚思为国戍轮台。

夜阑卧听风吹雨，铁马冰河入梦来。

——《十一月四日风雨大作·其二》

（六）北人南渡

绍兴十年（1140）五月，金兵分四路南下，河南、陕西等地望风披靡，纷纷陷落，当完颜宗弼率军逼近汴京城时，汴京留守孟庾竟然举城投降。龟缩在江南临安城里的宋高宗眼见金兵要渡江南进，南宋朝廷岌岌可危，被迫下诏抗金，令岳飞率部从襄阳（今属湖北）出击，克复汴京。

岳飞，字鹏举，相州汤阴（今属河南）人，南宋著名抗金英雄。他率领岳家军奉诏出师，先后攻下颍昌（今河南许昌）、郑州、洛阳等地，并在郾城（今河南漯河）大败完颜宗弼统率的铁骑"拐子马"，取得了有名的"郾城大捷"。与此同时，宋将韩世忠、王德也分别率军收复了海州（治今江苏连云港西南）、亳州（今属安徽）。一时间，抗金烽火燃遍中原。然而，宋高宗之抗金，只为保住江南半壁江山，能做金国的属国，已是心满意足了。他与奸相秦桧沆瀣一气，勒令诸将班师。为了撤回士气旺盛的岳家军，宋高宗一天之内竟连下十二道金牌，岳飞流着眼泪说："十年之功，废于一旦。"岳家军挥泪退守鄂州（今属湖北），中原河山再次沦陷。

就在这一年，辛弃疾出生于金兵占领下的历城（今山东济南）四凤闸村。第二年，抗金英雄岳飞与其子岳云，被高宗和秦桧以"莫须有"的罪名杀害了。

辛弃疾（1140—1207），字幼安，号稼轩，《宋史·辛弃疾传》说他"豪爽尚气节，识拔英俊"，生得相貌英伟，红颊青眼，目光有棱，精神壮健如虎。中原沦陷，其祖父辛赞因家室之累，未能脱身南走，只得留在汴京，出仕金朝。辛赞身在金朝，心系宋廷，经常带着晚辈登高望远，指画山河。少年辛弃疾读书习剑，梦中祈盼拔剑而起，戮尽金贼。他曾两次到金都中都（今北京城西南隅）参加科举考试，伺机侦察形势，以图恢复。祖父去世，辛弃疾扶柩号啕，发誓继承遗志，光复故国。不久，他就招兵买马，开始了武力抗金活动。

绍兴三十一年（1161），金主完颜亮举兵南下，直逼长江。山东莽汉耿京与李铁枪等六人约为兄弟，在巍巍泰山之下揭竿而起，反抗金人统治。辛弃疾闻讯，率领麾下两千余名抗金勇士投奔耿京。义军很快就发展到20多万人，号称"天平军"，耿京自任天平军节度使，辛弃疾为掌书记。"天平军"犹如中原大地上的狂涛怒浪，杀得金兵丢盔卸甲。济南僧人义端，也掌控着一支千人的武装。经辛弃疾介绍，义端率部加入"天平军"。岂料这家伙心怀叵测，不久就叛变投敌，并盗走了耿京的帅印。耿京大怒，下令斩杀辛弃疾。寒刃刎颈时刻，辛弃疾慨然说道："给我三天，诛杀奸贼，不成，甘愿就戮。"当时，"天平军"驻扎在章丘（今山东济南市章丘区）长城岭一带，往西不到百里，便是金兵大本营。辛弃疾断定义端往西逃去，拍马连夜追击，一口气追出80里，在一座山下拦住了叛徒义端，"斩其首归报，京益壮之"。

到了这年岁末，辛弃疾劝说耿京归附南宋朝廷。春节过后，耿京委派辛弃疾悄然渡江，来到建康拜见在此劳军的宋高宗。高宗见中原大地上突然冲出一支奇兵，自是欢喜不已，便任命耿京为天平军节度使，统率山东、河北忠义军马，辛弃疾为承务郎。至此，这支威震中原的"天平军"，终于得到了南宋朝廷的认可。高宗的几句夸奖，令辛弃疾满怀忠义如烈焰腾空，他决意返回北方驻地，以斩贼立功，走到海州时却惊闻噩耗："天平军"内奸张安国杀害耿京，已经率部降金，被任命为济州（治今山东济宁）知州了！辛弃疾闻讯，怒发冲冠，立即率领50名铁骑，昼夜兼程，直奔济州金兵大营。

济州大营驻有金兵数万，其首领听闻"天平军"意外覆灭，纷纷弹冠相庆，设宴狂欢。金酋咧嘴大笑，吆五喝六，张安国奴颜媚骨，举杯邀宠……突然，一队战马犹如滚滚铁流突入大营，一个彪形大汉闯入帐内，金兵面面相觑，张安国目瞪口呆——说时迟，那时快，只见大汉像老鹰抓小鸡一样，一把掳过张安国，绳捆索缚，疾奔而出，随着一阵响彻天空的马蹄声，滚滚铁流呼啸而去，等金兵喧嚣而起、喊声震天时，众人早已消失得无影无踪。

做出这一惊天壮举时，辛弃疾只有23岁。他率领部属，将张安国押解渡江。这时，宋高宗已被金兵追击得神不守舍，从建康逃到了临安。辛弃疾率众兼程南下，献俘于临安宫阙，高宗命将叛贼斩于市。辛弃疾由此名重一时，"壮声英概，懦士为之兴起，圣天子一见三叹息"（洪迈《稼轩记》）。他被任命为江阴（今属江苏）签判，就此离开了中原大地，开始了长达45年的南宋仕宦生涯。

镇江（今属江苏）通判范邦彦与辛弃疾一样，也属北人南渡。辛弃疾规划北伐，多次驻足镇江，与之交往甚密。后来，范邦彦将唯一的爱女许配给辛弃疾。辛弃疾在为妻兄范如山题写的《水龙吟》中，发出了"人间得意，千红百紫，转头春尽"的感叹。

绿树听鹈鴂。更那堪鹧鸪声住，杜鹃声切！啼到春归无寻处，苦恨芳菲都歇。算未抵人间离别。马上琵琶关塞黑，更长门翠辇辞金阙。看燕燕，送归妾。　　将军百战身名裂。向河梁回头万里，故人长绝。易水萧萧西风冷，满座衣冠似雪。正壮士悲歌未彻。啼鸟还知如许恨，料不啼清泪长啼血。谁共我，醉明月？

鹈鴂，即子规、杜鹃。古代"乐圣"师旷著《禽经》，说鹈鴂鸣唤，草木衰微。词中的"将军"，指汉武帝时期率军出击匈奴，因兵败投降而身败名裂的汉将李陵。这首《贺新郎·别茂嘉十二弟》，"沉郁苍凉，跳跃动荡"（陈廷焯《白雨斋词话》），英雄之悲愤，泣血之呼唤——这正是辛弃疾此后的人生写照。

（七）谋略未展

绍兴三十二年（1162），辛弃疾南归不久，高宗禅位，孝宗登基，改元隆兴。锐意恢复的孝宗任命张浚为枢密使，都督江淮两路军马，出兵北伐。张浚令大将李显忠率军从濠州（治今安徽凤阳东北）出发，攻取灵璧（今属安徽）；邵宏渊率军从泗州（治今江苏泗洪东南）出发，攻取虹县（今安徽泗县）。

两路大军汹涌而进，李显忠很快攻陷灵璧，邵宏渊却陷入苦战，李显忠派出灵璧俘虏前往劝降，虹县方才收复。叵耐邵宏渊心胸狭隘，将李显忠助力取胜视为耻辱，不仅不感谢，还无端衔恨。这时，孝宗诏命下达，任命李显忠为河北招讨使，邵宏渊为副使。邵宏渊哪肯居于李显忠之下，大为不满。张浚无奈之下，示意两人并列主帅，直接导致两将反目。此后，李显忠率部攻克宿州（今属安徽），可是金国十万援军随即赶到，李显忠奋力苦战，陷入重围。他派人缒城而出，向邵宏渊求援，岂料邵宏渊作壁上观，导致宋军全线溃败于宿州符离，史称"符离惨败"。

追溯"符离惨败"的历史根源，实在令人气噎。其一，作为北伐统帅，张浚竟让李显忠与邵宏渊并列主帅，形成"一山二虎"互不相让之乱局，显然属于谋略失当。其二，邵宏渊因私欲而乱大局，因私怨而祸天下，堪称社稷罪人。宿州城下，李显忠孤军奋战，金兵排山倒海，宋军危在旦夕，邵宏渊见死不救，将李显忠逼上绝路，也湮灭了宋军转危为安的一线生机，其罪可谓大矣！其三，李显忠意气用事，因小失大，也难辞其咎。宋军攻克灵璧后，李显忠收到投诉，说被邵宏渊部下抢了佩刀，李显忠不问青红皂白，下令斩杀夺刀之人，引起邵宏渊强烈不满；邵宏渊想犒赏麾下士兵，李显忠表面上拒绝，私底下却悄悄犒劳自家军卒，引起邵部将士忌恨。这些恩怨，本算不得大事，可在战场上，却成了溃决千里长堤的"蚁穴"。

这场惨败，导致孝宗决心动摇，他发动的"隆兴北伐"至此宣告失败，宋朝与金国签订了屈辱的"隆兴和议"，宋朝割让秦州（治今甘肃天水）、商州（治今陕西商洛）、邓州（今属河南）、唐州（治今河南唐河）、海州、泗州与金。随着"和议"签订，张浚黯然失势，被晾在了一边，秦桧余党汤思退之流登台，主战派纷纷被逐。虽然此后不久张浚重掌军权，立志雪耻，但在汤思退之流的鼓噪下，孝宗很快就变卦了，张浚再一次被贬往福州（今属福建），不久病亡。可悲宋孝宗，身怀大志却无王霸之才，一生在战与和之间游移不定，所谓中兴大业，由此成了镜中花、水中月。

辛弃疾满怀忠贞南归宋廷，迎接他的，却并不是美酒与鲜花，而是猜忌与戒备。那时候，自中原沦陷区南归的文臣武将，统称"归正人"。南宋赵升《朝野类要》指出，"归正，谓原系本朝州军人，因陷蕃，后来归本朝"。"归正人"这一称呼，政治含义十分微妙，含有明确的轻视意味。当时有一条不成文的规矩：凡是"归正人"，无论才能高低、贡献大小，一般只安排有职无权的闲差。

辛弃疾出任江阴签判，就是这种情况的反映。

虽然被兜头浇下一盆冷水，辛弃疾心头的抗金之火却依然熊熊燃烧。尽管官职低微，他仍不断向朝廷进献抗金方略。乾道元年（1165），他向孝宗进献《美芹十论》，其序曰："臣闻事未至而预图，则处之常有余；事既至而后计，则应之常不足。"他说自己至愚至陋，没啥本事，"徒以忠愤所激，不能自已"，这才上书皇帝，"言逆顺之理，消长之势，技之长短，地之要害"（《宋史·辛弃疾传》），围绕"审势、察情、观衅、自治、守淮、屯田、致勇、防微、久任、详战"十个方面，提出了一系列富国强兵的战略举措。孝宗读罢《美芹十论》作何反应，不得而知；但此时的他，抗金之志犹存，雪耻之意尚在，万乘之尊，抚有四海，却做金人的"侄皇帝"，他岂能甘心！

乾道五年（1169）八月，孝宗又任命抗金老将虞允文为右相兼枢密使，督造军器，训练士卒，积极备战。次年，他派遣著名诗人范成大至金国索要河南陵寝之地，并要求更改南宋皇帝跪拜接受金国书函的受书礼，为出兵北伐寻找借口。

在孝宗与虞允文谋划北伐的关键时刻，辛弃疾作《九议》上书虞相，围绕用人、攻守、伐谋、迁都、团结等一系列重大问题，进一步阐述了《美芹十论》丰富的战略内涵。他以刘邦、项羽统率吴楚子弟诛灭强秦之史实，驳斥所谓"吴楚之脆弱不足以争衡中原"的谬论；用"胜败乃兵家之常事"的兵法原理，痛斥那些借口"符离惨败""欲终世而讳兵"的投降派。《美芹十论》与《九议》，表现了辛弃疾非凡的军事谋略与政治才能，是有宋一代流传下来的重要思想财富。可惜，他的这些远见卓识，根本没有得到贯彻落实的历史机遇。

从绍兴三十二年（1162）南归宋廷，到淳熙八年（1181）第一次被弹劾罢官，近二十年间，辛弃疾官职虽略有升迁，却只是辗转流落于江西、湖南、湖北等地，担任维持一方平安的地方官；而他梦绕魂萦的抗金大业，却已经泥牛入海、杳如黄鹤了。当初，他是怀着灿烂的理想投奔宋廷的——"袖里珍奇光五色，他年要补天西北。且归来谈笑护长江，波澄碧"（《满江红·建康史帅致道席上赋》）；"唤起一天明月，照我满怀冰雪，浩荡百川流。鲸饮未吞海，剑气已横秋"（《水调歌头·和马叔度游月波楼》）。然而，他手中的宝刀与利剑，始终尘封于腐败透顶又懦弱无能的南宋朝廷，"短灯檠，长剑铗，欲生苔。雕弓挂壁无用，照影落清杯"（《水调歌头·严子文同傅安道和前韵，因再和谢之》）。他多么渴望驰骋疆场，手刃敌寇！一边是中原人民血泪横流，北伐之师不断败北，金兵铁蹄肆意践踏故土、屠戮百姓；一边是投降派蠢蠢欲动，良将埋于尘埃，利剑斜挂颓壁。面对如此阴阳颠倒的现实，辛弃疾心底的悲慨与无奈，真个如烟似雾！"半夜一声长啸，悲天地，为予窄"（《霜天晓角·赤壁》）；"狂歌击碎村醪盏，欲舞还怜衫袖短"（《玉楼春·用韵答叶仲洽》）……

春已归来，看美人头上，袅袅春幡。无端风雨，未肯收尽余寒。年时燕子，料今宵梦到西园。浑未办黄柑荐酒，更传青韭堆盘？　　却笑东风从此，便薰梅染柳，更没些闲。闲时又来镜里，转变朱颜。清愁不断，问何人会解连环？生怕见花开花落，朝来塞雁先还。

据专家考证，这首《汉宫春·立春日》是辛弃疾南归之后第一首词作。词中的"西园"，指的是曹魏时期的邺下名园，又名"铜雀园"，园中有池，即芙蓉池，是曹氏兄弟与文人墨客雅集游赏之地。曹丕《芙蓉池作》云："乘辇夜行游，逍遥步西园。双渠相溉灌，嘉木绕通川。卑枝拂羽盖，修条摩苍天。"

如今，美丽的西园与广袤无垠的中原大地，一起沦陷于金兵的铁蹄之下，沉沦于血海之中，梅与柳，闲与愁，都消磨于明镜里了！辛弃疾的故国之思，是如此沉重，凝滞如浩荡长江水。而他傲岸不屈、刚强果敢的意志品格，"昂昂千里，泛泛不作水中凫"（《水调歌头·将迁新居不成，有感，戏作》），与颓靡政风、苟且世风的格格不入，为他引来了无数风刀霜剑，打击迫害接连不断。在闲愁无涯的岁月里，辛弃疾登上建康赏心亭，填词抒怀——

楚天千里清秋，水随天去秋无际。遥岑远目，献愁供恨，玉簪螺髻。落日楼头，断鸿声里，江南游子。把吴钩看了，栏干拍遍，无人会，登临意。　　休说鲈鱼堪脍，尽西风季鹰归未？求田问舍，怕应羞见，刘郎才气。可惜流年，忧愁风雨，树犹如此！倩何人唤取，红巾翠袖，揾英雄泪？

——《水龙吟·登建康赏心亭》

赏心亭上，兴亡满目。辛弃疾拍遍栏杆，叩问苍天，苍天默默无语；远山逶迤驰奔，如涛似浪，却只是"献愁供恨"，兀的不使人热泪横流！

（八）曙光乍现

乾道八年（1172），33岁的辛弃疾由临安调任滁州（今属安徽）知州。

滁州位于安徽东部，濒临长江，地处江淮要冲，西毗庐州（治今安徽合肥），东邻楚州（治今江苏淮安市淮安区）、扬州（今属江苏），历来是兵家必争之地。春秋战国时期，诸侯争霸，此地为吴国、楚国分据，号称"吴头楚尾"；秦末楚汉相争，这一带烽火连天，流传着"楚虽三户，亡秦必楚"的豪言和"霸王别姬"的悲歌。这里山妩水媚，人杰地灵。琅邪山、皇甫山、凤阳山、神山，山山黄叶飞；女仙湖、碧云湖、卧牛湖、高邮湖，湖湖连天翠。当年北宋文豪欧阳修被贬黜滁州，"挥毫万字，一饮千钟"，在这里写下了旷世名文《醉翁亭记》："环滁皆山也……"

辛弃疾由京城掌管粮食储备及官员禄米供应的司农寺主簿调任滁州主官，从歌舞升平的温柔之乡，来到了烽火遍地的前线重镇，其慷慨悲郁之情，滔滔似水。《滁州市志》记载："建炎四年（1130）十月，金兵进袭滁州。十一月，滁州沦陷……绍兴三十一年（1161）九月，金将萧琦攻滁州，守臣陆廉弃城而逃……隆兴二年（1164）十一月，金兵攻陷滁州……"

对江淮一带的抗金形势，辛弃疾数年来一直梦绕魂牵。几年前，他向孝宗进奏《论阻江为险须藉两淮疏》，指出："虏骑之来也，常先以精骑由濠梁破滁州，然后淮东之兵方敢入寇。其去也，惟滁之兵为最后。由此观之，自古及今，南兵之守淮，北兵之攻淮，未尝不先以精兵断其中也。"他建议："当取淮之地而三分之，建为三大镇，择沉鸷有谋、文武兼具之人，假以岁月，宽其绳墨以守之，而居中者得节制东西二镇……"

辛弃疾心目中的"沉鸷有谋、文武兼具之人"，大约不是别人。"天下英雄谁敌手？曹刘。生子当如孙仲谋"（《南乡子·登京口北固亭有怀》）；"吴楚地，东南坼。英雄事，曹刘敌。被西风吹尽，了无尘迹"（《满江红·江行，和杨济翁韵》）。可是，曹操与刘备早已灰飞烟灭，孙仲谋也已化为轻尘。在国家危亡的历史关头，挽狂澜于既倒、扶大厦于将倾者，舍我其谁？如今，他终于衔皇命来到了前线重镇滁州，为国家肩负起冲锋陷阵、收复河山的责任——"叠嶂西驰，万马回旋，众山欲东"（《沁园春·灵山齐庵赋，时筑偃湖未成》）；"青山意气峥嵘，似为我归来妩媚生"（《沁园春·再到期思卜筑》）；"九万里风斯在下，翻覆云头雨脚，快直上昆仑濯发"（《贺新郎·用韵题赵晋臣敷文积翠岩，余谓当筑陂于其前》）；"落日塞尘起，胡骑猎清秋，汉家组练十万，列舰耸层楼"（《水调歌头·舟次扬州和人韵》）；"闻道清都帝所，要挽银河仙浪，西北洗胡沙"（《水调歌头·寿赵漕介庵》）……

辛弃疾的心底，回荡着隐隐雷霆；临安朝堂之上，抗金之声激越高亢。那是宋孝宗立志雪耻的一段时间。乾道八年（1172），抗金老将虞允文出任四川宣抚使，封雍国公，督师北伐。

虞允文，字彬甫，隆州仁寿（今属四川）人，据说是唐朝名臣虞世南之后，"姿雄伟，长六尺四寸，慷慨磊落有大志，而言动有则度，人望而知为任重之器"（《宋史·虞允文传》）。他早年以文章晋升台阁，宦海浮沉二十载，在南宋那个投降派猖獗的时代里，挺身兀立，颇受世人瞩目，"战伐之奇，妙算之策，忠烈义勇，为南宋第一"（杨慎《太史升庵文集·虞雍公功烈》）。

绍兴三十一年（1161），金主完颜亮率领金兵主力越过淮河，直逼长江。时任中书舍人的虞允文被派往采石（今安徽马鞍山西南）犒师，正值完颜亮大军万马呼啸，准备由采石渡口横渡长江天险。虞允文眼见形势危急，毅然竖起大旗，组织沿江宋军浴血奋战，一举挫败了完颜亮渡江南下的阴谋，赢得了历史上著名的"采石大捷"。从此，虞允文成为南宋朝廷主战派的中流砥柱。毛泽东曾慨叹："伟哉虞公，千古一人。"

宋孝宗志在抗金雪耻，以虞允文为北伐统帅，实在是不二人选。动身北上前夕，他辞别孝宗，说担心朝廷内外互相掣肘，孝宗发誓说："若西师（指四川宋军）出而朕迟回，即朕负卿；若朕已动而卿迟回，即卿负朕。"（《宋史·虞允文传》）天空雷霆大作，大地万马齐鸣。一场雪耻大战，眼看就要爆发。

这一时期，南宋兴师北伐、收复中原的呼声最为强烈。寰宇之内，四面雷声，五岳耸立，八荒呼应。辛弃疾一到滁州，立即大刀阔斧，厉行改革：其一，减免赋税。百姓历年积欠之租税，一概免除，小商小贩之赋税，减去七成。其二，鼓励农耕。给逃荒流民以土地、牲畜、钱粮，令其恢复生产，重建家园；农耕之余，组织民众练兵习武，以便随时支援前线。

与此同时，他还组织民众修建了两大建筑：一是在城内兴建了"繁雄馆"，相当于今天的"农贸市场"，其间店铺林立，商贾云集，交易活跃。二是在西郊兴建了"奠枕楼"，意寓天下太平、安居高卧。"繁雄馆"意在追求经济繁荣，建设物质文明；"奠枕楼"意在追求盛世气象，建设精神文明。两幢建筑，如一对"双子星座"，矗立在滁州大地上。工程告竣后，许多名士登临远眺，作文赋诗以记其盛。辛弃疾的好友崔敦礼作了一篇《滁州奠枕楼记》，云："自是流通四来，商旅毕集，人情愉愉，上下绥泰，乐生兴事，民用富庶……"

辛弃疾还经常陪友人拄杖而行，攀登风光无限的琅邪山，慷慨悲歌。琅邪山古称摩陀岭，夏日雾气蒸腾，冬日白雪皑皑。琅邪寺掩映在绿树浓荫之中，潺潺泉水绕寺而过，亭台楼阁错落有致，"峰峦郁密泉声上，楼殿参差树色中"（王吉《游琅邪呈锐公长老》）。据史书记载，琅邪名胜始建于唐代大历年间滁州刺史李幼卿，他在南山凿石引泉，梳其流为溪，名曰琅邪溪；在溪岸建华坊，筑禅堂，起琴台。琅邪山上的琅邪古寺，初名宝应寺，后改名化禅寺，规模宏丽，景色绝美，鼎盛时期僧人多达八百余人。唐宋以降，出守滁州的文人骚客，如韦应物、独孤及、李绅、李德裕、王禹偁、欧阳修等，都在这里留下了优美诗篇，其中以欧阳修《醉翁亭记》《丰乐亭记》最为著名。

一天，辛弃疾与好友李清宇登临奠枕楼。四面景色来眼底，天风浩荡吹征衣，李清宇即席填词，辛弃疾依韵奉和，写下了著名词作《声声慢·滁州旅次登奠枕楼作，和李清宇韵》："指点檐牙高处，浪涌云浮。今年太平万里，罢长淮千骑临秋。凭栏望，有东南佳气，西北神州……"

"浪涌云浮"的岁月，尽管"太平万里"，却已经"千骑临秋"。金兵如万顷恶浪，席卷中原大地，眼看要逼近江淮了，朝廷却一味隐忍苟活，何日是尽头？

从乾道八年（1172）到淳熙元年（1174），短短两年间，朝政风云突变，形势出现了大逆转：65岁的老将虞允文，鬓发苍白，心怀天下，面对国家破碎之残局，摩拳擦掌，立志雪耻！他披星戴月，往来驰骋，筹划抗金大业，终因劳累过度，午夜喋血，赍志而殁，抱恨九泉。孝宗闻讯，泪如泉涌，他的抗金决心再次受挫。辛弃疾不久调任江东安抚使参议官，满怀感伤地离开了滁州。

老来情味减，对别酒，怯流年。况屈指中秋，十分好月，不照人圆。
无情水都不管，共西风只管送归船。秋晚莼鲈江上，夜深儿女灯前。

征衫便好去朝天。玉殿正思贤。想夜半承明，留教视草，却遣筹边。
长安故人问我，道愁肠殢酒只依然。目断秋霄落雁，醉来时响空弦。

——《木兰花慢·滁州送范倅》

35岁的词人正值盛年，却以"老"自况，其中百般滋味，揉碎在心间，湮没于岁月之中了。奠枕楼头之风月，光晕惨淡。尽管他拔剑在手，剑刃生寒，北伐梦想却已经倏忽成空。酒尽醉倒，弓弦空鸣；目断秋霄落雁，愁肠百转，长安故人，可曾笑我情痴如许？

此后，壮怀激烈的辛弃疾，被派往各地担任地方官。他的非凡军事才略，成了朝廷镇压地方骚乱的雷霆与利剑；而在中原大地上肆虐的金兵，却如入无人之境，烧杀抢掠，无恶不作。这种局面，令人错愕，辛弃疾仰天长啸，徒唤奈何。他虽然不满朝廷腐败懦弱，却不遗余力为之效忠；他虽然残酷镇压地方起义，却对无辜受难的百姓寄予无限同情。"莫射南山虎，直觅富民侯"（《水调歌头·舟次扬州和人韵》）。他在上奏皇帝的《淳熙己亥论盗贼札子》里，以自己在湖南任职的见闻，痛诉百姓疾苦，"自臣到任之初，见百姓遮道，自言嗷嗷困苦之状。臣以谓，斯民无所诉，不去为盗，将安之乎？臣一一按奏，所谓'诛之则不可胜诛'"。他说，"民者，国之根本，而贪浊之吏迫使为盗"，不铲除这些祸乱天下的蛀虫，就不可能天下太平，他期望皇帝"深思致盗之由，讲求弭盗之术"，不要一味地残酷镇压。

穷苦百姓被逼为盗，正直官吏自身难保，辛弃疾慨叹自己"孤危一身久矣，荷陛下保全，事有可为，杀身不顾"；可是因为刚拙自信，"年来不为众人所容，顾恐言未脱口，而祸不旋踵"，战战兢兢，如履薄冰，如何是好啊！

（九）隐居抒怀

尽管辛弃疾披肝沥胆，一片赤诚，却未能换得南宋朝廷的信任。宦海风波恶，人世艰辛多。朝廷只是把他当作一把寒光闪闪的"屠刀"，形势危急时挥舞起来镇服天下，风平浪静时则弃之如敝屣。他一生官场蹭蹬，"三起三落"，在42岁的壮年时期退隐江西带湖之畔。自淳熙八年（1181）之后，除短期出任福建提刑兼安抚使，近二十年的赋闲生涯中，他一直徜徉在带湖与瓢泉之间，将息度日。

壮岁旌旗拥万夫，锦襜突骑渡江初。燕兵夜娖银胡䩨，汉箭朝飞金仆姑。　　追往事，叹今吾，春风不染白髭须。却将万字平戎策，换得东家种树书！

——《鹧鸪天·有客慨然谈功名，因追念少年时事，戏作》

江西上饶铅山县城北一里许，有湖泊狭长，名曰带湖。南宋著名学者洪迈在《稼轩记》中描述说，带湖"三面傅城，前枕澄湖如宝带，其纵千有二百三十尺，其横八百有三十尺，截然砥平，可庐以居"。

还是在担任江西安抚使的时候，辛弃疾有一天来到此地，见湖水粼粼，縠纹横生，倏忽之间，心神摇荡，仿佛前世今生，与此脉脉湖水约定共相伴。公务之暇，他便在湖畔开荒植禾。稻田浩荡，自梳风雨，燕子斜飞，自成诗行。他的心神，随着禾苗与燕翅悸动，随着清晨的露珠与朦胧的晚雾迷离。他暗自决定：异日退休，一定要回归此处，颐养天年。于是，他找来工匠，凭高临水筑华屋，号曰"稼轩"。

看来，对于自己之不容于世，辛弃疾心知肚明，他早就做好了归隐带湖的思想准备。然而，42岁壮年即赋闲归山，还是出乎辛弃疾预料的，以致晴空飞雨，"鹤怨猿惊"。不过，据洪迈记述，辛弃疾的稼轩山居，堪称佳境："东冈西皋，北墅南麓，以青径款竹扉，锦路行海棠。集山有楼，婆娑有室，信步有亭，涤砚有渚……"

跳出宦海，归隐带湖，他的灵魂深处，有痛楚，有悲慨，也有迷离烟雨。他平生自许通透，识得进退之节、生死之理。居庙堂之上，则运筹帷幄，大有作为，"平戎万里"；处江湖之远，则娴雅自适，诗酒相伴，"饱饭闲游绕小溪，却将往事细寻思"（《鹤鸣亭绝句》）。他流连带湖风月："带湖吾甚爱，千丈翠奁开。先生杖屦无事，一日走千回。凡我同盟鸥鹭，今日既盟之后，来往莫相猜。

白鹤在何处，尝试与偕来。"（《水调歌头·盟鸥》）他挚爱平淡人生："明月别枝惊鹊，清风半夜鸣蝉。稻花香里说丰年，听取蛙声一片。七八个星天外，两三点雨山前。旧时茅店社林边，路转溪桥忽见。"（《西江月·夜行黄沙道中》）

铅山县城东边有一座山，名曰鹅湖山。相传东晋时期，有龚氏牧鹅于此，故名。山上有湖，夏天荷叶田田，白云映碧水，长松夹古道，天地凝碧，风景绝异。山上著名的鹅湖书院，是远近闻名的文化学术中心，曾汇聚许多文人学者。理学家朱熹长期在此讲学著述，声名远播。朱熹与陆九渊之间有名的"鹅湖之会"，就发生在这里。

淳熙二年（1175）六月，著名哲学家、文学家吕祖谦为调和朱熹"理学"与陆九渊"心学"之间的纷争，邀请陆九渊、陆九龄兄弟前来鹅湖书院，与朱熹进行"沟通"。吕祖谦学识宏富，与朱、陆皆有渊源。其宇宙观倾向于陆九渊之"心学"，主张"道心为一"；认识方法则取朱熹以"穷理"为本的"格物致知"说。他出面调和，希望两个大学者"会归于一"。

然而，收效甚微。双方围绕认识论问题，唇枪舌剑，激烈辩论。朱熹将人间万物归之于"理"，主张"泛观博览，而后归之约"；陆九渊将世间万象归之于"心"，主张"先发明人之本心，而后使之博览"。朱熹认为，陆学太简易，将纷繁世界简单化；陆九渊认为，朱学太支离，将简单问题复杂化。朱熹强调"格物致知"，认为格物就是穷尽事物之理，致知就是推致其知以至其极。陆九渊则从"心即理"出发，认为格物就是体认本心，"发明本心"，心明则万事万物自然触类旁通，去此心之弊，即可通晓事理、畅达八方。哲学思想纷纭之争，其实是学派领袖地位之争。双方争论了三天三夜，最终不欢而散。作为一桩"学术公案"，这次"鹅湖之会"在当时和后世都产生了广泛影响。

据《宋史·辛弃疾传》记载，辛弃疾与朱熹友情深厚，两人曾同游武夷山，朱熹赋《九曲棹歌》："武夷山上有仙灵，山下寒流曲曲清。欲识个中奇绝处，棹歌闲听两三声。"朱熹还为辛弃疾书写了"克己复礼""夙兴夜寐"两帧条幅。朱熹去世时，正值韩侂胄大兴"伪党之禁"，前宰相赵汝愚、名儒朱熹等59人赫然名列"伪党名单"，天下人谈之色变，朱熹的门生故旧甚至不敢前来送丧，辛弃疾却毫不畏惧，作祭文说："所不朽者，垂万世名。孰谓公死，凛凛犹生！"

在铅山县八都乡（今稼轩乡），有个小村庄，名曰期思（原名奇师）。村外一山鼓圆如瓜，名曰瓜山。山下有奇泉，于前后两眼石潭之间喷涌荡漾，其水澄冽，其气渺然；泉边一方青石，光滑可鉴；旁有茅屋几间，飞檐接云。那年夏天，漫游四方的辛弃疾来到泉边，顿觉心旷神怡，遂名之曰瓢泉，"便此地结吾庐，待学渊明，更手种门前五柳。且归去父老约重来；问如此青山，定重来否"（《洞仙歌·访泉于奇师村，得周氏泉，为赋》）。

辛弃疾将瓢泉与泉畔茅屋一并买下，欲像陶渊明那样，手植五柳，打造自己的"桃源仙境"。他将"奇师村"改名"期思村"，个中差别，流露心思无数。期思者，期待与思念也。他期待朝廷有一天幡然悔悟，改弦更张，誓死抗金，收复中原。唉，国家破败，金瓯残缺，依然沉重如泰山，压在他的心上！

淳熙十五年（1188）冬天，一个漫天飘雪的日子，著名诗人陈亮来到期思村，拜访老友辛弃疾。这一年，陈亮46岁，辛弃疾49岁。那天，辛弃疾卧病在床，听说陈亮到来，忽地坐起，似乎百病痊愈，四肢百骸畅快淋漓，当即乘马来到村头的板桥上迎接。雪花大如席，哈气如虹霓。两人执手相看，一时语塞。这些年来，他们曾为中原沦陷而痛心疾首，为投降派的无耻行径而怒发冲冠。午夜里的呻吟，酒醉时的恸哭，离别后的思念，此时此刻，哪里说得清！

陈亮，字同甫，号龙川，世称龙川先生，婺州永康（今属浙江）人，著有《龙川文集》三十卷、《龙川词》一卷。他凭一身豪侠剑气、一腔爱国热血名震天下，自许"人中之龙，文中之虎"。以他为主要代表人物的"永康学派"，与朱熹之"理学"、陆九渊之"心学"，成鼎足之势，屹立于南宋学林。这样一个傲视天下的英才，命运却很坎坷，终生郁郁不得志，年过半百才状元及第，得任建康签判，岂料官还没做成，便撒手人寰了。

对于陈亮之吟哦风采，叶适在《书龙川集后》中记载，每章词成，陈亮便仰天长吁，拊膺感叹："平生经济之怀，略已陈矣！"

　　不见南师久，漫说北群空。当场只手，毕竟还我万夫雄。自笑堂堂汉使，得似洋洋河水，依旧只流东？且复穹庐拜，会向藁街逢！　　尧之都，舜之壤，禹之封。于中应有，一个半个耻臣戎！万里腥膻如许，千古英灵安在，磅礴几时通？胡运何须问，赫日自当中！

　　　　　　　　　　　　　　　　　——《水调歌头·送章德茂大卿使虏》

　　此次相见，收复中原依然是他们共同的主题。两人拔剑而舞，互斩坐骑，对天盟誓：为恢复中原，勠力奋进！而后，两人冒严寒，踏冰雪，游鹅湖，饮瓢泉，长歌互答，长泪横流。

　　陈亮在瓢泉逗留了十日，方才告辞。辛弃疾"意中殊恋恋，复欲追路"，踏雪执手相送，一直送到了遥远的鹭鸶林，"雪深泥滑，不得前矣"，方才依依惜别。只见满树冰挂，簌簌颤抖，犹如两颗离别之心。当夜，辛弃疾怅然独饮，慷慨赋词，"佳人重约还轻别。怅清江天寒不渡，水深冰合。路断车轮生四角，此地行人销骨。问谁使君来愁绝？铸就而今相思错，料当初费尽人间铁。长夜笛，莫吹裂"（《贺新郎》）。

　　陈亮读罢，彻夜难眠，依韵奉和，"父老长安今余几，后死无仇可雪。犹未燥，当时生发！二十五弦多少恨，算世间那有平分月。胡妇弄，汉宫瑟"（《贺新郎·寄辛幼安和见怀韵》）。辛弃疾读了陈亮的和词，遥望天际，五内鼎沸，再用原韵答之，"汗血盐车无人顾，千里空收骏骨。正目断关河路绝。我最怜君中宵舞，道男儿到死心如铁。看试手，补天裂"（《贺新郎·同甫见和，再用韵答之》）。

　　一声暴喝"补天裂"，响彻古今，凝结了辛弃疾太平洋一般深邃浩瀚的爱国激情。然而，此时南宋朝廷的天空，已是星坠云乱，纵使女娲娘娘亲至，也是束手无策了，哪里是一个爱国词人能够"补"的啊！

　　后来，人们将期思村村头的板桥命名为"斩马桥"，并修建"斩马亭"，以纪念辛陈两人的"飞雪相会"。

　　瓢泉作为辛弃疾的归隐之地，留下了词人仰天长啸之剪影，诞生了许多名篇佳句。在存世的六百余首稼轩长短句中，"瓢泉之什"有一百七十余首。一瓢凛冽泉水，融入了词人几多悲欢，寄托着词人几多梦想啊！

　　然而，若说辛弃疾寄身瓢泉而浑忘诸想，却未必尽然。爱国主义的烈火，时时烧灼着他的灵魂，忧心时事的情怀，喋喋云霄间——"此身忘世浑容易，使世相忘却自难"（《鹧鸪天·戊午拜复职奉祠之命》）；"布被秋宵梦觉，眼前万里江山"（《清平乐·独宿博山王氏庵》）。

醉里挑灯看剑，梦回吹角连营。八百里分麾下炙，五十弦翻塞外声。沙场秋点兵。　　马作的卢飞快，弓如霹雳弦惊。了却君王天下事，赢得生前身后名。可怜白发生！

——《破阵子·为陈同甫赋壮词以寄之》

当年"沙场秋点兵"的英雄，此时已经苍颜白发，"可怜"二字，写尽了英雄迟暮之悲。"枕簟溪堂冷欲秋，断云依水晚来收。红莲相倚浑如醉，白鸟无言定自愁"（《鹧鸪天·鹅湖归，病起作》）；"高歌谁和余？空谷清音起。非鬼亦非仙，一曲桃花水"（《生查子·独游雨岩》）……

像瓢泉山水一样，这里的美酒也令人陶醉。满腹抑郁的词人，对风对月，对万古青史，举杯长饮，蹉跎岁月。

醉里不知谁是我，非月非云非鹤。

——《念奴娇·赋雨岩》

无穷身外事，百年能几，一醉都休。

——《满庭芳·和章泉赵昌父》

但将痛饮酬风月，莫放离歌入管弦。

——《鹧鸪天·离豫章，别司马汉章大监》

问何方可以平哀乐？唯是酒，万金药。

——《贺新郎·用韵题赵晋臣敷文积翠岩，余谓当筑陂于其前》

一壑一丘吾事，一斗一石皆醉，风月几千场。

——《水调歌头·席上为叶仲洽赋》

我爱风流，醉中颠倒，丘壑胸中物。

——《念奴娇·用韵答傅先之》

且华堂通宵一醉，待从今更数八千秋。

——《八声甘州·寿建康帅胡长文给事》

美酒只能陶醉一时，而尘世风雨，依然潇潇而来，萦绕在词人心灵深处的，依然是沉重的故国之思——

郁孤台下清江水，中间多少行人泪。西北望长安，可怜无数山。

青山遮不住，毕竟东流去。江晚正愁余，山深闻鹧鸪。

——《菩萨蛮·书江西造口壁》

（十）英雄暮年

嘉泰三年（1203），64岁的辛弃疾被朝廷任命为镇江知府，又一次来到了抗金前线。

这时候，南宋皇位已经两度更迭。淳熙十六年（1189），宋孝宗赵眘禅位当了太上皇，光宗赵惇即位。光宗常年疾病缠身，皇后李凤娘专权，家事纷乱，国事衰颓。最终，光宗被李后与权臣韩侂胄哄骗，于绍熙五年（1194）稀里糊涂做了太上皇，六年后忧郁而死，其子宋宁宗赵扩承继大统，朝廷大权却始终攥在权臣韩侂胄手里。

韩侂胄，字节夫，相州安阳（今属河南）人。此人狡诈奸险，威福自专，炮制伪党大狱，消灭政敌，戕害无辜。据《宋史·韩侂胄传》记载，"侂胄用事十四年，威行宫省，权震宇内"，趋炎附势之徒歌颂他功盖伊尹、霍叔，呼为"我王"，他所宠幸的张、谭、王、陈四个小妾，"皆封郡国夫人，号'四夫人'，每内宴，与妃嫔杂坐，恃势骄倨，掖庭皆恶之"。大学者朱熹上书斥其奸诈，"侂胄怒，使优人峨冠阔袖象大儒，戏于上前，熹遂去"，韩侂胄令宫中戏子峨冠博带扮作大儒模样，在宁宗面前放浪嬉戏，气得朱熹满面青紫，拂袖而去。

开禧二年（1206），韩侂胄发起北伐，企图借战功邀宠固位。那时，蒙古人逐渐崛起于斡难河（今蒙古鄂嫩河）流域，不断威胁日渐衰落的金国。韩侂胄谋划乘机出兵，一举击败金国，建立不世之功。他追封岳飞为"鄂王"，追论秦桧的误国之罪。应该说，这些舆论上的准备还是不错的，北伐之初也略有斩获。可是，他本人志大才疏，对军事一窍不通，许多将帅乃平庸无能之辈，有些人甚至不赞成北伐。在这种情况下盲目出兵，无异于玩火自焚。面对如此糟糕的局势，惶遽无措的韩侂胄忽然想起了隐居带湖的辛弃疾，急令他出面扭转战局。

辛弃疾来到镇江，迅速派出密探深入沦陷区，侦察形势，了解敌情。与此同时，他反复进言，要想赢得战争的胜利，必须做好充分的准备，切不可仓促出兵。然而，韩侂胄只想侥幸取胜，一逞野心，哪里肯听逆耳之言呢？辛弃疾在镇江赶制了一万套军服，计划招募一万名兵卒，训练一支威武之师。可是，他的建言献策不但未被采纳，反而得罪了当权者，时隔不久，他就被韩侂胄之流借故罢免了。

千古江山，英雄无觅，孙仲谋处。舞榭歌台，风流总被，雨打风吹去。斜阳草树，寻常巷陌，人道寄奴曾住。想当年，金戈铁马，气吞万里如虎。　元嘉草草，封狼居胥，赢得仓皇北顾。四十三年，望中犹记，烽火扬州路。可堪回首，佛狸祠下，一片神鸦社鼓。凭谁问：廉颇老矣，尚能饭否？

这首《永遇乐·京口北固亭怀古》，郁结了无限感慨、无限悲哀。辛弃疾在如血残阳中，步履蹒跚地回到瓢泉，慢慢走向了生命的终点。

开禧三年（1207），辛弃疾一病不起。这时候，北伐宋军惨败的消息，已经不胫而走。宋宁宗慌忙下诏，任命辛弃疾为兵部侍郎、枢密都承旨等要职，令其出山收拾残局。然而，这一切来得太晚了！等诏令送达瓢泉时，68岁的辛弃疾已经心怀悲愤，告别了茫茫尘世。

辛弃疾死后，家无余财，仅遗诗词、奏议、书籍而已。他死后一年，又受到朝廷"鞭尸"一般的清算，因"迎合开边"之罪名，被剥夺了官爵，其家人被迫逃匿福建等地。

据《宋史·辛弃疾传》记载，咸淳年间，史馆校勘谢枋得从辛弃疾墓旁的僧舍经过，"有疾声大呼于堂上，若鸣其不平，自昏暮至三鼓不绝声"。谢枋得惊诧莫名，连夜秉烛作祭文，文章写成，那鸣声方才止息。

还是在辛弃疾复出前往镇江之前，陆游赋诗《送辛幼安殿撰造朝》相赠："稼轩落笔凌鲍谢，退避声名称学稼。十年高卧不出门，参透南宗牧牛话"，辛幼安雄笔碾压南朝诗人鲍照、谢朓，可惜退居带湖种庄稼，耕耘十载，成了一名种地好把式；"大材小用古所叹，管仲萧何实流亚"，可叹幼安身怀管仲、萧何之大才，却不能指挥千军万马，只能做个村夫；"古来立事戒轻发，往往逸夫出乘罅。深仇积愤在逆胡，不用追思灞亭夜"，古来成大事者，唯须谨言慎行，防备宵小之徒"乘罅"陷害，更当奋力抗击金兵，不必在乎像飞将军李广"灞亭夜怨"那样的个人遭遇……

辛弃疾辞世的噩耗传来，陆游悲痛彻骨，赋诗追怀："君看幼安气如虎，一病遽已归荒墟。吾曹虽健固难恃，相觅宁待折简呼……"（《寄赵昌甫》）

嘉定二年十二月二十九日（1210年1月26日），85岁的陆游因病辞世。其绝笔《示儿》，成了他一生的"天鹅绝唱"——

死去元知万事空，但悲不见九州同。
王师北定中原日，家祭无忘告乃翁。

陆游与辛弃疾，悲惨时代里的两位伟大爱国诗人，在历史的滚滚洪流中，都留下了万古悲伤。他们都没有看到"王师北定中原"的日子，并且此后的南宋朝廷，日益走向了没落之深渊。

宦海沉浮，金石可镂

青山青史共醉吟

——司马迁与班固

（一）李陵之祸

西汉天汉二年（前99），汉武帝刘彻发动的又一场"北伐战争"遭到惨败，率领五千步兵深入匈奴腹地辗转作战的汉将李陵，经过数昼夜浴血奋战，斩杀一万多匈奴兵卒，后来在弹尽粮绝、救援不至的绝望情形下，被迫下马投降。武帝闻讯，勃然大怒，为李陵辩护的太史令司马迁被抓进大牢，处以宫刑。这就是闻名青史的"李陵之祸"。

李陵，字少卿，乃将门之子，其祖父是汉文帝时代令匈奴闻风丧胆的"飞将军"李广。当年，"飞将军"身经百战，英雄盖世，却始终未能因功封侯。元狩四年（前119）征伐匈奴时，他因与大将军卫青赌气而途中迷路，在漠北荒原上饮恨自尽，铸成了一曲令人气噎的悲歌。李陵生于边塞，长于边塞，"善骑射，爱人，谦让下士，甚得名誉"（《汉书·李陵传》）。武帝认为李陵有乃祖之风，对他颇为欣赏与倚重。

这场战争的爆发，缘于汉王朝与宿敌匈奴之间的外交斡旋失败。踌躇满志的汉武帝派遣贰师将军李广利率骑兵三万进攻匈奴。李广利从酒泉出塞，与匈奴右贤王鏖战于天山一带，斩杀、俘获匈奴一万多人。可是，在回军途中，汉军遭遇匈奴援军，因为猝不及防，被打得丢盔卸甲，几乎全军覆没。假司马赵充国率领一百余名兵卒发动自杀式攻击，将匈奴的"铁桶阵"撕开一条缝，李广利才得以狼狈生还。赵充国负伤二十余处，"武帝亲见视其创，嗟叹之，拜为中郎，迁车骑将军长史"（《汉书·赵充国传》），由此名声大振，后来成了汉朝的杰出将领。

对于这场战争，李陵本来可以做个旁观者。骑都尉李陵当时率领五千人驻扎在酒泉、张掖一带，厉兵秣马，戒备匈奴。大战将起之际，武帝将李陵召回长安（今陕西西安），令他负责运输贰师兵团的军需物资。李陵听罢圣旨，叩头流血，坚决要求参战。此刻，祖父李广的身影，在他眼前飘过；祖父威震天下的英名，更是令他热血沸腾。国家大战之际，将军慷慨赴死，乃天经地义也！他宣称自己麾下的士兵都是荆楚的勇士、奇才、剑客，勇力足以扼虎，威猛可缚苍龙。他强烈要求独立成军，投入战场，以策应贰师兵团。武帝沉吟再三，说此次天下兵马大动，没有骑兵给他。李陵回答："无所事骑，臣愿以少击众，步兵五千人涉单于庭。"

这份豪情壮志，令武帝大为感动，慨然应允了他的请求。武帝同时命令强弩都尉路博德做后援，负责策应李陵。路博德曾任伏波将军，当年率军讨伐南越国，荡平海南岛，开了中国直接统治海南之先河。他后来因为犯法而遭贬黜，改任强弩都尉，在居延屯田。居延是古代军事重镇，遗址在今内蒙古额济纳旗东南。困守居延的路博德羞于做晚辈李陵的后卫，于是上奏说，此时匈奴兵强马壮，不可与战。岂料，这一奏疏成了点燃皇帝盛怒的"导火索"。生性多疑的武帝以为李陵临阵变卦，勃然震怒，下令克日出兵。苍凉的天幕下，辽阔的大漠上，一支孤独而悲壮的军队，就这样走向了飞沙走石的荒漠深处。

李陵率领五千步兵，从居延出塞，向着荒凉的北方进军，一个月后抵达了遥远的浚稽山（古山名，约在今蒙古国戈壁阿尔泰山脉中段）。部队在此安营扎寨，李陵命人把沿途山川地形绘成军用地图，派部下陈步乐赶回长安上奏武帝。武帝大悦。

此时的北方，漫天雪飘，寒风砭骨，李陵与将士们的热血却澎湃如潮。因为，他们终于有了报效国家的机会。然而，朔风号处，箭镞袭来，匈奴单于亲率三万兵马，悄悄包围了浚稽山。大敌当前，李陵巍立如山。他把部队部署在两座山峰之间，用大车组成方阵，率领将士阵外迎敌，前行持戟盾，后行持弓弩，"闻鼓声而纵，闻金声而止"。匈奴兵见汉军兵少，号叫着疯狂扑来。刹那间，汉军千弩俱发，匈奴兵纷纷应弦倒下，死伤枕藉，溃如雪崩。汉军乘势追击，斩敌数千。

匈奴单于闻讯大惊，下令调集八万大军围剿李陵。李陵寡不敌众，只好且战且退。然而，由于敌焰太盛，汉军始终处在匈奴铁蹄的围追堵截之中，浴血奋战，伤残累累；匈奴大军以石击卵，却始终不能歼灭汉军，被拖得气喘吁吁，疲态尽显。正当两军艰难对峙之时，一个偶然因素导致了汉军的彻底失败：一个名叫管敢的军候，因为受到上司欺凌，一怒之下投奔匈奴，将汉军穷途末路的危急处境和盘托出——至此，汉军的溃败已成定局。匈奴单于下令穷追猛打，汉军弹尽粮绝，后援无望。李陵击鼓鼓破，叫天天哑，只得下令砍倒旗帜，遣散部众，与部属韩延年率十余名壮士向南突围。匈奴数千骑兵追击而来，韩延年旋即战死，李陵仰天而叹："无面目报陛下！"遂下马投降。

消息传来，举国震惊。汉武帝急火攻心，把先期回朝报捷的陈步乐押进朝堂，兴师问罪。可怜陈步乐百口莫辩，浑身颤抖如筛糠，只有自杀谢罪。武帝说，李陵乃堂堂大汉将军，即使疆场不能取胜，也应该以身殉国，岂能阵前竖白旗，投降敌寇！"是可赦，孰不可赦？"朝廷百官眼见皇帝满脸杀气腾腾，纷纷落井下石，疾言厉色指责李陵。在举国皆曰可杀的喧嚣声中，武帝询问太史令司马迁的意见，岂料司马迁忤逆圣意，慷慨而言——

> 陵事亲孝，与士信，常奋不顾身以殉国家之急。其素所畜积也，有国士之风。今举事一不幸，全躯保妻子之臣随而媒蘖其短，诚可痛也！且陵提步卒不满五千，深輮戎马之地，抑数万之师，虏救死扶伤不暇，悉举引弓之民共攻围之。转斗千里，矢尽道穷，士张空拳，冒白刃，北首争死敌，得人之死力，虽古名将不过也。身虽陷败，然其所摧败亦足暴于天下。彼之不死，宜欲得当以报汉也。
>
> ——《汉书·李陵传》

当初，武帝派贰师将军李广利出征匈奴，李陵只是从旁协助，当李陵遭遇匈奴单于大军陷入苦战时，李广利却未能取得战果。司马迁满怀激情地歌颂李陵，在武帝看来，就是暗指李广利庸碌无能，而李广利正是武帝宠妃李夫人的哥哥，这无疑戳破了武帝任人唯亲的真相。武帝大怒，以"欲沮贰师，为陵游说"的罪名，将司马迁逮捕入狱。

司马迁入狱，落入恶名昭彰的酷吏杜周的魔掌，班固说杜周"少言重迟，而内深次骨……上所欲挤者，因而陷之；上所欲释，久系待问而微见其冤状"（《汉书·杜周传》）。此案乃武帝钦定大案，杜周对他百般凌虐，是绝对必然的。不屈的司马迁，最后被判处死刑。按照汉朝律令，减免死刑只有两种途径：一是交钱，用五十万钱赎罪；二是去势，接受宫刑。因为家贫，拿不出这么多钱，司马迁只能"下蚕室"，被阉割。这就是太史公司马迁的"千古奇冤"。

之后，武帝后悔没有及时救援李陵，命令因杅将军公孙敖率部深入匈奴以接应李陵。在双方无法联络的情况下，这根本就是不可能完成的任务。公孙敖为了逃避惩罚，只得昧着良心向皇帝汇报说，根据俘虏交代，李陵已经叛国投敌，并为匈奴单于训练军队，准备与汉军作战呢！武帝震怒不已，下令族诛，李陵白发苍苍的老母亲与妻子儿女都被斩杀。陇西李氏本是名将世家，世人仰慕，到了此时此刻，也是墙倒众人推，那些惯于攀龙附凤的陇西士大夫们，纷纷以李氏为愧，有的甚至嗤之以鼻。人情之淡如冰水，人心之险如利刃，由此可见也！落井下石的公孙敖下场也很悲惨，他后来兵败诈死，孤身潜逃，藏匿五年多，最后在"巫蛊之祸"中被族诛。

以上记载，见于班固《汉书》。对比一下太史公的相关记载，十分有趣。在《史记·李将军列传》中，太史公塑造了飞将军李广英勇善战、智勇双全的英雄形象，如此战功卓著、名冠天下的一代英豪，却一生饱受摧折，不但未能封侯，最后还自杀身亡，"广军士大夫一军皆哭。百姓闻之，知与不知，无老壮皆为垂涕"；对于李广之孙李陵的悲剧，则语焉不详。而在《报任安书》中，太史公热情歌颂了李陵"常思奋不顾身以徇国家之急"的情怀，他说李陵"身虽陷败，彼观其意，且欲得其当而报汉"。

因为《汉书》与《史记》所记内容有重叠之处，一旦重叠，班固大抵采用司马迁的说法，李陵之事，即是例证。有历史学家曾质疑这段记述的真实性，明末清初学者王夫之更对司马迁为叛国者李陵"强词开脱"提出了严厉批评。

考证这段历史的孰是孰非，那是历史学家们的事。不过，此事产生的历史后果，却是毋庸置疑的：其一，李陵从此绝了归汉之念，匈奴单于任命他为右校王，并将一个女儿嫁给他为妻。二十年后，李陵终老于匈奴。其二，太史公的巨著《史记》被这一严重变故打断，而他此后的写作，激情如江河决堤，更加悲愤与强烈，批判锋芒更加深邃与犀利，充满了历史穿透力。汉武帝刘彻则作为"迫害狂"的角色，就此永为后人指摘——这大概是这位雄才大略的皇帝做梦也想不到的吧？

（二）薪火相传

司马迁（约前145或前135—?），字子长，西汉史学家、文学家，后人尊为"太史公"，其划时代巨著《史记》，被鲁迅先生誉为"史家之绝唱，无韵之《离骚》"。这样一位在中国历史上举足轻重的伟人，履历却留下了许多空白，其生卒时间，至今存疑。一说生于建元六年（前135），其依据是晋代张华《博物志》；一说生于中元五年（前145），其依据是唐代张守节《史记正义》。至于他辞世的时间，更是无从考证。

关于司马迁的出生地，《史记·太史公自序》确有交代："迁生龙门，耕牧河山之阳。"龙门，在今陕西韩城东北、山西河津西北的黄河峡谷中。传说大禹治水，开凿此山以疏浚黄河之流。此地峡谷峻裂，波涛震天，雷霆万里，烟岚蕴霞，霜林染醉。司马迁就出生在龙门山南七十里的韩城市芝川镇，其六世祖司马靳、四世祖司马昌、曾祖司马无泽、祖父司马喜，都曾在这里留下了迹接今古的足音。

关于司马迁的家世渊源，历史上鲜有记载，后人往往根据他的《史记·太史公自序》加以推测。司马迁追溯自己的先祖，至于神话传说中上古时代的颛顼大帝。据说颛顼大帝任命重为南正，掌管天文，任命黎为北正，掌管地理。历史以降，自唐虞到夏、商，重、黎的子孙世代承袭这一职务，号称"天官世家"。周宣王姬静时期，重、黎的后人程伯休甫位居诸侯，官拜司马，其后人便以司马为氏。后来，司马氏在周朝掌管历史。太史公将神话传说与家世渊源水乳交融的描述，是真是伪，后人无从考证。不过，无论如何，神话传说与历史真实之间，恐怕是有些距离的吧？太史公的身世自述，缭绕着一团虚幻之迷雾，朦胧迷离，浮漾于历史空间。

如此辉煌的远祖，却难以阻止后代家世之变迁。"惠、襄之间，司马氏去周适晋。"这也许是由一次大动乱导致的大迁徙。周惠王姬阆、周襄王姬郑的在位时间是公元前676至公元前619年，在此期间，司马氏失去了史官职位，其后人也流散到全国各地。

真正重续司马氏"天官世家"辉煌的，是距周朝五百年之后的西汉历史学家司马谈。司马谈的祖父司马无泽曾任长安集市市长，父亲司马喜为五大夫，司马谈本来可以沿着仕途的"金光大道"，追逐富贵与荣华；可是，他却视荣华富贵如粪土，立志重振家声，发誓以一支铁笔梳理历史。为此，他博采众长，"学天官于唐都，受《易》于杨何，习道论于黄子"（《汉书·司马迁传》）。唐都是天文学家，杨何是经学家，黄子则是闻名遐迩的黄老学派代表人物。司马谈拜他们为师，经过多年艰苦磨砺，终于成为他那个时代的博学鸿儒。

汉景帝后元三年（前141），16岁的汉武帝刘彻即帝位。这时候，西汉王朝经过文帝、景帝两代明君的治理，社会安定，经济繁荣，国力迅速增强。司马谈被汉武帝任命为太史令，此后三十余年间，司马谈的人生轨迹始终与汉武帝的帝王宏业紧密交织。其早期哲学著作《论六家之要指》，对阴阳、儒、墨、名、法、道六家的优劣，进行了全面评述。他发誓要写一部历史著作，效仿孔子的《春秋》，通过评说历史来抒发自己的政治理想。为此，他广泛搜集、研读历史资料，为自己的历史著述做准备，甚至还写出了其中的一些篇章。因为司马谈、司马迁父子都被后世尊称为"太史公"，他们的著作起初都被称为《太史公书》，因此传世的《史记》中的某些篇章，可能出自司马谈之手。只是由于历史空间里云雾缭绕，后人已经不可能确认具体哪篇文章是父子俩谁的手笔了。不过有一点可以确信，设若没有司马谈，是断乎不可能产生《史记》的。

元封元年（前110），汉武帝登基三十余年，汉王朝空前强大，四海沸腾，八荒浩荡。这一年，武帝率领文武百官驾临东岳泰山，举行封禅大典。泰山封禅是汉武帝巩固皇权、彰显天命的重要政治仪式，也是展现帝国盛世的千年盛典。巍巍泰山之巅，祭坛摩天。只见汉武帝刘彻神情肃穆，满眼虔诚，向着莽莽苍天三叩九拜，他身后浩浩荡荡的文武百官，黑压压跪倒在苍天之下。刹那间，天地晦明不定，四海扬波，千山嗡响……

太史令司马谈本来是封禅大军中的重要一员，许多涉及天命的活动，需要太史令组织实施。如此重大的历史使命，令司马谈热血沸腾。他为自己躬逢盛世，能够亲身参与这次规模空前的封禅大典而自豪。然而，不幸的是，在随武帝前往泰山的路上，无情的病魔突然袭击了他。咬着牙走到周南（今河南洛阳），他的病情急转直下，生命垂危。弥留之际，他念念不忘的，是自己的儿子司马迁。

这时候，司马迁已经官拜郎中，随侍在武帝左右。听到父亲病危的消息时，他刚刚奉皇命出使西南诸夷归来。司马迁连夜赶到周南，见到了奄奄一息的父亲。司马谈握着儿子的手，流着眼泪说道——

> 余先周室之太史也。自上世尝显功名于虞夏，典天官事。后世中衰，绝于予乎？汝复为太史，则续吾祖矣。今天子接千岁之统，封泰山，而余不得从行，是命也夫，命也夫！余死，汝必为太史；为太史，无忘吾所欲论著矣。且夫孝始于事亲，中于事君，终于立身。扬名于后世，以显父母，此孝之大者……今汉兴，海内一统，明主贤君忠臣死义之士，余为太史而弗论载，废天下之史文，余甚惧焉，汝其念哉！
>
> ——《史记·太史公自序》

司马谈的这番"临终嘱咐"，追述了司马氏祖先"典天官事"的光荣历史，祖露了自己"所欲论著"的未了心愿，表达了灵魂深处"废天下之史文"的巨大恐惧，叮嘱儿子继承祖先的光荣传统，续写青史辉煌。

司马迁握着父亲冰凉的手，哽咽难抑，"俯首流涕"，他向父亲郑重承诺："小子不敏，请悉论先人所次旧闻，弗敢阙。"

司马谈辞世三年之后，司马迁被汉武帝任命为太史令。诏命下达，他泪如泉涌。从颛顼大帝时代的重、黎开始，到司马谈上下求索著书立说，司马氏子子孙孙的"青史之梦"，犹如世代相传的不熄薪火，终于传到了司马迁手中。

（三）史笔千秋

按照一些历史学家的描绘，举凡大人物降临人世，天地间必有异象显现；即使伟大如司马迁，也未能免俗。譬如他在《史记·高祖本纪》中描写汉高祖刘邦出生，说刘邦之母刘太夫人有一天"尝息大泽之陂"，梦见自己与神仙交媾，"是时雷电晦冥"。刘邦父亲刘太公跑过去一看，只见一条蛟龙正盘在妻子身上，"已而有身，遂产高祖"。太史公的描述尚且如此，那些等而下之的历史学家们，就更是"妙笔生花"了。异人出生，必是头上长角，双肘生翅，祥云缭绕，百鸟飞翔，天光明灭，山呼海啸，等等。

然而，太史公司马迁的出生，似乎并没有呈现什么异象。班固《汉书·司马迁传》甚至都未提及他出生时的情形，只拿来《史记·太史公自序》中的一句"年十岁则诵古文"，一笔带过了他的童年岁月。倒是司马迁后来在《报任安书》中忍不住自夸道："仆少负不羁之才，长无乡曲之誉。"毫无疑问，司马迁是不世之天才，而他的少年岁月，是自由自在、放荡不羁的。据说他曾经拜著名经学大师董仲舒为师，学习《春秋》；也有人说他曾经师从经学家孔安国，读《尚书》，习《鲁诗》。

董仲舒（前179—前104），广川（治今河北景县西南）人，是汉初著名的经学大师，少治《春秋》，尤精《春秋公羊传》，著有《春秋繁露》等经学著作。他认为，宇宙是一个有机结构，天地是宇宙的两极，阴阳是运行于天地之间的神力，"道"是其中的精髓，"天不变，道亦不变"。汉景帝时代，他位居博士，闭门读书，三年足不出户。汉武帝登基，他以"贤良"身份应召进京并回答皇帝的提问，成为轰动朝野的大事，史称"贤良对策"。在三次对答中，他系统阐述了"天人感应"学说，论证了神权与君权之关系，主张实行"大一统"、加强君权专制，提出了"推明孔氏，抑黜百家"的建议（后人概括为"罢黜百家，独尊儒术"）。武帝一听，正中下怀，随后下令实行。

孔安国是孔子的十一世孙，一生勤于著述，其学术成就如何，众说纷纭，然而，他的两项"史迹"，历来颇受关注：其一，相传他曾得到孔子旧宅墙壁中所藏《古文尚书》（用先秦东方六国文字抄写），开古文尚书学派；其二，他早年拜两位大儒为师，受《尚书》于伏生，受《鲁诗》于申公，成为汉代著名的《尚书》《鲁诗》专家。司马迁受老师影响，也曾潜心钻研这两部经学巨著。

《尚书》亦称《书经》，相传由孔子编选而成，保存了商周特别是西周初期的一些重要史料。伏生，亦称"伏胜"，孔门弟子宓子贱之后裔，好学嗜古，曾为秦朝博士。他与《尚书》的因缘，充满了传奇色彩。

相传为避"焚书坑儒"之祸，伏生冒着生命危险，把《尚书》偷偷藏在墙壁夹层之内。汉惠帝四年（前191），他挖开墙壁，发现历经二十余载，仅有二十九篇保存完好，其余都亡失了。这就是《今文尚书》（用汉时通行文字隶书抄写）。从此，他就以这二十九篇《尚书》授徒讲学。

汉文帝即位后，因对伏生与《尚书》的故事早有耳闻，便传旨召见，"是时伏生年九十余，老，不能行，于是乃诏太常使掌故晁错往受之"（《史记·儒林列传》）。老先生已经口齿含混，说出来的话如同"天书"，只有他的女儿羲娥能够听懂。如此一来，只好由老先生口述，请羲娥担任翻译，再经晁错记录整理。

《鲁诗》是一部关于《诗经》的著作，乃鲁诗学派创始人申公的经典之作。申公（生卒年不详），名培，亦称申培公，山东曲阜人，曾跟随大儒浮丘伯学习《诗经》。浮丘伯亦称包丘子，山东淄博人，是大名鼎鼎的荀卿先生的高足。《鲁诗》崇尚气节，满篇洋溢着人物峻洁拔俗的魅力。

董仲舒与孔安国，无疑是当时第一流的大学者，司马迁师从他们，可谓眼光独具，起点极高。不知何故，这些令人羡慕的求学经历，司马迁自己却从未提起过。不过，这一阶段的知识积累，肯定是极为深厚的。

毕竟青春如虹，才华烂漫，司马迁的不凡岁月，始于他青年时离开家乡、壮游天下的那一年。历史证明，那是一次重铸灵魂的游历，影响深远。

莺飞草长时节，他从京城长安出发，逶迤南下，来到汨罗江畔。只见屈原沉江之处，流水滔滔，浪上飞舟箭一般掠过。屈原与他泪水涟涟的诗篇，随着流水湮入了历史，永恒不灭的，是那一脉万古悲伤。挥别湘水，他登临九疑山。相传当年舜帝巡视天下时崩逝于此，两个妃子娥皇、女英追到洞庭湖畔，泪尽而亡。他不禁想："唉，洞庭之波清且涟矣，如梦如幻，这脉脉清流，可以洗净我的浩荡心胸吗？可以栖息我躁动不安的灵魂吗？"

洞庭波涛还在眼前飘荡，他已经登上庐山之巅，俯瞰大江奔流；然后远赴会稽，凭吊大禹遗迹，流连姑苏，饱览五湖风月。此后他沐浴着南方风雨，转头北上。在淮阴侯韩信的故乡江苏淮阴，他听到了这位一代名将在贫贱岁月里饱受胯下之辱的逸闻，痛感了世态炎凉之锥心刺骨。在孟尝君故里山东滕州，他忆起了孟尝君养士三千的往事，士可以为知己者死矣，然而如今知己者在何方呢？在孔子故乡山东曲阜，他仿佛疲惫的天涯游子回到了家园，漂泊流浪的心灵找到了归依之所。这里的一草一木，一砖一石，庙堂车马，碑林礼器，似梦中高扬天际的长笛之声，震颤了他的灵魂。他感到自己的灵魂抟转欲飞，在无际云端与圣人之魂魄交融了。孔子作为一介布衣，思想流播天下，世人万代景仰，被尊为圣人。与之相比，那些帝王将相、高官显宦，不过是一抔黄土而已……

这种灵魂的震荡，铸成了《史记·孔子世家》，他拊膺感叹——

> 《诗》有之："高山仰止，景行行止。"虽不能至，然心乡往之。余读孔氏书，想见其为人。适鲁，观仲尼庙堂车服礼器，诸生以时习礼其家，余祇回留之不能去云。天下君王至于贤人众矣，当时则荣，没则已焉；孔子布衣，传十余世，学者宗之。自天子王侯，中国言"六艺"者折中于夫子，可谓至圣矣！

走出孔庙，司马迁看见太阳底下车马络绎不绝，南北穿梭，曳起片片霞辉；人们脚步匆匆，竞逐繁华，激起红尘滚滚。倏然之间，他的心头升起袅袅烟雾：世人竞来逐去，究竟为了什么？为钱吗？即使财源茂盛达九江，总有花光的时候；为官吗？级别再高的官员，总有下台的一天。唉，普天之下，芸芸众生，为什么犹如滚滚红尘一般微不足道呢？

> 故曰："天下熙熙，皆为利来；天下壤壤，皆为利往。"夫千乘之王，万家之侯，百室之君，尚犹患贫，而况匹夫编户之民乎！
>
> ——《史记·货殖列传》

（四）传世经典

太初元年（前104），是中国历史上划时代的一年。这一年，随着《太初历》的颁布实行，汉武帝推行的各项政治改革进入了新阶段，"色上黄，数用五，定官名，协音律"（《汉书·武帝纪》），强盛的西汉王朝由此跨入了历史新纪元。

这一年，司马迁在中国历史上显示出了"神龙"姿态。其一，作为太史令，他与天文学家落下闳、邓平等人共同制定《太初历》，对历法进行改革。此前，汉朝一直采用并不精确的秦历，即《颛顼历》。从这年开始，《太初历》确立了

"一统江湖"的主导地位，并被历代沿用，两千多年来一直支配着中国人的时间观念，可谓功莫大焉。其二，作为父亲遗嘱的执行者，他开始"论次其文"，动笔撰写《史记》。

父亲病危之际，曾经叮嘱司马迁："自周公卒五百岁而有孔子，孔子卒后至于今五百岁，有能绍明世，正《易传》，继《春秋》，本《诗》《书》《礼》《乐》之际？"司马迁连连叩首："意在斯乎！意在斯乎！小子何敢让焉。"

按照"亚圣"孟轲的论断，"五百年必有王者兴"；按照司马谈的期待，五百年必有孔子现。他期待儿子能够成为当世的"孔子第二"，写出一部"绍明世，正《易传》，继《春秋》"的巨著。其实，司马迁也是以孔子之志自期的。他笔参造化，思接千载，苍天赋予他如此卓越之英才，绝对不是用来唯唯诺诺、察言观色，徒为世上增添一庸碌之蠹的。作为王朝史官，他认为自己肩负着神圣的历史使命，"且余尝掌其官，废明圣盛德不载，灭功臣世家贤大夫之业不述，堕先人所言，罪莫大焉"（《史记·太史公自序》）。

《史记》的写作，起初经历了两个极其艰难的过程：其一是搜集历史资料之艰难，其二是沉静心灵之艰难。

司马迁虽然从父亲那里得到了许多资料，但面对历史的风雨晦暝、雷电纵横，他也深感"老虎吃天，无处下口"。国家藏书，历代档案，民间传说，逸闻遗事，"亦其涉猎者广博，贯穿经传，驰骋古今，上下数千载间，斯以勤矣"（《汉书·司马迁传》）。这个搜集过程，肯定艰难异常，没有坚韧不拔的毅力，是不可能完成的。

司马迁对《史记》的定位，是"究天人之际，通古今之变，成一家之言"。"究天人之际"表现的是哲学观，研究自然界与人类社会千变万化的微妙关系；"通古今之变"表现的是历史观，探讨古今历史现象千奇百怪的深邃原因。哲学与历史，一为"经"，一为"纬"，续接上下之遥深，涵盖古今之无穷。经天纬地之梦想，令他站在了上下与古今之巅，其"高处不胜寒"的敬畏之心，有谁能知？

令司马迁百思不得其解的是，从少年时代开始，他的心头便笼罩着一种莫可名状的沉重的忧郁与孤独。走上原野，看连绵幽草接天碧，不知它们因何而生，因何踩在自己脚下；跳入河池，见縠纹涟漪荡千秋，不知它们因何而荡漾，因何而穿梭于自己的胯下。百鸟鸣矣，鸣声上下；百花开矣，灿烂妩媚；世人争锋斗利矣，争得面红耳赤，斗得鲜血淋漓。是谁，在我的耳边轻声吟唱？是谁，在我的心底肆意横行？是你吗？是她吗？还是一个浪迹天涯的人？……远望西山，山势如虹，山影缥缈，犹如梦中蝶影；沿着山影向苍穹瞭望，浩渺天际，一片白云，诗意地飘荡，一只飞鸟，振翅翱翔于九霄。与白云和飞鸟相比，自己作为一介生物，显得太渺小了，太庸碌了！刹那之间，他为自己的渺小与庸碌感到愤怒，怒不可遏！他强烈地渴望奏响黄钟大吕，用雷霆般的轰鸣，抒发心灵深处的无奈与冲动、号叫与嘶吼！

于是，司马迁开始写《史记》。他灵魂深处的矛盾与冲突，化作了英雄疆场逐鹿，化作了宫廷钩心斗角，化作了中国历史上神像百转的壮丽图卷。譬如项羽与刘邦之间残酷的楚汉之争，刘邦虽然取得了天下，项羽却无愧英雄本色。垓下之败，悲风匝地，血流成河，司马迁却让项羽唱响了一曲震撼九天的《垓下歌》："力拔山兮气盖世，时不利兮骓不逝。骓不逝兮可奈何，虞兮虞兮奈若何！"

其实，司马迁最初写《史记》，是利用业余时间，"仆以为戴盆何以望天，故绝宾客之知，忘室家之业，日夜思竭其不肖之材力，务壹心营职，以求亲媚于主上"（《报任安书》）。然而，现实不允许他"两耳不闻窗外事，一心只写圣贤书"。好大喜功的汉武帝不断到全国巡幸、狩猎、祭祀，作为太史令，司马迁要全程奉陪，并加以记述。这一年发生的讨伐大宛国之战，实在有些荒诞。武帝素好大宛良马，派人带着大批黄金到大宛国买马，岂料被人家一口拒绝。武帝盛怒之下，决定动武，任命李夫人之兄李广利为贰师将军，率领数万人远征大宛。李广利率军出征两年，损兵折将，却一无所获。武帝只好派兵增援，激战两年，这才迫使大宛王求和，愿"出其善马，令汉自择之"。

一场历时四年的战争，无数战士化为沙场枯骨，却仅仅为了得到几匹良马！此役见于《史记·大宛列传》。

一年之后，即天汉二年（前99），汉武帝又一次派遣贰师将军李广利出征匈奴，先胜后败；急于立功的李陵请缨出战，却兵败投降，不但导致陇西李氏被诛戮殆尽，还牵连为之辩护的太史令司马迁被处以宫刑。

据说执行宫刑，痛彻骨髓，九死一生，而对人心灵的侮辱与摧残，胜于凌迟。"祸莫憯于欲利，悲莫痛于伤心，行莫丑于辱先，而诟莫大于宫刑。"写于出狱之后的《报任安书》，表达了司马迁遭此奇耻大辱后内心之愤激。"太上不辱先，其次不辱身，其次不辱理色，其次不辱辞令，其次诎体受辱，其次易服受辱，其次关木索被箠楚受辱，其次鬎毛发婴金铁受辱，其次毁肌肤断支体受辱，最下腐刑，极矣！"他历数人世间种种侮辱，直言宫刑乃人类最不能承受之最大侮辱，他说："仆以口语遇遭此祸，重为乡党戮笑，污辱先人，亦何面目复上父母之丘墓乎？"

他作于同一时期的《悲士不遇赋》，抒发了强烈的悲愤之感——

> 悲夫！士生之不辰，愧顾影而独存。恒克己而复礼，惧志行之无闻。谅才韪而世戾，将逮死而长勤。虽有形而不彰，徒有能而不陈。何穷达之易惑，信美恶之难分。时悠悠而荡荡，将遂屈而不伸……我之心矣，哲已能忖；我之言矣，哲已能选。没世无闻，古人唯耻；朝闻夕死，孰云其否。逆顺还周，乍没乍起。理不可据，智不可恃。无造福先，无触祸始；委之自然，终归一矣！

身受宫刑，肢残心碎。身处"蚕室"的司马迁犹如被抛掷在人世大荒之中，冷寂如蛇，穿透宇宙，黑暗如绳，勒进皮肉。自卑与自悲，像两把利刃，割剥着他的身心。自卑令他沉沦，滋生自暴自弃之念；自悲令他伤痛，并在伤痛之中咀嚼悲剧之摧折万物，之暴虐辉煌——于是，他忍辱而自尊，知耻而自奋，在强烈的生命悲剧之中创造华美绚烂的篇章！

司马迁深知，父亲殷殷之嘱托，岂可落空？在那些惨淡、阴郁的日子里，满心伤痛的司马迁"肠一日而九回，居则忽忽若有所亡，出则不知所如往"。他思古念今，想到了昔日一系列励志传奇："西伯拘而演《周易》；仲尼厄而作《春秋》；屈原放逐，乃赋《离骚》；左丘失明，厥有《国语》；孙子膑脚，《兵法》修列；不韦迁蜀，世传《吕览》；韩非囚秦，《说难》《孤愤》；《诗》三百篇，大抵贤圣发愤之所为作也。"（《报任安书》）正是这些不屈不挠的古代先哲鼓舞着他，使他昂起头来，采日月之光华，凝春秋之繁露，写出了这部千古不朽的伟大巨著。幸耶不幸耶，有谁说得清？

捧读《史记》，你会感到字里行间处处跳动着一颗史家的良心，句句闪烁着人性的光辉，"其文直，其事核，不虚美，不隐恶，故谓之实录"（《汉书·司马迁传》）。高祖刘邦是西汉王朝的建立者，智略过人，太史公则巧妙而深刻地揭示了他的奸诈和无赖；吕雉是西汉王朝的第一任"国母"，威仪有加，太史公则愤怒地揭露了她的冷酷无情；汉文帝刘恒开拓了"文景之治"新时代，太史公歌之诵之，为之心折不已；汉武帝号称一代英主，然而穷兵黩武，笃信鬼神，太史公也为之叹息不已，用曲笔进行批评。正是在这种顺乎历史大潮的背景之下，《史记》才具备了其历史的、文学的、美学的价值。

有关汉武帝的本纪没有流传下来，是有深刻原因的。《三国志·王肃传》云："汉武帝闻其述《史记》，取孝景及己本纪览之，于是大怒，削而投之，于今此两纪有录无书。"即使如此，司马迁还是在几篇书中，对汉武帝进行了深刻批判：《封禅书》嘲笑武帝滥祭淫祀，委婉而犀利；《河渠书》讥刺武帝屡信浅陋之言，劳民伤财；《平准书》斥责武帝无休止地兴兵开边，致使国困民贫。这几篇书集中反映了太史公的胆识与气魄。他不怕鬼，不信邪，秉笔直"述"，为后人留下了这部难以逾越的史学之"珠穆朗玛峰"！

太初元年（前104），司马迁开始写《史记》，天汉三年（前98）入狱受宫刑，两年后出狱，被任命为中书令，继续著述。到征和二年（前91），全书终于告成，历时十三年。若加上他搜集梳理资料的准备阶段，则前后不下二十年矣。手捧书稿，他涕泗交流，不能自已。

不幸的是，就在司马迁忍辱含垢潜心著述的武帝时代，此书即为当权者目为"谤书"，受到删削。到了东汉，《史记》又遭到一次浩劫。《后汉书·杨终传》有一处记载，十分诡异。建初四年（79），汉章帝刘炟批准议郎杨终的奏议，决定效仿西汉"石渠阁议"，召集各地儒学大师于洛阳白虎观讨论五经异同。蹊跷的是，会议倡议者杨终此时"坐事系狱"，与这次盛会差点擦肩而过。幸亏班固、赵博等人轮番上表求情，章帝勉强点头，杨终这才伤痕累累走出大狱，惴惴不安地来到会场，"乃得与白虎观焉"。岂料范晔笔锋一转，顺便记了一句："后受诏删《太史公书》为十余万言。"这样简单一句话，背后却是《史记》遭到"肢解"的残酷事实！经此浩劫，《史记》一书残缺到什么程度，也就可想而知了。

对于自己著作的"不合时宜"，司马迁是心知肚明的。因此，书成之后，他便"藏之名山，副在京师"。但正本藏在何处"名山"呢？这已成为千古之谜；而《史记》的缺失，已成为铁的事实。《汉书·司马迁传》不厌其烦地开列了《史记》篇目，明确指出此书"十篇缺，有录无书"。三国学人张晏补充说："迁没之后，亡《景纪》《武纪》《礼书》《乐书》《兵书》《汉兴以来将相年表》《日者列传》《三王世家》《龟策列传》《傅靳列传》。"此言确否，不得而知。虽然历朝历代不少文人史家纷纷"补缀"，但《史记》终非完璧了。

此后，太史公司马迁便消融于历史的烟云之中，事迹再不可考。虽然东汉学人卫宏《汉书旧仪注》有"有怨言，下狱死"之说，似乎司马迁因为口出怨言再次被捕，死于狱中，但无厘头一句话，很难就此"盖棺论定"。青史为之鸣咽，悲声流淌了两千余年。

与《史记》的悲剧命运不同，司马迁与夫人柳倩娘的邂逅，却是一段传奇。

传说，柳倩娘祖籍陇西成纪（今甘肃静宁西南），是飞将军李广的外孙女、李陵的表妹。其父柳震庭是个读书人。倩娘颖悟灵动，秀外慧中，5岁学画，15岁诵读诸子百家。后来，她随母亲赴长安看望外祖父李广，偶然读到司马迁的文章，倾慕不已，芳心暗许。这天，李广利前来李府拜访，一见倩娘便欲纳为妾。倩娘宁死不从，为躲避李广利的追求，李陵将她送往好友司马迁家暂避。从此，倩娘与司马迁相识相知，结下一世姻缘，李广利则与李陵、司马迁结下冤仇。这一"桥段"，为后来李广利北伐匈奴先胜后败、李陵慷慨请缨却兵败投降、司马迁为李陵辩护而遭受宫刑等一系列变故，埋下了伏笔。然此乃传说而已，不必当作信史也。

不过，司马迁虽然遭受宫刑，却在受刑前娶妻成家，并生有一个女儿，她后来嫁给了弘农郡华阴（今陕西华阴东南）人杨敞。据《汉书·杨敞传》记载，杨敞次子名杨恽，字子幼，"恽母，司马迁女也。恽始读外祖《太史公记》，颇为《春秋》。以材能称。好交英俊诸儒，名显朝廷，擢为左曹"。

杨恽官为左曹，相当于皇帝随从，后因告发霍光子孙谋反有功，封平通侯，升任中郎将。之后，他向汉宣帝刘询陈述外祖父司马迁的著作，得到宣帝支持，《史记》才得以公开传布。对这件事，《汉书·司马迁传》的记载是"迁既死后，其书稍出。宣帝时，迁外孙平通侯杨恽祖述其书，遂宣布焉。至王莽时，求封迁后，为史通子"。

关于王莽封司马迁后裔为"史通子"，东汉学人应劭《汉书注》云："以迁世为史官，通于古今也。"中唐史学家刘知几《史通·内篇序》也说："汉求司马迁后，封为史通子，是知史之称通，其来自久。"由此可知，"史通子"只是个"荣誉称号"，并无多少实权。

传说，司马迁生前，夫人柳倩娘每年给他画一张像，从20岁至55岁共画了36幅。司马迁受宫刑前的画像，都是长髯飘拂，神情怡然，受宫刑之后，其生理渐渐变化如妇人。倩娘告诫自己的子女，如果有机会为父亲塑像，一定要塑他受宫刑之前的长须像。因此，现在人们看到的太史公塑像，都是留着长须的。

（五）断代巨著

《史记》之后的历史著作，首推《汉书》。《史记》与《汉书》，乃中国史学之"双璧"，一为通史，一为断代史。史汉相续，班马并称，已成为学界共识。两部光辉巨著，巍立于历史之长河；两位伟大作家之神灵，翱翔于古今之时空。清中叶著名史学家章学诚在《文史通义》中将《史记》与《汉书》称为"后世不祧之宗"；清代齐召南《汉书考证》指出，"史之良，首推迁、固"，《汉书》乃"整齐一代之书，文赡事详，与迁书异曲同工，要非后世史官所能及"。

班固（32—92），字孟坚，东汉史学家，扶风郡安陵（今陕西咸阳东北）人。据范晔《后汉书·班固传》记载，班固"年九岁，能属文诵诗赋"，尤其嗜读史书。有一次，著名思想家、《论衡》作者王充偶然见到13岁的班固，被他痴迷史书的神态打动，对其父班彪说："此儿必记汉事。"16岁那年，他跟随父亲班彪来到京城，进入太学读书。面对浩如烟海的古今典籍，他犹如樵夫进入深山、渔夫堕入大海，"遂博贯载籍，九流百家之言，无不穷究。所学无常师，不为章句，举大义而已"。这一阶段的学习生活，为他日后继承父志、撰写《汉书》奠定了坚实的基础。

扶风地处关中平原中部，咸阳自古堪称帝王州，是我国第一个封建王朝秦朝的都城，还是汉、唐等王朝的京畿之地。在有汉一代，扶风班氏家族可谓书香传家，英才辈出。班固的曾祖父班况，汉成帝时为越骑校尉；祖父班稚，汉哀帝时为广平太守；当然，班氏家族最耀眼的"明星"，当推班固的姑奶奶班婕妤。

班婕妤是班况之女，美丽贤德、才学出众，被汉成帝刘骜选为妃子，深得宠爱。她并不为此沾沾自喜，反而怵惕不已。成帝想与她同辇出行，她婉拒道："古代贤圣之君出行，皆名臣在侧。只有商纣、夏桀那样的昏君，才让宠妃同乘。"太后王政君称赞说："古有樊姬，今有班婕妤。"樊姬乃春秋时期楚庄王的王后，德才兼备，名冠当世。可惜汉成帝不是楚庄王，赵飞燕、赵合德姐妹一入宫，就把他魅惑得骨酥筋软，一头栽进了红裙旋涡里。据《汉书·外戚传》记载，赵氏姐妹诬陷班婕妤和许皇后"挟媚道，祝诅后宫，詈及主上"，成帝震怒，许皇后被废，班婕妤凭借机智应对侥幸躲过灾祸，却从此失宠，在凄风冷雨中艰难度日，写下了著名的《怨歌行》——

> 新裂齐纨素，鲜洁如霜雪。
> 裁为合欢扇，团圆似明月。
> 出入君怀袖，动摇微风发。
> 常恐秋节至，凉风夺炎热。
> 弃捐箧笥中，恩情中道绝。

可惜，这把"团圆似明月"的合欢扇，却摇来了一缕忧伤的挽歌，在历史的空间里凄凉回响。班婕妤顾影伤情，又挥泪写下了《自悼赋》——

> 白日忽已移光兮，遂晻莫而昧幽，犹被覆载之厚德兮，不废捐于罪邮。
> 奉共养于东宫兮，托长信之末流，共洒扫于帷幄兮，永终死以为期。愿归骨于山足兮，依松柏之余休……

到了班固这一辈，班氏兄妹三人——班固、班超、班昭，各逞才华。班固以一部《汉书》名垂青史；其弟班超出使西域三十余年，积极配合朝廷打击匈奴的军事行动，使西域五十余国归附东汉王朝，班超之子班勇长期生活在西域，著有《西域风土记》一书；其妹班昭和东汉学人马续补写了班固《汉书》中未完成的《八表》《天文志》，并著有《东征赋》《女诫》等，据说班昭学问精深，大学者马融曾得其亲自指点。

班氏兄妹的父亲是著名学者班彪，出身于儒学世家，早年投身于西州大将军隗嚣帐下，后投奔河西大将军窦融为幕僚，刘秀称帝后他任徐县（今江苏泗洪南）县令，后来因病去职，专心致志研究史籍。他一生"行不逾方，言不失正，仕不急进，贞不违人，敷文华以纬国典，守贱薄而无闷容"（《后汉书·班彪传》）。他崇拜太史公司马迁，酷爱《史记》，常常读得热血沸腾。可惜，司马迁的《史记》只写到了汉武帝太初年间便戛然而止。班彪为此寝食难安，立志站在巨人肩头，续写《史记》，接续历史之洪流。经过数年艰苦努力，他终于写成了《史记后传》六十五篇。

建武三十年（54），班彪不幸因病去世，23岁的班固被迫中断学业，与母亲、弟弟、妹妹一起，护送父亲的灵柩回到老家安陵。儒家讲究以孝治天下，守丧乃人生大事，根据规定，子女至少要为父母守丧三年。丁忧期间，班固翻开父亲的《史记后传》手稿，潜心研读起来。读着读着，他就有了自己的想法。他发现，父亲的手稿虽不乏史家的真知灼见，却存在一个重大缺陷，就是"所续前史未详"。作为儿子，完成父亲的未了心愿，他责无旁贷。于是，他决定在《史记后传》的基础上撰写《汉书》，把西汉王朝230年的历史，准确、翔实地熔铸在一部书中。哪怕饥寒交迫，哪怕颠沛流离，耗尽一生之智慧，穷尽一生之心血，他也要铸成这座历史丰碑！

班固就在父亲的灵柩之侧，开始了《汉书》的写作。梦中的历史，刀光剑影；手中的史笔，五彩斑斓。历史虽然不容篡改，却任由史家"梳妆打扮"；史笔虽然沉寂无声，却裹挟了风雨雷电。

（六）福兮祸兮

沉溺于史海之中的班固做梦也没有想到，因为著史，他锒铛入狱；因为入狱，他又跻身朝堂。正如大贤老子所言："祸兮福所倚，福兮祸所伏。"

潜心著书的日子，是艰苦卓绝的，也是幸福莫名的。文思泉涌之时，他逸兴遄飞，心游万仞，耳听得千山回响，不绝如缕，此时此刻的幸福之感，恰如一江春水向东流。思绪阻滞之时，仿佛乌云垂空，笔如泰山，墨翻浊浪，任你搔首踟蹰，依旧恍然如梦，不知今夕何夕，此时此刻的失落与彷徨，犹似午夜的汽笛之声掐断了美梦，令人哽咽无语，心儿沉沉落入了万丈深渊。班固就在欣悦与郁闷、幸福与痛苦的煎熬之中，梳理茫茫史料，追寻前人足迹，观察自然变幻，探求人生真谛……

月亮阴晴圆缺，天气晦明变化，时光昼夜交替着，流过了八载沉沉岁月。永平五年（62），晴天一声霹雳，雷电交加，风雨骤至，阻断了班固的历史之梦。有人上书汉明帝，告发班固私修国史。封建专制时代，私修国史是天大的罪名。统治者的铁掌，牢牢控制着修史权。明帝闻讯勃然大怒，班固随即被捕，班家同时被抄。

班固入狱，全家震恐。那时候，明帝刘庄居住在京城洛阳皇宫里，班固被羁押在长安城的京兆狱中。一旦州郡长官审理此案，班固刑具加身，棰楚深重，生死将悬于一线间。危急关头，班超呼啸而起，快马加鞭赶往京城，"诣阙上书"。皇宫门千重，道道煎人命。班超远望宫阙，欲哭无泪，求神灵，拜佛爷，历尽千辛万苦，终于进入了皇宫。谒见明帝时，班超长跪不起，号啕失声。他奏明皇帝，父亲班彪有感于《史记》所述西汉历史止于汉武帝太初年间，发愤写成《史记后传》六十五篇，兄长班固继承父亲遗志，正在撰写《汉书》，这是一件功在社稷的事情啊！

汉明帝刘庄是光武帝刘秀的第四个儿子，东汉王朝的第二任皇帝，《后汉书》著者范晔说他"善刑理，法令分明"，他即位后躬身亲政，事无巨细都要过问。听罢班超的诉说，他沉吟不语。这时，地方官将班固的"罪证"呈上来，正是《汉书》手稿。明帝仔细审阅后，惊叹班固是个天下奇才，不但文笔静美，而且史识卓越，立刻下令放人，随即任命班固为兰台令史。

就这样，班固因祸得福，完成了从囚犯到朝官的飞跃。

兰台，是汉代宫内收藏图书的地方。当了兰台令史，班固犹如巨鲸入海，一下子潜入了历史的深渊。纵横交织的历史经纬，上下抗衡的神秘力量，左右动荡的时代思潮，百川归海一般，汇流到他的笔下。此后的二十余年间，他的职位虽略有升迁，但他的整个身心都在一部《汉书》上。《汉书》记载的时间，起自汉高祖元年（前206），止于王莽地皇四年（23），共计12代230年。等到

《汉书》将要告成的时候，班固已两鬓斑白，而东汉王朝也已经"新桃换旧符"了。

永平十八年（75）秋天，汉明帝刘庄驾崩，18岁的太子刘炟即位，是为汉章帝，改元建初。章帝在位13年，政治稳定，经济发展，文化兴盛，与明帝统治时期并称为"明章之治"。然而，因为宠爱皇后窦氏，章帝埋下了东汉中晚期外戚专权的祸根。

光武帝刘秀、明帝刘庄时代，鉴于西汉王莽篡位的历史教训，严禁外戚封侯干政。然而章帝一上台，就要为他的舅舅们封侯晋爵，因马太后坚决反对，未能如愿。建初三年（78），章帝册立已故大司徒窦融的曾孙女为皇后，百般恩宠，这就是后来开东汉中晚期太后临朝称制之先河的章德窦太后。

史载，窦融少孤，以军功崛起，位高权重，窦门家风却令人齿冷，子孙多放纵不法，肆意妄为，遗患无穷。如今窦皇后得宠，窦氏势力急剧膨胀，窦皇后之兄窦宪官拜侍中、虎贲中郎将，其弟窦笃为黄门侍郎。窦宪依仗与皇帝的裙带关系，横行跋扈，杀人越货，甚至欺凌诸王及公主。沁水公主刘致的田园，被他以极低的价钱强行夺去，"宪恃宫掖声势，遂以贱直（值）请夺沁水公主园田，主逼畏，不敢计"（《后汉书·窦宪传》）。沁水公主是汉明帝刘庄之女、汉章帝刘炟的姐姐，居然遭窦宪欺凌，而且不敢吱声。后来，章帝发觉此事，勃然大怒，将窦宪劈头盖脸一顿臭骂，扬言抛弃一介窦宪就如扔掉一只死耗子！窦宪心中恐惧，窦皇后也前来谢罪。对外戚势力的恶性膨胀，章帝有所警惕，但他始终未下决心斩草除根。

这时候，班固已进入了他人生的辉煌岁月。建初三年，他由郎官升任玄武司马，虽然官阶并不显赫，却可以经常接近皇帝。对他的学识与文采，章帝极为欣赏，经常请他进宫讲学，参与廷议，并随行巡视天下，他实际上成了皇帝的侍从与顾问。

汉章帝虽然颇有忠厚仁义之名，其钳制思想舆论的统御之术却堪称强悍有力。他主持召开白虎观会议，钦定《白虎通义》一书，将儒家经典与谶纬迷信糅杂，影响了东汉中晚期乃至此后整个中国封建社会的思想发展与学术探索。

自汉武帝采纳经学大师董仲舒之提议，"罢黜百家，独尊儒术"，儒家学说取得了正统地位，由此急速发展，《诗》《书》《礼》《易》《春秋》五经博士被设立。《汉书·儒林传》称："自武帝立五经博士，开弟子员，设科射策，劝以官禄，讫于元始，百有余年，传业者浸盛，支叶蕃滋，一经说至百余万言，大师众至千余人，盖禄利之路然也。"天下派系林立，说经者日众，导致思想学术界一片混乱。到了甘露三年（前51），汉宣帝刘询将各派经学家召集到未央宫北侧的石渠阁，令他们自陈主张，然后亲自裁决，"论定五经"，史称"石渠阁议"。"论定"的结果，据《汉书·艺文志》记载，有《五经杂议》十八篇、《书议奏》四十二篇、《礼仪奏》三十八篇，成为我国封建社会第一套完整的经学法典。因为汉宣帝喜读《谷梁传》，这部古籍由此胜出，国家专门设立了研究这部儒家经典的学官，书中所传讲的"微言大义"自此流播天下。据说，《谷梁传》在战国时代一直是口耳相传，最初的传授者名叫谷梁赤，曾师从孔子弟子子夏，但目前学界对此说尚有争论。

石渠阁乃西汉最大的皇家图书档案馆，当初由萧何主持修建，许多著名学者曾在此查阅资料。到了西汉中晚期，这里渐渐成了京城长安的学术交流中心。

一个世纪之后，历史进入东汉章帝时代，儒学之说又产生了许多分歧。建初四年（79），章帝采纳杨终的建议，效仿"石渠阁议"，在白虎观召集各派经学家讨论五经之异同，并亲自裁决。白虎观会议要解决的中心问题有两个：一是五经章句烦琐，必须删繁就简；二是派系众多，门户相讥，需要"共正经义"，统一理论。据记载，白虎观在北宫的白虎门内，是当时经学辩论的重要场所。班固以史官兼会议记录者的身份与会，并奉命把讨论结果整理成书，这就是著名的《白虎通义》。《白虎通义》记下的第一个问题是："什么叫天子？"答曰："皇帝把天作为父亲，把地作为母亲，所以称为天子。"又问："历代的帝王，德行有好有坏，为什么都称为天子？"答曰："因为他们都是天所任命的。"当代著名学者任继愈先生认为，该书是"一部简明扼要的经学法典……是一种制度化了的思想，起着法典的作用"。

就在这一时期，班固写出了著名的《两都赋》，这篇皇皇大赋由《西都赋》与《东都赋》组成，结构类乎司马相如的《子虚赋》与《上林赋》，是汉赋的代表性作品之一。《两都赋》践行了班固"抒下情而通讽谕，宣上德而尽忠孝"的主张，达到了思想性与艺术性的完美统一，描绘了一幅幅生动形象、绮靡富丽的帝都风俗画。

两都，指西汉都城长安与东汉都城洛阳。汉光武帝刘秀称帝后，定都洛阳。为了安抚天下，表明自己继承西汉正统，他曾经两次亲临长安，祭拜西汉诸帝陵墓。西汉遗老们认为，西京长安乃先帝旧京，皇脉隆盛，胜于东京洛阳，呼吁迁都长安。直到汉章帝晚期，迁都的呼声还一度甚嚣尘上，人们为此争论不休。班固的家乡扶风安陵虽紧靠西京，但他并不赞成迁都之议。《两都赋》的创作，旨在表述一个重大政治问题上的个人见解，甚至是为了参与一场事关重大的论争。《西都赋》将长安城之壮丽宏大、宫殿之华美奇伟熔于一炉，《东都赋》则宣扬洛阳"宫室光明，阙庭神丽，奢不可逾，俭不能侈"。此赋音韵雅丽雍容，仿佛浸染了中兴东京与古老西京的帝王之气，在一定程度上体现了当时的文风与社会思潮。

日月如梭不停留，时光去矣无踪影。忽忽数年之后，班固的母亲病逝，他又一次辞官回乡，为母亲守丧。恰在此时，东汉王朝又经历了一次险象环生的皇权更替。

（七）史魂永存

章和二年（88），33岁的汉章帝崩逝，年仅10岁的太子刘肇即位，是为汉和帝，改元永元，章德窦皇后被尊为太后，临朝称制。一时间，外戚窦氏势焰熏天，窦宪、窦笃、窦景、窦瑰等窦氏权臣，"兄弟亲幸，并侍宫省，赏赐累积，宠贵日盛"（《后汉书·窦宪传》）。和帝虽然年少，却不甘心做窦氏的玩偶。少年皇帝与外戚权臣的权力之争，导致了一场历史上有名的大动乱，汉和帝与清河王刘庆、大臣丁鸿联手出击，诛灭窦氏集团。不幸的是，班固也在这场血腥动乱中死于非命。

永元元年（89），漠北发生蝗灾，百姓饥馑，大量北匈奴人南逃。南匈奴单于致书汉朝，请求出兵合击北匈奴。对是否出兵，朝廷意见并不统一。为了维护窦氏家族的权力和地位，平息内外矛盾，窦太后最终决意出师北征。于是，拜虎贲中郎将窦宪为车骑将军，征西将军耿秉为副将，各率四千骑兵，由朔方出塞，会合南匈奴、乌桓、羌胡三万人马。汉军在稽落山（在今蒙古国西南部）与北匈奴人展开鏖战，大获全胜，先后归附汉朝的有81个部落共计20余万人。

汉军乘胜追击，一直追到三千里之外的燕然山（今蒙古国杭爱山）。窦宪登临巍峨峻拔的燕然山，遥望千里北疆，心潮沸腾如海，令中护军班固作文勒石记其盛。班固环顾四下，犹闻战鼓之声来自天外，写下了著名的《封燕然山铭》，盛赞窦宪"蹑冒顿之区落，焚老上之龙庭""光祖宗之玄灵，振大汉之天声"，其辞曰："铄王师兮征荒裔，剿凶虐兮截海外。敻其邈兮亘地界，封神丘兮建隆嵑，熙帝载兮振万世！"

班家与窦家，既是扶风同乡，又是累代世交。那一年，窦宪即将率军出征的消息传来，班固便请求随军出征，被任命为中护军，参与军事谋划。一介书生，能够参与这场空前的军事大捷，自是三生有幸；然而，他万万没有料到，这次辉煌的军旅生涯，不但没有给他带来期待中的宦海进步，还造成了空前的灭顶之灾！

窦宪班师回朝，被封为大将军、武阳侯，食邑二万户。窦氏兄弟，均被封侯：窦笃为郾侯，窦景为汝阳侯，窦瑰为夏阳侯。窦氏势力更加嚣张，以致天怒人怨。窦宪先后两次拒绝朝廷封赏，被人讥为沽名钓誉。不久，他因擅自调动军队，引起少年天子的疑惧。到了永元四年（92），14岁的汉和帝雄心勃勃，伺机夺权。窦宪忧惧不已，密谋杀害皇帝。和帝听闻风声，胸中的狂怒如涛似浪，便率先出击，一举歼灭了窦氏集团。

这年六月庚申日，夜幕降临，燥热异常，和帝仿佛自天而降，骤然亲临皇宫之北宫，喝令执金吾、五校尉率领禁卫军严守南北宫，不许任何人出入宫门，立即逮捕窦氏党羽。射声校尉郭璜及其子侍中郭举与窦家是姻亲，卫尉邓叠、步兵校尉邓磊兄弟是窦宪的心腹死党，转眼之间，这些人就被一网打尽。然后，和帝派谒者仆射收回窦宪的大将军印绶，要求窦宪与其弟窦笃、窦景去封国就任。到了这时候，和帝依然顾忌窦太后，不愿公开杀掉窦宪，便迫令他与窦笃、窦景抵达封国后自杀。可怜一世枭雄，落得个灰飞烟灭。窦氏宗族宾客为官者，一律罢免。

对于窦宪之死，《后汉书》著者范晔颇为感慨，他说，"窦宪率羌胡边杂之师，一举而空朔庭，至乃追奔稽落之表，饮马比鞮之曲"，比其前辈名将卫青、霍去病也不遑多让。可是，卫青、霍去病大名垂青史，窦宪的战功却遭到漠视，"是以下流，君子所甚恶焉"，只因为他顽劣下流，为世人憎恶，其功名自然就被遗忘了。同时，范晔引用东方朔的话，说"用之则为虎，不用则为鼠"，在历史上为窦宪"鸣"了几声不平。不过，仅此而已。综其一生之斑斑劣迹，窦宪的下场，实在也是咎由自取啊！

班固因为曾经为窦宪"吹喇叭，抬轿子"，也被捕入狱。汉和帝听说著名史学家班固被捕，急忙下令放人。然而，等皇命到达监狱时，班固早已经被害死了。据《后汉书·班固传》载，由于班固平时疏于家教，"诸子多不遵法度，吏人苦之"，班氏诸子违法乱纪，没人敢惹，家奴横行无忌，恶名昭彰。一天，洛阳令种兢乘车出行，居然受到班固家奴的阻挠，"固奴干其车骑，吏椎呼之，奴醉骂，兢大怒，畏宪不敢发，心衔之"，种兢怒火中烧，却因为畏惧窦宪的权势，发作不得。心怀怨恨的种兢眼见情势骤变，当即下令抓捕班固，乘机将他杀害了。一代英才，如此窝囊地告别人世，令人唏嘘。这一年，班固61岁。

或曰：人虽逝去，神灵犹在。所谓神灵，就是其思想操守、文章著作。司马迁的《史记》，班固的《汉书》，当然是他们的"灵魂附体"之作。他们身上迸发出来的"史官精神"，堪称惊天地而泣鬼神。

所谓"史官精神"，就是不惧斧钺，秉笔直书，"在齐太史简，在晋董狐笔"（文天祥《正气歌》）。据《左传》记载，战国时期，齐国大夫崔杼杀了齐庄公，太史伯记为"崔杼弑其君"而被杀。他的两个弟弟仲和叔接掌史笔，记述如旧，也被杀。轮到太史伯的四弟季执笔了，他依然如实记载。崔杼问道："这样写，你不怕死吗？"得到的答复是："如果失职，生不如死！"这就是所谓"太史简"。晋国正卿赵盾的族人赵穿刺杀了晋灵公，史官董狐认为赵盾没有对赵穿予以严厉制裁，就记为"赵盾弑其君"。这就是所谓"董狐笔"。

司马迁写《史记》，文思如百川横流，变幻莫测，亦正亦邪，亦庄亦谐。荆轲与高渐离易水诀别，饮酒击筑，悲歌号泣，天地为之色变；刘邦落难逃生，惊慌失措，几次将一双儿女推至车下，令人气绝。《刺客列传》《滑稽列传》《龟策列传》《货殖列传》，可谓包容三教九流，网罗人间万象。

班固写《汉书》所遵循的原则，概括而言：一是严格记述史实，努力去伪存真；二是严格贯彻儒家正统思想，循规蹈矩，近于拘泥。史载，班固性格宽厚，谦逊大度，平易近人，行为处事大有圣人倡导的儒者之风，而对于前贤的所谓"逾矩"之言行，他却很看不顺眼。对千古传诵的《离骚》，他颇有微词，认为屈原"露才扬己",不该指责楚怀王,更不该自沉汨罗江;对于前辈司马迁,他也不吝批评之词,说太史公著书立说不遵循圣人之道,"论大道则先黄老而后六经,序游侠则退处士而进奸雄,述货殖则崇势利而羞贱贫,此其所蔽也"(《汉书·司马迁传》)。

《汉书》里的《古今人表》,集中反映了班固的儒家正统思想。表中"上上圣人"14名,包括三皇五帝、商汤、周文王、周武王、周公、孔子等;"上中仁人"169名,包括女娲氏、有巢氏、伯夷、叔齐、颜渊、左丘明、蔺相如、管仲、孟子、伊尹、子产等;老子与商鞅、申子、墨子、韩非子等人,被归于"中上"之列;荆轲、孟尝君、吕不韦等人不上不下,位列"中中";秦始皇嬴政,揭竿而起的农民起义领袖陈胜、吴广,"力拔山兮气盖世"的楚霸王项羽,秦朝丞相李斯等人,被贬为"中下";秦二世胡亥与以推行"胡服骑射"闻名于世的赵武灵王一起,被列入"下中";被打入另册的"下下愚人"130名,包括蚩尤、共工、三苗、陈厉公、陈灵公、羿、赵高,以及历史上著名的"祸水红颜"褒姒、妲己、南子、郑袖等。

比较一下司马迁与班固对一些著名历史人物的评价,十分有趣。其差别之巨大、史识之高下,由此可见一斑。

在太史公笔下,嬴政、项羽、赵武灵王、陈胜、吴广等人的面貌,与班固的记载完全不同。《秦始皇本纪》中的"千古一帝"秦始皇雄才大略,第一次实现了中国的大一统,为中华民族的形成和壮大做出了重大贡献,而他的愚昧荒诞、暴虐残忍,也受到了严厉批评;《项羽本纪》中"力拔山兮气盖世"的楚霸王项羽,既是"近古以来未尝有"的大英雄,也是生性暴戾、优柔寡断的失败者;《赵世家》中的改革家赵武灵王大胆提出了"胡服骑射"的主张,并力排众议强力推行,为赵国的繁荣富强奠定了基础,却因为没有处理好"接班人"的问题,导致天下动乱,自己也饿死于沙丘宫;对农民起义领袖陈胜、吴广,统治者历来切齿痛恨,《陈涉世家》则塑造了他们胸怀大志、智慧果敢的"草根英雄"形象,让他们发出了"燕雀安知鸿鹄之志哉"的千古浩叹;至于太史公笔下的侠客、商贾、卜者等活灵活现的人物形象,就更是班固先生不屑一顾的了。

　　班固先生以儒家学说为绳墨，列表裁量历史人物，定出高下优劣，将复杂的历史问题简单化，将活生生的历史人物脸谱化，既欠公允，也稍显古板。著名历史学家黄仁宇在《赫逊河畔谈中国历史》一书中论及这一点时，曾经感叹说，如果没有《史记》，"径由《汉书》开二十三史之端，中国史学的传统，必更趋向'文以载道'的方针，更缺乏'百家殊方'的真实性和生动活泼了"。

为君扶病上高台

——柳宗元与刘禹锡

（一）诗祸再贬

唐朝都城长安（今陕西西安）著名的朱雀大街旁边，有座轻尘飘飞的崇业坊，坊里有座同样著名的玄都观，观里的道士种植了很多桃树。每到初春时节，烂漫桃花姹紫嫣红，宛若美人，引得蜂蝶翻飞，也引得一群群长安百姓如蜂蝶一般，络绎不绝前来踏春赏花。

然而，就是这一朵朵鲜艳的桃花给中唐大诗人刘禹锡带来了无穷祸患，并连累他的好朋友柳宗元一起，第二次遭贬黜。这时，距他们熬过第一次十年漫长的贬谪生涯回到长安，还不到一个月。

那是元和十年（815）二月，刘禹锡与柳宗元奉当朝皇帝唐宪宗之命，从遥远的贬所一起返回京城长安。他们以为，作为逐臣的漂泊岁月就此可以结束，满腹才华也能够充分施展了。在他们心头荡漾的，除了悲怆，也会有一些劫后余生的安慰与昂扬斗志吧？

这一天，刘禹锡闲暇无事，就随着众人来到玄都观赏花。只见一树树桃花绚烂如一片片云霞，赏花的男女老幼满脸洋溢着春天的喜悦。刘禹锡触景生情，写下了一首著名的七绝——

> 紫陌红尘拂面来，无人不道看花回。
> 玄都观里桃千树，尽是刘郎去后栽。

对这件事，《旧唐书·刘禹锡传》记载："元和十年，自武陵（今湖南常德）召还，宰相复欲置之郎署。时禹锡作《游玄都观咏看花君子诗》，语涉讥刺，执政不悦，复出为播州刺史。"

区区一首小诗，惹来如此大祸，恐怕是刘禹锡做梦也想不到的吧？

据记载，此诗一出炉，就在长安城里不胫而走，传诵一时。那些本来就嫉妒、仇恨刘禹锡，害怕他东山再起的人，将这首诗抄录下来送给当权者，别有用心地说："这是刘大诗人恃才傲物、对皇上心怀不满的泄愤之作。"没过几天，御史中丞裴度约见刘禹锡，先谈了一些别的事，最后才提到了这首诗："你最近写的那首桃花诗，可惹下大祸了！"

不久，灾祸像一团黑色的云翳，自天而降。皇命下达，刘禹锡、柳宗元等五人，又一次被逐出京城。刘禹锡被贬为播州（治今贵州遵义）刺史，柳宗元被贬为柳州（今属广西）刺史。

播州在唐代非常荒凉，是有名的"恶处"，"猿狖所居，人迹罕至"。那时，刘禹锡的母亲年逾八旬，两鬓斑白，已是风烛残年。身体极度羸弱的白发老母要随儿子一起跋山涉水、餐风宿露地前往遥远的播州，其凄凉与痛心，当推而想之；可是，若将母亲独留京城，形影相吊、孤苦无依，又实在令做儿子的刘禹锡难以忍受。

正当刘禹锡痛苦无奈之时，柳宗元表现出了同为天涯沦落人的高情厚谊。他数次上书朝廷，表示愿意将自己要去的较近的柳州换给刘禹锡，代替他去播州。这份真挚的感情，不但感动了刘禹锡，也感动了另一个大诗人韩愈。韩愈在《柳子厚墓志铭》中记述了这件事，感叹"士穷乃见节义"，他说，平常时日，人们"酒食游戏相征逐，诩诩强笑语，以相取下，握手出肺肝相示，指天日涕泣，誓生死不相背负，真若可信"；可是，"一旦临小利害，仅如毛发比"，他们就翻脸不认人，落井下石，"此宜禽兽夷狄所不忍为，而其人自视以为得计"，这些人"闻子厚之风，亦可以少愧矣"。

这时，裴度也出面为刘禹锡求情，他对宪宗说："陛下，播州太远了，刘禹锡带上80多岁的母亲去那里，有碍于陛下以孝治天下的名声啊。"

唐宪宗闻言，满脸不悦："他既然知道孝敬母亲，为什么凡事不多加小心，总让母亲担忧呢？"

裴度乃大唐名相，《旧唐书·裴度传》说他"状貌不逾中人，而风彩俊爽，占对雄辩，观听者为之耸然"。他久历宦海，一生坎坷，"累为奸邪所排，几至颠沛"，却"执性不回，忠于事上，时政或有所阙，靡不极言之"。此刻，他固执地站在朝堂上，请求皇帝"高抬贵手"。宪宗沉吟再三，最后勉强说道："那就让他去连州（今属广东）吧。"

此次被贬的日期，是这年的三月十四日。

连州，正是十年前刘禹锡在"二王八司马"事件中初次被贬黜的地方。当时，当权者认为将他贬往连州不够解恨，于是在他赴任途中追加惩罚，加贬为朗州（治今湖南常德）司马。想不到，岁月流转，十年之后，刘禹锡又因为一首小诗，被贬到了当初该去的地方。时耶？命耶？

（二）革新失败

刘禹锡与柳宗元的命运，与残疾皇帝唐顺宗李诵的不幸命运紧密相连。

据《旧唐书·顺宗本纪》记载，李诵早年"留心艺术，善隶书""性宽仁有断，礼重师傅"，19岁时被立为太子，似乎顺风顺水，岂料到了贞元二十年（804）九月，突然罹患风疾，瘫痪在床。其父唐德宗临终前，"思见太子，涕咽久之"。李诵就在父亲的呜咽声中即位，是为唐顺宗，改元永贞。登基伊始，他强撑病残之躯，领导了一场撬动大唐江山的短命改革，史称"永贞革新"。这场轰轰烈烈的改革运动，结出了两枚"妖果"：其一，顺宗被逼禅位，其子李纯登基，是为唐宪宗；其二，顺宗倚重的改革派饱受摧折，酿成了有唐一代影响深远的"二王八司马"事件。

其实，顺宗之所以发动"永贞革新"，是因为其父唐德宗李适的诸多弊政引发了天下大乱。德宗生于歌舞升平的天宝年间，少年时期目睹了惊心动魄的"马嵬兵变"，宫廷斗争的血腥与残酷强烈地刺激了他。即位之后，他的聪颖敏感变成了猜忌多疑，雄心勃勃变成了刚愎自用。他"长于深宫之中，黯于经国之务"，对国家面临的复杂形势缺乏清醒的认识，以致弊政丛生、民怨沸腾，在与藩镇军阀的战争中接连败北，酿成了继"安史之乱"之后的又一次大动乱，史称"建中之乱"。

建中二年（781），成德节度使李宝臣病死，其子李惟岳要求袭位，得到魏博节度使田悦、淄青节度使李正己、山南东道节度使梁崇义的支持。德宗拒不同意，四镇联合起兵，反抗朝廷。平叛战争异常残酷，战况激烈。德宗调兵遣将，命淮西节度使李希烈率军平叛，岂料李希烈与叛贼勾结，自称"天下都元帅"，割据一方，战火迅速从河北蔓延到河南。

由于军费开支浩大，中央财政捉襟见肘，长安米价飞涨，国家太仓连供应皇帝与六宫膳食的粮食也不足十天了。为解燃眉之急，朝廷只有巧立名目，横征暴敛，导致民心丧尽，诱发了更大的动乱。

建中四年（783）十月初，李希烈围困襄城（今属河南），德宗急调泾原节度使姚令言率部救援。唐朝的泾原方镇，辖有泾（泾州）、原（原州）二州，包括今甘肃、宁夏的六盘山以东、蒲河以西地区。姚令言率五千人长途跋涉来到京城长安，准备稍事停留，领到军饷后便开赴前线。这一天，雨雪霏霏，寒风刺骨，士卒们忍饥挨冻来到京城，盼望得到一份赏赐养家糊口，朝廷却一毛不拔，更以糠菜饼犒师，不见一丝肉星。士卒们的愤怒，终于像火山一样爆发了！他们踢翻饭筐菜盆，个个拳头紧握、咬牙切齿。

正当这个节骨眼儿，有人煽动说皇宫里金银财宝堆积如山，瞬间点燃了所有人的情绪——于是，士卒们擎着旗帜，全副武装杀回京城。等唐德宗下令赏赐时，已经无济于事了。乱兵如决堤之潮水，很快涌入长安城。德宗下令禁军将领白志贞召集禁军守卫皇宫，可是等了许久却不见一名兵丁前来护驾。原来，白志贞乃贪吝之徒，早把招募禁军变成了发财途径，许多长安富人纷纷向他行贿，把名字补入军籍却不入兵营服役。这些冒牌禁军，怎么能守卫皇宫呢？

到了这一刻，手足无措的唐德宗只好和"安史之乱"时的唐玄宗一样，带着诸王与贵妃仓皇逃往奉天（今陕西乾县）。转眼之间，京城长安就落入了乱军之手。乱军拥立原卢龙节度使朱泚为帝，国号"秦"。李希烈也乘机自称皇帝，国号"大楚"。唐军后来虽经浴血奋战，先后消灭了这两个割据政权，然而大唐江山已经近乎崩溃了。

贞元二十一年（805）正月二十三日，64岁的唐德宗驾崩，唐顺宗李诵即位。李诵身残志坚，雄心勃勃，决心革除弊政，振兴大唐。他利用太子时期所形成的政治集团，即东宫集团，开始了大刀阔斧的改革。

以李诵为首的东宫集团，其主要成员就是后来人们所称的"二王八司马"，即王伾、王叔文、韦执谊、柳宗元、刘禹锡、韩晔、韩泰、陈谏、凌准、程异，其中又以"二王刘柳"（王伾、王叔文、刘禹锡、柳宗元）为核心。王叔文精通棋道，是李诵的铁杆棋友，后被授予翰林学士兼度支使、盐铁副使；王伾是李诵的侍读，后被授予左散骑常侍。李诵这两个昔日玩伴兼盟友，后来成了东宫集团的操盘手，也成了刘禹锡与柳宗元的"引路人"。《旧唐书·刘禹锡传》说，王叔文"引禹锡及柳宗元入禁中，与之图议，言无不从"。

那时候，刘禹锡34岁，任屯田员外郎，柳宗元33岁，任礼部员外郎。当上了"员外郎"，也就为日后当宰辅铺平了道路。刘柳二人英姿勃勃，才气横溢，官运亨通，前程似锦，成了中唐时期万众瞩目的诗坛、政坛"两栖明星"。他们的踌躇满志、神采奕奕，是不难想象的。

概括"永贞革新"的主要内容，大体如下：第一，打击宦官势力，停罢宫市和五坊小儿。所谓"宫市"，就是皇家专使在市场上为宫中采买物品，宦官们多借此大肆抢掠；所谓"五坊小儿"，即宫中雕坊、鹘坊、鹞坊、鹰坊、狗坊中专为皇帝捕捉此类动物的官吏（百姓恶之，呼为"小儿"）。第二，罢免暴掠害民的京兆尹李实，严惩不法贪官。第三，废除进奉，停止苛征。第四，加强中央集权，抑制藩镇割据势力。第五，释放一批宫女和乐女。第六，起用一批被罢黜官员，扩大改革力量，调动多方面积极性。

顺宗即位一个多月，就连续推出了一系列重大改革举措，百姓欢欣鼓舞。然而，到了永贞元年（805）八月初，仅推行半年的"永贞革新"便戛然而止了。

这次改革受到了两股保守势力的强力阻击：其一是德宗晚期的当权派，这批既得利益者，此时依然势力强大；其二是以太子李纯为首的抢班夺权派，因为顺宗身患重病，即位时就曾受到宦官集团阻挠，此时他们麇聚在太子周围，伺机颠覆顺宗政权。两股势力合流，改革者犹如坐在火炉之上。在推行改革的过程中，王叔文等人也暴露出急躁冒进、急功近利的弊病。他们缺乏周密细致的组织谋划，只是依赖一个残疾皇帝推进改革。这种先天的不足与脆弱，决定了改革与改革者的命运。随着时间推移，保守势力愈来愈强大，而改革集团却日渐凋零。先是王叔文的母亲患病去世，按规定他必须立即辞官回家服丧三年。王叔文一去，改革派群龙无首，急得王伾像热锅上的蚂蚁，一天晚上突然中风，从此不能再出门了。

"二王"倒下，改革自然免谈，而以太子李纯为首的反对派气焰正炽。据

《旧唐书·宪宗本纪》记载，李纯六七岁时，爷爷德宗把他抱在膝上，问道："你是谁的儿子，怎么在我怀里？"他回答："我是第三天子。"德宗一听，"异而怜之"。这样一个唯我独尊的太子，面对瘫痪在床的父皇，时刻想着抢班夺权，也是势所必然。在大宦官俱文珍的策划指挥下，宦官们切断了顺宗与外界的联系，不断逼迫他禅位。到了此时此刻，一个行动不便的皇帝就成了一条可怜虫，一切行动都在宦官们的控制之下，实际上已经丧失了自由。

同年八月五日，唐顺宗被迫禅位，28岁的唐宪宗李纯登基。对这次宫廷政变，《旧唐书·宪宗本纪》记载："先是，连月霖雨，上即位之日晴霁，人情欣悦。"顺宗在位，连月阴雨，阴风怒号；宪宗上位，天地初霁，人们欢欣鼓舞。这哪里是自然变化，分明是史官对改革派倒台的欢欣鼓舞。韩愈也歌颂大宦官俱文珍"冲天鹏翅阔，报国剑铓寒"（《送汴州监军俱文珍》）。唉唉，令人无语。

第二年，即元和元年（806）初春，46岁的"应乾圣寿太上皇"唐顺宗就含恨辞别了人世，据说是被宦官所谋害，虽于史无据，却也合乎情理。《旧唐书·顺宗本纪》评论说："（顺宗）居储位二十年，天下阴受其赐。惜乎寝疾践祚，近习弄权；而能传政元良，克昌运祚，贤哉！"此论要点有二：其一，顺宗带病登基，难以执掌国柄，导致身边小人（即"二王八司马"）弄权；其二，他传位宪宗，确保了国家长治久安，堪称贤君。

唐宪宗史称"中兴之主"，即位后"中外咸理，纪律再张""剪削乱阶，诛除群盗""睿谋英断，近古罕俦"（《旧唐书·宪宗本纪》），堪称大有作为。然而，他对改革派的惩罚却异常残酷：王叔文被贬为渝州（治今重庆）司马，后被"赐自尽"；王伾被贬为开州（今属重庆）司马；韩泰、程异等六人，同时被贬斥到荒僻之地任司马——这就是所谓"二王八司马"事件。至此，"永贞革新"的骨干力量被一网打尽了！

刘禹锡、柳宗元当然不会幸免。刘禹锡被贬为连州刺史，柳宗元被贬为邵州（治今湖南邵阳）刺史。正当两人一步步沉重地走向贬所时，保守势力还觉得不解恨，又把刘禹锡加贬为朗州司马，柳宗元加贬为永州（今属湖南）司马。

从此，两人开始了漫长的十年贬谪生涯。沉重的岁月，严酷的现实，铸成了两首不平凡的命运之歌。

（三）永州幽思

柳宗元（773—819），字子厚，河东解县（今山西运城西南）人，后迁长安，世称柳河东。其父柳镇曾任太常博士，深明经术；其母卢氏出身于没落士族之家，聪明贤淑，虔心事佛。柳宗元出生时"安史之乱"的战火刚熄灭十年，年稍长"建中之乱"又烽烟再起，他跟随父亲四方宦游，历战乱，观流离，经风雨，睹生死，在动乱中渐渐成才，"宗元少聪警绝众，尤精西汉《诗》《骚》。下笔构思，与古为侔。精裁密致，璨若珠贝。当时流辈咸推之"（《旧唐书·柳宗元传》）。

18岁那年，柳宗元初次参加科举考试，名落孙山，此后连续两次应考都没有成功。贞元九年（793）春天，21岁的柳宗元第四次走进考场，翰林学士顾少连主持本次考试。顾先生天生傲骨，性情耿介，"政尚宽简，不为灼灼名"（《新唐书·顾少连传》），他曾在唐德宗的盛宴上佯装醉酒，痛殴奸臣裴延龄，一时传为天下奇闻。他力排众议，大力选拔孤寒之士，柳宗元与刘禹锡同时登第，从此结为终生挚友。

就在这一年，柳宗元的父亲柳镇病逝，他守丧三年，期满后与礼部郎中杨凭之女成婚。杨先生工文辞，重交游，尚然诺，有诗名，《赠窦牟》有"直用天才众却瞋，应欺李杜久为尘"之句，颇见功力，平日里翁婿对吟，倒是佳话。柳宗元随后通过吏部选拔考试，被任命为集贤殿正字，自此正式踏入仕途。在他看来，登科第、做高官并非自己的目的，他不想做寻章摘句、皓首穷经的"腐儒"，而是希望"以中正信义为志，以兴尧舜孔子之道，利安元元为务"（《寄许京兆孟容书》）。这一时期，他博览群书，学识精进，结交朝中大臣，为日后腾飞奠定了基础。贞元十七年（801），他调任蓝田（今属陕西）县尉，两年之后升任监察御史，进入炙手可热的东宫集团，成为骨干成员。

然而，人生过于一帆风顺，往往潜伏着某种危机。仅仅四年之后，在改革派与保守派的殊死较量中，顺宗退位，保守派登台，风华正茂的柳宗元作为改革派成员之一，一下子被打入了万丈深渊……

永贞元年（805）九月，柳宗元带着年近七旬的母亲，前往遥远的贬所永州。其妻杨氏已病逝数年，没有留下子嗣，同行者有表弟卢遵、堂弟柳宗直。一家人过洞庭，溯湘江，时近初冬，冷雨纷飞。在汨罗江畔，面对凝滞的江水，柳宗元凭吊屈原，不禁泪流，写下了沉痛的《吊屈原文》："吾哀今之为仕兮，庸有虑时之否臧？食君之禄畏不厚兮，悼得位之不昌。退自服以默默兮，曰吾言之不行。既媮风之不可去兮，怀先生之可忘。"

他说："我为那些官场蠹虫感到无尽悲哀啊，他们哪一个在乎国家兴亡、百姓安康？一个个只是忧虑自己俸禄太少啊，忧愁自己官运不昌！此刻我作声不得啊，只好退出江湖默默自守，收起自己的改革主张。既然世风浇薄、逆流汹涌不可改易，我也只好徘徊江边怀念先生，永志不忘！"

这年年底，柳宗元一行在凛冽的寒风中抵达永州。柳宗元的官职是"永州司马员外置同正员"，乃一闲差，既无职权，又无官舍，一家人寄住在古旧颓败的龙兴寺中，勉强度日。因为生活艰苦，来这里未及半年，母亲便离开了人世。柳宗元悲痛欲绝，欲哭无泪！

龙兴寺住持重巽是位高僧，柳宗元常与他谈禅论道、诗文唱和，略遣悲伤。柳宗元宦海失舵，人生失意，理想破灭，精神极度苦闷。在佛乐声中，他写了一篇《惩咎赋》，抒发心底的郁结："惩咎愆以本始兮，孰非余心之所求。处卑污以闵世兮，固前志之为尤。始予学而观古兮，怪今昔之异谋。"他说："追寻前尘，恍若隔世，实在不晓得自己究竟错在何处，而导致全家流落荒丘。我身处卑污之地，却总是像古人一样悲天悯人，弄得处处碰壁，惹来近虑远忧！"

然而，尽管抑郁得天昏地暗，他的心底依然隐燃着丝丝火焰："苟余齿之有惩兮，蹈前烈而不颇。死蛮夷固吾所兮，虽显宠其焉加？配大中以为偶兮，谅天命之谓何！"他说："所幸苍天宽恕我的罪愆，延续我的生命，我仍会像前辈仁人志士那样践行诺言。即使死在这个遥远荒芜之地，也是死得其所，显扬与荣宠又何足挂齿？我将把中庸之道当作行为准则，苍天啊又能奈我何？"

永州的山水虽然贫瘠，阳光与月色却比京城长安丰沛许多。温暖的阳光之下，柳宗元走在禾苗荡漾的阡陌上，深思幽冥中的变幻之数；清寒如许的月色里，他心神遨游上下古今，百感交集。他的哲学思想，随着四季变化而逐渐成熟；他的文学创作，随着心潮起伏而逐渐丰富。哲学家思考人生命运，却往往得出人生无常的悲剧性结论；古今许多哲学家，都是悲观论者。文学家表达内心感受，也往往把美好之物撕碎给人看；许多流传千古的经典之作，大多是动人心弦之悲剧……

柳宗元在永州广泛接触劳苦大众，深入了解他们的疾苦，明白了他们的一粥一饭无不浸透着血与泪。他为自己身居官位却无力解除百姓的痛苦而内疚，"恨徒费禄食而无所答，下愧农夫，上惭王官"（《送从弟谋归江陵序》），更加坚定了"以生人为主"的信念。他提出"贤者之作，思利乎人"（《全义县复北门记》）的政治主张，经常告诫自己，"仕虽未达，无忘生人之患"（《答周君巢饵药久寿书》）。这种朴素的人本主义思想闪耀在他的作品中，散发着人性之光辉。他的《田家三首》描写了劳动人民的纯朴与善良、辛勤与苦难，"蓐食徇所务，驱牛向东阡。鸡鸣村巷白，夜色归暮田。札札未耗声，飞飞来乌鸢"，俨然一幅农家风俗画；然而，乡亲们聚在一起拉话，"各言官长峻，文字多督责。东乡后租期，车毂陷泥泽。公门少推恕，鞭扑恣狼藉"，其艰难竭蹶之状，如在眼前。作于同一时期的《罴说》，讲述了"鹿畏貙，貙畏虎，虎畏罴"的连环制服桥段，是弱肉强食、尔虞我诈的社会现实的真实写照；《捕蛇者说》以其凌厉的批判锋芒，表达了深刻的人民性，文中描写的蒋氏三代宁可死于毒蛇而不肯死于苛政的现实，揭露了封建社会盘剥百姓的残酷无情。著名的讽刺小品《三戒》，是中国讽刺文学的经典之作：《临江之麋》说一匹麋鹿深得主人宠爱，"犬畏主人，与之俯仰，甚善"，不敢吃它，三年后麋鹿离开主人外出，一群狗"见而喜且怒，共杀食之"，尖锐地讽刺了依仗权贵而得意忘形的小人；《黔之驴》是外强中干的小人的真实写照，也是中国文学史上的寓言经典；《永某氏之鼠》把那些"饱食而无祸"的人比喻为老鼠，指出他们"饱食无祸为可恒"，一定会遭受灭顶之灾。在深入剖析社会现实的同时，柳宗元广泛研究政治、历史、文学等，撰写了《天对》《六逆论》《封建论》《答韦中立论师道书》等力作，奠定了他作为一个思想家、哲学家的理论基础。

永州十年贬谪生涯，艰苦的生活、抑郁的心情严重损害了柳宗元的健康，40余岁的他，"阴邪虽败，已伤正气"，竟至于"行则膝颤，坐则髀痹"（《与李翰林建书》）。然而，再漆黑的夜晚，也有星光；再痛苦的岁月，也有欢乐。元和六年（811），柳宗元在这里续娶吕氏，后生下了儿子周六，给了他莫大的慰藉。

永州城郊有一条风景秀美的冉溪，柳宗元与吕氏在溪边筑室定居。他将冉溪改名愚溪，并作《八愚诗》与《愚溪诗序》，历数愚溪之"愚"，以抒发抱负不得施展之郁闷，"溪虽莫利于世，而善鉴万类，清莹秀澈，锵鸣金石，能使愚者喜笑眷慕，乐而不能去也。余虽不合于俗，亦颇以文墨自慰，漱涤万物，牢笼百态，而无所避之。以愚辞歌愚溪，则茫然而不违，昏然而同归，超鸿蒙，混希夷，寂寥而莫我知也"……

一条愚溪，蜿蜒九回，而他笔下的永州山水，更是天然之美与灵魂之美的交融：高洁、幽邃、澄鲜、凄清。著名的《永州八记》，是柳宗元山水游记之精品。

《钴鉧潭西小丘记》用"牛马之饮于溪""熊罴之登于山"比喻各种怪石形状之不同，"丘之小不能一亩，可以笼而有之"，小丘"嘉木立，美竹露，奇石显"，站在小丘之上瞭望，"则山之高，云之浮，溪之流，鸟兽之遨游，举熙熙然回巧献技，以效兹丘之下"。小丘虽美，却被弃置永州，无人赏识，"连岁不能售"。

《小石潭记》则以写景取胜——

> 从小丘西行百二十步，隔篁竹，闻水声，如鸣珮环，心乐之。伐竹取道，下见小潭，水尤清冽。全石以为底，近岸，卷石底以出，为坻，为屿，为嵁，为岩。青树翠蔓，蒙络摇缀，参差披拂。潭中鱼可百许头，皆若空游无所依。日光下澈，影布石上。怡然不动，俶尔远逝，往来翕忽，似与游者相乐。潭西南而望，斗折蛇行，明灭可见。其岸势犬牙差互，不可知其源。坐潭上，四面竹树环合，寂寥无人，凄神寒骨，悄怆幽邃……

柳宗元笔下僻静的小石潭，是中国文学史上最澄澈的一潭清水，潭中有最空灵的百头游鱼。一支笔写来，胜似画笔，也胜似现代的数码摄像机。柳宗元这一时期的古文，成为唐代古文的巅峰之作，脍炙人口，"衡湘以南为进士者，皆以子厚为师"（韩愈《柳子厚墓志铭》）。

也许，从繁华的京城走向荒凉的贬所，是一条常人无法体会、无法理解的炼狱之路，更是一次从喧哗走向寂寞、从身外世界走向内心深处的孤独之旅。

这条路，可以毁灭一个才华横溢的人，使他整日在怨天尤人的悲泣中酗酒消愁、唏嘘嗟叹。这当然是就某些意志薄弱者而言。像柳宗元这样的天才，却在这一苦难过程中实现了精神升华，进而使自己的人生更接近于至善至美、至清至寒、至孤至悲，超越了孤独，也超越了悲伤的大境界——

> 千山鸟飞绝，万径人踪灭。
>
> 孤舟蓑笠翁，独钓寒江雪。

这首安谧冷寂、高寒落寞的《江雪》，有人读出寒冷，有人品出孤独，也有人感觉到无边无涯之痛苦。苏东坡说此作令人不可思议，"殆天所赋，不可及也已"（《书郑谷诗》）。清人王尧衢说此篇不过是作者自况："世态寒凉，宦情孤冷，如钓寒江之鱼，终无所得。子厚以自寓也。"（《古唐诗合解》）清代诗评家徐增《而庵说唐诗》批评说："当此途穷日短，可以归矣，而犹依泊于此，岂为一官所系耶？"意思是，天地绝窘，孤寒落寞，您早该走人啦，干吗还要在这里磨叽，是不是还在惦记着那顶官帽呢？

尽管众说纷纭，然终究不过是揣测而已；作者的千古高意，有谁能够体会呢？

（四）朗州孤愤

刘禹锡（772—842），字梦得，洛阳（今属河南）人，祖籍中山（治今河北定州）。其父刘绪为避"安史之乱"，寓居嘉兴（今属浙江）。刘禹锡在嘉兴度过了青少年时期，19岁来到京城长安，22岁与柳宗元一起同科进士及第，24岁被任命为太子校书，此后进入淮南节度使杜佑幕府担任掌书记，并迅速被提拔为监察御史，进入李诵的东宫集团。在顺宗领导的"永贞革新"运动中，他与柳宗元犹如两匹昂扬骏驹，英姿勃发，厉行新政，成为保守派的眼中钉、肉中刺。随着"永贞革新"的昙花一现，他辉煌的政治生命也急转直下。被时人视为"宰相之器"的刘禹锡，先被贬为连州刺史，后被追贬为朗州司马。

唐代的朗州，地处西南边陲，经济落后，交通闭塞。怀抱经天纬地之才的刘禹锡来到这里，就像一块被遗落在人间的补天顽石，其怅恨不平之气如烟如缕。这对他的人生，自是充满了凄凉；而对他的诗歌创作，却犹如久旱逢甘霖。中国诗歌是一颗野火烧不尽的种子，艳阳高照之时节，枝叶未必茂盛，甚至还透出一股淫靡污浊之气；风骤雨狂之时节，反而能得到山川之灵气、雨露之精华，铸成华美瑰丽的诗篇……

刘禹锡到了朗州，心底的忧闷和愤恨都化作了犀利的文字，像匕首与投枪一样刺向保守派。他的寓言诗《聚蚊谣》写道："沉沉夏夜兰堂开，飞蚊伺暗声如雷。嘈然欻起初骇听，殷殷若自南山来。喧腾鼓舞喜昏黑，昧者不分聪者惑。"意思是，周围那些迫害狂像一团嗡嗡叫的蚊子，在耳边聒噪不止。"我躯七尺尔如芒，我孤尔众能我伤。天生有时不可遏，为尔设幄潜匡床"，他说："我是堂堂七尺男儿，你们不过是一群可怜的小如芒刺的蚊虫，虽然能暂时伤害于我，可总有一天我会搭起蚊帐将尔等捕杀殆尽！"他盼望着"清商一来秋日晓，羞尔微形饲丹鸟"的时刻早日到来！

当年楚国大诗人屈原曾被流放朗州，刘禹锡凭吊旧迹，不禁有些伤感。然而，与柳宗元不同，他从来不是一个沉溺于感伤情绪的人。他像一颗春天的种子，落在哪里，就会在哪里生根开花。这里民风淳朴，百姓时常伴着节奏强烈的鼓乐之声载歌载舞、卜巫祭神。按照这些民歌俚曲的节拍，刘禹锡创作了十余首欢快昂扬的《竹枝词》——

白帝城头春草生，白盐山下蜀江清。
南人上来歌一曲，北人莫上动乡情。

山桃红花满上头，蜀江春水拍山流。
花红易衰似郎意，水流无限似侬愁。

江上朱楼新雨晴，瀼西春水縠纹生。
桥东桥西好杨柳，人来人去唱歌行。

山上层层桃李花，云间烟火是人家。

银钏金钗来负水，长刀短笠去烧畲。

杨柳青青江水平，闻郎江上唱歌声。

东边日出西边雨，道是无晴却有晴。

贬谪至荒僻之地，刘禹锡自然无法喜笑颜开；跟随百姓游乐嬉戏，他却能够手舞足蹈。当地人在沅江上赛龙舟，胜利者欢欣鼓舞，失败者颜色沮丧，岸边彩旗飞扬，水上碧波荡漾，刘禹锡作《竞渡曲》记其盛况："沅江五月平堤流，邑人相将浮彩舟。灵均何年歌已矣，哀谣振楫从此起……"看见姑娘们在湖上采菱，诗人也诗兴勃发，作《采菱行》一首："白马湖平秋日光，紫菱如锦彩鸳翔。荡舟游女满中央，采菱不顾马上郎……"

最能代表刘禹锡在逆境中乐观旷达的作品，是著名的《秋词二首》——

其一

自古逢秋悲寂寥，我言秋日胜春朝。

晴空一鹤排云上，便引诗情到碧霄。

其二

山明水净夜来霜，数树深红出浅黄。

试上高楼清入骨，岂如春色嗾人狂。

然而，夜深人静之时，刘禹锡也难免辗转反侧、愁肠百结。贬谪岁月，落拓人生，自有其难言之苦衷；十年岁月，毕竟也太漫长了。"何处秋风至？萧萧送雁群。朝来入庭树，孤客最先闻。"这首《秋风引》，的确道出了他弥漫如雾的感伤与惆怅。

元和九年十二月（815年初），政局发生变化，《资治通鉴·唐纪五十五》记载："王叔文之党坐谪官者，凡十年不量移，执政有怜其才欲渐进之者，悉召至京师。"

皇帝的诏命年底下达，送到柳宗元、刘禹锡手上时已经是第二年正月了。两人迅速打点行装，马不停蹄踏上了进京的归途。柳宗元走到汨罗江口，遇到逆风，写了一首《汨罗遇风》抒怀："南来不作楚臣悲，重入修门自有期。为报春风汨罗道，莫将波浪枉明时。"满篇洋溢着的，是充沛的昂扬蓬勃之气。

这一年，刘禹锡44岁，柳宗元43岁，正当盛年。然而，京城迎接他们的，不是美酒与鲜花，而是白眼与荆棘。此时，大宦官俱文珍已死，满朝新贵仍是他的余党；当权的宰相武元衡，号称"状元诗人"，被德宗誉为"真宰相器也"，"持平无私，纲条悉举，人甚称重"（《旧唐书·武元衡传》），匼耐思想守旧，一直是改革派的政敌。围绕着"王叔文余党"的任用问题，朝廷大员们进行着激烈争论。同情王叔文等人的中书侍郎韦贯之的意见被否决。韦贯之是著名廉吏，刚直方正，疾恶如仇，"缘何为官一生，依旧家道不富？只因工于谋国，至老拙于谋身"——这是后人送给韦贯之的一副对联。这样一个"工于谋国"的大臣的意见被否决，标志着朝堂上保守势力之猖獗。有人劝刘禹锡走武宰相的后门，被他严词拒绝。他说："眼前大路朝天，为什么要走小路？"百无聊赖中，刘禹锡随着人流到玄都观赏花，写下了那首著名的"桃花诗"。此诗的广泛流传，刺痛了当权新贵，也彻底激怒了武元衡。他上奏皇帝，说刘禹锡"挟邪乱政，不宜在朝"。柳宗元、刘禹锡再一次被踢出京城。这次贬黜，距离他们奉诏返回京城，还不到一个月。

这次被贬，二人结伴而行，一路上惺惺相惜、互诉衷肠，直到衡阳（今属湖南）才分手。衡阳城头的辉煌落日，照耀着两个心神凄惶的漂泊者。两人彼此凝望着染满霜花的两鬓，不禁思潮起伏，哽咽难语。柳宗元写下了《衡阳与梦得分路赠别》——

> 十年憔悴到秦京，谁料翻为岭外行。
>
> 伏波故道风烟在，翁仲遗墟草树平。
>
> 直以慵疏招物议，休将文字占时名。
>
> 今朝不用临河别，垂泪千行便濯缨。

刘禹锡回赠了一首《再授连州至衡阳酬柳柳州赠别》——

> 去国十年同赴召，渡湘千里又分歧。
> 重临事异黄丞相，三黜名惭柳士师。
> 归目并随回雁尽，愁肠正遇断猿时。
> 桂江东过连山下，相望长吟有所思。

此时此刻，两个人都是伤怀难掩，离别之思，恰如泉涌。柳宗元恍然想起了东汉马援将军率军攻打南越时曾走过的"伏波故道"，以及故道两侧汉魏古墓上耸立的巨型石人似乎在冷风中瑟瑟发抖，喟然叹息："二十年来万事同，今朝歧路忽西东。皇恩若许归田去，晚岁当为邻舍翁。"（《重别梦得》）刘禹锡则忆起了西汉宣帝时期清正廉洁的贤相黄霸，以及春秋时期"坐怀不乱"的"和圣"柳下惠，拊膺长吁："弱冠同怀长者忧，临歧回想尽悠悠。耦耕若便遗身世，黄发相看万事休。"（《重答柳柳州》）

相依万里，终有一别。刘禹锡由郴州（今属湖南）取道入连州，路经桂岭。这里是当时由郴州进入连州的通道。他看到此地荒蛮偏僻，百姓衣不蔽体，感慨京师那些富豪一掷千金的奢华，写下了《度桂岭歌》："桂阳岭，下下复高高。人稀鸟兽骇，地远草木豪。寄言千金子，知余歌者劳！"

柳宗元经过三个月的长途跋涉，一路风尘赶到柳州，登上城楼时刹那间泪如雨下——

> 城上高楼接大荒，海天愁思正茫茫。
> 惊风乱飐芙蓉水，密雨斜侵薜荔墙。
> 岭树重遮千里目，江流曲似九回肠。
> 共来百越文身地，犹自音书滞一乡！

当这首《登柳州城楼寄漳汀封连四州》寄到连州时，刘禹锡已经摆脱了沉重的悲伤情绪，在连州大展身手了！

（五）连州柳州

唐代的连州贫瘠落后，却风景如画、气候宜人，"天下山水，非无美好"。刘禹锡在《连州刺史厅壁记》中描绘连州风物："山秀而高，灵液渗漉，故石钟乳为天下甲……环峰密林，激清储阴，海风驱温，交战不胜，触石转柯，化为凉飔。"他表示要从严治政，兴利除弊，认为"功利存乎人民"。

刘禹锡以宰相之才治理连州，无疑是"函牛之鼎烹小鲜"。他深入百姓之中，观察社会，了解风土人情、山川形胜，创作了许多饶有地方特色的俚歌小调。《插田歌》云："冈头花草齐，燕子东西飞。田塍望如线，白水光参差。农妇白纻裙，农夫绿蓑衣……"

连州之东，是瑶族人民世代聚居的地方。刘禹锡来到瑶民中间，观察他们的生活细节，捕捉他们的生动形象，并写入自己的诗篇，展示了瑶民在居住、耕种、语言、祭祀、婚姻、市易等方面带有浓厚民族色彩的生活习俗——"莫瑶自生长，名字无符籍。市易杂鲛人，婚姻通木客。星居占泉眼，火种开山脊。夜渡千仞溪，含沙不能射"（《莫瑶歌》）；"蛮语钩辀音，蛮衣斑斓布。熏狸掘沙鼠，时节祠盘瓠。忽逢乘马客，恍若惊麏顾。腰斧上高山，意行无旧路"（《蛮子歌》）。在刘禹锡看来，瑶民的生活方式似乎还停留在刀耕火种阶段，他们聚居深山密林，行踪诡秘，惧见生人。刘禹锡作为地方长官，能够主动与他们接触，甚至一起出猎，的确难能可贵。

为了从根本上改变连州的贫穷现状，刘禹锡决定治贫先治愚，从提高大众文化素质入手，培育一批优秀人才。他整修学堂，登台讲学，带动当地文化进入兴盛时期。两年之后，连州出了第一个进士刘景，刘禹锡闻讯兴奋异常，赋诗祝贺："湘中才子是刘郎，望在长沙住桂阳。昨日鸿都新上第，五陵年少让清光。"（《赠刘景擢第》）后来刘景之子刘瞻又高中进士，官至宰相。此后数百年间，连州名人辈出，相继有陈拙、张鸿、邓洵美等数十位诗人闻名于世，文化教育之辉煌凸显于岭南大地。《连州志·名宦传》著者感叹："吾连文物媲美中州，禹锡振起之力居多。"

连州一带山清水秀，百里连江，两岸峰峦奇耸，重岩叠嶂，古树参天。沿岸农舍古旧错落，花红柳绿，男女老幼畅游其间，宛似一幅幅诗情画意的图卷。连州城外有座巍峨的燕喜山，山下是碧波荡漾的海阳湖。第一次登上燕喜山，俯瞰海阳湖，刘禹锡就被这里的山水之美震撼了。山上茂林修竹，晶莹滴翠，石崖嶙峋，飞鸟鸣旋；湖上翠荷盈秀，渔舟荡漾，碧涛起伏，渔歌互答。他喟然慨叹："行尽潇湘万里余，少逢知己忆吾庐。数间茅屋闲临水，一盏秋灯夜读书……剡中若问连州事，唯有千山画不如。"（《送曹璩归越中旧隐诗》）

他在危崖上斩茅植树，发石引泉，修筑了一座檐牙凌空的小亭，取"不以利禄萦心，虽居官而犹如隐者"之意，命名"吏隐亭"，并作歌咏之："结构得奇势，朱门交碧浔。外来始一望，写尽平生心。日轩漾波影，月砌镂松阴。几度欲归去，回眸情更深。"（《吏隐亭》）繁忙之余，他时常将自己放逐到这里，让心儿浮漾微风，让灵魂栖息幽境，与山水对语，与宁静对语，与神灵对语……

对连州山水的热爱，激发了他的创作热情，而海阳湖的独异风景，更令他流连忘返。他修葺湖上亭榭，疏凿岸边溪壑，发掘名胜底蕴，并为之重新命名，如切云亭、玄览亭、云英潭、飞练瀑、棼丝瀑……著名的《海阳十咏》，即是对环湖十大风景的歌咏——"波摇杏梁日，松韵碧窗风。隔水生别岛，带桥如断虹"（《切云亭》）；"香风逼人度，幽花覆水开。故令无四壁，晴夜月光来"（《玄览亭》）；"飞流透嵌隙，喷洒如丝棼。含晕迎初旭，翻光破夕曛"（《棼丝瀑》）；"潜去不见迹，清音常满听。有时病朝醒，来此心神醒"（《云英潭》）……

那年初夏，刘禹锡忙里偷闲，游览了惠州（今属广东）博罗县北部的罗浮山。这里是道教圣地，号称"粤岳"，峰岭摩天，流泉如泣，仙迹缥缈。七十二石室、十八洞天、四百三十二峰峦、九百八十瀑布与飞泉，引得历代文人墨客、方士道人纷纷前来隐居修行。东晋葛洪在山中修道炼丹、著书立说，其传世之作《抱朴子》就是在这里写成的。刘禹锡游览着葛洪当年创建的九天观、黄龙观、冲虚观等古迹，思绪绵邈如高天云岚……他登上罗浮山巅飞云峰，夜半观日出，但见浩浩天宇，星月遥邈，不禁神思驰骛，心波浩荡："咿喔天鸡鸣，扶桑色昕昕。赤波千万里，涌出黄金轮……悠悠想大方，此乃杯水滨。知小天地大，安能识其真……"（《有僧言罗浮事，因为诗以写之》）

乐山乐水之余，他经常牵挂着远在柳州的挚友柳宗元。他们经常鱼雁传书，话语涉及政治、军事、文学、书法、医学；然而，他的心中经常浮起一丝隐隐的不安——柳宗元的信函里，流露着浓烈的悲观色彩……

作为柳州的最高长官，柳宗元心忧黎元。他兴办学校，解放奴婢，发展生产，数年之间促使当地百业兴旺起来，韩愈后来称赞他说："凡令之期，民劝趋之，无有后先，必以其时。于是民业有经，公无负租，流逋四归，乐生兴事。宅有新屋，步有新船，池园洁修，猪牛鸭鸡，肥大蕃息。"（《柳州罗池庙碑》）然而，政事之余，他的心是悲苦的，灵魂是孤独的。他明白自己性不谐俗，徒有文名却不为世所用，只能埋首山川纸页间，空抱明月望江华，腹藏昆仑临溪流。他常思考一些怪问题：我拥有的一腔才华，是毫无用处的"屠龙之技"吗？世人大多拥有"屠猪之技"，可以杀猪宰羊谋生活；可是，人一旦拥有了"屠龙之技"，就会以天下国家为己任，浩渺无穷尽，我到哪里去施展，谁又会让我去施展呢？那条我要"屠"的"龙"，究竟在哪里翱翔呢？李太白说"天生我材必有用，千金散尽还复来"，他对此有些怀疑。

柳州百姓的生活虽然困苦，柳宗元在乡下却经常可以见到那些自得其乐的庄稼人，他们在困苦中仿佛享受着珠玉之美，在贫瘠中仿佛体会着豪阔之乐——这样的享受与体会，令他很羡慕，却永远无法做到。才志带给人的，是灵魂的飞翔，有时却也带给人无际无涯之痛苦、无声无色之焦躁、无始无终之烦恼……

精神的长期压抑，逼使他的意念离开尘世，转向佛禅义理。他与僧、道、隐士交流，心游万里，寄寓无极——"佛之道大而多容，凡有志乎物外而耻制于世者，则思入焉"（《送玄举归幽泉寺序》）；"余既委废于世，恒得与是山水为伍"（《陪永州崔使君游宴南池序》）。看来，柳宗元在贬谪的岁月里，找到了入佛之路径，优游山林，驰目骋怀。他毫不讳言自己是满怀牢骚来游山玩水的，游玩之余却尘心飘漾。他的许多山水诗，充满了尘世悲愁——

夙抱丘壑尚，率性恣游遨。

——《游南亭夜还叙志七十韵》

隐忧倦永夜，凌雾临江津。

——《登蒲州石矶望横江口潭岛深回斜对香零山》

苦热中夜起，登楼独褰衣。

——《夏夜苦热登西楼》

窜身楚南极，山水穷险艰。

——《构法华寺西亭》

拘情病幽郁，旷志寄高爽。

——《法华寺石门精室三十韵》

元和十二年（817）深秋的一个午后，柳宗元与随从登上柳州城外的仙弈山（今马鞍山），只见群山如黛，残阳如血；山下的小龙潭清冽澄碧，蜿蜒似练。石崖上的灵泉寺，红墙绿瓦，斗拱辉煌，隐在一片丹枫林中，翼翼然欲腾空飞去。柳宗元跨上十几级台阶，忽然听到寺内传出缥缈的吟哦之声："悟已往之不谏，知来者之可追。实迷途其未远，觉今是而昨非……"

柳宗元倚杖细听，拈须微笑："好个'今是昨非'的高贤啊！"

这个"今是昨非"的高贤，就是灵泉寺住持谈康大师。两人佛门相逢，堪称机缘深厚，自是感慨万端。从此，两人经常月下低吟，泉边交谈，梦中忆往……

优游山林之余，柳宗元在庭院里栽竹种草，引曲水，艺树木，行歌坐钓，望青天白云，听竹枝萧萧……花影迷离的岁月，人与景妍，树与鸟吟，他淡泊自适，心游自然，怡然忘却了茫茫世海里的纷乱与忧愁。

那一年，柳宗元得知刘禹锡母亲病重的消息，焦急万分。那时，他自己也是重病在身，无法亲自前往探望，就一连三次派专人前往连州慰问，表达对老人的深切惦念。

不久，刘母在连州病逝，刘禹锡扶柩北上，却在衡阳地界遇到了前来向他递送讣告的专使——他的挚友柳宗元去世了，终年只有47岁。

刘禹锡闻此噩耗，心胆俱裂，痛不欲生。他决定停下母亲的灵柩，奔赴柳州城，为柳宗元料理丧事。他给柳宗元的生前好友——送达讣告，并给身在袁州（治今江西宜春）的韩愈写信，请求他为柳宗元撰写墓志铭。刘禹锡回到洛阳后，又派专人去柳州吊唁，"南望桂水，哭我故人"，写下了悲情弥漫的《祭柳员外文》，表达深切的哀痛："呜呼子厚！此是何事？朋友凋落，从古所悲。不图此言，乃为君发。""呜呼子厚！卿真死矣！终我此生，无相见矣。"

元和十五年（820）七月，柳宗元的灵柩运抵京兆万年（今陕西西安）栖凤原，在柳氏先人墓侧安葬。刘禹锡带着亡友的遗孤周六前往祭奠，流着眼泪写下了《重祭柳员外文》："呜呼！自君之没，行已八月。每一念至，忽忽犹疑。今以丧来，使我临哭。安知世上，真有此事！"他感叹柳宗元"生有高名，没为众悲"，心底的"千哀万恨"，化为一声恸哭。他历数亡友一生事迹，不禁泪涌，"君为已矣，予为苟生。何以言别，长号数声。冀乎异日，展我哀诚。呜呼痛哉"！

此后，刘禹锡遵照柳宗元的遗嘱，将他的诗文加以精心整理，这就是后人看到的《柳河东集》。

柳宗元辞世三年后，有僧人到永州游览，回来后告诉刘禹锡，"愚溪无复曩时矣"，愚溪早已不是当初的模样了。刘禹锡闻言，心潮难平，无限伤感："柳门竹巷依依在，野草青苔日日多。纵有邻人解吹笛，山阳旧侣更谁过？"（《伤愚溪三首·其三》）

柳宗元去世时，他的儿子周六年纪尚幼。刘禹锡在此后的岁月里，全心全意担负起抚养周六的责任，直到孩子长大成人。

（六）晚岁豪情

柳宗元既是优秀诗人，也是大散文家，为"唐宋八大家"之一。他的诗清朗疏淡，用功精细，寄意遥深，苏轼《评韩柳诗》指出："柳子厚诗在陶渊明下，韦苏州上。退之豪放奇险则过之，而温丽靖深不及也。所贵乎枯澹者，谓其外枯而中膏，似澹而实美，渊明、子厚之流是也。"

柳宗元的诗，大多是贬官之后写的，更多地抒发了个人忧伤悲凉的情怀。《柳河东集》中收有《古今诗》两卷，基本上囊括了他的诗篇。

羁禽响幽谷，寒藻舞沦漪。

去国魂已远，怀人泪空垂。

——《南涧中题》

破额山前碧玉流，骚人遥驻木兰舟。

春风无限潇湘意，欲采蘋花不自由。

——《酬曹侍御过象县见寄》

宦情羁思共凄凄，春半如秋意转迷。

山城过雨百花尽，榕叶满庭莺乱啼。

——《柳州二月榕叶落尽偶题》

柳宗元的英年早逝，深深刺痛了刘禹锡。他对朝中权贵的讽刺与蔑视，更加溢于言表；他决不妥协的坚定与豪迈，更加根深蒂固。权贵们对他的打击，也是不遗余力。在此后的数年里，他先是被外放夔州（治今重庆奉节东），两年后又迁往和州（治今安徽和县），南下北上，东奔西走。令人惊奇的是，他依然豁达豪迈，如晴空孤飞之黄鹤，如危崖劲舞之虬枝。在和州任上，知县给他"穿小鞋"，安排他在城南面江而居，他居然很高兴，写了一副对联贴在门上："面对大江观白帆，身在和州思争辩。"知县闻讯很生气，吩咐衙役将他迁到县城北门，条件更为简陋，他又写了一副对联贴上："垂柳青青江水边，人在历阳心在京。"知县大怒，令人把他调到县城中部，给他一间只能容下一床、一桌、一凳的小屋。刘禹锡哂然一笑，奋笔写下了千古名作《陋室铭》——

山不在高，有仙则名。水不在深，有龙则灵。斯是陋室，惟吾德馨。苔痕上阶绿，草色入帘青。谈笑有鸿儒，往来无白丁。可以调素琴，阅金经。无丝竹之乱耳，无案牍之劳形。南阳诸葛庐，西蜀子云亭。孔子云：何陋之有？

这个"对联"桥段未必确切，这篇《陋室铭》却流传千古，鲜明地反映了刘禹锡不畏权贵、乐观向上的品格。

宝历二年（826），经宰相裴度再三举荐，刘禹锡奉诏回朝，途经扬州（今属江苏）时，邂逅大诗人白居易。两人举杯畅饮，白乐天对他的坎坷遭遇感慨万千，赋诗感叹："举眼风光长寂寞，满朝官职独蹉跎。亦知合被才名折，二十三年折太多。"（《醉赠刘二十八使君》）刘禹锡即席奉和一首《酬乐天扬州初逢席上见赠》——

> 巴山楚水凄凉地，二十三年弃置身。
> 怀旧空吟闻笛赋，到乡翻似烂柯人。
> 沉舟侧畔千帆过，病树前头万木春。
> 今日听君歌一曲，暂凭杯酒长精神。

一股豪迈之气在纸上喷溅，难怪白居易读罢，感佩不已，称之为"诗豪"，"其锋森然，少敢当者"。

刘禹锡寄身官场，一贬再贬，徜徉于巴山楚水之间，转眼已是23年。时光滔滔流逝，梦想几乎成空。草木凋零矣，物是人非矣！蹉跎岁月的惆怅，宦海沉浮的伤感，一起涌上了他的心头。此时此际，他情同手足的好友柳宗元亡故已近十载。当年英姿勃发的两大天才，如今早已天人永隔。想到此，他不禁心头茫然，喟然长叹："存者且偷生，死者长已矣！"

告别白乐天，刘禹锡北上金陵（今江苏南京）。目睹金陵城的残破颓败，想到统治集团的荒淫嬉戏与大唐江山的夕阳西下，他不禁吊古伤今，思绪百转千回，一气呵成地写下了沉郁而苍凉的《金陵五题》，咏叹历史之兴亡，嗟叹时事之坠落。

> 山围故国周遭在，潮打空城寂寞回。
> 淮水东边旧时月，夜深还过女墙来。

这首著名的《石头城》，通过对金陵城眼前萧索景象的描绘，抒写了沉痛的历史兴亡之感，引人遐思，"江南文士称为佳作，虽名位不达，公卿大僚多与之交"（《旧唐书·刘禹锡传》）。

刘禹锡再一次回到京城长安，皇家宫阙依旧，皇帝却已经换了四茬：宪宗、穆宗、敬宗、文宗、武宗——晚唐诸帝，自宪宗以下，一个比一个懦弱不堪，一个比一个嬉游无度，一个比一个没出息！

这一天，刘禹锡再一次来到玄都观。观内的灿烂桃花早已不知去向，那些种桃道士已踪迹渺然。庭院冷落，荒草萋萋，刘禹锡不胜感怀，写下了《再游玄都观》，并在诗前写了一段序言："余贞元二十一年为屯田员外郎时，此观未有花。是岁出牧连州，寻贬朗州司马。居十年，召至京师。人人皆言，有道士手植仙桃，满观如红霞，遂有前篇以志一时之事。旋又出牧，今十有四年。复为主客郎中，重游玄都观，荡然无复一树，唯兔葵燕麦动摇于春风耳……"

> 百亩庭中半是苔，桃花净尽菜花开。
>
> 种桃道士归何处，前度刘郎今又来。

这一年，刘禹锡已经56岁，年过半百，鬓发如银，依然自称"刘郎"，其生气勃勃的雄豪之情，丝毫不减当年。昔日玄都观里的如霞桃花、如蚁人群，如今都烟消云散了，只剩了一些零落的兔葵与燕麦在春风里凄凉摇动，而那个当初因一首桃花诗被贬谪十余年的"刘郎"，又雄赳赳气昂昂地回来了！

这就是诗人刘禹锡！面对命运的打击，他曾经悲伤，曾经惶惑，曾经流泪，却永远不会屈膝，不会退缩，不会妥协。他会咬紧牙关，擦干眼泪，然后斗志昂扬地，一步一步地，走向自己人生的黎明！

刘禹锡诗风雄豪苍劲，精练含蓄，不少诗作成为脍炙人口的名篇。明代学者杨慎在《升庵诗话》中说："元和以后，诗人之全集可观者数家，当以刘禹锡为第一。其诗入选及人所脍炙，不下百首矣。"他历来为人传诵的名句，真可谓珠玉晶莹，千古生辉——

> 旧时王谢堂前燕，飞入寻常百姓家。
>
> ——《乌衣巷》

> 人世几回伤往事？山形依旧枕寒流。
>
> ——《西塞山怀古》

天下英雄气，千秋尚凛然。

——《蜀先主庙》

莫道桑榆晚，为霞尚满天。

——《酬乐天咏老见示》

刘禹锡晚年，迁太子宾客、检校礼部尚书。即使到了垂垂老矣之晚景，其作品《始闻秋风》依然雄豪不减当年——

昔看黄菊与君别，今听玄蝉我却回。

五夜飕飗枕前觉，一年颜状镜中来。

马思边草拳毛动，雕眄青云睡眼开。

天地肃清堪四望，为君扶病上高台。

这是"诗豪"刘禹锡最后唱出的生命之歌。他依然像一匹思念边草的骏马、一只斜眄青云的大雕，时刻准备腾空而起，驰骋茫茫边塞与寥寥长天！

会昌二年（842），刘禹锡枕着豪迈潇洒的歌声，驾着上天入地的梦想，安然告别了这个人声扰攘的世界，享年71岁。

柳宗元与刘禹锡，一个是"寒江独钓客"，一个是"桃花浪子"。一个身穿蓑衣，手持钓竿，"独钓寒江雪"；一个高唱着"前度刘郎今又来"，迎接命运的挑战——两个天才，用一生的才华与苦难、奋斗与挫折、辉煌与凋零，为中国文学史的画廊增添了两个独具特色的人物，矗立起两座引人遐思的丰碑。

不平则鸣，感慨悲歌

——韩愈与孟郊

（一）谏迎佛骨

一节短而衰朽的指骨，居然改变了中唐时代一个大人物的命运。

这节指骨，自然绝非俗物，据说是佛祖释迦牟尼的遗骨，称佛骨舍利；这个大人物，也非寻常之辈，乃是大唐王朝鼎鼎大名的刑部侍郎韩愈。

事情的起因，还要从唐宪宗李纯晚年崇佛说起。

佛教自西汉末年传入中国，经魏晋南北朝数百年发展，到隋唐时期已基本完成中国本土化，日益繁荣起来。唐朝是一个佛法盛行的时代。唐太宗之后，高宗、中宗、睿宗诸帝均崇信佛教。"安史之乱"后，中唐诸帝对佛教更加崇奉，代宗、德宗对佛事的沉迷，已经有些痴狂了。唐宪宗早年对佛教不太热心，甚至下令抑制寺院经济发展。他励精图治，兴利除弊，开创了继唐太宗的"贞观之治"、唐玄宗的"开元盛世"之后的"元和中兴"时代，成为历史上有名的"中兴之主"。但到了后期，宪宗也开始狂热起来，不顾一切地炼丹崇佛、追求长生，严重危害了自身健康和国家局势。《旧唐书·宪宗本纪》无奈地说："惜乎服食过当，阉竖窃发，苟天假之年，庶几于理矣！"所谓"服食过当"，就是皇帝拼命吃丹药，不但导致短寿，还使奸佞之徒弄权误国，诱发了国家的严重危机，可悲也哉！

史载，有个叫柳泌的术士吹嘘能炼长生不死之药，宪宗宠信有加，任命其为台州（今属浙江）刺史，朝野皆惊。宪宗说："烦一州之力，为人主求得长生，为臣子的难道还舍不得吗？"皇帝如此发话，哪个臣子还敢争辩？柳泌到达台州后，哪管政务，只是一个劲儿地驱使百姓上山采药，结果自然一无所获。宪宗震怒，将其逮回京师，欲严加惩处，有人为之求情，糊涂的宪宗居然又让他任翰林待诏。这自然是后话。

　　元和十年（815），长安（今陕西西安）西明寺僧人计划将寺里的毗沙门神像迁至开业寺，宪宗下令骑兵护送，奉迎队伍长达数里，城中百姓围观者成千上万。这次活动，是宪宗大规模崇佛的第一个高潮。

　　元和十四年（819），主持京城佛寺供奉的功德使上奏宪宗，说凤翔（今属陕西）法门寺有一座护国真身宝塔，塔内供奉佛祖释迦牟尼指骨一节，佛光霍霍，灵验无比，每三十年取出来展览一回，可保国泰民安、江山永固。宪宗闻言大悦，立即指派僧人赴法门寺奉迎佛骨。为表示隆重，他又派宦官杜英奇率领三十名宫人手捧鲜花，前往迎接。一路上，杜英奇威福自专，乘机对沿途州县大肆搜刮。

　　佛骨到达京师，宪宗留于宫中三日，"开法场于秘殿，为人请福，亲奉香灯"，随后将佛骨轮流送到京师各佛寺，供僧俗礼拜。一时间，"王公士庶，奔走舍施，唯恐在后。百姓有废业破产、烧顶灼臂而求供养者"（《旧唐书·韩愈传》）。

　　当此时，京师内外青烟袅袅、诵声呢喃。在举国上下一片狂热的礼佛声中，不法之徒乘机大肆盗窃。令人吃惊的是，被抓住的盗贼中，居然就有"烧顶灼臂"的所谓信徒。

　　这次礼佛活动，前后持续了五个月之久。

　　此时的韩愈因为襄助宰相裴度平定淮西叛乱有功，擢升刑部侍郎，成为真正的朝廷大员。他眼见举国上下一片混乱，忍无可忍，慨然上了一篇振聋发聩的《论佛骨表》。他指出，佛教传入之前，四海晏然，国君多高寿；佛教传入之后，四野哗然，君王多短命。汉明帝一心拜佛，却福祚短暂，其后祸乱频仍；南朝宋、齐、梁、陈以来，君王们礼佛更加虔诚，在位时间却更加短暂，天下更加混乱不堪。他由此得出一个惊世骇俗的结论：越是礼佛的君王，越是短命。

　　他接着批评说，"佛本夷狄之人，与中国言语不通，衣服殊制。口不言先王之法言，身不服先王之法服，不知君臣之义、父子之情"。他说，假如佛身尚在，到京师来朝，皇帝也不过是礼节性地召见，"礼宾一设，赐衣一袭"，然后护卫其出境，不令其迷惑民众，更何况佛身死已久，枯朽之骨，凶秽不祥，怎么适合进入皇宫呢？他慷慨激昂地强调："乞以此骨付有司，投诸水火，永绝根本。断天下之疑，绝后代之惑。使天下之人知大圣人之所作为出于寻常万万也。

岂不盛哉！岂不快哉！佛如有灵，能作祸祟，凡有殃咎，宜加臣身。"他指天戳地发誓说，无论遭遇多么大的灾祸，自己都甘愿抛头颅、洒热血，独自承当！

　　表疏奏上，宪宗震怒，下令将韩愈处死。宰相裴度和同僚们纷纷上书，请求皇帝从轻发落。宪宗盛怒难息，恨恨不已，勉强赦其死罪，一纸诏书将韩愈贬到了八千里之外的潮州（今属广东）。这就是在当时和后世引起极大反响的"谏迎佛骨事件"。

　　潮州位于岭南道东部，东临南海，户口不到两千，是偏远的瘴疠之地。朝廷大员贬谪到此，是除死刑之外最严厉的惩罚。这年的正月十四，元宵节前夕，京城长安还沉浸在欢度春节的喜庆气氛里，人们喜笑颜开，韩愈却迎着刺骨的寒风，凄惶出京了。

　　当时的制度规定，官员一旦接到被贬诏书，必须立即离京，一般不得超过第二天。而且，一人犯法，家属也必须随后离京。韩愈后来在泣血之作《女挐圹铭》一文中回忆说："愈既行，有司以罪人家不可留京师，迫遣之。女挐年十二，病在席。"他12岁的四女韩挐当时正在病中，也在父亲离开后的第二天，随着家人被驱赶上路，因惊惧入心，加之山路崎岖，病情急转直下，悲惨地死于放逐途中的陕西商南县之层峰驿。女儿的惨死，深深地刺痛了韩愈，《女挐圹铭》就是他和着血泪写给女儿的祭文，倾诉了一个父亲灵魂深处的内疚与自责、痛悔与悲哀！

　　韩愈迈着沉重的脚步，走向了遥远的荒僻之地。那时，他大约还不知道女儿的死讯。然而，在一个荒冷的夜晚，他却梦见了可爱的女儿对着他咯咯娇笑，梦醒之后，他怔怔地不知所措……

　　郁郁地走到蓝田（今属陕西）县东南的蓝田关，一场砭肌刺骨的暴风雪来袭，他在迷离的风雪中，望着陪伴在身边的侄孙韩湘，写下了著名的《左迁至蓝关示侄孙湘》——

　　　　一封朝奏九重天，夕贬潮州路八千。

　　　　欲为圣明除弊事，肯将衰朽惜残年。

　　　　云横秦岭家何在？雪拥蓝关马不前。

　　　　知汝远来应有意，好收吾骨瘴江边。

即使在流落天涯的凄凉时刻，他的诗中依然充满了永不言悔、必死潮州的悲壮情怀。

（二）识于微时

韩愈（768—824），字退之，河南河阳（今河南孟州南）人，祖籍昌黎（今辽宁义县），世称韩昌黎。其父韩仲卿曾任武昌（今湖北鄂州）县令，颇有政绩，武昌父老曾为之"立石颂德"。仲卿有三子：长子韩会，次子韩介，幼子韩愈。韩介早逝；韩会是政治家、文学家，以才学称誉当世。

韩愈3岁时父亲亡故，他由长兄韩会抚养长大。韩愈10岁那年，韩会政坛失利，远贬韶州（治今广东韶关西南），韩愈跟随兄嫂日夜兼程，跋涉五千余里南迁。岂料两年后，兄长韩会在任所病故，韩愈和长嫂郑氏及侄儿韩老成（即十二郎）历尽千难万险，护送其灵柩回到故乡安葬。他7岁开始读书，13岁下笔能成文。在《上兵部李巽侍郎书》中，他回忆自己"性本好文学，因困厄悲愁无所告语，遂得究穷于经传史记百家之说"，日夜诵读不辍，"凡自唐虞已来编简所存，大之为河海，高之为山岳，明之为日月，幽之为鬼神，纤之为珠玑华实，变之为雷霆风雨。奇辞奥旨，靡不通达"。

后来，朝廷与藩镇之间矛盾加剧，战争一触即发，河阳一带笼罩在战争阴霾之中。为避战祸，韩愈一家远迁江南宣城（今属安徽），靠父兄留下的一点产业为生。

贞元二年（786），19岁的韩愈离开宣城，赴长安参加进士考试。他后来写了一首诗，自述当时赴京赶考的情形："我年十八九，壮气起胸中。作书献云阙，辞家逐秋蓬。岁时易迁次，身命多厄穷……"（《赠徐州族侄》）

尽管他意气风发、壮志凌云，然而这条科举之路，却是那样渺若烟云、遥不可及。

古代的科举考试，以"秀才、明经、进士、明法、明书、明算、道举、童子"八科为主，其中最难的是进士科。一登龙门，身价百倍，引得天下读书人趋之若鹜。应考者既要有达官显宦推荐，还要用诗文博得考官赏识，是否录取取决于应考者才名高低和推荐者官衔大小。在唐代，有人用"三十老明经，五十少进士"来形容及第之难，有多少白发老翁，终生在科举之路上蹉跎？

韩愈初生牛犊不怕虎，自以为才华倾江倒海，足可一飞冲天，其结果却不尽如人意。落第之后，他流落长安，成为那个时代的"京漂"，既得不到家人接济，自己也没有收入，过着穷困潦倒的生活。走投无路之下，他只好到处求爷爷告奶奶，"仆在京城八九年，无所取资，日求于人，以度时月。当时行之不觉也，今而思之，如痛定之人思当痛之时，不知何能自处也"（《答李翱书》）。

一天，他在路上遇见了北平王马燧的车驾。马燧当年是韩愈族兄韩弇的上司，总算扯得上一点关系。韩愈也是被贫穷逼急了，顾不得礼节，上前拦住马头，自报家门与姓名，"以故人稚弟，拜北平王于马前"（《殿中少监马君墓志》）。马燧还算念旧，"问而怜之"，把他带回王府，热情款待，让他吃饱喝足，临行还送了他几件御寒衣物。

随后，韩愈又登门拜谒了韩弇另一个从前的上司浑瑊。此人是唐朝名将，英勇善战，地位尊崇，封咸宁郡王。老将军也对饥寒交迫的韩愈尽了一些绵薄之力。

就这样，韩愈从一扇朱门出来，进入另一扇朱门，乞讨度日。辛酸、屈辱与无奈，像无数只小虫子，啃噬着他敏感的心灵。朱门之内，雕梁画栋，烈火烹油，锦衣玉食；朱门之外，饥寒凋敝，饿殍遍地，荒漠凄凉。韩愈默诵着前辈诗人杜甫的警句"朱门酒肉臭，路有冻死骨"，感慨万分。

对帮助过自己的马燧与浑瑊这两位前辈，韩愈终生不忘，后来写下了《猫相乳说》《河中府连理木颂》两篇文章，予以热情歌颂。《猫相乳说》颂扬北平王马燧"牧人以康，罚罪以平，理阴阳以得其宜。国事既毕，家道乃行。父父子子兄兄弟弟，雍雍如也，愉愉如也……今夫功德如是，祥祉如是，其善持之也可知已"。《河中府连理木颂》说河中府出现连理木，乃河中节度使、咸宁郡王浑瑊广施仁德所致，其颂曰："维吾王之德，交畅者有五，是其应乎？训戎奋威，荡戮凶回；举政宣和，人则宁嘉；入践台阶，庶尹克司；来帅熊罴，四方作仪；闵人鳏寡，不宁燕息……"

有人批评说，这两篇文章满纸谀辞媚语。然而，对曾在自己落难之时给予滴水之恩的人报以涌泉，不是顺理成章的吗？所谓谀辞媚语云云，实在是饱汉不知饿汉饥。与其说是谀辞媚语，毋宁说是一个心怀感恩的人的真情流露。

接下来的几年，韩愈屡败屡战。恼过了，哭过了，骂过了，心情反倒平静下来。那时候，他一定有许多感触，如沸油煎心，如骨鲠在喉，所以才文思泉涌，下笔千言，写了许多文章，在客观上推动了当时著名的"古文运动"。

然而，未竟的科举梦，依然笼罩在他的头顶，笼罩在大唐帝国千千万万读书人的头顶。贞元八年（792），韩愈再一次参加科举考试。这年的主考官是兵部侍郎陆贽。陆贽，字敬舆，苏州嘉兴（今属浙江）人。他正直贤明，文采斐然，后来官至宰相，为天下所倚重，却因受奸佞陷害而下台。文学家梁肃曾担任他的助手。梁肃，字敬之，曾任校书郎、右补阙、翰林学士，被认为是"古文运动"先驱者中最后一个大师，为韩愈、柳宗元、李翱等人所师法。正是在梁肃的大力举荐下，韩愈第四次考试终于登第，同榜登第者共23人，韩愈列第13名。

这一年，韩愈25岁。他离开宣城，辞别家人，已经6年了。

这次科举考试期间，还发生了一件大事：在逾千人的应试队伍里，韩愈结识了孟郊。孟郊性格孤僻寡合，却与韩愈一见如故，成了"忘形之契"，友情终生不渝。

韩愈与孟郊，中国文学史上的两颗巨星，同时划过中唐时期的辽阔天空。二人同时被科举梦所笼罩，同时走进了同一所考场。韩愈幸运中榜，孟郊却名落孙山，他替好友庆幸的同时，也悲叹自己时运不济——"一夕九起嗟，梦短不到家。两度长安陌，空将泪见花"（《再下第》）；"本望文字达，今因文字穷。影孤别离月，衣破道路风"（《叹命》）……

其实，孟郊不明白，日趋衰落的大唐帝国需要的是歌功颂德，而他的答卷却寒气攻心，加之没关系、没背景，怎么会得到考官的青睐呢？

（三）命途多舛

孟郊（751—814），字东野，湖州武康（今浙江德清）人。其父曾任昆山（今属江苏）县尉，在孟郊很小的时候就去世了，母亲裴氏艰难把他抚养成人。在武康西郊的清河桥村，孟郊度过了他的童年时代。一个乡下穷孩子的童年，无非是与野花野草、蝈蝈蟋蟀为伍。因为天性孤傲，他没有小伙伴，烈风夕阳下，落花流水中，一个孤独少年默默许下人生的梦想。遥远天边的飞鸟，薄暮时分的落寞，寒夜孤灯的冷寂，一定勾起过他飞扬的诗情。可惜他这一时期的作品，没有流传下来。

贞元八年（792），孟郊在母亲的鼓励下，赴长安参加科举考试，却尝到了落第的苦涩。庆幸的是，在失意彷徨的时候，他邂逅了小他17岁的终生挚友韩愈。这次相识，为两个天才诗人此后的人生，增添了几多暖色。

落第还乡之前，孟郊踟蹰在长安大街上，默默流泪："胡风激秦树，贱子风中泣。家家朱门开，得见不可入。"

这首《长安道》，写尽了落第之后哀切无助、见弃于世的悲凉心态。一个立于寒风中流泪的"贱子"，看着大街两侧那一扇扇洞开的朱门，以及朱门里繁花似锦的生活，自己却永远无法进入——真是寒凉彻骨，可怜之至！

贞元九年（793），孟郊在母亲的一再督促之下，再赴长安参加科举考试。与他一起应试的，有后来的政坛、诗坛"双栖明星"刘禹锡、柳宗元等人。揭榜之日，刘禹锡、柳宗元金榜题名，孟郊再一次名落孙山，他止不住地泪雨滂沱——"雕鹗失势病，鹪鹩假翼翔。弃置复弃置，情如刀剑伤"（《落第》）；"江蓠伴我泣，海月投人惊。失意容貌改，畏途性命轻"（《下第东南行》）。

到了贞元十二年（796），孟郊再一次走进考场。猎猎寒风，掠过大街，掠过考场，掠过学子们紧张流汗的脸孔。这一次，孟郊收敛了胸中的凛冽寒气，凝聚心头的美好期望，写出了一首《同年春燕》："少年三十士，嘉会良在兹。高歌摇春风，醉舞摧花枝。意荡晼晚景，喜凝芳菲时。马迹攒騕袅，乐声韵参差……"由此，他被考官大人相中。皇天不负有心人，鲤鱼今日跃龙门——揭榜那天，透过泪水，他看见光闪闪的金榜上终于写上了"孟郊"二字！

这一年，他已经46岁，哪里还是什么"少年"！

昔日龌龊不足夸，今朝放荡思无涯。
春风得意马蹄疾，一日看尽长安花。

——《登科后》

在这样一个辉煌时刻，从前所有的烦恼、屈辱、痛苦一扫而光，他陡然间身轻如燕，一腔舒畅，一怀踌躇，一脸得意，似乎刹那间手握灵蛇之珠，怀抱荆山之玉，世间的一切一切，仿佛从此都属于他孟夫子了！有人批评这首诗"一副小人得志嘴脸"。唉，从前的孟郊，落魄潦倒，孤寒彻骨，就姑且体谅一下他在饥肠辘辘时获得一碗红烧肉的心情吧！再说，短短一首七绝，却给后人留下了两个成语——"春风得意""走马观花"，无论如何，这也是一份不小的才情吧？

孟郊接着应邀参加了朝廷为新科进士举行的曲江大宴。皇苑之内，百花争艳，垂柳轻拂，流水潺湲，三十名兴高采烈的新科进士与朝廷高官显宦们欢聚一堂，举杯畅饮，笑声哗然，好不乐哉快哉！孟郊置身于欢乐的海洋，刹那间灵魂远扬，心神俱飞：哎呀呀，江湖之远与庙堂之高，距离竟是这样的近啊！鲲鹏展翅上九霄，猛虎呼啸入深林，此其时也！

然而，孟郊太浪漫了，也高兴得太早了。唐代用人制度讲究"制衡"，礼部选人，吏部用人。考取进士并不等于取得了官位，更不等于做了大官，这仅仅是进入仕途的第一步，派遣官员还要通过吏部的选拔考试。所谓吏部的考试，也有好多名堂，普通的叫书判拔萃科，而选拔高级官员的博学宏词科极受人们重视，每年应考者众多，竞争非常激烈，考取绝非易事。

孟郊或许也懂得个中奥妙，然而，天生的傲骨令他无法屈膝折腰、投机钻营。其实，即使想投机钻营，他大约也无法像阿里巴巴先生那样，高喊一声"芝麻开门"，就能敲开那一扇金碧辉煌的"权门"。第一，他没关系、没背景；第二，他不懂权变、不知变通；第三，他两手空空、两袖清风，没有大把银子来打通关节。他只有躺在"进士"这把黄金椅子上，仰头望天，守株待兔，静等着天上掉下馅饼来。他暗自思忖：凭我孟东野的过人才华、超众学识，怎么会没有大展宏图的机会呢？怎么会缺少那些劳什子高官厚禄呢？于是，在别人忙于上天入地找门路的时候，他却优哉游哉地四处访友，八方遨游，江天览胜，寻诗觅句，日子过得似乎十分美妙、万分惬意！

然而，时光如流水，一去永不回。一年过去了，两年过去了，与他同科及第的人纷纷走马上任，他却依然毫无消息。但他依旧岿然不动，宁愿按照圣人的教导，"劳其筋骨，苦其心志"，也绝不委屈自己的灵魂。一个人，性格决定命运，命运也支配着他的心路历程。孟郊性情孤傲，内向，清高，遇事不肯苟且，不肯违拗自己的本心，不肯低下高昂的头颅，勉强自己去卑躬屈膝、东叩西拜。他每每暗自思忖：有那些时间和精力，我还不如写几首好诗呢！诗人流传于世的，是自己的诗篇，不是别的什么；屈原的《离骚》流传千古，虽然眼泪多了些，依然感人至深，天下传诵，如今谁还记得那个听信谗言放逐屈原的楚怀王呢？

其实，孟郊的灵魂深处，并不能完全抛弃尘世之浮华。他依然很在乎这个官位。因为，官位连着功名利禄，连着一家老少的饭碗，连着世俗生活所需要的一切。长安街上那些曾令他为之涕泗横流的豪宅朱门，也只有通过官位，自己才有可能住进去。

诗人们的痛苦，大抵就是如此：既超越了现实世界，灵魂翱翔于九霄云外，又离不开现实生活，离不开柴米油盐，更离不开满口不在乎、满眼瞧不上的所谓名利与权位。他们既不屑于卑躬屈膝地到处钻营，又艳羡别人随着爵位高升滚滚而来的功名利禄——他们寂寞孤傲的心灵深处，常常充满了海潮一样的不安与骚动。这种不安与骚动，有时候不免化作烈火与利刃，在他们的灵魂深处，烤炙与剜割！

孟郊盼啊盼，盼星星，盼月亮，经过漫长的四年等待，皇命终于下达，已经年届半百的他，被任命为溧阳（今属江苏）县尉。溧阳是个江南小县，县尉是个分管军事、治安事宜的末等小官。对朝廷这份迟来的恩赐，孟郊却不甚领情，他实在看不上这顶小小的乌纱帽，作诗讥嘲："恶诗皆得官，好诗空抱山。抱山冷殊殊，终日悲颜颜……"（《懊恼》）他"空抱山"之类的高级牢骚，反映了他的自负，也鲜明地写出了他的势利之心。面对皇命，起初他不肯前往报到，在朋友们的一再劝导下，才勉强上任去了。

为了劝慰心情抑郁的孟郊，韩愈赋诗相赠："江汉虽云广，乘舟渡无艰。流沙信难行，马足常往还。凄风结冲波，狐裘能御寒。终宵处幽室，华烛光烂烂……"（《江汉一首答孟郊》）他还写下了传世之作《送孟东野序》——

大凡物不得其平则鸣。草木之无声，风挠之鸣；水之无声，风荡之鸣。其跃也，或激之；其趋也，或梗之；其沸也，或炙之。金石之无声，或击之鸣。人之于言也亦然，有不得已者而后言，其歌也有思，其哭也有怀。凡出乎口而为声者，其皆有弗平者乎！

在这篇文章里，韩愈劈头就提出了一个千古命题：物不平则鸣。人世间的山水风雨、金石草木、花鸟虫鱼，不平则鸣，何况作为万物之灵的人类呢？他劝慰孟郊说："你孟大诗人的作品，超过了魏晋时代的诗人，古意高悬，风格峻拔，为什么总是落落寡合呢？你要开朗一点，凡事想开些，如果实在郁闷了，就'鸣'一声吧；'鸣'过了，该干吗干吗吧。'其在上也，奚以喜？其在下也，奚以悲？'做了大官，有什么可喜？做了小官，有什么可悲？你要知道，人的命运，有时候是那么的不可捉摸啊！"

其实，对于仕途的坎坷蹭蹬，对于世态的炎凉浇薄，孟郊不必耿耿于怀。人生如一条滚滚大河，那些追求功名利禄者，虽然挤挤挨挨如过江之鲫，但也是无可厚非。

韩愈这番劝慰之语，说得很通达，似乎达人知命，不在乎仕途爵禄；可是，他自己当年求官不得的可悲可怜之状，比之孟郊，却有过之而无不及。

（四）屈伸自如

贞元八年（792），韩愈终于登第，狂喜过后，却无官可做，梦想中的荣华富贵恍如一个大而艳丽的肥皂泡。他开始到处寻找门路，希望老天爷给自己一个机会。

当时，那些像韩愈一样有才能但没有靠山、没有社会地位的知识分子，要想跻身官场，有效途径之一就是向当权者毛遂自荐，以才华博取青睐。韩愈利用一切可以利用的关系，一次次呕心沥血地写自荐信，得到的却是讥笑、冷落、拒绝。白日依山尽之日，月上柳梢头之时，他心里的凄苦与悲凉，可想而知。

写这种自荐信，既要非常煽情以打动他人，又要豪气干云以表明自己绝非等闲之辈。在中国文学史上，写自荐信的第一高手大概要数李白。当年李白的一篇《与韩荆州书》，写出了一副"仰天大笑出门去"的豪侠形象，因此名动天下。

可悲的是，韩愈作了一圈儿揖，到处叩头，却始终没有人理睬。在渴盼与痛苦中煎熬了四年之久，他实在是心焦气躁起来。这年的十一月，他接连给三位当朝宰相上书陈情，哀求怜悯，但无论是"豁达贞方"的贾耽，还是"孝友谨厚"的卢迈、"志行峻洁"的赵憬，个个大门紧闭，置之不理。韩愈怒火冲天，忍无可忍，遂与京中诸友一一诀别，宣称自己要永远离开长安，闭门读书，与世无争。

几天后，韩愈卖掉了自己那匹朝夕相伴的白马，带着满腔愤懑与满眶热泪，离开了让他受尽屈辱的京城……

贞元十二年（796），韩愈辗转来到汴州（治今河南开封），做了宣武军节度使董晋的观察推官，也就是军事参谋，同时掌管幕府日常事务。这一年，韩愈29岁，总算谋到了一官半职。三年后，董晋病故，汴州发生动乱，韩愈辗转来到徐泗濠节度使张建封幕下出任推官。直到贞元十八年（802）春天，历经蹉跎的韩愈才得到了朝廷的正式任命，做了国子监四门博士，正七品教授。

国子监是国家的最高学府，下设六学：国子、太学、四门、律、书、算。在国子监教书的，有博士、直讲、助教，领导人称为祭酒，副职称为司业。

韩愈教学认真投入，讲课深入浅出、幽默诙谐、通俗生动，迅速成为极受欢迎的"明星教授"。他的许多著名文章，都写于这一时期——《原道》《原性》《原毁》《原人》《原鬼》，主张恢复道统；《答李翊书》《答李秀才书》《与冯宿论文书》，倡导"古文运动"。作为文学家，这是韩愈一生的重要时期。

贞元十九年（803），天下大旱，京师粮荒，饿殍遍地，百姓被迫卖儿卖女。当时的京兆尹李实不顾百姓死活，变本加厉地敲骨吸髓，肆意盘剥百姓。据《顺宗实录》记载，李实"方务聚敛征求，以给进奉。每奏对，辄曰：'今年虽旱，而谷甚好。'由是租税皆不免，人穷至坏屋卖瓦木、贷麦苗以应官"。旱荒连绵，灾难接踵，李实却对皇帝说今年庄稼长势良好，收成不错。百姓恨之入骨，咬牙切齿。韩愈看在眼里，痛在心头，恨不得抽李实两个大嘴巴！

后来，韩愈出任监察御史。刚一上任，他就奋笔疾书，写了一份奏章，言辞激烈地抨击官员盘剥百姓、残害生灵的罪行，请求皇帝勒令有关人员改弦更张，给挣扎在死亡线上的百姓留一条活路。奏章虽然没有点李实的名，但人人都知道，韩愈骂的是哪个家伙。那个勇敢倔强、为民请命的韩愈，再一次浮现在历史的时空里。也正是这份充满凛然正气的奏章，将韩愈送进了宦海生涯的第一个低谷：他被贬为连州阳山（今属广东）县令。

那是个隆冬季节，雪花飘飞，滴水成冰。韩愈辞别妻子，来不及见躺在病床上的妹妹一面，就翻山越岭、昏昏沉沉跋涉四千余里，第二年春天才赶到了阳山县。

至此，一代文豪韩愈的两副面孔，清晰地呈现在我们眼前：低贱时，卑微如尘埃；一旦登上高位，他即以天下为己任，慷慨任事，为民请命，不惜忤逆权贵，赴汤蹈火，凛凛然一副英雄形象。

伟大与渺小，如此和谐完美地浓缩在韩愈身上，真令人一咏而三叹。

譬如那个闹得沸沸扬扬的"谏迎佛骨事件"吧，当初韩愈不惧斧钺之戮，慷慨激昂地批判佛祖、指斥皇帝，可谓石破天惊；被贬潮州的路上，他还在高歌"欲为圣明除弊事，肯将衰朽惜残年"，并告诉自己的侄孙韩湘，"知汝远来应有意，好收吾骨瘴江边"。然而到了潮州，他就悔得肠子都青了。他意识到，要想生还，就必须彻底改变自己的态度，以求得皇帝的宽恕与垂怜。一到潮州，他就连夜写了一篇《谢上表》，承认自己"狂妄憨愚，不识礼度"。他称颂皇帝的"巍巍功治"，建议朝廷尽快定乐章、告神明，"东巡泰山，奏功皇天"，举行封禅大典。他叹息自己虽有惊世才华，却不能参加"千载一时不可逢之嘉会"，不能以此为皇帝歌功颂德，真是惜哉痛哉！

《论佛骨表》与《谢上表》，一前一后，天地迥异：一个是大无畏英雄的宣言书，一个是"软骨动物"的自画像。如此强烈的对比，令北宋文学家欧阳修感叹不已。欧阳修自幼崇拜韩愈，可谓真正的"韩迷"，他无可奈何地说："每见前世有名人，当论事时，感激不避诛死，真若知义者，及到贬所，则戚戚怨嗟，有不堪之穷愁形于文字，其心欢戚无异庸人，虽韩文公不免此累。"（《与尹师鲁第一书》）可是，在《新唐书·韩愈传》中，欧阳修又发表了一番言不由衷的评论："愈性明锐，不诡随。与人交，终始不少变。"这显然是为尊者讳，谬于"实事求是"的史学法则。

韩愈以弱示人，却收到了奇效。唐宪宗看完这篇《谢上表》，龙颜大悦，决定赦免他，并准备加以重用。但由于朝中有人作梗，韩愈没能直接回到长安，而是调为袁州（治今江西宜春）刺史。第二年，穆宗新立，韩愈才得以返京。

回京途中，行至商南层峰驿，韩愈想到了不幸早逝的爱女，不禁泪如雨下。他带着女儿爱吃的果品，带着一个父亲的愧悔，前来祭奠。望着一丘孤坟与零落青草，他悲怆难禁，伤心欲绝，"绕坟不暇号三匝，设祭惟闻饭一盘。致汝无辜由我罪，百年惭痛泪阑干"（《层峰驿过亡女墓》）。

韩愈如此精于权变、能屈能伸，仕途尚且如此坎坷，而不懂权变也不会权变的孟郊，在政治上的境遇就更加令人忧虑了。

（五）孤傲诗魂

溧阳位于江苏、安徽、浙江三省交界处，丘陵与平原各占一半，是长江三角洲地区一颗耀眼的明珠，东临太湖，西倚茅山。太湖秀甲天下，周围群星捧月一般分布着淀泖湖群、阳澄湖群、洮滆湖群等。茅山乃道教圣地，山上有宫、观、殿、宇等各种道教建筑三百余座，号称"养真之福境，成神之灵墟"。古旧飞尘的溧阳城里，建有学堂、酒楼、集市，还有一座颇具规模的唐兴寺。城东有波澜不兴的长荡湖；城南有浩渺连天的天目湖，远水流波，翠嶂环绕；城西有闻名遐迩的北湖亭，亭盖如伞，鸣禽含悲；城西北有瓦屋山，山形如屋，笼盖四野。

伫立在北湖亭飞檐之下，极目远眺，四面的湖光山色尽收眼底。望着这如画山水，如酒美景，孟郊愤愤不平的心绪开始慢慢平静下来。

孟郊怨愤，自有他的理由。唐代的县设县尉一至二人，职在县令、县丞、主簿之下，官职不高，实权不小，是个逢迎上司、欺压百姓的角色。唐代诗人大多讨厌这个职位，不愿欺压百姓，干那些昧良心的事。杜甫明确表示"不作河西尉，凄凉为折腰"（《官定后戏赠》）；高适说得更直白，"拜迎官长心欲碎，鞭挞黎庶令人悲"（《封丘县》）；白居易当年阴差阳错做了盩厔（今陕西周至）县尉，一天他到京城长安公干，看见荷池里莲花盛开，便借题发挥，大发感慨，"今来不得地，憔悴府门前"（《京兆府新栽莲》），不久就挂冠而去，并且心中始终难以释怀，自嘲曾为"风尘吏"。

然而，无论如何，孟郊毕竟也是朝廷命官，有了职位，有了俸禄，也有了报答慈母养育之恩的资本。他上任后的第一件事，就是把在武康老家的母亲接来，精心侍奉。年届半百，两鬓斑白，他才有了报答母亲的机会，未免令人心酸。他此前一直想为母亲作一首诗，却苦于自己身为白丁，赧然无法命笔。寂静的夜晚，他照料母亲睡下，听着母亲发出轻微的鼾声，一时之间心潮难平，那篇千古传诵的《游子吟》，从胸口潺潺流出——

慈母手中线，游子身上衣。

临行密密缝，意恐迟迟归。

谁言寸草心，报得三春晖。

《游子吟》堪称唐诗中的天籁，语句自然温馨，感情朴素真挚，千百年来，万口传诵。

孟郊是性情率真的诗人，周身诗情洋溢。到任不久，县令调离，他与同僚们在唐兴寺内设宴送行。那时节，唐兴寺里的蔷薇花开得正艳，香火缭绕，钟鼓轻响，孟郊见此情景，写下了《和蔷薇花歌》："仙机札札织凤凰，花开七十有二行。天霞落地攒红光，风枝袅袅时一飏，飞散葩馥绕空王……"此诗成为唐代蔷薇诗中的名篇。有时，他到辖区乡村去"调研"，所写的"调研报告"却是一沓沓散乱的诗稿。

县城西北十余里处，是晋朝平陵古城旧址。平陵古城呈正方形，周长约1000米，四周有2米多宽的城壕，城墙用土夯筑，高3米，宽5米，设有南北二城门，城门前是木板吊桥，城内设县衙，也驻守备兵营。宋文帝刘义隆元嘉九年（432）废平陵县，县城随之被废弃。如今这里人迹罕至，断壁残垣，栎树蔽日，鸟雀成群，深潭里鱼鳖沉浮，水岸间野鸭栖息，寂寥中弥漫着某种莫名的幽邃。孟郊经常骑着一头毛驴，带着一名小吏，悄然来到此处，苦吟到夕阳落山。后来，他干脆在这里建了一座简陋的射鸭堂，堂前的湖荡里，常有野鸭飞落。他经常在这里饮酒觅诗，咿呀高歌，射鸭取乐，流连忘返，"射鸭复射鸭，鸭惊菰蒲头。鸳鸯亦零落，彩色难相求。侬是清浪儿，每踏清浪游。笑伊乡贡郎，踏土称风流"（《送淡公十二首·其五》）。其雅兴之高涨，已经到了荒废公务的程度。

孟郊的言行举止，作为一个诗人来说，似乎无可厚非；但作为一个政府官员来说，未免有些荒唐不着调。新任县令对此大为恼火。可是，孟郊乃大唐进士、著名诗人，你能奈他何？县令思谋再三，请来一个帮工协助孟郊，把他的俸禄分一半给人家。这样的处置，似乎还有些合理之处，却强烈地刺激了孟郊敏感而脆弱的神经。他彻夜难眠，思绪翻滚：如此奇耻大辱，令诗神流涕、祖宗蒙羞，是可忍孰不可忍？一怒之下，他挂冠而去，挈妇将雏回了武康老家。没了职位，没了俸禄，一家人仅靠孟郊妻子做针线活儿维持生计。

有时候，你要维护尊严，就必须付出代价。人生自古皆如此。孟郊这"一怒"的代价，委实高昂。他和一家人的生活，由此陷入了饥寒交迫之窘境，衣食不继。面对人生困顿，孟郊尽管才华横溢，却一筹莫展。这时候，有一位贵人出手相助了。这位贵人，就是大名鼎鼎的前宰相郑余庆。

郑余庆，字继业，郑州荥阳（今属河南）人，三世显宦，少善属文，大历年间登进士第，为翰林学士，官拜中书侍郎、同平章事。郑余庆才情纵横，品德高洁，为官五十余年，四朝为相而家无余财。《新唐书·郑余庆传》记载："余庆少砥砺，行已完洁。仕四朝，其禄悉赒所亲，或济人急，而自奉粗狭。至官府，乃开肆广大，常语人曰：'禄不及亲友而侈仆妾者，吾鄙之。'"他为官廉洁自律，视金钱如粪土，每到外地赴任，都带足银两，以扶危济困，他说："那些拿着俸禄不惠及亲友而让仆妾挥霍的家伙，老郑我鄙视之！"他每到一地，总是求助者无数，政声自然响彻云霄。对此，连宪宗都钦佩不已，告诫身边那些贪得无厌的宦官们："余庆家贫，尔等不许随意索要钱物。"

这位清气逼人的郑大人，对孟郊的诗情有独钟。他认为，当代诗坛虽然巨星云集，却只有孟郊的诗篇能够直达人的心底，浸润灵魂深处。每每诵之，他总是激情翻涌，热泪盈眶。很早以前，他就有意结交孟郊，又怕吃了闭门羹。在唐代，有些大诗人清高自傲，很瞧不起达官显贵，飘逸诗人恶作剧戏弄官员的趣闻，时常传出，成为天下笑谈。

元和元年（806），郑余庆又一次被排挤出朝，出任河南尹，韩愈乘机将落魄的孟郊推荐给他，请求予以照拂。

郑余庆一到洛阳，就派手下前去看望孟郊，请他任职河南水陆转运从事。此后，孟郊定居洛水北岸的洛阳立德坊，并在新居旁的临水高坡上筑"生生亭"。诗人疲累的心暂时得到了休息。不过，他关注的依然是民间疾苦。那首著名的《寒地百姓吟》，就是在这里写的："无火炙地眠，半夜皆立号。冷箭何处来，棘针风骚骚。霜吹破四壁，苦痛不可逃。"对那些在冷风刺骨的寒夜里瑟瑟发抖的老百姓，孟郊寄予了无限同情。

可惜，平静的日子并没有维持多久。元和四年（809），操劳一生的母亲因病去世，孟郊灵前痛哭，悲泪滂沱，并辞官居家服丧。次年，灾难又一次轰然降临：一场突如其来的瘟疫，在短短数月内，接连夺走了他三个儿子的生命。人生的惨烈，莫过于此。年届六旬、白发如霜的诗人含着眼泪，一口气写下了九首《杏殇》，借花蕾的凋落哀悼早逝的儿子，抒发剧烈的哀痛："冻手莫弄珠，弄珠珠易飞。惊霜莫剪春，剪春无光辉。零落小花乳，斓斑昔婴衣。拾之不盈把，日暮空悲归。地上空拾星，枝上不见花。哀哀孤老人，戚戚无子家。"而他可怜的老妻，早已麻木如痴，整天念佛度日。

这一时期，孟郊还写了《秋怀》十五首，感叹"冷露滴梦破，峭风梳骨寒。席上印病文，肠中转愁盘"。幽寒苦老伴随着沉重迟缓的步履，印证着诗人晚景的凄凉："老人朝夕异，生死每日中。坐随一啜安，卧与万景空。"

这一年，郑余庆改任山南西道节度使，权势日隆，因哀怜孟郊一生多艰，特向朝廷奏请任命他为兴元军参谋、试大理评事。尽管此时的孟郊已近山穷水尽、万念俱空，但他对郑大人这番美意依然心存感激。他振奋精神，携家眷赴任，"国老出为将，红旗入青山。再招门下生，结束余病屡。自笑骑马丑，强从驱驰间。顾顾磨天路，袅袅镜下颜"（《送郑仆射出节山南》）……

八月，一家人来到阌乡（今河南灵宝），孟郊因突发疾病猝然离世，享年64岁。他去世时一贫如洗，多亏亲友相助，才得以归葬洛阳。为他办理丧事的，是他的知音郑余庆和他的至交韩愈。他们痛惜孟郊之才之贫，精心安排他的后事，并承担起照顾其遗孀的责任。韩愈作《贞曜先生墓志铭》纪念孟郊，赞扬他为人"色夷气清，可畏而亲"，为诗"刿目怵心，刃迎缕解，钩章棘句，掏擢胃肾"，可谓惊魂动魄矣！

一代苦吟诗人，就此结束了苦难的一生；然而，他孤傲的诗魂却穿越时空，飞翔在无边无际的宇宙之中。

（六）文坛双峰

韩愈与孟郊在中唐诗坛熠熠生辉，相得益彰，当时已有"孟诗韩笔"之誉，孟郊自己也宣称："诗骨耸东野（孟郊），诗涛涌退之（韩愈）。"（《戏赠无本》）一般认为，韩诗气象阔大，孟诗思力深刻。

然而，一个不容置疑的事实是，韩愈与孟郊虽在诗歌成就上旗鼓相当，人生结局却有天壤之别。孟郊"拙于生事，一贫彻骨"（《唐才子传》），一生始终没有摆脱困境，他诗中出现频率最高的文字，是"饥、寒、病、老、哀、丑、忧、伤"。

韩愈早年艰辛，饥馁度日，出仕后历任阳山县令、国子祭酒、刑部侍郎、兵部侍郎、潮州刺史、袁州刺史等职，晚年更是飞黄腾达——长庆三年（823），56岁的韩愈被任命为京兆尹，兼御史大夫，达到了仕途的顶峰。如果说韩愈之诗与孟郊之诗各有千秋，那么韩愈的古文可谓独树一帜，正如苏轼所言，"文起八代之衰"（《潮州韩文公庙碑》），如天河直泻人间，至今依然气势磅礴，充满力量。

历史不相信眼泪。历史事实，肯定蕴含着极其深刻的历史因缘。

客观地说，天才都有其局限性。孟郊没有李白的名士派头与浪漫气质，无法成为翱翔九垓的凤凰，只能顺潮流而下，在那条浩浩荡荡的晋升之路上挣扎。因为不善交际，不愿奉承，他在俗世中艰难求生，即使他能做到收心敛性、战胜自我，"磨损胸中万古刀"（刘叉《偶书》），也仍免不了饥寒交迫。贫贱不可怕，可怕的是贫贱带来的精神折磨与摧残。他的一生称不上跌宕起伏，他只是不善于用自己的意志塑造自己的形象，不注重用自己的才华展示自己的伟大，不会用进取之心换取功名利禄。他只是一股劲儿地在诗的天国里遨游，全然不管眼前是否面临岔道的危险；只是一门儿心思展示自己的才华，全然不问这才学是否合乎时宜。究竟是他放弃了仕途，还是仕途抛弃了他，谁能说得清？

孟郊之诗，以"苦吟"著称，镂心刻骨，拔魂慑魄，回荡着"埋泉断剑、卧壑寒松"之气，可谓"出神入化，泣鬼移人"。苏轼读了孟郊的诗，居然激起一缕憎恨之波："我憎孟郊诗，复作孟郊语。饥肠自鸣唤，空壁转饥鼠。诗从肺

腑出，出辄愁肺腑。有如黄河鱼，出膏以自煮。"（《读孟郊诗二首·其二》）

且看孟郊《峡哀》中的文字："上天下天水，出地入地舟""上仄碎日月，下掣狂澹涟""幽怪窟穴语，飞闻枵饕流"——这哪里是凡人的语言呢？

其实，孟郊在诗中所展示的，更多的是内心深处对世界的感受。"借车载家具，家具少于车"（《借车》），是搬家时的感叹；"一片月落床，四壁风入衣"（《秋怀》），是家徒四壁的写照；"负我十年恩，欠尔千行泪"（《悼幼子》），是对早夭幼子的怀念；"吹霞弄日光不定，暖得曲身成直身"（《答友人赠炭》），是对朋友雪中送炭的感激……

孟郊关注的，基本上是"小我"，是自我情绪的波荡，而不是世界之"大我"，更不是时代风云之变幻。哀叹自身不幸，抱怨社会不公，顺利时得意忘形，受挫时顾影自怜。这一点，大约是孟郊很难被称为"伟大诗人"的原因。

与孟郊不同的是，韩愈一生活得很实在，很世俗。穷困潦倒时，他毫不避讳自身处境，努力寻找改变命运的机会；仕途失意时，他敢于放下身段，不遗余力地向上攀升。

据记载，中唐时期盛行"争为碑志之风"，以至出现了"贫不可堪，何不求碑志相救"的说法（《太平广记》），写碑志成为当时文人的创收手段。世间古文谁最好？当然是韩愈啦！韩老夫子名满天下，众人纷纷请他撰写墓志，拱手奉上丰厚酬金。他虽笔下生花，却也难免应酬成文，受到时人非议。

如果仅仅停留在这个层面，韩愈充其量只是个"为稻粱谋"的文人而已；而他的大气磅礴、豪气干云，恰恰表露了他精神层面的高蹈不群。

在《送孟东野序》中，他发出"物不平则鸣"的浩叹，为天下不平者"鸣"出第一声；在《送董邵南序》中，他作出"燕赵古称多感慨悲歌之士"的结论，成为燕赵大地的千古知音；他"千里马常有，而伯乐不常有"的唏嘘，引起多少有识之士的共鸣？他"业精于勤荒于嬉，行成于思毁于随"的箴言，已被古今中外多少事例所印证？他的《祭十二郎文》，字字血，声声泪，哀痛之至，天下无二，千载之下，犹令人不忍卒读。

韩愈之为政，体现了以人为本的理念。在贬谪潮州的岁月里，他日夜梦回朝堂，时刻心系百姓，留下许多美好传说。"韩文公祭鳄鱼"，是当地流传最广的故事之一。新上任的刺史韩愈听说韩江里游弋着很多鳄鱼，它们无恶不作、伤害百姓，就奋笔写下著名的《祭鳄鱼文》，派属下带着酒肉到江边祭拜，命令鳄鱼先生们七日之内离开此地。据说鳄鱼们听罢，纷纷掉头而去，韩江从此再也看不到鳄鱼出没，百姓们纷纷庆祝，欢喜莫名。试问：如今何人敢用自然科学的理论，来嘲笑韩愈当年的"愚昧"呢？他的"愚昧"，正表明了他作为朝廷命官对百姓冷暖的一片痴心，实属难能可贵。

长庆二年（822）二月，原成德军都知兵马使王庭凑在镇州（治今河北正定）发动叛乱，派兵包围深州（今属河北）。深州守将牛元翼向朝廷求救，穆宗束手无策，只得答应王庭凑的要求，任命他为成德军节度使。牛元翼单骑出逃，手下将吏及家属均被涌入城中的叛军杀害。此后，王庭凑割据一方，屡次作乱，成为朝廷的心腹大患。穆宗为平息骚乱苦思对策，最后孤注一掷，派遣时任兵部侍郎的韩愈前往招抚。王庭凑为人奸狡凶残，性情反复无常。韩愈启程后，许多人为他的性命担忧，皇帝也感到韩愈此行凶多吉少，急忙派人策马追赶，嘱咐他见机行事，不必非到叛军营垒，以防不测。韩愈慨然回答"安有受君命而滞留自顾"（《新唐书·韩愈传》），于是快马加鞭，赶赴镇州。色厉内荏的王庭凑为恫吓韩愈，在军帐之前布下刀丛剑阵，四周伏设甲兵，一片杀气腾腾。韩愈毫无惧色，大踏步走上前来，大义凛然，对王庭凑晓之以利害，责之以仁义，逼得王庭凑惶恐自惭，连连表示愿意归顺朝廷。绵延数载的战祸，遂迎刃而解。

若以世道人心而论，韩愈的确有其世俗的一面，他渴望飞黄腾达，为此不惜屈从于世俗的规则与权谋。然而，韩愈同时也有其大英雄本色。在弱肉强食的世界中，唯大英雄能屈能伸，唯大英雄不拘小节，唯大英雄只问结果而不论手段。毕竟，所有的手段，不都是为了达成理想的结果吗？

但这里存在一个道德界限：所谓大英雄者，并非必然是大好人。大英雄既有其伟大之本色，也不可避免地有其卑污之行径。高洁与龌龊，光明与阴暗，伟大与渺小，从一定意义上说，都交融在大英雄之本色中了。

英雄与好人，可是两码事啊！

人生长恨，流水长东

——白居易与元稹

（一）江州之谪

元和十年（815）六月，一场震动天下的恐怖袭击，不仅导致当朝宰相武元衡被刺身亡，也使御史中丞兼刑部侍郎裴度头破血流，同时彻底改变了著名诗人白居易的命运。

这场恐怖袭击，是藩镇割据势力对唐宪宗李纯坚持的"以法度裁制藩镇"基本方针的严重挑衅。

在唐朝历史上，提起太宗李世民与"贞观之治"、玄宗李隆基与"开元盛世"，人们大多耳熟能详，可说起宪宗李纯与他开创的"元和中兴"时代，人们却知之甚少。其实，早在一千多年前，有识之士就将宪宗与太宗、玄宗视为有唐一代最杰出的三位皇帝。

大唐王朝经历了开元、天宝年间的鼎盛之后，骤然走向衰落，天宝末期爆发的"安史之乱"，引爆了帝国长期积压的各种矛盾，社会动荡空前剧烈，经济发展急剧衰退，各地藩镇将领开始拥兵自重，与中央政权抗衡。藩镇割据的出现，标志着国家的衰落与分裂，造成连年征战不休，城乡凋敝，盗贼猖獗，百姓生活更加悲惨。因此，结束藩镇割据，维护国家统一，既是统治者维护政权的需要，也是天下百姓的强烈愿望。

唐宪宗刚即位，西川节度使刘辟就公然发难，企图谋取三川，割据西南。宪宗果断地镇压了叛乱，自此揭开了"以法度裁制藩镇"的序幕。之后，宪宗先后削平了镇海、淮西、成德、平卢、卢龙、魏博等大江南北十余个割据藩镇，国势重新振兴，中央权威再度得到确立。宪宗鼓励大臣直言极谏，形成了贞观、开元以来从未有过的良好政治局面。

宪宗执政期间，基本坚持了任人唯贤的原则，善于发现人才，用人所长。

元和年间的政治、经济、军事、文化舞台上，人才济济，群星璀璨，李绛、裴垍、李吉甫、武元衡、裴度、崔群等，均为难得相才；高崇文、李光颜、乌重胤、李愬等，均是优秀将领；韩愈、孟郊、白居易、元稹、柳宗元、刘禹锡等，均是杰出诗人。历史学家们把这一时期称为"元和中兴"。

其实，削藩之战，每一次都是一场残酷的反分裂战争。

元和九年（814）闰八月，淮西节度使吴少阳去世，其子吴元济秘不发丧，阴谋叛乱，焚城害民，肆行寇掠。次年正月，宪宗发布《讨吴元济敕》，淮西平叛战役正式打响，当朝宰相武元衡奉命担任平叛战役的后方总指挥，为消灭叛军日夜忙碌，战争一步步走向胜利。

朝廷征讨淮西的每一次胜利，都使平卢节度使李师道和成德节度使王承宗感到震恐。他们明白，朝廷打击的下一个目标，就是自己。唇亡齿寒，兔死狐悲，他们纷纷摇旗呐喊，呼应吴元济。李师道派人焚毁朝廷的河阴粮仓，在东都洛阳制造骚乱；王承宗上书皇帝，竭力诋毁武元衡，要求赦免吴元济，企图转移朝廷平叛的大方向。两人的伎俩当然不可能得逞，反而促使朝廷加强了对淮西的攻势。李师道恨得咬牙切齿，派刺客入京伺机谋杀宰相武元衡。

元和十年（815）六月三日，黎明未至。宰相武元衡像往常一样早早起身，准备上早朝。他居住的靖安坊位于朱雀大街东边，不少达官显宦都居住在这里。

武元衡（758—815），字伯苍，缑氏（今河南偃师南）人，女皇武则天曾侄孙，德宗建中四年（783）进士，是有唐一代著名的宰相与诗人，《新唐书》说他"雅性庄重""淡于接物"。其为人儒雅有礼，却志坚如钢，是元和年间立场最坚定的"削藩派"；其为诗俊逸如孤鹤，号称"中唐妙唱""瑰奇美丽主"，其诗作《赠道者》云"麻衣如雪一枝梅，笑掩微妆入梦来。若到越溪逢越女，红莲池里白莲开"，被誉为唐诗中色彩最浓烈的诗作。如此杰出英才，主政期间却是毁誉参半：其一，他坚决削藩，并为之献身，可惜可哀；其二，他顽固保守，参与迫害诗人刘禹锡、柳宗元等人，可悲可叹。

这一天，武元衡与随从们从靖安坊出来，沿街北行，准备由丹凤门进入大明宫。灯影幢幢，街上一片昏蒙，脚步声、马蹄声以及辚辚的车轮声，杂沓零乱。突然，路旁有人怪声呼喊："狼来啦——"街头行人闻声一片慌乱，宰相的随从大声呵斥起来。说时迟，那时快，一支利箭突然飞来，正中武元衡肩膀。

随着他的厉声惨叫，一个潜伏于路旁树丛里的刺客，猎犬一般奔出，用粗大的木棒猛击武元衡左腿，刺客的一群同伙，也饿虎一样猛扑上来。此时，宰相的一干随从被这突发变故唬得作鸟兽散，可怜叱咤风云的武宰相被刺客一刀砍下头颅。等随从与巡逻兵卒一起手执火把返回救援时，刺客早已裹挟着武元衡血淋淋的头颅呼啸而去，这位气绝身亡的大唐宰相，赫然暴尸街头。据大诗人白居易记述，凶杀现场极其恐怖，"迸血髓，碎发肉，所不忍道。合朝震栗，不知所云"（《与杨虞卿书》）。

武元衡暴尸街头之时，夜漏未尽，随从们随即厉声号叫起来："宰相被杀了！抓刺客！"与此同时，力主讨伐淮西的御史中丞兼刑部侍郎裴度也受到了刺客的袭击，多亏随从王义拼死相救，才幸免于难，仅头部受伤，而奋不顾身的王义被刺客砍断了手臂。

唐宪宗闻武元衡遇害，痛哭失声，当即宣布辍朝五日，以示哀悼，并赐谥"忠愍"，厚赠其家属，诏令加强警卫。满朝文武面对如此惊天遽变，震恐不已，茫然不知所措，没有一个人发言表态。

武元衡被害后，在皇城附近以及京兆府、长安县、万年县等地，都发现了刺客留下的传单——"毋急捕我，我先杀汝"。刺客的嚣张气焰把一些官员和将领吓得胆战心惊，不敢贸然派兵紧急搜捕。

面对如此局面，著名诗人白居易挺身而出，愤然上书，"急请捕贼以雪国耻"。白居易上书的时间，是武元衡遇害的当天中午，"武相之气平明绝，仆之书奏日午入。两日之内，满城知之，其不与者，或诬以伪言，或诬以非语"（《与杨虞卿书》）。

白居易当时的官职是左赞善大夫，既非皇帝近侍，又非中枢大臣，只是一个专门陪太子读书的闲差。他的上书属于越职言事，乃官场大忌，极易引火烧身。

据《旧唐书·白居易传》记载，奏章一出，犹如巨石激水，引爆舆论。然而，朝廷大臣们讨论的，不是如何缉拿凶手，而是指责白居易"沽名钓誉""不识时务"，说谏官、御史大人尚未开口，你一个小小的左赞善大夫跳出来满世界嚷嚷，究竟意欲何为？一时间甚嚣尘上，弄得宪宗骑虎难下，只好下令让白居易闭门思过。然而，权贵们依然穷追不舍，指责白居易"浮华无行"，说他母亲赏花时坠井而亡,他却作《赏花》《新井》诗,大逆不道,"甚伤名教",影响恶劣,必须严惩。群情汹汹,皇帝一纸诏书,将他贬为江州(治今江西九江)刺史。刺杀宰相的凶手杳无踪迹,"急请捕贼"的白居易却被赶出了朝堂,唉唉!

贬官诏令已下,中枢舍人王涯继续上书皇帝,说白居易这样一个不孝之子,大节有亏,"不宜治郡",不适合担任地方一把手。于是,白居易被改贬为江州司马。一夕之间,白居易从江州最高行政长官,变成了一个闲散小吏。

这个落井下石的王涯,也是一位诗人,诗风婉丽清俊,《塞下曲二首》最为著名,其"不知马骨伤寒水,唯见龙城起暮云"之句,广为传诵。《旧唐书·王涯传》批评他"贪权固宠,不远邪佞",以致最后被灭族。他在关键时刻拍向白居易头顶的那块"板砖",多年后却"啪叽"一声,砸在了他自己的脑袋上,千年之后的人们仍然对他的行为嗤之以鼻。

刺杀武元衡的十几名凶手不久即被抓获,悉数被处决。裴度晋升宰相,继续推进削藩之大业。白居易则携家带口离开京城,向着秦岭进发,绕道奔赴江州履任。清晨出京之际,只有好友李建一人前来送行,两人相对,唏嘘不已;其妻杨氏的堂兄杨虞卿骑马追到城外,与他凄凉话别。一家人走在驿道上,夹路满眼秋山,空中黄叶飘零……

然而,白居易作为名扬天下的大诗人,为什么会因为一封奏章受到如此严厉的惩罚呢?对此,白居易自己心知肚明,他后来自嘲说:"始得名于文章,终得罪于文章,亦其宜也。"(《与元九书》)

(二)激浊扬清

白居易(772—846),字乐天,号香山居士,又号醉吟先生,祖籍太原,后迁居下邽(今陕西渭南北)。其始祖据说是楚国白公胜,曾于公元前479年发动叛乱,囚禁楚惠王熊章,自立为楚王;传至秦朝有名将白起,后来日渐式微。唐人讲究谱牒之学,所追溯的远祖世系云云,真实与否,不必深究。

白居易的祖父白锽做过巩县(今河南巩义西南)县令,父亲白季庚做过徐州(今属江苏)、衢州(今属浙江)、襄州(今属湖北)别驾。大历七年(772)正月二十日,白居易生于河南新郑。此时,"诗仙"李白已逝世十年,"诗圣"

杜甫已去世两年。白居易沐浴着时代风雨，呱呱坠地。他的哭声撕碎了笼罩中原大地的严寒，给已经家道中落的白氏家族带来了无限希望。他在《与元九书》中自述："仆始生六七月时，乳母抱弄于书屏下，有指'无'字、'之'字示仆者，仆虽口未能言，心已默识。后有问此二字者，虽百十其试，而指之不差。"他5岁学作诗，9岁识声韵，15岁开始刻苦读书，"昼课赋，夜课书，间又课诗，不遑寝息矣。以至于口舌成疮，手肘成胝"。"胝"，俗称"茧子"，指手掌、脚跟等处的厚皮。

白居易出生不久，河南一带发生战乱，藩镇割据势力与中央朝廷兵戎相见，导致百姓流离失所。白季庚眼见战火遍地，灾难频仍，便让妻子带着年幼的白居易南下投亲，以避战祸。少年漂泊、颠沛流离的经历，给白居易留下了痛苦的回忆——"故园望断欲何如，楚水吴山万里余。今日因君访兄弟，数行乡泪一封书"（《江南送北客，因凭寄徐州兄弟书》）；"时难年荒世业空，弟兄羁旅各西东。田园寥落干戈后，骨肉流离道路中。吊影分为千里雁，辞根散作九秋蓬。共看明月应垂泪，一夜乡心五处同"（《望月有感》）。

思乡与眼泪，是少年白居易当时寄居江南的真实写照。

《旧唐书·白居易传》记载："居易幼聪慧绝人，襟怀宏放。年十五六时，袖文一编，投著作郎吴人顾况。况能文，而性浮薄，后进文章无可意者。览居易文，不觉迎门礼遇曰：'吾谓斯文遂绝，复得吾子矣。'"

那一年，准备应举的白居易怀揣诗稿前往拜访当时大名鼎鼎的顾况先生。他拿给顾况"斧正"的那篇诗稿，正是传世之作《赋得古原草送别》——

> 离离原上草，一岁一枯荣。
> 野火烧不尽，春风吹又生。
> 远芳侵古道，晴翠接荒城。
> 又送王孙去，萋萋满别情。

顾况，字逋翁，号华阳真逸，晚年自号悲翁，苏州海盐（今属浙江）人，颇富才华而性情浮薄，明人徐献忠《唐诗品》云："况诗天才不足，而问辩有余，虽有骨气，殊乏风采。"他对后辈的文章与诗作，一向出言刻薄；而他对白居易的前倨后恭，历来是诗坛笑谈。

关于白居易拜见顾况的桥段，晚唐张固《幽闲鼓吹》所记与正史略有不同。白居易怀揣诗稿来京城时，这里刚遭遇过"朱泚叛乱"，大街上一片颓败景象，到处闹粮荒，米价飞涨。顾况时任著作郎，负责编修国史，看见诗稿上署名"居易"，盯着他说："米价方贵，居亦弗易。"等读罢"野火烧不尽，春风吹又生"一联，顾况大为惊讶，叹赏道："道得个语，居即易矣。"意思是，能作这样的诗句，在长安居住当然不难啊。从此，顾况到处夸说白居易是天纵奇才，白居易的诗名迅速传遍京城。

贞元十六年（800），白居易进士及第。在此期间，他结识了元稹。元稹比他小7岁，15岁时以明经科及第。三年后，两人同登书判拔萃科，俱授秘书省校书郎。

白居易与元稹，两个中唐天才诗人，自此成为诗坛知音、人生挚友。此后，"元白"诗名齐肩，传扬天下。他们倡导的"新乐府运动"，成为诗坛一时之潮流；他们开创的"长庆体"长篇歌行，叙事风格婉转、语言摇曳多姿、平仄转韵流畅，成为中国文学史上的专有名词。

元和元年（806）四月，白居易和元稹同时参加了才识兼茂明于体用科考试，登第者18人，元稹为第一，官拜左拾遗，成为朝官；白居易名列第四，授盩厔（今陕西周至）县尉。

盩厔县南依秦岭，北临渭水，山川秀丽，风景殊胜。然而，秀媚的景色难掩黄土高坡的贫瘠与荒凉。一天，白居易和好友陈鸿、王质夫一起来到仙游寺，登高望远方，感喟古今事。谈到唐玄宗与杨贵妃的故事与传说，三人感叹不已。王质夫说，帝王与后妃之间的生死恋情，世上罕有，这是多么可贵的题材啊。他请白居易写一首长诗，以传后世。

白居易默然，心中却已波涛汹涌、巨浪滔天。于是，中国文学史上一篇感人肺腑的长篇歌行应运而生，这就是白居易最著名的代表作——《长恨歌》。十年之后，王质夫不幸辞世，白居易写下了一往情深的诗篇《哭王质夫》："仙游寺前别，别来十年余。生别犹怏怏，死别复何如？客从梓潼来，道君死不虚。惊疑心未信，欲哭复踟蹰……"

《长恨歌》以唐玄宗与杨玉环的感情经历为主线，由"汉皇重色思倾国，御宇多年求不得。杨家有女初长成，养在深闺人未识。天生丽质难自弃，一朝选在君王侧"起笔，经"骊宫高处入青云，仙乐风飘处处闻。缓歌慢舞凝丝竹，尽日君王看不足。渔阳鼙鼓动地来，惊破霓裳羽衣曲"转折，最后以"在天愿作比翼鸟，在地愿为连理枝。天长地久有时尽，此恨绵绵无绝期"结束。全篇跌宕起伏，摇曳生姿，赚尽了世上许多痴男怨女的眼泪……

此作一出，风行天下，万口传诵，自古至今，盛况依旧，解家纷纭。有人说是"讥明皇迷于色而不悟也"（唐汝询《唐诗解》），有人说是"述明皇追怆贵妃始末，无他激扬"（洪迈《容斋随笔》），也有人说此诗主题乃讽喻与赞美爱情的"二重奏"。其实呢，诗只不过是诗，是作者彼时彼地内心深处矛盾冲突形成的感情迸发之表达。主题云云，猜测而已。

次年，声名卓著的白居易应召回京，授翰林学士，后再拜左拾遗。拾遗乃朝廷言官，他从此可以直接对皇帝陈述自己的主张了。他在《初授拾遗献书》中，表达了自己的激动心情："食不知味，寝不遑安，唯思粉身，以答殊宠。"惶恐之余，他尚有疑问：陛下登临大宝，夙夜忧勤，每施一政、举一事，无不合于道、便于时，然而，"万一事有不便于时者，陛下岂不欲闻之乎？万一政有不合于道者，陛下岂不欲知之乎"？他说："今后万一有不便于时之事，陛下想听吗？万一有不合于道之政，陛下想知道吗？"对这两个尖锐问题，皇帝当然不会回应；他也不敢奢望皇帝回应，只是把自己的担忧说出来，便足矣。

此时的白居易风华正茂，激情满怀，以天下为己任，欲通过向皇帝进言来革除弊政、振兴大唐，实现救国救民的理想。面对政坛风雨，白居易频频上谏，或反对宦官参政，或鞭挞藩镇割据，或批评宰相失职。朝政和诏令稍有遗缺，他都直陈所见，弹纠其弊。元和四年（809）九月，成德节度使王承宗起兵反叛，宪宗任命宦官吐突承璀为招讨军总指挥，群臣哗然。白居易态度尤为激烈，《新唐书·白居易传》记载了他与皇帝激烈廷争的事实：皇帝固执己见，白居易当场指出："陛下错矣！"宪宗勃然变色，随即罢朝，群臣震恐。宪宗怒气未息，对监察御史李绛说："这个白家小子，乃朕亲自提拔，胆敢如此放肆！"他要把白居易撤职查办。李绛赶紧劝解，说白居易一片忠心，天地可鉴，臣子犯颜直谏说明皇帝圣德宽仁，"若黜之，是钳其口，使自为谋，非所以发扬盛德也"。皇帝脸色这才由阴转晴，"帝悟，待之如初"。

与此同时，白居易的诗歌创作也达到了前所未有的高度，"启奏之间，有可以救济人病，裨补时阙，而难于指言者，辄咏歌之，欲稍稍进闻于上"（《与元九书》）。他"辄咏歌之"的成果，就是元和初年所写的大量讽喻诗，其中《新乐府》五十首、《秦中吟》十首具有高度的思想性与批判精神。《卖炭翁》《红线毯》《重赋》，尖锐揭露"宫市""进奉""两税法"等中唐弊政；《观刈麦》《杜陵叟》《采地黄者》，深切同情劳苦大众；《西凉伎》《城盐州》《缚戎人》，严词批判军方的腐败现象……

这些讽喻诗旗帜鲜明、言辞犀利，流露着诗人的勃勃朝气，还有一点敢把皇帝拉下马的傻气。诗人"不惧权豪怒，亦任亲朋讥。人竟无奈何，呼作狂男儿"（《寄唐生》）。这些诗流传天下，惹恼了许多相关人物，"闻《秦中吟》，则权豪贵近者相目而变色矣。闻《乐游园》寄足下诗，则执政柄者扼腕矣。闻《宿紫阁村》诗，则握军要者切齿矣"（《与元九书》）。

> 田家少闲月，五月人倍忙。
>
> 夜来南风起，小麦覆陇黄。
>
> 妇姑荷箪食，童稚携壶浆。
>
> 相随饷田去，丁壮在南冈。
>
> 足蒸暑土气，背灼炎天光。
>
> 力尽不知热，但惜夏日长。
>
> 复有贫妇人，抱子在其傍。
>
> 右手秉遗穗，左臂悬敝筐。
>
> 听其相顾言，闻者为悲伤。
>
> 家田输税尽，拾此充饥肠。
>
> 今我何功德，曾不事农桑。
>
> 吏禄三百石，岁晏有余粮。
>
> 念此私自愧，尽日不能忘。

这首《观刈麦》，表露了诗人对劳苦大众的深切同情，对黑暗现实的委婉批判，对自己不事劳作却丰衣足食的愧疚与自责。

卖炭翁，伐薪烧炭南山中。

满面尘灰烟火色，两鬓苍苍十指黑。

卖炭得钱何所营？身上衣裳口中食。

可怜身上衣正单，心忧炭贱愿天寒。

夜来城外一尺雪，晓驾炭车辗冰辙。

牛困人饥日已高，市南门外泥中歇。

翩翩两骑来是谁？黄衣使者白衫儿。

手把文书口称敕，回车叱牛牵向北。

一车炭，千余斤，宫使驱将惜不得。

半匹红纱一丈绫，系向牛头充炭直。

如果说《观刈麦》的批判较为委婉，那么《卖炭翁》就像一把寒光闪闪的匕首，直刺权贵。老翁烧炭，"满面尘灰"、汗流浃背，冒雪驾车跋涉一夜，"牛困人饥"，在皇城南门外的泥地上暂歇，却遭遇两个宦官，他们手里挥舞着皇家"文件"，强行拉走了他的炭，直接送进皇宫……

为官，他慷慨任事，锋芒毕露；作诗，他切中时弊，无情鞭挞。他欲以一己之力，与整个黑暗势力相抗衡，匡救天下之时弊，岂非螳臂当车乎？

元和十年（815），武元衡不幸遇刺身亡，倒下的是武宰相，落马的却是白大诗人。他上书皇帝呼吁捕贼，自己却成了众矢之的，以"莫须有"的罪名，被放逐到江州那个荒僻之地去了！

（三）人生起落

元稹（779—831），字微之，河南（府治今河南洛阳）人，祖籍太原，是北魏鲜卑拓跋氏后裔，汉化后改为元姓。《旧唐书·元稹传》说他"聪警绝人，年少有才名""工为诗，善状咏风态物色"，但他身世堪怜，8岁丧父，因生计艰难，无力入学，由母亲郑氏课读。不幸的身世、艰难的成长，砥砺和丰盈了他的意志与才华，也养成了他风流自赏、放荡不羁的个性。

15岁那年，元稹参加明经科考试，一举及第。次年，他得到陈子昂、杜甫诗作数百首，日夜诵读，吟哦不止。25岁那年，他与32岁的白居易同登书判拔萃科，一起当上秘书省校书郎。元和元年（806），他又和白居易一起接受宪宗的考核，名列才识兼茂明于体用科第一，官拜左拾遗。

元稹从政之初，犹如初生牛犊不怕虎，接二连三上疏献表，先论"教本"，再论"谏职""迁庙"，一直论到西北边防这样的大政。同时，他旗帜鲜明地支持时任监察御史裴度，抨击朝中权贵的跋扈与豪奢。他的锋芒太凌厉了，引起权贵与宦官的嫉恨，不久就遭到贬谪。

元稹当年科场拼搏，不断上升，颇得考官裴垍先生的赏识。裴垍，字弘中，绛州闻喜（今属山西）人，元和年间名相，《旧唐书》说他"精鉴默识，举贤任能，启沃帝心，弼谐王道"。担任考官时，他持守正道，务求真才实学，为朝廷遴选了一批人才，元稹就是其中之一。数年之后，裴垍升任宰相，随即把元稹召回朝廷，出任监察御史。

元和四年（809），元稹奉命出使剑南东川道，了解到剑南东川节度使严砺的违法乱纪行为，奋笔写了《弹奏剑南东川节度使状》，检举严砺的种种罪行。那时严砺已死，与之有牵连的七个州郡刺史都因此受到了严厉惩处。接着，他又一鼓作气，纠弹山南西道观察使裴玢及其属下的贪赃枉法行为。此前，裴玢政声颇佳，"不交权幸，不务贡献，蔬食敝衣，居处才避风雨……近代将帅无比焉"（《旧唐书·裴玢传》）。可是，这样一位以清廉著称的封疆大吏竟也被查出了腐败案件，裴玢和属下数名州郡官员都受到了罚俸的处分。

这两桩轰动一时的"反腐败大案"，令天下人拍手称快。元稹一时间名声大噪，他也因此得罪了某些与案件有牵连的权臣和宦官，随后被莫名其妙逐出朝堂，"分务东台"，到东都洛阳担任了一个无足轻重的闲差。面对如此明确的警告，他依旧不思收敛，又一连纠弹了数十起案件。案情虽不重大，其锋芒却指向了各地权贵。这一时期的元稹一身正气，敢于碰硬，书写了其一生中最光辉的篇章。

对元稹更严厉的惩罚，发生在元和五年（810）。河南尹房式贪赃枉法的丑行败露后，元稹按照惯例，一边向朝廷奏报，一边命令房式停职接受调查。房式是宰相房琯的侄子。《旧唐书》说房琯"风仪沉整""性好隐遁"，不是个敞亮之人。他的侄子房式"性便佞"，善于阿谀奉承，他之贪腐犯罪，实在不足为奇。可是，朝中大臣们顾不得追查房式的腐败问题，却抓住元稹的处置方式大做文章，说他擅停房式河南尹职务，是"专达作威"，最终元稹被召回京。

元稹怏怏地离开洛阳，返回长安，途经陕西华阴敷水驿时，遇到了宦官刘士元，两人为争住驿厅发生了冲突。一个是朝廷命官，言辞峻厉，一个是宫中权宦，横行不法。两人争得面红耳赤，不可开交，刘士元怒从心头起，恶向胆边生，抡起鞭子狠狠甩在元稹头上，元稹顿时血流满面。

事情闹到朝廷，宪宗忌惮宦官，不欲治罪，几个宰相本来就对元稹的盛气凌人不甚满意，加之权宦们拼命鼓噪，最后竟以"少年后辈，务作威福"的罪名，将元稹贬为江陵（今湖北荆州市荆州区）士曹参军。

元稹蒙冤遭贬，一时间却成了落难英雄。朝中正直之士纷纷为之鸣冤，好友白居易更是"累疏切谏"，并赋诗赞叹："元稹为御史，以直立其身。其心如肺石，动必达穷民。"（《赠樊著作》）远在朗州（治今湖南常德）的刘禹锡，给他寄去了一枚文石枕，并赋诗相赠："多节本怀端直性，露青犹有岁寒心。何时策马同归去，关树扶疏敲镫吟。"（《酬元九侍御赠璧竹鞭长句》）

离开京城，辗转奔赴江陵贬所，元稹倒没有多少悲伤之气——"我虽失乡去，我无失乡情。惨舒在方寸，宠辱将何惊""况我三十二，百年未半程。江陵道途近，楚俗云水清"……

这首《思归乐》是他奔赴江陵时的心态写照，他甚至对自己"所以官甚小，不畏权势倾"有些自鸣得意。他相信自己很快会东山再起。因为，此时此刻，他的恩师裴垍依然身居宰相高位。元稹心想："恩师不会眼睁睁瞅着我落魄江湖，他老人家这次之所以点头同意放我下野，也许是为了消磨一下我的浮躁与锐气吧。"

不幸的是，元和六年（811），德高望重的宰相裴垍溘然长逝！

远在江陵的元稹闻此噩耗，如丧考妣，号啕大恸。这些年来，他与裴宰相情同父子，每当他落难跌倒之时，总有一双大手扶他站起来。如今，这个如老父亲一样的人，永远地走了！元稹为恩师遽然辞世而流泪，更为自己的将来而悲号。从此，他失去了政治上的靠山，朝中无人，焉能再加官晋爵乎？

这一时期，他常借酒浇愁，整日醉醺醺，恍如梦中。其《感梦》云："忽然寝成梦，宛见颜如珪。似叹久离别，嗟嗟复凄凄""泪垂啼不止，不止啼且声。

啼声觉僮仆，僮仆撩乱惊""前时予掾荆，公在期复起。自从裴公无，吾道甘已矣"……

这首诗有个副题——梦故兵部裴尚书相公。在这篇怀念恩师的诗篇中，元稹涕泪滂沱，将内心深处的伤痛、怀念、忧郁、焦躁熔于一炉，可谓百味杂陈。他叹息说："恩师去了，我的政治生涯也宣告终结，难以复起，从此甘为下尘了。"这话听起来很悲伤，却有几分言不由衷。后来的事实证明，元稹不但没有甘为下尘，而且更加努力地谋求腾达之路。只是，这条腾达之路给他的一生留下了太多阴影。

《旧唐书·元稹传》云："稹性锋锐，见事风生。"如果说初贬江陵时的元稹还满怀信心地等待着再次"复起"，并为此高歌"我可俘为囚，我可刃为兵，我心终不死，金石贯以诚"（《思归乐》）；那么裴宰相的遽然去世，就使他仿佛一瞬间成了政坛孤儿，成了飘荡在天空中的断线风筝，他惶惶不可终日，不知今夕何夕，不知前路在何方，"问我何所苦，问我何所思。我亦不能语，惨惨即路歧"（《感梦》）。

想当初，元稹在《望云骓马歌》里写下"分鬃摆杖头太高，掣肘回头项难转。人人共恶难回跋，潜遣飞龙减刍秣"之句，并宣称"当时项王乘尔祖，分配英豪称霸主。尔身今日逢圣人，从幸巴渝归入秦。功成事遂身退天之道，何必随群逐队到死踏红尘"；至于官场蹭蹬，根本不在话下，"用与不用各有时，尔勿悲"。如今，他却萎靡沮丧、消沉颓唐，发出了连绵慨叹："倅戎何事劳专席？老掾甘心逐众人""远处从人须谨慎，少年为事要舒徐""懒成积疹推难动，禅尽狂心炼到空"（《贻蜀五首》）。他悔恨自己早年少不更事，孟浪伤人，树敌太多，落到了今天宦海漂泊、无人援手的下场！

此后不久的一次人事变动，使身在朝堂的白居易忧心如焚——尚书右仆射严绶调任荆南节度使，已经在赴任途中了！

严绶，华州华阴（今属陕西）人，《旧唐书》说他"为吏有方略，然锐于势利，不存名节，人士以此薄之"。他为人恭谨，为政以宽，因当年对宪宗登基有拥立之功，一直是皇帝近臣。严绶与宦官向来交好，元稹一年前与宦官刘士元为争住驿厅发生冲突，与整个宦官集团结下了"梁子"，如今严绶成了他的顶头上司，会如何"修理"他啊？

然而，白居易的担心是多余的。严绶到任后，并未对元稹进行报复，倒是青睐有加。元和九年（814），严绶升任山南东道节度使，不久加任淮西招抚使，奉命率军讨伐淮西吴元济，内常侍崔潭峻担任随军监军。监军历来是皇帝派到军中的耳目，自然也是皇帝宠信之人。宪宗的两个宠臣都对元稹青眼有加，就带着他一起平叛去了。元稹在《葬安氏志》中透露："近岁婴疾，秋方绵痼，适予与信友约为浙行，不敢私废。"他说的"信友"，当指崔潭峻。

其实，元稹与崔潭峻还真有一段渊源。《旧唐书·元稹传》记载："穆宗皇帝在东宫，有妃嫔左右尝诵稹歌诗以为乐曲者，知稹所为，尝称其善，宫中呼为元才子。荆南监军崔潭峻甚礼接稹，不以掾吏遇之，常征其诗什讽咏之。"太子宫中的妃嫔们喜欢元才子的诗，时常歌咏，作为宦官的崔潭峻自然心知肚明，对元稹心存一份敬慕也是常情。

元和十年（815）正月，元稹自唐州（治今河南泌阳）奉诏还京，春风得意，途经蓝桥驿时，在驿亭壁上挥毫题诗一首——

> 泉溜才通疑夜磬，烧烟余暖有春泥。
> 千层玉帐铺松盖，五出银区印虎蹄。
> 暗落金乌山渐黑，深埋粉堠路浑迷。
> 心知魏阙无多地，十二琼楼百里西。

> ——《留呈梦得、子厚、致用》

元稹心中的快慰，呼之欲出。可惜，好景转瞬即逝。他二月刚回到长安，三月就再一次远谪通州（治今四川达州）。五个月后，白居易就紧步元稹后尘，被贬为江州司马。白居易一家走的驿道，正是不久前元稹一家走过的。驿道蜿蜒，一曲九回。两个才华横溢的诗人，走上了同一条贬谪之路。草木山石，一花一叶，其情其景，人何以堪！

一家人行至蓝桥驿，白居易看到了元稹的题诗，感慨万千。前后只有几个月，风云变幻如此诡谲！白居易满怀凄迷，心潮翻涌，挥笔写下了《蓝桥驿见元九诗》——

蓝桥春雪君归日，秦岭秋风我去时。

每到驿亭先下马，循墙绕柱觅君诗。

以此次贬谪为起点，白居易与元稹这两个曾经与权贵势力顽强斗争的战士，各奔天涯，走上了完全不同的人生道路，拥有了完全不同的人生境界！

（四）元白唱和

唐代的江州，尽管山拥千嶂，江环九派，襟江带湖，却是一派萧瑟景象。白居易离京赴任时，正是肃杀的秋天，越秋山，渡秋水，"江云暗悠悠，江风冷修修。夜雨滴船背，风浪打船头。船中有病客，左降向江州"（《舟中雨夜》）。

望着迟缓的长江水，白居易在反思人生。他向来信守"达则兼济天下，穷则独善其身"的原则，认为"大丈夫所守者道，所待者时。时之来也，为云龙，为风鹏，勃然突然，陈力以出；时之不来也，为雾豹，为冥鸿，寂兮廖兮，奉身而退"（《与元九书》）……

随着贬官诏书的下达，白居易明白，他叱咤风云之"时"，已经逝去了；他的人生航向，必须随之调整。儒家的"乐天知命"、道家的"知足保和"和佛家的"超然出世"观念，开始在他的头脑中渐渐融合。

一个枫叶荻花飘零的秋夜，白居易与几位好友饯别于浔阳江上。一钩弯月，一杯浊酒，忽闻琵琶声声，隐隐自邻船飘来。几人移船相邀，那女子"千呼万唤始出来，犹抱琵琶半遮面"。原来是一位年老色衰、独守空船的歌女，心怀无限愁绪，借琵琶寄托幽怨。她"低眉信手续续弹，说尽心中无限事。轻拢慢捻抹复挑，初为霓裳后六幺。大弦嘈嘈如急雨，小弦切切如私语。嘈嘈切切错杂弹，大珠小珠落玉盘。间关莺语花底滑，幽咽泉流冰下难"……白居易深为同情她的不幸身世，为之涕泗交流，并因之想到了自己的坎坷命运，发出了千古感叹："同是天涯沦落人，相逢何必曾相识！"

这首《琵琶行》与《长恨歌》一样，都是千古传诵的名篇，也是中国文学史上的珠玑之作。

随着时日悠长，江州一带的风光渐渐迷离了白居易的眼睛。这天他来到香炉峰北面的遗爱寺，这里的明山秀水令他一见如故，仿佛远行客回到了故乡。他临溪观鱼，绕寺寻花，流连徘徊，久久不忍离去。随后，他在香炉峰与遗爱寺之间营建了一所草堂，平排三间，两室一厅，泥墙泛土香，石阶迹薜苔，竹帘卷晚风。室内陈放四张简易木榻，榻凉如水；两架屏风，阻断浮躁；一把漆琴，啸出抑郁心事。竹几之上，摆放着佛、道、儒各家之书数卷，风过翻起书页，窸窣如诵，"庐山以灵胜待我，是天与我时，地与我所，卒获所好，又何以求焉"（《草堂记》）。

唐代的州郡司马是个闲差，白居易身居其位，心态平和，与山水为伴，以诗酒自娱。从这一时期开始，白居易逐渐栖心释梵，浪迹老庄。"居易儒学之外，尤通释典，常以忘怀处顺为事，都不以迁谪介意。"（《旧唐书·白居易传》）"自从苦学空门法，销尽平生种种心。唯有诗魔降未得，每逢风月一闲吟"（《闲吟》）；"辞章讽咏成千首，心行归依向一乘。坐倚绳床闲自念，前生应是一诗僧"（《爱咏诗》）——他垂首默诵经文，忽然梦见自己的前生乃一诗僧，可见其入道之深矣！

在江州，"居易与凑、满、朗、晦四禅师，追永、远、宗、雷之迹，为人外之交。每相携游咏，跻危登险，极林泉之幽邃。至于翛然顺适之际，几欲忘其形骸。或经时不归，或逾月而返"（《旧唐书·白居易传》）。在杭州，他静观西湖水之澄碧，坐忘烦忧；凝望灵隐寺之佛光，欸乃无声……

持斋守戒之余，白居易经常思念挚友元稹。

白居易与元稹终生不渝的友情，是中国文学史上令人动容的佳话。《唐才子传》云："微之（元稹）与白乐天最密，虽骨肉未至，爱慕之情，可欺金石，千里神交，若合符契，唱和之多，无逾二公者。"无论身在朝堂，还是人在江湖，他们都惺惺相惜，牵念不已。

元和十年（815），白居易贬谪江州时，元稹正在通州贬所。闻听噩耗，元稹极度震惊，不顾病重在床，提笔给老友写信，并赋诗以寄——

> 残灯无焰影幢幢，此夕闻君谪九江。
>
> 垂死病中惊坐起，暗风吹雨入寒窗。
>
> ——《闻乐天授江州司马》

不久，白居易读到这首诗，深受感动，回信说："此句他人尚不可闻，况仆心哉！至今每吟，犹恻恻耳。"

元稹一收到信，未及开封已经泪眼模糊，女儿吓得哭起来，妻子连忙询问，他擦擦眼泪说老白来信了，随即作诗回赠——

> 远信入门先有泪，妻惊女哭问何如。
> 寻常不省曾如此，应是江州司马书。
>
> ——《得乐天书》

一次，元稹收到白居易如下一首诗——

> 晨起临风一惆怅，通川溢水断相闻。
> 不知忆我因何事，昨夜三更梦见君。
>
> ——《梦微之》

元稹读罢，十分懊恼，觉得自己一来通州便感染疟疾，以致神思恍惚——

> 山水万重书断绝，念君怜我梦相闻。
> 我今因病魂颠倒，唯梦闲人不梦君。
>
> ——《酬乐天频梦微之》

最为人称道的，是他们在长庆二年至长庆四年间（822—824）诗筒传韵的风趣雅事。其时，白居易任杭州（今属浙江）刺史，元稹任越州（治今浙江绍兴）刺史兼浙东观察使，二人诗筒往来，唱和甚富。

所谓"诗筒"，就是将诗放入竹筒内，以诗代书，互致问候，"拣得琅玕截作筒，缄题章句写心胸。随风每喜飞如鸟，渡水常忧化作龙"（白居易《与微之唱和来去常以竹筒贮诗陈协律美而成篇因以此答》）。国家大事，身边趣事，内心感怀，情绪动荡，都是他们诗的内容。元稹要喝酒了，写诗相招："冰销田地芦锥短，春入枝条柳眼低。安得故人生羽翼，飞来相伴醉如泥。"（《寄乐天》）

白居易喝了酒不肯付账，手指墙上诗——"夜怜星月多离烛，日漶波涛一下帷。为报何人偿酒债？引看墙上使君诗"（《代郡斋神答乐天》），说道："我老白欠了店家酒钱，何人来偿还啊？正是墙上那首诗的作者元稹老友嘛。"

两个大诗人宦海浮游，天南地北，相思而不可见，便挥毫默写对方诗句。元稹作诗曰："忆君无计写君诗，写尽千行说向谁。题在阆州东寺壁，几时知是见君时。"（《阆州开元寺壁题乐天诗》）白居易读了，当即回赠之："君写我诗盈寺壁，我题君句满屏风。与君相遇知何处，两叶浮萍大海中。"（《答微之》）

（五）诗名远播

作为中唐齐名的大诗人、一往情深的诗友，白居易与元稹的唱和之作达数百首。二人诗的风格、题材多有相同之处：白作《长恨歌》，元有《连昌宫词》；白作《琵琶行》，元有《琵琶歌》；白作《霓裳羽衣歌》，元有《何满子歌》。二人关于诗的理论也庶几相近，白居易有《与元九书》，元稹有《叙诗寄乐天书》，在往来书简中，二人畅谈各自的诗论。他们主张，诗应当讽喻、比兴，针砭时弊，白居易作《秦中吟》十首、《新乐府》五十首，元稹有《乐府古题》十九首、《和李校书新题乐府》十二首。

二人的诗作，明白浅显，流传极广。元稹在为白居易诗集作的序中说："二十年间，禁省、观寺、邮候墙壁之上无不书，王公妾妇、牛童马走之口无不道。至于缮写模勒，炫卖于市井，或持之以交酒茗者，处处皆是。"（《〈白氏长庆集〉序》）白居易自己也说："自长安抵江西，三四千里，凡乡校、佛寺、逆旅、行舟之中，往往有题仆诗者。士庶僧徒、孀妇处女之口，每每有咏仆诗者。"（《与元九书》）

据元白同时代人段成式在《酉阳杂俎》中记载，荆州（今属湖北）人葛清是个死心塌地的"白迷"，宣称白居易的诗乃天下第一，整日吟诵不止，倒背如流，并做了个引领时尚潮流的"文身秀"，胸前背后遍刺白诗三十余处。此人经常袒胸露背，在街头且歌且舞，所到之处，围观者众多，呼之为"白舍人行诗图"，他已然成了义务推广白诗的"活体广告"。类似记载还见于《全唐诗》等典籍，当时有人根据白诗之意境，在皮肤上描画树木人物、山石流泉，成一时风尚。

白居易最著名的作品，并不是他自己推重的《新乐府》与《秦中吟》，而是《长恨歌》与《琵琶行》。唐以后几乎所有的诗选本，都选入了这两首长篇歌行。元稹最著名的作品，也不是《乐府古题》之类，而是他的悼亡诗，其中《遣悲怀》三首，更是中国文学史上的名篇，清人孙洙评论说："古今悼亡诗充栋，终无能出此三首范围者。"

其一

谢公最小偏怜女，自嫁黔娄百事乖。

顾我无衣搜荩箧，泥他沽酒拔金钗。

野蔬充膳甘长藿，落叶添薪仰古槐。

今日俸钱过十万，与君营奠复营斋。

其二

昔日戏言身后意，今朝皆到眼前来。

衣裳已施行看尽，针线犹存未忍开。

尚想旧情怜婢仆，也曾因梦送钱财。

诚知此恨人人有，贫贱夫妻百事哀。

其三

闲坐悲君亦自悲，百年都是几多时。

邓攸无子寻知命，潘岳悼亡犹费词。

同穴窅冥何所望？他生缘会更难期。

唯将终夜长开眼，报答平生未展眉。

《遣悲怀》是元稹写给亡妻韦丛的。韦丛乃豪门之女，20岁时嫁给25岁的元稹，六年后亡故。韦氏生过五个孩子，仅有一女长大成人。元稹给韦氏写过很多诗篇，尤以《遣悲怀》最为著名，感人至深，天下传诵。

诗中的谢公本指东晋宰相谢安，借指元稹的岳父韦夏卿，韦丛是韦夏卿最小的女儿。黔娄是战国时齐国隐士，家境贫寒，妻子甚贤。邓攸，字伯道，西晋人，官至河西太守，永嘉之乱中，他舍子保侄，后终无子，世人叹曰："天道无知，使邓伯道无儿。"（《晋书·邓攸传》）潘岳，西晋诗人，以悼亡诗闻名。

在诗中，元稹说道："岳父大人将最宠爱的小女儿嫁给我这个穷书生，我却让她过着粗茶淡饭的苦日子，惭愧啊！如今我的俸禄已经超过十万，可是到哪里再去找你呢？从前我们戏说过的那些琐碎之事，如今都一一来到眼前，你穿过的衣裳我都施舍给别人了，可是你留下的那些细密针线，我却舍不得送人，也不忍心打开。你喜欢的那个婢女，我一定会善待她。那天我梦到了你，醒来后我就去救济穷人，我的这些举动，可惜你都看不见了。这种心底的遗恨，天下人人都有啊，像我们这样的贫贱夫妻，百事不顺也是命运的安排吧！唉唉！邓攸无子，岂是天命？潘岳悼亡，又有何用？只盼着我死后我们合葬，一起躺在昏暗的墓穴里吧！所谓来生相见，更是虚无缥缈，就让我整夜地思念着你吧，以此来报答你的一生之清苦、一世之情缘！"

真情之诗，令人感动；诵读之下，不禁泪涌。

（六）醉吟且去

元和十四年（819），元稹自虢州（治今河南灵宝）奉诏还京，任膳部员外郎。当时，宰相令狐楚是文坛宗主，他很欣赏元稹写的诗，认为元稹是当代的鲍照、谢朓。

次年，唐穆宗即位。穆宗当太子时，就喜欢元稹的诗，崔潭峻乘机呈上元稹的《连昌宫词》等诗作，"穆宗大悦，问稹安在"（《旧唐书·元稹传》）。之后，元稹入翰林院，任中书舍人、承旨学士，并于长庆二年（822）拜同平章事，登上政治生涯的顶峰，然而三个月后又被罢相……

与元稹积极追求仕进不同，白居易后来始终身处江湖之远，即使皇帝征召，他也不愿回朝任职。58岁那年，他以太子宾客分司东都洛阳，之后长期住在龙门东山香山寺，直至终老于斯。他自号醉吟先生，与之共醉的，皆社会名流，如裴度、刘禹锡、皇甫镛、姚合等。

且看白居易《醉吟先生传》之描述——

　　　　醉吟先生者，忘其姓字、乡里、官爵，忽忽不知吾为谁也。宦游三十载，将老，退居洛下。所居有池五六亩，竹数千竿，乔木数十株，台榭舟桥，具体而微，先生安焉。家虽贫，不至寒馁；年虽老，未及昏耄。性嗜酒，耽琴，淫诗。凡酒徒、琴侣、诗客，多与之游。

　　文中的醉吟先生宦游三十载，晚年退居洛阳，夜有所思，日有所行，绕池塘，坐竹林，攀乔木，登台榭，过舟桥，优哉游哉。每当月升中庭、清风徐来，或雪花飘飞、银装素裹之时，他便呼朋唤友，共享如银时光——先启酒坛，让扑鼻酒香缭绕；次开诗箧，让华美诗句与天光共同闪耀；后捧丝竹，让丝丝入扣之丝弦如蝉翼震颤……有时乘兴来到野外，在青山绿水间游玩，油壁车厢里置一琴一枕，时而仰头看天看云，唯独不看自己；时而抱琴引酌，沉沉如山的身躯如海潮一般摇啊摇……

　　醉吟先生的日子，真是美哉乐哉，其实这就是白大诗人的自我写照。白居易宅中有池塘，他经常在此宴请文人骚客。泛舟其间，柳笛声里，宾主笑声荡漾如池水之涟漪泛滥。白居易命家童在船两侧吊百余只布囊，内装美酒佳肴，随船而飘摇，众人倚船放歌，随时享用，直至囊空如洗，方才罢休……

　　垂暮之年，白居易与洛阳六位年过七旬的社会名流——胡杲、吉皎、郑据、刘真、卢真、张浑，组成"七老会"，相与流连。不久，年近百岁的僧人如满和年过百岁的李元爽也加入进来。白居易把自家院内的五间上房腾出来，亲笔书写"九老堂"匾额，悬挂于门楣之上，又请人绘制《九老图》，挂在大厅。九位老人饮酒赋诗、谈禅论道，成为洛阳城里的一大风景。

　　白居易一生为官，进退自守，政声广为流播。任盩厔县尉时，他怒笞行贿人，为民申冤，并留下了千古名篇《长恨歌》；任江州司马时，他写下《琵琶行》，至今九江琵琶湖边，琵琶亭翼然而立；任忠州（治今重庆忠县）刺史时，他率州民于西涧植柳、东坡种果，后人修建"白公祠"以记其功；任苏州刺史时，他发动州民疏浚河道、垒石固堤，惠泽后代，他离任时百姓洒泪相送，"闻有白太守，抛官归旧溪。苏州十万户，尽作婴儿啼"（刘禹锡《白太守行》）；任杭州刺史时，他号令州民疏浚六井、修建堤坝，以蓄水抗旱；在洛阳，他捐资开凿了龙门八节石滩，"七十三翁旦暮身，誓开险路作通津。夜舟过此无倾覆，朝胫从今免苦辛"（《开龙门八节石滩诗二首·其二》），在《欢喜二偈》中，他欣然抒怀："得老加年诚可喜，当春对酒亦宜欢。心中别有欢喜事，开得龙门八节滩。"

元稹临终前，流着眼泪请好友白居易为自己撰写墓志。白居易挥泪作了一篇《元公墓志铭》，忆述好友生平，思绪百转千回，难以自已。他说，元微之"实有心在于安人治国，致君尧舜"，可是事与愿违，"抑天不与耶？将人不幸耶"？上天不佑，其如之何？微之早年"直躬律人，勤而行之"，因为坎坷不遇，贬谪十几载，归来后"以权道济世，变而通之，又龃龉而不安，居相位仅三月，席不暖而罢去"。这种人生尴尬，令人百思不得其解，"是以法理之用，止于修一职，不布于庶官；仁义之泽，止于惠一方，不周于四海。故公之心不足也，逢时与不逢时同，得位与不得位同，富贵与浮云同。何者？时行而道未行，身遇而心不遇也"。制定法规，仅为保住官位，而不是提升百官执政水平；施行仁义，只是惠及一方，而不能广济天下百姓，微之的胸襟，实在不够广阔啊！至于逢时与否、腾达与否、富贵与否，一点也不重要了；其道不行，其心必狭，身登高位而心在尘埃，又如何治国平天下呢？"呜呼微之！年过知命，不谓之夭。位兼将相，不谓之少。然未康吾民，未尽吾道。在公之心，则为不了。嗟哉惜哉！"

元稹天生英才，以"元才子"闻名天下，自有其雄姿英发的岁月，在朝堂曾直斥贪官，在地方曾造福百姓。贬谪达州期间，他政绩突出，离任时全城父老登上凤凰山，与之挥泪告别。吁！对于元稹后来政治上的变化，白居易自然心知肚明，又不便明言，如骨鲠在喉，除了为之转圜，还能如何呢？之后，他以元稹的名义捐资修葺香山寺，并在《修香山寺记》中说自己与元稹"定交于生死之间，冥心于因果之际"。此后，白居易怀着对老友的一腔思念，寄居香山寺，"空山寂静老夫闲，伴鸟随云往复还。家酝满瓶书满架，半移生计入香山"（《香山寺二绝·其一》）。

悠悠佛乐缭绕，将他的思绪引向淡然悠远之岁月。一生为官，蹈黑暗官场未丧其志，政声远扬；一生为诗，于纷乱诗坛擎起大纛，天下传诵；一生为人，渡苦海之舟平和晏然；沉溺于酒，饮尽天下妙品，涉酒之诗九百余首；钟情于茶，品尽世间佳茗，涉茶之诗六十余首；迷恋于花，看尽天下美芙蓉……

回首望前尘，世事若云烟。白居易在自传中说自己"嗜酒，耽琴，淫诗"，他有近三千首诗存世，是唐代诗人之冠，可谓功德圆满、无愧无憾。他写下遗嘱，并叮嘱家人，他死后不必运回故乡，就安葬在香山寺如满禅师的塔墓之侧。写罢，他饮下几杯美酒，似乎看见云空里仙灵们翩翩舞蹈，于是寂然打坐，默诵《念佛偈》……

风雨如晦，明月心牵

天盖高而无阶，怀此恨其谁诉

——曹丕与曹植

（一）兄弟阋墙

一首短短的五言诗，却挽救了才高八斗的建安大诗人曹植的性命。

那是曹魏黄初二年（221），魏文帝曹丕代汉自立后的第二年，正如人们担忧的那样，皇帝惩罚的铁拳，首先挥向了曾与他争夺储位的同胞兄弟曹植。

那一年，曹丕甫登帝位，君临天下，环顾四海，踌躇满志，随即广布恩泽，提拔了许多功臣，曹氏诸兄弟——鄢陵侯曹彰、宛侯曹据、鲁阳侯曹宇、谯侯曹林、赞侯曹衮、襄邑侯曹峻、弘农侯曹干、寿春侯曹彪、历城侯曹徽，一律晋爵为公。就在这些天潢贵胄们暗自庆幸之时，却有一个人被晾在了一边，没有得到晋封，独处一隅，暗自心惊。他就是临菑侯曹植。

面对如此严峻的局面，一代天才如曹植，也不免六神无主。他眼见天上乌云翻滚，地上寒风凛冽，预感大事不妙，自是日夜惶恐。这些年来，他与其兄曹丕的争斗，天下尽人皆知。得势者天下尽在股掌间，失势者沦为丧家之犬。与至高无上的皇权相比，所谓同胞兄弟、骨肉情谊，还算得了什么呢？历代皇室骨肉相残的血淋淋的悲剧，在一代霸主曹操及其两个儿子身上，再次上演。曹操经过长期的犹豫、考察，终于在建安二十二年（217）做出最后决断，选定曹丕为魏太子。从那时起，曹植就明白，他彻底输了！他成为别人刀斧之下鱼肉的命运，已经注定了。三年之后，也就是建安二十五年（220），一代枭雄曹操辞别人世，曹丕进位魏王，不久就代汉自立，登上了皇帝宝座，是为魏文帝，改元黄初，追尊其父曹操为魏武帝。曹植的人生噩梦，自此开始了。

应当说，曹丕虽然在太子之争中胜出，却并不是个雄才大略的政治家。他在位期间实行的两项重大政治举措，在后世评价中多被视为弊政。其中一项是"九品中正制"。所谓"九品中正制"，是对汉代实行的察举选官制度的改革，即推选各郡有声望的人出任中正，由他们将当地士人按才能分别评定为九等（九品），政府按等选用。从理论上说，这本来是个不错的制度。然而，齐王曹芳时，司马懿当政，于各州设大中正，由世家名门或贵族官僚担任，以此维护世家大族的特权，他们选定的所谓上品人才，自然都是本家子弟。这种选官制度，为后来的门阀制度奠定了基础。在曹魏王朝处于上升阶段时，"九品中正制"尚能够发挥一些积极作用，到了衰落时期，其弊端则日益显现。

曹丕实行的第二项重大政治举措，就是"重用异姓，疏远同姓"。在他看来，同姓诸王虽是同族同宗同胞，却是皇权最危险的争夺者。因此，黄初年间他对曹氏诸兄弟的打压以残酷著称，曹氏诸王一个个像风中的落叶，满怀凄迷。直到临终，曹丕还在叮嘱其子魏明帝曹叡警惕诸王，不可懈怠。基于这种近于偏执的执政理念，曹丕父子把曹氏诸兄弟一律驱赶到荒凉偏远之地，重用司马懿等异姓大臣，为曹魏王朝的覆灭找到了掘墓人。

据记载，曹丕对诸兄弟的控制、防范十分严苛，对曾与他争夺储位的胞弟曹植的迫害，可谓心狠手辣。即位不久，他就开始诛杀曹植的"死党"，剪除其羽翼，然后一声令下，命令曹氏诸王立即离开京城洛阳，前往各自的封地。诸王的封地不是富饶的州郡，而是距京城千里之外的荒僻小县，自然条件极为恶劣。每个王国只分拨一百余名老弱残兵作为守卫；诸王之间不准来往，更不准聚会；诸王外出游猎，不得超过治所周围三十里。随同诸王前往封地的，还有一名朝廷的鹰犬，即所谓"封地监国官"，其使命就是监视诸王的一言一行。在如此严酷的监督之下，那些天潢贵胄们名为王侯，却被罩在了一张无形的铁丝网里，形同囚犯。

曹植明白，一旦离开京城，也就失去了自由，返回的日子遥遥无期。他想与去世的父亲告别，到父亲的陵墓前哭诉一番再走，却被曹丕严词拒绝，只得含泪离开京城，前往封国齐郡临菑（今山东淄博市临淄区北）。曹氏诸兄弟晋爵为公的皇命下达之后，曹植眼见自己榜上无名，意识到曹丕不会轻易饶恕自己，说不定哪一天就会大祸临头。他忧惧不已，借酒浇愁，有时喝得酩酊大醉，心中淤积的悲愤爆发出来，难免厉声号叫，痛哭流涕。临菑监国官灌均乃一介小人，哪肯放过向皇帝献媚的机会，他火速上奏，说曹植"醉酒悖慢，劫胁使者"。曹丕闻报，勃然大怒，即刻派兵前往临菑，将曹植索拿到京，准备严加惩治。

兄弟俩的生母卞太后闻讯，急得寝食不安，她流着泪对曹丕说："你弟弟曹植平时就贪杯狂傲，看在同胞兄弟的份上，你就放他一条生路吧。"面对母亲的眼泪，曹丕只好说："我只想惩戒他一下，不会要他的命。"

这天，曹丕传曹植上殿，厉声斥责道："你恃才狂傲，本当严惩，我给你最后一次机会，限你七步之内作诗一首，如能做到，就免你一死，否则从重惩罚，决不宽恕！"

曹植如一只待宰的羔羊，连声乞题。

曹丕说："你我是兄弟，就以此为题，但不许出现兄弟二字。"

曹丕话音刚落，曹植即赋诗一首——

> 煮豆燃豆萁，豆在釜中泣。
> 本是同根生，相煎何太急！

这首诗原不止四句，民间传播图方便，遂简化如此。这首在刀剑逼迫之下吟成的五言诗，以其譬喻之浅显、悲哀之深邃，打动了古今无数读者。曹丕听罢，也不禁潸然泪下，毕竟骨肉之情非流水呀！然而，权谋之争却不容情面。于是，他将曹植贬往湖南安乡县，为安乡侯，不久又令其北上，迁往山东鄄城县，为鄄城侯。曹植在皇帝的铁拳之下，南来北往，四处漂泊。

母亲的慈爱与自身的才华，帮助曹植逃过一劫。这一年，曹丕35岁，曹植30岁。

（二）立储之困

其实，曹丕与曹植之间的"兄弟阋墙"，源于其父曹操在选拔"接班人"问题上长期的犹豫不决。

俗话说，英雄难过美人关；其实，作为君王，更难过的是"立储关"。唐高祖李渊建立了繁华富丽的大唐王朝，可谓英雄盖世，三个儿子李建成、李世民、李元吉却为争夺皇位而刀剑相向，最后酿成惨烈的"玄武门之变"，李世民杀兄诛弟夺得皇位；清圣祖康熙雄才大略，为大清王朝有名的"康乾盛世"奠定了基础，诸子却为储位争得天崩地坼，闹得康熙晚年焦头烂额，身心交瘁。作为他们的前辈，中国历史上著名的强势统治者，曹操也没能顺利越过立储这一关。

号称"清平之奸贼，乱世之英雄"的曹操，是在东汉末年群雄并起、军阀混战的殊死搏杀中雄霸天下的。他以复兴汉室为号召，将汉献帝牢牢攥在掌心，"挟天子以令诸侯"，远交近攻，各个击破，逐渐扫平了北方诸豪强，成了中原大地实际上的统治者。"建安"本是东汉末代之君汉献帝的年号，却成了曹操如日中天的年代。

在中国历史上，中晚期的东汉王朝实在是腐败透顶、阴暗龌龊。"垂帘听政"是封建时代的政坛奇观，三位"巾帼豪杰"因此著称于世，即西汉之吕后、初唐之武后、晚清之慈禧太后；但像东汉那样"临朝者六后"的情形，可谓"前无古人，后无来者"。《后汉书·皇后纪》指出，东汉"皇统屡绝，权归女主，外立者四帝（安帝、质帝、桓帝、灵帝），临朝者六后（章德窦太后、和熹邓太后、安思阎太后、顺烈梁太后、桓思窦太后、灵思何太后），莫不定策帷帟，委事父兄，贪孩童以久其政，抑明贤以专其威"。清代史学家赵翼在《廿二史札记》中分析说，东汉多幼主，太后临朝称制，必然会依样画葫芦，"援立孩稚，以久其权"，形成恶性循环，贻害无穷，"殇帝即位时生仅百余日，冲帝即位才二岁，质帝即位才八岁，桓帝即位年十五，灵帝即位年十二，弘农王即位年十七，献帝即位才九岁"。

殇帝、冲帝、质帝与献帝，登基称帝时都是乳臭未干的毛孩子，哪里能执掌天下大权呢？皇帝幼小，必然导致皇权旁落，出现太后临朝称制、外戚辅政专权的局面，天下动乱，由此而生。

六后临朝之局面，始于章德窦太后。窦氏是东汉初年名臣窦融的曾孙女，以才貌博得汉章帝刘炟的欢心，"后性敏给，倾心承接""宠幸殊特，专固后宫"（《后汉书·皇后纪》）。独承皇帝雨露之恩的窦后，却没能诞下一个麟儿。章帝驾崩后，年仅10岁的和帝即位，窦后临朝称制，其兄弟窦宪、窦笃、窦景、窦瑰，纷纷一跃而起，飞扬跋扈，擅权乱政。此后，汉和帝与清河王刘庆、大臣丁鸿联合设计铲除外戚，曾经猖狂至极、不可一世的窦氏兄弟，终落得个粉身碎骨的悲惨下场。

汉和帝皇脉衰萎，27岁即气绝而亡，十几个皇子皆不幸夭折，其皇后邓氏将刚出生一百多天的殇帝刘隆扶上帝位，她以"女君"之名亲政。八个月后，殇帝又崩，邓太后只好迎立外藩清河王之子刘祜即位，是为汉安帝。尽管邓太后倡导经学，推举贤士，邓氏家族却鸡犬升天，"累世宠贵，凡侯者二十九人，公二人，大将军以下十三人，中二千石十四人，列校二十二人，州牧、郡守四十八人，其余侍中、将、大夫、郎、谒者不可胜数"（《后汉书·邓骘传》）。邓太后称制十六年，颇有政绩，岂料她尸骨未寒，诸兄弟尽被屠戮……

这种太后临朝则外戚专权、太后崩逝则外戚失势的情形，在东汉王朝不断重复上演，导致朝政崩坏，天下凋敝，民怨沸腾。随着皇权不断更替，宦官势力恶性膨胀，到了桓灵二帝时期，朝政已经不可收拾，宦官势焰熏天，凌虐百姓，这就是历史上危害惨烈的"阉宦之祸"。

汉桓帝刘志时期，辅政大将军梁冀的两个妹妹，一个是皇太后，一个是皇后，权倾天下，威福震主，外戚势力发展到了顶点。桓帝忍气吞声13年，最后借助宦官势力谋诛梁冀，梁氏家族转眼间化为齑粉。然而，桓帝哪里料到，他刚逃出狼窝，又落入虎口，环伺在他周围的宦官，乃一群恶魔。桓帝却只顾自我陶醉，大封所谓"功臣"，大宦官单超、徐璜、具瑗、左悺、唐衡五人，一天之内同被封侯，世称"五侯"，"自是权归宦官，朝廷日乱矣"（《后汉书·宦者列传》），"及诛梁冀，奋威怒，天下犹企其休息。而五邪嗣虐，流衍四方"（《后汉书·孝桓帝纪》）。单超之弟为河东太守，徐璜之弟为河内太守，左悺之弟为陈留太守，具瑗之兄为沛相，皆为祸乱一方的贪暴之徒。徐璜的侄子徐宣为下邳县令，暴虐无道，他看上了已故汝南太守李皓之女，此女对他不屑一顾，他竟然率领兵丁上门抢夺，之后更残忍将其射杀。

汉桓帝之后的汉灵帝刘宏，以卖官鬻爵闻名青史。据《后汉书·孝灵帝纪》记载，光和元年（178），灵帝大张旗鼓地卖官鬻爵，"开西邸卖官，自关内侯、虎贲、羽林，入钱各有差。私令左右卖公卿，公千万，卿五百万"。晋人乐资在《山阳公载记》中写得更具体："时卖官，二千石二千万，四百石四百万，其以德次应选者半之，或三分之一，于西园立库以贮之。"所谓"私令左右卖公卿"，是让宦官帮着批发官帽；所谓"于西园立库以贮之"，是卖官得来的钱太多了，为此专门设立了库房。连统驭天下的皇帝都这副德性，其他贪官污吏的贪婪猖獗，可想而知。《后汉书》著者范晔不禁慨叹："灵帝负乘，委体宦孽。征亡备兆，《小雅》尽缺。麇鹿霜露，遂栖宫卫。"

等到汉献帝刘协在董卓的刀剑逼迫之下登上帝位时，江山早已易色，东汉王朝名存实亡。当此之际，军阀割据，群雄并起，各路英豪逐鹿天下，魏、蜀、吴三足鼎立的局面逐渐形成。刘备立足蜀汉，孙权割据江南；在中原大地上，曹魏政权崛起，形成了代汉自立之变局。然而，令曹操苦恼的是，两个儿子曹丕与曹植的"接班人"争夺战，搅得整个时局都有些喧腾起来。

建安十八年（213），曹操被汉献帝封为魏公，建安二十一年（216），曹操进位魏王，离皇帝宝座仅一步之遥，部下纷纷劝他即位，他说："若天命在吾，吾为周文王矣。"他把代汉自立的历史使命，留给了自己的后代。

曹操妻妾成群，有25个儿子，刘夫人所生的长子曹昂战死，继室卞夫人所生的曹丕、曹彰、曹植、曹熊这四子中，曹丕为长，似乎最有优势。其实，曹操开始最中意的"接班人"，是环夫人所生的曹冲。曹冲聪敏过人，5岁时就演绎了一段流传千古的"曹冲称象"佳话。曹冲13岁那年因病去世，曹操流着泪对诸子说："此我之不幸，而汝曹之幸也。"

曹冲逝世后，曹植地位上升。曹植怀拥绝代之才，文武兼备，胸怀大志，尤为父亲宠爱。曹丕眼见储位堪虞，难免急火攻心。兄弟俩在父亲面前逞才华、竞风流，转过身就施心计、耍权谋，互相攻讦，互相拆台。他们身后的谋士集团，皆一时之俊才。如曹植集团的杨修、丁仪、丁廙，曹丕集团的陈群、朱铄、吴质等，都卷入了这场"兄弟阋墙"的悲剧之中，他们出谋划策，推波助澜，把曹氏集团折腾得风急浪险——直到建安二十二年（217），曹操终于决断，立曹丕为魏太子。立储之争，就此尘埃落定！

曹丕与曹植，就是在手足相争的岁月里，各自成长为"建安文学"的代表人物。

（三）三曹七子

"建安文学"作为中国文学史上的一个高潮，光耀千古；而"建安风骨"作为中国古代诗文风格的典范，高悬星空。"风骨"一说，由刘勰《文心雕龙·风骨篇》率先提出："故辞之待骨，如体之树骸；情之含风，犹形之包气。结言端直，则文骨成焉；意气骏爽，则文风清焉。若丰藻克赡，风骨不飞，则振采失鲜，负声无力。"他说，文辞需要有骨的支撑，就像人体需要骨架一样；抒情应蕴含风的气韵，就像人体蕴含生气一样。措辞铿锵端直，文骨郁勃耸云；文气冲荡缭绕，文风清峻弥漫。如果文辞富艳，风骨萎靡，文采就会失去鲜艳的光泽，声韵也会失去律动的力量。钟嵘《诗品》评价建安文学代表人物曹植的诗"骨气奇高，词彩华茂，情兼雅怨，体被文质，粲溢今古，卓尔不群"。初唐诗人陈子昂在《与东方左史虬修竹篇序》中慨叹："汉魏风骨，晋宋莫传。"此处之汉魏，实为建安时代。盛唐大诗人李白在《宣州谢朓楼饯别校书叔云》中仰天高歌："蓬莱文章建安骨，中间小谢又清发……"

建安时代的文学，以骏爽刚健著称。曹氏父子高踞文坛之首，王粲、陈琳、徐干、刘桢、应场、阮瑀、孔融等人，组成了闻名古今的"建安七子"，与魏晋时期的"竹林七贤"一样，成了文学史上的奇观。不同的是，"建安七子"是"官方组织"，是以当时的统治者为领袖组成的文坛精英集团；而"竹林七贤"则是"地下组织"，不但得不到当权者的支持，还沦为司马氏集团排挤打击的对象。

概括而言，当时的文坛大腕，咸聚于邺（魏都，在今河北临漳），"曹公父子，笃好斯文；平原兄弟，郁为文栋；刘桢、王粲，为其羽翼。次有攀龙托凤，自致于属车者，盖将百计。彬彬之盛，大备于时矣"（《诗品》）。这个繁星闪烁的邺下文人集团，以曹操为首，曹丕、曹植兄弟为核心，以坐落在漳河沿岸的邺城为根据地，奏出了时代的最强音。然而，绚烂之极，不免由盛而衰。建安二十二年，邺城爆发了一场莫名其妙的大瘟疫，"徐、陈、应、刘"同时罹难，王粲也在这一年辞世，邺下文人日渐凋零。三年后，曹操病逝，曹丕代汉自立，定都洛阳，邺下文人之辉煌岁月，自此消融于历史的烟尘之中。

建安文学的精神领袖，无疑是曹操。曹操（155—220），字孟德，小名阿瞒，沛国谯县（今安徽亳州）人，是三国时期杰出的政治家、军事家。关于他的种种神奇故事与传说，家喻户晓，妇孺皆知。曹操将雄才大略与谲诈机变熔于一炉，将奸贼与英雄抟成一身，将政治权术的冷酷无情与诗情画意的灵感巧思奇妙组合，铸成了一个令人难以揣摩、难以攀追的千古之谜一样的灵魂，可谓中国历史上最著名的"横岭侧峰式"人物。

也许是奇人自有奇相吧，当年有知人之称的名士何颙一见曹操便惊叹不已："汉家将亡，安天下者必此人也。"太尉桥玄也被曹操的风采所折服，感叹说："今天下将乱，安生民者其在君乎！"这两件事，均见于《后汉书》。而曹操之奸雄禀性，早年也有迹可循。《三国志·魏志·武帝纪》云："太祖少机警，有权数，而任侠放荡，不治行业，故世人未之奇也。"裴松之注引《曹瞒传》称，少年曹操爱好飞鹰走狗，游荡无度，其叔父屡次到其父曹嵩跟前告状，被曹操忌恨。一天，曹操在路上遇见叔父，就佯装口歪眼斜，叔父惊问其故，他说是突然中风。曹操叔父将此事告诉曹嵩，曹嵩急忙喊来曹操询问，他回答说："初不中风，但失爱于叔父，故见罔耳。"从此，曹嵩再也不相信曹操叔父的话了。

东汉末年，时人以得到名士评语为荣。据《后汉书·许劭传》记载，曹操早年未发迹时，曾赔着笑脸提着礼品，求许劭为自己作点评。许劭先生乃中原名士，广受推崇，因为鄙视曹操的为人，一直不肯理睬他。有一天，曹操在路上横身拦住许劭加以威胁，许劭惊异地凝视他片刻，而后别转脸仰望天空，平静地说道："君清平之奸贼，乱世之英雄。"曹操闻言大悦，迈开大步笑着走了。

为了报复叔父，不惜佯装中风，为了得到名士品评，不惜采取胁迫手段，曹操的奸雄本色，初见端倪。然而，曹操以其雄才大略，在属于他的时代里叱咤风云，推动了历史前进的车轮，是没有疑问的。正如曹操自己所言："设使国家无有孤，不知当几人称帝，几人称王。"他的强权统治，避免了多灾多难的国家继续滑向分裂的深渊，逐渐地走上了大一统之路。

在霸业不断扩张的过程中，曹操于建安八年（203）率军攻克中原重镇邺城。那时，东京洛阳、西京长安先后毁于战火，曹操决定在邺城兴建都城。他实行屯田制，招募流民开垦荒地，严禁豪强兼并，使农业生产迅速得到恢复，同时实行"唯才是举""依法治军"，在政治、军事方面迅速壮大起来，逐渐统一了北方。据郦道元《水经注·浊漳水》记载，邺城"西北有三台，皆因城为之基，巍然崇举，其高若山，建安十五年魏武所起"，中间称铜雀台，高十丈，有屋101间；南侧称金虎台，高八丈，有屋109间；北侧称冰井台，也高八丈，有屋145间。"其城东西七里，南北五里，饰表以砖。百步一楼，凡诸宫殿、门台、隅雉，皆加观榭。层甍反宇，飞檐拂云，图以丹青，色以轻素。当其全盛之时，去邺六七十里，远望苕亭，巍若仙居。"

在这种情况下，全国文人如百川归海，纷纷来归，他们挥舞生花妙笔，赋就华丽辞章，成就了建安文学的千古辉煌。王粲的《七哀诗》《登楼赋》，刘桢的《赠从弟》，陈琳的《饮马长城窟行》，阮瑀的《驾出北郭门行》，孔融的《六言诗》，祢衡的《鹦鹉赋》，杨修的《神女赋》《出征赋》，应玚的《灵河赋》《憨骥赋》，等等，都是这一时期的代表作品。刘勰在《文心雕龙·时序》中指出："观其时文，雅好慷慨，良由世积乱离，风衰俗怨，并志深而笔长，故梗概而多气也。"曹植对这一时期文学现状的概括，是"人人自谓握灵蛇之珠，家家自谓抱荆山之玉"，他的视角浸透了王者之后的无限自豪："吾王于是设天网以该之，顿八纮以掩之，今悉集兹国矣！"尽管如此，在曹植眼里，这些文坛大腕们，似乎还有不少提升空间，"然此数子犹复不能飞轩绝迹，一举千里也"（《与杨德祖书》）。

建安文学的大纛，依然由历史巨人曹操扛起。《三国志·魏志·武帝纪》裴松之注引《魏书》曰："（太祖）御军三十余年，手不舍书，昼则讲武策，夜则思经传，登高必赋，及造新诗，被之管弦，皆成乐章。"他的《观沧海》《龟虽寿》《短歌行》《陌上桑》《善哉行》《却东西门行》等，都是建安文学的扛鼎之作。

> 东临碣石，以观沧海。水何澹澹，山岛竦峙。
> 树木丛生，百草丰茂。秋风萧瑟，洪波涌起。
> 日月之行，若出其中；星汉灿烂，若出其里。

这首脍炙人口的《观沧海》，历来以其宏大气魄震撼人心；而《龟虽寿》所抒发的英雄迟暮的壮烈情怀，更是令人热血沸腾——

> 神龟虽寿，犹有竟时。腾蛇乘雾，终为土灰。
> 老骥伏枥，志在千里。烈士暮年，壮心不已。
> 盈缩之期，不但在天。养怡之福，可得永年。

老骥伏枥的铁血男儿曹孟德，居然也有柔情似水的时候——

> 对酒当歌，人生几何！譬如朝露，去日苦多。
>
> 慨当以慷，忧思难忘。何以解忧，唯有杜康。
>
> 青青子衿，悠悠我心。但为君故，沉吟至今。
>
> 呦呦鹿鸣，食野之苹。我有嘉宾，鼓瑟吹笙。
>
> 明明如月，何时可掇？忧从中来，不可断绝。
>
> 越陌度阡，枉用相存。契阔谈䜩，心念旧恩。
>
> 月明星稀，乌鹊南飞。绕树三匝，何枝可依？
>
> 山不厌高，海不厌深。周公吐哺，天下归心。

这首《短歌行》，可谓珠联玉缀，晶莹闪烁，既有"对酒当歌，人生几何"的感慨，"青青子衿，悠悠我心"的咏叹，也有"绕树三匝，何枝可依"的悲伤，更有"周公吐哺，天下归心"的恢宏，令人一咏而三叹息，浮想联翩，一时间真不知今夕何夕了！

然而，曹操对待文人们的态度，是颇耐人寻味的，他扮演了保护伞与刽子手的双重角色；文人们对曹操的态度，也经历了一个从敬仰到憎恨的转变过程。

最早进入邺城的文人是孔融，其后是阮瑀、陈琳、徐干诸人。流落南方的著名诗人王粲自荆州归来，是邺下文人集团达到繁盛的标志。曹操则为迎接天下精英敞开了胸怀，不拘一格纳人才。广陵才子陈琳曾为袁绍作檄文，把曹氏三代骂得狗血淋头，袁绍失败后，陈琳来归，曹操责备说："卿昔为本初移书，但可罪状孤而已，恶恶止其身，何乃上及父祖邪？"（《三国志·魏志·王粲传》）意思是"你骂我就行啦，为何还要牵连我的父祖辈啊"。陈琳俯首谢罪，"太祖爱其才而不咎"，允准他回家著述。据《世说新语·方正》记载，南阳名士宗世林学识渊博，名满天下，曹操想与之结交，叵耐遭到嫌弃。曹操后来当了司空，一天在路上偶遇宗世林，赔着笑脸问："可以交未？"岂料宗世林凛然回答："松柏之志犹存。"尽管如此，曹操对他依然礼敬有加，曹丕与曹植对他也是毕恭毕敬，"文帝兄弟每造其门，皆独拜床下"。曹操叹赏平原狂士祢衡的才华，可是祢衡恃才傲物，数次戏弄谩骂于曹操，并演绎了一出"裸身击鼓"

的传奇剧，对此，曹操只有苦笑："本欲辱衡，衡反辱孤。"（《后汉书·祢衡传》）遭受如此羞辱，曹操依然放过了他，"以其才名，不欲杀之"……

邺下文人们最初都为曹操如日中天的霸业所吸引，对他的赞美，是邺下文学的第一声。"郭李分争为非，迁都长安思归。瞻望关东可哀，梦想曹公归来"（孔融《六言诗》）；"愿我贤主人，与天享巍巍。克符周公业，奕世不可追"（王粲《公宴诗》）；"收念还房寝，慷慨咏坟经。庶几及君在，立德垂功名"（陈琳《游览诗》）；"庶区宇之今定，入告成乎后皇。登明堂而饮至，铭功烈乎帝裳"（徐干《西征赋》）；"巍巍主人德，嘉会被四方。开馆延群士，置酒于新堂"（应场《公宴诗》）……这些充满感激甚至谀媚的诗句，是一片至诚的流露。然而，随着时间的流逝，曹操的奸雄本色逐渐暴露，文人们开始倨傲起来。孔融多次当面"嘲戏"曹操，杨修也数次卖弄小聪明，给曹操来点尴尬。这两位名士先后死于曹操的屠刀之下，实在是建安文学的悲剧。

随着建安文人的日渐凋零，曹操自己也吟诵着"烈士暮年，壮心不已"的诗句，辞别了人世。

（四）性情才情

曹丕（187—226），字子桓，《三国志·魏志·文帝纪》说他早年好文学，即位后笔耕不辍，"自所勒成垂百篇，又使诸儒撰集经传，随类相从，凡千余篇，号曰《皇览》"。裴松之注引《魏书》说，曹丕出生时，"有云气青色而圜如车盖当其上，终日，望气者以为至贵之证"，他少有逸才，博览诸子百家之书，且"善骑射，好击剑"。曹丕在《典论·自叙》中也说自己6岁知射，8岁知骑射，"逐禽辄十里，驰射常百步"，曾在一场宴会上以甘蔗为武器，与当时著名的剑术大师、奋威将军邓展过招，"下殿数交，三中其臂"，再中其额，一座皆惊，邓展拜服。

然而，与其父曹操相比，无论文治还是武功，曹丕均大为逊色，即使当了皇帝之后，他也没有统率大军横扫强敌的战绩。应当说，他的历史使命不是开疆拓土，而是守业固位。他完成了其父曹操代汉自立的遗愿，把汉家祖业变成了曹魏江山，可晚年的他却忘记了父亲的叮嘱，重用大野心家司马懿，并在病危之际任命司马懿为辅政大臣，留下了一个屠戮曹氏子孙的刽子手，埋下了葬送曹魏江山的重大隐患。

其实，作为政治家的曹丕，远比作为文学家的曹丕成功。因为，他战胜了自己最强劲的对手曹植，当上了魏太子，并代汉自立当了皇帝，达到了政治生涯的顶点；而在建安文学的汹涌浪潮里，他并不是最优秀的。

曹丕与曹植的太子之争，充满了机诈与阴谋。双方谋士集团奇计迭出，权谋屡发，演绎了一出出钩心斗角的戏剧。

——杨修忖度曹操的心思，沙盘推演父子之间的问答，就有关问题预先给曹植做好十余条答教，曹操每有考问，曹植都对答如流。曹丕通过"内线"得知此事，报告曹操，曹植与杨修都受到了严厉申斥。这一"条陈答问"事件，用心可谓良苦，最后却弄巧成拙。

——曹丕经常与其密友吴质谋划大事，往来频繁，为掩人耳目，就用车载着一些废弃的簏子（一种竹篾编成的圆形盛器），让吴质藏在簏子中出入府邸。此事被杨修识破，他立即奏报曹操。曹丕大为惶恐，吴质不动声色，他让曹丕次日继续以车载簏子进出，曹操派人检查，只见车上除了簏子，就是布匹。"簏纳吴质"事件中，曹丕反败为胜，杨修还因此落下了"诬告"的恶名。

——曹仁被关羽围困，曹操命曹植为南中郎将，行征虏将军，率军营救曹仁。大军出发前夜，曹丕假惺惺地为之设宴饯行，把曹植灌得烂醉如泥，导致他第二天不能受命出征，曹操为此雷霆大怒。这起"逼醉曹植"事件，虽然有些阴损，却收到了奇效，曹植从此永远失去了带兵出征的机会。

——才华盖世本来是曹植的优势，居然也能成为负累。每当曹操率军出征时，曹丕与曹植都在路边送行。曹植总是逞其才华，出口成章，文采飞扬。曹丕不具备这样的才华，就按照吴质的指点，在父亲离开时伏地痛哭，哽咽着祝父亲与将士们平安归来。这一招果然奏效，许多人认为曹植只是才华横溢、辞藻华丽，却不如曹丕诚实与厚道。

神不知鬼不觉之间，曹植就连输几场。才华遇到权谋，显得如此苍白。而曹丕与曹植性情的巨大差异，也在一定程度上决定了事情的结局。曹丕"御之以术，矫情自饰"，逐步赢得了曹操的欢心；曹植却因"任性而行，不自雕励"，慢慢失去了父亲的宠爱。双方的此消彼长，无可辩驳地说明了一点：曹丕是个狡黠贼滑的政治家，曹植却是个性情纯粹的文学家。政治家与文学家的根本区别就在于——性情。因为，政治扼杀性情，而文学则张扬性情。没有真性情的文学，就不是真正意义上的文学。

然而，若说曹丕毫无才情，那就错得南辕北辙了。《文心雕龙·才略》说"魏文之才，洋洋清绮"；《三国志·魏志·文帝纪》说"文帝天资文藻，下笔成章，博闻强识，才艺兼该"。曹丕虽然在与曹植的竞争中善于要弄诡诈手段，然而，那是政治斗争的需要，而政治斗争是不讲究道德法则的。脱下"政治"的华丽外套，他的真性情便开始彰显起来。作为建安时代的天下第一公子，曹丕经常呼朋引类、游猎宴饮、斗鸡走马，"齐人进奇乐，歌者出西秦。翩翩我公子，机巧忽若神"（曹植《侍太子坐》）。

《世说新语·伤逝》载："王仲宣好驴鸣，既葬，文帝临其丧，顾语同游曰：'王好驴鸣，可各作一声以送之。'赴客皆一作驴鸣。"王粲生前喜欢驴鸣，曹丕便提议每人学一声驴鸣来送他。于是，在王粲的葬礼上，驴鸣声响成一片。这一阵哀伤嘹亮的驴鸣，惊世骇俗，成为魏晋之际文人放诞无羁的经典标志。噫！凡此种种，无不流露着曹丕的真性情。

文学史上的动人之作，无不是真性情的流露。曹丕最动人的作品，一是《寡妇诗》与《寡妇赋》，二是两篇写给好友吴质的书信。

建安十七年（212），阮瑀病逝，留下孤儿寡母。这个孤儿，就是后来的著名文学家阮籍。曹丕"伤其妻孤寡"，先后作《寡妇诗》《寡妇赋》。

> 霜露纷兮交下，木叶落兮萋萋。候雁叫兮云中，归燕翩兮徘徊。妾心感兮惆怅，白日急兮西颓。守长夜兮思君，魂一夕兮九乖。怅延伫兮仰视，星月随兮天回。徒引领兮入房，窃自怜兮孤栖。愿从君兮终没，愁何可兮久怀。

如果阮瑀九泉有知，当为这首《寡妇诗》而感泣不已。人们说，人生得一知己足矣！然而，何谓知己？他不是在你人生的绚烂时刻逢迎你，而是在你去世之后怀念你，并照料你的遗属。曹丕的襟抱气度，岂是轻易能够攀追的吗？

曹丕写给好友吴质的两封书信，则动情地回忆了当年与"七子"啸聚人间、把酒吟诗的美好岁月——

> 每念昔日南皮之游，诚不可忘。既妙思六经，逍遥百氏，弹棋闲设，终以六博，高谈娱心，哀筝顺耳。驰骋北场，旅食南馆，浮甘瓜于清泉，沉朱李于寒水。白日既匿，继以朗月，同乘并载，以游后园，舆轮徐动，参从无声，清风夜起，悲笳微吟，乐往哀来，怆然伤怀。余顾而言，斯乐难常，足下之徒，咸以为然……
>
> ——《与朝歌令吴质书》

> 昔年疾疫，亲故多罹其灾，徐、陈、应、刘，一时俱逝，痛可言邪！昔日游处，行则连舆，止则接席，何曾须臾相失！每至觞酌流行，丝竹并奏，酒酣耳热，仰而赋诗，当此之时，忽然不自知乐也。谓百年己分，可长共相保，何图数年之间，零落略尽，言之伤心！顷撰其遗文，都为一集。观其姓名，已为鬼录。追思昔游，犹在心目，而此诸子，化为粪壤，可复道哉！
>
> ——《与吴质书》

这位吴质先生，字季重，因为文采飞扬，与曹丕结为挚友。曹丕在信中一往情深地回忆了昔日与吴质等人的同游之乐，慨叹今日朋辈之逝："节同时异，物是人非，我劳如何！"此情尤为真诚可贵。

当然，曹丕在文学史上著称的作品，还是他的七言诗《燕歌行》与论著《典论》。

> 秋风萧瑟天气凉，草木摇落露为霜。群燕辞归雁南翔，
> 念君客游思断肠。慊慊思归恋故乡，何为淹留寄他方？
> 贱妾茕茕守空房，忧来思君不敢忘，不觉泪下沾衣裳。
> 援琴鸣弦发清商，短歌微吟不能长。明月皎皎照我床，
> 星汉西流夜未央。牵牛织女遥相望，尔独何辜限河梁。

《燕歌行》是我国早期七言诗走向成熟的标志。萧瑟的秋风，摇落的霜露，辗转反侧的怨女，成为文学史上的经典镜头。而《典论》则是使曹丕扬名立万的呕心沥血之作。在他的心灵深处，皇帝虽坐拥天下，却未必能够不朽；他心底的偶像，是孔子、孟子、老子、庄子、司马迁等先贤，他渴望自己的著述与思想，像先贤圣哲们一样风行天下。他说："生有七尺之形，死唯一棺之土，唯立德扬名，可以不朽，其次莫如著篇籍。"（《与王朗书》）他认为，文章乃"经国之大业，不朽之盛事"，可以传之万古也。

《典论》实际上是一部有关政治、文化等方面的文集，由《自叙》《奸谗》《酒诲》《论文》等篇组成。其中，《典论·论文》是我国文学史上第一篇较完整的文学批评专论，深入讨论了文人相轻的问题、文与气的关系问题、文章的功能问题等。

然而，尽管魏文帝曹丕著述丰硕，孜孜以求扬名不朽，但他的文名无论在当时还是后世，都未能盖过其弟曹植。甚至在一定程度上，正是他的无情折磨与百般摧残，才使曹植的天才得到了升华与爆发的"核动力"，成就了建安文学最辉煌绚烂的篇章！

（五）荣辱两途

曹植（192—232），字子建，乃曹操与卞夫人所生第三子。他生于乱世，长于军旅，经历了动荡的战争生涯，"南极赤岸，东临沧海，西望玉门，北出玄塞"（《求自试表》）。《三国志·魏志·陈思王植传》说他自幼才华超群，"年十岁余，诵读《诗》《论》及辞赋数十万言，善属文"，下笔千言，磅礴万里，小小年纪即被誉为"绣虎"。绣者，锦绣斑斓也。

关于曹植的文学天才，历史上流传着许多溢美之词，最切中肯綮者，乃是晋宋时期著名的山水诗人谢灵运所说的"才高八斗"。他说："天下文才总共只有十斗，曹子建一人独占了八斗，我有一斗，其余的你们大家去分吧。"大才子谢灵运向来目空一切，但在曹植面前，却如此谦恭，足以说明曹植文才之高，举世难匹。

对于曹植的盖世才华，曹操曾将信将疑。一天，曹操读了曹植的文章，眼见纸页上珠玉乱迸、奇花飞翠，便厉声质问是谁为之"捉刀"。曹植应声跪倒，声称自己下笔成章，愿意当场一试。建安十五年（210），曹操在邺城筑铜雀台。此台落成之后，如飞鸟凌空，气势非凡。曹操率诸子登台览胜，眼底江山如画，心中风起云涌，当即令诸子即景作赋，各骋胸怀。这实际上是他对诸子才华的一次检阅。曹植凝神片刻，文思泉涌，援笔立就《登台赋》——

建高门之嵯峨兮，浮双阙乎太清。立中天之华观兮，连飞阁乎西城。临漳水之长流兮，望园果之滋荣。仰春风之和穆兮，听百鸟之悲鸣……

曹操读罢，惊奇不已，不久封曹植为平原侯，后改封临菑侯。建安十九年（214），曹操率军征讨孙权，令曹植留守邺城，勉励说："吾昔为顿丘令，年二十三，思此时所行，无悔于今。今汝年亦二十三矣，可不勉与！"（《三国志·魏志·陈思王植传》）他无限欣慰地想到，自己的文治武功，终于后继有人了！

曹植钟天地之灵秀，聚百卉之芳华，集斑斓才华于一身，难怪曹操当初对他寄予厚望，认为他是"儿中最可定大事"者。他仿佛凝聚了天下所有天才之特征，胸中不尽之才思如滚滚长江，笔下不绝之文章如滔滔黄河，眼前无限之江山如梦中绝巅巍巍飘荡。

"人居一世间，忽若风吹尘。愿得展功勤，输力于明君。怀此王佐才，慷慨独不群。"（《薤露行》）人世间的一粒微尘，却承载着表达人类心灵之磨难历程的历史使命。这种强烈的使命感，对于曹植而言，毋宁说是一件终生痛苦的事情。

曹植出众的才华，源自胸中山呼海啸的激情。陈寿说他"性简易，不治威仪，舆马服饰，不尚华丽"，遇事随机而发，"任性而行，不自雕励，饮酒不节"。他的一切言行，均出于人性，本自天然。平静之时犹如和风细雨，飞腾之时仿佛江河泛滥。如此天才，怎会把那些陈规旧俗放在眼里，怎会把那些凡夫俗子放在眼里！

据曹魏郎中鱼豢《魏略》记述，曹植与名士邯郸淳初次见面的情形，如一幅浮雕，凸显了曹植的气度与才情。邯郸淳是著名文学家、书法家，其所编《笑林》一书，是我国最早的笑话集。那是一个酷热的夏天，闻听邯郸淳驾到，曹植沐浴更衣，敷粉涂朱，跳舞，击剑，而后口若悬河，与邯郸淳"评说混元造化之端，品物区别之意，然后论羲皇以来贤圣名臣烈士优劣之差，次颂古今文章赋诔及当官政事宜所先后，又论用武行兵倚伏之势"——曹植一口气论遍天下大事，然后"乃命厨宰，酒炙交至，坐席默然，无与伉者"。邯郸淳叹服不已，称之为"天人"。

曹植这番表现，既见天性纵横，又显轻率随意。像许多天才一样，曹植也有其明显弱点。他性格外向，喜交游，擅表演；为人热情洋溢不免失度，开口滔滔无边尤显肆意；性情率真而欠深沉，长于豪言而拙于任事；才华横溢但情绪不定，顺境时得意忘形、傲视天下，逆境时心灰意冷、万念俱灰。唉，子建呀子建，造物主赐给你如此天才，为何又给了你如许弱点呢？

对此，连向来以笔锋冷峻著称的《三国志》著者陈寿先生都感慨不已，他说："陈思文才富艳，足以自通后叶，然不能克让远防，终致携隙。"他引用司马相如《上林赋》所云"楚则失之矣，而齐亦未为得也"，来形容曹丕与曹植的兄弟之争，说曹植虽有过失，但兄长曹丕对他的冷落与排挤，也是得不偿失啊。

陈寿的论断，十分准确。陈思王曹植的高才大名，垂于后世，而他与曹丕之间的所谓"携隙"，则给他带来了极其沉重的痛苦。

曹植的四十一载人生岁月，被建安与黄初两个时代分割成截然不同的两个阶段。建安时代，曹植作为极富才学的贵公子，深得父亲赏识，过着斗鸡走马、驰骋游猎的豪奢生活。黄初年间，曹丕即位称帝，曹植沦为皇帝铁拳之下的"笼中鸟、网中鱼"，挣扎在生与死的边缘。他的作品，也深深地打上了时代的烙印。

单从文章的题目，就能看出曹植在建安时代的生活轨迹：《斗鸡》《公宴》《游观赋》《节游赋》《娱宾赋》《大暑赋》《宝刀赋》《迷迭香赋》等。这些作品骋才竞丽、文采斐然——"嗟羲和之奋迅，怨曜灵之无光。念人生之不永，若春日之微霜。谅遗名之可纪，信天命之无常。愈志荡以淫游，非经国之大纲。罢曲宴而旋服，遂言归乎旧房"（《节游赋》）；"凉风肃兮白露滋，木感气兮柔叶辞。临渌水兮登重基，折秋华兮采灵芝，寻永归兮赠所思。感离隔兮会无期，伊郁悒兮情不怡"（《离友二首·其二》）。

然而，若是一味纵情游乐，历史上也就不会有伟大诗人曹植了。从少年时代起，他就在心灵深处播下了驰骋疆场、建功立业之火种。父亲的雄图霸业，疆场的淋漓鲜血，国家的生死存亡，个人的扬名立万，铸就了他的志士胸怀，成为他笔下永恒的主题。好友徐干"独怀文抱质，恬淡寡欲，有箕山之志"（曹丕《与吴质书》），曹植赋诗劝勉，希望他有所作为，"志士营世业，小人亦不闲""慷慨有悲心，兴文自成篇"（曹植《赠徐干》）。《白马篇》则是他的自励之作——

> 白马饰金羁，连翩西北驰。借问谁家子？幽并游侠儿。
> 少小去乡邑，扬声沙漠垂。宿昔秉良弓，楛矢何参差。
> 控弦破左的，右发摧月支。仰手接飞猱，俯身散马蹄。
> 狡捷过猴猿，勇剽若豹螭。边城多警急，虏骑数迁移。
> 羽檄从北来，厉马登高堤。长驱蹈匈奴，左顾陵鲜卑。
> 弃身锋刃端，性命安可怀！父母且不顾，何言子与妻！
> 名在壮士籍，不得中顾私。捐躯赴国难，视死忽如归。

这个"捐躯赴国难，视死忽如归"的"游侠儿"，周身流淌着曹植的"志士之血"，寄托着他建功立业的雄心壮志！

然而，他在争储斗争中失败了，不但永远失去了统驭天下的机会，而且沦为了皇帝利爪之下的狐兔。死亡的阴影如垂天之云，时常在他眼前晃动。当上皇帝之后的曹丕，已经蜕尽诗人本色，变成了冷酷无情的政治阴谋家，他对曹植的迫害与折磨，堪称由表及里，杀人诛心。

曹丕首先借故诛杀了曹植的好友丁仪、丁廙兄弟。曹植听到丁氏兄弟的死讯，彻夜难眠——

> 高树多悲风，海水扬其波。利剑不在掌，结友何须多！
> 不见篱间雀？见鹞自投罗。罗家得雀喜，少年见雀悲。
> 拔剑捎罗网，黄雀得飞飞。飞飞摩苍天，来下谢少年。

这首《野田黄雀行》，激荡着如潮的悲愤。诗中罗网里的黄雀遇到了仗剑而行的少年，得以"飞飞摩苍天"，而生活在现实罗网中的曹植，又有谁来拯救呢？

不久，曹丕又杀掉了当初支持曹植的驸马都尉孔桂与南阳太守杨俊，吓得世人纷纷远离曹植，避之唯恐不及。那些官场上的势利之徒，不但对他恶语相向，还落井下石，乘机诬陷。黄初二年（221），曹植被东郡太守王机、防辅吏仓辑诬告，被索拿到京接受审讯，他如待宰羔羊一般力证清白，事后又悲愤地控诉"众口铄金"的残酷现实，"谗言三至，慈母不亲；愦愦俗间，不辨伪真"（《当墙欲高行》）。

其实，曹植不明白，到了这个节骨眼儿，世界上哪里还有什么伪与真？人为刀俎，尔为鱼肉，你见过刀俎给鱼肉讲道理的事情吗？

黄初四年（223）五月，曹植与白马王曹彪、任城王曹彰奉皇命进京。此时的曹植，经常感到屠刀在头顶晃动，死亡的威胁似乎彻底摧毁了他的意志，求生的本能令他卑微地匍匐在皇帝脚下。他自忖有错，想当面向皇帝谢罪，曹丕不许，令他独宿西馆思过。漫漫长夜，幽幽孤灯，曹植惶恐不安，似乎夜空中有一只兀鹰，不时啄击着他可怜的灵魂。几近崩溃的诗人蘸着血泪写下了诗篇《责躬》，捶胸顿足地表示要痛改前非，立功赎罪。其序云——

> 臣自抱衅归藩，刻肌刻骨，追思罪戾，昼分而食，夜分而寝，诚以天网不可重离，圣恩难可再恃。窃感《相鼠》之篇，无礼遄死之义，形影相吊，五情愧赧！以罪弃生，则违古贤夕改之劝；忍活苟全，则犯诗人胡颜之讥。伏惟陛下德象天地，恩隆父母，施畅春风，泽如时雨……

读此序文，令人涕下。不是到了慌不择言的地步，曹植怎么会写出如此混乱的文字！他追思罪戾，"刻肌刻骨"，斥责自己触犯君臣大义，还不如一只老鼠。他想以死谢罪，又怕有违古贤夕改之劝；想隐忍苟活，则自觉颜面尽失，愧对皇帝之恩典。为了活命，他居然将一母同胞的兄长曹丕比作"天地"与"父母"，连称自己"死罪死罪"！

母亲卞太后担心曹植自杀，对着曹丕痛哭流涕，曹丕不为所动。第二天，曹植身背铁锧（一种刑具），乱发赤足，来到阙下呜咽请罪。到了此时此刻，才华盖世的曹子建，已经无路可走了！

尽管如此，曹植的命运，依然比任城王曹彰幸运。曹彰刚毅威猛，骁勇善战，勇冠三军，被父亲曹操称为"黄须儿"。父亲去世后，曹彰对曹丕嗣位曾有不逊之词，曹丕怕他起兵谋反，决心除掉他。兄弟俩在母亲卞太后宫中下棋，边下棋边吃枣。曹丕令人在枣中下毒，曹彰不明就里，当场中毒。卞太后到处找水，岂料曹丕已令人捣毁了所有坛坛罐罐。太后披头散发跑到井边，仍无法取水，眼睁睁瞅着心爱的儿子中毒身亡。她号啕痛哭，不停地怒骂曹丕。

对于曹彰之死，《三国志·魏志·任城威王彰传》只有简单记载："四年，朝京都，疾薨于邸，谥曰威。"似乎曹彰死于突发疾病，与曹丕没有任何关系。

在惊恐忧惧中挨到七月，曹植与白马王曹彪终于可以离开京城返回封国了。暂时逃脱了魔窟的两个人，缓辔而行，互诉衷肠，唏嘘不已。岂料皇帝的鹰犬随后赶来，强令两人分道而行，曹植愤恨难平，写下了千古名篇《赠白马王彪》——

调帝承明庐，逝将归旧疆。清晨发皇邑，日夕过首阳。伊洛广且深，欲济川无梁。泛舟越洪涛，怨彼东路长。顾瞻恋城阙，引领情内伤。

太谷何寥廓，山树郁苍苍。霖雨泥我涂，流潦浩纵横。中逵绝无轨，改辙登高冈。修坂造云日，我马玄以黄。

玄黄犹能进，我思郁以纡。郁纡将何念？亲爱在离居。本图相与偕，中更不克俱。鸱枭鸣衡轭，豺狼当路衢。苍蝇间白黑，谗巧令亲疏。欲还绝无蹊，揽辔止踟蹰。

踟蹰亦何留？相思无终极。秋风发微凉，寒蝉鸣我侧。原野何萧条，白日忽西匿。归鸟赴乔林，翩翩厉羽翼。孤兽走索群，衔草不遑食。感物伤我怀，抚心长太息。

太息将何为？天命与我违。奈何念同生，一往形不归。孤魂翔故域，灵柩寄京师。存者忽复过，亡殁身自衰。人生处一世，去若朝露晞。年在桑榆间，景响不能追。自顾非金石，咄唶令心悲。

心悲动我神，弃置莫复陈。丈夫志四海，万里犹比邻。恩爱苟不亏，在远分日亲。何必同衾帱，然后展殷勤？忧思成疾疢，无乃儿女仁。仓猝骨肉情，能不怀苦辛？

苦辛何虑思？天命信可疑。虚无求列仙，松子久吾欺。变故在斯须，百年谁能持？离别永无会，执手将何时？王其爱玉体，俱享黄发期。收泪即长路，援笔从此辞。

　　曹彰死了，死不瞑目。曹植当然知道他因何而死，只是作声不得。兄弟俩自此天人永隔，其悲痛与怀念，如漫漫长夜，永无尽头。曹植与曹彪走在返国的坎坷之路上，泪眼相望，百感丛生。可是，转眼之间，兄弟俩又被强令分手，生离死别，就在眼前，何日再相见？只有天知道。百转千回的感情波澜与燧石磷火般的思想光彩，交融于诗篇之中，你根本觉察不到什么写作技巧，只能跟着诗人的情绪起伏动荡，随着诗人的笔触感受苍凉悲怆的人生。《赠白马王彪》满篇"沉郁顿挫，淋漓悲壮"，是曹植的文学天才在残酷迫害之下的辉煌爆发，是他的巅峰之作，也是建安文学的压卷之作。

（六）洛神遗韵

　　在曹丕与曹植的生命里，始终飘荡着一个女子的情影，那就是甄氏，史称"文昭甄皇后"。

　　据记载，甄氏是河北无极人，生于光和五年（182），其父甄逸曾任河南上蔡县令。传说她出生时有白衣仙女幻化入室，她因此生得沉鱼落雁、闭月羞花。可惜红颜薄命，甄氏3岁丧父，流离乱世。10余岁那年，家乡闹粮荒，甄府有存粮，甄氏劝母亲拿来赈济灾民，"举家称善，即从后言"（《三国志·魏志·后妃传》）。后来，甄氏嫁给袁绍次子袁熙为妻。官渡之战，袁绍兵败，曹丕领兵闯入袁府，袁氏妻妾吓得瑟缩不已，甄氏伏在婆母膝上不敢抬头。曹丕逼令甄氏仰首，拭目细看，惊为天香国色，随后纳入府中。她先后为曹丕生下了儿子曹叡（魏明帝）、女儿曹氏（东乡公主）。曹丕称帝后，甄氏升为皇后，可惜皇帝不久就把她抛到了脑后。甄后失意，口出怨言，皇帝闻言大怒，下令赐死，时年39岁。

　　应当说，曹丕对甄氏的态度，不无赏玩心态，喜则百般宠爱，厌则置之死地，很难说他对甄氏有多少爱情。而曹植的态度，却恰恰相反。据传说，在战乱中，曹植与甄氏曾邂逅于一座河神庙，两人一见钟情，可惜倏忽之间乱兵袭来，两人被冲散在茫茫乱世之中，等曹植再次见到甄氏，她已经成了他的嫂嫂。

历史上关于曹植与甄氏的传说有很多。唐人李善注释《洛神赋》，他笔下的故事很伤感。他说，曹植当初曾追求甄氏，曹操却将她嫁给了曹丕。黄初年间，曹植入朝，甄氏已死，文帝曹丕将甄氏的玉镂金带枕赐给他。曹植一见，泪如雨下，泣不成声。不久，他怀抱玉镂金带枕返国，经过洛水时忽见神女迎来，乃甄氏也。晚唐诗人李商隐的诗句"贾氏窥帘韩掾少，宓妃留枕魏王才"（《无题》）、"君王不得为天子，半为当时赋洛神"（《东阿王》），吟诵的就是这个神奇传说。韩掾，指西晋美男子韩寿，"美姿貌，善容止"（《晋书·贾谧传》），在司空贾充手下任司空掾（幕僚）。贾充之女贾午很迷恋他，经常隔着帘子偷看，"窥帘悦之"。后来，贾午如愿以偿嫁给韩寿，生有贾谧。

黄初年间，正是曹丕对曹植残酷压迫的年代，李善的故事类乎痴人说梦。曹植的《洛神赋》，作于《赠白马王彪》同一时期。当时他与白马王曹彪结伴出京返国，被逼分手，途经洛水时感而作此赋。洛水是一条神河，发源于陕西，流经河南，有着无数神奇的传说。河出图，洛出书，历代皆有。相传伏羲氏的女儿宓妃溺死于洛水，遂成洛水之神。心神恍惚的曹植乘舟行于洛水之上，夕阳殷红如血，忽然一位仙子自水中冉冉升起——

其形也，翩若惊鸿，婉若游龙。荣曜秋菊，华茂春松。仿佛兮若轻云之蔽月，飘飖兮若流风之回雪。远而望之，皎若太阳升朝霞；迫而察之，灼若芙蓉出渌波……云髻峨峨，修眉连娟。丹唇外朗，皓齿内鲜。明眸善睐，靥辅承权。瑰姿艳逸，仪静体闲。柔情绰态，媚于语言……

余情悦其淑美兮，心振荡而不怡。无良媒以接欢兮，托微波而通辞。愿诚素之先达兮，解玉佩以要之。嗟佳人之信修兮，羌习礼而明诗。抗琼珶以和予兮，指潜渊而为期。执眷眷之款实兮，惧斯灵之我欺。感交甫之弃言兮，怅犹豫而狐疑。收和颜而静志兮，申礼防以自持……

如此美神，却与"我"天人永隔，令"我"浩叹不已，于是"我"寄情湖水，"托微波而通辞"，解玉佩以相邀，终于两情相悦、两心相属，展开了一段绮梦。然而，美梦总有醒来时。神女恋恋不舍地回归清流了，徒留"我"在洛水之畔盘桓沉吟，久久不忍离去，"悼良会之永绝兮，哀一逝而异乡。无微情以效爱兮，献江南之明珰"……

《洛神赋》以其辞采之胜，《赠白马王彪》以其真情之美，并列为曹植文学创作的两大高峰，也成了建安文学的"双子星座"。至于《洛神赋》是否与甄氏有关，已经无关宏旨。这其实是饱受摧残与折磨的诗人，为自我安慰画出来的一个"美丽馅饼"！曹植受尽皇帝的残酷打压，刚刚摆脱死亡的魔爪，眼看着任城王曹彰死于非命，又经历了与白马王曹彪的分离，心底的悲愤、伤痛与无奈，充塞天地之间："感逝者之不追，情忽忽而失度。天盖高而无阶，怀此恨其谁诉？"（《行女哀辞》）——除了诉诸笔端，他还能做什么？《赠白马王彪》是一腔眼泪的倾流，是心底万斛悲伤的宣泄，是面对苍茫人生万般无奈的喃喃低语，是高傲的灵魂被强力按压在万丈深渊里而发出的微弱的呐喊。几近彻底崩溃的伟大诗人曹植，需要一份神奇的力量，来支撑自己走完苦难的人生。《洛神赋》中的神女宓妃，是诗人的心灵祈盼幻化出来的天使，她带着他的灵魂飞升九霄，离开这个恶浊的、喧嚣的、混乱的、多灾多难的世界！尽管，他的双脚还踏在黄初年间的莽莽荒原上。

考察曹植四十一载人生轨迹，正是这份追求与向往的灿烂美梦，支撑了他坎坷嶙峋的人生之旅，使他在任何情况下都没有彻底放弃，彻底崩溃。他以诗人敏锐的眼睛观察世界，以纤细敏感的心灵体悟人生，以正直善良的天性应对尘世风雨。在许多孤独茫然的时刻，在许多纷乱游移的时刻，在许多波浪滔天难以把握的时刻，他真的不知道如何转圜，不知道如何规划自己的人生之路，不知道自己的明天究竟去向何方——这就是诗人命中注定的痛苦与悲剧。

曹丕驾崩，曹叡登基，是为魏明帝，改元太和，曹植的处境稍有改善，但樊笼依旧。这时候，已经到了曹植人生的晚秋。夕阳下，古道边，孤独的天才，彷徨复流连。早年间，他梦想施展改天换地之襟抱，"常自愤怨，抱利器而无所施"；到了曹叡时代，他热血依然，不断奋争，希望改变这种窘境，"植每欲求别见独谈，论及时政，幸冀试用，终不能得。既还，怅然绝望"（《三国志·魏志·陈思王植传》）。即使如此，他依然初衷不改，屡次上书曹叡，要求冲出樊笼，为国家建功立业——

若使陛下出不世之诏，效臣锥刀之用，使得西属大将军，当一校之队；若东属大司马，统偏师之任。必乘危蹈险，骋舟奋骊，突刃触锋，为士卒先。虽未能擒权馘亮，庶将虏其雄率，歼其丑类。必效须臾之捷，以灭终身之愧，使名挂史笔，事列朝策。虽身分蜀境，首悬吴阙，犹生之年也。

——《求自试表》

臣伏自惟省，岂无锥刀之用。及观陛下之所拔授，若以臣为异姓，窃自料度，不后于朝士矣。若得辞远游，戴武弁，解朱组，佩青绂，驸马、奉车，趣得一号，安宅京室，执鞭珥笔，出从华盖，入侍辇毂，承答圣问，拾遗左右，乃臣丹情之至愿，不离于梦想者也……

——《求通亲亲表》

类似这样的奏章，曹植给明帝曹叡写了不少。可惜，落花有意，逝水无情，曹叡牢记其父曹丕的再三叮嘱，根本不予回应，曹植煎熬抑郁，"汲汲无欢"。

太和六年（232）冬天，雪花飘落，寒意砭骨，满怀落寞的曹植，终于走完了人生旅程，享年41岁，归葬于东阿鱼山。捧读着曹植一封封激情勃发的奏章，我们这些后之来者，芸芸之众，根本没有资格嘲笑他的天真幼稚、不谙世情。因为，如此高洁的心地与情怀，是不容许肆意践踏的！

广陵散曲，动地悲歌
——嵇康与阮籍

（一）嵇康之死

一对兄弟失和，居然连累魏晋之际的大名士嵇康先生掉了脑袋！

吕巽、吕安乃同父异母的兄弟，兖州东平（今属山东）人。吕巽，字长悌，为人苟且，诡诈阴狠；吕安，小名阿都，志量开旷，恃才傲物。两兄弟的父亲吕昭，字子展，曾任镇北将军。曹魏郎中鱼豢所撰《魏略》中，有一条关于这位吕将军的记载，说当时颇有文名的曹魏大臣桓范宦海失意，贬任冀州牧，成为镇北将军吕昭的下属。吕昭仕途起步较晚，"本在范后"，如今却成了桓范的顶头上司，桓范以此为耻，对妻子说："我宁作诸卿，向三公长跪耳，不能为吕子展屈也。"岂料妻子反怨怼于他，说他这些年左冲右突，难与人合。桓范恼羞成怒，"以刀环撞其腹"，其妻正怀有身孕，竟因此堕胎而死。（《三国志·魏志·曹爽传》裴松之注引）桓范此后称病，长期不赴任。吕昭对此作何反应，史无明载，无可奈何是肯定的。

嵇康与吕巽、吕安兄弟是好友，与吕安友情尤深。二人偶有相思，便不论白天黑夜，千里命驾，前来拜访。有一天，吕安突然驾临嵇府，嵇康不在，其兄嵇喜笑嘻嘻拱手相迎。吕安沉吟片刻，索笔在门上写下一个"鳳"字，掉头而去。嵇喜欢喜莫名，以为是夸奖自己呢。嵇康回来一看，喟然一声长叹："鳳，凡鸟也！"草草一字，既见才华，亦见刻薄。须知，凡鸟也是鸟，也可翱翔于蓝天嘛。

景元三年（262），吕氏兄弟发生了一场激烈的争斗。原来，吕巽乃好色之徒，竟设计奸污了自己的弟媳徐氏。吕安得知后怒火中烧，持刀欲追杀吕巽。冷静下来之后，吕安计划将吕巽告官治罪，并就此事向嵇康咨询。

吕安前脚刚走，吕巽后脚就跌跌撞撞跑进来，请求嵇康出手相救。嵇康眼见两兄弟之间刀光剑影，不忍袖手旁观，便出面斡旋，暂时平息了这场风波。岂料一年后风波再起，无耻的吕巽倒打一耙，诬告吕安"挝母"不孝，将此事闹上了朝廷。

在封建社会，不孝是天大的罪名。三国时期，曹操诛杀孔融，所用的莫须有罪名就是不孝。当时，吕巽正得宠于司徒钟会，而钟会正得宠于执掌国柄的大将军司马昭，其结果可想而知。吕安旋即入狱，被判远徙戍边。他指天戳地大呼冤枉，请好友嵇康出面证明自己的清白——这就将一向不肯与司马氏政权合作的嵇康扯了进来。嵇康义不负心，挺身而出，力证其事，不久也被不明不白牵连入狱。

此时的嵇康，既愤怒，又沉痛。一方面，他为自己交友不慎，曾引人面兽心的吕巽为知己而悔恨；另一方面，他也为当初阻止吕安揭发其兄丑行，致使吕安反受其祸而痛心。为此，他写了《与吕长悌绝交书》，宣布与"包藏祸心"的吕巽永远绝交："今都（吕安）获罪，吾为负之。吾之负都，由足下之负吾也。怅然失图，复何言哉！若此，无心复与足下交矣！古之君子，绝交不出丑言，从此别矣！临别恨恨。"

这封不事雕琢的书信，风度自佳，语调平静，却包含着极度蔑视与万钧雷霆。

其实，加害于吕安与嵇康的关键人物，是钟会。钟会出身名门，其父乃曹魏相国钟繇，他幼承家声，颇好《周易》《老子》之学。然而，他性情浮躁，善于投机钻营，逐渐成为大野心家司马昭的心腹，一步步掌握兵权之后，却又伺机谋反，最后被部下杀死。在谋害嵇康的时候，他还只是司马昭的鹰犬，机巧小人之面目昭然。

钟会从前对嵇康是有仰慕之心的。据《世说新语·文学》记载，钟会未发迹前，呕心沥血撰写了一部《四本论》，想请大名士嵇康"斧正"一番，又怕遭到拒绝，不敢贸然相求。这天，他怀揣著作悄悄来到嵇康居所门外，心怀忐忑，"怀不敢出，于户外遥掷，便回急走"，他把自己的书扔进嵇康院子里，就惶惶不安地跑了。嵇康一向不把他放在眼里，根本没理睬他与他的书。钟会从此怀恨在心。

后来，钟会得宠，在司马昭跟前骤然间炙手可热起来。据《晋书·嵇康传》

记载，有一天，钟会摇着一把羽扇，身着锦衣红袍，乘着豪华车驾，带着一帮吆五喝六的随从，耀武扬威地拜访嵇康。那会儿，嵇康正在院子里的大柳树下，与好友向秀一起抡着大锤打铁。钟会在门外等了片刻，不见嵇康出来迎接，便大摇大摆地直闯进来，岂料嵇康连眼皮儿都没抬，依然忙个不停。钟会没趣儿地兜了个圈子，只好尴尬地告辞。

嵇康问："何所闻而来？何所见而去？"

钟会答："闻所闻而来，见所见而去。"

钟会心头的羞愤，嗞嗞冒烟。嵇康的祸根，由此埋下。吕氏兄弟事发，将嵇康牵扯进来，钟会既惊且喜，连忙找到大将军司马昭，谗毁说："嵇康，卧龙也，不可起。公无忧天下，顾以康为虑耳。"他的建议是"因衅除之，以淳风俗"，就是以"寻衅滋事"的罪名除掉嵇康，以儆效尤，矫正歪风邪气。司马昭"昵听信会，遂并害之"。一场冤狱，就此铸成了！

在被囚禁的日子里，嵇康悲郁难禁，写下了著名的《幽愤诗》，回顾坎坷生平，谴责世道昏暗——

> 嗟余薄祜，少遭不造。哀茕靡识，越在襁褓。
>
> 母兄鞠育，有慈无威。恃爱肆姐，不训不师。
>
> 爰及冠带，冯宠自放。抗心希古，任其所尚。
>
> 托好庄老，贱物贵身。志在守朴，养素全真。
>
> ……

诗中的"姐"通"嬉"，撒娇之意。在写这首直抒胸臆的诗篇时，嵇康根本没有料到，这就是他的绝笔；他还在幻想着，此后的岁月要"采薇山阿，散发岩岫，永啸长吟，颐神养寿"……

历史地看，嵇康之死于非命，并不仅仅是他个人的悲剧。魏晋易代之际，曹魏集团与司马氏集团激烈搏杀。从魏武帝曹操开始，文帝曹丕、明帝曹叡、齐王曹芳、高贵乡公曹髦以及元帝曹奂，司马懿、司马师、司马昭以及司马炎，曹氏祖孙与司马氏祖孙，进行了你死我活的皇权争夺战。鲜血溅满天空，恐怖笼罩大地，无数人为之掉了脑袋，嵇康仅仅是角斗场上一个著名的牺牲品而已。

（二）权谋易代

追溯历史，一个朝代的勃兴与灭亡，冥冥之中似乎自有定数。司马氏集团的逐步强大，是从魏文帝曹丕末年开始的。

魏武帝曹操雄才大略，威震八荒，对司马懿既任用又限制，使其乖乖为之效命。《晋书·宣帝纪》记载："帝（司马懿）内忌而外宽，猜忌多权变。魏武（曹操）察帝有雄豪志，闻有狼顾相，欲验之。乃召使前行，令反顾，面正向后而身不动。又尝梦三马同食一槽，甚恶焉。因谓太子丕曰：'司马懿非人臣也，必预汝家事。'"曹操对司马懿的猜忌与察验，可谓惊心动魄，杀机不时浮现，可惜曹丕缺乏应有的警觉，时常出面维护，使司马懿躲过了曹操的斧钺，"太子（曹丕）素与帝善，每相全佑，故免"。曹操没能剪除司马懿，为后代留下了祸患。这是曹魏集团犯下的第一个错误。

到了黄初七年（226），曹丕临终前，曹魏集团犯下了第二个错误：曹丕忘记了父亲的再三叮嘱，选择中军大将军曹真、镇军大将军陈群、征东大将军曹休、抚军大将军司马懿为辅政大臣，使司马懿升入国家重臣之列。明帝曹叡沿袭了其父"重用异姓，疏远同姓"的做法，敕令司马懿率军驰骋疆场，先抗击蜀国，再征伐辽东。战场上的滚滚硝烟，转化成了司马懿的累累功勋。随着战场上的节节胜利，司马懿逐步坐大。明帝犹不怵惕，封司马懿为太尉，使他掌握了曹魏的军事大权。掌握了军权，也就掌握了国家的命脉，曹魏王朝前景堪虞。

景初三年（239）正月，明帝临终前，曹魏集团犯下了第三个错误：明帝任命武卫将军曹爽、太尉司马懿"夹辅"年仅8岁的养子曹芳。历史证明，这个错误是致命的。曹爽乃纨绔子弟，哪里是阴险老辣的司马懿的对手。可叹曹叡，将一只幼小的羔羊，送进了满口獠牙的老狼嘴里。

史载，明帝曹叡托孤的场面，十分感人。明帝一息尚存，等着赶回京城洛阳的太尉司马懿，他握着司马懿的手，气喘吁吁地说："太尉，我，我不行了……我把后事托付给你，就，就虽死无恨了……"

曹叡把8岁的曹芳叫到病榻前，用颤抖的手指给司马懿看："太尉，你，你要看清楚，就是他了。"司马懿也动情地连声说："陛下放心吧，老臣一定不会辜负您的嘱托！"

于是，明帝流着眼泪，示意曹芳上前搂住司马懿的脖子。这一幕，令所有在场官员泪流满面，司马懿也是热泪盈眶。明帝随即驾崩，葬于高平陵。

然而，十年之后，正始十年（249），当年热泪盈眶发誓要辅佐幼主的司马懿，乘大将军曹爽随幼主曹芳到高平陵祭奠之机发动政变，攫取了国家的最高权力，幼主曹芳从此成为摆设，司马氏集团开始一统天下。这就是历史上著名的"高平陵政变"。

此后，司马氏父子为实现代魏自立的狼子野心，不惜采取一切毒辣卑鄙的残酷手段，挥舞屠刀制造了一连串血案：嘉平三年（251），太尉王凌率先发难，起兵反对司马氏，兵败自杀；嘉平六年（254），中书令李丰、国丈张缉与太常夏侯玄谋诛司马师（司马懿已病死），不幸事泄，被夷三族，不久魏帝曹芳被废，13岁的高贵乡公曹髦被立为帝；正元二年（255）正月，镇东将军毌丘俭与扬州刺史文钦联合起兵，失败后，毌丘俭被杀，文钦逃遁；甘露二年（257），征东大将军诸葛诞与文钦共同起兵，次年兵败被杀……

司马师病死后，司马昭继任大将军，加快了篡位步伐。曹髦是个有血性的帝王，梦想做曹魏王朝的"中兴之主"，只是生不逢时，一上台就沦为司马氏集团的玩偶，先受司马师摆布，后受司马昭凌逼，郁郁之下，作了一首《潜龙诗》——

> 伤哉龙受困，不能跃深渊。上不飞天汉，下不见于田。
> 蟠居于井底，鳅鳝舞其前。藏牙伏爪甲，嗟我亦同然。

此诗艺术水平不高，却真切哀婉、郁愤交加，其幽困之状，如在目前。司马昭读罢，勃然大怒。甘露五年（260）四月的一天，司马昭佩剑上殿，逼迫曹髦封他为晋公，曹髦沉默不语，他厉声呵斥："我父兄三人，为国家立有大功，封我为晋公，你还不容许吗？"可怜的皇帝颤抖着，不知如何回答。司马昭冷笑道："你在《潜龙诗》里，把我父兄比作鳅鳝，究竟是何居心？你这皇帝宝座，还想坐下去吗？"皇帝闻言，刹那间汗如雨下。

不堪屈辱的曹髦，看到屠戮自己的利剑已经出鞘，终于忍无可忍，愤然说出了那句流传千古的名言——"司马昭之心，路人所知也"，率领左右侍从讨伐司马昭，"以卵击石"，惨遭弑杀……

短短十几年间，司马氏父子一口气进行了数次大屠杀，疯狂地铲除异己，诛戮名士，甚至包括当朝皇帝。凡与曹魏宗室有牵连的社会名流，几乎无一幸免，许多人被举家诛灭，无数人命归黄泉。干宝《晋纪总论》指出，在这个血雨腥风的年代，司马氏高举屠刀，肆意屠戮，"诛庶桀以便事"，杀名流以立威；《晋书·阮籍传》云："籍本有济世志，属魏晋之际，天下多故，名士少有全者，籍由是不与世事，遂酣饮为常。"由于诛杀太过惨烈，天下"名士减半"。当时社会形势之恐怖残酷，由此可以想见。

在曹魏集团与司马氏集团的生死较量中，"高平陵政变"是分水岭。在此之前，曹魏集团代表人物曹爽执掌国柄十年，跋扈独断，专权恣肆，且心存篡逆之想。正始八年（247），当曹氏与司马氏剑拔弩张之时，老奸巨猾的太傅司马懿称病退朝，暗结死党，伺机反扑。曹爽身为执政大将军，其行为实在龌龊不堪。据《三国志·魏志·曹爽传》记载，他与何晏、邓飏、丁谧等一干党羽妄自尊大，作威作福，"爽饮食车服，拟于乘舆；尚方珍玩，充牣其家；妻妾盈后庭，又私取先帝才人七八人，及将吏、师工、鼓吹、良家子女三十三人，皆以为伎乐"，其腐败堕落之状，由此可见一斑。

正始十年（249）正月，曹爽不顾谋士劝阻，陪同皇帝曹芳一起出京，前往位于洛水之南的高平陵祭拜明帝曹叡。司马懿乘机发动政变，先解除洛阳城中诸曹的武装，再矫诏关闭城门，然后上书皇帝，历数曹爽种种罪状，要求予以严惩，为国除害；同时派人悄悄通知曹爽：只要交出兵权，即可回家继续享受荣华富贵。

面对风云突变，曹爽惊慌失措。大司农桓范从危城里逃出来，力劝曹爽拥天子奔许昌、招外兵："匹夫持质一人，尚欲望活，今卿与天子相随，令于天下，谁敢不应者？"（《三国志·魏志·曹爽传》）叵耐曹爽胆小如鼠，竟决定罢兵投降，"爽既罢兵，曰：'我不失作富家翁。'范哭曰：'曹子丹佳人，生汝兄弟，犊耳！何图今日坐汝等族灭矣！'"（裴松之注引《魏氏春秋》）——曹子丹，即曹真，曹操养子，曹爽之父，官至大司马。桓范边哭边骂："曹子丹那样的大英雄，怎么生了你们这猪狗不如的蠢货，呜呜……"

就这样，十年来不可一世的曹爽及其党羽何晏、丁谧、邓飏、毕轨、李胜、桓范等，随后便束手就擒，尽被屠戮，并夷三族。

（三）竹林清韵

"高平陵政变"犹如一声霹雳，彻底击碎了虚弱的曹魏集团，随之而来的，是大厦崩摧，天下动荡，人头落地。曹爽粉身碎骨，曹髦呜呼哀哉，魏元帝曹奂成为新的木偶，司马氏集团成为天下之主宰。

这一年，嵇康26岁，阮籍40岁，作为闻名天下的一流名士，他们自然是司马氏集团"黑名单"上的人物，时刻有性命之虞。在腥风血雨之中，他们与当时的其他名士一样，内心一片惶恐。为解除沉重的心理压力，他们或谈玄论道，或吃药求仙，或醉生梦死——这是他们当时几种基本的人生态度。

以嵇康、阮籍为首的"竹林七贤"，正是这种残酷环境之下的产物。"竹林七贤"由社会名流组成，出现于"高平陵政变"前后，除嵇康、阮籍，成员还包括山涛、向秀、刘伶、阮咸、王戎。他们既畏惧刀斧之祸，又倦于人世纷争，便远离政治中心，啸聚竹林，肆意遨游，放达任诞，嬉笑怒骂。

所谓"竹林七贤"，既是当时名士，具备睿智的哲思、超凡的诗情，又是玄学家，嗜好老庄之学，其"玄心"直追青云。嵇康雅好老庄，自称"老子庄周，吾之师也"；阮籍著有《达庄论》，慕庄周之风，"叙无为之贵"；山涛"性好庄老"，处世圆融；向秀曾为《庄子》作注，发庄子奇趣，振魏末玄风；刘伶为人沉默寡言，志气放旷，常以宇宙为狭……

从某种意义上说，七贤的放达行为，是老庄思想在现实中的生动体现。他们师法自然，顺乎天性，放纵情怀，少无拘谨；然而，游山玩水之余，他们内心深处却忐忑无依、痛苦异常。

据考证，嵇康的隐居之所，在河内山阳（今河南焦作东）。这里地处豫北怀川平原，北依巍巍太行，南临滔滔黄河，北山南川，古迹众多。当年商汤讨伐夏桀，在此誓师；武王征伐商纣，于此兴兵；汉光武帝刘秀率兵征讨天下，以此为根据地。这里奇峰叠耸，奇景如岚，而藏于山涛云海之间的百家岩，便是七贤啸傲林泉之处。

随着曹魏集团的彻底垮台，七贤理想所系、灵魂所依的那片飒飒竹林，很快就被司马氏政权的屠刀砍伐得一片狼藉。所谓七贤，也被血淋淋的屠刀砍断了咿咿呀呀的理想之歌，分道扬镳了。阮籍被迫出仕，成了司马氏政权的花瓶与招牌，嵇康不肯出山效忠，让司马昭恨得咬牙，最终被害；而山涛、向秀，则走上了依附之路。

嵇康（224—263），字叔夜，谯郡铚县嵇山（今属安徽涡阳）人，其父为治书侍御史，早亡，他由母亲和哥哥抚养成人。嵇康自幼任性不羁，学不师授，卓然自立，才情纵横，其文思想新颖，其诗风格清峻。他是天才的古琴演奏家和作曲家，在山泽旷野间，常"目送归鸿，手挥五弦"，怡然而歌。他善弹《广陵散》琴曲，琴艺独步当时；他所作琴曲，以《长清》《短清》《长侧》《短侧》四首最有名，被称为"嵇氏四弄"，与蔡邕的"蔡氏五弄"合称"九弄"；其《琴赋》一文，状阳春白雪之雅音，绘高亢飘扬之声线，摹俯仰谛听之感受，对琴之家世、琴之乐理、琴之神韵，无不曲尽其妙，对后世产生了很大影响，白居易《琵琶行》中"大珠小珠落玉盘"之句，就来自《琴赋》。他还是书法与绘画名家，其草书自然飞扬，其绘画溪清岭峻。他的两幅作品《巢由洗耳图》《狮子击象图》在唐代仍有流传，如今虽已失传，但据画名亦可想象其飘逸神采。

在中国文学史上，嵇康堪称奇士，其风采流逸千年。在"竹林七贤"中，山涛年齿最长、官职最高，阮籍天才傲世，刘伶嗜酒如命，王戎富甲乡里；然而，这个七人集团的核心人物，却是嵇康。嵇康的魅力，冠绝当世。据说有个叫赵至的少年，在洛阳太学偶然看见嵇康先生泼墨挥毫，为之倾倒，徘徊不能离去；后来嵇康入狱，京城"豪俊皆随康入狱"——其非凡魅力，由此可见。

据《晋书·嵇康传》描绘，嵇康身长七尺八寸，丰神秀逸，爽朗清举，"美词气，有风仪，而土木形骸，不自藻饰，人以为龙章凤姿，天质自然。恬静寡欲，含垢匿瑕，宽简有大量"。嵇康是他那个时代的美男子，其美源自天然，发乎心灵，非人工雕琢可致也。关于这一点，同为竹林名士的山涛说得很经典："嵇叔夜之为人也，岩岩若孤松之独立；其醉也，傀俄若玉山之将崩。"（《世说新语·容止》）

此等天才人物，托生在魏晋易代之际的黑暗社会，犹如珠玉沉埋于腐臭的沼泽地，他不但不能尽展其才华，织就锦绣前程，反而危机四伏，时刻都有命归黄泉的危险；加之他崇尚老庄，师法自然，厌恶儒家各种人为的烦琐礼教，将自己置于更尴尬的境地。

曹魏时期，嵇康颇受皇室赏识，娶了曹操的曾孙女长乐亭主为妻，成为皇族姻亲，官拜中散大夫，人称嵇中散。随着曹魏势力的逐渐式微，作为曹魏遗臣，嵇康自然知道自己已经成了司马氏父子的眼中钉、肉中刺；作为一代思想巨子，他锐利深刻的思维触角，更是冲破了封建礼教藩篱的束缚，进入了一重新天地。他高标"越名教而任自然"，非汤武而薄周孔，毫不留情地攻击司马氏鼓吹的虚伪名教，产生了极大的社会影响，成为司马氏代魏自立在思想意识领域的最大障碍——司马氏政权怎么能容得下他啊！

因了这种现实的压迫，嵇康颓然过起了隐逸生活，如神龙一般见首不见尾。同为竹林名士的王戎说，他和嵇康做了二十年邻居，从未看见过嵇康脸上的喜怒之色。这简直太夸张了！以嵇康刚正不阿之个性、参天透地之旷达，如此长时期喜怒不形于色，那会是多么压抑与痛苦！

"高平陵政变"之后，嵇康索性跳出了政坛，放浪于山水之间。或作竹林之游，或赏流泉之乐，时而抚琴抒怀，时而引颈狂歌。《晋书·嵇康传》记载："康尝采药游山泽，会其得意，忽焉忘反。时有樵苏者遇之，咸谓为神。"峭壁上野花灿烂，悬崖边虬枝如龙，他的身影腾挪闪现其间，形如麋鹿与虎豹。有个上山砍柴的老乡远远看见，惊得目瞪口呆，以为神仙降临。这一消息流传四野，传至京师，引起一片轰动，人们风传他是个飞檐走壁的"神人"。

然而，若说这就是嵇康理想中的幸福生活，那就错得南辕北辙了！

在嵇康的心灵深处，始终有两匹野马不息地奔腾着，只是方向相反：一匹向东，一匹向西。一方面，他以老庄为师，"俯仰自得，游心太玄。嘉彼钓叟，得鱼忘筌"（《赠兄秀才从军》），戚鱼虾而友麋鹿，绘波涛而画寒山，追求遗世旷达、诗酒人生；另一方面，他又刚肠疾恶，轻肆直言，左手挥动匕首直刺虚伪名教，右手甩动响鞭鞭笞腐朽没落，遇到人间不平事，动辄拍案而起——这怎么能为社会所容啊！

他的名著《高士传》在当时风行天下，他在书中一反中国传统的圣贤观念，尧、舜、禹、商汤、周文王、周武王、周公、孔子、孟子等统统"名落孙山"，而巢父、许由、接舆、长沮、桀溺、老子、庄子、段干木、季札、范蠡等纷纷"金榜题名"。

老子与庄子并称"老庄"，其博大精深的哲学思想，影响深远。老子崇尚"无为"，提出"人法地，地法天，天法道，道法自然"；庄子主张顺"天道"，弃"人为"，认为人在世间犹如"游于羿之彀中"，不若心与道合一，"乘天地之正，而御六气之辩，以游无穷"。巢父与许由是唐尧时期的高士，尧帝想把帝位让给巢父，巢父连夜跑到颍河岸边，在一棵大树上筑巢而居；尧帝又想把帝位传给许由，许由连忙逃到箕山上隐居起来，掬一捧哗哗的颍河水洗耳，以示与世俗彻底决绝。长沮与桀溺是两个面朝黄土背朝天的农夫，对前来问路的孔子、子路师徒不屑一顾，气得圣人破口大骂"鸟兽不可与同群"。段干木是战国时魏国人，早年混迹市井，后来师从孔子弟子子夏，名动天下却"守道不仕"，魏文侯前来拜访，他跳墙逃走，令堂堂国君哭笑不得。季札是春秋时吴国公子，为躲避君位而远走他乡。范蠡辅佐越王勾践击败吴王夫差，功成身退，泛舟而去，在山东定陶一带经商，成了富可敌国的"陶朱公"……

嵇康对这些傲视权贵、鄙弃功名的古代高士们，赞叹不已。他为"名士"制定的标准大抵有两条：一曰"高洁"，其行为特征是"不慕荣贵"，不屑与统治者为伍；二曰"慢世"，其行为特征是"越礼自放"，不屑与礼教共荣。

正元二年（255）正月，镇东将军毌丘俭与扬州刺史文钦联合起兵，意图推翻司马氏政权，嵇康蠢蠢欲动，被好友山涛劝止。司马昭曾请嵇康出来做官，嵇康不屑一顾，长期隐居山野，采冷露之辉光，品隐逸之美酒。那年，他在深山中见到了有名的隐士孙登先生。孙登在山中以土窟为居，以编草为裳，餐月饮泉，撵狐逐兔，抚琴读《易》，性无喜怒，在缤纷落英中哗然长啸，其"长啸台"至今犹存。或许是出于对孙登的崇拜吧，嵇康想拜其为师，被婉拒。临别时，孙登感叹说："仕不能夺汝之情，处不能济汝之和。仕则累，不仕则已，而又绝人之交，增以矜己疵物之说。啍噪于尘世之中，而欲探乎永生，可谓恶影而走于日中者也，何足闻吾之诲哉？"（《无能子·卷中·孙登说》）孙登说："做官不能改变你的性情，隐居也不能缓解你的刚厉。你感到做官很累，那么不做也罢，却又与人绝交，还以言论招来诟骂。在喧嚣尘世中想探寻一条独行之幽径，就像讨厌光影者走在太阳底下，你哪里会听从我的教诲啊？"言罢，孙登仰首望天，脸上浮现一丝忧色，"君性烈而才隽，其能免乎"（《晋书·嵇康传》）。

而嵇康与名士王烈同行的情形，堪称传奇。据《晋书·嵇康传》记载，两人一起入山，"烈尝得石髓如饴，即自服半，余半与康，皆凝而为石"。王烈找到一块石髓，像啃噬饴糖一样吃起来，并把另一半分给嵇康享用，可石髓到了嵇康手里，瞬间就凝结为石。王烈在一间石屋发现一卷用白帛写成的书，如获至宝，"遽呼康往取，辄不复见"。王烈明明看见了"宝书"，可嵇康一来，顿时空空如也。情形如此怪异，王烈不禁仰天长叹："叔夜志趣非常而辄不遇，命也！"这个嵇叔夜啊，志向高远，绝非凡人，奈何苍天没给他机遇，难以腾跃入云。唉，这或许就是他的宿命吧！

其实，孙登、王烈两位先辈的担忧，并非杞人忧天。对于自己性情的不合时宜，嵇康也有着清醒的认识。对好友阮籍的"口不臧否人物"，他非常羡慕，却难以做到。他自叹"不识人情，暗于机宜"，遇事不懂得机变，也不懂得保护自己，往往在不知不觉之间，便把自己置于别人的刀剑斧钺之下，成为莫名其妙的受害者。

譬如这次吕安事件吧，嵇康被牵连入狱的直接原因是他出面揭发了吕巽的恶行，但真正触怒当权者司马昭的，却是那篇流传千古的不朽之作《与山巨源绝交书》。

山涛（205—283），字巨源，河内怀县（今河南武陟西南）人，他比嵇康大近20岁，却比嵇康多活了近20年。他是"竹林七贤"中最年长者，也最早归附司马氏。

山涛是司马氏的亲戚，在局势不明朗的时候，他不肯把自己拴在司马氏的战车上，然而等大局一定，他便率先从竹林里跑出来，投奔他的亲戚去了，自此官运亨通，先拜赵国相，后任选曹郎。

对山涛的举动，人们其实不必过多指责。人各有志，他的志趣在朝廷而不在山野。山涛出仕后，不仅与司马氏兄弟打得火热，和司马氏亲信们的交往也如鱼得水。侍中裴楷在论及山涛时，说他"如登山临下，幽然深远"，东晋名士孙绰也说他"吏非吏，隐非隐"，难以捉摸。

景元二年（261），山涛由选曹郎升任从事中郎，成为大将军司马昭的随员，并举荐好友嵇康出任选曹郎。岂料，山涛的举荐却引发了嵇康对司马氏政权压抑已久的冲天怒火。

一年前，司马昭公然弑杀魏帝曹髦，嵇康极为悲愤，奋笔写下《难自然好学论》，对司马氏鼓吹的虚伪名教予以猛烈批判："六经纷错，百家繁炽，开荣利之涂，故奔骛而不觉。是以贪生之禽，食园池之粱菽；求安之士，乃诡志以从俗。操笔执觚，足容苏息，积学明经，以代稼穑。"对司马氏的残暴恶毒，他更是毫不留情地予以痛斥："若乃骄盈肆志，阻兵擅权。矜威纵虐，祸蒙丘山。刑本惩暴，今以胁贤。昔为天下，今为一身。下疾其上，君猜其臣。丧乱弘多，国乃陨颠……"（《太师箴》）

《太师箴》一文，态度亢直，言辞激烈，令人震悚，"肆志""擅权""纵虐""胁贤"，可谓字字惊心；司马氏从"渐私其亲"到"攘臂立仁"，再到"骄盈肆志""矜威纵虐"，可谓恶行累累，罄竹难书。

见到山涛请他出山的书函，嵇康夜不能寐，怒火喷涌，写下了旷世奇文《与山巨源绝交书》。像黄河决堤一般，嵇康在文中列举自己为官的"必不堪者七"——

　　卧喜晚起，而当关呼之不置，一不堪也。抱琴行吟，弋钓草野，而吏卒守之，不得妄动，二不堪也。危坐一时，痹不得摇，性复多虱，把搔无已，而当裹以章服，揖拜上官，三不堪也。素不便书，又不喜作书，而人间多事，堆案盈几，不相酬答，则犯教伤义，欲自勉强，则不能久，四不堪也。不喜吊丧，而人道以此为重，己为未见恕者所怨，至欲见中伤者；虽瞿然自责，然性不可化，欲降心顺俗，则诡故不情，亦终不能获无咎无誉，如此，五不堪也。不喜俗人，而当与之共事，或宾客盈坐，鸣声聒耳，嚣尘臭处，千变百伎，在人目前，六不堪也。心不耐烦，而官事鞅掌，机务缠其心，世故烦其虑，七不堪也。

这一席"七不堪"，直把人读得热辣辣如灌下大碗姜汤，一身大汗淋漓而下！意犹未尽的嵇康，紧接着向世人傲然宣示了自己的两大"甚不可"："又每非汤武而薄周孔，在人间不止，此事会显，世教所不容，此甚不可一也。刚肠疾恶，轻肆直言，遇事便发，此甚不可二也。"

他最后表示，自己"但愿守陋巷，教养子孙，时与亲旧叙阔，陈说平生，浊酒一杯，弹琴一曲，志愿毕矣"，若一定逼他做官，"必发狂疾"！

意味深长的是，嵇康一生有两封绝交书传世，《与吕长悌绝交书》语调平静，却终身不复原谅；《与山巨源绝交书》措辞虽然激烈，却非真正绝交。《晋书·山涛传》载："康后坐事，临诛，谓子绍曰'巨源在，汝不孤矣'。"

临终之际，嵇康对山涛表示了深切信任。山涛也不负所托，日后一力保举嵇绍，使他一路升迁，最后官至侍中，成为朝廷重臣。如此看来，嵇康宣称与山涛绝交，不过是指桑骂槐，以此表明自己与司马氏政权彻底决裂——难怪司马昭读罢此文，要暴跳如雷了。吕安事件一出，当权者就掘好了埋葬嵇康的坟墓。他的命运，的确"很不堪"啊！

（四）苦闷放达

嵇康的命运，使向有"拔俗之韵"的向秀，感到了畏惧与恐怖。他一步一回头，走出了那片理想中的竹林，前往洛阳拜见执掌国柄的大将军司马昭。望着垂首肃立的向秀，司马昭满脸戏谑："闻有箕山之志，何以在此？"向秀盯着空气里飘浮的一缕红尘，答曰："以为巢许狷介之士，未达尧心，岂足多慕。"（《晋书·向秀传》）他说，像巢父、许由这样的狷介之人，根本不晓得圣君招纳贤士的诚心啊，哪里值得羡慕呢？

箕山是河南境内的一座历史名山，相传唐尧时的高士许由曾隐居箕山、洗耳颍水。曹丕用"有箕山之志"称赞建安诗人徐干恬淡寡欲，后世以此赞扬那些不愿在乱世做官者。面对司马昭的不屑与轻蔑，向秀一口否定了"竹林七贤"之从前，也彻底否定了自己，且媚态毕现，称颂司马昭圣明一如尧舜，令在座者相觑窃笑。不久，他被任命为散骑侍郎，后转任散骑常侍。

向秀在前往洛阳途中曾经过嵇康故居，但见这里竹影萧瑟，"日薄虞渊，寒冰凄然"，邻人有吹笛者，"发声寥亮"，哀愁如缕。他泪眼模糊，写了一篇唏嘘不已的《思旧赋》，抒发心中的无奈与悲哀："悼嵇生之永辞兮，顾日影而弹琴。托运遇于领会兮，寄余命于寸阴。听鸣笛之慷慨兮，妙声绝而复寻。停驾言其将迈兮，遂援翰而写心。"

然而，向秀先生的所谓痛苦，无论如何，总显得有些轻飘飘。因为，他走出了自己心中那片"竹林"。对此过分指责，有欠厚道，毕竟人生在世，需要生存，需要吃饭；然而，比起嵇康和阮籍的弥天之恨与匝地之悲，向秀那些喁喁呻吟，就显得不值一提了。如果说嵇康是"悲剧的典型"，那么阮籍就是"苦闷的象征"了。

阮籍（210—263），字嗣宗，陈留尉氏（今属河南）人，是当时与嵇康齐名的思想家、文学家。其父乃著名的"建安七子"之一阮瑀，在他3岁时病逝，母亲含辛茹苦把他抚养成人。尽管幼年失怙，他却心怀大志："昔年十四五，志尚好书诗。被褐怀珠玉，颜闵相与期。开轩临四野，登高望所思。"（《咏怀·其十五》）

阮籍的青少年时代正逢曹魏鼎盛时期，文帝曹丕和明帝曹叡相继在位，政权稳固，国势强盛。奋发进取的时代精神，强烈地召唤着这个才华卓著的英俊少年。据《晋书·阮籍传》记载，那一年他登临山西雁门关下的广武城，遥望楚汉相争的古战场，但见烽火台孤兀无匹，将士墓累累若丘，冷风吹过，凛冽如刀，他不由得拊膺长叹："时无英雄，使竖子成名！"其胸怀之阔大、豪气之充沛，令人闻之振奋。

然而，随着年龄的增长、时局的变幻，阮籍的进取之志渐渐消歇了。曹魏国运衰败，以致走到了末路；司马氏攫取了政权，魏晋易代已成为必然之势。司马氏父子大肆推行"顺我者昌，逆我者亡"，朝政日非，反抗者人头落地、血流成河，畏缩者退避山林、沉溺诗酒。时代风气，也随之完成了从积极进取向消极退避、由乐观向上向悲观感伤的转变。阮籍在《咏怀·其四十二》中写道——

> 王业须良辅，建功俟英雄。元凯康哉美，多士颂声隆。
>
> 阴阳有舛错，日月不常融。天时有否泰，人事多盈冲。
>
> 园绮遁南岳，伯阳隐西戎。保身念道真，宠耀焉足崇。
>
> 人谁不善始，鲜能克厥终。休哉上世士，万载垂清风。

诗中"王业""建功"云云，已消融于远天轻烟里，而所谓"天时""人事"与"阴阳""盈冲"，暗指时代已由盛转衰，天下已由治而乱。"高平陵政变"之后的血腥屠杀，将司马氏的凶狠残忍暴露无遗，使一批声名卓著的名士日夜惶恐，时有性命之危，"秋风吹飞霍，零落从此始。繁华有憔悴，堂上生荆杞。驱马舍之去，去上西山趾。一身不自保，何况恋妻子"（《咏怀·其三》）。在这种情形下，他们的放达任诞与张扬狂悖，就成了安身立命的"保护膜"与"迷彩服"；而博览群书、尤好老庄的阮籍，更成了两晋名士的典型代表。

阮籍《咏怀》共八十余首，是中国古代最长的组诗之一，诗中却没有具体描述某件事，全部是一个孤独者内心的痛苦自白，一个失眠者的朦胧呓语，一个流浪者的寻觅与徘徊，一个任诞者的啸傲与踟蹰。王隐《晋书》对阮籍的描述，可谓神态毕肖："魏末，阮籍嗜酒荒放，露头散发，裸袒箕踞……贵游子弟……皆祖述于籍。"（《世说新语·德行》刘孝标注引）《魏氏春秋》也说："籍旷达不羁，不拘礼俗。性至孝，居丧虽不率常检，而毁几至灭性。"（《三国志·魏志·王粲传》裴松之注引）

干宝在《晋纪总论》中沉痛指出，当时世风萎靡，"风俗淫僻，耻尚失所，学者以庄老为宗而黜六经，谈者以虚薄为辩而贱名检，行身者以放浊为通而狭节信，进仕者以苟得为贵而鄙居正，当官者以望空为高而笑勤恪"。行文至此，他拊膺慨叹："悠悠风尘，皆奔竞之士，列官千百，无让贤之举……礼法刑政，于此大坏，如室斯构而去其凿契，如水斯积而决其堤防，如火斯畜而离其薪燎也。国之将亡，本必先颠，其此之谓乎！故观阮籍之行，而觉礼教崩弛之所由。"

干宝先生将天下祸乱之源归结到阮籍头上，并不客观。一个主义之风行，一种思潮之涌起，哪里是一个人所能左右的呢？魏晋之际，玄学盛行，名士先生们风度超逸，谈玄论道，遨游于五岳之间，寄哀乐于幻象，寓真意于流云；其创始者，并非嵇康与阮籍，而是何晏与王弼。

何晏乃东汉末年著名的"窝囊将军"何进之孙。何进当年手握朝廷大权，却愚昧透顶，死于几个卑鄙的宦官之手，成为天下笑柄。何进死后，曹操娶了其儿媳尹氏，并收养何晏。何晏在曹魏宫中长大，娶曹操之女金乡公主为妻。此人美姿仪，喜交游，善机辩，他率先服用五石散，使服药成为士大夫名士风流的重要标志。他的《言志诗》云"鸿鹄比翼游，群飞戏太清。常恐失网罗，忧祸一旦并"，成为玄言诗之风标。他认为老子与孔子没有不同，实际上是把孔子老子化，把老子庄子化，奠定了魏晋玄学的理论基础。王弼是建安诗人王粲之嗣孙，10余岁即解音律，参造化，通辩能言，成人后注《老子》、释《周易》，心游玄理，神栖儒道，提出并论证所谓"圣人体无""道者，无之称也""圣人之情，应物而无累于物"等玄学纲领性观点。这两个历史上声名远扬的玄学家，其学说一度风靡天下，其命运却很糟糕：王弼英年早逝，何晏在"高平陵政变"中死于司马懿的屠刀之下。

正是在玄学之风的盛行之下，魏晋之际的士大夫们纷纷成了庄周所谓悖于世俗而合于自然之"畸人"。庄子宣称："天之小人，人之君子；人之君子，天之小人也。"（《庄子·大宗师》）"畸人"之行为顺乎自然，必然成为世俗之人眼里的"小人"，特别是在婚丧、祭祀、交往等方面，"畸人"们所谓"违礼败俗"的行为，更易引起世人非议。

南朝刘义庆所著《世说新语》，世称"名士教科书"，描摹了汉末至东晋士大夫的玄妙风姿。其中《简傲》篇记载了"裸形扪鹊"的故事，说号称"天下第一名士"的王澄要到荆州做官，其兄太尉王衍率领一帮达官显宦前来送行，"时庭中有大树，上有鹊巢"，王澄当即脱下外衣，噌噌噌爬到树上，"得鹊子还下弄，神色自若，傍若无人"。王澄如此不拘形迹，在当时却素有名望，"士庶莫不倾慕之"（《晋书·王澄传》）。

竹林名士刘伶嗜酒狂放，号称"酒鬼""酒龙"，自谓"天生刘伶，以酒为名，一饮一斛，五斗解酲"（《世说新语·任诞》）。他相貌丑陋，性格乖戾，与俗人不合，只与嵇康、阮籍交好，甫一见面，便欣然如邂逅千年故友，携了手悠然步入深山幽林。一人独处时，他经常开怀畅饮，自由畅想，怅恨天地如此狭小，无法驰骋浩然襟抱，喝得酩酊大醉时便脱光衣服，在屋中高声吟哦。窥见者讥笑之，他说："我以天地为栋宇，以屋室为衣裤，诸君为何钻入我的裤子里？"弄得人们面面相觑。在《酒德颂》一文中，他描绘了这样一幅"自画像"："有大人先生者，以天地为一朝，万期为须臾，日月为扃牖，八荒为庭衢。行无辙迹，居无室庐，幕天席地，纵意所如。止则操卮执瓢，动则挈榼提壶，唯酒是务，焉知其余……"

然而，"唯酒是务"的刘伶，内心却充满了痛苦。郁闷的时候，他常乘鹿车，携一壶酒，边走边饮，使人荷锸在车后跟随，叮嘱说："死便埋我！"

王澄、刘伶与阮籍相比，则大为逊色。阮籍平生，有三大异于常人之处：一是能啸。啸是中国古代音乐的一种特殊形式，随口发声，曲调不定。《魏氏春秋》记他与人"以啸论道"，哗然长啸，韵响嘹亮。二是能为青白眼。《晋书·阮籍传》记他目光怪异，看见遵从礼教之人就翻白眼。他的母亲去世时，嵇康之兄嵇喜来吊丧，阮籍不喜，以白眼相对；嵇康闻讯，提着酒挟着琴来了，阮籍自是欢喜，青眼有加。三是好饮酒。阮籍之饮酒，可谓吞江咽海、天下无双，整日醉醺醺，酒气冲天，不辨南北，不知今夕何夕。

或曰：异于常人者，必有非常之悲。

25岁那年，阮籍与叔父一起来到兖州（今属山东）。兖州刺史王昶慕其文名，前来拜访，他却闭口不言，搞得堂堂刺史愧叹不已，说他沉静如海，"自以不能测也"。

其实原因很简单，只是阮籍无意于官场罢了。这有他的《东平赋》为证。东平一带隶属兖州，"崇之则成丘陵，污之则为薮泽""其土田则原壤芜荒，树艺失时，畴亩不辟，荆棘不治"，此地一片荒凉，阮籍却优游忘返，自得其乐，"将言归于美俗兮，请王子与俱游。漱玉液之滋怡兮，饮白水之清流。遂虚心而后已兮，又何怀乎患忧"。《晋书·阮籍传》说他"容貌瑰杰，志气宏放，傲然独得，任性不羁，喜怒不形于色。或闭户视书，累月不出；或登临山水，经日忘归。博览群籍，尤好《庄》《老》，嗜酒能啸，善弹琴。当其得意，忽忘形骸。时人多谓之痴"——此等玄妙人物，怎堪为官场所羁勒！

但因为名声太过响亮了，正所谓树大招风，曹魏集团和司马氏集团竞相拉拢他。司马氏集团的太尉蒋济请他出仕，他勉强答应了，可等蒋济派人去迎接时，他早就一溜烟跑了，气得蒋太尉暴跳如雷；正始八年（247），大将军曹爽胁迫他出任参军，这是许多人梦寐以求的官位，可阮籍干了没多久，就抽身而退，回归田园，因此没有成为曹氏与司马氏虎狼相争的祭品。

随着司马氏一统天下，许多名士或被杀或被逐，几乎凋零殆尽，阮籍又成了司马氏用以标榜尊贤形象的首选人物。这回他再也不敢抗命了。因为，他的头上就是闪着寒光的利刃！

嘉平元年（249），阮籍被逼任司马懿的从事中郎；司马懿死，他继任司马师的从事中郎；司马师死，他又成了司马昭的从事中郎。司马氏父子拿着一条铁链，把阮籍死死地拴在了身边。他被迫处于斗争旋涡之中，眼见阴谋毒计、血流成河，其悲郁绝望之感，直如沸水煎心——

> 一日复一夕，一夕复一朝。颜色改平常，精神自损消。
> 胸中怀汤火，变化故相招。万事无穷极，知谋苦不饶。
> 但恐须臾间，魂气随风飘。终身履薄冰，谁知我心焦！

都说阮籍诗文晦涩难懂，这首《咏怀·其三十三》却明白如话，一目了然。

他的痛苦在于，他是司马氏父子亲自圈定的人物，退隐会被视为异端，辞官更会惹来杀身之祸。他既是司马氏父子的座上客，又是司马氏父子的阶下囚。思想上他追求自由，追求山林野趣，行动上却不能超出当权者所能容忍的最大限度。他必须在刀刃上忍痛舞蹈，在滚沸的油锅边沿故作轻松——这种自由精神与黑暗牢笼的冲突，清高气节与卑劣行径的对立，如履薄冰与狂放无忌的交融，时时刻刻撕扯着他的灵魂。

在《大人先生传》一文中，阮籍塑造的"大人先生"，寄寓着他的人格理想。"大人先生"不知姓字，"陈天地之始，言神农、黄帝之事""以万里为一步，以千岁为一朝。行不赴而居不处，求乎大道而无所寓……乃与造物同体，天地并生，逍遥浮世，与道俱成，变化散聚，不常其形"。

这位飘摇于天地之外的"大人先生"，将那些拘束于名教、自以为是的势利小人讥为"裈中虱"，予以辛辣的嘲笑与痛斥——

> 且汝独不见乎虱之处乎裈中，逃乎深缝，匿乎坏絮，自以为吉宅也。行不敢离缝际，动不敢出裈裆，自以为得绳墨也。饥则啮人，自以为无穷食也。然炎丘火流，焦邑灭都，群虱死于裈中而不能出。汝君子之处区内，亦何异夫虱之处裈中乎？

然而，一旦沉静下来，"大人先生"便开始冥想他的理想世界：没有君臣之别，没有强弱之分，大家都能顺其自然，尽其天年，"明者不以智胜，暗者不以愚败；弱者不以迫畏，强者不以力尽。盖无君而庶物定，无臣而万事理，保身修性，不违其纪。惟兹若然，故能长久"。

那一年，司马昭辅政，踌躇满志。阮籍对他说，自己曾游东平，乐其风土。司马昭以为他想为自己效力了，命其为东平相。阮籍骑了一头毛驴来到官衙，先把围墙拆掉，然后便整日喝酒。可只过了十几天，司马昭就又将他弄回了身边，牢牢攥在手心里，谈天说地，谈玄论道，就是不谈"工作"。阮籍也顺水推舟，时常仗着醉意装疯卖傻。即使在司马昭的宴会上，别人紧张得大气儿不敢出，阮籍坐在那里，亦酣放自若，一会儿歪着身子饮酒，一会儿放开嗓子啸歌，其放浪之状，举座皆惊。

（五）穷途之哭

与嵇康一样，阮籍自视极高，他认定自己是一只高蹈世外的凤凰："清朝饮醴泉，日夕栖山冈。高鸣彻九州，延颈望八荒。"（《咏怀·其七十九》）这是一只多么高洁无瑕的神鸟啊！然而，司马昭的天罗地网紧紧缠住了神鸟的翅膀，将其变成了一只随波逐流的凫鹥："天网弥四野，六翮掩不舒。随波纷纶客，泛泛若凫鹥！"（《咏怀·其四十一》）

在如此严峻的形势下，阮籍应对司马氏骚扰的"技艺"，几近炉火纯青。得意之时，他忽忘形骸，摇头摆尾，世人谓之"痴"；徘徊之时，他暴饮暴食，无所顾忌，行为乖张而怪异。有人以礼规劝之，他冲着人家直翻白眼："礼岂为我设邪？"

阮籍从小便有"酒痴"之名，到了此时，更是痴迷此妙物而不能自拔，泡在其中以躲避尘世风雨。他听说步兵校尉的厨房里存有很多美酒，就要求去当这个芝麻小官儿，与刘伶躲在房里痛饮，直喝得天昏地暗、昼夜颠倒，以至街上流言四起，说他俩醉死在厨房里了。

那年，司马昭提出让他的儿子，即未来的晋武帝司马炎，娶阮籍之女为妻。对这桩人人眼热的政治婚姻，阮籍并不买账，但他不敢拒绝，就昏昏大醉了六十日，司马昭虽恼火却又不便发作，此事也就不了了之了。

司马昭的亲信钟会想加害于阮籍，几次假惺惺地向他请教时政之得失。阮籍早看破了他的歹毒心肠，每次他来了，阮籍都醉眼迷离，语无伦次，就是没一句话涉及时政，不给钟会留下一点话柄。他成功地在嘴巴上贴了"封条"，达到了"发言玄远，口不臧否人物"的境界，使嵇康先生羡慕不已。

在一次司马昭出席的宴会上，有人讲到一桩弑母丑闻，阮籍说："嘻！杀父乃可，至杀母乎！"人们怪他胡说，司马昭也拉着一张马脸诘问他："杀父，天下之极恶，而以为可乎？"阮籍答道："禽兽知母而不知父，杀父，禽兽之类也；杀母，禽兽之不若。"（《晋书·阮籍传》）

满桌子封建卫道士闻听此言，一个个气得翘胡子瞪眼；司马昭尽管窝火，可阮籍已经喝得大醉，胡言乱语起来，只得作罢。而他平日里的怪异行为，更为卫道士们所侧目。

——母亲去世，临葬时，阮籍蒸一肥豚，饮酒二斗，然后与母亲诀别，高叫一声："完了！"吐血数升，躺在地上，很久很久起不来。

——有个女孩儿才貌双绝，没出嫁就去世了。阮籍并不认识这个女孩儿，也不熟悉其家人，却径直来到灵前，号啕痛哭。哭罢，他一言不发，扭头就走了。

——邻居当街卖酒，其妻姿色不凡。阮籍经常到店中喝酒。一次，他喝得酩酊大醉，就躺在美妇旁边，酣然入睡了。邻居起初怀疑他心怀不轨，经多方侦察，发现他并无淫意。

以上事迹，均见于《晋书》《世说新语》。《晋书》著者评论说，此类行为，"其外坦荡而内淳至"。这一论断，真乃人性之至论。其狂放行为掩饰下的内心之淳至，是一种拔俗出尘的"超越形质之美"。在《清思赋》中，阮籍将精神遨游与虚幻之美熔于一炉，表达了他对"超越形质之美"的无限向往——

余以为形之可见，非色之美；音之可闻，非声之善。昔黄帝登仙于荆山之上，振《咸池》于南岳之冈，鬼神其幽，而夔牙不闻其章；女娃耀荣于东海之滨，而翩翻于洪西之旁，林石之陨从，而瑶台不照其光。是以微妙无形，寂寞无听，然后乃可以睹窈窕而闻淑清……

阮籍认为，形象之美，并不在于色彩之美；音乐之美，并不在于声音之美。形象与音乐之美，既需要色彩与声音，更超乎色彩与声音。黄帝于荆山登仙，诵《咸池》于南岳，而夔牙不闻其章；女娲翱翔东海，而瑶台不照其光——文中的"黄帝""女娲""荆山""南岳""东海""瑶台"等，不是现实之具象，而是饱蘸激情的超乎现实的玄妙意象。阮籍用斑斓文字创造出一种宏大意境，"夫清虚寥廓，则神物来集；飘飘恍忽，则洞幽贯冥；冰心玉质，则激洁思存；恬淡无欲，则泰志适情"。清虚无欲，神物翔集；恍兮惚兮，洞幽天地；冰心玉质，情愫翩然，臻于心灵的净化与生命的升华……

追求"超越形质之美"的阮籍，面对黑暗现实的包围，一生注定痛苦深重。他只有沉溺酒海，以求得心灵的解脱。可是，酒只能让人麻醉于一时，酒醒时分的孤独，最难将息。《晋书·阮籍传》无限同情地描述道："（阮籍）时率意独驾，不由径路，车迹所穷，辄恸哭而反。"

阮籍先生的这一声穷途之哭，哀哀号号，在中国的天空里，已经回荡许多许多年了。这是他作为一个清醒的知识分子，面对无情的环境压迫和无尽的心灵折磨时，所能发出的最强烈也最软弱的抗议。

我们似乎看见，阮籍哭完了，像个孩子似的抽泣着，拿衣袖擦干眼泪，慢慢爬上他的马车，慢慢回城里去了。因为，司马昭和他那帮锦衣玉食的乌合之众，还在等着他哩。

这时候，已经是景元四年（263）。大将军司马昭平定了又一次叛乱后，因为功劳至大至伟，进封晋公，并加九锡。这自然是代魏自立的前奏。群臣纷纷上书劝进。司徒郑冲派人找到阮籍，令他代写劝进笺。阮籍故技重演，一连几天喝得烂醉如泥，可郑冲揪住他不放，几次派人催逼。对这件事，《晋书·阮籍传》所记甚详："籍沉醉忘作，临诣府，使取之，见籍方据案醉眠。使者以告，籍便书案，使写之，无所改窜。辞甚清壮，为时所重。"

这篇"辞甚清壮"的文字，就是为世诟病的《为郑冲劝晋王笺》。郑冲一见，大喜过望，大加赞赏，称之为"神笔"。这哪里是文章写得好啊，分明是郑冲利用阮籍的才华来奉承司马昭，而司马昭则利用阮籍的名声来招摇天下。

此事对阮籍的伤害极深。这是他一生的耻辱。有后世论者据此认为，他已卖身投靠了司马氏；宋人叶梦得甚至刻薄地说，阮籍写此劝进笺，充分暴露了他自己不过是个"裈中虱"而已，建议将他杖毙于嵇康之前。阮籍此文，将司马昭比作商朝开国元勋伊尹及西周开国元勋周公旦、姜子牙，的确难逃阿谀之讥，遭后世唾骂也不算多么冤枉。唉，天才一落笔，便成千古恨啊！

这年秋天，嵇康被杀，年40岁。临刑之前，洛阳太学的三千学子闻讯，联名上书请愿，求司马昭赦免之。如此声势浩大的救援行动，使司马昭深感恐惧，下令急速行刑。

临刑之际，太学师生们汹涌前来，流着泪送嵇康最后一程。天上乌云翻滚，刑场哭声动地。嵇康神情泰然自若，仰头看看天空中的太阳，挥手辞别众人，而后索琴，徐徐弹奏《广陵散》。随着他捻动跳动颤动的手指，一曲仙乐幽幽响起，又悄然而终。他缓缓将琴搁下，发出了最后一声长叹："《广陵散》于今绝矣！"

惊闻噩耗，阮籍不免号啕痛哭了一场。而此时，他的劝进笺正被司马昭广泛利用，在城乡到处张贴，传扬天下，为其登基称帝制造舆论。阮籍想到挚友嵇康一身傲骨、血洒刑场，悔愧交加，不能自已，以致沉疴难起。到了这年冬天，他就悄悄离开了人间，终年54岁。至于是怎样离开的，史书上并无明确记载，但揣想肯定与以下两点有关：其一，忧郁。他可能罹患忧郁症很长时间了，只是他不自知，也没人察觉罢了。其二，喝酒。他常年泡在酒里，给肝脏造成极大负担，加速了他的死亡。

魏晋之际的两大天才，至此完全凋零。他们是彻底幸福地睡去了，而且再也不用醒来了！

需要补充的是，尽管司马昭篡位心切，但也许是因为作恶多端吧，没过多久他就死了。他的遗志，只有靠他的儿子司马炎来完成了。咸熙二年十二月（266年初），司马炎在洛阳登祭坛，拜天地，接受魏元帝禅让，正式登基称帝，建立西晋王朝，成为中原大地名副其实的主宰。这与当初魏文帝曹丕接受汉献帝禅让，登基称帝，建立曹魏王朝，仅仅相隔了45年。

历史，如此惊人地相似，令无数后之来者，默然无语！

望帝春心托杜鹃

——李商隐与杜牧

（一）党争旋涡

一桩美满婚姻，却毁掉了晚唐大诗人李商隐的政治前程。

追溯起来，造成诗人一生悲剧的历史根源极其错综复杂，非一人之力，也非一朝之时，而是发端于唐宪宗时期、绵延至穆宗、敬宗、文宗、武宗、宣宗数朝，危害极大的"牛李党争"。这个在中晚唐历史上造成惨烈祸害的政治旋涡，不但席卷了无数高官显宦，也改变了许多著名人物的命运。李商隐因为自己的婚姻，不幸掉入"牛李党争"的逼仄峡谷，受到牵连，成为两党斗争的牺牲品，屡遭挫折，悲伤而抑郁地度过了一生，"虚负凌云万丈才，一生襟抱未曾开。鸟啼花落人何在，竹死桐枯凤不来"（崔珏《哭李商隐·其二》）。

历史学家把"朋党之争、宦官专权、藩镇割据"归结为晚唐社会的三大祸根，而危害最深重的朋党之争，指的就是绵延近40年的"牛李党争"。

"牛李党争"始于牛僧孺、李宗闵与李吉甫、李德裕父子之间的恩怨。元和三年（808）四月，唐宪宗亲自策试制科举人，该制科名为"贤良方正能直言极谏科"，主考官是户部侍郎杨於陵、吏部员外郎韦贯之。应试者中有牛僧孺、皇甫湜、李宗闵，这三个人后来都成了风云人物。三人的考场策论，文采斐然，宏论滔滔，指陈时弊，直言不讳，被列为上等。牛李二人的文章已经散佚，皇甫湜的文章被收录在《全唐文》中，他写道："今宰相之进见亦有数，侍从之臣，皆失其职，百执事奉朝请以进，而律且有议及乘舆之诛，未知为陛下出纳喉舌者为谁乎？为陛下爪牙者为谁乎？……夫裔夷亏残之微，褊险之徒，皂隶之职，岂可使之掌王命，握兵柄，内膺腹心之寄，外当耳目之任乎？"

三人的言辞犀利与锋芒毕露，由此可见一斑。这些把矛头对准当朝宰相与宦官的文章被列为上等，显示了主考官的政治倾向，引起不满与仇视是必然的。

三人的腾达之路就此被堵住，数年之内无法升官。他们对宰相李吉甫的痛恨，可想而知。双方由此结下"梁子"，埋下了"牛李党争"的祸根，并殃及子孙后代。

"牛李党争"的加剧，源于长庆元年（821）三月爆发的科举复试案。这时候，李吉甫已经辞世，其子李德裕登上历史舞台，李宗闵也成了牛党首领。在考试前，李宗闵等人贿赂主考官，使其女婿苏巢得中进士，结果被人告发。翰林学士元稹、李绅等人要求皇帝严肃处理，李德裕也参与查究此事，李宗闵等人为此遭到贬黜。李宗闵痛恨元稹、李绅，对李德裕的积怨进一步加深。

"牛李党争"的第三次斗争，发生在长庆二年（822）。当时由牛党骨干李逢吉执政，朝廷要遴选一名副宰相，牛党首领牛僧孺与李党首领李德裕之间展开了激烈竞争。李逢吉毫不含糊，断然擢拔同党牛僧孺入阁，把李德裕一脚踢出京城，调任浙江观察使，八年不予升迁。牛僧孺与李德裕之间的仇怨，由此越来越深。

在以后的文宗、武宗、宣宗数朝，牛李两党成员"前赴后继"，在朝堂上进行殊死搏斗。双方因了皇位的更迭、时局的变化，交替执掌国柄。李党一旦上台执政，就把牛党成员贬的贬、撤的撤，整得落花流水；牛党一旦大权在握，也如法炮制，把李党成员搞得像一群落汤鸡，一个个灰溜溜度日如年。

面对"牛李党争"导致的混乱政局，历任皇帝都深感无奈，唐文宗李昂就经常为此叹息不已，他曾苦笑着说："要消除朝廷里的朋党之祸，比消灭藩镇叛匪还难啊！"

然而，牛李两党斗争的焦点究竟是什么呢？除互相倾轧、党同伐异之外，在当时许多重大问题上，双方都针锋相对：李党主张中央集权，强调整肃官场，打击地方割据势力；牛党主张宽政养民，强调恢复生产、安定民心，反对苛政。

如此激烈的政坛角逐，像两只巨轮碾过大地，所到之处万物摧折。不幸的是，这两只巨轮恰巧碾在了李商隐身上。令狐楚、令狐绹（牛党中人）父子对他有知遇之恩，没有令狐父子，就没有他政治上的起步；而泾原节度使王茂元（李党中人）是他的岳父，他和夫人王氏感情笃厚，和岳父大人也翁婿情深。

那时候，"牛李党争"已经进入了剑拔弩张、水火不容的阶段。恩人与岳父，双方都把李商隐当作"自家人"，要求他政治上忠诚可靠——两座陡峭的绝壁，把他逼入深不可测的政治峡谷。虽然他不抱任何朋党偏见，"李非李，牛非牛"，超脱于朋党之外，以青松自喻，"恶草虽当路，寒松实挺生。人言真可畏，公意本无争"（《五言述德抒情诗一首四十韵献上杜七兄仆射相公》），然而在那个乌烟瘴气、浊浪翻滚的年代，怎会容得下他的一笛清音！

> 迢递高城百尺楼，绿杨枝外尽汀洲。
> 贾生年少虚垂泪，王粲春来更远游。
> 永忆江湖归白发，欲回天地入扁舟。
> 不知腐鼠成滋味，猜意鹓雏竟未休。

在这首《安定城楼》中，李商隐以西汉政论家贾谊、建安诗人王粲自喻，抒写了"欲回天地"的政治雄心。鸿鹄之志，可惜只能化作一生的叹息与愤懑了。

（二）恩怨相伴

历史地看，"牛李党争"像神州大地上一条血淋淋的沟壑，蜿蜒在中晚唐时期的天空之下。激烈的斗争背后，晃动着一群宦官的幢幢鬼影，出没着大唐王朝的末日阴魂。宫廷深处那些怪声怪气的宦官们，舞动着寒光凛冽的刀枪剑戟，胁迫着懦弱无能的木偶皇帝，肆虐天下，涂炭百姓。皇权衰微，宦官一手遮天，成为中晚唐政治的一个重要特征。

清代史学家赵翼在《廿二史札记》中，对中国历史上宦官为害最甚的东汉、中晚唐、明朝三个时代进行了颇有意思的比较。他说，东汉及明朝的宦官之祸虽然很惨烈，"然犹窃主权以肆虐天下"，皇帝名义上还是至高无上的；而在中晚唐时期，"则宦官之权反在人主之上，立君、弑君、废君有同儿戏，实古来未有之变也"。"牛李党争"正是中晚唐时期宦官专权、政局动荡、皇帝频繁更替的产物，根本不是任何一位所谓英明皇帝所能轻易解决的问题。

唐宪宗在中晚唐诸帝中堪称有为之君，他开辟的"元和中兴"时代，成就了大唐王朝最后的辉煌。可惜，唐宪宗晚期像历史上那些愚昧透顶的封建帝王一样，迷信鬼神，不顾一切地追求长生不老。因滥服丹药，他变得急躁易怒，动辄杀人，身边宦官人人自危。元和十五年（820），宦官陈弘志、梁守谦、王守澄等人沆瀣一气，将宪宗弑杀，拥立太子李恒即位，是为唐穆宗。一代英主，如此窝囊地死于几个阉奴之手，真是令人叹息！

唐穆宗李恒是宪宗第三子，昏庸无能，游猎无度，任用奸佞，令天下风雨飘摇。一天，他与宦官在宫中击球嬉戏，有个宦官失手落马，弱不禁风的穆宗居然受到惊吓，从此罹患风疾，两年之后便呜呼哀哉了。其15岁的儿子李湛即位，是为唐敬宗。敬宗在位三年，除了游戏享乐，何谈政绩。令人称奇的是，乳臭未干的敬宗居然也千方百计追求长生，做出了许多荒唐行为，最后被宦官刘克明等人谋害。他的弟弟李昂即位，是为唐文宗。

唐文宗虽然由宦官拥立登基，却不甘心当傀儡，暗中将礼部侍郎李训、工部尚书郑注引为"同党"，伺机夺权。李训科举入仕，饱读诗书；郑注早年为江湖游医，为人狡诈阴险。两人都是经大宦官王守澄引荐进入宫廷的，他们为文宗谋划的"太平之策"是"首除宦官，次收复吐蕃所占河湟地区，再次清除河北藩镇势力"。他们手里的刀剑，首先指向了"恩公"王守澄及其宦官集团，先杖杀陈弘志，又鸩死王守澄。

甫一发动，旗开得胜，极大地鼓舞了李训与郑注，他们一不做二不休，要采取霹雳行动，斩草除根，一举诛灭所有宦官。大和九年（835）十一月二十一日，唐文宗以观赏"甘露"为借口，计划将以仇士良为首的宦官集团一网打尽。

那天清晨，文宗驾临紫宸殿，百官鱼贯而入，依班序立。禁军将领韩约按照事先布置前来报告，说左金吾厅昨夜天降甘露，晶莹绚丽，为吉祥之兆也！文宗命李训前去察看，李训半晌方回，奏称甘露未必是真，文宗随即命仇士良带领宦官前去察验，打算乘机尽诛宦官。岂料百密难敌一疏，韩约临阵慌乱，面露惊惧之色，引起仇士良怀疑，"甘露之谋"被识破，天地瞬间变色。宦官集团疯狂报复，数百人死于非命，一时间血流成河，尸横朝堂，满朝文武几乎被杀伐殆尽，致使"流血千门，僵尸万计"，史称"甘露之变"。李训、郑注命归黄泉，文宗也差点丢掉性命，从此噤若寒蝉，成了宦官们手中的玩偶。

以"甘露之变"为标志，宦官集团真正成了唐王朝的主宰，此后的武宗、宣宗、懿宗、僖宗，基本上都由宦官所拥立。宦官为害之恐怖，由此可见。

著名诗人李商隐所面临的，就是这样一个社会矛盾尖锐、日渐走向没落的纷乱时代；而他自己的身世，也很不幸。

李商隐（813—858），字义山，号玉谿生，怀州河内（今河南沁阳）人。他出生后不久，唐代短暂的"元和中兴"即告结束，随之而来的是地方藩镇恢复割据、宦官专权日益加重、朋党斗争不断加剧，以及回鹘、党项等少数民族经常袭扰的颓败局面，"甘露之变"更如万钧雷霆，把唐王朝推向了颤巍巍的悬崖边缘。

李商隐出身于一个衰落的家族，从他的曾祖父算起，李家连续几代都是孤儿寡母，形影相吊。其曾祖父李叔恒未到而立之年就溘然长逝，其祖父李俌也因病早逝，李商隐自童年起就随父亲李嗣辗转奔波。10岁那年，父亲在江南撒手人寰，他和母亲扶柩回乡，"四海无可归之地，九族无可倚之亲""生人穷困，闻见所无"（《祭裴氏姊文》）。为了维持生计，母子俩整日帮佣，艰难度日。他的两个姐姐，一个未婚早逝，另一个婚姻不幸，嫁到裴家不久即被遣送回娘家，19岁就抑郁而死。"花明柳暗绕天愁，上尽重城更上楼。欲问孤鸿向何处，不知身世自悠悠。"（《夕阳楼》）这首写于早年的诗，深深流露出他身世之悲凉。

庆幸的是，上天虽给了他不幸的身世，但也给了他超群的才华。《旧唐书·李商隐传》说他"幼能为文""博学强记，下笔不能自休，尤善为诔奠之辞"，他5岁诵经书，7岁弄笔砚，16岁即以《才论》《圣论》两篇古文闻名乡里。大和三年（829），李家迁至洛阳（今属河南），李商隐在这里遇到了恩师令狐楚。洛阳号称东都，东都留守令狐楚是那里的最高长官。令狐楚，字壳士，宜州华原（今陕西铜川市耀州区）人，才思俊丽，能文工诗，是当时的骈文高手。这位封疆大吏对英气勃勃的李商隐极为欣赏，"以其少俊，深礼之，令与诸子游"。不久，李商隐与其子令狐绹成为同学，令狐楚亲自授以今体（骈体文）章奏之学，并把他留在身边，聘为幕僚。开成二年（837），李商隐参加科举考试。这年的主考官高锴是令狐绹的好友，李商隐得以顺利考中进士。这一年，他25岁。令狐父子对他的恩遇，的确很厚。

一举登第，欣喜莫名，展现在李商隐眼前的，似乎是一条金光大道。恰在这年冬天，令狐楚因病去世了，李商隐流着眼泪，与师兄令狐绹一起，扶柩归葬长安。

次年，李商隐参加了博学宏词科考试，本来已被录取，但报至上级领导复审时，却被一位"中书长者"将名字抹去，由此落选。此后不久，他奔波五百余里来到泾州（治今甘肃泾川北），进入泾原节度使王茂元幕府，出任掌书记，并与王茂元的小女儿相爱了。两个热烈相爱的年轻人随后成婚，琴瑟和鸣。这段至死不渝的爱情，给了李商隐无限安慰，他也就此掉进了"牛李党争"的峡谷里，一辈子命途多舛。

王茂元，濮州濮阳（今属河南）人，其父王栖曜乃中唐名将，战功卓著，王茂元自幼从父征战，以勇略知名，先后任岭南节度使、泾原节度使。他是李德裕一手提拔的封疆大吏，李党骨干。李商隐入赘王府，被牛党视为背叛。令狐绹气得发昏，骂他"忘家恩""诡薄无行""放利偷合"，总之是混蛋透顶！

对于李商隐来说，可谓"成也令狐父子，败也令狐父子"。若无令狐父子，他科举登第在何年，只有天晓得；说他在科举之路上抱了令狐父子的"大腿"，也不算贬损。但是，令狐父子的帮助，是需要以忠诚作为回报的。在后来的岁月里，令狐父子变成了压在李商隐头上的一座难以逾越的大山。这种恩怨相伴、爱恨相续的历史纠葛，直令人叹息……

开成四年（839），李商隐再试吏部，勉强入选了，被授予秘书省校书郎之职，步入了正常的仕进之路。岂料飙风骤起于青蘋之末，他旋即被调任弘农（今河南灵宝北）县尉。一只无形的巨手，将他推出了朝堂。

县尉是直接管束犯人的官吏。那时候虎狼遍地，冤狱如山，没有一副铁石心肠，是没有办法做好县尉的。诗情洋溢的李商隐自幼充满了悲悯情怀，怎么能忍心整天鞭挞无辜百姓呢？

不久，李商隐发现监狱里一个死囚判刑过重，其中显然有冤情，就不顾一切地为之鸣冤叫屈，一定要将死囚改判，留下一条活命。这一不寻常的大无畏之举触怒了观察使孙简，当即将他撤职查办。这起冤案的背后，是否有牛党成员的黑手在搅和，史无明载；但是，孙观察使如此颠倒黑白，以霹雳手段严厉惩处李商隐，无疑也有些"狗眼看人低"的意味。只是因为孙简很快调离，著名诗人姚合取而代之，李商隐这才躲过一劫，官复原职。

李商隐的悲天悯人之举虽然充满了书生气，有些螳臂当车的不自量力，但在那个黑暗的年代，毕竟也属难能可贵呵！

（三）身如浮萍

这时候，被宦官摆布了一生的唐文宗李昂，怀着满腔悲怨，郁郁而终。大宦官仇士良废黜太子李成美，拥立文宗之弟李炎即位，是为唐武宗。

在昏懦无能的晚唐诸帝中，武宗算是一位较有作为的帝王。在位期间，他擢拔俊才，力革积弊，企图重振皇权，再续大唐王朝之辉煌。可惜大厦将倾，回天乏术，加之武宗天赋有限，比之太宗、玄宗望尘莫及，与宪宗相比也差了很多，倒是迷信鬼神、追求长生，与之庶几相近。

李德裕（787—850），字文饶，赵郡赞皇（今属河北）人，《旧唐书·李德裕传》说他"幼有壮志，苦心力学，尤精《西汉书》《左氏春秋》"。他是武宗为重振朝纲选拔任用的宰相，出身世家，历任浙西观察使、西川节度使等职，曾被牛党首领牛僧孺排挤，离开朝堂达17年之久。李德裕为相期间，武宗对他言听计从，君臣勠力同心，赢得了一连串胜利——平定外患，击败回鹘；消除内乱，讨平昭义刘稹叛乱，巩固了唐王朝的统一。李商隐称赞李德裕为"万古之良相，一代之高士"（《太尉卫公会昌一品集序》）。

然而，李德裕为相，也难逃当时的政坛窠臼，大树朋党，牛党成员一律被逐，李党成员蜂拥而入。李商隐的岳父王茂元也在这一时期成为朝廷重臣，李商隐随后通过了吏部书判拔萃科的选拔考试，入选为秘书省正字，就是校正书籍差错的官员。

这一年，李商隐30岁，眼前的道路似乎洒满阳光。可惜造化弄人，其母忽然不幸病逝，李商隐依礼要离职丁忧三年。俗语云：福无双至，祸不单行。他这里还在为母亲守丧，那边岳父王茂元又驾鹤西去了。等到他服丧期满回朝时，政局已经发生了翻天覆地的变化。

原来，唐武宗晚期崇尚道教已经到了走火入魔的程度，他在宫中建起一座望仙楼，找来一帮白衣道士，整天装神弄鬼，渴望苍天护佑，超凡出尘，驾鹤登仙。可惜，他不但未能见到鹤影，反而因服用丹药丧失了语言能力，挨到会昌六年（846），33岁的武宗便暴毙了。宦官马元赘等人假传圣旨，拥立武宗的叔父李忱为帝，是为唐宣宗。

宣宗是以皇太叔的身份登基称帝的，他认为自己是唐宪宗理所当然的"接班人"，而其兄长唐穆宗及其三个儿子（敬宗、文宗、武宗），都涉嫌"悖逆"，不合法度。上台不久，他就推翻武宗朝所有决策，来了个反其道而行之，政绩卓越的李德裕等大批李党成员统统被赶出朝堂，牛党骨干白敏中登台为相。

白敏中是著名诗人白居易的堂弟，当年由李德裕举荐出任翰林学士，此后官运亨通，不断升迁，官至宰相，且是首辅，一言九鼎。然而，在政治斗争的裹挟下，白敏中不但不感激李德裕的举荐之恩，反而落井下石、打击陷害，先把他贬为东都留守，再贬为潮州（今属广东）司马，最后贬为崖州（治今海南海口市琼山区东南）司户，直到李德裕死于崖州才罢休。对白敏中的忘恩负义之举，时人嗤之以鼻。《新唐书·白敏中传》记载："德裕贬，敏中抵之甚力，议者訾恶。德裕著书亦言'惟以怨报德为不可测'，盖斥敏中云。"李德裕徘徊南海，思潮起伏，心意难平："独上高楼望帝京，鸟飞犹是半年程。青山似欲留人住，百匝千遭绕郡城。"（《登崖州城作》）

随着白宰相的登台，牛党首领牛僧孺、李宗闵、杨嗣复等纷纷复出。继白敏中之后登台为相的令狐绹也是牛党重要成员，惩治李党分子毫不手软。这一时期，牛党集团把"朋党之争"推向了历史最高峰——凡是李党做成的事，无论对错，一律翻案；凡是李党弃用的人，无论优劣，一律重用。譬如，李德裕曾裁减冗官一千余人，牛党不分青红皂白，将这些人全部官复原职；李德裕曾建议开展灭佛运动，牛党则全面复兴佛教，使还俗僧尼重新剃度出家……

作为"李党余孽"，此时的李商隐在政坛已是穷途末路。大中元年（847），走投无路的他应桂管观察使郑亚之邀，只身一人远赴桂州（治今广西桂林）为之做幕僚。郑亚是李党要员，被牛党发配南来，李商隐别无选择，只好踟蹰南下："一夕南风一叶危，荆云回望夏云时。人生岂得轻离别，天意何曾忌崄巇……"（《荆门西下》）

李商隐仓皇南下，但觉日影摇晃意玄玄，百感焚心路冥冥。恍惚中，他来到了洞庭湖畔，只见浊浪排空，蛟龙腾恶，烟雨迷离，路在何方？——他不由得心中大恸，泪水滚滚，随风怒号……啊！天连沧海，云遮巫山，是随非走，人与兽同，那一方梦想中的冰山雪莲一般的净土，乃吾与生俱来之追求，如今究竟在何方呢？

一年后，郑亚再遭厄运，被贬为循州（治今广东惠州）刺史。此地更加遥远荒凉。李商隐失去依靠，只好辗转万里，返回长安。归途日色昏，长安月色寒。偌大都城，宫阙入云，华盖如织，却没有诗人的归处。炎凉世态化作街头闪过的那一张张冷脸，汪洋诗情凝成寒夜里那一朵朵如花冰霜。妻子一脸凄迷，转而对他笑脸相迎；儿女一派天真，伸手向父亲撒娇。全家衣食不继，啼饥号寒，贫困逼得他低下高傲的头颅，厚着脸皮写信给宰相令狐绹求助，"令狐绹作相，商隐屡启陈情，绹不之省"（《旧唐书·李商隐传》），无论他如何求情，令狐大人始终不予理睬。

此后，他远赴徐州（今属江苏）谋生，抑郁如西天之云，笼罩在他的头顶；妻子病重，心急如焚的他连夜赶回京城，可妻子已病入膏肓，不久就撒手尘寰了。抚着妻子逐渐冰冷的脸庞，李商隐心如刀割……

妻子平安入土了，悲痛到麻木的李商隐这才号啕大哭。他知道，世界上最理解自己的那个人，已经永远地走了。这些年来，自己像一只风筝，孤零零飞翔在天空里，线却牢牢地攥在她的手中。如今线断了，风筝留在世上，空余遗恨在心头。为了勉强生存下去，他离开京城，远赴梓州（治今四川三台），投奔剑南东川节度使柳仲郢，从此"刻意事佛"，心如枯井，波澜不起……

> 剑外从军远，无家与寄衣。
>
> 散关三尺雪，回梦旧鸳机。
>
> ——《悼伤后赴东蜀辟至散关遇雪》

十余载人生沉浮，李商隐母丧妻亡，历尽悲辛，数居幕府，足迹遍及四川、广西、广东等地，长期过着漂泊流浪、寄人篱下的生活。尽管每一任领导都很器重他，职位也略有升迁，但他始终被视为一个文牍之才，不能担当大任，哪里还谈得上实现什么宏伟理想！天涯羁旅、孤单寂寞之感，世事不定、人生如梦之悲，身不由己、浮沉由人之哀，时时萦绕在他的心头。他特别敏感，又特别执着。明明连起码的参政条件都没有，却依然抱定"欲回天地"拯救社稷的宏愿；明明感到客观环境一片冰冷，却依然对人生、对世界怀着一腔赤诚；明明知道周围密布着明枪暗箭，却依然相信人性不恶、人心向善；明明看见自己身中箭镞，血流如注，却依然愿意相信对方是因为不慎而误伤了自己！他固执地扭着头，不看阴暗与丑恶，只看光明与善良；不看虚伪与可憎，只看真诚与美好——即使是在彻骨的悲哀之中，他也要一咏三叹，反复咀嚼悲哀之中那一丝丝的美！

这是一颗多么纤弱、灵动、真挚、高洁的诗心啊！在浩浩寰宇之内，在茫茫人海之中，李商隐要找到真正的知音，恐怕要上天入地求之一遍了！他只能寄之于生死不渝的爱情，寄之于哀婉凄迷的诗句："南浦无穷树，西楼不住烟。改成人寂寂，寄与路绵绵。星势寒垂地，河声晓上天。夫君自有恨，聊借此中传。"（《谢先辈防记念拙诗甚多异日偶有此寄》）

世界上因此少了一个可能有所作为的官吏，却多了一个千古传颂的诗人。幸耶？不幸耶？

（四）诗心映世

在晚唐诗坛，杜牧与李商隐齐名，号称"小李杜"。李商隐诗风接近杜甫，"唐人知学老杜而得其藩篱者，唯义山一人而已"（王安石语），杜牧诗风则近似李白。正是这两个天才诗人，为神疲力薄的晚唐诗坛增添了些许活力，展示了唐诗最后一缕辉煌。两个闻名古今的大才子，有着相同的经历：幼年丧父，历经艰辛；早岁中举，昙花一现，随后便陷入"牛李党争"的噩梦中不能自拔，一生颠沛流离，壮志难酬。不同的是，李商隐属于李党，杜牧属于牛党——尽管他们都不情愿。

杜牧（803—853），字牧之，京兆万年（今陕西西安）人，有抱负，好谈兵，人称"小杜"。《旧唐书·杜牧传》说他"好读书，工诗为文，尝自负经纬才略"；《新唐书·杜牧传》说他"刚直有奇节，不为龊龊小谨，敢论列大事，指陈病利尤切至"。至于作诗，他自己的定位是"惟求高绝，不务奇丽，不涉习俗，不今不古，处于中间"（《献诗启》）；其诗风骨昂扬，许多名篇佳句至今天下传诵。

追溯起来，杜牧的家世极其显赫。他的远祖是西晋名将杜预，杜将军不仅战功卓著，而且学问高深，著作丰硕。杜氏家族在唐代出过11个宰相，杜牧的祖父杜佑曾三朝为相，著有《通典》二百卷，京城有豪宅，郊外有别墅，公务之余，高朋满座，丝竹盈耳，美酒飘香。这种贵族气派对少年杜牧产生了深远影响，使他形成了贵公子式的豪侠性格。许多年后，杜牧依然怀着自豪与感伤，回忆这一切——

......

旧第开朱门，长安城中央。

第中无一物，万卷书满堂。

家集二百编，上下驰皇王。

......

——《冬至日寄小侄阿宜诗》

杜佑生三子：师损、式方、从郁。从郁乃杜牧之父，一生抑郁不得志，体弱多病而早逝。依靠祖上留下的一点产业，14岁的杜牧与弟弟杜凯随母亲艰难维持生计。他后来在《上宰相求湖州第二启》里回忆，自己幼年孤贫，为了生计，卖掉了位于安仁坊的三十间祖传老屋，四处流落，"八年中，凡十徙其居，奴婢寒饿，衰老者死，少壮者当面逃去，不能呵制"，只有一个年轻的仆人，"恋恋悯叹，挈百卷书，随而养之"。

好在杜牧胸怀天下，志存高远，"岂为妻子计，未去山林藏。平生五色线，愿补舜衣裳"（《郡斋独酌》）。为编织那根经天纬地的"五色线"，以补缀那件笼盖寰宇的"舜衣裳"，杜牧刻苦自励，潜心研习"治乱兴亡之迹，财赋兵甲之事，地形之险易远近，古人之长短得失"（《上李中丞书》），总结历史的经验教训，得出了安邦必先削藩，削藩必先知兵、重兵、强兵的结论。

然而，削藩谈何容易！元和年间，唐宪宗勉强削藩成功，可惜辉煌转瞬即逝，此后藩镇割据势力愈演愈烈；文宗、武宗、宣宗诸帝，都曾经为削藩做过努力，可惜成效甚微，藩镇日益坐大，危机日益深重。唐王朝此时已是积重难返，千疮百孔。杜牧怀抱济世救国之丹心，上穷碧落下黄泉，寻觅改天换地之灵药，奔波在无法挽狂澜于既倒的悲剧之中。他遍览兵书，综理战法，精研韬略，欲挽雕弓射天狼，呕心沥血注释《孙子》十三篇献给朝廷。他在《上周相公书》中指出："伏以大儒在位，而未有不知兵者，未有不能制兵而能止暴乱者，未有暴乱不止而能活生人、定国家者。"他踌躇满志地说自己注释《孙子》，"虽不能上穷天时，下极人事，然上至周、秦，下至长庆、宝历之兵，形势虚实，随句解析，离为三编，辄敢献上，以备阅览。少希鉴悉苦心，即为至幸"。

大和二年（828），26岁的杜牧进士及第，随后被任命为弘文馆校书郎。登第之前，他眼见唐敬宗大兴土木，劳民伤财，挥笔写下了峻厉昂扬、神驰古今的《阿房宫赋》——

　　六王毕，四海一，蜀山兀，阿房出。覆压三百余里，隔离天日。骊山北构而西折，直走咸阳。二川溶溶，流入宫墙。五步一楼，十步一阁；廊腰缦回，檐牙高啄；各抱地势，钩心斗角。盘盘焉，囷囷焉，蜂房水涡，矗不知其几千万落。长桥卧波，未云何龙？复道行空，不霁何虹？高低冥迷，不知西东。歌台暖响，春光融融；舞殿冷袖，风雨凄凄……

杜牧用铺陈夸张的语言，描绘了阿房宫的华美壮观，揭露了秦王朝骄奢淫逸、大兴土木、滥用民力，造成民怨沸腾的史实，指出"灭六国者，六国也，非秦也。族秦者，秦也，非天下也"，呼吁后之来者哀而鉴之："秦人不暇自哀，而后人哀之；后人哀之而不鉴之，亦使后人而复哀后人也。"其忧之广、思之深、哀之切，直如浩浩渭水！

《阿房宫赋》不啻一块太空巨石陨落地球，砸向了病入膏肓的唐王朝，激起滚滚烟尘，却没能唤醒蜷缩在皇宫深处苟延残喘的统治者。

这年十月，杜牧离开京城长安，此后七年间，他先后任江西、宣歙观察使沈传师和淮南节度使牛僧孺的幕僚，一不小心掉进深坑里，成了所谓"牛党分子"，铸成了后来的一连串悲剧。

在这段幕府生涯里，杜牧依然心系天下，把酝酿已久的富国强兵之策加以整理，写成了《战论》《守论》《罪言》《原十六卫》等策论，论述了古今战守之道，分析了削藩安邦的策略，显示了卓越的战略眼光与军事才能。

然而，杜牧明白，朝廷根本不会采纳他的谋略，他只能"纸上谈兵"。失望之余，他倒不像李商隐那样穷愁落魄，反而是放浪形骸，终日纵酒欢歌："男儿

所在即为家，百镒黄金一朵花。借问春风何处好？绿杨深巷马头斜。"（《闲题》）

淮南节度使幕府的办公地点，在扬州（今属江苏）。唐代的扬州富丽繁华，酒肆林立，丝竹盈耳，是名扬天下的销金窟与温柔乡。多年后，杜牧回忆在扬州度过的岁月，写下了广为传诵的《遣怀》——

落魄江湖载酒行，楚腰纤细掌中轻。

十年一觉扬州梦，赢得青楼薄幸名。

对牛僧孺的知遇之恩，杜牧深铭于心，赋诗讴歌，《寄牛相公》说他"六年仁政讴歌去，柳远春堤处处闻"，《送牛相公出镇襄州》说他"德业悬秦镜，威声隐楚郊"，对他的功业、道德、威望，予以高度礼赞。大和九年（835），杜牧离开扬州，拿着牛僧孺的亲笔推荐信，找到宰相李宗闵谋求官职，随后被任命为监察御史。

这时候，正是"甘露之变"前夕，朝廷内部正酝酿着朝臣与宦官的恶斗，一场生死之战即将爆发。政治嗅觉极其灵敏的杜牧借口有疾，以监察御史的身份，跑到东都洛阳履职去了，这才躲过了那场血腥屠杀。尽管如此，"甘露之变"带给杜牧的震撼，依然如雷击顶。他的思想观念，由此发生遽变。汹涌激荡的报国豪情，慢慢消退了，匡扶社稷的雄心壮志，渐渐黯淡了，代之以对国事日蹙的悲哀和幻想破灭的绝望。一个素怀改天换日大志的斗士，一个激情澎湃如长江黄河的诗人，将大志付诸流水，将激情化为冷灰，将奋进化为隐忍，这是他个人的悲哀，还是时代的悲哀呢？

开成五年（840），文宗驾崩，武宗登基，李德裕为相，牛党人士纷纷落马，杜牧却未受太大冲击。原来，李杜两家是世交，李德裕之父李吉甫曾是杜牧祖父杜佑的僚属。可是，杜牧和牛僧孺的关系太亲近了，李德裕对此心存疑惧，杜牧因此难以得到重用，且杜牧得罪过另一个当朝宰相李绅，不久就被外放黄州（治今湖北黄冈）。

这位将杜牧一脚踢到黄州的李绅，曾以《悯农二首》扬名天下——

锄禾日当午，汗滴禾下土。

谁知盘中餐，粒粒皆辛苦。

春种一粒粟，秋收万颗子。

四海无闲田，农夫犹饿死。

这位早年写诗悯农的李绅先生，"为人短小精悍，于诗最有名，时号'短李'"（《新唐书·李绅传》）。他不但会作诗，还会做官，历任刺史、节度使、中书侍郎、尚书右仆射、门下侍郎。他为政刚凛威猛，任河南尹时，强力整治恶少，使之闻风而逃；任宣武军节度使时，"大旱，蝗不入境"，连蝗虫都被他吓得飞到别处啃食庄稼去了！李绅晚年位居宰相，封赵郡公，一天，他举办盛大酒宴，款待刘禹锡等人，奢侈程度令刘禹锡感慨不已，作诗曰："高髻云鬟宫样妆，春风一曲杜韦娘。司空见惯浑闲事，断尽苏州刺史肠。"（《赠李司空妓》）

"司空"是古代官名，掌管土木工程。唐代并没有这个官职，因李绅曾任职工部，主管水利、建筑等，所以刘禹锡称他为"司空"。岂料刘大诗人顺手一笔，就抹去了缭绕在"悯农诗人"李绅头顶上的光环，"司空见惯"一词由此产生，再读他的悯农诗，却是别有一番滋味在心头了。

而杜牧开罪于李绅，却是因为处事过于直率。开成元年（836），李绅由河南尹调任宣武军节度使，临行之际，东都洛阳白马寺前乌泱泱挤满了人，大家纷纷前来为他送行，有的还搭起了五颜六色的帐篷。李绅望着眼前的盛大场面，心底暗自得意，正要上前发表"告别演说"，忽听有人厉声呐喊："散开！散开！"骚动的人群有些迷茫，跟着就呼啦啦散去了。原来，驻守东都的监察御史杜牧带着僚属前来维持秩序，驱离送行人群。李绅无可奈何，只好悻悻而去，并作诗《拜宣武军节度使》记其事，"油幢并入虎旗开，锦囊从天凤诏来"，将行之际，人声鼎沸，彩旗飘扬，可忽然"日晖红旆分如电，人拥青门动若雷"，有人挥舞着一面小旗子，粗暴地驱赶人群，"伊洛镜清回首处，是非纷杂任尘埃"，唉唉，这个尴尬场面真叫人百感交集啊！其诗注曰："留台御史杜牧使台吏遮殴百姓，令其废祖帐。"——这实际上是记下了一笔账啊！

杜牧落魄时刻，李绅正端坐宰相之高位，他嘴角甩出来的嗤嗤笑声，隔着千年岁月，似乎依然可以听到。在贬谪黄州的凄惶日子里，杜牧深夜独酌，也对当年的孟浪之举有所反省："御史诏分洛，举趾何猖狂。阙下谏官业，拜疏无文章。寻僧解幽梦，乞酒缓愁肠。"（《郡斋独酌》）

武宗驾崩，宣宗即位，李德裕下野，李党失势，牛党回朝。杜牧的处境却很尴尬。因为，作为牛党一员，李党掌权时并没有迫害过他，那么平反昭雪自然也就没他的份儿。不仅如此，牛党还在他的屁股上狠狠踢了一脚，嘭！把他踢到了更僻远的睦州（治今浙江建德东北）做刺史。杜牧慌了手脚，连忙上书宰相白敏中，百般求告。叵耐白宰相根本不理睬他，倒是另一个宰相周墀比较厚道，帮忙把他调回京城，做了一名从六品的司勋员外郎，主管功勋嘉奖、赏格审核等。

这一时期的唐王朝已是国势日衰，危机四伏，四分五裂，大厦将倾，即使唐太宗李世民显圣，也是回天乏术了。

唐宣宗李忱虽有恭俭好善、平易近人之德，却刚愎自用、倒行逆施，重用牛党集团，搞得天下乌烟瘴气，最后死于金石丹药之毒。其子唐懿宗李漼以两大劣迹著称：一是肆意挥霍，以致民不聊生；二是佞佛无度，连性命都赔了进去。懿宗终日游宴，宫中有乐工500余人，每月大宴十次，小宴无数。据《太平广记·奢侈》记载，其女同昌公主出嫁，懿宗"赐钱五百万贯"，并赐豪宅一座，窗户用珍宝加以装饰，箕筐用金丝编织而成；懿宗每日派人前往"赐御馔汤药"，"其馔有消灵炙、红虬脯，其酒则有凝露浆、桂花醑，其茶则有绿花、紫英之号"。"消灵炙"是从羊肉中精选出来的，仅得四两，"虽经暑毒，终不臭败"；"红虬脯"缕缕腱丝如红丝挺立，置于盘中，高达一尺，用筷子稍加按压，缩成三四分厚，移开筷子立刻恢复原状。至于懿宗崇佛，更是一片愚诚，他在宫中设讲坛，自诵佛经。咸通十四年（873）三月，他派人到凤翔（今属陕西）法门寺奉迎"佛骨"，大臣劝谏，他回答说："朕得见佛骨，死亦何恨？"岂料一语成谶，几个月后，昏聩的懿宗就呜呼哀哉了。

懿宗的"接班人"唐僖宗李儇，犹如顽劣少年，在宦官田令孜的引诱下，过着醉生梦死、花天酒地的生活。藩镇叛乱、农民起义，他毫不理睬，整天沉溺于骑驴击球、斗鸡走马，甚至荒唐到以球赛胜负来决定封疆大吏的任用与否。朝臣们为保乌纱，更是以媚上为事。有一年，天下大旱，蝗虫铺天盖地，所过之处，庄稼一扫而空。朝廷开会讨论此事，京兆尹杨知至却如此描绘灾情："蝗虫们飞到天子脚下，惧怕皇上圣威，哪敢吃庄稼，一群群一片片都抱着荆棘死掉了。"朝堂之上，如此胡说八道，僖宗却"龙颜大悦"。

大唐王朝的如画江山落在一个个败家子皇帝手里，国家焉有不亡之理？震动天下的王仙芝、黄巢农民大起义，已经敲响了唐王朝彻底灭亡的丧钟！

杜牧来到京城长安，只见一片颓败景色。他踟蹰于长安街头，联想到古今兴亡，心头充满了末世之悲，不禁泪如雨下。贞观时期，丽日蓝天；开元盛世，繁华靡丽；即使是元和年间，也有复兴迹象。如今之朝政，可谓日落西山，且一落便落入了深渊，再也不可能复现繁荣富丽之盛唐气象了，那些辉煌岁月，只能留在梦中回忆了！

千秋佳节名空在，承露丝囊世已无。

唯有紫苔偏称意，年年因雨上金铺。

——《过勤政楼》

勤政楼，兴建于开元八年（720），位于长安城兴庆宫之西南角。兴庆宫是唐玄宗与杨贵妃双栖双宿之地，勤政楼距此不远，雕梁画栋，翅檐摩天，西面题曰"花萼相辉之楼"，南面题曰"勤政务本之楼"，是玄宗处理政务、国家举行重大典礼的地方，也是他励精图治的标志性建筑。

勤政楼建成后的第九年，即开元十七年（729）八月五日，玄宗为庆贺自己的生日，在勤政楼隆重举行第一届"千秋节"。楼下排列百匹骏马，玉勒雕鞍，振鬣仰嘶；楼上摆开浩大筵席，百官奉上万寿酒，山呼万岁，声震寰宇——那是怎样热烈红火的场面啊！那一年，天下百姓感念玄宗的恩德如同阳光雨露，纷纷用彩色丝线编结精美的"承露囊"，互相赠送，以示庆贺，"千秋节"从此成了唐王朝一年一度的联欢佳节。

然而，仅仅过了70余年，如今这一切都已经烟消云散，成了徒有其表的名号，只有那些因雨而生的紫苔，不甘落寞地爬上了勤政楼锈迹斑斑的金色门钮！

杜牧心底的痛楚，仿佛在沥沥滴血。随着这满眼飘零，青春岁月逝去了，豪情壮志湮没了，难怪他要哀叹自己处于水深火热之中，只好借酒浇愁

了："把酒直须判酩酊，逢花莫惜暂淹留。假如三万六千日，半是悲哀半是愁。"（《寓题》）

（五）情思绵邈

李商隐与杜牧，作为晚唐最具浪漫主义气质的天才诗人，他们的一生和他们的诗歌一样，亦真亦幻。自古诗人最多情，何况李商隐与杜牧的情感之泉，喷发得那样热烈绚烂、多姿多彩！

据专家考证，李商隐一生大约经历了三次恋爱，每一次都是全身心投入，那样一往情深、铭心刻骨——

春蚕到死丝方尽，蜡炬成灰泪始干。

身无彩凤双飞翼，心有灵犀一点通。

春心莫共花争发，一寸相思一寸灰。

此情可待成追忆，只是当时已惘然。

这些诗句，可谓字字真、句句情、声声泪，痛至骨髓，美至无言，你无法不被打动。古往今来，关于爱情的种种话题，无论是相爱还是分手，人们始终在吟咏这些历久弥新的动人诗句。学者周汝昌先生认为："玉谿一生经历，有难言之痛、至苦之情，郁结中怀，发为诗句，幽伤要眇，往复低回，感染于人者至深。"（《千秋一寸心》）

据说，李商隐23岁那年到玉阳山东峰学佛，邂逅了华阳姑娘。华阳姑娘乃玉真公主的侍女，随公主在玉阳山西峰灵都观修道。她年轻靓丽，颖慧灵秀，李商隐一见倾心，两人很快坠入情网，一个在东山唱歌，一个在西山应和。

玉阳山位于今河南省济源市西三十里。南宋郑樵《通志》云，相传唐睿宗之女玉真公主曾在此修道，山上有尚书谷，谷内有憩鹤堂，应是公主栖息之处。

云雾缥缈的东西两峰之间，有一条幽谷名玉溪。玉溪深处，有古树如伞，伞下石屋如磐，鸟鸣其上，风绕其间——这个美妙去处，就成了两人的"诺亚方舟"。后来恋情不幸曝光，男的遭驱逐，女的被遣返，茫茫玉溪山谷里，回荡着缥缈哀怨的哭泣之声……

与华阳姑娘的初恋，就此"灰飞烟灭"，留给李商隐的是锥心之痛；而与柳姑的失之交臂，则令他抱憾终生。

那一年，李商隐进京应试，途中宿在洛阳西郊。第二天黎明时分，他徘徊庭院，高声吟哦诗句。忽然，隔壁有人轻声应和。李商隐过去一看，乃一曼妙女子。这便是洛阳富商之女柳姑。柳姑冰雪聪明，听罢李商隐的吟哦，但觉其诗美才高，不禁心潮涌动。得知作者就是眼前这位文弱书生，柳姑愣怔片刻，暗许芳心。无奈李商隐应试日期临近，就此错过了一桩美丽姻缘，而柳姑从此便不肯再嫁了。这年冬天，洛阳友人冒雪赶到长安，告诉李商隐，柳姑被逼无奈，泪水涟涟地嫁给一个地方官员为妾了！李商隐伤感至极，一口气写下了《柳枝五首》："画屏绣步障，物物自成双。如何湖上望，只是见鸳鸯……"

如果说前两段回肠荡气的爱情故事只是所谓"美好传说"，那么李商隐的第三次恋情，则遇到了爱妻王氏，这一段惊世风流成了他一生的转折点。

开成三年（838），李商隐进入泾原节度使王茂元幕府。初见王茂元时，李商隐不免有些手足无措，是一阵银铃般的笑声化解了他的窘迫。那是王茂元的小女儿，笑靥如花，气质高雅。在李商隐眼中，她便如那西天之云霓，令人感到高不可攀。然而，这位才气横溢、灵动明艳的女子，对许多官宦子弟不屑一顾，却对文质清丽的李商隐一见钟情。这桩轰动一时的婚姻，既给李商隐带来了感情上的极大满足，也给他造成了仕途上的巨大灾难。唉，真是"甘蔗没有两头甜"！

难能可贵的是，在豪宅华屋、锦衣玉食中长大的王氏，出嫁之后就心甘情愿地与李商隐过起了清风伴明月的日子。李商隐追求人格独立，不肯仰老泰山之鼻息过活，夫妻俩的日子过得清寒如夜露。几年后，王茂元病逝，参天大树遽然倒下，激起滔天巨浪，将他们冲入了人世起伏动荡的汪洋大海里。面对世态炎凉、人情冷暖，他们甘苦自守，粗茶淡饭亦甘之如饴。为了生计，李商隐不得不一次次告别爱妻，奔波天涯。大中元年（847），他离家赴桂州，第二年在辗转北归的客栈里，在潇潇夜雨声中，他写下了思念亲人的著名诗篇《夜雨寄北》——

> 君问归期未有期，巴山夜雨涨秋池。
>
> 何当共剪西窗烛，却话巴山夜雨时。

这首诗被前人评为"婉转缠绵，荡漾生姿"（《唐人万首绝句评选》）。大中五年（851），爱妻王氏病逝，李商隐悲痛莫名，那一刻，他的灵魂仿佛也随着爱妻的芳魂飞升九霄了！"忆得前年春，未语含悲辛。归来已不见，锦瑟长于人。"（《房中曲》）那把斜挂在墙壁上的锦瑟，弹响的却是人间至悲至哀至痛之曲！

对妻子的思念，刻骨铭心，痛彻肺腑——"摇落伤年日，羁留念远心。水亭吟断续，月幌梦飞沉。古木含风久，疏萤怯露深"（《摇落》）；"绝徼南通栈，孤城北枕江。猿声连月槛，鸟影落天窗"（《因书》）；"朔雁传书绝，湘篁染泪多。无由见颜色，还自托微波"（《离思》）；"帘垂幕半卷，枕冷被仍香。如何为相忆，魂梦过潇湘"（《夜意》）……

那年正月，李商隐回到位于东都洛阳崇让坊的王家祖宅。此时，妻子已故去六载，宅院荒废破败，青苔枯木、蛛网残花令他触目生悲，遂赋诗《正月崇让宅》——

> 密锁重关掩绿苔，廊深阁迥此徘徊。
>
> 先知风起月含晕，尚自露寒花未开。
>
> 蝙拂帘旌终展转，鼠翻窗网小惊猜。
>
> 背灯独共余香语，不觉犹歌起夜来。

李商隐重回故宅，但见铁钥深锁，孤月生寒，哀愁弥天匝地，凄凄凉透魂灵。妻子远逝，无人与语，独自徘徊，其奈之何！辗转之间，但见凄迷月光里，蝙蝠拂帘旌，幼鼠翻窗网，恍惚间以为妻子魂魄归来；"惊""猜"之下，茫然四顾，周遭一片冷寂，一曲歌谣幽幽响起，却是妻子曾吟唱的那首低回哀婉的

《起夜来》。这是一支乐府曲调，唐人吴兢《乐府解题》云："《起夜来》，其辞意犹念畴昔思君之来也。"哀伤彻骨的诗人，不说自己忆念妻子，却说远逝的亡妻思念着自己，其眼中的滴滴珠泪、心头的点点鲜血，宛然在目。作为名门千金，妻子当初不顾一切嫁给自己一介穷书生，几十年来同甘共苦，生死相依；自己一生穷愁潦倒，没能给她幸福的生活，让她一生劳碌受苦，眉目从未舒展过，作为丈夫，愧恨何如？

> 相见时难别亦难，东风无力百花残。
> 春蚕到死丝方尽，蜡炬成灰泪始干。
> 晓镜但愁云鬓改，夜吟应觉月光寒。
> 蓬山此去无多路，青鸟殷勤为探看。

挥笔写这首《无题》时，李商隐的眼前，一定浮现出了爱妻的音容笑貌，他也一定泪流满面……

李商隐可谓情圣矣！而杜牧对待女性，则近乎他在《遣怀》诗中的自况——薄幸。

杜牧一生，与诸多女子有所往来，却很难说对谁一往情深。听说李司徒的家伎貌美，他便不请自来，仔细观摩，当场赋诗相赠；那年他到湖州，与一少女相识，约定十年之后前来迎娶，岂料宦海颠簸，等他回到湖州时，当年的少女早已为人妇，他郁闷难消，只有写诗遣怀……

著名歌女张好好，曾与杜牧交好。当时，初入宦海的杜牧在江西观察使沈传师幕府邂逅张好好，惊为天人，两人颇有来往，后来杜牧上司沈传师的弟弟纳张好好为妾，杜牧从此与之断绝音信。几年后，杜牧来到洛阳，意外发现张好好早被丈夫抛弃，在东城一家酒馆里卖酒度日。杜牧感慨万端，写下了著名的《张好好诗》："洛城重相见，婷婷为当垆。怪我苦何事，少年垂白须？朋游今在否，落拓更能无？"泪眼婆娑的杜牧泼墨挥毫，自书其诗，"洒尽满衿泪，短歌聊一书"，不经意间成了一幅书法珍品。流传至今的《张好好诗》纸本上，有宋徽宗、贾似道、乾隆等一串名人的鉴定印章。

这些所谓风流佳话，或许是小说家言，未必靠谱；不过，才子多情，自古皆然。男女相悦的一个重要原则是以情感为重——真挚之情，真挚之爱，永远是美好的；否则，处处采花，时时渔色，就并非无可指责了。

转眼间，天命之年临近，杜牧身患重病，他仿佛听到了生命终点的钟声黯然响起，于是焚诗明志，写了一篇《自撰墓志铭》，慨叹自己"平生好读书，为文亦不出人"。他还追述了一场诡异的南柯一梦——那年十一月十日，他梦见自己手书一纸，曰"皎皎白驹，在彼空谷"，于是他"自视其形，视流而疾，鼻折山根，年五十，斯寿矣"。正好50岁那年，杜牧谢世，似乎印证了其言不谬也。

或曰：杜牧一生，没有得到在政坛施展才华、实现鸿鹄之志的机会，只好借诗酒风流来掩饰失意与落寞。是否如此，天知地知人不知。

（六）时局之殇

作为晚唐最杰出的两位诗人，李商隐与杜牧不但基本经历相似，其感知时代风雨的直觉，也惊人的准确。

晚唐的秋风秋雨，淋湿了诗人们的眼睛。"贞观之治"的蓬勃向上、"开元盛世"的繁华富丽、"元和中兴"的霞辉灿烂，曾经怎样的激动人心，产生了多少绚丽诗篇啊！如今，这一切都成了如烟往事；大唐帝国如一轮夕阳斜挂在西天之上，眼瞅着就要落山了——

> 向晚意不适，驱车登古原。
> 夕阳无限好，只是近黄昏。

李商隐这首《登乐游原》，短短四行二十个字，却是一支为大唐帝国唱出的一往情深、缠绵缱绻的挽歌。诗人以无限凄凉的目光，注视着那轮无可挽回的夕阳。那轮夕阳，抛开了世间万物，也抛开了伫立在荒野上的诗人，就那样一点一点地，坠落下去……

杜牧的同题诗《登乐游原》，则别有一番滋味——

长空澹澹孤鸟没，万古销沉向此中。

看取汉家何事业，五陵无树起秋风。

孤鸟隐没长空，引得万古销沉，遥想汉家事业，秋风荡扫陵墓，凄清，冷寂，寥廓恢宏映衬下的大寂寥，流露出深渊一般的悲凉。正如明人徐献忠所云："牧之诗含思悲凄，流情感慨。抑扬顿挫之节，尤其所长。以时风委靡，独持拗峭。"

而杜牧对时代的感知，却是清丽忧郁，具体细腻——

长安回望绣成堆，山顶千门次第开。

一骑红尘妃子笑，无人知是荔枝来。

《过华清宫》用白描手法，追思唐玄宗和杨贵妃当年在华清池享尽荣华富贵却因此酿成杀身之祸，寄托了诗人对江山安危的隐忧。

烟笼寒水月笼沙，夜泊秦淮近酒家。

商女不知亡国恨，隔江犹唱后庭花。

《泊秦淮》明指商女"不知亡国恨"，实则批判那些只知享乐的高官显宦，批判晚唐统治者不知亡国之恨之痛。

品读李商隐，品出的是深情绵邈。他的爱情诗乃千古绝唱，《无题》十余首，如风雪凄迷，霞光摇荡，至今脍炙人口。"锦瑟无端五十弦，一弦一柱思华年。庄生晓梦迷蝴蝶，望帝春心托杜鹃"（《锦瑟》），这"无端之弦"，弹奏的究竟是何等妙曲呢？"庄生梦蝶"，梦见的究竟是哪位曼妙女子呢？"对影闻声已可怜，玉池荷叶正田田。不逢萧史休回首，莫见洪崖又拍肩"（《碧城·其二》），这朵鲜艳滴露而只见倩影、只闻玉声的"解语之花"，犹如田田之雨荷，她如弄玉不遇萧史不回首，见了道侣就不会再留情于他人。"为有云屏无限娇，凤城寒尽怕春宵。无端嫁得金龟婿，辜负香衾事早朝"（《为有》），这位心怀"无限娇"的女子，嫁了金龟婿，却独卧香衾，缠绵而悱恻……

李商隐的咏史诗，大胆无忌，哀婉低回，熔历史感慨与内心波澜于一炉，如危崖玉树，风姿独具。"此日六军同驻马，当时七夕笑牵牛。如何四纪为天子，不及卢家有莫愁"（《马嵬·其二》），将震动天下的"马嵬兵变"糅入迷离之诗句；"一笑相倾国便亡，何劳荆棘始堪伤。小怜玉体横陈夜，已报周师入晋阳"（《北齐·其一》），将唐敬宗的荒唐堕落与玉体横陈的美人、动地而来的敌军，收入伤感之画面，凸显亡国之痛、沦落之悲；"历览前贤国与家，成由勤俭破由奢。何须琥珀方为枕，岂得真珠始是车"（《咏史》），历览前贤之功业，始知国家昌盛，成于勤俭奋进，败于挥霍豪奢；而名篇《贾生》，则通过汉文帝刘恒与大才子贾谊的一番对话，斥责晚唐诸帝求仙访道炼丹、误国害民的荒唐行为——

> 宣室求贤访逐臣，贾生才调更无伦。
> 可怜夜半虚前席，不问苍生问鬼神。

品读杜牧，品出的是情致豪迈。他秉性刚直，素喜兵法，其诗文亦受兵法影响。他在《答庄充书》中说："凡为文以意为主，气为辅，以辞彩章句为之兵卫，未有主强盛而辅不飘逸者，兵卫不华赫而庄整者。"以兵法论文，乃杜牧首倡。文意为"主帅"，文气为"辅佐"，文采为"兵卫"，文意强盛，文气飘逸，文采华赫，方为好文章！杜牧之说，堪称经典之论。他注释《孙子》，满篇刀光剑影；指陈政事，臧否人物，俱能切中肯綮；而写景抒怀，更是堪比天籁——

> 清明时节雨纷纷，路上行人欲断魂。
> 借问酒家何处有？牧童遥指杏花村。
>
> ——《清明》
>
> 银烛秋光冷画屏，轻罗小扇扑流萤。
> 天阶夜色凉如水，坐看牵牛织女星。
>
> ——《秋夕》

远上寒山石径斜，白云生处有人家。

停车坐爱枫林晚，霜叶红于二月花。

——《山行》

千里莺啼绿映红，水村山郭酒旗风。

南朝四百八十寺，多少楼台烟雨中。

——《江南春》

折戟沉沙铁未销，自将磨洗认前朝。

东风不与周郎便，铜雀春深锁二乔。

——《赤壁》

　　杜牧与李商隐，晚唐诗坛两大巨擘，其实是有过交集的。据吴在庆《杜牧全传》记载，两人曾于大中三年（849）在路上邂逅，至于具体时间、地点及具体情形，已无可考。当时李商隐37岁，官职是京兆府幕僚；杜牧47岁，官职是司勋员外郎。应当说，李商隐对眼前这位前辈，还是心怀仰慕的。两人曾在河畔长椅上喁喁交谈，且十分投机。过了几天，李商隐作了两首诗寄赠杜牧，却没有得到回应，个中缘由，因史籍无载，不得而知。

杜牧司勋字牧之，清秋一首杜秋诗。

前身应是梁江总，名总还曾字总持。

心铁已从干镆利，鬓丝休叹雪霜垂。

汉江远吊西江水，羊祜韦丹尽有碑。

——《赠司勋杜十三员外》

　　李商隐在这首诗的开篇直呼杜牧官名，他说道："您的大作《杜秋娘诗》像清秋一样清旷邈远；您前身是南梁陈朝著名诗人江总吧，因为他的名号与您的名号很像呢。您的铁血雄心犹如古代干将莫邪之剑，凛冽生寒，即使年华流逝、鬓发生雪，又如何能消磨昂昂剑气呢？您的祖先杜预将军，曾经得到西晋名臣羊祜举荐，成为一代名将，如今您奉敕为当代功臣韦丹书写碑文，必将如'羊祜碑'（'堕泪碑'）那样流传后世，千古不朽！"

　　这首诗延续了李商隐深情绵邈的风格，却没有得到杜牧的回应，给后世留下了一个小小谜团。有论者认为，此诗上半阕其实暗含了两瓢"冷水"，令杜牧不快。其一，《杜秋娘诗》在杜诗中算不得上乘之作，那个"生女白如脂"而"不劳朱粉施"的金陵歌姬杜秋娘，15 岁做了叛贼李锜的小妾，李锜被诛，杜秋娘籍没入宫，受到宪宗、穆宗父子宠爱，后来不幸牵涉宫闱争斗，被放归故乡，穷愁潦倒。杜牧与之邂逅，为她作了这首诗。李商隐把这首稍显平淡的诗誉为清秋绝唱，涉嫌捧杀。其二，李商隐说杜牧才大如天，就像南陈大才子江总，就其才华而言，倒还恰切；然而，江总此人却是一个毫无节操的无耻之徒，《陈书·江总传》骂他是"狎客"，斥责他当权时"不持政务，但日与后主游宴后庭"，吃喝玩乐，沉迷声色，导致朝政日益衰败，南陈很快就灭亡了。拿这么一个劣迹斑斑的"亡国诗人"来比喻杜牧，毋宁说是对一向心怀大志、醉心兵法的杜牧的一个不大不小的羞辱。他的置之不理，实在是比较厚道了。

　　然而，这些说法不过是后人的揣测罢了。传说，有一年深秋的一个晚上，李商隐与杜牧相约在长安西郊一家名为"杏花村"的酒馆小酌，两人无言相望，开怀畅饮。

> 高楼风雨感斯文，短翼差池不及群。
> 刻意伤春复伤别，人间惟有杜司勋。

　　杜牧低声吟诵着李商隐写给自己的这首《杜司勋》，喟然有怀。年长 10 岁的他，一时竟不知说什么才好，末了，兀自来了一句：

　　"还是相见时难别亦难啊！"

　　李商隐摇了摇头，对了一句：

　　"毕竟是折戟沉沙铁未销啊！"

　　两个人呵呵笑了，连饮三杯，然后相互指点——

　　"你这个顽固不化的李党分子！"

　　"你这个死不改悔的牛党分子！"

　　"牛李党争"，这个挥之不去、缠绕了两个大诗人一生的噩梦，此刻却使他们笑出了眼泪。

只留鹤一只，此外是空林

——司空图与李煜

（一）国亡词残

天祐四年（907）三月，春寒料峭，在大军阀朱温的屠刀下苟延残喘的唐哀帝李柷，像热锅上的蚂蚁一般在洛阳（今属河南）皇宫里焦躁不安地走来走去，苦思冥想苟活性命于乱世的对策。

这时候的大唐王朝，已经堕入了万劫不复之深渊。朱温的血腥屠戮，令朝堂为之一空，满朝衮衮诸公，一个个噤若寒蝉。天祐元年（904），38岁的唐昭宗李晔被弑杀，13岁的李柷登基，是为唐哀帝。次年二月，朱温令蒋玄晖设计将德王李裕等昭宗九子悉数杀害；六月，宰相裴枢等30余名朝廷高官被逼自尽；十二月，为朱温效命的执政大臣蒋玄晖、柳璨、张廷范等人因拖延禅位时间，先后被杀。朱温杀人之不眨眼，由此可见一斑。

一场场残暴的杀戮，犹如屠猪宰羊，早把唐哀帝李柷吓破了胆。为保住性命，他连忙指派新任宰相张文蔚、杨涉率领文武百官，双手恭捧宝绶，连夜赶到朱家军的大本营——大梁（今河南开封），禅位于朱温。绵延290余年的大唐王朝，至此寿终正寝了。梁国则崛起于青史，史称后梁，朱温为后梁太祖。16岁的唐哀帝李柷被降为济阴王，次年被诛杀……

李柷死于非命，似乎捅破了大唐王朝遗老遗少们的汹涌泪泉，许多人恸哭号啕，血泪交迸。隐居于中条山王官谷的著名诗人司空图听闻哀帝死讯，颓然倒地，泪流满面，大骂"逆贼朱三"，不久呕血而死，享年72岁。他由此成了唐朝倾覆之后最著名的祭品之一。

丧乱家难保，艰虞病懒医。

空将忧国泪，犹拟洒丹墀。

——《乱后三首·其一》

乌飞飞，兔蹶蹶，朝来暮去驱时节。

女娲只解补青天，不解煎胶粘日月。

——《杂言》

诗人的忧国之泪还想洒在皇家宫阙，可惜已不可能了。他抱怨女娲娘娘说："你老人家懂得炼石补天，怎么就不懂得熬一锅万能胶，粘住天空中急速坠落的太阳与月亮呢?"

司空图临终前怒骂的那个"逆贼朱三"，就是篡唐自立的后梁太祖朱温。可叹的是，司空先生至死也不明白，在中国历史上纵横近三百年的大唐王朝，哪里是一介朱三能够摧毁的呢！作为唐末实力强劲的军阀，朱温不过是往濒死之虎的头上开了几枪，在颤颤将倾的摩天大厦下引爆了几颗巡航导弹而已！

唐朝末年的历史，浸透了血泪与耻辱。农民起义风起云涌，所向披靡，震得皇家宫阙土崩瓦解；藩镇首领犹如江洋大盗，蚕食百姓，凌逼君主。曾经辉煌富丽的唐王朝，犹如漂流在狂涛怒浪中的一叶危舟，时刻面临着灭顶之灾。唐末诸帝，不可避免地沦落为暴风雨里的落汤鸡。唐宣宗李忱空有收复江山之宏愿，也曾恭谨节俭、选贤任能，无奈大厦将倾，无力回天，只有徒唤奈何。唐懿宗李漼整天游嬉宴乐，哪管国家危机四伏，堪称败家子皇帝。唐僖宗李儇的命运更其不幸，他当国之际，"草根英雄"王仙芝、黄巢等义军领袖揭竿而起，以摧枯拉朽之势斩关夺隘，迅速占领京城长安，他仓皇出逃，东奔西窜，27岁即在惊恐不安中病死了。此后的唐昭宗李晔、唐哀帝李柷，犹如寒风扫荡下的枯叶，生机全无。这两个末世之君，先后死于朱温的屠刀下，奏响了晚唐悲咽凄惨之哀歌……

待到秋来九月八，我花开后百花杀。

冲天香阵透长安，满城尽带黄金甲！

——《不第后赋菊》

冲天大将军黄巢的诗句，令统治者脊背发凉。可惜，他缺乏统驭天下的雄才大略。起兵初期，他统率百万之众，转战数省，兵锋到处，百姓欢天喜地，却始终没有建立自己的根据地，被后人称为"流寇"。进入京城后，他主持建立了大齐政权，改元金统，唐廷旧臣凡三品以上全部罢免，四品以下酌情留用；那些滞留长安的皇亲国戚，几乎被诛杀殆尽。唐廷左金吾卫大将军张直方先是率领一群文武官员迎接黄巢入城，私下里却收留了数百名高官显宦，被查获后全部处死了。这些举措在当时极度混乱的局势下，也许是必要的。然而，他却犯了三个战略性的重大错误：其一，没有派大军全力追击唐僖宗李儇，使他得机调兵遣将组织反扑，后来起义军的劲敌——沙陀族军阀李克用，正是僖宗下令召来的援军；其二，没有集中兵力歼灭盘踞关中的唐廷禁军，为他们卷土重来留下了后患；其三，没有制定必要的经济政策，致使治下的农业生产、财政收入一片空白，加之关中地区土豪劣绅纷纷坚壁清野，京城不久就陷入了严重的粮荒。这些战略失误，决定了大齐政权不可避免的覆灭命运。可叹黄巢，豪气干云，杀气冲天，打天下堪称英勇无敌，治天下可谓茫然无措——这正是中国历代"草根英雄"悲剧之所在，也是他们最后总是走向灭亡之宿命的原因。

其实，朱温当初是踏着黄巢起义军的鲜血蹿升入云，成为一代枭雄的。

朱温乃宋州砀山（今安徽砀山东）人，自幼丧父，兄弟三人靠母亲帮佣艰难度日。《新五代史·梁太祖纪》说他"尤凶悍"。黄巢起义军席卷天下，朱温拉着二哥投奔了义军，二哥不久阵亡，他跟随黄巢转战安徽、浙江、福建、广东、湖南、湖北、河南等地，因作战英勇，不断升迁，到大齐政权建立时，他已经成了重要将领，被任命为东南面行营先锋使，镇守邓州（今属河南），控制荆襄一带。后来战局出现逆转，唐军气势汹汹卷土重来，义军被困长安。危急时刻，朱温转身投降了朝廷。走投无路的唐僖宗像抓住了一根救命稻草，立即任命他为左金吾卫大将军、河中行营招讨副使，并赐名全忠。这个无赖朱三，转眼间就成了镇压黄巢起义军的刽子手。中和三年（883）四月，黄巢率起义军退出长安城，在朱温与李克用的追击下，一路败走，最后退至泰山狼虎谷（今山东莱芜西南），战败自杀。

这时，在合力绞杀起义军的过程中，唐朝境内的大小藩镇、大小军阀杀伐不断，白骨化为士卒交战之干戈，鲜血染红军阀晋升之阶梯。朱温晋封东平王，拥有河南大部分地区（今河南、山东、苏北、皖北一带）；李克用晋封晋王兼河东节度使，拥有河东地区（今山西一带）。朱、李两大军事集团的激烈搏杀，使晚唐历史的天空里血雨飘洒，冤魂哀号……

历史的结局是：黄巢失败了，唐朝覆灭了，朱温代唐自立，建立后梁；李克用虎视眈眈，时刻伺机夺取天下——两个野心家，一个篡唐称帝，一个号称复唐，他们之间的血腥争夺，掀开了唐朝末年的"潘多拉魔盒"，拉开了五代十国之历史帷幕。李克用后来含恨病死了，他的儿子李存勖继任晋王，最后以暴力埋葬后梁，建立了后唐。

（二）隐逸山林

司空图宦海浮沉的岁月，正值晚唐风雨飘摇、朱温与李克用激烈争夺天下。

司空图（837—908），字表圣，河中（治今山西永济西）人，晚唐诗人、诗论家。其祖父司空象，官至水部郎中；其父司空舆，精于吏术，曾任司门员外郎、户部郎中。司空乃古代官职，掌管土木工程，相传商代时为天子五官之一，西周时为三公之一。据《通志·氏族略》记载，夏禹曾任司空，其子孙即以官职为姓，司空氏由此而来。

也许是继承了先祖之余慧吧，司空图幼而颖慧，文采如危崖奇葩，却不见称于乡里。据《旧唐书·司空图传》记载，咸通十年（869），33岁的司空图赴京应试，主考官王凝特别看重他，他得以顺利登第，名声振于士林。王凝不久因事获罪，被贬为商州（治今陕西商洛）刺史，司空图感其知遇之恩，上书皇帝自请随行。乾符四年（877），王凝出任宣歙观察使，他追随恩师的脚步，进入其幕府。第二年，司空图忽然鸿运高照，被任命为殿中侍御史，但他留恋恩师，不忍离去，拖延逾期，惹怒朝廷，被降职为光禄寺主簿，分司东都洛阳。

太阳自起落，月亮随升沉。司空图在东都洛阳的岁月里，闲看人世浮沉，消磨胸中锋棱，由此诗艺大进，诗名益著。

好鸟无恶声，仁兽肯狂噬。
宁教鹦鹉哑，不遣麒麟细。

人人语与默，唯观利与势。

爱毁亦自遭，掩谤终失计。

——《感时》

丑妇竞簪花，花多映愈丑。

邻女恃其姿，掇之不盈手。

量己苟自私，招损乃谁咎。

宠禄既非安，于吾竟何有。

——《效陈拾遗子昂》

有一天，被罢官而闲居洛阳的前宰相卢携经过司空图宅第，两人品茗清谈。卢携久闻司空图大名，自称要东施效颦，在墙壁上题诗一首：“姓氏司空贵，官班御史卑。老夫如且在，不用念屯奇。”（《题司空图壁》）卢大人说：“要是我卢某还在位，你司空大才子还愁没有官做吗？”后来，卢携回朝复任宰相，果然一言九鼎，不久即召司空图入京出任礼部员外郎，司空图由此成为名副其实的朝廷高官。

然而，这时候的大唐王朝，已进入了摇摇欲坠之晚期。农民起义如乱世铁流，搅得天昏地暗；各地藩镇将领如狼似虎，弄得神州分崩离析。广明元年（880），黄巢起义军占领京城长安，李唐朝廷瞬间土崩瓦解，唐僖宗逃之夭夭，皇亲国戚悉数被诛，大齐政权拔地而起……

司空图面对血雨横飞的末世乱象，悲怒不已，惶惶不可终日。其弟有个奴仆名叫段章，参加了起义军，并且成了一个小头目。此人在动乱中找到司空图，趾高气扬地奉劝他“苦海无边，回头是岸”。司空先生唯唯称诺，暗地里却收拾行装，逃回老家避难。后来他听说唐僖宗驻跸凤翔（今属陕西），便连夜赶去叩见落难的皇帝，君臣相对流涕，唏嘘不已。僖宗感其忠贞，封他为知制诰、中书舍人，可谓位高权重，但不过是纸糊的高帽而已。第二年，被起义军吓得心惊肉跳的僖宗避难宝鸡（今属陕西），他追随未及，只有仰天长叹，天旋地转中再次回到故乡河中。从此，他割断了自己与唐廷的联系，隐居于中条山王官谷。

中条山位于山西省西南部，西连华山，东接太行山，因山势狭长而得名。山中有王官谷、万固寺、栖岩寺等胜景。王官谷位于河中虞乡东南20公里处，峰峻岭奇，谷幽壑深，泉闹溪戏。《虞乡县志》载："王官谷，地名，在王官古城之侧，因以为名。"这里是司空图的祖居，其先人别墅依山傍水而筑，掩映于清泉秀木之中。王官谷入口处，一条石径宛如赤练蛇，蜿蜒而上，盘山而进；幽谷深处，天柱峰、三诏堂、贻溪清流、奇峰珠帘、明镜映天等胜景，星罗棋布。

司空图回到祖居，仿佛从洪荒浊流进入了幽静之梦境。乡亲们朴实的言辞、热情的笑脸，忽然间令他涕下。唉，无论你腾达也罢，落寞也罢，故乡永是你的归依之处；无论你豪阔也罢，贫穷也罢，贻溪永是涤荡你灵魂之清流。

> 郊居谢名利，何事最相亲。
> 渐与论诗久，皆知得句新。
> 川明虹照雨，树密鸟冲人。
> 应念从今去，还来岳下频。

——《华下送文浦》

> 昏旦松轩下，怡然对一瓢。
> 雨微吟思足，花落梦无聊。
> 细事当棋遣，衰容喜镜饶。
> 溪僧有深趣，书至又相邀。

——《下方》

司空图长期隐居于中条山王官谷，闲暇时日，他走遍山崖。天柱峰乃王官谷中的一座擎天巨柱，峰腰云雾缭绕，苍松虬枝在悬崖峭壁上张牙舞爪，嶙峋怪石于古木荒林间森然冷笑。天柱峰两侧，有两道瀑布訇然而下，人称贻溪，冬日如冰柱倒挂，夏天似白练垂空。酷暑时节，百步之外，冷气袭人，驻足小憩，心旷神怡；两瀑之水在峰前汇流，沿溪谷奔腾而去……

司空图自幼喜欢坐于贻溪之畔冥想。人生如梦复如花，像自天垂下的贻溪之水，滚滚而逝。归来之后，他在溪畔修建了一座砖木结构的八角小亭，初名"濯缨亭"，取屈原《渔父》"沧浪之水清兮，可以濯吾缨；沧浪之水浊兮，可以濯吾足"之意也。

家山牢落战尘西，匹马偷归路已迷。

冢上卷旗人簇立，花边移寨鸟惊啼。

本来薄俗轻文字，却致中原动鼓鼙。

将取一壶闲日月，长歌深入武陵溪。

——《丁未岁归王官谷》

宦游萧索为无能，移住中条最上层。

得剑乍如添健仆，亡书久似失良朋。

燕昭不是空怜马，支遁何妨亦爱鹰。

自此致身绳检外，肯教世路日兢兢。

——《退栖》

他把王官谷比喻为陶渊明的世外桃源，徜徉其间，寄情山水，陶然忘机——"浮世荣枯总不知，且忧花阵被风欺。侬家自有麒麟阁，第一功名只赏诗"（《力疾山下吴村看杏花十九首·其六》）；"别画长怀吴寺壁，宜茶偏赏雪溪泉。归来童稚争相笑，何事无人与酒船"（《重阳日访元秀上人》）；"病来犹强引雏行，力上东原欲试耕。几处马嘶春麦长，一川人喜雪峰晴"（《书怀》）；"久无书去干时贵，时有僧来自故乡。不用名山访真诀，退休便是养生方"（《华下》）；"髭须强染三分折，弦管遥听一半悲。漉酒有巾无黍酿，负他黄菊满东篱"（《五十》）；"重阳未到已登临，探得黄花且独斟。客舍喜逢连日雨，家山似响隔河砧"（《丁巳重阳》）；"茶爽添诗句，天清莹道心。只留鹤一只，此外是空林"（《即事二首·其一》）……

司空图隐居深山，其高名依然远播。河中招讨使王重荣久慕其名，经常派人奉送大批礼物，他一概予以拒绝。王重荣借口请他作碑文，令人送来数千匹绸缎，他便将绸缎放置于虞乡街头，任众人随意拿取。唐昭宗即位后，数次召他入朝，任命他为谏议大夫、户部侍郎、兵部侍郎，他说自己老了，体弱多病，坚辞不受。朱温把持朝政期间，迁都洛阳，令他出任礼部尚书。面对明晃晃的屠刀，他不敢抗命，只得抱病履任，却佯装老迈蹒跚，无法理政，不久即被放还。

为此，他将"濯缨亭"更名"休休亭"，并作《休休亭记》："休，休也美也，既休而且美在焉……盖量其材，一宜休也，揣其分，二宜休也，且耄而聩，三宜休也。而又少而惰，长而率，老而迂，是三者，皆非救时之用，又宜休也……"

他自号"耐辱居士"，并作《耐辱居士歌》，连声慨叹"休休休，莫莫莫"——

呐，诺，休休休，莫莫莫，伎俩虽多性灵恶，赖是长教闲处着。休休休，莫莫莫，一局棋，一炉药，天意时情可料度。白日偏催快活人，黄金难买堪骑鹤。若曰尔何能，答言耐辱莫。

唉！人间万事，聚讼纷纭，皆休也；世间万象，善恶美丑，莫论也！

此后的隐居岁月，缓慢，悠长，冷寂。太阳升起，铺开一片红霞，恁地羞煞人；夕阳西下，辉映几堵峰岭，似是魂归处。暮霭缥缈里，山色有无中，司空图潜心诗海，理情绪之缕，梳诗意之波，写出了中国文学批评史上的瑰丽之作——《二十四诗品》。他将天下之诗分为"雄浑、冲淡、纤秾、沉着、高古、典雅、洗练、劲健、绮丽、自然、含蓄、豪放、精神、缜密、疏野、清奇、委曲、实境、悲慨、形容、超诣、飘逸、旷达、流动"二十四品，一品一组四言诗，文辞绮魅，旨意遥深，状难以形容之形状，喻难以比喻之神韵——

大用外腓，真体内充。返虚入浑，积健为雄。具备万物，横绝太空。
荒荒油云，寥寥长风。超以象外，得其环中。持之匪强，来之无穷。

——雄浑

素处以默，妙机其微。饮之太和，独鹤与飞。犹之惠风，苒苒在衣。
阅音修篁，美曰载归。遇之匪深，即之愈稀。脱有形似，握手已违。

——冲淡

神存富贵，始轻黄金。浓尽必枯，浅者屡深。露余山青，红杏在林。
月明华屋，画桥碧阴。金尊酒满，共客弹琴。取之自足，良殚美襟。

——绮丽

俯拾即是，不取诸邻。俱道适往，着手成春。如逢花开，如瞻岁新。
真予不夺，强得易贫。幽人空山，过水采蘋。薄言情晤，悠悠天钧。

——自然

不着一字，尽得风流。语不涉难，已不堪忧。是有真宰，与之沉浮。
如渌满酒，花时返秋。悠悠空尘，忽忽海沤。浅深聚散，万取一收。

——含蓄

娟娟群松，下有漪流。晴雪满汀，隔溪渔舟。可人如玉，步屟寻幽。
载行载止，空碧悠悠。神出古异，淡不可收。如月之曙，如气之秋。

——清奇

……

有人说，司空先生的诗论是"象外之象""景外之景""韵外之致""味外之旨"，若想得到其中三昧，"必以不解解其所不解"……

然而，若说司空图真正超然物外，那就错了！他虽身在山水间，灵魂深处却依然牵念着大唐王朝的命运——"身病时亦危，逢秋多恸哭。风波一摇荡，天地几翻覆"（《秋思》）；"诗人自古恨难穷，暮节登临且喜同。四望交亲兵乱后，一川风物笛声中"（《重阳山居》）；"日炙旱云裂，迸为千道血。天地沸一镬，竟自烹妖孽"（《华下》）。他渴盼天地变成一口沸腾的大锅，把那些乱臣贼子们统统烹杀！

然而，他等来的却是唐哀帝李柷的死讯。军阀们寒光闪闪的刀尖，终于挑开了五代十国令人战栗的"胞衣"……

（三）乱世纷争

五代十国是中国历史上以无耻、残暴、野蛮著称的黑暗时代。五代又称"第五季"，即春夏秋冬四季之外最糟糕的一个季节。那时候，国家动乱，军阀混战，生灵涂炭，中华民族可谓灾难深重！

按照历史学家的划分，五代十国起自唐朝灭亡的907年，止于北宋建立的960年。短短五十余年间，中原大地相继出现了后梁、后唐、后晋、后汉、后周五个朝代，史称"五代"；与此同时，南方出现了前蜀、后蜀、吴、南唐、吴越、闽、楚、南汉、荆南九个割据政权，加上建立在北方河东地区的北汉，史称"十国"。此外，遥远的边疆地区还有一些割据政权并存，诸如契丹、高昌、吐蕃、大理等。

历史地看，五代与十国虽然属于同一个历史范畴，却存在着很大区别。其一，五代的军阀政权是相继耸立于北方大地上的，前后存在着传承关系，可谓"前仆后继"；十国除了北汉之外，大部分并存于南方各地。其二，五代的更替转换，上演的是诛戮杀伐之"惊悚剧"，残忍而凶暴；十国则较为平静、安宁，也较为富庶。其三，五代统治者大多目不识丁，粗鄙浅陋，如后唐明宗李嗣源、后晋高祖石敬瑭、后汉高祖刘知远等人都大字不识一个，李嗣源更被称为"李横冲"；而十国统治者文化素养普遍较高，南唐二主李璟、李煜甚至是中国文学史上有名的词人。其四，五代国祚短暂，后梁时间最长，但也仅维持了17年，其次是后唐14年、后晋11年、后周10年，后汉仅仅4年；十国政局相对稳定，政权维持时间较长，前蜀最短也有23年，而吴越竟达72年之久。

五代是一个军阀横行的时代，概括而言，有以下两大特征：第一，整个社会没有正义、没有公理、没有文化。据《旧五代史·安重荣传》记载，后晋军阀安重荣出身行伍，每每对人说："天子，兵强马壮者当为之，宁有种耶！"各路军阀玩命搜罗刀枪剑戟，招募士卒，伺机篡位；士卒们为了得到更多赏钱，不断哗变，拥立统帅，甚至拥立皇帝，导致变乱频仍。无论是朝代更迭，还是皇位交替，都杀得鲜血交迸。第二，天下动荡不宁，秩序崩溃，兵祸连结，旱荒接踵，人吃人的丑恶现象层出不穷。

这一时期那些嗜食人肉的"饕餮军阀"，个个都是一副狰狞可怖的恶魔嘴脸——且让我们看一下五代更替的情形吧！

朱温虽以武力颠覆唐廷，登基做了皇帝，可连他的长兄朱全昱都不服气，斜睨着他说："你不过是一个无赖罢了，怎会做了皇帝啊？"他的次子朱友珪哪管什么"有赖"与"无赖"，在他病危之际发动叛乱，一刀毙其性命，夺权成功；朱友珪的弟弟朱友贞如法炮制，发动兵变，愣是从哥哥手中夺过皇位，朱友珪走投无路，只好自杀。至此，后梁气数殆尽，李存勖的大规模进攻，已经开始了！

李存勖与其父李克用，都是沙陀枭雄。沙陀乃西突厥的一支，初唐时期散居于新疆准噶尔盆地东南、天山山脉东部巴里坤山一带，那里有大碛（意为无边的沙漠，今古尔班通古特沙漠），故名"沙陀"。据《新五代史·唐庄宗纪》记载，后唐庄宗李存勖之先祖，"盖出于西突厥，至其后世，别自号曰沙陀……其部落万骑，皆骁勇善骑射，号'沙陀军'"。唐末战乱频仍，危急时刻，唐僖宗病急乱投医，召李克用率军勤王。李克用大喜过望，率军呼啸而来，此后成为与朱温旗鼓相当的中原霸主。数年之间，朱温与李克用争夺天下，最后以朱温篡唐建立后梁而结束；两人后代之间的较量，以李存勖战胜朱友贞，建立后唐而收场。自此，沙陀人成为真正的中原霸主，先后建立后唐、后晋、后汉、北汉。

据《旧五代史·梁末帝纪》记载，后梁末帝朱友贞之死，极其凄惨。他被李存勖的大军围困在京城开封宫殿内，上天无路，入地无门，"帝置传国宝于卧内，俄失其所在，已为左右所窃迎唐帝矣"。树倒猢狲散之际，朱友贞召来控鹤都将皇甫麟，对他说："吾与晋人世仇，不可俟彼刀锯，卿可尽我命，无令落仇人之手。"皇甫麟不忍下手，朱友贞怒道："卿不忍，将卖我耶！"皇甫麟气得要举刀自尽，被朱友贞抱住，两人相拥大哭，声震宫阙。时至半夜，月隐残云，"麟进刃于建国楼之廊下，帝崩"。

李存勖建立了后唐，却嬉游无度，甚至以球场角力来决定卢龙节度使的任用，搞得朝政混乱不堪；而他的苛虐残暴更是有名，据说封建时代令人不寒而栗的酷刑凌迟，俗称"千刀万剐"，就是他首创的。苛暴如此，却脆弱如柳，成德节度使李嗣源登高一呼，就轻而易举地推翻了他的统治。李嗣源即位，是为后唐明宗；他的女婿石敬瑭却借助契丹人的力量，埋葬后唐，建立后晋，成为后晋高祖。石敬瑭堪称中国历史上最无耻的"儿皇帝"，44岁的他为了当皇帝，竟跪倒在33岁的契丹太宗耶律德光脚下，口称"儿臣叩见父皇"，并割让燕云十六州给契丹，留下了巨大的历史祸患，他也因此成为后人唾弃的丑类。尽管石敬瑭、石重贵父子跪事契丹统治者，出帝石重贵仍不免被契丹人所掳，致使中原空虚，河东节度使刘知远乘机扩充实力，建立后汉，这个二世而亡的短命政权，在历史空间里一闪而逝……

至此，走马灯一样的五代，已历四朝，最后登场的后周王朝则成了五代时期的集大成者，为北宋后来统一大江南北奠定了雄厚的基础。

后周太祖郭威出身寒微，幼年而孤，及长，“形神魁壮，趋向奇崛”“负气用刚，好斗多力”（《旧五代史·周太祖纪》）。18岁时，他加入军阀李继韬麾下，为李继韬看重。一次，他喝得大醉，在集市上与横霸屠户起了争执，“帝即剚其腹，市人执之属吏”，“剚”指用刀刺入。他像鲁智深一样刀戳屠户，被押送官衙，李继韬悄悄放跑了他。24岁那年，郭威桃花运来，娶了从后宫里放出来的美人柴氏。这位柴夫人美丽如画，对郭威矢志不渝。

有了柴氏做贤内助，郭威事业大顺，一步步来到刘知远麾下，成了他的心腹。刘知远建立后汉，郭威立有大功，成为统率大军的将领；刘知远死后，隐帝刘承祐即位，郭威成为顾命大臣，执掌兵权。刘承祐乳臭未干，却想诛灭前朝老臣。郭威被逼上梁山，代汉称帝，建立后周，推行了一系列政治经济改革，有力地推动了农业生产的发展。临终之际，他拉着太子柴荣的手，要求他在自己墓前立一块石碑，刻上一句话：“大周天子临晏驾，与嗣帝约，缘平生好俭素，只令著瓦棺纸衣葬。”他告诫太子，若违背此约定，为不孝也！

柴荣流着泪送别养父，发誓继承遗志，振兴国家。后周世宗柴荣堪称五代时期雄才大略的政治家，“器貌英奇，善骑射，略通书史黄老，性沉重寡言”（《新五代史·周世宗纪》）。其父柴守礼是庄园主，其姑母是郭威结发之妻柴氏。柴氏未曾生育，便收养柴荣为子，岂料苍天有眼，居然为后周王朝收养了一个卓尔不群的天之骄子！

柴荣即位不久，后汉高祖刘知远之弟、割据河东一隅的北汉君主刘崇认为有机可乘，便勾结契丹人，率领四万大军，向处于国丧期间的后周发起进攻。柴荣当机立断，决定御驾亲征，遭到宰相冯道的坚决反对。冯道年逾七旬，迂腐唠叨。柴荣说要学唐太宗，他说“陛下学得了太宗吗”；柴荣说后周打北汉如同大山压累卵，他说“只怕陛下做不成大山吧”——柴荣勃然大怒，罢其相职，令其担任山陵使，主持太祖丧事，径自出征去了。

这位滑如泥鳅的冯道先生，字可道，瀛州景城（今河北沧县西北）人，似愚似忠，亦愚亦忠，堪称五代官场之奇迹。在那个血腥混乱、杀人如割草的年代，他左右逢源，不离高位，可谓官场不倒翁。后唐明宗李嗣源年间，他官至宰相；明宗死了，他又拜相闵帝李从厚；不久，潞王李从珂反叛，闵帝出逃，他率领百官迎接潞王入京，在新朝仍任宰相。石敬瑭建立后晋，他官居司空，封鲁国公；石敬瑭死了，出帝石重贵登基，他继续为相。契丹人攻入开封，擒下出帝，他前去朝拜耶律德光，被任命为太傅。后汉时代，刘知远封他为太师。郭威登基，授他太师兼中书令。

冯道如此善于浑水摸鱼、火中取栗，引起后世史家巨大争议，《旧五代史》著者薛居正认为他"深得大臣之体"，然而面对他"事四朝，相六帝"之史实，也喟然而叹息曰："夫一女二夫，人之不幸，况于再三者哉！"《新五代史》著者欧阳修直斥他为"无廉耻者"，《资治通鉴》著者司马光称他为"奸臣之尤"；倒是明代思想家李贽为他说了几句公道话："冯道自谓长乐老子，盖真长乐老子也。孟子曰：'社稷为重，君为轻。'信斯言也，道知之矣。夫社者所以安民也，稷者所以养民也，民得安养而后君臣之责始塞。君不能安养斯民，而后臣独为之安养斯民，而后冯道之责始尽。今观五季相禅，潜移默夺，纵有兵革，不闻争城。五十年间，虽历经四姓，事一十二君并耶律契丹等，而百姓卒免锋镝之苦者，道务安养之力也。"

李贽先生此论，其实是为所谓"良臣良相"制定了一条最高标准，即"安养斯民"，就是为百姓谋利益。他说，冯道先生"虽历经四姓，事一十二君并耶律契丹等"，却使百姓免除了"锋镝之苦"，尽了"安养之力"，其功德可谓大矣。信哉斯言！

后周世宗时代，冯道终于靠边站了。柴荣击败北汉之后，开始推进全方位的改革，澄清吏治，惩治腐败，关注民生，促进了经济的极大繁荣。在此基础上，他开始实施统一天下的战略部署，可惜天不假年，39岁便撒手人寰，病魔阻断了他的统一之梦……

显德六年（959）六月，后周世宗柴荣驾崩，其7岁的儿子柴宗训于灵前即位，是为后周恭帝，宰相范质受命辅政。一个乳臭未干的娃娃，懵懂天真，如何能治理天下呢？因而国家大事均由范质裁决。特殊的历史时期，为大将赵匡胤提供了千载良机。他被任命为殿前都点检，掌握了禁军大权，一跃成为左右朝廷命运的重臣。

次年，野心勃勃的赵匡胤及其追随者，密谋策划了历史上著名的"陈桥兵变"，赵匡胤黄袍加身，自己登基做了皇帝，将柴宗训降为郑王。曾经辉煌一时的后周政权，至此寿终正寝。北宋王朝横空出世，就此登上历史舞台。

（四）南唐余韵

与五代走马灯式的王朝更迭迥然不同，十国大体上如同并蒂莲花绽放于历史时空。

唐朝壁州（治今四川通江）刺史王建，乘唐末之乱以武力吞并西川、东川，唐朝覆灭后，他建立蜀国，史称前蜀。其子王衍奢侈荒淫，为后唐庄宗李存勖诛灭，庄宗派遣其姻亲孟知祥"空降"到成都，任成都尹、西川节度使。岂料庄宗泥菩萨过河自身难保，孟知祥乘乱攻取东川，建国称帝，史称后蜀。其子孟昶颇有作为，16岁登基，47岁降宋，在位32年。即位之后，他劝农桑、改吏治、惠百姓，并作《官箴》颁行天下，要求各级官吏廉政爱民，对后世产生了重大影响。宋太宗摘取其中四句——"尔俸尔禄，民膏民脂。下民易虐，上天难欺"，下令各级官吏勒石为铭，置于公堂。

在孟昶的有效治理下，后蜀经济发展迅猛，国家日益富庶繁荣。宋初曾两次担任蜀郡太守的张咏在《悼蜀四十韵》中写道："蜀国富且庶，风俗矜浮薄。奢僭极珠贝，狂佚务娱乐。虹桥吐飞泉，烟柳闭朱阁。"清代吴任臣《十国春秋》记载："蜀中久安，斗米三钱，国都子弟不识菽麦之苗，金币充实，弦管歌诵盈于闾巷，合筵社会昼夜相接。"可惜，孟昶后来逐渐走向堕落，骄奢淫逸，选民女充后宫，国人对其切齿痛恨，纷纷将女儿火速嫁出，称为"惊婚"。此后，北宋大军一到，后蜀迅速土崩瓦解。孟昶被掳往开封，封为秦国公。他的宠妃花蕊夫人艳冠群芳，才绝天下，旧传《花蕊夫人宫词》是她所作，可怜娇艳的女才人，一边含泪吟诵"十四万人齐解甲，更无一个是男儿"（《述国亡诗》），一边被迫进了宋太祖的后宫……孟昶羞愤难当，到开封只有七日，就一病不起、呜呼哀哉了！

唐朝镇海节度使钱镠建立的吴越国，虽偏安一隅，却富庶安定，统治浙东、浙西地区达72年之久，是五代十国时期国运最长久者。青壮年时期，钱镠夜晚枕着圆木入睡，取名"警枕"，意为时刻警惕；年纪稍大，他特制粉盘放在卧室，有事则记于盘中以作备忘。怵惕如此，福祚自然绵长。而吴越国末代国君钱俶降宋后，其细致恭谨之风依然如故。史载，每天早朝，钱俶必定提前赶到宫门，迎候皇帝。一日暴雨骤至，百官为雨所阻，只有钱俶父子顶风冒雨赶来上朝，皇帝深悯其勤谨。就靠了这种小心谨慎，他在北宋安然度过了余生，60岁那年病逝于开封。此外，南汉、荆南等政权，立国时间虽然不同，但最后都被北宋一一"拾掇"干净……

而南唐，则是十国中经济最发达、文化最繁荣的割据小朝廷。

南唐开国之君烈祖李昪，小名彭奴，于光启四年（888）生于彭城（今江苏徐州），幼而孤，稍长，被伯父送入濠州（治今安徽凤阳东北）开元寺为僧。淮南节度使杨行密攻克濠州，将彭奴掳走。光头小僧彭奴长了一双勾魂摄魄的大眼睛，杨行密十分喜爱他，将他赐给手下大将徐温为养子，改名徐知诰。这个眼睛忽闪忽闪的家伙，此后攀着养父的高枝，步步升迁。杨行密建立吴国，徐温、徐知诰父子运筹帷幄，渐渐夺取了杨氏大权，成了吴国真正的主宰。杨氏衰落，徐氏崛起，徐知诰青出于蓝而胜于蓝，不断跃升，34岁时出任宰相，50岁时登基称帝，国号大齐，建都金陵（今江苏南京）。后经大臣们"考证"，认定他是唐室后裔，他便回归李姓，更名李昪，改国号为唐，史称"南唐"。

李昪的执政之道，简而言之，即：保境息民，审时度势，进可北伐，退可安枕，不打无把握之仗，不贪无来由之利。他说："知足不辱，乃道祖之训。""道祖"，老子也。他整军修甲，奖励农桑，整顿吏治，诫外戚，饬宦官，使南唐安定有序。而他自己的勤俭恭谨，也为人称道。他不用金银玉器，只用铁脸盆洗脸，平日穿着麻布衣衫，宫殿以朴素为美。在他的统治下，南唐国泰民安，百姓欣悦，逐渐成为当时南方经济文化最为发达繁荣的地区。

然而，如此理智的政治家，到了晚年却像许多昏君一样，痴迷丹药，毒性渐渐入骨，导致性情暴躁、周身疼痛。升元七年（943），他背上生疮，并急剧恶化，最后不治而亡，终年56岁。临终前，他愧悔交加，对太子李璟说："吾饵金石，始欲益寿，乃更伤生，汝宜戒之！"（《资治通鉴·后晋纪四》）

（五）词中哀愁

在中国历史上，许多人为了争夺皇位，兵刃相搏，手足相残，无所不用其极。然而，偏偏有人压根儿不想做皇帝，却阴差阳错当上了皇帝，给自己、给国家，都带来了巨大痛苦与灾难。其中最著名的，就是南唐中主李璟、后主李煜。

> 一钩初月临妆镜，蝉鬓凤钗慵不整。重帘静，层楼迥，惆怅落花风不定。 柳堤芳草径，梦断辘轳金井。昨夜更阑酒醒，春愁过却病。

这首《应天长》，细腻而委婉。浓睡后的女子仿佛依然沉酣梦中，慵懒娇羞，轻愁缱绻。正像这首词中的女子一样，其作者李璟的一生，也是轻愁缭绕，浑身骨头似乎都化成了绵绵春水，散若烟，恍如梦，却没有几多重！

李璟，字伯玉，南唐烈祖李昪长子，艺术天赋极高，烈祖却认为他"天性儒懦，素昧威武"，准备让文武兼备的次子李景迁"接班"，岂料李景迁19岁时暴病而亡，烈祖只好把目光转向四子李景达。然而李景达年幼难以服众，烈祖无奈，只好让李璟做了太子。李璟自知不是做皇帝的料，推辞再三，无奈之下才入主东宫。父子俩的无奈，真也令后人无奈啊！

烈祖李昪晏驾，李璟伤心痛哭，几乎瘫倒，他提出让位其弟，受到众臣阻拦，勉强即位，是为元宗，改元保大。上台之后，他对诸弟仁爱，对百姓仁慈，对臣下谦恭，而为政却很昏庸，他将烈祖旧臣一概斥逐，起用东宫旧属冯延巳、冯延鲁、魏岑、陈觉、查文徽五人。这五个家伙贪鄙势利，"邪佞用事"，被称为"五鬼"。"五鬼"当道，元宗政绩之糟糕，可想而知；更为糟糕的是，他抛弃了烈祖"保境息民"的既定方针，轻启兵端，惹祸上身，后周世宗柴荣发动大规模南征，李璟被迫签订丧权辱国的城下之盟，长江以北诸州自此尽入后周版图，南唐也变成了后周的附属国……

> 菡萏香销翠叶残，西风愁起绿波间。还与韶光共憔悴，不堪看。
> 细雨梦回鸡塞远，小楼吹彻玉笙寒。多少泪珠无限恨，倚阑干。
>
> ——《浣溪沙》

元宗的生花妙笔，在后周刀剑逼迫之下，早已抖作一团，他只好向后周皇帝写些"天地父母之恩不可不报"之类卑辞贱语。赵匡胤黄袍加身，南唐屈辱依旧，继为北宋藩国。建隆二年（961），身心俱疲的李璟崩逝于南都（今江西南昌）长春殿，享年46岁。临终前，他要求薄葬，一丘孤坟，可埋骨矣！皇帝生涯实在令他感到恐怖，他要安静地长睡了；而南唐这个烂摊子，却要他的儿子李煜来收拾了！

其实，李煜起初也是不愿意做皇帝的。

李煜（937—978），字重光，号钟隐，"为人仁孝，善属文，工书画，而丰额骈齿，一目重瞳子"（《新五代史·南唐世家》）。他本是元宗第六子，原与皇位无缘，岂料他的四个哥哥先后夭折，野心勃勃的长兄弘冀也暴病而亡，他意外地成了皇位继承人。李煜与其父李璟一样，性情宽厚，与世无争，醉心于艺术，不愿意做皇帝。在他心目中，诗词绘画远胜于金銮殿上的威风凛凛。然而，他无法逃脱命运的摆布，身不由己登上了皇位，成了历史上著名的亡国之君、皇帝词人。

那时候，南唐犹如北宋大厦之下的"累卵"，新皇即位，须得到宋廷恩准。李煜派遣使臣携金两千两、银两万两、绫罗绸缎三万匹出使北宋，报告袭位之事。赵匡胤派使者前来祝贺，李煜慌忙脱下黄袍，换上紫衣往迎。堂堂南唐天子却是北宋藩臣，这种无奈与屈辱，如利刃一样洞穿了他的胸膛。

江北有虎狼，朝内有佞臣，苟且偷安而不可得，李煜感到头顶上时时晃动着一把利剑，说不定哪天就会落下来，击穿自己的头颅！他内心的忧郁、痛苦、惶恐、疑惧，如天空中的缕缕阴霾，辗转交结，织成了凌乱如麻、细密如丝、悲哀如深渊的艺术之波。他躲进金碧辉煌的宫阙深处，躲进五色斑斓的诗词歌赋里——

晓妆初过，沉檀轻注些儿个，向人微露丁香颗。一曲清歌，暂引樱桃破。　　罗袖裛残殷色可，杯深旋被香醪涴。绣床斜凭娇无那，烂嚼红茸，笑向檀郎唾。

——《一斛珠》

晚妆初了明肌雪，春殿嫔娥鱼贯列。笙箫吹断水云间，重按霓裳歌遍彻。　　临春谁更飘香屑？醉拍阑干情味切。归时休放烛光红，待踏马蹄清夜月。

——《玉楼春》

为了追求浪漫绮丽的艺术效果，他与妃嫔宫娥纠缠在一起，异想天开，嘻嘻哈哈编织宫廷"新妆"——用彩色纱绸编结成月宫天河形状，令宫娥飘飞其间，名曰"嫦娥飞渡"；在宫殿各处密密匝匝地插满五颜六色的鲜花，号曰"锦洞天"，他与花容月貌的周后手挽手行于花间，宫娥们排列两侧，欢呼雀跃……

游宴之暇，李煜苦苦钻研艺术，在填词赋诗和书法绘画等方面都取得了极高的成就。其书法运笔斗折蛇行，遒劲仿佛硬石古松，人称"金错刀"；有时兴起，他扔下墨笔，卷帛而书，墨影横斜，韵致天成，人称"撮襟书"。他画的墨竹，清气袭人，令观者为之心醉。当然，最有名的，还是他的词作，"词至李后主而眼界始大，感慨遂深，遂变伶工之词而为士大夫之词"（王国维《人间词话》）。有皇帝如此，艺术之风自然炽盛，南唐画院更成了艺术家的摇篮。巨然的《层岩丛树图》透过墨迹之浓淡变幻，氤氲出幽静如潮的自然意象；顾闳中的《韩熙载夜宴图》，于笙歌沉醉、美人舞动之动感画面里，凸显出人物内心深处的忧郁与悲哀；赵干的《江行初雪图》描绘了千里长江初雪飘飞、江水凝滞、天地寒迴的景象。此外，各种精美的文化用品，也摆满了天下文人的书案：龙尾歙砚光润如丝绸、李廷珪墨紧硬如铁石、澄心堂纸坚滑如静玉……

然而，文采灿烂毕竟敌不过刀枪剑戟。赵匡胤咆哮中原："卧榻之侧，岂容他人鼾睡！"李煜被掳之命运，无可逃遁。北宋使者连番南来，命其北上，随后大军压境，李煜肉袒跪降，被宋将曹彬"请"至开封。曹彬骗他说带些财物以备自用吧，天真的李煜居然信以为真，叫人打点了黄金细软上百箱，载往北方。船到江心，李煜望着滚滚江流，潸然泪下，赋诗一首——

江南江北旧家乡，三十年来梦一场。

吴苑宫闱今冷落，广陵台殿已荒凉。

云笼远岫愁千片，雨打归舟泪万行。

兄弟四人三百口，不堪闲坐细思量。

——《渡中江望石城泣下》

开封明德楼御殿之上，赵匡胤高踞云端，李煜轰然叩头跪拜，脑际一片空白。江南已远，人入笼中，插翅难逃，夫复何言！他被封为违命侯，蔑视之意昭然；然而，除了叩头谢恩，他还能做什么？

多少恨，昨夜梦魂中。还似旧时游上苑，车如流水马如龙，花月正春风。　　多少泪，断脸复横颐。心事莫将和泪说，凤笙休向泪时吹，肠断更无疑。

——《望江南》

此后的屈辱生涯中，李煜只有在遥望江南、回忆起那些鲜花烂漫的日子时，才能暂时摆脱痛苦，找到一丝慰藉。赵匡胤虽然以重文轻武著称，对李煜却很刻薄，讥讽挖苦自不在话下；宋太祖崩，太宗赵光义即位，圈禁李煜的樊笼更加狭小。

往事只堪哀，对景难排。秋风庭院藓侵阶。一任珠帘闲不卷，终日谁来？　　金锁已沉埋，壮气蒿莱！晚凉天净月华开。想得玉楼瑶殿影，空照秦淮。

——《浪淘沙》

林花谢了春红，太匆匆！无奈朝来寒雨晚来风。　　胭脂泪，留人醉，几时重？自是人生长恨水长东！

——《乌夜啼》

春花秋月何时了？往事知多少。小楼昨夜又东风，故国不堪回首月明中！　雕阑玉砌应犹在，只是朱颜改。问君能有几多愁？恰似一江春水向东流。

——《虞美人》

那年七夕，正是李煜42岁生日。七夕的丝竹钟鼓之声，传到宋太宗赵光义耳中，已令他怒火中烧；这首《虞美人》的四处流传，更让他勃然震怒。不久，宋太宗下达诏命，令其弟赵廷美带着牵机毒药前往李煜府邸，将这个日夜重温旧梦的家伙赐死……

李煜死了；然而，他的满怀愁绪，端的如一江春水，千百年来，一直向东浩浩流淌——唉！有才华如此，羡煞人也；有忧愁如此，愁煞人也！

心满山川，五湖皆春

◎ 此中有真意，欲辨已忘言——陶渊明与谢灵运

◎ 幽篁独坐，长啸如歌——王维与孟浩然

◎ 独载扁舟向五湖——黄庭坚与秦观

◎ 寻觅灵魂栖息地——范成大与杨万里

此中有真意，欲辨已忘言

——陶渊明与谢灵运

（一）归隐田园

"你能为五斗米折腰吗？"

"不能！"

东晋著名诗人陶渊明斩钉截铁的回答，令彭泽县官衙里的大小官员们一时慌作一团，不知所措。

这是东晋义熙元年（405）十一月的一天。彭泽县令陶渊明正坐在办公室里闭目沉吟，衙役进来向他报告，郡府派了一个督邮来县里"考察工作"，马上就要到了。衙役提示说："督邮大人前来，您要束带相迎，以示恭敬。"陶渊明闻言勃然大怒："吾不能为五斗米折腰，拳拳事乡里小人邪！"（《晋书·陶潜传》）当天就挂冠而去。而此时，距他到任只有80余日。

此事还见于萧统《陶渊明传》及沈约《宋书·陶潜传》，其记载大体一致。他随后所写的《归去来兮辞》，简直就是一篇欢乐洋溢的归隐宣言书——

> 归去来兮，田园将芜胡不归！既自以心为形役，奚惆怅而独悲？悟已往之不谏，知来者之可追。实迷途其未远，觉今是而昨非。舟遥遥以轻飏，风飘飘而吹衣。问征夫以前路，恨晨光之熹微……
>
> 归去来兮，请息交以绝游。世与我而相违，复驾言兮焉求？悦亲戚之情话，乐琴书以消忧。农人告余以春及，将有事于西畴。或命巾车，或棹孤舟。既窈窕以寻壑，亦崎岖而经丘。木欣欣以向荣，泉涓涓而始流。善万物之得时，感吾生之行休……

陶渊明（365—427），名潜，字元亮，私谥"靖节"，世称靖节先生，浔阳柴桑（今江西九江西南）人，是中国文学史上著名的田园诗人，也是名冠古今的隐士。柴桑风景殊美，北瞰长江，波涛千里；南望庐山，碧嶂似锦。庐山与长江，是大自然的山水绝唱；陶渊明的归隐田园，则是中国历史上文化精英由飘逸走向隐逸的天鹅绝唱。

然而，陶渊明的天鹅绝唱，唱出的却是一曲无奈的时代挽歌。魏晋之际，魏文帝曹丕推行"九品中正制"，士人按才能分别被评为九等，政府按等选用，司马懿当政后，选取原则以家世为重，以至"上品无寒门，下品无势族"，世家大族控制了整个上层社会，其特权连皇帝都无可奈何。史入东晋，统治者渡江南来，缺少社会根基，只能偏安一隅，加之东晋朝廷"多幼主"，皇权始终攥在士族手中，江南几大家族轮流执政。元帝司马睿、明帝司马绍时期，王导、王敦兄弟辅政；成帝司马衍、康帝司马岳时期，庾亮、庾冰兄弟专权；此后是大军阀桓温长期柄政，历穆帝、哀帝、废帝、简文帝四朝。到了孝武帝司马曜时期，风流倜傥的大名士谢安主宰朝政，赢得"淝水之战"，名扬千古。唐代诗人刘禹锡的名句"旧时王谢堂前燕，飞入寻常百姓家"，说的就是居住在京城乌衣巷里的王氏家族与谢氏家族。

谢安退出政坛，司马道子执掌大权。司马道子是孝武帝胞弟，兄弟俩共同主宰朝政，唱的却是一出"相爱相杀"闹剧。两人都是无可救药的酒徒，经常一起喝得烂醉，醒来后又像两只乌眼鸡，互相掐架，搞得朝政日趋昏暗。太元二十一年（396）九月的一天，孝武帝在清暑殿与宠妃张贵人共饮，一会儿就昏昏大醉，胡言乱语起来，说要废掉张贵人。张贵人怒火中烧，乘孝武帝烂醉之际，用被子蒙住他的头，把他活活捂死了。14岁的太子司马德宗即位，是为晋安帝。晋安帝与他的老祖宗晋惠帝司马衷一样，也是历史上有名的痴傻皇帝，不会说话，连寒暑冷热都不知道。这样一个痴傻之人，竟然做了23年皇帝，其统治下的东晋末年，犹如一只溃烂的桃子，政治腐败，社会动荡，军阀混战，民不聊生，局势岌岌可危。

陶渊明生活在如此动荡的时代，其内心波澜与命运起伏，都折射出时代之阴霾。他的家世还算显赫，其《命子》宣称："悠悠我祖，爰自陶唐。邈焉虞宾，历世重光。"他说："咱老陶家是远古陶唐氏尧帝之苗裔，历代荣耀啊！"此说确否，尚待考证；其曾祖陶侃，在历史上却是大名鼎鼎。

陶侃，字士行，《晋书·陶侃传》载："侃性聪敏，勤于吏职，恭而近礼，爱好人伦。终日敛膝危坐，阃外多事，千绪万端，罔有遗漏。远近书疏，莫不手答，笔翰如流，未尝壅滞。"他生于寒门，啸傲宦海，任荆、江二州刺史，都督八州诸军事，封长沙郡公。

据《世说新语·贤媛》记载，陶侃早年做管理鱼梁（一种捕鱼装置）的小官时，派人给母亲送去一罐腌鱼，岂料母亲令来人将原物带回，还写信责备他："儿啊，你把官家物品给我，哪里是孝顺，分明是增加我的忧虑啊！"陶侃读罢母亲的训诫，惭愧至极，自此更加谨慎、廉洁。这就是历代传诵的"陶母责子"故事。有母如此，其子当何如？

《晋书·陶侃传》记载了一则逸闻，很有意思，说陶侃在广州做官，州中无事时，堂堂刺史大人竟然跟官衙里的一堆青砖较劲，清早搬到门外，傍晚搬回院内，随从要帮忙，他还不许。人们问他倒腾什么，他说："我们要收复中原，现在过于悠闲，将来难以担当大任啊！"这就是著名的励志故事"陶侃搬砖"。

还有两则陶侃从严治军的故事，也很有意思，一曰"禁赌"，二曰"惜谷"。有一天，他发现军营里有人赌博，即刻下令把赌具扔进江里，又将参赌军士痛揍一顿。又一天，他步出军营，遇见一个士兵手里拿着一把半生不熟的稻谷，他问道："你从哪里弄来的？"士兵说："从路边稻田摘来的。"陶侃大怒："你不晓得种田人的辛苦吗？随意糟践人家的稻谷，该当何罪？"说罢对着这个士兵狠抽了一顿马鞭。

曾祖如此显耀，外祖父也毫不逊色。陶渊明外祖父孟嘉乃东晋名士，娶陶侃第十女为妻。陶渊明在《晋故征西大将军长史孟府君传》一文中，追溯自身之来处时说道："渊明先亲，君之第四女也。"孟嘉先生风致卓异，"行不苟合，言无夸矜，未尝有喜愠之容。好酣饮，逾多不乱；至于任怀得意，融然远寄，傍若无人"。孟嘉曾在权臣桓温麾下任职，一次，桓温问："酒有何好，而卿嗜之？"孟嘉笑曰："明公但不得酒中趣尔。"又问："听妓，丝不如竹，竹不如肉？"答曰："渐近自然。"

有先祖如此，可谓幸运，陶渊明为此而自豪，也是顺乎自然。可惜源流浩荡，日渐萎靡。其祖父陶茂，据说做过武昌太守，其余事迹，杳如黄鹤；其父事迹不可考，虽曾出仕，但为人恬淡无为，并不热衷仕宦，在陶渊明幼年时就过世了。

陶渊明天生颖异，自幼好学，"少年罕人事，游好在六经"（《饮酒·其十六》），"弱龄寄事外，委怀在琴书"（《始作镇军参军经曲阿作》）。他的回忆，闪烁着琴声书影；而他的学习，与寻常人不同，"学非称师，文取指达，在众不失其寡，处言每见其默"（颜延之《陶征士诔并序》）。天性淡泊与琴书濡染，塑造了他的高洁品格、雅致情趣。他在《与子俨等疏》中自述："少学琴书，偶爱闲静，开卷有得，便欣然忘食。见树木交荫，时鸟变声，亦复欢然有喜。""少无适俗韵，性本爱丘山"（《归园田居·其一》）；"忆我少壮时，无乐自欣豫"（《杂诗·其五》）——花草摇，蚂蚱跳，流水笑，白云跑，都让他体会到了一种天然的活泼泼的"欣豫之美"。然而，"欣豫"之外，他还有刚猛的一面，"少时壮且厉，抚剑独行游。谁言行游近？张掖至幽州"（《拟古·其八》）。不过，这刚猛的一面，他一生当中也没有几次表现的机会，倒是那份"欣豫之美"陪伴他度过了无穷岁月。

遥想陶潜先生的风姿，恬淡自适，莞尔而笑，犹如一朵菊花，迎风自开。他的《五柳先生传》犹如画笔，描绘了一副仙风道骨的形象——

> 先生不知何许人也，亦不详其姓字。宅边有五柳树，因以为号焉。闲靖少言，不慕荣利。好读书，不求甚解，每有会意，便欣然忘食。性嗜酒，家贫不能常得，亲旧知其如此，或置酒而招之。造饮辄尽，期在必醉，既醉而退，曾不吝情去留。环堵萧然，不蔽风日。短褐穿结，箪瓢屡空，晏如也。常著文章自娱，颇示己志。忘怀得失，以此自终。

沈约《宋书·陶潜传》引录此文，指出"其自序如此，时人谓之实录"；萧统也说五柳先生乃作者自况。其实不必引经据典，像陶渊明这样的神妙之人，至人作至文，作秀也难矣哉！

29岁那年，陶渊明第一次跻身官场，"起为州祭酒，不堪吏职，少日自解归"（《晋书·陶潜传》）。所谓祭酒，是管理文化教育的小官。应该说，他这次出仕，是想干一番大事业的——

畴昔苦长饥，投耒去学仕。

将养不得节，冻馁固缠己。

是时向立年，志意多所耻。

遂尽介然分，拂衣归田里。

这首《饮酒·其十九》，至少说明了两点：第一，他投身官场，是因为生活贫困，衣食不继，"苦长饥"；第二，他辞官归田，是因为性情刚烈，愤世嫉俗，痛恨吏治腐败、官场黑暗，"志意多所耻"。家境贫寒与四海之志，催逼着诗人离开故园，走上仕途；而生性之散淡与对田园之向往，又时时提醒着他，"商歌非吾事，依依在耦耕。投冠旋旧墟，不为好爵萦。养真衡茅下，庶以善自名"（《辛丑岁七月赴假还江陵夜行涂口》）。

辞别官衙，回到庐山脚下的小村庄，陶渊明就成了晋安帝司马德宗统治下的一介小民。他北临长江听涛声，南望庐山看云霓，与妻儿将息度日。关于他的婚姻，一直比较模糊，有二婚说，也有三婚说。他自述云："弱冠逢世阻，始室丧其偏。"（《怨诗楚调示庞主簿邓治中》）按照《礼记》的界定，"弱冠"指男子20岁，"始室"指男子30岁。他20岁"逢世阻"，遭遇坎坷，至于何时娶妻生子，碍难确定。30岁那年，他不幸丧偶，即"丧其偏"，此后续娶翟氏，"其妻翟氏亦能安勤苦，与其同志"（萧统《陶渊明传》）。按照萧统的说法，翟氏与陶渊明志同道合，堪称贤妻，而他自己的认知，却恰恰相反。

在《与子俨等疏》中，陶渊明发牢骚说："但恨邻靡二仲，室无莱妇，抱兹苦心，良独内愧。"所谓"二仲"，指汉代隐士羊仲、求仲。西汉末年，王莽专权，兖州（今属山东）刺史蒋诩辞官归隐，闭门谢客，在家门前开辟三条小径，独与羊仲、求仲二人来往，后人用"三径"比喻隐士所住的田园。"莱妇"，指老莱子之妻。据嵇康《高士传》载，老莱子乃楚国隐士，与妻子隐居于蒙山南麓，楚王请他出仕，他勉强答应了，妻子叱责说："君王可以给你高官厚禄，也可以给你枷锁镣铐。"咣当一声，"投其畚而去"。老莱子不敢怠慢，追随妻子逃往江南，优游江湖去了。陶渊明摇头叹息说："我既没有'二仲'那样志同道合的邻居，也没有老莱子那样同甘共苦的妻子。"

至于他与翟氏夫唱妇随之状，只在《酬刘柴桑》中有所呈现："今我不为乐，知有来岁不？命室携童弱，良日登远游。"他说："今天不快乐，将来又如何？夫人啊，咱带上孩子们，选个天气晴朗的好日子，一起到远处去玩耍吧！"虽然"樽中酒不燥"，依然"冰炭满怀抱"，不过是自寻烦恼。太阳照常升起，生活还要继续，"丈夫志四海，我愿不知老。亲戚共一处，子孙还相保"（《杂诗·其四》）。

陶渊明有五个儿子，要吃饭，要穿衣，生活压力可想而知。而且，孩子们还很不争气，"虽有五男儿，总不好纸笔。阿舒已二八，懒惰故无匹。阿宣行志学，而不爱文术。雍端年十三，不识六与七。通子垂九龄，但觅梨与栗"（《责子》）。一个父亲，面对五个顽劣儿子，既有苦恼，也有欣悦，他数落着儿子们的毛病，忍不住摇头叹息："天运苟如此，且进杯中物。"唉唉，这些都是命啊，咱还是一醉方休吧！

然而，岁月峥嵘，遍地狼烟。陶渊明一边吟咏"静念园林好，人间良可辞"，渴望隐逸山林，回到妻儿身边；一边感叹"当年讵有几，纵心复何疑"（《庚子岁五月中从都还阻风于规林》），渴望建功立业，有所作为。这种矛盾交织，一直撕扯着他的灵魂。

汉魏以来，中国传统的知识分子们，亦即所谓名士，多以清高自许，幻想登高一呼，举世影从，天下为之澄清。魏末玄学盛行，谈玄论道之风横扫天下。名士先生们纷纷遗世脱俗，隐逸深山古刹，成一时之风尚。他们看重内心的自由，视功名如粪土，视官场如虎狼集聚之丛林。西晋大名士嵇康的名著《高士传》风行天下，他为"名士"制定的标准，一曰"高洁"，即"不慕荣贵"，二曰"慢世"，即"越礼自放"。其高妙之论，对此后的士林产生了很大影响。自嵇康、阮籍之后，名士们纷纷以风流自赏、遗世独立为荣耀。西晋大臣王衍口不言"钱"字，称之为"阿堵物"；著名诗人郭璞与温峤携手远游，"京华游侠窟，山林隐遁栖。朱门何足荣，未若托蓬莱"（郭璞《游仙诗》）；陶渊明的族叔陶淡是东晋初年著名隐士，官府要举荐他做秀才，他闻讯逃到山中，一生再也没有返回家园，最后不知所终；另一位名士许询，以行为高洁著称，时人誉之为"清风朗月"，一生不肯入仕，面对高官厚禄，避之如蛇蝎。

陶渊明第一次辞官归隐，显然是这股强劲的"名士之风"吹拂下的"高洁"行为。在乱世中，人一旦进入官场，便犹如山林里的鸟儿入笼，很容易被世风裹挟。察言观色、见风使舵、溜须拍马、玩弄权术、贪污腐败等，这些庸俗龌龊的举动，与名士的儒雅潇洒，相距何止十万八千里。然而，名士们尽管崇尚"高洁"、倦于仕途，但中国知识分子以天下为己任的传统观念，并不会一朝泯灭；尤其是东晋末年，江山分崩离析，无数生灵涂炭，那些矢志匡扶天下的人，自会走出谈玄论道的清影。

几年之后，35 岁的陶渊明又一次走出庐山脚下的小山村，出任大军阀桓温之子桓玄的镇军参军。

（二）诗酒飘零

论及东晋末年的风云变幻，楚武悼帝桓玄是个绕不开的人物。

作为大军阀桓温的第六子，桓玄本来没有机会袭位，岂料他 5 岁那年，风云突变，桓温病亡，幼小的桓玄在叔父桓冲的力挺下袭位南郡公，从此登上了东晋末年的政治舞台。成年后的桓玄相貌奇特，英俊潇洒，文采斐然，确乎是个人才。动乱年代，烽烟四起，枭雄争霸，桓玄乘天下混乱之机，渐渐以武力独霸荆州一带，控制了江南三分之二的疆土，并挥师进军京城建康（今江苏南京），一举诛杀专权乱政的司马道子父子，降晋安帝司马德宗为平固王。此后，桓玄于元兴二年（403）登基称帝，国号"楚"，他成了历史上昙花一现的楚武悼帝。

具有讽刺意味的是，在代晋自立的过程中，桓玄诛杀了由谢玄创建的北府兵一批高级将领，提拔北府兵后起之秀刘裕、刘毅等人做他的鹰犬，企图将实力强劲的北府兵收于麾下。桓玄做梦也没有想到，他的这一重大谋略，既帮自己登上了皇位，也为自己找到了掘墓人。刘裕与刘毅，这两个从前默默无闻的北府兵将领，自此驰骋疆场，叱咤风云，成为令敌人望风披靡的英雄。在桓玄篡位称帝后，他们统率部属，揭竿而起，以讨伐篡位逆贼为号召，浴血奋战，兵锋直逼京城，楚武悼帝桓玄仓皇沿江西下，被乱军所杀。此后，司马德宗复位，成为刘裕号令天下的"橡皮图章"；而昔日与刘裕并肩作战的刘毅，却随着时局变化，渐渐成了他的政敌。他们之间的搏杀，改变了许多人的命运。

陶渊明在桓玄的镇军参军任上，一干就是三年。这是他为官时间最长的一段岁月，直到这年冬天母亲病逝，他才辞官归乡守丧。两年后，桓玄失败被杀，刘裕执掌天下，已至不惑之年的陶渊明第三次出仕，出任刘裕的镇军参军。然而，还没踏进军营，他就开始思念山泽旷野，准备返回家园了，"目倦川途异，心念山泽居。望云惭高鸟，临水愧游鱼"（《始作镇军参军经曲阿作》）。

然而，日夜望归归不得，沧海渺茫自漂泊。此后，他进入建威将军刘敬宣军营，照旧做了参军，并于义熙元年（405）三月受命前往京城建康。经过贵池钱溪（今安徽池州市东梅根港）时，他百味杂陈，"晨夕看山川，事事悉如昔""园田日梦想，安得久离析"（《乙巳岁三月为建威参军使都经钱溪》）。不久，他就返回故园了。

然而，故园风烟净，生计却艰难。到了这年八月，日子越发难耐，以至衣食不继。归隐乡间，吟风弄月、弦歌雅意固然好，但毕竟需要吃饭嘛。饱受饥馁困扰的陶渊明，对亲友叹息："聊欲弦歌，以为三径之资可乎？"执政当局闻讯，任命他为彭泽县令。他一到任，就下令公田一律种植可以酿酒的秫谷，他说："令吾常醉于酒足矣。"（《晋书·陶潜传》）他这道夹带私货的政令，遭到妻子翟氏的强烈反对，她说："百姓要吃饭，为何不种稻谷？"陶渊明无言以对，只好妥协，劈开一顷地，50亩种秫谷，50亩种粳稻。

到任80余日，督邮前来督导公务，因不愿谄媚逢迎，陶渊明演绎了一出"挂冠而去"的千古传奇。至此，他彻底认清了，自己的心在田园而不在官衙，更不在军阀混战的硝烟里。此后，他归隐庐山之下，躬耕陇亩，"纵浪大化中，不喜亦不惧"（《形影神》）。他于归隐第二年所作的《归园田居》五首，成为千古名篇。他说自己"少无适俗韵，性本爱丘山"，回乡之后，"开荒南野际，守拙归园田"——

> 方宅十余亩，草屋八九间。
>
> 榆柳荫后檐，桃李罗堂前。
>
> 暧暧远人村，依依墟里烟。
>
> 狗吠深巷中，鸡鸣桑树巅。
>
> 户庭无尘杂，虚室有余闲。
>
> 久在樊笼里，复得返自然。

归隐之后的陶渊明，究竟在何处卜居呢？对这个问题，著名学者古直先生、朱自清先生、逯钦立先生、魏正申先生，都有深入考证。概括而言，陶渊明的住所大致有四处，"一为上京（里）闲居，一为园田居（古田舍），一为南里（南村）"（逯钦立先生语），还有一处临时居所：西庐。

诗人刚回归田园时的居所，应该是上京旧宅。在这里，他度过了一段神仙般的日子，写下了一首首不朽的田园牧歌，唱出了山野风光之静美、田园耕作之辛劳、父老乡亲之纯朴——

> 时复墟曲中，披草共来往。
> 相见无杂言，但道桑麻长。
>
> ——《归园田居·其二》
>
> 种豆南山下，草盛豆苗稀。
> 晨兴理荒秽，戴月荷锄归。
>
> ——《归园田居·其三》
>
> 试携子侄辈，披榛步荒墟。
> 徘徊丘垄间，依依昔人居。
>
> ——《归园田居·其四》
>
> 蔼蔼堂前林，中夏贮清阴。
> 凯风因时来，回飙开我襟。
>
> ——《和郭主簿·其一》

在这些诗句中，分明向我们走来了一个朴拙憨厚、荷锄而归的老农。他似乎忘记了人生风雨，忘记了世态炎凉，一门心思耕种自己的几亩薄地。地里的豆苗不甚茂盛，杂草却蓬勃疯长，害得他忙个不停！

这是那时候诗人生存状态的真实写照。他劳动，收获，写诗，内心沉静，"采菊东篱下，悠然见南山"。然而，若说他已经不理世事，置身人境之外，也就错了。他认为自己归隐田园，也是可以有所作为的——"平津苟不由，栖迟讵为拙。寄意一言外，兹契谁能别"（《癸卯岁十二月中作与从弟敬远》）；"敛襟独闲谣，缅焉起深情。栖迟固多娱，淹留岂无成"（《九日闲居》）。此处的所谓"成"，就是修身养性，为世人作出表率，成为有所建树的隐士。

然而，隐逸的日子并不都是诗情画意。义熙四年（408），一场大火烧毁了他在上京的旧宅，这里的"方宅十余亩，草屋八九间"，统统化为了灰烬。关于这场火灾，有他自己的诗为证："草庐寄穷巷，甘以辞华轩。正夏长风急，林室顿烧燔。一宅无遗宇，舫舟荫门前。"（《戊申岁六月中遇火》）

诗人望着这场熊熊燃烧的大火，捶胸顿足。乡亲们的同情与慰问，并不能解决任何生计问题，全家人流落西风里，只好暂时住在村前的船上，几天后搬到了简陋的西庐。

据考证，所谓"西庐"，是在陶家田地上仓促盖起来的庐舍。这里距庐山西林寺很近，如画风光里，立着几间简陋寒酸、摇摇欲坠的茅屋，成了一家人的安身之所。后来，他们迁出西庐，搬到了南村居所。从此开始的艰难生活，使陶渊明归隐初期的欢乐与轻松，渐渐消失了。加之不断发生的虫害与洪涝，农田收成日益减少，日子更加难熬。他曾给两个好友庞遵、邓治中写了一首赠答诗《怨诗楚调示庞主簿邓治中》，倾诉自己的窘迫之状——

> 夏日长抱饥，寒夜无被眠。
> 造夕思鸡鸣，及晨愿乌迁。
> 在己何怨天，离忧凄目前。
> 吁嗟身后名，于我若浮烟。
> ……

这时候的诗人，可谓饥寒交迫。据萧统《陶渊明传》记载，江州刺史檀道济闻讯，前来看望卧病在床的诗人，劝诫说："贤者处世，天下无道则隐，有道则至。今子生文明之世，奈何自苦如此？"陶渊明强撑病体坐起来，喘息着说："潜也何敢望贤，志不及也。"说罢卧倒，摆手谢客，"道济馈以粱肉，麾而去之"。诗人宁愿饥寒而死，也不肯接受嗟来之食。

就这样，陶渊明度过了贫寒而窘迫的晚年。而与他同时代的山水诗人谢灵运，此时正沉浸在家世辉煌不再的失落与痛苦之中。

（三）名门才子

　　谢灵运（385—433），晋宋年间著名诗人，祖籍陈郡阳夏（今河南太康），生于会稽始宁（今浙江绍兴市上虞区与嵊州交界），出身显赫。其叔曾祖父谢安，乃晋孝武帝太元年间宰相，是有晋一代著名的风流人物；祖父谢玄是指挥中国古代军事史上著名战役"淝水之战"的高级将领，功勋卓著；其族叔谢混，是东晋有名的政治家与诗人。谢氏一门，可谓英才辈出，深受时人敬仰。

　　谢灵运可以说是东晋门阀政治的直接受益者。士族以家族为单位，垄断了高官要职和广袤土地，成为贵族统治集团。与士族相对立的，是庶族，亦称寒族、寒门，大多为普通中小地主。士族子弟的唯一职业，就是做官，而且都是高官，当时有句民谣讽刺这种荒唐现实："上车不落则著作，体中何如则秘书。"就是说，凡士族子弟，只要坐在车上不掉下来，就可以当著作郎；只要能写信问候人家身体安否，就可以当秘书郎。著作郎与秘书郎，都是五品以上的高级官员，他们只要干上一阵子，无论政绩如何，都能继续升官。而那些庶族子弟，大多只能成为低级官吏。

　　京城建康城里的乌衣巷，是著名的士族聚居地。世居于此的王氏家族与谢氏家族，是东晋门第最显要、地位最尊崇的两大士族。而谢灵运，正是谢氏家族的子弟，自然前景辉煌。他的出生，令全家人兴奋不已，同时也悄悄产生了几丝隐忧：谢灵运刚出生不久，他的父亲谢瑍去世，4岁时，他的祖父谢玄撒手人寰，家人对他能否顺利长大成人，愈加担忧。会稽一带有个风俗，谁家怕孩子养不活，可以送到寺庙里，让孩子拜大德高僧为师，以求获得神灵保佑，平安成长。谢家不信佛，却崇道，便将谢灵运送到钱唐（今浙江杭州）杜明师的道馆里寄养。如此寄养也称客居，谢灵运因此有了"客儿"的小名，后来人们习惯称他为谢客。

　　钱唐丰神秀逸的山水，陶醉了谢灵运幼小的心灵，滋养了他追求自由的灵魂；道馆里的书页与落晖，吸引了他稚嫩的眼睛，却满足不了他上天入地的孤鹜襟怀。道馆里清静幽邃、晦明幻化，他的心海里丹霞萦绕、仙灵翔舞。学习之余，他纵情山水，心游太玄。

拂衣遵沙垣，缓步入蓬屋。

近涧涓密石，远山映疏木。

空翠难强名，渔钓易为曲。

援萝聆青崖，春心自相属。

……

　　这首《过白岸亭》，回荡着钱唐山水之清音。到了15岁，他离开钱唐，来到京城建康乌衣巷，投奔族叔谢混。谢混是孝武帝的驸马，也是著名诗人，其名句"景昃鸣禽集，水木湛清华"（《游西池》），天下传诵。当时在谢混周围，环绕着谢灵运、谢瞻、谢弘微等谢氏后辈，他们经常一起饮酒赋诗，互相欣赏，互相激励。

　　有一次，几位谢氏后辈聚在一起宴饮，他们拿出自己的近作，恭请谢混指点。谢混给每人写了一首诗，分别进行点评。他给谢灵运的评语是："康乐诞通度，实有名家韵。若加绳染功，剖莹乃琼瑾。"（《诫族子诗》）他说，谢灵运之诗才气纵横，有名家之韵，只要不懈努力，稍加规范，便会像剖开的美玉一样，灵光闪烁。偏爱之情，尽在溢美之词中。几位同辈听罢，都自愧弗如。18岁那年，谢灵运承袭了祖父康乐公的爵位，后人因此称之为"谢康乐"。

　　谢灵运在他所处的晋宋时期，是卓尔不群的天才人物。《宋书·谢灵运传》说："灵运少好学，博览群书，文章之美，江左莫逮。"有天才如此，自然气象峥嵘："性奢豪，车服鲜丽，衣裳器物，多改旧制，世共宗之，咸称谢康乐也。"

　　谢灵运可谓幸运矣！论门第，谢氏家族鹤立江南，堪称天下第一；论爵位，他少小年纪，贵为康乐公，食邑二千户；论才华，他颖慧灵动，文采飞扬如长江之波涛。怀拥绝世之才，谢灵运难免豪气干云，大言傲世，凛然不拘，飞扬跋扈。他曾狂妄地对人们宣称："天下文才共十斗，曹子建拿走了八斗，我自己有一斗，剩下的那一斗，你们大家去分吧！"在他眼里，除了大天才曹植，似乎谁都不在话下。"才高八斗"的典故，由此而来。

　　可叹才气纵横的谢灵运，身处晋宋易代之际的夹缝之中，却找不到心灵归依之所，一生沉溺诗酒，啸傲风月，蹭蹬官场，抑郁蹉跎，最后竟以"谋反"罪名，被弃尸广州。

青山日将暝，寂寞谢公宅。

竹里无人声，池中虚月白。

荒庭衰草遍，废井苍苔积。

唯有清风闲，时时起泉石。

"诗仙"李白这首《谢公宅》，正表达了对谢灵运不幸命运的无限同情。

（四）末世挣扎

谢灵运的一生，始终在东晋末年的政治风浪中颠簸；但他不是中流击楫的英雄，最终被动乱年代的滔天巨浪所吞没，酿成了一曲乱世悲歌。

谢灵运袭封康乐公之后，本来可以凭借高贵门第青云直上，可是皇天不佑，天下骚动不安，一片末世乱象，彻底击碎了他富贵荣华之美梦。元兴二年（403），军阀桓玄将晋安帝司马德宗赶下台，自己登基称帝，建立楚国。第二年，在跟随桓玄转战南北过程中实力逐渐壮大起来的北府兵将领刘裕，以讨伐篡位逆贼的名义起兵，击败桓玄，扶植司马德宗复位，还都建康。义熙元年（405），谢灵运被任命为琅邪王大司马行参军，从此进入仕途。这年，他21岁。

这时候，东晋已是强弩之末，风雨飘摇，晋安帝依然傻呵呵地乐享逍遥，朝廷大权掌握在刘裕手中。他与士族之间的矛盾，骤然上升。

刘裕（363—422），字德舆，小字寄奴，先祖乃彭城（今江苏徐州）人，据说是汉高祖刘邦之弟楚元王刘交的后代。据《宋书·武帝本纪》记载，刘裕"身长七尺六寸，风骨奇特。家贫，有大志，不治廉隅"，一副盖世英雄模样。他出生后不久母亲就因病去世，父亲刘翘因家境贫寒欲将他抛弃，被养母劝阻。早年的刘裕没读过几天书，以贩履、种地、捕鱼为生。后来，他投身于谢玄的北府兵，因作战勇敢，屡立战功，不断擢升。这样一个行伍出身的军阀执掌朝政，号令天下，觊觎国家的最高权力；而满朝高官显爵，却尽为士族占据，他们从骨子里瞧不起出身低微的刘裕。他虽然成了说一不二的"当权者"，却无法从根本上动摇根深蒂固的门阀政治。他依然无法"高贵"起来……

而士族的悲剧就在于他们虽然地位尊崇，手里却既没有印把子（皇权），也没有枪杆子（军队），除了祖宗门第的荣耀与自豪，他们近乎一无所有。久而久之，他们不但可能官位不保，门庭冷落，说不定有一天还会成为军阀刀俎下的鱼肉。即使是乌衣巷里的天下顶级豪族——王氏家族与谢氏家族，这时候也已经急剧衰落，今非昔比。旧时王谢堂前燕，眼瞅着就要飞入寻常百姓家。作为谢氏家族的代表人物，著名诗人与政治家谢混被推到了前台。为了士族的政治利益，他率领自己的"豪族兄弟"，与刘裕展开了一场生死搏斗。他们所依靠的，是另一个握有军权的北府兵将领——刘毅。

刘毅，字希乐，小字盘龙，彭城沛县（今属江苏）人，出身寒微，后入军旅，在击败桓玄的过程中厥功至伟，与刘裕实力相当，时任抚军将军、豫州刺史，镇守姑孰（今安徽当涂）。他在士族的鼎力支持下，像鹰隼一样注视着刘裕的一举一动，时刻准备着从天空中扑下来，置刘裕于死地。不久，谢灵运就在谢混的支持下，离开琅邪王府，跑到刘毅幕府，当了他的记室参军。

在刘裕与刘毅的激烈较量中，以谢混为代表的士族集团，旗帜鲜明地站到了刘毅的阵营中，公然与刘裕对抗。东晋末年的两大政治势力，紧张地对峙着。一方握有傀儡皇帝做招牌，一方拥有士族集团做后盾，究竟鹿死谁手，不得而知。就这样，六年匆匆流逝，尽管波涛汹涌，彼此却相安无事。这一年，刘毅调任荆州刺史，移镇江陵（今湖北荆州市荆州区）。刘裕乘他立足未稳，突然在京城发难，杀掉谢混及其追随者，同时进军江陵，击败了刘毅的部队。刘毅见大势已去，自缢身亡。转眼之间，谢灵运就失去了两大靠山，沦为刘裕手下的待宰羔羊。刘裕代晋自立，已是箭在弦上。

然而，即使除掉了心腹之患，刘裕依然谨慎。他虽然粗陋无文，却诡诈奸险。他明白，门阀制度的政治基础不是一朝一夕就能动摇的，自己要一统天下，还必须依靠士族的支持。依附刘毅的谢灵运不但没被治罪，反而升了官，当上了主管皇家图书典籍的秘书丞，其他士族子弟也纷纷加官晋爵。

东晋末年的士族子弟，一个个花天酒地、醉生梦死，已经成了一群彻头彻尾的寄生虫，不辨是与非，不识禾苗与青草，不分驴鸣与马嘶。这群腐朽透顶的遗老阔少，在刘裕的刀剑与橄榄枝面前，早就乖乖缴械投降了，纷纷赞成他登基称帝。但是，谢灵运却无法做到顺水推舟，同流合污。他拥有不羁之才，出身高贵，心怀天下，气度超群，哪里会轻易媚事新主呢？在他眼里，刘裕只不过是一个"土包子"军阀，是他谢氏家族的一个家将而已。北府兵乃谢灵运祖父谢玄创建的"谢家军"，出身低微的刘裕作为北府兵的一个后起将领，如今居然冒天下之大不韪，要篡位登基，骑到自己的头上作威作福，这种主仆颠倒、阴阳易位的现实，谢灵运无论如何也无法平静接受；加之他的族叔谢混、恩主刘毅，都先后死于刘裕的屠刀之下，谢混对他有教养之爱，刘毅对他有知遇之恩，他们的遇害，在谢灵运心头，怎一个"痛"字了得！他对刘裕，蔑视与憎恨并存，抵触与无奈交织，怎么会心甘情愿与之合作呢？

然而，人在矮檐下，不得不低头。东晋朝廷眼看就要寿终正寝，王谢堂前的燕子，也已经翩翩飞走了。昔日的繁华豪奢，已成如烟旧梦；眼前军阀的屠刀上，正在淋淋滴血。谢灵运先后被任命为中书侍郎、黄门侍郎，尽管满腹悲哀，他也只得勉强上任。鸿鹄之大志，驱使他必须出仕为官，振兴家国；然而，刘裕的篡位之心已昭然若揭，他的鸿鹄大志又必然会使他成为野心家祭坛上的旗幡……

> 草草眷物徂，契契矜岁殚。
> 楚艳起行戚，吴趋绝归欢。
> 修带缓旧裳，素鬓改朱颜。
> 晚暮悲独坐，鸣鹖歇春兰。

"鸣鹖"，亦称"鹖鹎"，即杜鹃鸟，每年立夏时节开始鸣叫。古人认为，只要杜鹃鸟一叫，百花就该凋零了。这时候，疲惫的诗人在宫中徘徊，草草浏览旧物，但见愁云笼罩岁暮，楚歌哀婉，荡漾着几丝凄苦，令人感觉心灰意懒、了无生趣……杜鹃鸟在这首《彭城宫中直感岁暮》中，变成了传递噩耗的乌鸦。"绝归欢"的诗人兀自"悲独坐"，骤然间听到了杜鹃鸟的阵阵鸣叫，不免联想到自己遭逢的贬损与围攻，心头无限悲凉。他渴望回到少年时代的会稽，与山水、鸥鸟、乌篷船为伍……

昏旦变气候，山水含清晖。

清晖能娱人，游子澹忘归。

出谷日尚早，入舟阳已微。

林壑敛暝色，云霞收夕霏。

……

这首《石壁精舍还湖中作》，清晖闪烁，林壑幽邃，云霞敛息，闪烁着会稽的山光水影。

义熙十二年（416）八月，刘裕率军大举北伐，大军驻扎彭城（今江苏徐州）。谢灵运奉皇命前去慰劳将士，并作《撰征赋》，以记军容之威。这篇本来应该对北征元帅歌功颂德的文章，只是蜻蜓点水般恭维了一下刘裕，说他"宏功懋德，独绝古今"云云，然后笔锋一转，用很大篇幅抒发思古之幽情，"历尚代而平显，降中叶以繁昌。业服道而德徽，风行世而化扬"，发出了"悟介焉之已差，则不俟于终日。既防萌于未著，虽念德其何益"之感慨。面对威武雄壮的北伐大军，谢灵运却是满眼凄迷："麦萋萋于旌丘，柳依依于高城。相雎鸠之集河，观鸣鹿之食苹。沂泗远兮清川急，秋冬近兮绪风袭。风流蕙兮水增澜，诉愁衿兮鉴戚颜。"昔日繁华如夏花的岁月，如千里长江滔滔东逝，建康城头，落日辉煌，令谢灵运思之"远感深慨，痛心殒涕"。刘裕读罢此文，心头一定怒火万丈，只是大业未竟，不便轻举妄动。谢灵运开始自掘坟墓，则是没有疑问的了。

义熙十四年（418），刘裕封相国、宋公，并加九锡，完成了代晋自立的全部"必要程序"。他指使爪牙谋害了晋安帝，却并不急于称帝。当时流行着一句谶语："'昌明'之后，尚有二帝。""昌明"，指晋孝武帝司马曜。这句谶语说司马曜之后，再经过两个皇帝，东晋国祚才能结束。对这句无厘头谶语，刘裕信之不疑。晋安帝死了，他还需要一个形而上的"过渡期"，来顺应谶语所揭示的神秘力量。随后，他扶植晋安帝的胞弟司马德文上台，是为晋恭帝。这是东晋朝廷的末世之君。两年后，即永初元年（420），刘裕扫平了夺取最高权力的所有障碍，命令晋恭帝下诏禅位。于是江山易色，李代桃僵，宋武帝刘裕和他创建的刘宋政权，步履蹒跚地进入了史册。宋是我国南北朝时期南朝宋、齐、梁、陈四个短命王朝的第一个，史称"刘宋"。

东晋倾覆，形格势禁，由公爵降为侯的谢灵运只能屈尊置身于刘宋朝臣之列。应该说，历经改朝换代的血火洗礼，他的心态还是有所调整的，其《三月三日侍宴西池诗》写道："虞承唐命，周袭商艰。江之永矣，皇心惟眷。矧乃暮春，时物芳衍。滥觞透迤，周流兰殿。"尽管满篇堂而皇之的虚情假意，就像一朵朵艳丽的"塑料花"，但毕竟也露出了拍马屁的苗头。然而，甫入新朝，他不肯媚事新君刘裕，却一头扎进了庐陵王刘义真的怀抱。

刘义真，字车士，宋武帝刘裕次子，《宋书》说他"美仪貌，神情秀彻""聪明爱文义，而轻动无德业"。尽管轻率浮躁，刘义真却雅好文艺，结交了一批风雅之士，谢灵运、颜延之、释慧琳是庐陵王府常客，号称"庐陵三友"。颜延之是个特立独行的孤傲才子，《宋书》说他"少孤贫，居负郭，室巷甚陋。好读书，无所不览，文章之美，冠绝当时"。释慧琳，少年出家，著有《白黑论》，假设"白学先生"（代表儒、道）与"黑学先生"（代表佛教）相互辩难以论三教之异同，对佛教的因果报应、轮回转世之说颇多讥评，引发了中国宗教史上的一桩"黑白之争"公案。三人经常在庐陵王府小聚，把酒话人生，纵论天下事，每每说到激动处，不免激情涌动，热泪盈眶。

有一天，庐陵王酒酣耳热之际，牛气冲天，口出狂言，说他若登基称帝，谢灵运、颜延之当为宰相，释慧琳乃出家之人，做个南豫州都督可也！谢灵运、颜延之闻言，当即叩首谢恩，山呼万岁。这种酒后游戏，原当不得真，可是风传出去，却埋下了祸根。执掌朝政的司空徐羡之、尚书仆射傅亮、领军将军谢晦等人闻听此事，且惊且惧，惶恐不安，开始谋划根除危机的对策。

永初三年（422）三月，刘裕病势沉重，据《南史·刘义真传》记载，刘裕察觉太子刘义符不堪大任，有意让庐陵王刘义真取而代之，谢晦自请前往考察，回来报告说，庐陵王"德轻于才，非人主也"。此议就此作罢。谢晦等人为消除后患，以皇帝名义下诏，令刘义真出任南豫州刺史，镇守历阳（今安徽和县），并限期离京赴任。

挨到这年五月，一代枭雄刘裕病死，享年60岁，17岁的太子刘义符即位，是为少帝，朝政大权完全落在顾命大臣徐羡之、傅亮、谢晦手中，他们随后以"构扇异同，非毁执政"的罪名，将谢灵运贬为永嘉（今浙江温州）太守。

（五）放诞不羁

永初三年（422）七月十六日，满怀惆怅的谢灵运登上一叶小舟，离开京城，前往永嘉履任，"秋岸澄夕阴，火旻团朝露。辛苦谁为情，游子值颓暮。爱似庄念昔，久敬曾存故。如何怀土心，持此谢远度"（《永初三年七月十六日之郡初发都》）……

千里长江，迷雾重重，归帆点点，鸥鸟翻飞。此日离开，何时是归期？他本来以为新君即位后，自己能有一方施展才华的天地，岂料等来的却是一则放逐的诏令！

谢灵运顺流先回到会稽始宁老宅，探望亲友。这些年来，会稽山水犹如一根看不见的丝线，始终牵系着他的心灵。他的祖上在功成名就之际，经营了这片山水。这里的美丽风景之中，酣眠着谢氏列祖列宗的灵魂。而今他徜徉山水之间，却感到了无可言说的苦涩。祖上的辉煌旗帜，曾经遮天蔽日，传到自己手上，已经楚楚可怜。仕途奋斗十余年，犹自流落，功业追求几近失败，青云之志几番摧折，东山再起之日又在何年呢？

来到永嘉不久，他就大病一场，恍惚间感到人生若梦，转眼之间，春花秋月就传出了凄柔之呜咽。大病初愈，他不理政事，"肆意游遨，遍历诸县，动逾旬朔，民间听讼，不复关怀。所至辄为诗咏，以致其意焉"（《宋书·谢灵运传》）。瞿溪山、绿嶂山、岭门山、石鼓山、石室山，山石嶙峋，风景殊异；他屡凌峰峦，与沉默的山石、飘飞的黄叶低语。瓯江之上，细波柔浪，他乘小舟容与江上，向奔流的江水倾诉："野旷沙岸净，天高秋月明。憩石挹飞泉，攀林搴落英……"（《初去郡》）

在永嘉任职一年后，谢灵运感到身心疲惫，寒意透骨，便称病离职，返乡隐居。堂弟谢曜、谢弘微纷纷写信劝阻，但他不为所动。他在这里建新居，修庄园，与隐士王弘之、孔淳之等人一起，赏落霞，羡飞鸟，对流水而徘徊，望高山而吟啸，心灵与天地谐鸣，神魂与孤鹜共翔。他的诗作传回京城，人们竞相传抄，一时间名声大振，"每有一诗至都邑，贵贱莫不竞写，宿昔之间，士庶皆遍，远近钦慕，名动京师"（《宋书·谢灵运传》）。他作《山居赋》，说自己卧疾山顶，览古人遗书，与其意合，悠然而笑，"仰前哲之遗训，俯性情之所便。奉微躯以宴息，保自事以乘闲。愧班生之夙悟，惭尚子之晚研。年与疾而偕来，志乘拙而俱旋。谢平生于知游，栖清旷于山川"……

正当谢灵运在山水之间踟蹰徘徊之际，刘宋朝廷发生了一场宫廷政变，为他东山再起提供了天赐良机。

原来，少帝刘义符实在不成器，恣意妄为，顾命大臣徐羡之、傅亮、谢晦决定废黜他。景平二年（424），他们先把庐陵王刘义真废为庶人，然后废少帝为营阳王，幽禁于吴郡（治今江苏苏州），不久分别诛杀二人，并迎立宜都王刘义隆为帝，是为宋文帝。

然而，三位踌躇满志的顾命大臣做梦也没想到，他们诛杀刘义真、刘义符的同时，一把血淋淋的屠刀，正在他们的头上挥舞。文帝刘义隆政治手腕高超，登基两年后就把"挟震主之威，据上流之重"的徐羡之、傅亮、谢晦之流杀掉了，然后召谢灵运回京，任命为秘书监，主修《晋书》；同时召回被流放的颜延之、释慧琳。这时候，谢灵运的仕进之心，开始沸腾起来。

《南史·谢灵运传》记载："灵运诗书皆兼独绝，每文竟，手自写之，文帝称为二宝。"他认为自己名满天下，应该参与时政，叱咤风云，成为挥手倾动天下的国家栋梁。然而，文帝仅仅把他当作点缀朝堂的文学侍臣，"唯以文义见接，每侍上宴，谈赏而已"，根本不允许他参与时政。而颜延之、释慧琳却颇为得宠，延之官至金紫光禄大夫，慧琳则经常参与朝廷机要，权势极大，成了所谓"黑衣宰相"。面对如此局面，谢灵运大失所望，经常称病不朝，出城游玩，十天半月不回来，既不报告，也不请假。对他这种目无君上的行为，文帝很无奈，便给他假期，让他回会稽始宁。

谢灵运是著名的山水诗人，善于吟风弄月，却总是很不安分。《南史》著者评论说："灵运才名，江左独振，而猖獗不已，自致覆亡。"这里的"猖獗"二字，仿佛使人看见了谢大诗人须髯戟张、不可一世的狂傲本色。他之处世，一贯不知进退，不知收敛。这样的性格，在"到处莺歌燕舞"的年代，世人可以视之为放荡不羁，甚至还可能成为美谈，然而在晋宋易代之际的动乱年月，就成了祸患因由。

谢灵运第二次回到会稽始宁，变本加厉地八方浪游。他与族弟谢惠连、东海何长瑜、颍川荀雍、泰山羊璿之结为"驴友"，攀峻岭，造幽壑，涉沼泽，临深渊，岩嶂千重，莫不留痕。他穿着一双木屐，上山则去其前齿，下山去其后齿，自觉很是得意。那年初夏，山花烂漫时节，他率领数百人从始宁南山伐木开道，一路浩浩荡荡，犹如一群蝗虫，呼啸林野，采花折木，逐麋鹿，猎山鸡，惊扰沿途百姓。到了临海郡（今属浙江），临海太守王琇忽然接到山民的紧急报告，说山上来了一群张牙舞爪的盗贼，便连夜派兵捉拿，原来却是谢大诗人率领的"观光团"。谢灵运一见官兵来势凶猛，立刻现出目空一切的狂傲本色，说道："回去告诉你家老爷，就说谢灵运前来拜访，快拿些好酒来！"王琇设宴款待，灵运喝酒食肉，谈笑自若，并邀请王太守一起出游，王琇嘿嘿一笑，哪敢答应，灵运即席赠诗曰："邦君难地险，旅客易山行。"

这时候的会稽太守孟颛，是个虔诚的佛教徒，礼佛甚殷，勤勉恭谨。谢灵运瞧不起他，睥睨地说："得道应须慧业文人，生天当在灵运前，成佛必在灵运后！"他大言不惭地说："得道成佛是需要慧根的，太守你升天一定在我之前，成佛肯定会在我之后！"

孟颛闻言，脸色骤变，恨意顿生。谢灵运与王弘之等人到千秋亭饮酒，一个个光着身子大呼小叫。孟颛深感耻辱，致信斥责，谢灵运勃然大怒："我自己大叫，与你们这群傻瓜有甚关系？"

在会稽城东郊，有一片烟波浩渺的湖水，名曰回踵湖。一天，谢灵运突发奇想，上书皇帝，建议将这片湖改成稻田。文帝不明就里，圈阅同意，指令州郡落实，却遭到太守孟颛的坚决反对。孟太守说，回踵湖物产丰美，改成稻田实在异想天开！谢灵运无奈，又提出把始宁境内的岖嵋湖改成水田，孟太守还是不同意，并上书弹劾谢灵运，说他肆意妄为，侵扰百姓，心怀不轨，应予严惩。宋文帝一笑置之，不予追究，将谢灵运调任临川（今江西抚州）内史，并增加俸禄至中二千石。内史，职衔相当于太守。此时的宋文帝，对他还是颇为倚重的。

对于谢灵运上书改造回踵湖、岖嵋湖的提议，有人说这是心系百姓的富民之举，孟颛的举报属于挟私报复。其实，此言差矣。其一，湖波荡漾，水产丰茂，毁湖造田，驱鱼种稻，必然会导致严重的环境灾难。其二，这两项提议，貌似为民请命，实则遗患无穷。据《宋书·谢灵运传》记载，回踵湖距离城区不远，"水物所出，百姓惜之，颙坚执不与"；而改造岊崲湖，正是谢灵运自己所言揭开了事情真相："灵运谓颙非存利民，正虑决湖多害生命，言论毁伤之，与颙遂构仇隙。"毁湖造田，戕害生灵，毁坏环境，该当何罪？这个看起来高大上的"决湖为田计划"，不过是谢灵运为博取皇帝青睐，臆想出来的一个色彩缤纷的肥皂泡而已。宋文帝对此大概心知肚明，这也是他对谢孟之争一笑置之的原因吧。

谢灵运到了临川，放诞依旧，遨游不止。元嘉十年（433），他又被当地官员纠弹，执政的彭城王刘义康对他素无好感，派人前去拘捕。谢灵运眼见大祸临头，便欲兴兵起事，并写下了四句"反诗"："韩亡子房奋，秦帝鲁连耻。本自江海人，忠义感君子。"

这是一首直白浅显、怒火喷溅的五言诗。他在诗中说："秦国灭韩国，韩国公子张良为故国奋起复仇，谢某是晋朝勋臣后裔，也要为复兴故国而战斗；刘宋皇帝像秦皇一般暴虐无道，谢某也要像鲁仲连那样'义不帝秦'。谢某本是一个遨游江湖的散淡诗人，但君子之忠义发乎天然，势不可当啊！"

谢灵运不过一介文弱书生，所谓"反叛"云云，只是冲动之下的螳臂当车之举。这首所谓"反诗"，以张良、鲁仲连之事抒发内心的激愤，却成了他通向死亡的"敲门砖"。宋文帝怜惜谢灵运之才，不欲杀之，网开一面，将其发配广州。然而，到达广州后，谢灵运又被指控犯"谋反罪"，最终被文帝下诏行弃市刑，尸身陈街示众。这一年，谢灵运49岁。临终之际，他挥笔写下了一首《临终诗》——

> 龚胜无余生，李业有终尽。
>
> 嵇公理既迫，霍生命亦殒。
>
> 凄凄凌霜叶，网网冲风菌。
>
> 邂逅竟几何，修短非所愍。
>
> 送心自觉前，斯痛久已忍。
>
> 恨我君子志，不获岩上泯。

龚胜，西汉末年名臣，通五经，著名节，晚年拒绝王莽的任命，绝食而死；李业与龚胜同时，声名相侔，拒绝"成家皇帝"公孙述的征召，饮毒而亡；嵇公，西晋名士嵇康，不肯臣服于司马昭，惨遭屠戮；霍生，西晋隐士霍原，不肯支持幽州刺史王浚称帝，惨遭枭首。谢灵运以四位先贤的人生遭遇，来衬托自己的悲惨命运与高风亮节，既是高扬之旌旗，也是悲悼之灵幡，凄凄黄叶，傲然凌霜，恨我大志，不得伸张……

（六）田园之乐

作为晋宋时期最著名的诗人，陶渊明与谢灵运是中国文学园林里两株英挺的秀木。金人元好问《论诗三十首》论陶诗："一语天然万古新，豪华落尽见真淳。南窗白日羲皇上，未害渊明是晋人。"刘勰《文心雕龙·明诗》状谢诗："俪采百字之偶，争价一句之奇，情必极貌以写物，辞必穷力而追新，此近世之所竞也。"

陶渊明的田园诗体现着一个"乐"字，谢灵运的山水诗则体现着一个"忧"字。正是陶渊明之"乐"与谢灵运之"忧"，开启了山水田园诗歌之先河。这种乐中有忧、忧中有乐、乐而忘忧的情感之旅，是人类生命凝聚而成的隐秘"内核"，是亘古不变的人生华丽篇章。

陶渊明之诗，可谓出尘妙品，蔼然若烟霞，自然舒卷。其诗今存一百二十五首，可约略分为两大类：一类是继承汉魏诗歌抒情言志传统的咏怀诗，一类是独辟蹊径的田园诗。陶诗的艺术成就，从唐代开始受到推崇，甚至被当作"为诗之根本准则"。他去世百年后，南朝梁代昭明太子萧统搜集其遗文为《陶渊明集》八卷，并作《陶渊明传》传世。

陶诗中最神奇的意象，一曰鸟，二曰酒。

在陶渊明笔下，鸟的影子，不时振翼划过浩浩天宇。无论是早期对功业的追求，还是后期对田园的依恋，都有一只飘逸鸟儿，犹如他的心灵之翼，在天空中飞翔。《杂诗·其五》云："猛志逸四海，骞翮思远翥。"这只高飞远举的神鸟，翱翔九天，标示着诗人鲲鹏展翅九万里的凌云之志。《读〈山海经〉·其十》云："精卫衔微木，将以填沧海。刑天舞干戚，猛志固常在。"精卫微禽，志在填海，刑天断首，反抗不止，其铮铮铁骨与浩浩雄心，不正是诗人欲匡扶天下、拯救社稷之志的真实写照吗？

然而，满怀着济世救难之志的诗人，步入仕途后却屡遭挫折，四处碰壁，犹如鸟儿饱受风雨摧折。《停云·其四》里的飞鸟，上下翻飞，嘤嘤其鸣，四处寻觅知音，"翩翩飞鸟，息我庭柯。敛翮闲止，好声相和"。可是，在那个混乱的年代，诗人去哪里寻找知音呢？他在痛苦中徘徊，在徘徊中观望，在观望中寻觅着心灵的家园。《饮酒·其四》描述了他的彷徨心态，"栖栖失群鸟，日暮犹独飞。徘徊无定止，夜夜声转悲。厉响思清远，去来何依依"；而他对风雨如晦岁月的感知，则凝聚在群鸟乱飞的纷纭翅翼之中，"向夕长风起，寒云没西山。冽冽气遂严，纷纷飞鸟还"（《岁暮和张常侍》）；《杂诗·其十一》中在歧路徘徊的鸟儿，令人忧郁彷徨，"我行未云远，回顾惨风凉。春燕应节起，高飞拂尘梁。边雁悲无所，代谢归北乡"……

怀着美好理想投身仕宦，反而失去了心灵的依托和人生的自由，这让诗人万分失望，他"目倦川途异，心念山泽居。望云惭高鸟，临水愧游鱼"（《始作镇军参军经曲阿作》）。在宦海里陆陆续续颠簸了十余年之后，陶渊明终于永远告别了恶浊的官场，回归了庐山脚下的田园，回想曾经的宦海生涯，他的总结是"误落尘网中，一去三十年。羁鸟恋旧林，池鱼思故渊"（《归田园居·其一》）。

回归田园之后，诗人笔下的鸟儿，一身轻灵如蝉翼，鸣声喜悦似天籁，"悲风爱静夜，林鸟喜晨开"（《丙辰岁八月中于下潠田舍获》），这只在清晨的园林里叽叽喳喳鸣唱的快乐鸟，啄破了一丝晨雾，也啄醉了诗人的心。《归鸟》组诗之中，跃动着活泼泼的自由与愉悦，"翼翼归鸟，载翔载飞。虽不怀游，见林情依。遇云颉颃，相鸣而归。遐路诚悠，性爱无遗"。归来后的诗人，犹如鸟儿归林，因为找到了心灵的归依而欣慰莫名，"因值孤生松，敛翮遥来归。劲风无荣木，此荫独不衰。托身已得所，千载不相违"（《饮酒·其四》）。《咏贫士·其一》里的众鸟，相约一起回家，"朝霞开宿雾，众鸟相与飞。迟迟出林翮，未夕复来归"；即使是矮檐颓宅，交游零落，车马罕至，尚有鸟儿相伴，"贫居乏人工，灌木荒余宅。班班有翔鸟，寂寂无行迹"（《饮酒·其十五》）……

流连在田园里的陶渊明，心随鸟儿飞，情逐白云飘。诗人与鸟儿恍如同化，心神相融，灵魂相依。鸟儿翱翔山林，恰如诗人漫步于田园山泽。诗人的喜悦，随着鸟儿飞翔的翅膀而升腾——"日入群动息，归鸟趣林鸣"（《饮酒·其七》）；"众鸟欣有托，吾亦爱吾庐"（《读〈山海经〉·其一》）……

> 结庐在人境，而无车马喧。
> 问君何能尔？心远地自偏。
> 采菊东篱下，悠然见南山。
> 山气日夕佳，飞鸟相与还。
> 此中有真意，欲辨已忘言。

这首《饮酒·其五》，真正是人鸟相融如一，你很难分辨哪句是人言，哪句是鸟语。人与鸟儿，臻于天然合一之妙境，可谓古今罕有。

而美酒与陶渊明同样有着不解之缘，交融如水乳，相伴若至交。《归去来兮辞》《五柳先生传》《饮酒》《述酒》，都抒发了他对酒的无限眷恋。可以说，他的生命，飘洒着酒意；他的诗歌，浸透了酒味；他的言行，散发着酒香。酒魄与菊影，幻化成了他生命的两重底色。酒，能使他解忧，为他消愁，令他心神俱飞，飘飘欲仙。浅酌几杯，微醺解颐；豪饮几斗，寰宇失色，手舞足蹈，就像李太白那样醉酒喧呼："我醉欲眠卿且去，明朝有意抱琴来。"（《山中与幽人对酌》）菊，能使他陶醉，升华他的灵魂，融化他的哀愁，所谓"采菊东篱下，悠然见南山"，肯定是微醺之诗人对着临风之黄菊，二者相视而笑，相映成趣，神妙无比，成为中国文学史上的经典画面。

在《五柳先生传》里，他说自己生来嗜酒，因为家贫喝不起，亲朋好友经常馈赠，或与之共饮，每每大醉方休；《连雨独饮》则是酣畅淋漓的饮酒诗，有故老赠酒与他，并说饮后恍若神仙，"试酌百情远，重觞忽忘天。天岂去此哉，任真无所先。云鹤有奇翼，八表须臾还"，酒后的诗人，忘记了天与地，窥见了瑰丽奇异之景象。《饮酒》组诗，篇篇滴酒，字字散发酒香，奇葩自绽，摇曳生姿。在无尽长夜里，诗人对月独饮，"顾影独尽，忽焉复醉"，在滔滔美酒里感悟人生——"衰荣无定在，彼此更共之"；"行止千万端，谁知非与是"；"一士常独醉，一夫终年醒。醒醉还相笑，发言各不领"……

渊明之饮酒，有如神助，"一觞虽独进，杯尽壶自倾"，酒杯与酒壶争先恐后地往诗人嘴里倾酒；渊明且饮且歌，陶然自乐，"若复不快饮，空负头上巾，但恨多谬误，君当恕醉人"。独斟之外，诗人经常与人对酌，通常是由别人携酒前来，款待无钱沽酒的诗人："故人赏我趣，挈壶相与至。班荆坐松下，数斟已复醉。父老杂乱言，觞酌失行次。不觉知有我，安知物为贵。悠悠迷所留，酒中有深味。"

渊明的鸟之倩影，也时而闪烁在美酒之中，并且负载着关于饮酒的神圣使命："翩翩三青鸟，毛色奇可怜。朝为王母使，暮归三危山。我欲因此鸟，具向王母言：在世无所须，唯酒与长年。"（《读〈山海经〉·其五》）

然而，渊明之饮酒，并非一醉万事皆休。《饮酒·其九》展示的凛然高邈之情怀，千载以下，犹令人动容——

> 清晨闻叩门，倒裳往自开。
>
> 问子为谁与？田父有好怀。
>
> 壶浆远见候，疑我与时乖。
>
> 褴缕茅檐下，未足为高栖。
>
> 一世皆尚同，愿君汩其泥。
>
> 深感父老言，禀气寡所谐。
>
> 纡辔诚可学，违己讵非迷。
>
> 且共欢此饮，吾驾不可回。

一个善良的邻里老翁，一大早携着酒壶来劝慰诗人。他语重心长地说："渊明啊，满世界跑的都是俗人，你学着和点稀泥吧，瞧你的破屋旧宅，哪里是你这样有身份的人住的啊？"诗人回答说："老人家，谢谢啦！让咱们举杯共饮吧！您说的我都明白，应该学习，可是，我不能违背自己的良心啊！"所谓"吾驾不可回"——自然的选择，坚定的信念，"虽九死其犹未悔"！

卓行独立，并不是与世人为敌；相反，陶渊明提倡与万物为善——

人生无根蒂，飘如陌上尘。

分散逐风转，此已非常身。

落地为兄弟，何必骨肉亲！

得欢当作乐，斗酒聚比邻。

盛年不重来，一日难再晨。

及时当勉励，岁月不待人。

——《杂诗·其一》

因了这种天然本真的善良，陶渊明对世界、对人生，始终怀抱着美好的理想。即使在晚年贫病交加的岁月里，其向善之心，依然绽放出绚烂奇异的花朵。在《桃花源记》中，他为我们描绘了一幅多么美妙的世外仙景啊！那里"土地平旷，屋舍俨然，有良田、美池、桑竹之属。阡陌交通，鸡犬相闻。其中往来种作，男女衣着，悉如外人。黄发垂髫，并怡然自乐"。人们热情开朗，互相关爱，没有阴险丑恶，没有尔虞我诈，没有朝代更替，"乃不知有汉，无论魏晋"。如此古朴天然之理想乐园里，自然没有皇帝与高官，也没有高低与贵贱，更没有贪污腐败等丑恶现象……

《桃花源记》像一株万古长青的奇树，耸立在中国文学史上，后世著名诗人王维、刘禹锡、王安石等，都著有《桃源行》，他们沿着陶渊明描绘的"夹岸数百步，中无杂树，芳草鲜美，落英缤纷"的水路，逶迤进入桃花源，体味缥缈的梦幻之美。千百年后，这幅人间美景，就像伟大革命导师马克思他老人家描绘的"共产主义"的美妙蓝图，依然诱惑着我们。只是，我们如今到哪里去寻找这片梦想中的神州乐土呢？

（七）山水之忧

与田园诗宗陶渊明不同，谢灵运政坛失意，啸傲山水，笔弄风浪，成为一代山水诗宗。谢灵运一生"攀云穷千峰，弄水涉万壑"，以天然奇丽之辞章，状千山万壑之瑰丽，有《谢康乐集》两卷传世。李白在《与谢良辅游泾川陵岩寺》一诗中，表达了对谢诗的赞美："乘君素舸泛泾西，宛似云门对若溪。且从康乐寻山水，何必东游入会稽。"

　　谢灵运的山水诗，既是时代变迁的映象，也是心灵苦难的产物；既是自然之美的凝练与升华，也是诗人极度苦闷的宣泄与传真。晋宋易代之际的风云变幻，执政者的响鞭，不断落在士族子弟谢灵运头上。政治上的落魄，促使他寄情山水，吟风弄月，挥就华茂辞章，成就了一位大诗人的风骨。自然之美妙与心灵之苦涩，构成了他山水诗的两重天地：一重写风月，一重写冥想；一半述景之美，一半谈玄之思。他的诗篇尽管珠玉乱迸，碎英如鳞，奇花异草，争艳斗彩，总体上却难称完美，基本上属于"半篇美文"。正因为有此缺憾，反而呈现出一种奇异的景象——天才总有其缺陷。世界上哪有完美无缺之事物啊！

　　每一次政治上失意，谢灵运都放浪山水，以抚平心灵的创伤。丘壑山水，成了他医治心伤的良药。他第一次被贬出朝，迁任永嘉太守。这里有一条瓯江，江中有座小岛，叫作江心屿；还有一条楠溪江，沿江水蜿蜒而上，可到绿嶂山。谢灵运顺瓯江而下，登临江心屿，回看江水击舟，遥望天际流云，心底万感涌流："江南倦历览，江北旷周旋。怀新道转迥，寻异景不延。乱流趋正绝，孤屿媚中川。云日相辉映，空水共澄鲜。表灵物莫赏，蕴真谁为传……"（《登江中孤屿》）

　　辞别江心屿，诗人乘坐竹排，游览曲尽其妙的楠溪江。行至江水尽头，他弃舟登岸，拄杖登临绿嶂山，"澹潋结寒姿，团栾润霜质。涧委水屡迷，林迥岩逾密"（《登永嘉绿嶂山》），面对如此幽景，他发出了"幽人常坦步，高尚邈难匹"的感叹。

　　在永嘉任上，他写出了脍炙人口的《登池上楼》，这是他山水诗的巅峰之作。

潜虬媚幽姿，飞鸿响远音。

薄霄愧云浮，栖川怍渊沉。

进德智所拙，退耕力不任。

徇禄反穷海，卧疴对空林。

衾枕昧节候，褰开暂窥临。

倾耳聆波澜，举目眺岖嵚。

初景革绪风，新阳改故阴。

池塘生春草，园柳变鸣禽。

祁祁伤豳歌，萋萋感楚吟。

索居易永久，离群难处心。

持操岂独古，无闷征在今。

据钟嵘《诗品》引述《谢氏家录》记载，有一天，谢灵运浮躁不安，作诗灵感全无，晚上梦见族弟谢惠连，随口吟出一句"池塘生春草"。他感叹说："此语有神助，非吾语也。"梦见小弟，吟出名句，其真实性如何，不得而知，但谢灵运以此为"神句"，却无疑问。

谢灵运笔下的山水，是自然的、灵动的，也是人格化的。山水的晦明变幻，人生的昂扬低回，大自然与诗人的心灵交融，灵光慧影，字句跳动，天人合一。

白云抱幽石，绿筱媚清涟。

——《过始宁墅》

海鸥戏春岸，天鸡弄和风。

——《于南山往北山经湖中瞻眺》

羁雌恋旧侣，迷鸟怀故林。

——《晚出西射堂》

鸟鸣识夜栖，木落知风发。

——《石门岩上宿》

无论是白云抱石，还是海鸥戏岸、迷鸟怀林，大自然的万物灵动，都映出了诗人的天真性情。

西汉末年，佛教传入我国，南北朝时期，日益炽盛，佛理禅说如缥缈天雨，洋洋洒洒，弥漫了举国上下。唐代诗人杜牧形容说："南朝四百八十寺，多少楼台烟雨中。"诗歌濡染了佛理禅说，以寄托玄思妙意；佛理禅说乘着诗歌的翅膀，飞入人们的心底。元好问诗云："诗为禅客添花锦，禅是诗家切玉刀。"谢灵运一生，耽于江湖，沉溺冥想，江湖风波与世事艰难，如烟雾一般迷蒙了他的眼睛，本自冲淡的诗作里，自然飘荡着禅说与玄思。他的诗往往由山水游历写起，风景殊胜，幽溪隐壑，犬牙差互，却以杳无踪迹的玄思结束，使整篇风景画置于微奥冥想之中，溅溅山水，溅出的却是佛理禅意的吉光片羽——

《七里濑》描写了残山剩水荒凉之凄美，"石浅水潺湲，日落山照曜，荒林纷沃若，哀禽相叫啸"，结句是"谁谓古今殊，异代可同调"；《晚出西射堂》描述了城西山岭之华峻，"步出西城门，遥望城西岑，连障叠巘崿，青翠杳深沉"，结句是"安排徒空言，幽独赖鸣琴"；《游岭门山》呈现了岭门山之风采，"千圻邈不同，万岭状皆异，威摧三山峭，浏汩两江驶"，结句是"人生谁云乐，贵不屈所志"；《从斤竹涧越岭溪行》描绘了幽深的峡谷、断肠的猿鸣、滴露的鲜花，"猿鸣诚知曙，谷幽光未显，岩下云方合，花上露犹泫"，结句是"观此遗物虑，一悟得所遣"；《斋中读书》写出了书斋之寂静，"虚馆绝诤讼，空庭来鸟雀，卧疾丰暇豫，翰墨时间作"，结句是"万事难并欢，达生幸可托"……

佛家空明、老庄玄澹之幽缘，在晋宋年间开出了禅意之花，在谢灵运的诗里结出了"适意会心"之果。在他的诗中，禅机一触即发，灵泉异常活泼——

若乘四等观，永拔三界苦。

——《过瞿溪山饭僧》

未若长疏散，万事恒抱朴。

——《过白岸亭》

我志谁与亮，赏心惟良知。

——《游南亭》

合欢不容言，摘芳弄寒条。

——《石室山诗》

谢灵运笔下的大自然，譬如白云幽石、乱流清涟、云霞夕晖、猿鸣山寂，尽皆独立诗外，无不表达着诗人的云遐襟怀、乱世旷思；落日归舟、晚霞如缕、山水清影、林壑幽邃，风急浪险、危岩如虎，林下独行、松涛呼啸，无不流泻着诗人的娓娓心音、绵绵高意……

（八）哲思悠远

俱往矣！

谢灵运虽然死非其所，毕竟血写的历史不掩其辉煌。蹉跎与不平，挣扎与奋斗，抒写了他的情怀，留住了他的一缕雄魂。浩浩青史，其名永垂。

陶渊明的一生，令人羡慕。请看《晋书·陶潜传》对他的描绘："每一醉，则大适融然。又不营生业，家务悉委之儿仆。未尝有喜愠之色，惟遇酒则饮，时或无酒，亦雅吟不辍。尝言夏月虚闲，高卧北窗之下，清风飒至，自谓羲皇上人。性不解音，而畜素琴一张，弦徽不具，每朋酒之会，则抚而和之，曰：'但识琴中趣，何劳弦上声！'"

63岁那年，陶渊明飘然而逝。他一生雅爱酒与菊。他的诗里，句句有酒。美酒使他沉醉，为他解忧，菊花则寄托了他无言而高洁的心灵追求。即使衣衫褴褛、饥肠辘辘之时，那簇簇盛开的菊花，依然为他送来缕缕清香。他应该是饮着美酒，捧着菊花，荷着锄头，枕着桃花源的清流，含笑睡去的。可叹息的，倒是那些后之来者，譬如你与我。我们如今在纷乱扰攘的世界上流浪，在寂寥空旷的天空下茫然奔走，苦苦寻觅着那座虚无缥缈的桃花源仙境——我们究竟是那位追赶太阳的古代勇士夸父呢，还是举着长枪与风车作战的中世纪骑士堂吉诃德先生，只有天知道了。

幽篁独坐，长啸如歌

——王维与孟浩然

（一）诗心家国

一首短短的七言绝句，居然在危急时刻挽救了一个大诗人的性命。

这首神奇的七言绝句，名为《凝碧池》，其作者是盛唐著名诗人王维——

> 万户伤心生野烟，百官何日再朝天？
> 秋槐花落空宫里，凝碧池头奏管弦。

这首《凝碧池》，在王维的诗集中，实在算不得多么杰出，其独特之处在于它所产生的历史背景。这首诗不但与作者王维的性命连在一起，还与唐王朝历史上一次重大危机连在一起，从而与唐王朝的历史命运连在一起。其历史意义之重大，不言而喻。

唐王朝这次重大危机，史称"安史之乱"，是盛唐走向衰落的分水岭。繁荣富丽的"开元盛世"，从此失去了光彩，滑向了深渊。而这首短诗，恰巧成了"安史之乱"的一个见证。

"安史之乱"是始于天宝十四载（755）的一场排山倒海般的藩镇叛乱，为首者是唐东平郡王兼范阳、河东、平卢三镇节度使安禄山与平卢兵马使史思明。这两个动摇大唐王朝统治根基的元凶，都是营州（治今辽宁朝阳）杂胡人，同乡同庚，史思明比安禄山早生一天。《旧唐书》说安禄山"性巧黠""解六蕃语，为互市牙郎"，史思明"少须发，鸢肩伛背，廒目侧鼻，性急躁"。追溯"安史之乱"爆发的原因，历史学家不无遗憾地发现，这场大动乱基本上是唐玄宗自己一手造成的。

在唐朝历任皇帝中，甚至在中国历代皇帝中，唐玄宗李隆基算得上一个有作为的帝王。早期的李隆基，叱咤风云，刚毅英断。为临淄王时，他与姑姑太平公主联手发动"唐隆政变"，消灭韦后集团，拥父李旦登基，是为唐睿宗。延和元年（712）八月，睿宗传位李隆基，自称"太上皇帝"，改元先天。次年七月，唐玄宗消灭太平公主集团，并不顾父亲求情，勒令太平公主自尽，以根除隐患。开元初期，他励精图治，选贤任能，从善如流，开创了中国历史上富丽繁华的"开元盛世"。开元二十年（732）之后，他开始走向自己的反面，沉湎声色，好大喜功，罢黜良臣，任用奸佞，残酷打击敢于直言极谏的诤臣。

迷信神仙与否，历来是区别明君与昏君的一个重要标志。开元十三年（725），玄宗明确宣称："仙者凭虚之论，朕所不取。"改集仙殿为集贤殿，一时传为佳话；开元二十年之后，他"怠于政事"，迷信神灵，炼丹拜佛，追求长生不老，正如诗人刘禹锡所说："开元天子万事足，唯惜当时光景促。三乡陌上望仙山，归作霓裳羽衣曲。"（《三乡驿楼伏睹玄宗望女几山诗，小臣斐然有感》）

开元二十四年（736），张九龄因为屡进逆耳之言被罢相，李林甫出任中书令。李林甫是有名的口蜜腹剑之徒，《旧唐书·李林甫传》记载："林甫面柔而有狡计，能伺侯人主意，故骤历清列，为时委任。而中官妃家，皆厚结托，伺上动静，皆预知之，故出言进奏，动必称旨。而猜忌阴中人，不见于词色，朝廷受主恩顾，不由其门，则构成其罪；与之善者，虽厮养下士，尽至荣宠。"

张九龄是著名贤相，心系社稷安危，整日为国事操劳，哪里斗得过善于投机钻营的李林甫之流。从此之后，朝臣皆容身保位，无人敢直言进谏，政事日坏。就这样，唐玄宗完成了从明君到昏君的转变。

从开元后期到天宝年间，唐玄宗深居后宫，专以声色为娱，将国家政事悉数交给李林甫处理，司马光在《资治通鉴》中评论说："林甫媚事左右，迎合上意，以固其宠；杜绝言路，掩蔽聪明，以成其奸；妒贤疾能，排抑胜己，以保其位；屡起大狱，诛逐贵臣，以张其势……"

皇帝昏庸无道，宰相为非作歹，唐王朝进入了黑暗时代。天宝四载（745），61岁的唐玄宗封27岁的儿媳杨玉环为贵妃，从此，"后宫佳丽三千人，三千宠爱在一身"（白居易《长恨歌》）。杨氏家族由此鸡犬升天。贵妃从兄杨铦任殿中少监，杨锜为驸马都尉，贵妃的三个姐姐，被封为韩国夫人、秦国夫人、虢国夫人——杨氏家族刹那间成为京城豪门之最，贵震天下。贵妃的一个远房堂兄杨钊，也从四川来到京城，任金吾卫兵曹参军，从此飞黄腾达，四年之后即升为给事中、御史中丞，兼任兵部侍郎，转眼之间成为国家重臣。这个杨钊，后来由皇帝赐名国忠，成为仅次于李林甫的二号人物。

天宝十一载（752）冬，作恶多端的李林甫死了，唐玄宗敕令杨国忠继任宰相，身兼御史大夫、吏部尚书、判度支、京兆尹、剑南节度使、太清太微宫使等40余职，成为权倾天下的"国家栋梁"！

然而，杨国忠究竟是个什么货色呢？《旧唐书·杨国忠传》说他"无学术拘检，能饮酒，蒲博无行，为宗党所鄙"。这样一个整天吃喝嫖赌、逐鸡撵狗的流氓无赖，因为有了杨玉环这样一个远房堂妹，居然像坐火箭一样超速蹿升，数年之间就成了大唐王朝的最高行政长官，令世人侧目。一天，唐玄宗对宦官高力士感慨道："朕今老矣，朝事付之宰相，边事付之诸将，夫复何忧。"高力士还算清醒，他告诉皇帝，南征军队屡遭败绩，国家命运堪忧！当时，杨国忠为了捞取军功，两次挑起南诏战争，结果遭到惨败，"凡举二十万众，弃之死地，只轮不还，人衔冤毒，无敢言者"（《旧唐书·杨国忠传》）。杨国忠为了"耽宠固位"，欺上瞒下，屡屡向朝廷谎报军情。天宝十载（751）四月，剑南节度使鲜于仲通率兵8万讨伐南诏，"军大败，士卒死者六万人，仲通仅以身免。杨国忠掩其败状，仍叙其战功"（《资治通鉴·唐纪三十二》）。尽管连遭败绩，杨国忠依然到处抓壮丁，"遣御史分道捕人，连枷送诣军所"，驱使兵卒继续征讨，"于是行者愁怨，父母妻子送之，所在哭声振野"……

就这样，杨国忠居然创造了一个"千古神话"：一边打败仗，一边高升。玄宗听罢高力士委婉的劝谏，却一声不吭。

安禄山自幼聪明伶俐，成年后更是善于谄媚，凭借自己的能力和手腕逐渐成为李林甫的亲信。李林甫下台，杨国忠登台，安禄山赶紧转舵，不惜血本给杨国忠送上大礼，发誓效忠，自此成为杨国忠的亲信，得以拜见倾国倾城的杨贵妃。贵妃见他生得勇武，喜爱不已，便收为"义子"，并向他传授了一个升迁秘籍：当今皇帝喜爱胡旋舞，你如果擅长这种舞蹈，比在疆场上杀敌立功重要得多。安禄山忙问到哪里去学，杨贵妃当即为他表演了一曲。体态丰腴的贵妃，舞姿轻盈如风似梦，舞步疾密如飞鸟似流星。安禄山看得傻了，跪在地上山呼"娘娘千岁千千岁"。他花重金请来一位民间胡旋舞师，日夜练习。《旧唐书》说他"腹垂过膝，重三百三十斤，每行以肩膊左右抬挽其身，方能移步"，肥硕如此，要达到疾如飞鸟的境界，谈何容易！历经寒暑，刻苦操练，他竟然成了一代胡旋舞大师。此后，杨贵妃专门为他安排了一次在皇帝面前表演的机会。肥硕的安禄山抖擞精神，一展身手，胡旋舞步精密急骤，如风雨似鼓点，跳得玄宗龙颜大悦，安禄山自此成为朝廷宠臣。

安禄山因跳胡旋舞得宠的传说，也许并非史实，但至少说明了两点：一是安禄山通过投靠杨国忠，进而讨得了杨贵妃的欢心，受到皇帝青睐；二是唐玄宗忠奸不辨，对大野心家安禄山恩宠有加，封他为东平郡王，开唐朝将帅封王之先河。

此后，安禄山兼任范阳、河东、平卢三镇节度使，势焰熏天。当时，唐朝共设十个节度使，安禄山兼任其中三镇，掌握二十万大军，占全国兵员总数的40%，控制了今河北、山西、北京、天津及辽西大部分地区。据唐人姚汝能《安禄山事迹》记载，安禄山每次上朝，"常经龙尾道，未尝不南北睥睨，久而方进，即凶逆之萌，常在心矣"。当时，安禄山不仅有"凶逆"之心，而且磨刀霍霍，在范阳以北修筑雄武城，储备战略物资，为发动叛乱做准备。

天宝十四载十一月初九日夜，安禄山乘坐铁车，率领十余万大军，浩浩荡荡杀向东京洛阳。此时此刻，唐玄宗和杨贵妃正在华清池寻欢作乐呢！到了危急关头，玄宗如果采取正确的战略战术，还是能够确保京城平安的。但是，他听信宦官边令诚的谗言，诛杀潼关守将高仙芝、封常清，致使潼关空虚，京城门户洞开，又急令卧病在床的大将哥舒翰率兵驻守。哥舒翰眼见局势危急，叛军气势汹汹，唐军人心慌乱，决定死守潼关。

当时，祸国殃民的杨国忠已是天怒人怨，惶惶不可终日，他害怕哥舒翰挥师西向以"清君侧"之名除掉他，便极力蛊惑玄宗，勒令哥舒翰火速出关作战。哥舒翰拊膺恸哭，挥泪出关，招致惨败，全军覆没，自己也成了安禄山的俘虏，最后死于叛军的刀剑之下。

惊闻潼关失守，唐玄宗带着杨贵妃仓皇奔逃，叛军铁蹄直捣长安！

（二）王孟相交

王维（701—761），字摩诘，祖籍太原祁县（今属山西），其父迁居于蒲州（治今山西永济西南蒲州镇），遂为河东人。王维是盛唐著名艺术家，工于草书隶书，娴于丝竹音律，擅长泼墨绘画，"书画特臻其妙，笔踪措思，参于造化；而创意经图，即有所缺，如山水平远，云峰石色，绝迹天机，非绘者之所及也"（《旧唐书·王维传》）。其诗乃出尘妙品，令人如闻溪流之声，淙淙有韵。其画如染仙霞，从笔端流出的"松""月""泉"，皆可嗅到山川风味与青墨芬芳，传世之作《辋川图》山谷盘郁、云水飞动，《雪溪图》亘古寂静，似有雪花飘落、行人脚步声传来。苏东坡《书摩诘蓝田烟雨图》云："味摩诘之诗，诗中有画。观摩诘之画，画中有诗。"

蒲州古名蒲坂，地势险要，北有龙门，南对潼关，西临黄河，东望太行。黄河南岸有陶城，故址乃舜帝烧陶之处，城南首阳山则是伯夷、叔齐隐居之地。王维承载父母之恩泽，汇聚天地之灵秀，其灿烂才华与盛唐气象一样，成为一个伟大时代的标志；而他的人生之路，还算得上畅达。其高祖、曾祖、祖父历代为官，其父曾任汾州（治今山西汾阳）司马，在他幼年时就去世了，其母崔氏笃志信佛，一生"褐衣蔬食，持戒安禅"。王维9岁能赋诗，15岁初展风采，《题友人云母障子》云"君家云母障，时向野庭开。自有山泉入，非因彩画来"；《过秦皇墓》云"古墓成苍岭，幽宫象紫台。星辰七曜隔，河汉九泉开"。这一年，他与弟弟王缙离开家乡，前往京城长安，雏凤发新声，开始引人瞩目。17岁时，王维吟成《九月九日忆山东兄弟》："独在异乡为异客，每逢佳节倍思亲。遥知兄弟登高处，遍插茱萸少一人。"此诗天下传诵，王维由此名动京师，"凡诸王驸马豪右贵势之门，无不拂席迎之"（《旧唐书·王维传》），宋王李成器、岐王李范、宁王李宪、薛王李业等，纷纷与之结交，亦师亦友。

开元七年（719），19岁的王维再赴京城，准备参加科举考试。当时，张九龄之弟张九皋很有名望，通过关系走通了玉真公主李持盈（玄宗胞妹）的后门，发誓要夺得天下第一名。王维来到岐王李范家里，希望得到推荐。

岐王李范的豪宅，是盛唐著名的文人沙龙举办地。《旧唐书·睿宗诸子传》

说他"好学工书，雅爱文章之士，士无贵贱，皆尽礼接待"。杜甫名作《江南逢李龟年》有"岐王宅里寻常见"之句，可见他们出入岐王府之频繁。在所交往的诗人中，岐王最喜爱王维，流传下来的王维诗歌中，三首与岐王有关——"座客香貂满，宫娃绮幔张。涧花轻粉色，山月少灯光"（《从岐王夜宴卫家山池应教》）；"杨子谈经所，淮王载酒过。兴阑啼鸟换，坐久落花多"（《从岐王过杨氏别业应教》）；"帝子远辞丹凤阙，天书遥借翠微宫。隔窗云雾生衣上，卷幔山泉入镜中"（《敕借岐王九成宫避暑应教》）。

当下，岐王听罢王维的诉求，大摇其头。他的力量哪里比得上玉真公主呢？岐王沉吟半晌，然后如此这般安排了一番。几天后，玉真公主设宴，岐王让王维手抱琵琶、身着华服，一起前往公主府赴宴。王维丰神秀逸，风姿谐美，蕴藉华贵，如云岫临空，令公主眼前一亮。岐王假称王维是乐工，特来为公主奏乐助兴。只见王维十指灵动，琵琶声声，如怨如诉，如思如慕，哀切婉转如月下之溪水，众人如醉如痴，无不为之动容。

公主问道："这是什么曲子？"

王维起身回答："《郁轮袍》。"

《郁轮袍》是一首琵琶独奏曲，由王维所作。岐王对公主说，此人不仅长于音律，才学更佳。公主看罢王维呈上的诗稿，惊奇不已："这都是我经常吟诵的呀！我还以为是古人写的呢，原来是你的作品！"如此一来，第一名自然非王维莫属，张九皋只能徒唤奈何了。

这个桥段，出自唐人薛用弱《集异记》。《集异记》乃传奇小说集，全书所记故事不过十六则，却影响很大，被近代国学大师汪辟疆称为"唐人小说中之魁垒也"。小说家言未必属实，但王维于开元九年（721）中状元，却是史实。这一年，他21岁，可谓少年得志。

而另一则传说，则见于正史。《旧唐书·王维传》载："人有得《奏乐图》，不知其名，维视之曰：'《霓裳》第三叠第一拍也。'好事者集乐工按之，一无差，咸服其精思。"王维根据画中乐师们的姿态神韵，便可准确断定所演奏的曲目是《霓裳羽衣曲》，且正好是第三叠第一拍。观察之细腻，判断之精微，足可说明王维对绘画与音乐的融会贯通，是何等出神入化了。

作为新科状元，名扬四海，王维随即被任命为太乐丞，主管音乐歌舞，开始进入官场。谁知到了这年秋天，他因为教伶人跳黄狮子舞而犯忌，被贬为济州（治今山东茌平西南）司仓参军，主管州府库房。这是王维仕宦生涯的第一次挫折。

黄狮子舞是一种单人舞蹈，只能供皇帝欣赏。官衙里的伶人私下里舞几下黄狮子，似乎不至于如此大张挞伐。其实，王维是受唐朝宗室内部钩心斗角牵连而遭贬黜的。唐玄宗对待他的几个兄弟，宋王、岐王、宁王、薛王等，表面上情同手足，暗地里却严加防范，"自今已后，诸王、公主、驸马、外戚家，除非至亲以外，不得出入门庭，妄说言语"（《诫宗属制》）。玄宗于开元十年（722）颁布的这道诏命，勒令皇亲国戚不得随意串门聊天，并命他们"宜书座右"，时刻遵从。这道"禁言令"犹如凛冽寒风，吹散了皇家温情，显露出冷酷嘴脸。王维因为是诸王的座上客，因此被借故赶出京城，也算咎由自取了。

济州东倚泰山，西临黄河，阡陌纵横，稼禾稀疏，一片荒僻苍凉。王维流落此地，夏吟泉，冬咏雪，徜徉四载。开元十二年（724），著名诗人裴耀卿出任济州刺史，成了王维的上司。裴耀卿8岁中童子举，堪称神童，成年后却宦海沉浮，并无多大作为。老友相逢，欢喜莫名，诗酒唱和，怡然而歌。可惜裴耀卿很快调到安徽宣城当刺史去了，两人自此相别天涯。恍惚之间，到了开元十七年（729），王维辞官回长安闲居，开始师从大荐福寺道光禅师。因为受母亲影响，王维接触佛教很早，禅机活泼，缘触而发，常欲隐遁避世，消除仕途的迷惘与人生的负累。

在这一时期，王维结识了另一个大诗人孟浩然。孟浩然年长王维12岁，两人情谊深厚，终生不渝。

孟浩然（689—740），襄州襄阳（今属湖北）人，世称孟襄阳，"少好节义，喜振人患难"（《新唐书·孟浩然传》）。他家祖传的园庐，位于襄阳城南郊岘山一带，北有溪涧直通汉水，称涧南园或南园。这是一个充满传奇的地方。岘山上有晋代贤者羊祜的纪念碑，凭吊者无不落泪，名为"堕泪碑"；西南方向有楚山，当年秦国联合齐、韩、魏进攻楚国，曾在山上瞭望敌情，又名"望楚山"；西北方向有万山，山下有解佩渚，相传是周朝郑交甫邂逅神女解佩相赠之处（参见刘向《列仙传》）。这里有空旷的林野、幽静的溪涧、悠闲的钓翁、高歌的樵夫，难怪孟浩然要自豪地吟唱了："弊庐在郭外，素业惟田园。左右林野

旷，不闻朝市喧。钓竿垂北涧，樵唱入南轩。"（《涧南园即事贻皎上人》）

孟浩然早年居家侍亲、读书，诗酒自适。在城东南鹿门山，他建了几间茅屋，怡然隐居，赏山川风光，读溪壑之诗，偶见白鹭，心事邈远——"山暝听猿愁，沧江急夜流"（《宿桐庐江寄广陵旧游》）；"松月生夜凉，风泉满清听"（《宿业师山房待丁公不至》）；"日夕凉风至，闻蝉但益悲"（《秦中感秋寄远上人》）。这些寂寥的诗句，透露了他隐居时的悠远心境；而最能代表他隐逸生活的，是《夜归鹿门歌》——

> 山寺鸣钟昼已昏，渔梁渡头争渡喧。
> 人随沙岸向江村，余亦乘舟归鹿门。
> 鹿门月照开烟树，忽到庞公栖隐处。
> 岩扉松径长寂寥，惟有幽人自来去。

庞公，即庞德公，汉末名士，一生隐逸鹿门山，躬耕山野，"卧龙"诸葛亮、"凤雏"庞统，师友事之。据《后汉书·庞公传》记载，一天，荆州刺史刘表来了，一定要请他出来做官，辅佐自己治理天下："夫保全一身，孰若保全天下乎？"庞德公回答说："鸿鹄巢于高林之上，暮而得所栖；鼋鼍穴于深渊之下，夕而得所宿。夫趣舍行止，亦人之巢穴也。且各得其栖宿而已，天下非所保也。"刘表听罢，叹息而去，庞公随后"携其妻子登鹿门山，因采药不反"。

鹿门山，是孟浩然一生灵魂归依之所。黄昏，沙岸，孤舟，明月，烟树，松径，幽人，清寂凛冽，凡世俗尘，一洗而净。

然而，孟浩然并不想隐居终生。他的入世之心，如波涛起伏，时而淡然，希望远离尘嚣，随山水而逝；时而强烈，渴望鸿鹄展翅，一飞冲天。

看看将近不惑之年，孟浩然的入世之心强烈起来，便来到长安，寻觅仕进之路。在这里，他结识了王维，并与储光羲、綦毋潜等人相过从。

那时候，孟浩然已经诗名远扬，在文人中声誉很高。他游太学，即席赋诗，满座学子为之倾倒。在秘书省的联句集会上，京城才子们齐聚一堂，他诗情飞动，风头劲健。联句是一种高雅的诗歌游戏，才情纵横者方能折桂。在众人哗哗的掌声里，孟浩然即席而吟："微云淡河汉，疏雨滴梧桐。"此联清淡优美，宛如天籁，令在座众人拍手叫绝，纷纷搁笔不敢再写。

孟浩然虽然才气横溢，但仕途毫无进展，应试落第后，献赋自荐亦无回音，他心中不免愤慨。《新唐书·孟浩然传》记载了这样一件事，说孟浩然在王维家中见到了唐玄宗，玄宗很高兴，对孟浩然说："听说你的诗天下传诵，何不给我朗诵一首？"孟浩然仓促之中念道——

> 北阙休上书，南山归弊庐。
>
> 不才明主弃，多病故人疏。
>
> 白发催年老，青阳逼岁除。
>
> 永怀愁不寐，松月夜窗虚。

孟浩然还没念完，皇帝的脸就黑了，说道："先生你不求做官，我又何尝抛弃过你，你干吗诬蔑我呢？"

难怪皇帝生气，这首《岁暮归南山》的确不能令人愉悦。与其说他骂自己"不才"，不如说在责怪皇帝"昏庸"；与其说他称自己"多病"，不如说在骂朋友"势利"。给皇帝念这样一首牢骚诗，怎么能指望获得垂青、受到重用呢？

唐玄宗拂袖而去，孟浩然美梦成空。许多人惋惜孟浩然白白浪费了一次千载难逢的自荐机会。

离开京城前，孟浩然写了一首《留别王侍御维》，感叹世海飘零，知音难觅，"当路谁相假，知音世所稀。只应守寂寞，还掩故园扉"。依然是高级牢骚。知音的确难觅，不是还有一个王维吗？既然要掩"故园扉"，又何必流落京城呢？王维写了一首《送孟六归襄阳》，劝他回乡隐居，不必辛辛苦苦在长安漂泊了："杜门不欲出，久与世情疏。以此为长策，劝君归旧庐。"

（三）仕隐之间

虽然王维劝孟浩然回归旧庐隐居，但他自己的仕进之心并未泯灭，盛唐开元年间的恢宏气度，时时激荡着他那颗日渐归佛的心灵。那时候，唐玄宗锐意进取，虚怀纳谏，修明政治，大展宏图；姚崇、宋璟、张说、张九龄，一个个贤臣良相，共扶江山；一道道除旧布新的政令颁布天下，一项项利国利民的举措迅速实行。唐王朝像一列开足马力的火车，轰隆隆驶向明天。

王维身处这样一个蓬勃向上的时代，要想遁入空门，一心事佛，难乎其难。不是他六根不净，而是时代召唤的声音过于嘹亮，激荡起他高涨的政治热情。开元二十二年（734），34岁的王维来到洛阳，拜见升任中书令的张九龄。张九龄是著名诗人，名句"海上生明月，天涯共此时"，天下传诵。为相期间，他兢兢业业，励精图治，广受赞誉。王维作了一首自荐诗《献始兴公》，向张大人述说自己的心路历程，他说自己本来倦于仕宦，"宁栖野树林，宁饮涧水流。不用坐梁肉，崎岖见王侯"；可是听说张大人是一位正人君子，"所不卖公器，动为苍生谋"，向往之心如春潮澎湃，希望能为之效劳，"贱子跪自陈，可为帐下不？感激有公议，曲私非所求"。

如此直白的自荐，显示了他的坦率真诚。随后，他便隐居于洛阳附近的嵩山，等待召唤。张九龄读了王维的诗，莞尔一笑。次年，王维被任命为右拾遗，入朝为官。一天，朝中高级官员聚会，王维官阶不高，张丞相特命他参加，众人曲水流觞，把酒吟诗，张丞相命王维作序，记述其盛况……

这时节，落第归山的孟浩然，已是心情疏淡，襟怀浩渺，"扁舟泛湖海，长揖谢公卿。且乐杯中物，谁论世上名"（《自洛之越》），俨然鹿门山之卧龙也。李白见到他，痛饮之余，赋诗相赠："吾爱孟夫子，风流天下闻。红颜弃轩冕，白首卧松云。醉月频中圣，迷花不事君……"（《赠孟浩然》）

然而，有时候啊，鹿门山的江雪与流水，也会在他眼里平添几丝哀愁，几多悲凉，"荷风送香气，竹露滴清响。欲取鸣琴弹，恨无知音赏"（《夏日南亭怀辛大》）——田园虽美，知音难觅呵！"虚舟任所适，垂钓非有待。为问乘槎人，沧洲复何在？"（《岁暮海上作》）他说："世人不知我，我将浮海而逝，寻访沧洲之仙迹矣！"

随后，孟浩然离开家乡，开始了长达四年的吴越之游。他春天出发去洛阳，再从洛阳赴吴越之地游历，将自己放逐于山水，放逐于诗与酒。一程山水一程诗，一路览胜一路歌。中秋节前夕，他抵达杭州，在钱塘观潮——"照日秋云迥，浮天渤澥宽。惊涛来似雪，一坐凛生寒"（《与颜钱塘登樟亭望潮作》）；随后经钱塘江口入浙江，途经鱼浦潭、七里滩——"叠嶂数百里，沿洄非一趣。

彩翠相氛氲，别流乱奔注"（《经七里滩》），"移舟泊烟渚，日暮客愁新。野旷天低树，江清月近人"（《宿建德江》）；在天台山，他游览了桐柏观，并去近海泛舟，猎猎海风，吹散了一腔愁绪；然后他由剡溪顺流赴越州会稽（今浙江绍兴），游览镜湖、云门寺、若耶溪，从海上航行至永嘉（今浙江温州），与故友张子容相遇——"逆旅相逢处，江村日暮时。众山遥对酒，孤屿共题诗"（《永嘉上浦馆逢张八子容》）……

四年之后回到故乡，孟浩然已是面貌迥异。一则"踏雪寻梅"故事，抒写了他此时的情怀。

这年冬天，大雪纷飞，一个中年人经常在汉江畔的沙洲上徘徊，时而抬头远眺寂寥江天，时而低头俯视茫茫雪原。雪下得越大，他就越是不停地走动，好像在寻找什么。一天，一个樵夫在雪原上遇见他，好奇地问："浩然公，这大冷的天，您在寻找什么呢？"

孟浩然乐呵呵地回答："我在寻找梅花哪！"

樵夫看看他在皑皑雪原上踩出的一个个脚印，真像一朵朵梅花，散落在耀眼的白雪上。不久，一首打油诗开始流传："数九寒天雪花飘，大雪纷飞似鹅毛。浩然不辞风霜苦，踏雪寻梅乐逍遥。"

逍遥之余，孟浩然开始怀念好朋友王维。那年王维来到襄阳，孟浩然喜出望外，邀请一众襄阳名流为王维接风洗尘。文友相聚，少不了吟诗助兴。那是个雪天，孟浩然连干三杯，吟道："千瓣梅花傲霜雪，春笋遇雨日三尺。"王维听罢，莞尔一笑："积雨空林烟火迟，蒸藜炊黍饷东菑。"众人纷纷称好，恭请赐教。王维浅饮一杯，说道："世上字词万千，诗之精魂，却在你的心间。"

如此逍遥的隐逸生涯，孟夫子丹田开舒，身心放达，仕宦之心，幽微如涟漪，偶尔掠过洞庭湖。襄州刺史韩朝宗颇欣赏孟浩然的才华，眼见他困顿田园，打算举荐他入朝为官，二人相约一起进京。偏巧在约好出发的日子，孟浩然的几个朋友来了，大家作诗饮酒，其乐陶陶，他早把进京之事抛到了九霄云外。有人提醒他与韩公有约，他斥责道："你没看见我正喝酒吗？"韩朝宗很生气，独自走了。孟浩然酒醒了，却一点也不后悔。

《新唐书·孟浩然传》这段关于孟浩然"嗜酒误官"的记载，无疑表露了他的真性情。然而，灵魂归依与世俗追求的交织，使他的人生处于"隐与仕"的矛盾状态。40岁之前，他一隐到底，幽情随山水起伏而宛转，烟霞依苦乐变幻而明灭。"北山白云里，隐者自怡悦。相望始登高，心随雁飞灭。"（《秋登万山寄张五》）人到中年，他应考求官却名落孙山，于是重返山林、遨游吴越，然归来后又萌求仕之意。于是，他想到了丞相张九龄，向他作诗自荐——

> 八月湖水平，涵虚混太清。
> 气蒸云梦泽，波撼岳阳城。
> 欲济无舟楫，端居耻圣明。
> 坐观垂钓者，徒有羡鱼情。

这首《望洞庭湖赠张丞相》很含蓄，不露痕迹地表达了孟浩然要求援引的心情。他说："张大人啊，您主持国政，在下非常钦佩，不过我乃在野之身，不能追随左右，只有徒然表示钦慕之情罢了。"

然而，孟浩然不如王维幸运，张九龄见到他的诗时，已经在朝廷失势了。

这时候，已经到了开元末期，唐玄宗开始走向他的反面。历史的舞台上，出现了一个"扳道员"——李林甫，于是，历史不可思议地逆转了方向。

开元二十四年（736），玄宗在李林甫与武惠妃的蛊惑下，要废黜太子李瑛，另立武惠妃之子寿王李琩，张九龄坚决反对；玄宗要提拔李林甫死党牛仙客为副相，张九龄也不赞成。玄宗一怒之下，罢其相职，由李林甫继任。监察御史周子谅闻讯，愤怒异常。一天清晨，周子谅"豸冠"上朝，公开弹劾为虎作伥的副相牛仙客。玄宗抬眼一看，那周子谅头上戴的，是一顶像猫又像虎的帽子，龇牙咧嘴，分明是在向自己叫板，不禁勃然大怒，下令杖打一百，犹不解恨，随后下令处死。幸得群臣力保，周子谅改判流放。这位自许"黄鹄乘天风，飘飘忽高翔"的御史大人，不久竟死于流放途中。当初举荐周子谅的张九龄，因此受到株连，被贬为荆州长史。

以这次重大人事更迭为标志，大唐王朝这列"火车"，自此逐渐驶离开元盛世，驶近天宝危机。太子李瑛后来被李林甫、武惠妃害死，李琩还未晋升太子，武惠妃却一病归阴，唐玄宗悲伤之际，居然夺了李琩之妻杨玉环为妃。帝王之家事，真乃一塌糊涂也！

张九龄来到荆州不久，就把孟浩然请来担任从事（相当于市长助理），让他过了一把"官瘾"。这真有些刘禹锡诗中"东边日出西边雨"的味道。

张九龄被贬，李林甫登台，令王维感到了政治上的幻灭。归隐田园、老死山林的念头，漾漾浮上心间。这个黑暗的朝堂，他是待不下去了。开元二十五年（737）三月，河西节度使崔希逸率军大胜吐蕃。这位崔希逸是开元年间名臣兼名将，功勋卓著，在唐王朝对吐蕃的战争中立下赫赫战功。这样一位封疆大吏，新旧《唐书》均没有为之立传，令后世史家颇感蹊跷；而他与王维的交往，则成了后人考察他文韬武略的凭据。

这年夏天，王维奉皇帝之命，以监察御史的身份来到河西节度使幕府所在地凉州（治今甘肃武威）劳军。初至塞上，浩瀚的原野、苍凉的景观，令他心中的郁闷一扫而光，挥笔写下了广为流传的《使至塞上》——

> 单车欲问边，属国过居延。
>
> 征蓬出汉塞，归雁入胡天。
>
> 大漠孤烟直，长河落日圆。
>
> 萧关逢候骑，都护在燕然。

完成劳军使命后，王维没有马上回长安，而是留在崔希逸幕府，滞留凉州一年多。两人于烽烟滚滚之中，诗酒唱和，契心相交，结下了深厚的友谊。就在这一时期，王维写下了不少描写边塞生活的作品，成为最早写作边塞诗的盛唐诗人之一——"居延城外猎天骄，白草连天野火烧。暮云空碛时驱马，秋日平原好射雕"（《出塞作》）；"十里一走马，五里一扬鞭。都护军书至，匈奴围酒泉"（《陇西行》）；"风劲角弓鸣，将军猎渭城。草枯鹰眼疾，雪尽马蹄轻"（《观猎》）……

（四）战乱余生

开元二十八年（740），王维迁任殿中侍御史，对他而言，这却是个悲怆之年。

这年二月，对王维有知遇之恩的一代贤相张九龄死于荆州任所。罢相不过三年时光，这位满怀韬略的开明政治家，就在郁闷中结束了自己的一生。河西节度使崔希逸是王维的知音，两人相识较晚，交情却很深。崔希逸大胜吐蕃，功勋卓著，却被贬为河南尹，到任不久就病死了。两个有才能、有抱负的前辈辞世，使王维的政治激情丧失殆尽，开始变得心灰意懒。

这年冬天，他被派往岭南，主持"南选"。"南选"是上元二年（675）时，由武则天亲自拍板定下的一项选拔南方人才的制度，每四年举行一次，派遣正五品以上京官前往南方主持其事。这项制度的实行，为南方边远蛮荒地区的人才架设了一条通往中央政府的"桥梁"。

王维接到诏命，简单收拾了一下行装，就前往桂林履任。"南选"的大本营，就设在那里。离开长安，他先到襄阳，打算借公务之便与好友孟浩然相聚。船行汉江之上，浩浩荡荡的江水波澜壮阔，流向天外，他心潮汹涌，一首澎湃大气的千古名篇《汉江临泛》破空而出——

楚塞三湘接，荆门九派通。

江流天地外，山色有无中。

郡邑浮前浦，波澜动远空。

襄阳好风日，留醉与山翁。

王维乘兴而来，等待他的却是一声晴天霹雳：孟浩然在不久前去世了！

孟浩然之死，与他的任性逞情有关。他的背上长了一个大毒疮，本来已经好了大半，这天诗人王昌龄来访，两人一高兴开怀畅饮起来，孟浩然忘掉医嘱，抛开禁忌，一边喝酒，一边猛吃鱼鲜，导致毒疮复发，就此一病不起，一命归天！

想不到，襄阳这个风光无限的地方，带给王维的却是万古悲伤。他与孟浩然，同为盛唐诗坛两颗明星，同为山水田园诗派两大"宗主"，相识相知十余载时光，有过几多相聚的欢乐、别离的悲伤。无论欢乐也罢，悲伤也罢，从前还有相见的希望、相通的气息，如今却是天人永隔，再无相见之可能了！

> 故人不可见，汉水日东流。
> 借问襄阳老，江山空蔡洲！

王维流着眼泪，写下了这首《哭孟浩然》。他说："我到襄阳了，忍不住想问问，那位徜徉在山水之间的故人在哪里啊？眼前江山依旧，如今哪里还有他的身影？"泪眼蒙眬中，他回忆起孟浩然的样子，便画了一张孟浩然的画像，挂在江边的刺史亭中。这个小亭子，从此改名"浩然亭"。

从南方回到长安，王维面临着两个选择：一是违背自己的良知，与奸相李林甫之流合作，追求飞黄腾达；二是与奸党彻底决裂，在众人皆醉的世界里孤军奋战，不惜粉身碎骨。

王维的选择，是"富贵山林，两得其趣"（语出张戒《岁寒堂诗话》），半官半隐，亦官亦隐，过起了所谓"身心相离"的生活。既居庙堂之高，又乐江湖之远；既是朝廷显宦，又是山林野叟。

终南山位于长安城南50里处，是秦岭主峰之一，峰岭清峻，草木葱茏，鸟语花香，可谓人间仙境。在这里，王维与好友裴迪，以及著名诗人卢象、储光羲、张諲诸人，采薇引雀，登高赋诗，高谈阔论，好不畅快淋漓！

后来，为了让母亲有个宁静的环境安心事佛，王维在长安附近的蓝田（今属陕西）辋川盘下了当年宋之问的山间别墅。这里水脉丰沛，山峰秀媚，经过一番苦心经营，长长的辋川山谷被修成了一个可耕可牧、能渔能樵的大园林。素有林泉之癖的王维优游其间，其幽微之情、淡定之思，如西天之白云，杳无踪迹。他的辋川系列名诗，皆由此产生——

> 空山新雨后，天气晚来秋。
>
> 明月松间照，清泉石上流。
>
> 竹喧归浣女，莲动下渔舟。
>
> 随意春芳歇，王孙自可留。

这首《山居秋暝》，情景交融，色彩满目，清韵盈耳，天光云影，无复人工。

> 寒山转苍翠，秋水日潺湲。
>
> 倚杖柴门外，临风听暮蝉。
>
> 渡头余落日，墟里上孤烟。
>
> 复值接舆醉，狂歌五柳前。

这首《辋川闲居赠裴秀才迪》，天然流转，气象阔大，闲适自如。诗人把裴迪比作古代狂士接舆，并以陶渊明自况。天然之美景，微醺之诗人，短促之人生，其奈之何！

这一时期的王维，心与尘世远了，灵与佛祖近了。王维的名字，暗含禅机。他名维，字摩诘，连读恰为"维摩诘"。有一部佛学著作《维摩诘所说经》，亦称《维摩诘经》，叙述毗耶离城居士维摩诘长者，是一位得到佛祖释迦牟尼称许的通达智者，圆融无碍，处处自由。他的名言是："欲得净土，当净其心；随其心净，则佛土净。"（《维摩诘经·佛国品》）王维以维摩诘作为名与字，其仰慕之情，不言而喻；他的前世今生与佛教，尤其是与禅宗的深厚缘分，由此可见。他的早年诗作《春日上方即事》有"好读高僧传，时看辟谷方""北窗桃李下，闲坐但焚香"之句，初露慧根。他所交游的僧人，记于诗文中的有道光禅师、璇上人、道一禅师、瑗公上人、神会禅师；与他关系密切的居士，如胡居士、萧居士、魏居士，皆识心达本。对潜心向佛的王维来说，"众生皆有佛性"，参访方外高人，与意气相投的道友共修，成了他隐居生活的主要内容之一。

王维的母亲崔氏笃信佛教，并因同乡的关系，师事一代名僧大照禅师（普寂）三十余年，在王维幼小的心灵里埋下了向佛的种子。《旧唐书·王维传》记载:"维弟兄俱奉佛,居常蔬食,不茹荤血,晚年长斋,不衣文彩。"在蓝田辋川别墅,王维与母亲念佛食素,磨炼心性,"斋中无所有,唯茶铛、药臼、经案、绳床而已。退朝之后,焚香独坐,以禅诵为事"。王维自己也说:"吾生好清静,蔬食去情尘。"(《戏赠张五弟谭三首·其三》)王维的"情尘",果然"去"得很彻底,妻子辞世之后,他一生未再婚娶,"三十年孤居一室,屏绝尘累"。

超凡出尘,与宇宙苍生、天地万物如邻如友,可谓人与自然相处之极致。《大唐大安国寺故大德净觉禅师碑铭》有如下警言:"猛虎舔足,毒蛇熏体;山神献果,天女散花。澹尔宴安,曾无喜惧。"在辋川山野之间,王维心神高翔,日臻曼妙之境,有诗为证——"窗外鸟声闲,阶前虎心善"(《戏赠张五弟谭三首·其一》);"寂寥天地暮,心与广川闲"(《登河北城楼作》);"我心素已闲,清川澹如此"(《青溪》)……

这几句诗,都有一个"闲"字。隐居之余,王维还要跑出辋川别墅,来到日渐黑暗的朝廷做官。他哪里知道,一场大动乱,就在眼前。

转眼到了天宝十四载(755),"安史之乱"如火山爆发,大唐王朝顷刻之间分崩离析。叛军于次年六月进入长安,大开杀戒。追随玄宗出逃官员的家属,留在京城的皇亲国戚,皆遭屠戮。唐廷留京百官,悉数被俘,分批押送至东京洛阳。时任给事中的王维,与著名画家吴道子、检校祠部员外郎张璪等人被困京城,后被押送到洛阳,囚禁于菩提寺。

这时候,安禄山的洛阳宫苑之中,一片歌舞升平景象。他派人前往长安,搜捕玄宗的乐工和歌姬,并将宫中的乐器、马、犀、象等统统运到洛阳,供其享乐。凝碧池是洛阳宫苑中的一处胜景,时值仲秋,玉露生凉,池水澄碧。踌躇满志的安禄山在凝碧池畔大摆酒宴,文武百官列坐两厢,他高踞上座,下令开宴,奏乐!那些被拘押来的乐工,想到长安的血流成河与家人的哀哀惨死,纷纷泪如雨下,乐声哀婉低沉、丝丝泣血。安禄山大怒,命令兵士刀刃向前,胁迫其演奏欢乐舞曲。乐工雷海青怒发冲冠,当场扯断全部琴弦,将手中琵琶摔在地上,然后向西跪拜,号啕恸哭。兵士在安禄山的号叫声中,将雷海青绑到试马殿前,肢解残杀!

被囚禁在菩提寺中的王维，闻听雷海青的壮举，惭愧不已。被俘之后，他偷偷吞食药物，企图以患病为由，逃脱监禁，但没有成功。来到洛阳后，安禄山不管三七二十一，任命他为给事中。他明知这是"伪职"，有背叛之嫌，但不敢拒绝。雷海青壮烈殉国，他悲愤不已，写下了《凝碧池》一诗。此诗迅速流传开来，最后传到了唐肃宗耳中，成为王维日后的"救命稻草"。

玄宗南逃，丢掉了皇位，牺牲了贵妃，杨氏家族被诛杀殆尽。唐军在唐肃宗李亨的指挥下，英勇作战，收复河山，到了至德二载（757）十月，相继收复长安、洛阳，王维和其他陷贼官员一起被押回长安，等候清算。朝廷最后议决，附逆官员分六等定罪：最重者公开处死，二等赐自尽，三等杖一百，余下三等则流放、贬官。这年十二月底，18名重罪官员在长安城西南独柳树下被处斩，7人自杀于大理寺，许多人被杖打、贬黜。王维曾任"伪职"，应受严惩，因为《凝碧池》一诗表明了他对大唐王朝的忠心，加之其弟王缙拼死相救，肃宗法外施恩，予以从轻发落，仅降为太子中允。

王维一生最大的危机，就这样平安渡过了。这时，他已经57岁了。

（五）诗画禅意

从此之后，王维的灵魂彻底脱离了尘世，沉醉于山水与佛理之中。陷贼窟、任伪职，屈辱经历犹如在他的心上刻下了深深的一刀，终其一生，伤口无法愈合。

上元元年（760），王维任尚书右丞，世称王右丞。这是他一生所担任的最高官职。然而，这时候的他已经无心政事了。他沉醉于山水之间、诗画之中，偶与裴迪等老友小聚，论道参禅，了无痕迹。在他的画笔下，远山无石，隐隐如眉；远水无波，高与云齐；春景则雾锁烟笼，长烟引素，水如蓝染；夏景则古木蔽天，穿云瀑布，近水幽亭；而他的诗笔，则仙风道骨隐现，佛理禅意润霞——"行到水穷处，坐看云起时。偶然值林叟，谈笑无还期"（《终南别业》）；"爱染日已薄，禅寂日已固。忽乎吾将行，宁俟岁云暮"（《偶然作·其三》）；"不能舍余习，偶被世人知。名字本皆是，此心还不知"（《偶然作·其六》）……

空山不见人，但闻人语响。
返景入深林，复照青苔上。

——《鹿柴》

飒飒秋雨中，浅浅石溜泻。
跳波自相溅，白鹭惊复下。

——《栾家濑》

清浅白石滩，绿蒲向堪把。
家住水东西，浣纱明月下。

——《白石滩》

独坐幽篁里，弹琴复长啸。
深林人不知，明月来相照。

——《竹里馆》

木末芙蓉花，山中发红萼。
涧户寂无人，纷纷开且落。

——《辛夷坞》

人闲桂花落，夜静春山空。
月出惊山鸟，时鸣春涧中。

——《鸟鸣涧》

春池深且广，会待轻舟回。
靡靡绿萍合，垂杨扫复开。

——《萍池》

读着这些神品妙句，感觉内心无比安详，至真、至善、至美，一沙一世界，触目皆菩提，仿佛《涅槃经》所云"常、乐、我、净"之化境。人们不免疑惑：生在凡尘中的人之灵魂，如何能与大自然之间最幽微、最深致、最邈远的丝丝变幻，融合得如此天衣无缝呢？这是诗吗？当然不是！这是精致曼妙得令人难以形容的天籁！

后世许多文人骚客不仅对王维的诗津津乐道，对他的画也叹赏不已。北宋著名词人秦观在《书辋川图后》一文中自述，一天他卧病在床，友人送他一幅摩诘的《辋川图》，说此画足以疗疾。秦观展卷欣赏，心神恍惚，仿佛与王维一起进入辋川，在鹿柴觅荒寂，在竹里馆听鸣琴，在辛夷坞赏残花——诸般胜景，如佛风漾漾临照，秦观的病很快就痊愈了。明代胡应麟在《诗薮》里说，摩诘之诗可"入禅"，"读之身世两忘，万念俱寂"。如此解语之花、忘忧之草、入禅之桥，可谓出神入化矣！

一个春天的早晨，王维还睡意蒙眬，耳畔忽然传来裴迪的吟诵之声——

> 春眠不觉晓，处处闻啼鸟。
> 夜来风雨声，花落知多少。

老友裴迪昨天来到辋川，两人倾谈终日，夜宿隔壁。黎明时分，他开始吟诵孟浩然的诗句。他深情婉转的吟诵，勾起了王维对孟浩然深深的怀念。孟浩然逝去，已经二十余年，但王维的怀念，却与日俱增。孟浩然一生，几次想要入仕为官，但最终未能如愿，"乡泪客中尽，孤帆天际看。迷津欲有问，平海夕漫漫"（《早寒江上有怀》）。古语云："人生快意须乘舟。"可是，乘舟向何处去呢？孟浩然乘着一叶扁舟，徜徉徘徊，无处停泊，只有划进山林旷野，遗憾而终，他究竟找到快乐、幸福与安详了吗？

然而，王维自己找到快乐、幸福与安详了吗？他一生半官半隐，亦官亦隐，身入世，心出世，他在诗中从未呈现过内心的痛楚与骚动，这或许与他笃信佛教有关。他"外门闭，内门开"，宁静致远，守本观心，"不尽有为，不住无为……不尽有为，故德无不就；不住无为，故道无不覆"（《维摩诘经·菩萨品》），一切业障，一切烦恼，都涣然冰释了。然而，谁又能体会他的一颗盈月佛心之大苦大悲呢？母亲辞世之时，王维"柴毁骨立，殆不胜丧"；早年妻子亡故，他悲伤之情形，不见记载，然而，他从此不娶，孤守终身，谁言其中没有埋藏着深深的怆痛与悲伤？"宿昔朱颜成暮齿，须臾白发变垂髫。一生几许伤心事，不向空门何处销？"（《叹白发》）

以此观之，作为盛唐著名诗人的王维、孟浩然，其灵魂深处始终弥漫着中国古代文人的悲剧因子。他们都具备天然的隐逸之志，却又都为尘世的功名利禄所累，灵魂徘徊在两者之间，无法彻底解脱，又找不到归依之处，至于尘事处理得圆融与否，日子过得滋润与否，似乎很难说有根本的区别。

其实，中国古代文人是很容易与现实妥协的。他们心中的不平、激愤、惆怅、迷惘、哀怨，亦即他们的悲剧意识，都可以通过中国传统的儒、释、道文化，化解于无形之中；而儒、释、道文化之精髓，有一个显著的特点，就是一切围绕自然而升华。儒家的自然，是象征意义上的自然，使人安贫乐道，自得其乐；道家的自然，是天然无尘的自然，使人心斋坐忘，闲适旷达；释家的自然，是禅意悠悠的自然，使人看破红尘，无问悲喜。自古以来，高山江河、原野山林、狼虫虎豹、花鸟虫鱼，就成了文人墨客们消解悲剧意识、寄托高邈情怀的载体，成了他们灵魂深处最亲密的朋友。而且，这个伟大的朋友，永远不会抛弃你、出卖你。几多漂泊的灵魂，终于在大自然中找到了归依之处。

昔日庄周先生游于濠梁之上，乐其风物；孔夫子提出"智者乐水，仁者乐山"，成经典之论；魏晋名士嵇康遨游山野，"目送归鸿，手挥五弦"，远离统治集团，"独与天地精神往来"；另一位魏晋名士陶渊明，数次踏上仕途，最终挂冠归隐，"归去来兮，田园将芜胡不归"，他坚定地选择了自己的道路，"托身已得所，千载不相违"，终于达到了"采菊东篱下，悠然见南山"的境界。魏晋以降，山水诗、山水画盛行天下，文艺家们纷纷在山水之间找到了自己的知音。"读万卷书，行万里路"，是中国文人的精神传统；"千岩竞秀，万壑争流"，是文人墨客与造化同游之息壤，也是付托一腔心志之渊薮。仕途不顺，现实困顿，情路坎坷，没关系，还有山水原野与你为友为伴。朝看峰岭，暮观溪壑，烟岚云霭，鱼虾麋鹿，皆入诗文之中了！

孟浩然看山，是山外看山，山与人颔首致意、相望相依，却不会融为一体。"挂席几千里，名山都未逢。泊舟浔阳郭，始见香炉峰"（《晚泊浔阳望庐山》）；"朝游访名山，山远在空翠。氛氲亘百里，日入行始至"（《寻香山湛上人》）；"人事有代谢，往来成古今。江山留胜迹，我辈复登临"（《与诸子登岘山》）……

王维看山，则置身其中，随着视角变幻，山景也在变幻，仰望山高如海，回首云雾缭绕，登高溪壑近身。"陌上新别离，苍茫四郊晦。登高不见君，故山复云外"（《别弟缙后登青龙寺望蓝田山》）；"遥爱云木秀，初疑路不同。安知清流转，偶与前山通"（《蓝田山石门精舍》）；"千里横黛色，数峰出云间。嵯峨对秦国，合沓藏荆关。残雨斜日照，夕岚飞鸟还"（《崔濮阳兄季重前山兴》）……

王维看山犹如画山，山峦林壑，沙汀洲渚，峰涛云涌——视角在笔墨间回环往复，如诗如画，宛然在目矣。

作为一代才子，王维与孟浩然声名远扬，难分轩轾。他们为盛唐诗坛抒写了极其绚烂的不朽篇章，成为唐代乃至中国历史上最优秀的诗人之一。宋人敖陶孙指出，"王右丞如秋水芙蕖，倚风自笑""孟浩然如洞庭始波，木叶微脱"。具体说来，王诗情趣天成，人在景中，微澜映天光；孟诗近似天籁，人在景外，滴水成瀚海。孟浩然一生蹭蹬，出仕与隐逸，皆难遂愿。王维少年得志，但终其一生，仍多有坎坷，如逆风行船，在动乱年代险遭杀头之祸。他擅长各种诗体，尤以五言律诗和绝句著称。其前期诗歌，富有进取精神，讽刺贵戚显宦，反映边塞生活，抒写游侠意气，情调慷慨激昂，充满浪漫主义豪情；后期诗歌，描写山水田园，体味闲情逸致，尽显佛理禅意。他的山水田园诗，数量较多，艺术成就极高，最能代表他的艺术风格，《汉江临泛》《山居秋暝》《栾家濑》《竹里馆》等篇，晶莹闪烁，均为杰作。他的抒情诗，堪称古今一绝，至今依然深深地打动着读者的心——

> 君自故乡来，应知故乡事。
> 来日绮窗前，寒梅著花未？
>
> ——《杂诗三首·其二》

闲闲地询问故园寒梅是否开花，淡淡地抒发思念故乡之情，雅致含蓄。

> 红豆生南国，秋来发几枝。
> 劝君多采撷，此物最相思。
>
> ——《相思》

红豆又名相思子。相传古时候有个人死在边地，其妻痛哭不止，死于树下，血泪化为颗颗红豆。用红豆来表达深挚的爱情，情思热烈而深沉。

而被誉为唐诗七绝压卷之作的《送元二使安西》，被音乐家谱曲传唱，称为《阳关三叠》，抒发了人人心中汹涌如潮，却不知如何表达的深切感受——

渭城朝雨浥轻尘，客舍青青柳色新。
劝君更尽一杯酒，西出阳关无故人。

在举国传唱《阳关三叠》的歌声里，上元二年（761）七月，王维含着一缕浅笑，辞别人世，享年61岁。他的诗传世四百余首，影响深远。他是一个永远活在读者心里的不朽诗人。他可以安然长睡矣！

独载扁舟向五湖

——黄庭坚与秦观

（一）政治清算

"用铁龙爪治河，有同儿戏。"

这样一句简单的记述，却给北宋中叶著名诗人黄庭坚带来了灭顶之灾。

那是北宋元丰八年（1085）三月，致力于推进"熙宁新政"（王安石变法）的宋神宗赵顼，满怀遗恨地告别了人世。10岁的太子赵煦即位，是为宋哲宗，改元元祐，其祖母宣仁高太后临朝听政。高太后一向反对新法，当权后立即宣布废除改革措施，排斥"新党"，任用"旧党"领袖司马光为相，苏轼以及"苏门四学士"黄庭坚、秦观、晁补之、张耒，相继回京担任要职。其中，黄庭坚出任秘书省校书郎，受命参与编修《神宗实录》。

宋神宗时期，为治理黄河，有人异想天开，提出用轮船拖着巨型铁龙爪来清理河底淤积的泥沙，以拓宽和加深水道。此法得到了神宗皇帝与宰相王安石的赞赏，朝野不少趋炎附势之徒纷纷称颂，认为这是"神龙探爪，河患当除，河水澄清"。其实，这种办法"作秀"色彩颇浓，根本不可能消除河患。黄庭坚根据当年所见所闻，在《神宗实录》中写下了本篇开头那句简单的否定语。

八年后，宣仁高太后去世，宋哲宗赵煦亲政，一个新的轮回开始了。哲宗掌权后，立即下令重新推行新法。"新党"成员章惇、蔡卞等人迅速上位，昔日威风凛凛的"旧党"众臣随之受到无情的打击与迫害。为了罗织罪名，朝廷将当年参与编修《神宗实录》的官员召集到京师接受严格审查。徘徊在老家洪州分宁（今江西修水）的黄庭坚接到进京诏命，心知此去凶多吉少，但皇命难违，只得洒泪辞别亲人，郁郁地前往都城汴京（今河南开封）。

走到鄱阳湖畔，黄庭坚邂逅了前往惠州（今属广东）贬所的大诗人苏轼一行。这时候，苏轼早已被当权者逐出朝廷，先外放定州（今属河北），再贬谪英州（治今广东英德），不久又被贬往惠州，担任一个徒有其名的"宁远军节度副使"。两人在"新党"铁拳的打击下，满怀凄惶与惆怅，不由自主地随风漂泊。茫茫前途，祸福难测，恰似眼前鄱阳湖上烟波浩渺。鄱阳湖南宽北窄，犹如一只巨大的宝葫芦，系在万里长江的腰带上。受东南季风的影响，鄱阳湖一带的年降水量在1000毫米以上，形成了"泽国芳草碧，梅黄烟雨中"的湿润气候，是江南著名的鱼米之乡。

面对鄱阳湖的万顷波涛，黄庭坚与苏轼百感交集，相对唏嘘。这两个横绝一代的文坛巨星，此刻却发现自己是如此渺小，既无力左右朝政，也无力把握自己的命运。他们只能以一掬清泪，来祭奠早年雄姿英发的难忘岁月。在漫天飘洒的凄风苦雨里，两人互相叮咛，挥泪作别，各自奔向了天涯路——这就是北宋两大诗人最后一次会面时的情形。

黄庭坚一进京，即被有关部门严格审查，他关于"铁龙爪治河"的否定性记述，受到"诬蔑先帝"的指控。面对审讯官，黄庭坚神色坦然，回答说："那是我当年亲眼所见，用铁龙爪治河，确实是儿戏。"此言噎得审讯官一时无语，"凡有问，皆直辞以对，闻者壮之"（《宋史·黄庭坚传》）。

用"铁龙爪"治理黄河，的确如同儿戏；而当权者政治清算的"铁龙爪"，却像"铁嘴钢牙"，咬断了黄庭坚此后的宦海生涯。他随后被贬为涪州（治今重庆市涪陵区）别驾，黔州（治今重庆彭水东北）安置。

其实，苏轼、黄庭坚的命运，不过是北宋中后期"新党"与"旧党"之间激烈较量的一个缩影。

（二）党争乱局

由宋神宗赵顼发动、王安石领导的"熙宁新政"，亦即"王安石变法"，是北宋历史上极其重大的改革事件，由此引发的激烈的政治斗争，不但波及有宋一代，也对宋朝以后的中国历史产生了重要影响。"王安石变法"与战国时期秦国的"商鞅变法"一样，成了中国古代改革与保守两股势力之间生死较量的典型例证；商鞅与王安石，则成了中国古代改革家的代表人物。

可悲的是，"王安石变法"对北宋中后期的影响，却是极其消极的。随着局势的发展，改革派与保守派的政治纷争，逐渐演变成"新党"与"旧党"之间的党同伐异，与中晚唐时期为害甚烈的"牛李党争"一样，绵延数朝，席卷天下，改变了许多人的命运。

变法之初，以王安石、吕惠卿为代表的改革派不遗余力地推行新政，意图通过改革实现国家富强，无论在理论上还是在实践上，他们的努力都在一定程度上推动了历史进步；而以司马光、文彦博为代表的保守派则对变法持有异议，认为其过于激进，可能会带来不稳定因素。熙宁年间，由于神宗的强力支持，改革派得以大展拳脚，保守派则一度失势。然而，这一局面在元祐年间发生了逆转。这与当时临朝听政的宣仁高太后直接相关。

高太后乳名滔滔，亳州蒙城（今属安徽）人，其曾祖是太宗时期以武功起家的高琼，母亲是北宋开国元勋曹彬的孙女。她从小长在宫中，与宋英宗赵曙青梅竹马，长大后由宋仁宗赵祯亲自主婚，嫁给了英宗。英宗即位，她升任皇后。英宗病逝，她的儿子赵顼即位，她成了皇太后。出于对祖宗法度的维护和对社会稳定的考虑，她对神宗赵顼与王安石策划施行的种种新政并无好感。神宗辞世后，她年仅10岁的孙子赵煦即位，历史进入元祐时代，大权落在她的手里，她以恢复祖宗法度为旗号，罢黜新法，恢复旧制，"凡熙宁以来政事弗便者，次第罢之。于是以常平旧式改青苗，以嘉祐差役参募役，除市易之法，弛茶盐之禁"（《宋史·宣仁圣烈高皇后传》）。赵顼在位期间推行的一系列新政，遭到全盘清算、彻底否定，史称"元祐更化"。

然而，"新党"下野，"旧党"上台，并不表明从此天下太平了。"旧党"要员之间的政争，开始浮出水面。司马光作为一代史学家，其政治见识却显得过于保守，他坚决主张"尽废新法"，全面恢复旧制。苏轼却不赞成这一做法，他指出，对新法不必一棍子打死，应当"参用所长"。司马光一回朝，就提出要废除王安石当初施行的免役法，恢复差役法。苏轼认为，免役法与差役法各有利弊，免役法聚敛民财，而差役法妨害农业生产，与其变更法度搞得天下骚动不安，不如延续王安石之旧规，加以改进即可。

为此，司马光与苏轼在朝堂上发生了激烈争论。身为宰相的司马光气得须髯戟张，几乎要对苏轼兴师问罪。苏轼凛然说道："当年您做谏官时，与宰相韩魏公（韩琦）激烈论争，毫不退让。今天您做了宰相，就不许我说话了吗？"司马光闻言，愣怔片刻，随即满脸羞惭，连忙道歉。一座将要爆发的火山瞬间熄灭了。然而，"元祐更化"之后出现的这场"元祐论争"，却产生了恶劣影响，"旧党"内部派系斗争迭起，导致北宋政坛乱局纷纭，迷雾重重。

不久，司马光黯然告别尘世。这位杰出的史学家，在元祐初年执掌朝政，政绩却乏善可陈，除了尽力废除新法，其在政治、经济、外交诸领域，几乎未能取得显著成就。作为史学家，司马光的政治保守立场使他在推动社会进步方面有所欠缺，这既是他个人的遗憾，也让许多后人感到惋惜。在朝臣们议论如何吊唁他时，大诗人苏轼与著名理学家程颐产生了矛盾，此后两人在朝廷和学术界的影响逐渐分化。

司马光逝世那天，朝廷正在举行祭祀明堂的庆典。听闻司马先生辞世的噩耗，参加庆典的人们大多伤感不已，纷纷要前往吊唁。时任崇政殿说书的著名理学家程颐却说："孔夫子若在这一天哭丧，就不会唱歌。"程老先生注重礼制，他告诫人们，参加了庆典就不宜再去吊丧了。苏轼不以为然，当下戏谑说："孔夫子说哭丧时不能唱歌，却没说过唱歌后不能哭丧啊，你这是'枉死市'叔孙通制定的礼仪吧？"

"枉死市"是当时俚语，讽刺人冥顽不灵，遇事不知变通。叔孙通是为汉高祖刘邦制定礼仪的儒生。苏轼以此讥讽程颐食古不化，可谓辛辣。令他始料未及的是，他逞一时之才辩，勇则勇矣，却严重伤害了程颐的自尊心，也招来了程颐追随者们的忌恨。双方在治学与政论上多有分歧，积怨渐渐加深。程颐是洛阳人，他和他的追随者被称为"洛党"；苏轼是四川人，他和他的追随者被称为"蜀党"。

洛党、蜀党之外，还有以刘挚为首的朔党。河北东光人刘挚，嘉祐四年（1059）登进士第，任南宫县令，与信都令李冲、清河令黄莘并称为"河朔三县令"。他早年被王安石擢拔为监察御史，后来却因反对新政而去职，元祐年间复起为侍御史。他与梁焘、王岩叟、刘安世等人，昔日与苏轼兄弟交往密切，如今也因政见不合，与苏轼兄弟兵戈相向，成了互相攻击的政敌。因地域、师承关系之别而划分的"蜀、洛、朔"三党，犹如一个个"土围子"，耸立在元祐年间的神州大地上。"三党"精英们互相攻讦、倾轧、排挤，大搞"窝里斗"，弄得朝堂乌烟瘴气。苏轼与程颐，两个名冠天下的诗人与学者，却陷身于"朋党之争"而不能自拔，实在是宋代学人的悲哀。

作为"旧党"一员，黄庭坚的政治态度颇耐人寻味。尽管不赞成新政，他却能破除门户之见，较为客观、公正地看待问题。在一些诗篇中，他针对"新党""旧党"的扰攘纷争，提出了自己的观点——"至今民社计，非事颊舌竞。方来立本朝，献纳继晨暝。人材包新旧，王度济宽猛"（《次韵子由绩溪病起被召寄王定国》）；"开纳倾万方，皇极运九畴。闭奸有要道，新旧随才收"（《再作答徐天隐》）；"成王小心似文武，周召何妨略不同。不须要出我门下，实用人材即至公"（《病起荆江亭即事十首·其四》）。

应当说，黄庭坚这些不同凡响的政见，兼容并包，不但比司马光高明很多，比苏轼也公允了很多。他对司马光与苏轼、王安石，同样心怀敬意。司马光逝世后，他写诗悼念："毁誉盖棺了，于今名实尊。哀荣有王命，终始酌民言。蝉冕三公府，深衣独乐园。公心两无累，忧国爱元元。"（《司马文正公挽词四首·其四》）而对王安石，他的评价也极高："余尝熟观其风度，真视富贵如浮云，不溺于财利酒色，一世之伟人也。暮年小诗雅丽精绝，脱去流俗，不可以常理待之也。"（《跋王荆公禅简》）王安石晚年倦于政争，赋诗叹息："柳叶鸣蜩绿暗，荷花落日红酣。三十六陂春水，白头想见江南。"（《题西太一宫壁二首·其一》）黄庭坚依韵奉和，感慨遥深："风急啼乌未了，雨来战蚁方酣。真是真非安在，人间北看成南。"（《次韵王荆公题西太一宫壁二首·其一》）

令黄庭坚悲哀与无奈的是，尽管他持论比较公允，但作为"苏门四学士"之首，他却为师所累，一直陷在"朋党之争"的旋涡里，百般痛苦挣扎，始终无法自拔。可以说，这场危害甚烈的政坛"龙卷风"，几乎吞噬了他的一生。

（三）自许谪仙

黄庭坚（1045—1105），号山谷道人，又号涪翁，生于洪州分宁（今江西修水）双井村。发源于大围山的修水，乃江西五大水系之一（其余是赣江、抚河、信江、鄱江），湍急的河水蜿蜒流入修水县境内，越过双井村，倏然息波止浪，平铺十里，碧水如镜，远山如黛，号称"十里秀水"。

修水黄氏家族是当地望族。黄庭坚的高祖父黄元吉博学多识，置田百亩，藏书万卷；曾祖父黄中理集资开设了两座书馆，成为当地培养人才的摇篮。到了黄庭坚的父亲黄庶这一辈，家族繁华渐成旧梦。黄庶是庆历二年（1042）进士，诗人，有《伐檀集》传世。他给长子取名"大临"，次子取名"庭坚"，这两个名字均出自上古颛顼大帝（高阳氏）麾下"八恺"之名。《左传·文公十八年》载："昔高阳氏有才子八人，苍舒、隤敳、梼戴、大临、龙降、庭坚、仲容、叔达，齐圣广渊，明允笃诚，天下之民谓之八恺。"

《宋史·黄庭坚传》说他"幼警悟，读书数过辄成诵"，其舅父李常博学能文，官至御史中丞，他经常随手抽书考问庭坚，而庭坚总能对答如流，"常惊，以为一日千里"。黄庭坚5岁背诵《春秋》，7岁赋诗《牧童》："骑牛远远过前村，吹笛风斜隔垄闻。多少长安名利客，机关用尽不如君。"8岁又作《送人赴举》："青衫乌帽芦花鞭，送君归去明主前。若问旧时黄庭坚，谪在人间今八年。"

一个小小的乡村"放牛娃"，却自命谪仙下凡，敢于嘲笑那些威风凛凛、蝇营狗苟的"长安名利客"，端的是后生可畏。

嘉祐三年（1058）十月，黄庶病逝于康州（治今广东德庆）任上，年仅41岁。父亲遽然早逝，黄家陷入困顿，一家人身上缺衣，肚中少食，其生活的艰难，不难想象。双井村头的柳枝，摇摆着他的凄迷；田野里的禾苗，天空中的断云，都令他感到了对未来的惶恐。他第一次强烈地意识到，这里的日子，穷窘、凄凉、陌生。他不再属于这里了。他的灵魂，早已飞出双井村，飞出修水县，飞向了梦中的远方。第二年，母亲决定送他去淮南，让他跟随舅父李常游学。15岁的黄庭坚，就此辞别了母亲与故园。

那时候，李常任宣州（治今安徽宣城）观察推官，一介小官，日子并不丰裕，但他敞开怀抱接纳了自己的外甥。在后来的许多年里，舅父几乎成了黄庭坚的偶像，他在《奉和公择舅氏送吕道人研长韵》中称赞舅父："奉身玉壶冰，立朝朱丝弦。妙质寄郢匠，素心乃林泉。"对于舅父的养育之恩，黄庭坚终生铭记："少也长母家，学海颇寻沿。诸公许似舅，贱子岂能贤……玉蟾泻明滴，要须笔如椽。眷求尽耆德，舅氏且进迁。"

两年后，黄庭坚经舅父引见，结识了诗人孙觉。一次，孙觉与诗友王平甫谈论杜甫《北征》与韩愈《南山》之高下，孙推崇老杜，王喜欢老韩，两人争得面红耳赤。黄庭坚在旁边莞尔一笑，说《北征》长中有短，《南山》短中有长。孙觉爱惜这个英俊少年，后来把自己的女儿孙兰溪许配给他。孙觉殁后，黄庭坚对老泰山念念不忘——"我初知书，许以远器，馆我甥室，饮食教诲。道德文章，亲承讲画。有防有范，至今为则"（《祭外舅孙莘老文》）；"庭坚年十七，从舅氏李公择学于淮南，始识孙公，得闻言行之要。启迪劝奖，使知向道之方者，孙公为多"（《黄氏二室墓志铭》）。

那一年，著名散文家曾巩来看望李常，与黄庭坚闲聊司马迁与班固之长短。曾巩认为，司马迁学《庄子》，班固学《左传》，两人的优劣，也就是《庄子》与《左传》的优劣。黄庭坚略一沉吟，说道："太史公学《庄子》，既造其妙；班固学《左传》，未造其妙。《庄子》多寓言，架空为文章；《左传》写史而文调不减《庄子》，似乎更难攀追……"

嘉祐八年（1063），19岁的黄庭坚踏上科举之路，获得乡试第一名，次年赴京参加礼部考试，却意外落榜。两年后，他再一次参加乡试，又获第一。当年的考题是《野无遗贤》，主考官李询读了他的"渭水空藏月，傅岩深锁烟"之句，击节称绝，说："此人将来必定扬名天下。"第二年，他再度赴京应试，顺利登第，不久授汝州叶县（今属河南）县尉，正式开始了仕宦生涯。这一年，他23岁。

（四）几经波折

黄庭坚走上仕途之后，宦海浮沉数十载，与大诗人苏轼的交往，影响了他的一生。

叶县地处黄淮平原与伏牛山余脉接合部，古为豫州地，春秋时属于楚国。公元前524年，沈诸梁受封于此地，史称"叶公"。孔夫子周游列国时，慕名来到这里，叶公向他请教为政之道，他回答"近者悦，远者来"，留下了千古佳话。境内的仰韶文化遗址、项羽"霸王城"遗址、光武帝刘秀"萧王城"遗址，均为古代历史文化的重要见证。

黄庭坚于熙宁元年（1068）深秋抵达叶县。那时候，河朔、京师一带连续发生地震，接着暴雨连绵，洪涝成灾。他眼见灾民遍野，老弱哀号，不禁泪流，

写下了著名诗篇《流民叹》："倾墙摧栋压老弱，冤声未定随洪流。地文划劙水
齾沸，十户八九生鱼头。稍闻澶渊渡河日数万，河北不知虚几州。累累褙负襄
叶间，问舍无所耕无牛……"

他沉痛地告诫统治者，对天灾应早作预防，避免酿成如此惨烈的人祸，表
现出了强烈的民生意识。面对贪官污吏盘剥百姓的黑暗现实，他写下了触目惊
心的《虎号南山》："虎号南山，北风雨雪。百夫莫为，其下流血。相彼暴政，
几何不虎。父子相戒，是将食汝。"暴政如猛虎，逼得人们走投无路、父子相
食，可谓惨烈至极！

初入官场的黄庭坚，心情是苦闷抑郁的——"白鹤去寻王子晋，真龙得慕
沈诸梁。千年往事如飞鸟，一日倾愁对夕阳"（《初至叶县》）；"小吏有时须束
带，故人颇问不休官。江南长尽捎云竹，归及春风斩钓竿"（《冲雪宿新寨忽忽
不乐》）。作为县尉，既要小心翼翼，低眉顺眼，又要应付繁杂的公务，周旋于
官场的倾轧，他的内心惘然不乐，向往江湖浩荡之旋律，在诗中时时奏响："官
如元亮且折腰，心似次山羞曲肘。北窗书册久不开，筐箧黄尘生锁钮……安得
短船万里随江风，养鱼去作陶朱公。"（《还家呈伯氏》）他以东晋诗人陶渊明、
唐代诗人元结、春秋末期陶朱公范蠡自喻，其襟抱与胸怀，可谓弥天匝地矣，
只是难以施展，只得困居官舍，将息度日，"简书驱我出，冲雪冻两脚。莫行星
辉辉，晓起鸡喔喔……平生白眼人，今日折腰诺。可怜五斗米，夺我一溪乐"
（《将归叶先寄明复季常》）。

然而，他只是一介书生，不做官又如何养活一家老小呢？为了可怜的五斗
米，他只有官场折腰了。

> 食贫自以官为业，闻说西斋意凛然。
> 万卷藏书宜子弟，十年种木长风烟。
> 未尝终日不思颍，想见先生多好贤。
> 安得雍容一樽酒，女郎台下水如天。
>
> ——《郭明甫作西斋于颍尾请予赋诗二首·其一》

这一天，家仆跑到县衙，急报夫人病危，黄庭坚闻言面色骤白。来叶县之

前，夫人孙氏便身体抱恙，兼之舟车劳顿，一到叶县便卧床不起。这一年内，她的病势日益沉重，最终不幸离世。

三年后，黄庭坚带着满身伤痛离开叶县，来到了北京（今河北大名东），任国子监教授，一待就是八年。八年里，有三件大事成了他一生中的"里程碑"：一是他刻苦钻研杜诗，锤炼诗艺，诗名驰骋天下，开"江西诗派"之先河；二是续娶诗人谢景初之女；三是与苏轼订交，成为"苏门四学士"之首。

黄庭坚与谢氏的婚姻，也是以诗为媒。他在《黄氏二室墓志铭》中自述，谢景初读了他的诗，极为欣赏，对人说："吾得婿如是，足矣！"那时候，黄庭坚已鳏居几年，闻讯后便前往谢府求婚，谢家父女自然满心欢喜，一桩美满姻缘就此玉成了。不幸的是，几年后夫人谢氏又因病去世，给他造成了更深的精神创伤，"常欲以楚辞哭之，而哀不能成文"。

元丰元年（1078），黄庭坚与苏轼开始来往，两颗文坛巨星之间的碰撞，似乎是前生注定，电光石火的一刹那，一切就终生不变了！

在那个风生水起的年代，宰相王安石主导的"熙宁新政"在神州大地如火如荼地推进了近十年。"新党"与"旧党"之间激烈较量，由于宋神宗撑腰，"新党"得势，"旧党"败走，苏轼自请外放，先到杭州，再到密州（治今山东诸城），几年后又到徐州。

虽然政坛失意，漂泊江湖，苏轼、苏辙兄弟的高才大名，依然闪耀北宋文坛。许多文人雅士唱和切磋，许多崇拜者追随其后。著名的"苏门四学士"黄庭坚、秦观、晁补之、张耒，就是众多追随者中的杰出代表。据《宋史》记载，秦观"少豪隽，慷慨溢于文词"；晁补之"才气飘逸，嗜学不知倦，文章温润典缛，其凌丽奇卓出于天成"；张耒"仪观甚伟，有雄才，笔力绝健，于骚词尤长"。从一定意义上说，苏氏文学集团的不断发展壮大，标志着北宋文学的空前繁荣。

黄庭坚与苏轼的结交，以诗为始。黄庭坚久慕苏轼大名，作了《古诗二首上苏子瞻》："江梅有佳实，托根桃李场。桃李终不言，朝露借恩光""青松出涧壑，十里闻风声。上有百尺丝，下有千岁苓。自性得久要，为人制颓龄。小草有远志，相依在平生"。苏轼读罢，认为其诗"超逸绝尘，独立万物之表，驭风骑气，以与造物者游"（《答黄鲁直书》），当即和诗二首相赠。北宋年间的两大诗人，从此结下了至死不渝的友谊。对于苏轼，黄庭坚毕生敬重，先后作了三首《东坡先生真赞》："子瞻堂堂，出于峨眉，司马班扬。金马石渠，阅士如墙……东坡之酒，赤壁之笛，嬉笑怒骂，皆成文章""岌岌堂堂，如山如河。其爱之也，引之上西掖銮坡。是亦一东坡，非亦一东坡……其恶之也，投之于鲲鲸之波。是亦一东坡，非亦一东坡""眉目云开月静，文章豹蔚虎炳。逢世爱憎怡怡，立朝公忠炯炯"。他把苏轼与司马相如、司马迁、班固、扬雄相提并论，推崇备至。对自己的诗作与苏轼诗作的区别，他说："我诗如曹郐，浅陋不成邦。公如大国楚，吞五湖三江。赤壁风月笛，玉堂云雾窗……枯松倒涧壑，波涛所舂撞。万牛挽不前，公乃独立扛。"（《子瞻诗句妙一世，乃云效庭坚体，盖退之戏效孟郊、樊宗师之比，以文滑稽耳。恐后生不解，故次韵道之》）"曹郐"，指曹国、郐国之诗。曹国，西周诸侯国，周文王嫡六子曹叔振铎封于曹，建都陶丘（今山东菏泽市定陶区西南），辖境在今山东省西南部；郐国，西周诸侯国，其都城遗址位于今河南省新密市东三十五公里的曲梁镇大樊庄村，《诗经·国风》有"郐风"四首。

这年春天，乡人给黄庭坚捎来一些修水名茶"双井茶"，此茶形如凤爪，香气弥漫，汤色明亮，滋味鲜醇，《宋史·食货志》誉之为"绝品"。黄庭坚赠茶给苏轼，并附诗《双井茶送子瞻》："人间风日不到处，天上玉堂森宝书。想见东坡旧居士，挥毫百斛泻明珠。我家江南摘云腴，落硙霏霏雪不如。为君唤起黄州梦，独载扁舟向五湖。"

然而，"万牛挽不前，公乃独立扛"的苏东坡，也有扛不住的时候。不久后爆发的"乌台诗案"，一下子将他击倒在地，害他差点命归黄泉，牵连一大批人受到惩罚。黄庭坚被罚铜20斤，贬任吉州太和（今江西泰和）知县。这一年，他36岁。

元丰三年（1080），黄庭坚从京城乘船南下履任，一行人经过盱眙、扬州、芜湖，抵达舒州怀宁（今安徽潜山），停棹泊舟，饱览天柱山胜景。一条浪花喧鸣的石牛溪，从山谷里奔泻而出，将他们引到一片神秘之地。但见两侧奇峰摩天，猱猿哀啼，怪石狰狞。掩映在森郁古木林中的山谷寺，为南朝梁宝志禅师所建，隋朝时禅宗三祖僧璨曾在此驻锡，故又称三祖寺。佛殿背后，有泉眼如天雨滴露，其水煎茶酿酒，美不胜收，一杯饮罢，黄庭坚连呼快哉，欣然挥毫，题写"摩围"二字。石牛溪旁，一方巨石酷似健牛，他骑上牛背，如凌云驭风，飘飘若仙，随口歌吟："郁郁窈窈天官宅，诸峰排霄帝不隔。六时谒天开关钥，我身金华牧羊客。羊眠野草我世间，高真众灵思我还。石盆之中有甘露，青牛驾我山谷路。"（《书石牛溪旁大石上》）

这次天柱山之游，黄庭坚"乐其林泉之胜，因自号山谷道人云"（《宋史·黄庭坚传》）。他曾无限深情地说："吾家潜山，实为名山之福地。"潜山，即天柱山。

潜山胜景无限，却无法湮没现实的残酷。作为太和县"一把手"，他实在无法不关注治下百姓的悲苦与欢乐。那年初夏，他跋山涉水，过万岁山，宿早禾渡，越金刀坑，深入民间，访贫问苦。这天下午，他气喘吁吁攀上大蒙笼山，但见峡谷里古木苍莽，面色如土的山民一见长官，惊慌失措地乱跑；衣不蔽体的妇人，怀里抱着瘦骨嶙峋的孩子，正捡拾野果……此地风光堪入画，百姓生活悲堕泪！泪眼蒙眬的诗人，心如刀割，心海翻波，"阴风搜林山鬼啸，千丈寒藤绕崩石。清风源里有人家，牛羊在山亦桑麻……穷乡有米无食盐，今日有田无米食。但愿官清不爱钱，长养儿孙听驱使"（《上大蒙笼》）。

这时候，"王安石变法"的磅礴雷霆，已经在太和深山里震荡。为打击不法盐商，朝廷加紧推行食盐专卖制度，一些地方官为牟取私利，乘机多报数量，盘剥百姓。黄庭坚尽管不满这项制度，但作为一县之长，他又必须执行朝廷的决定。面对无情现实，他十分无奈，闻听百姓疾苦，他寝食难安，发出了"民病我亦病，呻吟达五更"（《己未过太湖僧寺得宗汝为书寄山蒉白酒长韵诗寄答》）之感叹。在与苏轼的一首和诗里，他写道："老农年饥望人腹，想见四溟森雨足。林回投璧负婴儿，岂闻烹儿翁不哭。未论万户无炊烟，蛛丝蜗涎经杼轴。使君闵雪无肉味，煮饼青蒿下盐菽。"（《次韵子瞻与舒尧文祷雪雾猪泉唱和》）

如此体恤民困，想见其心莹洁。此后，黄庭坚摘取后蜀君主孟昶《官箴》中的四句"尔俸尔禄，民膏民脂。下民易虐，上天难欺"，镌石以自警。

然而，若说黄庭坚整日忧国忧民，愁眉苦脸，也非事实。太和县城东郊澄江之上，有快阁凌空，登临送目，见澄江万里，云天寥廓。公务之余，他经常登临快阁，纵目远眺，借山川美景以忘忧，其诗作《登快阁》，成了他天下传诵的名作——

> 痴儿了却公家事，快阁东西倚晚晴。
> 落木千山天远大，澄江一道月分明。
> 朱弦已为佳人绝，青眼聊因美酒横。
> 万里归船弄长笛，此心吾与白鸥盟。

据《泰和县志》记载，快阁占地400平方米，青砖铺地，图饰穹顶，顶覆瓷瓯，窗棂花格，檐楔彩色螭头，梁雕翔龙舞凤，真乃绝妙之建筑也！

在这期间，年近不惑的黄庭坚再一次迎来了洞房花烛之喜，续娶石氏，并生下一子。正当喜气盈门之际，噩耗传来，由于推行新法不力，他被降职为德州德平（今属山东）监镇官。他只好挈妇将雏，辗转北上。经金陵（今江苏南京）时，他拜访了罢相后隐居钟山的王安石；过泗州（治今江苏泗洪东南）时，他叩拜了始建于唐代的僧伽塔，发愿戒酒色与肉食："我肉众生肉，名殊体不殊。元同一种性，只是别形躯。苦恼从他受，肥甘为我须。莫教阎老到，自揣看何如。"（陶宗仪《说郛·黄鲁直谓子瞻语》）

当时的德州通判赵挺之，是著名女词人李清照夫君赵明诚之父，变法派的得力干将。他不遗余力地推进改革，黄庭坚却多次加以反对，两人因此反目，埋下祸根，给诗人的一生带来了悲惨之暮秋……

（五）漂泊诗心

这时候，朝堂上的"新党"与"旧党"之争，已如热锅烙饼，折腾了几个来回。先是宋神宗驾崩，宋哲宗"接班"，宣仁高太后秉政，史入元祐，"旧党"登台，"新党"下野。八年后，高太后辞世，18岁的宋哲宗赵煦亲政，改元绍圣，"新党"重登政坛，"旧党"遭到彻底清算。到了元符三年（1100），24岁的哲宗轰然崩逝，由于他没有子嗣，18岁的端王赵佶即位，是为宋徽宗，向太后听政。赵佶是宋神宗赵顼之子、哲宗之弟，向太后是宋神宗的皇后。向太后与宣仁高太后一样，坚守传统，仇视新法，"新党"再次遭遇"滑铁卢"，悉数被逐，"旧党"再执朝纲，史称"小元祐"。仅仅六个月之后，宋徽宗亲政，改元建中靖国，"旧党"再遭灭顶之灾。北宋这艘破败不堪的航船，几次严重触礁，终于沉没于时代的狂涛怒浪里。金兵的铁蹄，自此踏碎了中原大地喧腾的清晨与沉寂的黄昏。

宋徽宗赵佶是北宋晚期懦弱昏庸、腐朽无能之集大成者，他重用高俅、蔡京、童贯等奸佞之徒，导致朝政腐败，社会动荡不安。这个多才多艺，堪称诗书画三绝的风流皇帝，却成了埋葬北宋王朝的掘墓人。那年，他下令在京城北部仿照杭州凤凰山的规模修筑万岁山（后改名艮岳），历时六载筑成，山上有泗滨、林虑、灵璧、芙蓉诸峰与洞庭、湖口、丝溪、仇池诸渊，峰峦嵯峨，百兽奔窜。为了在万岁山上见到云雾缭绕之盛景，他令有司制造了很多巨型油绢囊，用水浸湿，清晨张挂于峰峦之间，将雾气吸入囊中，待他亲临观赏时打开，只见云雾漫空，诸峰隐约。这种人造云雾，被称为"贡云"。

宋徽宗与其走卒们，像制造"贡云"一样，制造了所谓"奸党案"。赵佶下诏，将朝臣们在神宗熙宁年间、哲宗绍圣年间的言论，列为"正"与"邪"，赞扬者为"正"，予以嘉奖；反对者为"邪"，予以严惩。这道血淋淋的"红线"，仿佛一条条"追命索"，套在了许多人的脖颈上。司马光、吕公著、苏轼、黄庭坚等120人被定为"奸党"，遭到无休止的口诛笔伐。徽宗用他驰名天下的"瘦金体"亲笔书写"元祐党人"名单，立碑于端礼门，苏氏父子及"苏门四学士"等"党人"的著作，被统统付之一炬。焚书的熊熊烈焰，映红了阴暗的长空……

在如此动荡的政局之下，黄庭坚的命运之舟，时而跃上浪尖，时而跌入波谷。元祐年间，他奉调回京，编修《神宗实录》，被提拔为起居舍人，达到了其政治生涯的顶峰，此后便被抛进了时代的浪涛里，一直四处漂泊，流落于四川、安徽等地，几近流放。

建中靖国元年（1101）七月二十八日，大文豪苏轼驾鹤西去，黄庭坚悲痛难抑，流泪叩问苍天："天生大材竟何用，只与千古拜图像。"（《次韵文潜》）回顾苏轼一生，他哀痛不已："子瞻谪岭南，时宰欲杀之。饱吃惠州饭，细和渊明诗。彭泽千载人，东坡百世士。出处虽不同，风味乃相似。"（《跋子瞻和陶诗》）当初苏子瞻贬官岭南，当权者必欲除之而后快；可是，他却一边享用惠州美食，一边与陶渊明诗酒唱和，其乐何极也！渊明先生可谓千古不朽之奇人，东坡先生堪称百代传扬之贤士……

苏轼的离去，似乎带走了北宋一代人的梦想。此后，北宋王朝日益没落，北宋文坛日渐衰微。第二年，即崇宁元年（1102）正月，58岁的黄庭坚从荆州（今属湖北）出发，南下回乡省亲。途经巴陵（今湖南岳阳）时，他冒雨登临岳阳楼，写下了《雨中登岳阳楼望君山二首》——

> 投荒万死鬓毛斑，生出瞿塘滟滪关。
> 未到江南先一笑，岳阳楼上对君山。
>
> 满川风雨独凭栏，绾结湘娥十二鬟。
> 可惜不当湖水面，银山堆里看青山。

他的粲然一笑，醉倒了古今许多读者。这两首诗，成了他七绝中的压卷之作。

黄庭坚冒着寒风冷雨，一路经巴陵，涉平江，过临湘，入通城，然后下江西，回到了魂牵梦绕的洪州分宁，见到了故乡的山水和亲人。与亲人相聚，他唏嘘不已，发出了"白发苍颜重到此，问君还是昔人非"（《自巴陵略平江临湘入通城无日不雨至黄龙奉谒》）的感叹。奔走相告的乡亲们做梦也没有想到，此次还乡，成了这位"分宁骄子"与故乡、与亲人的最后诀别……

鄱阳湖中，有一石岛，名曰落星石，周回百余步，传说有巨星坠落湖中而成此岛，故名。有禅寺立其上，名曰落星寺，清晖阁、玉京轩、岚漪轩、玉宇琼楼，仙风拂漾。那一年，黄庭坚登临落星寺，住持择隆禅师于岚漪轩为之设宴。诗人怡然品茗，心游佛国，赋诗《题落星寺岚漪轩》——

> 落星开士深结屋，龙阁老翁来赋诗。
> 小雨藏山客坐久，长江接天帆到迟。
> 宴寝清香与世隔，画图妙绝无人知。
> 蜂房各自开户牖，处处煮茶藤一枝。

这时候，黄庭坚已成为与苏轼齐名的文坛翘楚，世称"苏黄"。他创立"江西诗派"，论诗标榜杜甫，强调以故为新，倡导"无一字无来处"和"夺胎换骨，点铁成金"之法。他是中国书坛"宋四家"之一（另三家是苏轼、米芾、蔡襄），书法以侧险取势，纵横奇崛，峰岭天成。他说："文章本心术，万古无辙迹"（《寄晁元中》）；"矢诗写予心，庄语不加绮"（《次韵定国闻苏子由卧病绩溪》）。宦海经年，吟诗作赋，他要求自己振奋精神："男儿生世间，笔端吐白虹""丈夫存远大，胸次要落落"（《次韵杨明叔见饯十首》）。

而另一位苏门弟子，被苏轼戏称为"山抹微云学士"的著名词人秦观，已早于苏轼一年在漂泊中谢世了。

（六）苏门师友

秦观与苏轼的因缘，始于熙宁七年（1074）。

那时候，虽然"王安石变法"风行天下，而外放杭州、密州、徐州等地的苏轼，却是北宋王朝无可争议的文坛盟主，仰慕追随者众多。秦观就是其超级"粉丝"之一。

秦观（1049—1100），字太虚，后改字少游，号淮海居士，扬州高邮（今属江苏）人，10岁通《论语》《孟子》大义，少年丧父，借书苦读，聪颖敏悟，诗赋文采烂漫。对才名冠世的文豪苏轼，秦观自幼便仰慕之至，连做梦都想有一天能够拜师门下。

熙宁七年，苏轼由杭州通判调任密州知州，他赴任时要经过扬州。秦观闻讯，眉头一皱，计上心来，连忙跑到扬州城里的一家著名寺院，模仿苏轼笔调作了几首诗，预先题在寺壁上。苏轼一行人途经扬州时，全城都在传扬苏大才子寺壁题诗、文采风流云云，人们纷纷前往观摩。苏轼满腹狐疑，便随众人前往寺院，果见珠玑满壁，不由暗自惊叹。出得寺院，他邂逅了老友孙觉。两人小酌之际，孙觉取出一卷秦观诗文，含笑奉上。苏轼展卷诵读，开怀大笑，他明白了：寺壁题诗者，必秦少游也！

这位孙觉是秦观的高邮同乡、黄庭坚的岳父、著名学者，当初为王安石荐拔重用，任直集贤院，主掌审官院，后因政见相左被贬谪，与苏轼也算"同病相怜"吧。遗憾的是，"元祐论争"时期，两人又成了所谓政敌。这是后话了。

不久，一行人到了山东济南，苏轼又遇到了老友李常。故人相见，免不了推杯换盏，酒酣耳热之际，李常也拿出了一卷秦观诗文，赞赏不已。苏轼与秦观尚未谋面，就已经对他有了深刻印象。秦才子自荐有方，由此可见也！

熙宁十年（1077），苏轼调任徐州知州。他在密州写下的《江城子·密州出猎》《水调歌头·中秋》，风靡天下，其大著《眉山集》出版发行，一时间洛阳纸贵。秦观诵读之下，心折不已。他环顾自身，年近而立，却一事无成，碌碌无为。元丰元年（1078）四月，秦观来到徐州拜见苏轼。走进知州府邸，他的心里开始忐忑不安，直到听见苏轼爽朗的笑声，看见他的月眉星目，始知万里江海之开阔。几位文友为他举行了隆重的拜师礼，他从此投身于苏轼门下，后来成为著名的"苏门四学士"之一。苏轼与秦观，亦师亦友。苏轼称赞秦观有屈原、宋玉之才，并写信给王安石，推荐他的作品，王安石很快就回信了，称许秦诗"清新妩丽"犹似鲍照、谢朓，并说"公奇秦君，口之而不置；我得其诗，手之而不释"，赞美之情，溢于言表。两位文坛泰斗都对秦观青眼有加。苏轼鼓励他走科举之路，一定要突破这道"拦路虎"，方可大有作为。

秦观骤得名师，信心倍增，决定赴京参加这年的科举考试。临行前夕，他赋诗《别子瞻》："人生异趣各有求，系风捕影只怀忧。我独不愿万户侯，但愿一识苏徐州。"他把李太白写给韩荆州的诗句加以修改，献给老师苏轼。苏轼读罢，步韵唱和："夜光明月非所投，逢年遇合百无忧。将军百战竟不侯，伯郎一斗得凉州。"他期待秦观科场传捷报，"江湖放浪久全真，忽然一鸣惊倒人"（《次韵秦观秀才见赠，秦与孙莘老、李公择甚熟，将入京应举》）。

俗话说考场如战场，胜败乃兵家之常事。秦观此后两度赴京应试，虽未登第，文名却开始驰骋天下。闲暇时节，他与苏轼等同游览胜，在明山秀水之间流连忘返，留下了许多美好传说。

扬州高邮始建于汉武帝元狩五年（前118），史称"江左名区，广陵首邑"，境内湖泊纵横，古迹遍布，盂城驿、奎楼、镇国寺塔等古代建筑，静影摇曳；碧波粼粼的高邮湖和文脉横流的文游台，则熔铸了这座江南水乡的人文之盛。且看秦观对家乡的描绘："吾乡如覆盂，地据扬楚脊。环以万顷湖，黏天四无壁。蜿蜒戏神珠，正昼飞霹雳。"（《送孙诚之尉北海》）

　　高邮湖又称珠湖、璧瓦湖，湖面水光接天，縠纹涟漪，绮梦旖旎，水中鱼游虾戏，渔舟穿梭，美丽的渔家女轻点竹篙，船儿箭一般荡向湖心。这里盛产的高邮湖蟹，是古今饕餮之徒垂涎三尺的美味；而闻名遐迩的文游台，起初不过是县城东郊的一座无名土山，后来改建为泰山庙，又称东岳庙。元丰七年（1084），苏轼与好友孙觉、王巩来到高邮看望秦观，四人荡舟高邮湖，望着浩渺湖水，江天一色，感江山如画之豪壮；游览泰山庙，把酒临风，纵论古今，叹人生荣辱之无常。苏子曰："变法喧嚣一时，吾辈且划船荡舟，谁知道哪天早晨醒来，朝政不会出现另外一种气象呢？"

　　四人离开后，扬州知府亲自题写了"文游台"三字，并请著名画家李公麟作画，镌刻于石上，文游台自此名扬天下。据记载，历史上歌咏文游台的诗词，将近六百首。其中，南宋诗人曾几的《文游台》一诗最为著名："忆昔坡仙此地游，一时人物尽风流。香莼紫蟹供杯酌，彩笔银钩入唱酬。"

　　这边厢扬州知府正在忙碌呢，那边厢一行人已经来到了邵伯湖畔的斗野亭，品尝"运河三宝"之一的邵伯菱。

　　邵伯湖又名棠湖，坐落在扬州大运河畔的邵伯镇，古属三十六陂，素有"三十六陂帆落尽，只留一片好湖光"之誉，风光绝佳，水草丰美，盛产鳊、白、鲤、鲢等鱼种，以及银鱼、螃蟹、青虾、蚌螺等水产。湖畔的斗野亭、甘棠庙、万寿宫等，落霞流辉，风姿绰约。斗野亭始建于熙宁二年（1069），因此亭位置"于天文属斗分野"而得名。邵伯湖鸥鹭翱飞，帆影点点，莲荷依依；斗野亭形似北斗，四面帷幕，犹如天河倾泻。几位才子戏水采菱，持蟹饮酒，借景斗诗，其乐何极也！孙觉诗云："檐楹斗杓落，帘帏河汉倾。平湖杳无涯，湛湛春波生。"（《斗野亭》）苏轼诗云："孤亭得小憩，暮景含余清。坐待斗与牛，错落挂南薨。"（《次韵孙莘老斗野亭寄子由，在邵伯埭》）秦观诗云："村墟翳茅竹，孤烟起晨烹。檐间鸟声落，客子念当行。"（《和孙莘老题邵伯斗野亭》）

　　食罢邵伯菱，又登惠山。惠山乃天目山绵延西向之余脉，有"江南第一山"之美誉，山峦九峰，放眼望去，恍若九龙，《隋书·地理志》称之为"九龙山"。山名的由来，与佛教渊源颇深。据《蠡溪笔记》记载，晋代西域僧人慧照禅师在此驻锡传经，人们便将山命名为慧山，因慧与惠相通，后来演变为惠山。

那年初夏，秦观陪同苏轼与僧人参寥登临惠山。苏轼有诗曰："俯窥松桂影，仰见鸿鹤翔。炯然肝肺间，已作冰玉光。"（《游惠山·其一》）秦观写下"林芳含雨滋，岫日隔林光"之句。

优游岁月，世事如舟。祥云缭绕寰宇，心事无际无涯。然而，午夜时分，夜深人静时刻，秦观常常痛感沸水煎心。功名之欲望，开始烈火一样烧灼他孤寂落寞的灵魂。其恩师苏轼，21岁即登第出仕，长鲸入海，啸傲人间；其诗友黄庭坚，23岁就鱼跃龙门，雏凤横空，气度不凡；而自己依然困顿草野，蹉跎岁月！强烈的欲望如闪电划过乌黑的天空，他忽地掀开薄被，冲出屋宇，对着无边旷野大声嘶吼——然而，他却未能发出一丝声音来！此刻，那激荡汹涌如高山倾颓的心潮，已经逼得他泪水倾流了！

这时候，像秦观午夜里汹涌的怒潮一样，北宋朝堂上正酝酿着一场天崩地坼的动荡。"新党"与"旧党"之间的较量，马上就要来个天地翻覆了！

（七）婉约词宗

元丰八年（1085），37岁的秦观终于艰难地跃过"龙门"，登进士第，不久授定海（今属浙江舟山）主簿。这年春天，宋神宗病逝，宋哲宗"接班"，宣仁高太后听政；年底，苏轼奉调入京，任起居舍人；次年，司马光入朝为相——历史进入元祐时代，著名的"元祐更化"自此拉开了序幕。

元祐年间，天下风起云涌，"新党"分崩离析，"旧党"粉墨登场。随着苏轼的东山再起，"苏门四学士"纷纷入京为官。秦观升任太学博士、秘书省正字，并与黄庭坚一起编修《神宗实录》。这些名动朝野的文人骚客，簇拥在苏轼周围，或举酒宴集、诗文唱酬，或同游名胜、逸兴遄飞，"一文一诗出，人争传诵之，纸价为贵"——那真是个畅快淋漓的年代呵！

然而，"元祐更化"之后出现的"元祐论争"，洛、蜀、朔三党激烈较量，又把朝政搅得波谲云诡。与司马光等人不同，秦观认为，新法是救国救民之良策，只因一些执法者矫枉过正、徇私舞弊，才导致出现了弊病，如今朝廷"尽废新法"，显然是"因噎废食"的政治短见。他先后向皇帝进策论三十篇，阐述自己的观点，却没有得到回应，反而得罪了司马光等当权者。而苏门弟子的背景，又使他经常成为老师苏轼政敌的"活靶子"。人家抓住他多情浪漫、喜与歌女往来的特点，对他频放冷箭。他刚入朝为官时，右谏议大夫朱光庭就上书皇帝，煞有介事地说："新除太学博士秦观，素号薄徒，恶行非一。"（《续资治通鉴长编》卷四四二）

这位朱光庭是嘉祐二年（1057）进士，早年与苏轼兄弟过从甚密，经常诗酒唱和，苏轼《次韵朱光庭初夏》云："朝罢人人识郑崇，直声如在履声中。卧闻疏响梧桐雨，独咏微凉殿阁风。"苏轼赞扬朱光庭像西汉名臣郑崇一样清廉自守、直言切谏。曾几何时，"元祐更化"偃旗息鼓，"元祐论争"烽烟骤起，曾经的诗友朱光庭站到了苏轼的对立面，两人成了不共戴天的政敌。苏轼树大根深，难以撼动，而初入官场的苏门弟子秦观，自然就成了替恩师抵挡箭镞的"挡箭牌"。

一位纯情诗人，抱着美好的政治理想，投身于苏轼门下，却因此受到牵连，即使在恩师当政的背景下，依然受到无情攻击，这种灵魂深处的伤害，渐渐熄灭了他的政治热情。

> 一夕轻雷落万丝，霁光浮瓦碧参差。
> 有情芍药含春泪，无力蔷薇卧晓枝。

这首《春日》里的"有情芍药"与"无力蔷薇"，正是诗人面对尘世风雨心力交瘁之写照。一腔轻愁遇到的是狂风骤雨，一怀纯真遇到的是遍地污泥，一片赤诚遇到的是阴谋诡计——芍药只能含着春泪，独自对着灵魂低语；蔷薇只能无力地卧在枝头，仰望苍冥，伤心欲泣。他无法改变天，也无法改变地，更无法左右风和雨。可是，他也无法改变自己。他不能追腥逐臭，同流合污；也不能挥剑自裁，决绝一切——这就是他命中注定的悲剧！

南宋诗人敖陶孙《臞翁诗评》曰"秦少游如时女步春，终伤婉弱"；金末诗人元好问讥讽《春日》为"女郎诗"；晚清才子冯煦《蒿庵论词》把秦观与晏几道称为"古之伤心人"，"他人之词，词才也；少游之词，词心也"。

山抹微云，天连衰草，画角声断谯门。暂停征棹，聊共引离尊。多少蓬莱旧事，空回首，烟霭纷纷。斜阳外，寒鸦万点，流水绕孤村。

销魂，当此际，香囊暗解，罗带轻分。谩赢得青楼，薄幸名存。此去何时见也？襟袖上，空惹啼痕。伤情处，高城望断，灯火已黄昏。

这首《满庭芳》，如异花滴露，艳绝而不妖娆，尽管秦观的伤情处"灯火已黄昏"，但那份真挚与淳美，依然感动了无数人。

据南宋黄昇《花庵词选》记载，苏轼读了这首词，就其中"销魂，当此际"之语与秦观争论，认为这是柳永词的写法。秦观惭服。其实，这一争论反映的是苏轼与秦观词风之巨大差异。苏轼一生，如闲云野鹤，无论逆境与顺境，皆处之泰然；而秦观一生，若涓涓小溪，天光与云影，都会在波心激起细微之涟漪。不过，苏轼对这首词说不定倒是欣赏的呢，他曾戏言："山抹微云秦学士，露华倒影柳屯田。"秦观的"山抹微云学士"之雅号，盖由此而来。"柳屯田"，北宋著名婉约词人柳永也。

这首词在当时流传极广，备受推崇。有一次，秦观的女婿范温参加一个宴会，因为木讷少言，备受冷落，落寞地坐在角落里。有人询问他是谁家儿郎，只见他昂首挺胸，傲然宣称："吾乃山抹微云学士乘龙快婿也！"众人闻言，纷纷站起身来与他握手……

纤云弄巧，飞星传恨，银汉迢迢暗度。金风玉露一相逢，便胜却人间无数。　　柔情似水，佳期如梦，忍顾鹊桥归路。两情若是久长时，又岂在朝朝暮暮。

这首古今传诵的爱情绝唱《鹊桥仙》，对爱情的解读，堪称凄美绝伦。对于真心相爱的男女而言，哪怕只相逢一夕，便足以令寰宇澄澈、江河息流，"胜却人间无数"；哪怕相距千里万里，只要彼此心相连、魂相牵，便足以令高山俯首、时光倒流，"又岂在朝朝暮暮"哉！

（八）横州生涯

正当人们争相吟唱"纤云弄巧，飞星传恨"的时候，北宋江山再次易色。宣仁高太后病逝，宋哲宗亲政，历史进入绍圣时代，"旧党"失势，"新党"回朝，苏轼及"苏门四学士"又一次遭遇灭顶之灾。秦观被贬为杭州通判，途中又被贬为处州（治今浙江丽水西）监酒税，后来削职徙放郴州（今属湖南）。

绍圣四年（1097），朝廷对"元祐党人"加重处罚，已故的司马光、吕公著等被追夺谥号与官职，30余名官吏被贬谪流放。盘桓于惠州的苏轼被降为琼州（治今海南海口市琼山区）别驾，儋州（今属海南）安置；49岁的秦观以"增损《神宗实录》"的罪名，被贬往横州（今属广西）。

横州位于今广西东南部，属亚热带季风气候，《横州志》云："山耸而奇，灵而秀，郁葱而伟丽，泓清而泉洌。"宋代的横州，尽管山水妩媚，却荒凉侵骨，其横岭侧峰，凸凹狰狞，牵系着诗人之无边愁绪："一落世间网，五十换嘉平。夜参半不寝，披衣涕纵横。"（《反初》）

秦观满怀凄惶地来到横州，居住在城西高岭上的浮槎馆。相传，晋代隐士董京曾披头散发于岫岩，逍遥自在于街市，后来他避居横州，于秋夜泛舟江滨，见一仙女乘浮槎（木筏）而来……夜深不寐，望月色滴雨，听寒虫鸣石，他的心绪兀自纷乱如麻。这些年来，他携了一颗纯善之心行于世间，无论寒暑，不管秋冬，一样的晶莹。他希望用纯善感染世人，用晶莹照亮世间。然而，迎接他的，却是一支支毫无头绪的利箭。要命的是，他找不到利箭之来处，更不知道这么多支利箭为什么会纷纷射向了他——扪心自问，他无愧平生，没有故意伤害过谁，更没有丧尽天良地坑害过谁；如果说曾经对谁造成过伤害的话，那肯定不是有意为之。无心之过，怎么会受到上天雷殛一般的严厉惩罚呢？

缺月挂疏桐，漏断人初静。谁见幽人独往来，缥缈孤鸿影。

惊起却回头，有恨无人省。拣尽寒枝不肯栖，寂寞沙洲冷。

寂静如潮，令他忆起了恩师苏轼。天下无数人喜欢坡翁的《念奴娇·赤壁怀古》，喜欢他的"大江东去，浪淘尽，千古风流人物"；而秦观独独喜欢这首《卜算子》。他固执地认为，所谓"大江东去"，豪壮且豪壮矣，并不是坡翁的心声，而"缺月挂疏桐"才是他心灵的真实写照。那位"拣尽寒枝不肯栖"的世外高人，他灵魂的孤单，有几人能知？坡翁一生，如长江大河，波澜壮阔，拥趸无数，友朋万千，却只是一道若有若无的"缥缈孤鸿影"，而况吾辈乎？

尽管秦观身处贬谪之境，但他早已名满天下，横州士子纷纷来到他的浮槎馆，聆听他的曼词妙语。他的《满庭芳》《鹊桥仙》等词作，流传于城乡的每一个角落。不久，秦观在横州开馆讲学，广收生徒，亲授四书五经，讲解写诗填词技巧。这个饱受摧折的秦才子，真正成了横州城里的"文曲星"。

浮槎馆西侧，流淌着一条经年浪花喧逐的溪水，名曰稻香溪。溪畔兀立着茅屋三间，茅亭一座。那是祝秀才的家园。稻香溪上，有一座无名桥，如彩虹横溪而过。有一天，秦观在桥上畅饮，也许是酒不醉人人自醉吧，他不觉沉酣入梦，与恩师苏轼同游邵伯湖，持蟹赋诗……当他第二天醒来时，只见不远处的稻香溪两岸，绽放着一片片海棠花，如烟似霞，美不胜收——

> 唤起一声人悄，衾冷梦寒窗晓。瘴雨过，海棠开，春色又添多少。
>
> 社瓮酿成微笑，半缺椰瓢共舀。觉倾倒，急投床，醉乡广大人间小。

这篇描绘横州海棠美色的《醉乡春》，很快就流传开了，稻香溪上的无名桥，由此得名"海棠桥"，成为横州风景之经典。后来的横州太守刘受祖在《海棠桥记》中写道："今之言宁浦（横州）者，必曰海棠桥，言海棠必曰秦淮海。是州以海棠桥重，桥以秦淮海重矣。桥名海棠，未可更也。"

一条溪水，一片海棠，一座拱桥，铭记着一个大才子在横州的漂泊生涯。秦观离开横州后，当地人在他讲学的地方建起了醉乡亭、海棠祠、怀古亭，以表达对他永久的纪念。词人的生命，与美丽的横州山水，一起不朽了！

（九）死生豁达

此后的雷州（今属广东）岁月，对秦观而言，更难将息。宋代的雷州，山荒水冷，气候恶劣。当权者将他发配到这里，无非要加重他的精神痛苦。他的生命之火，在穷山恶水之间，渐渐熄灭。也许是自知将不久于人世吧，他挥泪写下了《自作挽词》，以悲悼生命的无奈："婴衅徙穷荒，茹哀与世辞。官来录我橐，吏来验我尸。藤束木皮棺，藁葬路傍陂。家乡在万里，妻子天一涯……"

经年的贬谪流放，不但损害了他的健康，还严重伤害了他的心灵。在他的词作中，"愁"字触目可见——

微雨后，有桃愁杏怨，红泪淋浪。

——《沁园春》（宿霭迷空）

江南远，人何处？鹧鸪啼破春愁。

——《梦扬州》（晚云收）

拟待倩人说与，生怕人愁。

——《风流子》（东风吹碧草）

新愁知几许？欲似柳千缕。

——《菩萨蛮》（金风簌簌惊黄叶）

自在飞花轻似梦，无边丝雨细如愁。

——《浣溪沙》（漠漠轻寒上小楼）

鸳鸯惊起不无愁，柳外一双飞去却回头。

——《虞美人》（行行信马横塘畔）

念凄绝秦弦，感深荆赋，相望几许凝愁。

——《长相思》（铁瓮城高）

一个"愁"字，千滴泪水，其心之悲苦，可想而知。据宋人曾敏行《独醒杂志》记载，那年秦观削职远徙郴州，途经衡阳（今属湖南）时，衡州太守孔平仲盛情款待，酒酣耳热之际，秦观手书旧作《千秋岁》赠之——

水边沙外，城郭春寒退。花影乱，莺声碎。飘零疏酒盏，离别宽衣带。人不见，碧云暮合空相对。　忆昔西池会，鹓鹭同飞盖。携手处，今谁在？日边清梦断，镜里朱颜改。春去也，飞红万点愁如海。

孔太守读罢，大为诧异："少游才华锦绣，缘何悲怆如此？"言罢，端起酒杯，与之叮当一碰，说，饮下这杯酒，忘记忧与愁！

元符三年（1100），宋哲宗辞世，宋徽宗即位，向太后听政，朝局发生巨变，外放诸臣纷纷内迁，秦观被任命为宣德郎，克日北归。悲喜交集的词人，急急如归雁，惶惶北上，于这年的八月抵达藤州（治今广西藤县）。他与亲友宴饮于藤州华光亭上，喝得酩酊大醉，许多年坎坷仕途颠簸，许多年风刀霜剑逼迫，此刻如激流交融胸中，他忽然大恸，泪如江河——他就在滔滔泪海里，酣然入眠，恍惚中喃喃自语，说要喝水，家人含着眼泪，为他端来一盂清水，他笑看着水盂淋漓，犹如看见了故乡的高邮湖，其魂灵竟枕着高邮湖的万顷波涛，飘然远逝，终年52岁。一代词人，就此告别了人间。

逝者已矣，生者痛哉！秦观的遽然辞世，令许多人泪雨纷飞。他的挚友黄庭坚赋诗悼念："闭门觅句陈无己，对客挥毫秦少游。正字不知温饱未，西风吹泪古藤州。"（《病起荆江亭即事十首·其八》）

崇宁二年（1103），黄庭坚昔日的"冤家对头"赵挺之被任命为中书侍郎，成了权倾一时的朝廷大员。这时候的黄庭坚，正徜徉在湖北鄂州一带的山水之间，成了一个可有可无的闲散人员。他是个处变不惊、乐观开朗的诗人，寒山荒水，在他的眼里就变得温润而流丽了，他的不少诗词、书法珍品就在此地泉涌而出。

那时节，荆州承天寺佛塔刚好竣工，鎏金佛像熠熠生辉。承天寺住持智珠禅师邀请黄庭坚为之作记，黄庭坚濡墨挥毫，写下《承天院塔记》。湖北转运判官陈举喜欢附庸风雅，想借黄庭坚的文名抬高身价，便厚着脸皮要求加上自己的名字，被一口拒绝，由此恼羞成怒，摘取文中"天下财力屈竭"等语，诬陷黄庭坚"幸灾谤国""诽谤朝政"。他将举报信交给赵挺之，结果可想而知。黄庭坚随后受到进一步惩处，被予以"除名羁管宜州"的严惩。宜州地处今天的广西河池市宜州区一带，遥远荒僻。

这篇为黄庭坚招来灾祸的短文，不见于他的《山谷集》，洪迈《容斋四笔·卷八》有一篇《承天塔记》，道出了事情的原委："盖谓因之兆祸，故不忍著录。其曾孙嶝续编别集，始得见之。"其文曰："儒者尝论一佛寺之费，盖中民万家之产，实生民谷帛之蠹，虽余亦谓之然。然自省事以来，观天下财力屈竭之端，国家无大军旅勤民丁赋之政，则蝗旱水溢或疾疫连数十州，此盖生人之共业，盈虚有数，非人力所能胜者邪！"洪迈为其喊冤："其语不过如是，初无幸灾风刺之意，乃至于远斥以死，冤哉！"

接到谪命，白发苍苍的黄庭坚携带家眷，辗转前往宜州。乘船驶过洞庭青草湖时，他仰望长天，恍见神仙凌空舞蹈，雪中升起杲杲白日，一瞬间忆起了"诗圣"杜甫："我虽贫至骨，犹胜杜陵老。忆昔上岳阳，一饭从人讨。行矣勿迟留，蕉林追獦獠。"（《过洞庭青草湖》）他说："当年大诗人杜甫贫病交加，勉力维生，何其艰难哉！如今我老黄虽然贫寒刻骨，可比杜陵老强多啦，孩儿们，还不赶紧乘风破浪，奋勇向前，越过那一大片郁郁葱葱的芭蕉林，就进入未曾开化的原始部落啦！"

一行人途经长沙时，意外邂逅秦观之子秦湛、女婿范温，他们正护送秦观的灵柩北归。黄庭坚扶柩大哭，泪不能止。岁月剥啄，宦海吞噬，当年天下之英华，而今纷纷凋谢，徒留一介庭坚飘零世间，其痛何如！

黄庭坚颤抖着双手，从怀里掏出二十两银子，权作一生贫困的老友的安葬费。秦湛、范温要推辞，黄庭坚说自己与秦观"几犹骨肉"，如今"死不得预殓，葬不得往送"，负他太多。二人听了不敢再辞，泪如雨下。

黄庭坚泪眼婆娑地永别了秦观，又将家人安置在零陵（今湖南永州），便只身一人来到宜州。传闻宜州太守党光嗣为了讨好赵挺之，对落魄的诗人落井下石，百般刁难；也有人说他对诗人十分礼遇，照拂有加，是后人冤枉了他。这些说法尚无定论，但诗人在宜州屡次迁居，最后被迫落脚破败城楼，却是史实。

然而，豁达豪爽的黄庭坚，并不为屡受迫害而颓丧，他登临城楼，极目远望，不胜感慨。

朝云往日攀天梦，夜雨何时对榻凉。

——《和答元明黔南赠别》

淡薄似能知我意，幽闲元不为人芳。

——《次韵赏梅》

丝声谁道不如竹，我已忘言得真性。

——《听崇德君鼓琴》

酒浇胸次不能平，吐出苍竹岁峥嵘。

——《次韵黄斌老所画横竹》

桃李春风一杯酒，江湖夜雨十年灯。

——《寄黄几复》

心犹未死杯中物，春不能朱镜里颜。

——《次韵柳通叟寄王文通》

我自只如常日醉，满川风月替人愁。

——《夜发分宁寄杜涧叟》

南床高卧读逍遥，真感生来不易销。

——《红蕉洞独宿》

　　这些诗句像珠贝一样，在黄庭坚的记忆深处熠熠闪烁。他很快就从悲痛中挣脱出来，读书自娱，饮酒觅句，陶然忘却了世间的坎坷与不平。月下独自回想，他深深感激生活赐予的这一片冰雪世界。怅然忆平生，虽然人情冷似冰，他却邂逅了苏轼、苏辙，并跻身于"苏门四学士"之列；虽然宦海涛如墨，他却有幸结识了一批志同道合的政坛知音。留在诗人心灵深处的，是友情的甘美，理想的梦幻，生命的真淳。许多人来到这座枯藤攀缘的城楼，向他求诗索字。他心如雏菊之绽放，蘸着生命之意绪，乘酒挥毫，一一满足人们的要求。闲暇之时，他手书《后汉书·范滂传》，以此自励；他开馆讲学，教化百姓。《宜山县志》云："宜山文化的发展，受黄庭坚的影响很大。"在偏远荒凉的流放之地，在政敌鹰犬们的迫害之下，黄庭坚留美名如斯，亦足慰平生矣！

薄酒可与忘忧，丑妇可与白头。

徐行不必驷马，称身不必狐裘。

无祸不必受福，甘餐不必食肉。

……

——《薄薄酒二章》

这天，黄庭坚几两老酒落肚，兀自吟哦："丑妇千秋万岁同室，万金良药不如无疾。薄酒一谈一笑胜茶，万里封侯不如还家。"无意间抬头，忽然看见一个神态疲惫、衣衫褴褛的年轻人，脚步踉跄地走进了城楼。他叫范寥，字信中，可谓诗人的超级"粉丝"、天涯知音。他闻听诗人的窘境，从遥远的四川跋山涉水而来，到瘴疠肆虐的宜州陪伴诗人。见到栖身城楼的诗人神态依旧轩昂散淡，诗心依旧逐风追云，范寥钦佩不已。他感到，诗人俨然是一位不食人间烟火的"谪仙人"，使人恍然之间明白了什么叫豁达，什么叫洒脱！

见到范寥，黄庭坚异常快慰，与之开怀畅饮。酒酣忘忧，他情不自禁说道："茫茫世间，共醉者有几人？范寥小友，知我心矣！"须臾暴雨骤至，他踞坐门口，伸出两只赤裸的脚丫子承接雨水，大笑道："人生畅快，不过如此吧？"

那年冬天，黄庭坚见到城楼外的阳坡上梅花初放，连忙招呼小范来赏梅，并即兴赋《虞美人》一首——

天涯也有江南信，梅破知春近。夜阑风细得香迟，不道晓来开遍向南枝。　玉台弄粉花应妒，飘到眉心住。平生个里愿杯深，去国十年老尽少年心。

是的，面对挫折与磨难，黄庭坚从未放弃过对美好明天的向往与追求。尽管，当年的青葱少年已变作了白发老翁。

崇宁四年（1105）九月，金风劲吹时节，在荒凉颓败的城楼里，黄庭坚含笑告别了尘世，享年61岁。

寻觅灵魂栖息地

——范成大与杨万里

（一）使金壮举

"你敢深入虎穴吗？"

乾道六年（1170）初夏，南宋著名史学家李焘与著名诗人范成大，同时面临着这一严峻考验。

那时候，宋孝宗赵眘不甘屈辱的雄心再次昂扬，他决定派遣使者北上金国，解决耿耿于怀的两件大事：一是索要陵寝之地；二是更改"绍兴和议"确定的南宋皇帝跪拜接受金国书函的受书礼。这两个问题，也是南宋朝廷屈辱历史的集中体现。当时，中原大地已被金兵占领40余年，开封附近的宋朝皇家陵寝，自然不能幸免；而历史上臭名昭著的"绍兴和议"，则是在奸相秦桧的推动下，由宋高宗赵构与金国订立的"不平等条约"，内容主要包括：宋、金以淮河—大散关划疆，宋对金称臣，宋每年向金纳银25万两、绢25万匹。跋扈嚣张的金朝使者抵达临安时，坚持要"册封"赵构为帝，并令他以臣礼跪拜接受。经多方哀求祷告，最后由秦桧代替高宗，向金朝使者行屈膝跪拜大礼。这就是所谓"受书礼"的来历。宋孝宗与宰相虞允文商讨北上使者人选时，虞允文举荐了当朝两个杰出人物：李焘、范成大。

那是个畏金如虎的年代，南宋朝野上下，许多人谈金色变。孝宗希望李焘与范成大一同北上，完成使命。岂料事与愿违，李焘临危退缩，范成大慷慨独行。

李焘，字仁甫，眉州丹棱（今属四川）人，曾任兵部员外郎，其巨著《续资治通鉴长编》共九百八十卷，历时四十载才告成，保存了北宋一代丰富的史料。《宋史·李焘传》说他"论事益切，每集议，众莫敢发言，独条陈可否无所避"。

关于李焘关键时刻掉链子的事，《宋史·李焘传》无载，《续资治通鉴·宋纪一百四十一》却有一段形神兼备的记载——

> 虞允文议遣使，帝问谁可使者，允文荐李焘及成大。退，以语焘，焘曰："今往，金必不从，不从必以死争之，是丞相杀焘也。"更召成大告之，成大即承命。临行，帝谓之曰："卿气宇不群，朕亲加选择。闻官属皆惮行，有诸？"成大曰："臣已立后，为不还计。"帝曰："朕不发兵败盟，何至害卿！啮雪餐毡或有之。"

这段简短记述，要点有三：其一，李焘一听让自己出使金国，吓得脸都白了，他认为此行必死无疑！其二，范成大立即应命，并说已写好遗书。其三，孝宗说，他不会与金人撕破脸皮打仗，范成大不至于丧命，不过像苏武那样流放北疆啮雪餐毡却是有可能的。

据《宋史·范成大传》记载，宋孝宗任命范成大为起居郎，假资政殿大学士之衔，并召见他，"面谕受书事"。可是，即使在这种情形下，孝宗对如狼似虎的金人犹心怀畏惧，只在国书上写明收回陵寝之地的请求，对更改受书礼一事却只字不提，范成大要求写明此事，孝宗居然连连摇头，"不从"。

临行之际，天上阴云翻腾，地上凉风萧萧，情形颇为悲壮。范成大抱定了必死的决心，一一安排好后事，然后在家人的滔滔泪水中出发了。一行人来到临安（今浙江杭州）城郊的大运河畔，即将登船之际，著名诗人杨万里赶来相送。此刻，大运河水流凝滞，水面上舟楫静止不动。大运河亦称京杭运河，是我国古代伟大的水利工程，由春秋末期吴王夫差开凿，经隋代和元代两次大规模扩展，全长1747公里，北起北京，南至杭州，经北京、天津两市及河北、山东、江苏、浙江四省，沟通钱塘江、长江、淮河、黄河、海河五大水系，是纵贯全国的水路要道。昔日一帆出航，舳舻千里，尽为祖国水域；而今大运河的北方，却已经是金人的天下了！想到这一点，两个大诗人热泪泉涌，哽咽难抑……

范成大一行人乘坐官船从临安出发，经由大运河北去。河面上风啸浪舞，船头的龙凤旗猎猎喧鸣，声如裂帛。涉泗水，过盱眙，然后进入淮河，直到八月中旬，他们才抵达河南。黎明时分，闻讯而来的百姓拥挤在岸边，争相目睹宋朝使者，有人甚至激动得振臂欢呼。范成大眼望喧嚣的人群，心底波澜起伏。这些在金兵铁蹄下挣扎的黎民百姓，尽管九死一生，却依然心向宋朝；而临安城里那些投降派，却置中原人民的死活于不顾，甘愿匍匐在金人脚下，卑躬屈膝。他心头热浪滚滚，挥笔写下《渡淮》："船旗衮衮径长淮，汴口人看拨不开。昨夜南风浪如屋，果然双节下天来。"

淮河北岸，由金兵把守。此时的中原大地上，胡骑纵横，昔日稼禾荡波的千里平畴，如今一片荒凉。江山沦陷，盖四十年矣！想到此，范成大不禁悲从中来。金国守将仰慕他的诗名，"入关"手续一概减免。一行人弃船登岸，来到金兵占领下的汴京。泱泱古都，龙吟虎啸；皇家气派，千古缭绕。这里是太祖皇帝当年创业之地，大宋王朝的政令法度，曾从这里发出，威震华夏。然而，曾几何时，千年古都竟成了在金兵铁蹄下呻吟的没落之邦。范成大咏诵着著名诗人刘克庄的《北来人》，不禁潸然泪下："试说东都事，添人白发多。寝园残石马，废殿泣铜驼。胡运占难久，边情听易讹。凄凉旧京女，妆髻尚宣和。"

在汴京北门外的双庙，范成大徘徊良久。唐代"安史之乱"爆发，许多城池望风披靡，安禄山大军围困睢阳（今河南商丘南），守将张巡、许远坚守孤城达十个月之久，最后城陷，两人壮烈牺牲。范成大瞻仰着两尊英雄塑像，联想到高宗君臣懦弱无能、贪生怕死，虽有黄河天险作屏障，却一味屈辱求和，致使山河沦丧、万民吞声。

> 平地孤城寇若林，两公犹解障妖祲。
> 大梁襟带洪河险，谁遣神州陆地沉？
>
> ——《双庙》

汴京城内有一条碧波粼粼的汴河，古称通济渠，隋炀帝时发动万民开凿，引谷水、洛水入黄河，再经黄河入汴水，沿运河故道进入泗水、淮水。汴河上有一座著名的州桥，俗称天汉桥，"南望朱雀门，北望宣德楼"，是京城通衢。在这里，范成大遇到了聚在一起翘首南望的旧京父老。

州桥南北是天街，父老年年等驾回。

忍泪失声询使者：几时真有六军来？

——《州桥》

走下天汉桥，来到闻名遐迩的相国寺。这座古刹兴建于北齐天保六年（555），北宋时期达到鼎盛，全寺占地500余亩，辖64个禅院、律院，僧众1000余人，其建筑辉煌瑰丽，灿若云霞。如今，这里殿宇倾颓，檐牙剥落，太祖皇帝题写的"敕造相国寺"门额，孤零零斜挂在寺门上方。殿内蛛网交织，五百罗汉七零八落，一些身穿胡裘、足蹬皮靴的金人，在寺内游荡。

倾檐缺吻护奎文，金碧浮图暗古尘。

闻说今朝恰开寺，羊裘狼帽趁时新。

——《相国寺》

渡过汤河支流羑河，穿越羑里古城，来到相州（治今河南安阳）市街，一片市井繁华映入眼帘，"有秦楼、翠楼、康乐楼、月白风清楼，皆旗亭也。秦楼有胡妇，衣金缕鹅红大袖袍，金缕紫勒帛，褰帘旻语。云是宗室女、郡守家也。遗黎往往垂涕嗟啧，指使人云'此中华佛国人也'"。渡过漳河，进入曹操讲武城（遗址位于今河北邯郸磁县城南漳河北岸讲武城村），但见"周遭十数里，城外有操疑冢七十二，散在数里。传云'操冢正在古寺中'"。（《揽辔录》）

在定兴县清远店客栈前，诗人邂逅了一个脸颊上刺有"逃走"二字的女奴。女孩泪水涟涟地向他讲述了自己的悲惨遭遇，说金人暴虐无道，奴仆稍有差池，则被百般凌虐，黥首刖足，残酷杀戮。

女僮流汗逐毡軿，云在淮乡有父兄。

屠婢杀奴官不问，大书黥面罚犹轻。

——《清远店》

范成大一行人曲折前行，来到燕山脚下，夜宿山寨。巍巍燕山耸立在潮白河河谷到山海关一带，北侧接七老图山、努鲁儿虎山，南侧为河北平原，主峰雾灵山海拔2116米。滦河切断此山，形成了喜峰口；潮河切断此山，形成了古北口。这两处峡口，自古为南北交通要道，历来是兵家必争之地。此刻，这里已经成了金国都城的屏障，胡兵遍布。

范成大遥望夜色中的森郁山岭，以及在山岭上游动的胡兵，倍感沉痛，随即屏退左右，秘密书写了一封致金朝皇帝要求更改受书礼的书函。抵达金国中都（今北京城西南隅）之后，范成大拜见了金世宗完颜雍，只见金国朝堂之上，剑戈闪耀，兵卒肃立。范成大"初进国书，词气慷慨"，正当金国君臣倾听之际，他忽然从怀中抽出书函一封，声称"两朝既为叔侄，而受书礼未称"，有疏奏上。刹那之间，金廷一片骚动，金世宗喝道："此岂献书处耶？"左右侍卫气汹汹以笏板击打范成大的后背令他起来，"成大屹不动，必欲书达"（《宋史·范成大传》）。金太子如猛虎咆哮，号叫着要杀范成大。金世宗暴喝一声，朝堂上顿时人声敛迹。此刻，金廷上下，鸦雀无声。阳光如剑，刺人眼目；金柱如臂，擎起穹苍。金世宗感慨于范成大之威武不屈，允他回馆听旨。

范成大回到下榻的会同馆，心情沉重。守吏悄悄透露，金国可能扣留使者。这个消息犹如一声霹雳，惊得一干随从目瞪口呆。范成大镇定自若，说："倘遇不测，你们先走，我留下。捎话给杨廷秀，请他照顾我的家人。"午夜时分，流萤翩然，馆舍里的驴子骤然鸣叫起来，撕裂了死寂的夜空。范成大辗转不寐，四顾怆然，甚至想到了自己可能无法回归故国，余生要像汉朝的苏武一样，在荒漠的北疆牧羊了："万里孤臣致命秋，此身何止一沤浮。提携汉节同生死，休问羝羊解乳不。"（《会同馆》）

他说："在这个致命秋天里，我作为一介孤臣，不过像水面上漂浮的一个气泡而已；当年苏武出使匈奴被拘，被流放到北海放牧公羊，说等到公羊产奶才放他归国。如今我老范步了前辈后尘，手执汉节流落北疆，就不要再问什么公羊能否产奶了罢，爱咋咋！"

幸亏金世宗乃金朝明君，号称"小尧舜"，扣留使者的事没有发生，范成大"竟得全节而归"。范成大的使金日记《揽辔录》，记一路见闻，感故国兴衰，使金期间，他以血泪写就的七十二首绝句组诗，以其强烈的爱国激情和对中原人民悲惨遭遇的深切同情，成了他诗歌创作的第一座高峰——"玉节经行虏障深，马头酾酒奠疏林。兹行璧重身如叶，天日应临慕蔺心"（《蔺相如墓》）；"狐冢獾蹊满路隅，行人犹作御园呼。连昌尚有花临砌，肠断宜春寸草无"（《宜春苑》）；"胡来胡现劫灰深，风鼓三灾海印沉。急过当年无佛处，庭前空有柏森森"（《柏林院》）……

著名诗人陆游夜读《揽辔录》，赋诗志感："公卿有党排宗泽，帷幄无人用岳飞。遗老不应知此恨，亦逢汉节解沾衣。"

宗泽，两宋之交抗金名将，晚年多次上书北伐，不被采纳，忧愤而死，临终前三呼"过河"，令人垂涕；岳飞，南宋抗金英雄，因受奸相秦桧构陷，以"莫须有"的罪名遇害。陆游感叹说，北方遗民大约不晓得这些"恨事"，见到宋朝使者依然涕泗横流啊！

这一年，范成大45岁。《宋史》著者感叹："成大致书北庭，几于见杀，卒不辱命……孔子所谓'岁寒然后知松柏之后凋'者欤？"

（二）少时苦读

范成大（1126—1193），字致能，苏州吴县（今江苏苏州）人，晚年退居苏州石湖草堂，号"石湖居士"，南宋著名诗人，与尤袤、杨万里、陆游齐名，称"中兴四大家"。这四位中，陆游、杨万里、范成大名声如雷，响彻古今，唯独尤袤默默无闻。原来，是一场烈焰腾空的火灾，焚毁了他的大量书稿、著作以及三万多卷藏书，流传至今的五十九首诗作，还是清代时他的后裔尤侗千方百计从各种资料中搜集到的。可叹一位闻名当时的大诗人，作品如此楚楚可怜。

范成大的父亲范雩，早年由苏州迁居昆山，于宣和六年（1124）登进士第，随后来到都城汴京，官至秘书郎。之后，"靖康之变"爆发，中原沦陷，北宋灭亡，范雩只好带着一家老小，随着逃亡人群南下，回到昆山。

范成大就出生在这个屈辱的年代。故国之思、亡国之恨，像江南细雨一样，弥漫在世人心头。范雩目睹国家倾覆、天下动乱，宋高宗一溜烟逃往江南，堂堂大宋绵延数百年，何以连江山社稷都保不住？他给儿子取名成大，字致能，希望他将来成为国家的栋梁之材，成就一番大事。

范成大的少年时代在昆山度过，12岁读经史，14岁能文章。河边青草，摇曳着朦胧的向往；天外飞鸿，牵远了渺茫的愁思。他读《庄子》《楚辞》《史记》，庄周的物我相融，屈原的赤胆忠心，司马迁的悲郁慷慨，沁润着他的心灵；绚丽多姿、气韵磅礴的唐诗，成了他的"精神伴侣"。李白、岑参、李益、杜牧，这些文韬武略的才子，陪伴他度过了许多寂寞时光。而那些传统的儒家经典，即所谓"圣人之书"，却被他弃置一旁了。"靖康之变"极大地改变了天下格局，也强烈地改变了读书人的价值观念。国人念念不忘的孔孟之道，在金人的刀枪剑戟面前，显得如此苍白无力。一个悲哀的时代，造成了传统儒学的没落。"我本楚狂人，凤歌笑孔丘"（《庐山谣寄卢侍御虚舟》），这是他经常吟诵的李白名句；"莫把江山夸北客，冷云寒水更荒凉"（《秋日二绝·其一》），这是他讥讽朝廷寡廉鲜耻向金人献媚的诗句，宛若匕首，披雪带霜。

后来，他随父亲辗转到了江阴、杭州。18岁那年，父亲去世，他带着两个妹妹，又回到昆山谋生。夕阳下，几间破屋，一株枯树，时闻鸦鸣。家境贫寒尚在其次，心灵的悲凉更令人难耐。几年后，范成大操办完妹妹们的婚事，来到父母墓前洒泪祭拜，又来到几亩薄田边低首沉吟。隆冬时节，百卉凋零，枯寂的田野上，有日影晃动，有人影晃动，他感到脚下的土地也在晃动，心底一片茫然如雾……

昆山古称娄邑，娄为星名，以地有娄江、上应娄宿而得名，地处长三角太湖平原，湖港密布，民风淳朴。然而，在范成大的记忆里，那里的冬天寒冷透骨："旋融檐滴冻琅玕，风力如刀刮面寒。雪阵搅空风却软，天公知我倚阑干。"这首《雪后苦寒》对寒冷的描绘，真切，凛冽。苦寒之中，他只有沉溺书海，心灵方能翩然高翔。可是，茫茫世界，天高地迥，却没有一方安静的读书之地。

这一天，他在城外荒径上徘徊，忽听得荐严寺里钟声沉鸣，如云间梵音，悠然旷远。这美妙的钟声，令范成大倏忽间仿佛听见了午夜梦中的远方号角之声。他快步来到荐严寺，求见住持禅师，请求借光读书。面如月轮的住持禅师满心欢悦，当即答允，并派了一个僧人帮范成大把书籍挑到寺里，腾出一间空屋给他。这间小屋，是范成大平生第一间书房。墙边地炉里燃烧着木柴，热气氤氲；屋外一片银装素裹，平日里香烟袅袅的香炉、香鼎、香缸以及楼阁殿宇，披了一层皑皑雪被，寒光耀人眼目。

第二天，禅师在放生池边的小阁里备下素宴，邀范成大浅酌。几杯素酒落肚，山光飘忽，水色空溟。小阁旁边立着一株古松，森郁肃穆，寂静如眠，时见乌鸦起落。禅师随口吟道："乌鸦撩乱舞黄云，楼上飞花已唾人。"范成大续道："说与江梅须早计，冯夷无赖初争春。"这首"合璧诗"，被范成大命名为《欲雪》。禅师道："雪花由一片两片，到千片万片，乃大雪之兆，将'初'字改作'欲'字，更妙，冯夷是河神，预示大水将至啊！"范成大闻言，举杯相敬，说道："一字之师，终生铭记。"

这位冯夷，是中国古代神话中的黄河水神，亦称"冰夷""河伯"。《庄子·大宗师》："冯夷得之，以游大川。"《淮南子·齐俗》："昔者冯夷得道，以潜大川。"据说冯夷是弘农华阴潼乡（今陕西潼关）堤首里人，过河时淹死了，被天帝任命为河伯，管理天下河川。范成大将"冯夷"入诗，说他"无赖"，倒使这位河伯先生有些愚顽可爱了。

荐严寺全称"荐严资福禅寺"，俗称东寺，坐落在昆山城内，成了范成大生命里的"诺亚方舟"。他在这里刻苦读书，转眼就是十载。钟声伴着岁月流逝，情思随着寒暑荡漾。佛家清净之地，书生灵魂之乡。尘世远了，尘嚣杳如黄鹤；灵魂静了，悲喜归于云翳。心如明镜，纤尘不飞，微澜不起，是为至景。一箪食，一瓢饮，一卷书。经史百家，佛经典籍，品读再三，饮甘露，嚼金玉，如梦如幻，似非而是。书籍浩如烟海，人生白驹过隙。"十年磨一剑，霜刃未曾试。今日把示君，谁有不平事？"唐朝诗人贾岛的诗句，总是缭绕着一股幽绝的孤独剑气，但范成大很喜欢。他在等待着展示"霜刃"的历史时刻。

读书之余，他与诗友乐备、马先觉、项寅宾等人结成诗社，苦中作乐，互相唱和。他的《中秋卧病呈同社》，无疑是艰辛岁月的真实写照："卧病窘诗料，坐贫羞酒钱。琼楼与金阙，想像屋角边。"的确，卧病在床，何来诗兴？囊空如洗，哪有酒钱？然而，诗人虽在病中，却不仅没有一丝悲伤，还在荒凉的屋角边缘，看到了金碧辉煌的琼楼与金阙，心底浮漾起"胜游若登仙"的惬意！而他描述荐严寺读书生涯的《宿东寺二首》，更是写得神采飞扬——

淡天如水雾如尘，残雪和霜冻瓦鳞。

织女无言千古恨，素娥有意十分春。

一声黄鹄夜深归，栖雀惊鸣触殿扉。

北斗半垂楼阁外，风幡浑欲上云飞。

在艰苦的读书生涯里，范成大创作了平生第一批优秀诗作，《催租行》更成为古今传诵的名篇——

输租得钞官更催，踉跄里正敲门来。

手持文书杂嗔喜："我亦来营醉归耳！"

床头悭囊大如拳，扑破正有三百钱：

"不堪与君成一醉，聊复偿君草鞋费。"

诗里有情节、有人物，展现了一个戏剧性场面，刻画出官吏鱼肉百姓的丑态。

绍兴二十四年（1154），29岁的范成大在父亲好友王葆的鼓励下，赴京城临安应试，一举登第。与他同时金榜题名的，还有江西才子杨万里。著名诗人陆游也参加了这次科举考试，却因为奸相秦桧从中作梗，被黜还乡。南宋三大诗人，由此错过了同年登第的历史机缘。

范成大与杨万里，从此相识相知，结成了莫逆之交。范成大被朝廷派往徽州（治今安徽歙县）任司户参军，杨万里被派往赣州（今属江西）任司户参军。

（三）徽州诗韵

范成大来到徽州，在青山绿水间开始了最初的仕宦生涯。

徽州地处皖南盆地中心，北望黄山，林壑优美，东接千岛湖，碧波荡漾，素有"黄山南大门"与"沪杭后花园"之美誉；古徽建筑三绝（古祠堂、古牌坊、古民居）星罗棋布，唐模檀干园、岩寺文峰塔、凤台山、沙堤亭、临溪寺等，交相辉映。

司户参军主管户籍、赋税、仓库交纳等事，官卑权微，事务烦琐。范成大尽心尽力，把本职工作做得井井有条。公务之暇，他足不出户，以诗书自润。

很快，他的高才大名在徽州传开了。原来，古代读书人历经十年寒窗而参加科举考试，许多闻名天下的大才子都是三起三落，一蹴而就者极少。范成大一考即中，"一炮而红"，成为当时的科场佳话。徽州士子们听说范大诗人来了，纷纷登门求教，谈《诗经》，论《春秋》，一时之间，书香弥漫，文气氤氲。

州府南边有一座无名小山，山巅绽开着一朵朵迎风怒放的菊花。菊花亦称帝女花、醉西施、赛杨妃，灿烂如霞，芬芳馥郁。秋季采下晾干，来年泡茶啜饮，既消暑解渴，又益阳提神。李时珍《本草纲目》云："其苗可蔬，叶可啜，花可饵，根实可药，囊之可枕，酿之可饮，自本至末，罔不有功。"

秋天一到，范成大便骑着毛驴出城，顺着蜿蜒幽径进入南山，攀上山巅，观赏帝女花。秋光如玉，碧空如洗，鸟语花香，驴鸣禽啼。他与童仆一起坐在树下，饱览无际秋光，感悟无涯人生。来徽州之前，他曾到父母墓前辞别。他告诉双亲，自己一不图升官，二不图发财，只想成就一番事业。然而，官场如山，步履蹒跚，要干成点事业，谈何容易！

范成大在徽州五年，官职一直没有升迁。他徜徉在徽州的灵山秀水之间，吟风啸月。州府东北方向有山如黛，峰峦如涛，古木萧疏；山下两条湍急的溪流交汇，注入一个大岩洞，从另一头哗哗泄出。千年古刹临溪寺，就隐藏在山顶林木深处。范成大夜宿寺中，看月上窗纱，欣然赋诗："万山绕屏岭，二水奔颍洞。亭亭林中寺，金碧灿檐栋。解鞍得蒲团，卧受瓦炉供。少捐一炊顷，暂作百年梦。"（《临溪寺》）

百年美梦，总有醒来时刻，他依旧下得山来，骑着毛驴来到绩溪县新岭山间。这里谷深山狭，林莽苍苍，山泉潺湲，"老桑局潜虬，怪蔓挂腾蟒。山行何许深，空翠滴羁鞅。酿愁积雨寒，破闷朝日放"（《新岭》）……

徽州岁月，是范成大的人生优游时期。"晴丝千尺挽韶光，百舌无声燕子忙。永日屋头槐影暗，微风扇里麦花香。"这首《初夏二首·其二》，既是自然风景的素描，也是宦海荡舟恬淡心态的写照。然而，若说他一味流连山水，心游太虚，恐怕未必。他的同科进士、绩溪县令滕子昭调离时，他写了《送滕子昭绩溪罢归》相送，"天马西极来，目力尽九寰。执辔者谁软？堕此空谷间"，惋惜之余，展望前程，"亦复念旧群，依然叹驽顽。红尘起天末，可望不可攀"，深为好友的怀才不遇、仕途落拓而叹息。而对百姓的同情，对贪官污吏的憎恨，凝成了他的名篇《后催租行》——

老父田荒秋雨里，旧时高岸今江水。

佣耕犹自抱长饥，的知无力输租米。

自从乡官新上来，黄纸放尽白纸催。

卖衣得钱都纳却，病骨虽寒聊免缚。

去年衣尽到家口，大女临歧两分首。

今年次女已行媒，亦复驱将换升斗。

室中更有第三女，明年不怕催租苦。

"黄纸"，皇帝诏书；"白纸"，官府公文。皇帝发布了豁免租税的诏命，当地官吏却照样催租，逼得百姓卖儿卖女。《催租行》与《后催租行》，成了范成大批判黑暗现实的诗歌"双璧"。

绍兴二十九年（1159），洪适来到徽州任知州，范成大命运的齿轮开始转动。洪适，字景伯，南宋著名金石学家，与其弟洪遵、洪迈并称"三洪"，著有《隶释》二十七卷、《隶续》二十一卷。有一天，他游览宣城金牛洞，发现了范成大刻于洞壁上的诗作《题金牛洞》，大赞了得！他对其中"春风吹入江南陌，叠嶂双峰如旧识"一联，赞赏有加，闲暇时常吟诵："新诗剩说山中妙，我不曾游先梦到。从渠弱水隔蓬莱，云山何处无瑶草。"此后，洪知州多方运作，举荐范成大入朝为官，并一路升迁，由圣政所检讨官、枢密院编修、秘书省正字、校书郎，升任著作佐郎、吏部员外郎，逐渐成为朝廷大员。

对于范成大仕途上的蹿升，有人犯了"红眼病"，朝野上下，流言四起，"言者论其超蹿，罢，奉祠"（《宋史·范成大传》）。"超蹿"，越级提拔；"奉祠"，无职事但领俸禄。言官纷纷指责他"破格升迁""图谋私利"。罢官后，他只得返回故乡。一年后，即乾道三年十二月（1168年初），范成大被重新起用，出任处州（治今浙江丽水西）知州。

（四）四方宦游

处州地处浙西南，瓯江蜿蜒如练，仙都峰壁立千仞，南明山、石门洞、仙都峰等处的摩崖刻石，堪称瑰宝；晋宋以降，名流接踵，葛洪、谢灵运、李阳冰等，都曾经在这里留下了墨宝。处州白莲具有粒圆、饱满、色白、肉绵、味甘五大特点，故处州有莲城之美誉。尽管人杰地灵，这里却难称繁华富庶，九山半水半分田的自然条件，给这里蒙上了一层贫瘠的阴影。碧湖平原是处州境内三大平原之一，著名的古代水利设施通济堰，就蜿蜒在碧湖平原上，无疑是这块古老土地的命脉。

据《宋史·范成大传》记载，处州多山田，贫瘠荒凉，南朝梁天监年间（502—519），"詹、南二司马作通济堰在松阳、遂昌之间，激溪水四十里，溉田二十万亩"。由于年代久远，两位司马大人的事迹已不可考，人们也不知道他们的姓名，但两人作为这里的父母官，倾尽心力兴修水利的神奇故事，却在当地广泛流传。据传说，当年两位鬓发如银的司马大人在碧湖平原南端考察选址时，因为地形复杂，犹豫不能决。一天早晨，晨光熹微，一条白蛇忽然从对面南山入水，横行劈开水面，向堰头村方向游来，其碧波粼粼的蛇形抛物线，成了世界上最早的拱形大坝的雏形。

通济堰是一座低坝拦河引水工程，由拱形大坝、通济闸、石函、渠道、湖塘等组成。建成之后，它使"小旱即苦灌溉"的碧湖平原成为有名的粮仓，"受堰之田，永为上腴"。然而，由于朝代更迭，通济堰可谓多灾多难，时修时毁。船家为争航路，农家为争水源，历代纠纷不断，打架斗殴事件时有发生，加之管理混乱、官府推诿敷衍，致使为民造福的水利设施成了"问题之堰"，四乡流传着"清官难断水堰事"的民谣。

这天早晨，范成大再一次来到通济堰两岸考察，寻找根治"堰患"之策。这已经是他第六次来这里了。灼热的阳光照耀着碧湖平原，因为旱情严重，成片的庄稼已由碧绿转呈焦黄。通济堰水坝倾颓，渠道淤堵，致使清水白白流掉，四乡百姓怨声载道。范成大找艄公了解水情，找老农询问灌溉，找当地官员了解各种纠纷的来龙去脉，找能工巧匠出谋献策。这次考察，历时半月，回到州府，他与幕僚们夜以继日制订方案，然后举全州之力，发动大规模的"全民兴修水利运动"。半年后，工程告竣，古老的通济堰焕然一新，脉脉清流注入干渴的农田，四乡百姓心花怒放，鞭炮声在辽阔的碧湖平原上空响了很久。对这项浩大工程，《宋史》记载："成大访故迹，叠石筑防，置堤闸四十九所，立水则，上中下溉灌有序，民食其利。"

随着通济堰古迹重光，范成大又主持制定了我国农田水利史上著名的地方水利法规——《通济堰规》二十条，对通济堰的管理机制、用水制度、经费负担等，都作了详尽、公正的规定，然后令石匠勒石刻碑，竖立堰头。此碑现存于通济堰旁的詹南司马祠内。南宋以降，元、明、清各朝基本上都沿袭范式堰规之模式。清人李遇孙《括苍金石志》就此评论："范公条规，百世遵守可也。"

老身穷苦不须忧，未有毫分慰此州。

但得田间无叹息，何须地上见钱流？

——《次韵汪仲嘉尚书喜雨》

读此诗，感其"忧稼穑，悯老农"之襟抱，在乎云水之间矣。

范成大于乾道四年（1168）八月抵达处州履任，次年五月即离任还京，短短九个月间，他为当地百姓做了不少实事。他创立义役，以解除百姓服劳役的后顾之忧；兴建连接府城南北的唯一通道——平政桥，并作《平政桥记》，使昔日天堑变为坦途。他还向皇帝上三疏：《论日力国力人力》建议惜寸阴，保国本，振精神；《论慎刑》强调完善司法，务使"伏辜者无憾，负枉者获伸"；《论兵制》旗帜鲜明地提出，要克服军队建设"检阅未精，营伍未立"之弊端。据《处州府志》记载，范成大曾在州府之内构筑"莲城堂"，堂内白莲朵朵，丽质夺魂慑魄，徜徉在莲海里的诗人，其气若兰，千古流芳！

据南宋文学家周必大为范成大作的神道碑记述，当初堰渠修成，大水涌流，灌溉四方，范成大与百姓欢呼雀跃，恰逢朝廷召见，范成大将行，父老欢呼曰："堰成，公忍去我耶？"公曰："吾能经始，安能保其无坏？"面对依依不舍的乡亲们，范成大说："我们筑堰修渠，不过是个开头，如何保证渠道畅通就要靠大家啦！"

政声卓著的范成大回到京城临安，颇受朝廷推崇，不久奉孝宗之命，出使金国。关于这次出使，他内心深处一直很惭愧，觉得自己有辱朝廷使命，"许国无功浪著鞭，天教饱识汉山川。酒边蛮舞花低帽，梦里胡笳雪没鞯"（《画工李友直为余作冰天桂海二图》）。回到临安，觐见孝宗，他诚惶诚恐，连连叩首，自请处分。孝宗倒还厚道，说："几十万大军夺不回来的东西，一纸书信岂能收回？"范成大的慷慨气节，赢得了广泛赞誉，不久即升任中书舍人。

中书舍人相当于中央政府秘书长，其任务是替皇帝起草各种诏命，可谓位高权重。第二年，孝宗要任用外戚张说出掌枢密院，与他一起被起用的，还有资政殿大学士刘珙。张说乃奸佞之徒，气焰炽盛，处事嚣张。《宋史·张说传》载："珙耻与之同命，力辞不拜。"刘珙声称与张说共事乃奇耻大辱，不肯应命，弄得天下舆论哗然。范成大也公然抗命，拒不起草任命诏书。孝宗心底恼羞万分，但碍于舆论，不便发作，只得让张说"奉祠归第"。

张说悻悻然回家了，孝宗的脸色开始由黄转青。他不能容忍臣下抗命不遵，哪怕你是忠心耿耿的贤臣良相！范成大自知不妙，为了避祸，只好自请外放。乾道八年（1172），范成大出知静江府（治今广西桂林）兼广西经略安抚使，自此数年流转于桂林、四川等地。

范成大走了，周必大接任中书舍人。周先生诗文俱佳，优游掖庭，情致不减，许多重要文书都出自他的手笔，堪称朝廷之"文胆"。之后，孝宗旧事重提，在早朝时发话："朕早前想任用张说，卿等以为如何？"岂料朝臣抵制依旧，周必大拒绝草诏。孝宗见众怒难犯，无可奈何地摇头苦笑。后来，张说削尖脑袋、挖空心思钻进了枢密院，滥用权力，扰乱朝纲，惹怒了皇帝，落得个撤职查办的下场。

这时候，范成大的漂泊岁月已是波澜不惊。宦海烟波浩渺，官场风云迷离，落在范成大眼里的，却似乎是一片赤橙黄绿青蓝紫之彩虹。前往桂林途中，他悠然缓行，走了三个多月，有日记《骖鸾录》记途中见闻，有诗歌《南征小集》抒胸中感慨。两年后，他告别桂林，远赴四川。自桂至蜀，水陆兼程，长途跋涉，历时四个多月。蜀道之艰险峻拔，途中之辛劳疲惫，汗水淋漓中，目光迷离下，他博览沿途风土人情，体察万民生存现状，写了《桂海虞衡志》一书。这是一部百科全书式的巨著，兼容了民族史、地理史、生物学史、中外交通史，备受推重，"岩岫之奇绝，习俗之醇古，府治之雄胜"（《桂海虞衡志序》），尽在一卷矣。今人胡起望教授在为该书校注本写的《前言》中指出，此书"开一代体例，传宝贵资料，为历代文人所乐道"。

正是在四川，范成大遇到了著名诗人陆游。两人的宴乐游戏，使陆大诗人多了一个响彻古今的绰号：放翁。

悠悠岁月，范成大有所思，有所作，有所悟，有所忧。暗流汹涌之时节，他心境平和，如春风掠过耳际；阳光灿烂之时节，他眉开眼笑，宛然一颓翁，轻抛诗线，追云逐月……两年后，他离开蜀地，奉诏回朝，不久再一次离京他去，外放江浙一带，经五次上书请求，于淳熙十年（1183）挂冠而去，回到了梦绕魂牵的故乡——苏州石湖。

> 细数十年事，十处过中秋。今年新梦，忽到黄鹤旧山头。老子个中不浅，此会天教重见，今古一南楼。星汉淡无色，玉镜独空浮。　敛秦烟，收楚雾，熨江流。关河离合，南北依旧照清愁。想见姮娥冷眼，应笑归来霜鬓，空敝黑貂裘。酾酒问蟾兔，肯去伴沧洲？

这首《水调歌头》抒写了范成大宦海空浮游的深切感受，他要"敛秦烟，收楚雾"，急流勇退，回归石湖之滨了！

石湖是太湖的内湖，吴山、七子山、福寿山逶迤西侧，越来溪、荷花荡浮漾周边，古桥咽流水，花溪飞轻舟，重峦叠嶂犹似皴彩涂染，奇树异花一派梦幻情致。依湖而立的楞伽山，上有楞伽塔，登临塔顶，江南湖山之胜景，尽收眼底。

> 晓雾朝暾绀碧烘，横塘西岸越城东。
> 行人半出稻花上，宿鹭孤明菱叶中。
> 信脚自能知旧路，惊心时复认邻翁。
> 当时手种斜桥柳，无限鸣蜩翠扫空。

——《初归石湖》

范成大四方宦游之际，就在石湖买地筑屋，世称"石湖草堂"。如今归来，自然别有一番风味。这首清丽精致的归来之作，抒发了这位历尽尘世风雨的"石湖居士"的悠然情怀。作于石湖时期的六十首《四时田园杂兴》绝句，分别描绘了江南春夏秋冬四季不同的田园情景，农家的生活环境、风土人情、劳动收获、苦难欢乐等，都得到了淋漓尽致的展现，成了他诗歌创作的第二座高峰。

> 采菱辛苦废犁锄，血指流丹鬼质枯。
> 无力买田聊种水，近来湖面亦收租。

> 蝴蝶双双入菜花，日长无客到田家。
> 鸡飞过篱犬吠窦，知有行商来买茶。

> 黄尘行客汗如浆，少住侬家漱井香。
> 借与门前磐石坐，柳阴亭午正风凉。

> 梅子金黄杏子肥，麦花雪白菜花稀。
> 日长篱落无人过，惟有蜻蜓蛱蝶飞。

> 昼出耘田夜绩麻，村庄儿女各当家。
> 童孙未解供耕织，也傍桑阴学种瓜。

> 新筑场泥镜面平，家家打稻趁霜晴。
> 笑歌声里轻雷动，一夜连枷响到明。

（五）诚斋初起

南宋隆兴元年（1163）夏，阳光火辣辣地照耀着零陵古城。晴空湛然深远，热浪翻涌过大街小巷，追逐着脚步匆匆的行人；平日里沉静肃穆的官衙里，此刻却弥漫着莫名其妙的兴奋与骚动。官员们都在私下里传递着一个"小道消息"：杨县丞升迁的诏命已经下达，马上就要离开这里了！

这时候，零陵县丞杨万里，正与夫人一起收拾着行装。他规定：凡是官衙里的东西，一丝一毫，都不能带走。官场风月，看上去很美，却隐藏着莫名之凶险。你只有身如清风朗月，才可以敞开心怀，对天对地对祖宗而无愧也！夫人按照他的吩咐，将已经装箱的行装又仔细检查了一遍。同时，他发现从前的僚属们正嘀嘀咕咕商量着什么。这些人显然在策划一个针对他的"阴谋"。原来，众人想要第二天设宴饯别杨县丞。

斯人离去，同僚饯行，乃人之常情；然而兴师动众，浪费钱物，却有违杨万里为人为官之原则。他向来像钟表一样，按原则办事，不差分毫。因此，他吩咐仆人马上备下船只，当晚即刻动身离开，不许惊动任何人。

当晚月华如水，夏虫啾啾。杨万里一家踏着月色，离岸登船，顺流而下，就此告别了这片古老的土地。第二天，同僚们在他的书案上发现了一纸墨渍淋漓的告别诗笺："已坐诗癯病更羸，诸公刚欲饯湘湄。夜浮一叶逃盟去，已被沙鸥圣得知。"（《夜离零陵，以避同僚追送之劳，留二绝简诸友·其一》）

这则"一叶逃盟"故事，并非小说家言，而是著名诗人杨万里跻身官场之后，思想作风一以贯之的表现。

杨万里（1127—1206），字廷秀，自号诚斋野客，吉州吉水（今属江西）人。他出生时，"靖康之变"刚过去数月，而中原河山已大半沦陷。国仇未雪，家恨接踵。8岁那年，母亲病逝，他像一只飘零的孤雁，倚在老父膝下艰难成长。其父杨芾，精通《周易》，酷爱藏书，积十年之久，藏书数千卷。他指着琳琅满目的藏书告诉儿子："这些书里，跳动着圣贤之心，你要刻苦读书啊！"

杨万里没有辜负父亲的期望，自幼勤奋用功，先后拜高守道、王庭珪等学者为师，刻苦学习。绍兴二十一年（1151）春，他来到京城临安应试，落第而归；三年后重整旗鼓，与范成大一起金榜题名，自此进入了南宋官场。范成大到了徽州，杨万里到了赣州，两人的官职都是低微的司户参军。赣州月色昏黄，杨万里诗心荡漾，诗作了不少，利国利民的好事也做了不少，官职却没见升迁。三年岁月，就这样随着滔滔赣江流逝了。绍兴二十九年（1159）十月，他调任零陵县丞。

因中唐大诗人柳宗元谪居十载并写下《永州八记》而闻名天下的永州，治所为零陵，地处湖南南部，江山如画，文脉横流。越城岭、都庞岭、萌渚岭，势如涛涌。这里地处潇水与湘水汇合处，雅称"潇湘"，群山环抱，林麓清幽，地当楚粤门户，自古号称"不墉而高，不池而深，不关而固"（吴之道《永州内谯外城记》），乃一座气势非凡的巍峨古城。北宋文豪欧阳修誉之为"画图之郡"，著名诗人陆游来此地游历，欣然赋诗："挥毫当得江山助，不到潇湘岂有诗。"（《予使江西时以诗投政府丐湖湘一麾会召还不果偶读旧稿有感》）

据考证，零陵地名的由来，与上古五帝之一的舜帝有关。《史记·五帝本纪》记载："（舜帝）南巡狩，崩于苍梧之野，葬于江南九疑，是为零陵。"舜帝死后葬于九疑山，他的陵墓被称为零陵。舜帝的陵墓为何要冠以"零"字呢？历来众说纷纭。其一，古泠水之说。古泠水乃潇水支流，《水经注》云"泠水南出九疑山"，上古时期，"泠"与"零"通用，"泠水"又作"零水"。其二，"涕零"之说。涕零者，流泪也。据说舜帝驾崩之后，他的两个妃子娥皇、女英千里寻夫而来，一路痛哭流涕，眼泪流到九疑山下，汇成了泠水，眼泪落在竹林中，变成了萧萧斑竹，毛泽东有诗曰"斑竹一枝千滴泪"。零陵者，哭陵之意也。两种传说，既有山水之形胜，也有浪漫之凄美。缭绕着山水之形胜与浪漫之凄美的零陵古城，就成了历代落拓英雄们的灵魂栖息地。柳宗元谪居十载，其浩瀚文思，为这里的山水披上了气韵生动的彩衣。等杨万里来到这里的时候，早有一位抗金名将隐居于此。他就是南宋主战派领袖张浚。

张浚，字德远，汉州绵竹（今属四川）人，他身历"靖康之变"，亲眼看到徽宗、钦宗二帝被金兵掳往北方，一生誓死抗金，立下赫赫战功，成为那个时代的标志性人物，"远人伺其用舍为进退，天下占其出处为安危，岂非卓然所谓人豪者欤"（《宋史·张浚传》）。金将粘罕临终前对诸将说道："自我进入中原，没人敢犯我兵锋，唯独张枢密能和我抗衡。"绍兴五年（1135），张浚出任宰相，重用抗金将领岳飞、韩世忠，罢黜庸懦无能的刘光世，使抗金形势一度呈现出令人欣喜的曙光。秦桧执政后，张浚被排斥在外近20年，他蛰居的地方，就是永州。秦桧派遣其党羽张柄出任潭州（治今湖南长沙）知州，就近监视。张浚就像一只猛虎，离开了狂风呼啸的山林，徘徊于永州山水之间。

对张浚的鼎鼎大名，杨万里仰慕已久，如今来到零陵这个英雄谪居之地，他仿佛来到泰山脚下。抬头仰望，山巅耸入云端。他整肃衣冠，前往拜谒心中的"偶像",却一连三次吃了闭门羹。张浚宦海覆舟,避世已久,从不肯轻易见客,加之周围晃动着秦桧鹰犬之身影,世人往往敬而远之,颇令这位一代名将心寒,愈加与世隔绝。无奈之下,杨万里写了一封信,诉说心中的仰慕之情,表达了誓死抗金的决心。这封感情真挚的信,由张浚之子张栻转呈,张浚这才破例接见了他。当他小心翼翼穿过幽深的甬路,走近老英雄时,心中不由涌起一阵热浪:眼前这位面容清癯的老者,可是闻名天下的英雄、国家的栋梁啊!他不由自主躬下身躯,虔诚膜拜。

张浚和蔼地把他扶起来,意味深长地说:"元符贵人,腰金纡紫者何限,惟邹至完、陈莹中姓名与日月争光!"(罗大经《鹤林玉露·甲编卷一》)

元符,宋哲宗年号;邹至完,名浩,元丰五年(1082)进士,因正直敢言,屡遭磨难,终不改其志;陈莹中,名瓘,元丰二年(1079)探花,历任礼部贡院检点官、左司谏等职,淡泊名利,气节劲健,屡遭蔡京之流迫害而不稍变。张浚说,元符年间穿紫袍、佩金饰的达官贵人很多,可是只有邹浩、陈瓘两人足以与日月同辉!他希望杨万里以他们为榜样,为官为人,持守正道,"勉以正心诚意之学,万里服其教终身,乃名读书之室曰诚斋"(《宋史·杨万里传》)。

当时,另一位爱国名臣胡铨谪居衡州(治今湖南衡阳)。胡铨,字邦衡,南宋政治家、文学家,性情亢烈,直言无忌,任枢密院编修官时,上书皇帝要求将卖国贼秦桧枭首示众,被秦桧诬为"狂妄凶悖、鼓众劫持"(《宋史·胡铨传》),远谪昭州(治今广西平乐),其忠义之声、刚直之名,因此传扬天下。此后,他颠沛流离,久历凄风苦雨,赤心却不稍变,其《采桑子》曰:"山浮海上青螺远,决眦归鸿。闲倚东风。叠叠层云欲荡胸。弄琴细写清江引,一洗愁容。木杪黄封。贤圣都堪日日中。"

绍兴二十五年(1155)十月,秦桧病亡,胡铨得以卜居衡州。历史的风云际会,玉成了杨万里与两位先贤的机缘。杨万里请胡公命笔,写了一篇《诚斋记》。"诚斋"二字,自此成了他的名号。胡铨在《诚斋记》中记述了杨万里的感叹:"夫与天地相似者,非诚矣乎?公以是期吾,吾其敢不力?"杨万里后来追忆说,两位先贤"无一语不相勉以天人之学,无一念不相忧以国家之虑也",自己为丞零陵,"一日并得二师"(《跋张魏公答忠简胡公书十二纸》),实在是人生幸事也!张浚与胡铨,以其强烈的爱国主义精神,影响了杨万里的一生。

（六）直言清正

这时候，正是南宋改朝换代的重要历史时刻。

南宋第一任皇帝宋高宗赵构，膝下仅有一子，即元懿太子赵旉。不幸的是，赵旉在3岁时夭折，宋高宗因此失去了唯一的继承人。

说起赵旉之死，实在有些匪夷所思。赵旉生来体质羸弱，疾病缠身。一天，一个宫人不小心踢到香炉，响声惊动了赵旉，导致他受惊后病情加重，最终不治而亡。那个闯下弥天大祸的宫人吓傻了，可即使把他千刀万剐，也无法挽回小太子的性命。高宗无奈，只好下令访求太祖后裔为继承人，赵昚就这样阴差阳错地当上了太子。

绍兴三十二年（1162）六月，高宗禅位，赵昚登基，是为宋孝宗。七月，锐意恢复的宋孝宗召见谪居永州的抗金名将张浚，说："张公大名，如雷贯耳，朝廷万里远图，有赖于公了！"随后，孝宗任命他为枢密使，不久升为宰相，同时下诏为岳飞父子平反昭雪，恢复名誉，依礼重新安葬。南宋的抗金形势，曙光乍现。

随着张浚重出江湖，杨万里也迎来了升迁良机。隆兴元年（1163）秋，张浚推荐他进京为官，担任临安府教授。他躲过零陵县衙同事们的盛宴，悄悄携带家眷，趁着夜色走上了进京的路途。可他还没到任，就收到了父亲病危的消息。于是，他连夜赶回家乡，侍养病骨支离的老父。不久，父亲去世，他悲痛万分，在家丁忧守丧。三年期间，风霜月夕，瘦骨如铜。他守在父亲的一丘孤坟前，远眺原野，只见庄稼满畦，碧绿似伤，燕子斜飞，啾啾哀啼，不由得泪湿衣襟。老父一生，孤苦无依，万般努力，万般辛苦，万般无奈，生活的重担，扼杀了他的幸福与快乐。无数个暮霭沉沉的黄昏，他忐忑地从田野走回家，感受到心中一片空虚；无数次烈日当空，他彳亍在田间小路，体味着人生的苍凉与无力——父亲这一生，经受了太多的尘世风雨，太多的生活艰难，太多的心灵折磨！每当想到父亲如风中孤树，在世间的暴风骤雨中艰难挣扎，杨万里便悲伤难抑，深感作为儿子的内疚与自责！

等到杨万里丁忧期满时，国家政局已经发生了巨大变化。张浚督师北伐，遭遇"符离惨败",宋廷被迫与金人签订"隆兴和议",主和派在朝中占据了主导地位。深感抗金无望的张浚多次请求致仕,离朝后仅数月就去世了。杨万里怀着对恩师张浚的深切怀念,留下一篇《千虑策》,带着沉重的心情只身前往奉新县(今属江西)任知县。

《千虑策》分为"君道""国势""治原""人才""论相""论将""论兵""驭吏""选法""刑法""冗官""民政"等三十篇,纵论天下兴衰,透析历史教训,提出振兴之策,大气磅礴,金声玉振,堪称杨万里的政治宣言书。"为天下国家者,不能不忘于敌,天下之忧复有大于此者乎?"心忧天下者,方能心雄天下;心底无私者,方能英勇无畏。他批评孝宗经过符离之败,"前日之勇一变而为怯,前日之锐一变而为钝",尖锐犀利,直指要害,难怪当朝宰相虞允文读罢,拍案叫绝:"东南乃有此人物耶!"

这就是所谓机缘吧。张浚去世,杨万里又得到了虞允文的赏识。不久,虞相就把他调来京城,任国子博士。人处宦海,身如飘蓬,随风而动。在此后的岁月里,他随着宦海波涛而起伏,辗转到漳州、常州、广州等地为官,转了一圈儿之后回到京城,出任枢密院检详官兼太子侍读。无论何时何地,他都谨记着恩师张浚当年的教诲——为人为官,正心诚意。

人生在世,究竟何求?有时候,难免求山山远,求水水流。万事求诸己,才是根本之计。杨万里为官为人,廉洁奉公,有口皆碑。在江东转运副使任满后,他的俸禄余钱万缗,他却一文不取,弃置官库而去。他任奉新知县时,他的夫人每天早晨起来做的第一件事,是给仆人们熬一锅热粥。诗人徐玑赋诗赞曰:"名高身又贵,自住小村深。清得门如水,贫惟带有金。"(《投杨诚斋》)清如水,人性之至纯;贫有金,人性之升华。他的儿子耳濡目染,深得其髓,后来在湖州为官时,用自己的俸禄为贫困户纳税,去世后却连一件正棺入殓的衣服都没有。

可叹的是,耿介忠贞的结果,却往往不尽如人意。乾道六年(1170),时年38岁的张栻(张浚之子)擢升吏部侍郎兼侍讲,常被孝宗召对宣讲。张栻希望皇帝修身、务学、恤民,并以佞臣张说为例,告诫皇帝要"抑权幸、屏谗谀",引起皇帝不悦,同时因政见不合引起宰相虞允文不满,出知袁州(治今江西宜春)。张栻虽以父荫授官,却颇具才干,"内赞密谋,外参庶务,其所综画,幕府诸人皆自以为不及也"（《宋史·张栻传》）。同时，他还是南宋学界泰斗，创建长沙城南书院，主持岳麓书院，先后在宁乡道山、衡山南轩、湘潭碧泉等书院聚徒讲学，声名极一时之盛，与朱熹、吕祖谦齐名，时称"东南三贤"。

虞相对张栻的惩罚，引起了杨万里的强烈不满。杨万里是虞相亲自擢拔之人，对他的才学与修养自是五体投地，但在"张栻事件"上，却不能接受这样的处置。他上书皇帝表示坚决反对，又给虞相写信说："恩公您德高望重，应该公而忘私啊！"可是，他的信只如一枚萧瑟黄叶，黯然飘落相府。张栻被迫走人了，虞相对杨万里的一纸"教训书"感到老大不痛快，师生之间的关系也有些疏离了。《宋史·杨万里传》记载："栻虽不果留，而公论伟之。"杨万里虽然没能帮到遭遇不公的张栻，却得到了天下公论的力挺，也算不枉一番苦心吧。

淳熙十四年（1187）十月，太上皇宋高宗赵构去世，享年81岁。翰林学士洪迈列出了配享高宗庙祀的逝者名单。配享庙祀，在当时是极大的政治荣誉，名单中却没有抗金英雄张浚。杨万里拍案大怒，痛骂洪迈"指鹿为马"。孝宗知道后很不高兴，说："万里以朕为何如主？"孝宗认为，杨万里把洪迈比作指鹿为马的奸臣赵高，也就把自己比作了昏庸无道的秦二世。皇帝这一怒非同小可，杨万里随后被削掉直秘阁官衔，到筠州（治今江西高安）当知州去了。临行前，他居然还不忘给皇帝上书，叮嘱他"戒贪官，任廉吏"——真是"本性难移"啊！

淳熙十六年（1189），宋光宗赵惇受禅登基，杨万里官复直秘阁。他一到京，喘息未定，就一口气连上三札，谆谆告诫光宗，要勤政爱民，识才爱才，远离奸佞。他说，皇位巍峨，觊觎者众，"大臣窃之则权在大臣，大将窃之则权在大将，外戚窃之则权在外戚，近习窃之则权在近习"（《宋史·杨万里传》）。他还给皇帝提了五点要求："一曰勤，二曰俭，三曰断，四曰亲君子，五曰奖直言。"可是，已经成为太上皇的宋孝宗，依然记得他当年把自己比作秦二世这个梗，话里话外，万分不满，不久就借故让他离京出任江东转运副使。

杨万里为人正直，个性耿介，《宋史》说他"刚而褊"，宋孝宗说他"直不中律"，宋光宗称他"也有性气"。对两任皇帝的批评，他颇不以为然，作诗调侃："禹曰也有性气，舜云直不中律。自有二圣玉音，不用千秋史笔。"（罗大经《鹤林玉露·甲编卷一》）

　　这就是杨万里，对自己坚定，对自己的人生信仰坚定。具备如此人生信仰的人，即使海枯石烂，他也不会改变。杨万里一生，视仕宦俸禄如敝屣，威武不能屈其志，富贵不能易其色，哪怕一无所有，哪怕颠簸一生，也不肯低下高贵的头颅！在京为官时，他做好了随时丢官的准备，预先将返家路费备好，锁之箱底。他告诫家人，不许随意添买物什，免得回家时行李累赘。这样一个百倍警觉、时时自励的性情诗人，思绪纵横四海，才智经天纬地，足以令那些贪墨之徒、蝇营狗苟之辈黯然失色，望尘莫及！

　　然而，若说杨万里为人自傲，不可一世，也就大错了。一次，杨万里在官衙与人闲谈，说晋朝有个于宝好生了得，写了一本《搜神记》，神奇得像顽石开出了艳丽的菊花。一个下属忍不住说道："那是干宝，不是于宝。"众人闻言，面面相觑。

　　干宝乃晋代史学家、文学家，其《晋纪》二十卷，时称良史，广受推崇；灵异神怪小说集《搜神记》，更对后世产生了深远影响。这样一个大名鼎鼎的人物，杨万里居然不甚明了，难怪人们要付之一哂了。等搞明白真相，他不但不生气，还乐呵呵地说："你是咱的一字之师啊！"

　　杨万里与诗人尤袤曾为同事，两人经常"互黑"。一天，尤袤诡秘一笑，说道："杨氏为我。"他说的"杨氏"，本指先秦诸子中的杨子（杨朱），其理论核心是"为我主义"，"拔一毛而利天下，不为也"（《孟子·尽心章句上》）；而他此时说的"杨氏"，则直指杨万里，暗批他"自私自利"。杨万里默然一笑，脱口而出："尤物移人！"该句出自《左传·昭公二十八年》："夫有尤物，足以移人。"所谓"尤物"，即美貌女子；"移人"，腐蚀之意。以"尤物"戏谑尤袤，可谓恰切也。

　　以上两个桥段，均见于宋代学人罗大经《鹤林玉露》；而近代学人丁传靖《宋人轶事汇编》记载的一个桥段，更有意思。有一次，杨万里作为朝廷钦差大员，前往一郡视察工作，郡守殷勤设宴款待，并请来一位歌女演唱助兴。歌女莺啼燕啭演唱叶梦得《金缕曲》，其中有一句"万里云帆何时到"，岂料歌声还在缭绕，郡守的脸已经黑了。这句歌词里正嵌着"万里"二字，那年月，直呼尊长姓名，就跟骂人差不多了。一时间，场面万分尴尬。只见杨万里轻咳一声，款款答道："万里我是昨天到的。"

在众人的哄笑声中，郡守依旧满脸恼怒。郡守大人认为歌女丢了自己的面子，随后下令把她抓了起来。唉，这个可悲结局，肯定是杨万里没有料到的，因为那时他早已离开此地了。

（七）抗奸守节

杨万里的晚年，一直在与奸相韩侂胄进行殊死抗争。

南宋统治者，自宋孝宗以下，日渐萎靡，无甚作为。光宗赵惇做太子时急于"抢班夺权"，当上皇帝后却疾病缠身，被皇后李凤娘与权臣韩侂胄哄骗着禅位。宁宗赵扩抢了父亲光宗的皇位，却昏庸无能、忠奸不辨，致使朝廷奸佞当道，先是韩侂胄专权，后是史弥远柄政，虽庙号曰"宁"，却一生不得安宁。

韩侂胄是北宋名相韩琦的曾孙，其母是太皇太后的妹妹，他还是新任皇后韩氏的叔祖，身兼两重外戚身份，在宁宗朝炙手可热，权倾一时。他罢免秘阁修撰朱熹，谋诛宰相赵汝愚，并将朱熹、赵汝愚等59人列入"伪党名单"，大加挞伐，为官者即刻拿下，未任官者不准提拔重用。这场以清除异己为目的的"伪党之禁"，持续了好多年，许多正直官员被排挤，韩侂胄的爪牙乘机纷纷进入朝廷，出现了群丑乱政的局面。为讽刺时弊，临安城里有人印刷了一幅"乌贼出没于朝"的漫画，以一枚铜钱一份的价格卖给街头巷尾的百姓，一时之间，"满朝尽是贼"的歌谣到处传唱。

韩侂胄口含天宪，独揽朝纲，大有"顺我者昌，逆我者亡"之势。大臣京镗为他设计罢免了政敌赵汝愚的宰相之职，不久即升任宰相；他的启蒙老师陈自强，昏聩庸堕，也滥竽充数当了宰相。这种丑恶现实，令许多势利之徒趋之若鹜。一次，韩侂胄举办寿筵，吏部尚书许及之来晚了，韩府奴仆不让他进门，堂堂朝廷大员，居然从水洞中爬进去。为了升官，他跪在韩侂胄跟前，涕泗交流，连声乞求，不久升任参知政事，世人称之为"屈膝执政"。韩侂胄兴建的吴山南园竣工，广邀宾客设宴庆贺。满园奇花异卉，美不胜收，韩侂胄诗兴大发，说："好一派田园风光啊，只可惜缺少鸡鸣狗吠。"话音刚落，一阵汪汪汪的狗叫声骤然响起，转头一看，原来是赵师择正捏着鼻子，蹲在那里学狗叫呢。这个没骨头的皇家子孙，甚至对韩侂胄的亲信陈自强、苏师旦献媚，有人作诗讽刺他："叩头雅拜尊师旦，画膝为书荐自强，更有一般人不齿，也曾学犬吠山庄。"

开禧三年（1207），奸诈阴险的礼部侍郎史弥远等"倒韩派"经过一番密谋，派人埋伏于玉津园，将准备上朝的韩侂胄槌杀。玉津园是宋高宗于绍兴十七年（1147）敕令仿汴京玉津园兴建，每年新春元日，高宗都在这里举行盛大宴会。如此富丽堂皇之林苑，却成了一代权臣毙命之地。然而，这还不是他的最后结局。

第二年，即嘉定元年（1208），史弥远执政，请求与金人媾和，金朝要求用韩侂胄的首级换取和平。昏庸的宋宁宗哪管什么屈辱，下令临安府长官劈开其棺木，取下头颅，置于木匣中送往金朝，达成"嘉定和议"。这次"和议"，屈辱更甚，宋廷与金国由"叔侄之国"改为"伯侄之国"，岁币增至银30万两、绢30万匹，并一次性赔偿军钱300万贯。

自此，屈膝跪拜金人的史弥远升任右丞相兼枢密使，独揽朝纲，专横跋扈，历事宁宗赵扩、理宗赵昀两朝，长达26年之久。史弥远，字同叔，明州鄞县（今浙江宁波）人。他招权纳贿，倒行逆施，搞得天下乌烟瘴气，他手下爪牙，薛极、胡榘、聂子述、赵汝述，狐假虎威，为非作歹，人称"四木"；李知孝、梁成大、莫泽，欺凌百官，盘剥百姓，人称"三凶"。这些无恶不作的奸佞之徒，将摇摇欲坠的南宋朝廷，推到了黑黝黝的万丈悬崖边沿。

当初韩侂胄肆虐天下的时候，杨万里就对他嗤之以鼻。杨万里是名满天下的大诗人，哪里肯与奸佞之徒同流合污呢！韩侂胄的南园落成，他派人找到杨万里，请他为南园作记，并许以高官厚禄，杨万里斩钉截铁地回答："官可弃，记不可作也。"此事传开，诗人葛天民颂扬他"拼得忍饥七十年，脊梁如铁心如石。不曾屈膝不皱眉，不把文章做出诗"（《寄杨诚斋》）。

杨万里生命的最后15年，正是韩侂胄一手遮天的黑暗岁月。诗人眼见江山倾颓，无法挽回，只有采取"不合作主义"，隐居家乡吉水，以示强烈抗议。

绍熙二年（1191），朝廷下令在富庶的江南地区发行铁钱。铸造这种大铁钱，是朝廷搜刮民脂民膏、聚敛天下财富的经济手段，极易引发严重的通货膨胀。汉代以降，不少统治者都曾经这样盘剥百姓。杨万里一见诏命，怒火冲天，不肯奉诏，并上书谏阻，惹得皇帝不满，被一纸诏命调到当年初入仕途的赣州……当此之际，杨万里眼见天空中阴云密布，大地上阴风飕飕，自知不合于这个黑暗的时代，不容于污浊的官场，心中万念皆灰，于这年八月上书皇帝，称病请辞。他在《答沈子寿书》里描述了自己初归故里的心情："如病鹤出笼，脱兔投林……自此幽屏，遂与世绝。"

江西吉水地处赣江中游，吉泰盆地东北部。赣江纵流北去，经吉安、清江、丰城、南昌等地，注入鄱阳湖，最后汇入长江。吉水县被浩浩江水分为水东、水西两部分。此地历史悠久，文脉绵长。杨万里的家乡是吉水县黄桥镇湴塘村，一条脉脉清流蜿蜒村南，称为南溪。

杨氏故宅在南溪之畔，被风雨剥蚀得斑斑驳驳。老屋如磐，可避风雨；溪水似诉，聊慰寂寞。他将一间老屋辟为书房——"诚斋"，在旁边用木柴扎了一个花圃，名曰"万花川谷"，花圃中栽了许多鲜花野草。花草摇曳浩然气，清露引来满天霞。他逐溪水，伴老妻，侍花弄草，与蜂儿蝶儿相依。白日消尽时，月亮初升，他对月沉思，听虫鸣，唤邻翁，月下小酌。朝廷数次征召，令回朝为官，他都予以拒绝。他无法眼睁睁看着韩侂胄之流摧残祖国的无限江山。

无求不必位三公，一饱何须禄万钟？

只有人生安乐好，享他明月与清风。

——《五月十六夜，病中无聊，起来步月·其二》

这首诗写得似乎很潇洒，很通透，很享受；然而，诗的题目却泄露了诗人心底的骚动。病中的诗人无聊之极，心神不定地在月下久久徘徊。这种"诗"与"心"的矛盾，"灵感"与"灵魂"的相悖，是他诗歌创作中一种奇特的现象。他曾经说过，自己"诗在山林而人在城市"（《西归诗集序》），"身居金马玉堂之近，而有云峤春临之想；职在献纳论思之地，而有灞桥吟哦之色"（《山居记》）。如今回归田园，充溢心中的京城宫阙之思，和着涓涓月色，弥漫在南溪上空；寂静的湴塘原野里，似乎有幽咽的洞箫之声匝地缭绕。

绍熙四年（1193），范成大病逝于石湖，终年68岁。临终前，他对儿子范莘说："我的文集，可由廷秀作序，他最了解我……"

杨万里听闻噩耗，泪雨滂沱，悲伤如山，压得他久久哽咽无语。他泪眼婆娑地为《石湖集》作序，称赞亡友"风神英迈，意气倾倒，拔新领异之谈，登峰造极之理，萧然如晋宋间人物"；其作品"大篇决流，短章敛芒，缛而不酿，缩而不窘"；惘然四顾，"今四海之内，诗人不过三四，而公皆过之无不及者"。这个略显过誉的评价，显然是友情的作用。就诗而论，范成大较之陆游，还是略逊一筹的。

范成大的离去，令杨万里伤感不已，他的出仕之心，自此荡然无存；尘世风雨，亦如秋风过耳。赣江烟涛滚滚，南溪波澜起伏，乡人耦耕田野，有谁知我心事？他在《夜读诗卷》中喃喃自语："两窗两横卷，一读一沾襟。只有三更月，知予万古心。"

然而，官可以不做，国却不可能不忧。他知道，韩侂胄的种种倒行逆施已使朝政崩坏，国难深重，生灵涂炭，天底下有谁能够挽留西天那轮沉沉欲落的夕阳呢？他渐渐地忧愤成疾，身体每况愈下。家人万般无奈，只好封锁消息，但凡朝廷重大举措，一概隐瞒。月色昏黄里，寒鸦哀鸣中，他尽管心存疑惑，毕竟不明就里，许多日子就在咿咿呀呀的敷衍之中悄悄流逝了。

开禧二年（1206）五月七日傍晚，一个远房侄子来看他，无意中言及韩侂胄将要出兵北伐，杨万里听罢，激怒得差点背过气儿去，许久才缓过神来，痛哭失声……他是个才气纵横的诗人，也是个清醒的政治家。他断定韩侂胄出兵北伐，意存侥幸，如此轻举妄动，必然遭到失败，给国家带来无穷灾难。那天晚上，夜色如墨，他辗转反侧，彻夜难眠，第二天依旧不肯进食，孤坐书斋中，任家人再三劝慰，只是闭目不语……

忽然，他张开眼睛，一行清泪，从沟壑纵横的脸颊上潸潸滑落。他令家人拿来纸笔，挥毫疾书："韩侂胄奸臣，专权无上，动兵残民，谋危社稷。吾头颅如许，报国无路，惟有孤愤！"而后，他转过头，望着围拢在身边的老妻与孩儿，抖动着青筋暴跳的手，写下了诀别之词，"笔落而逝"，终年80岁。

生于忧患，死于忧愤，杨万里的一生，令人唏嘘。

（八）田园归趣

作为南宋诗坛的翘楚，范成大与杨万里以其各自独特的诗风和创作精神，名动寰宇。范成大出使金国所写的七十二首见闻组诗与隐居石湖后所写的六十首田园组诗，成了他诗歌创作的两座高峰；杨万里经过痛苦的自我否定，对早年倾慕不已的江西诗派来了个"焚稿断痴情"，历经凤凰涅槃般的浴火重生，创造了影响巨大的"诚斋体"。"巨编固已汗牛积，长句尤能倚马成。今日诗坛谁是主，诚斋诗律正施行"（姜特立《谢杨诚斋惠长句》）；"物物当前总是诗，遇丝成瑟竹成箎""四海诚斋独霸诗，世无仲氏敢言箎"（项安世《又用韵酬赠潘杨二首》）。

江西诗派是以北宋诗人黄庭坚、陈师道、陈与义为代表的诗歌流派，崇尚瘦硬风格，要求字字有来历。在北宋末年与南宋初期，江西诗派曾风靡一时，模仿因袭者众多。杨万里起初学习江西诗派，后转以王安石及晚唐诗为宗。绍兴三十二年（1162），36岁的杨万里在零陵任职期间，有一天忽若有悟，"于是辞谢唐人及王（安石）、陈（师道）、江西（诗派）诸君子，皆不敢学，而后欣如也"，灵光闪耀之际，他"步后园，登古城，采撷杞菊，攀翻花竹，万象毕来，献予诗材"（《诚斋荆溪诗序》）。

随后，杨万里咕咚咕咚痛饮一瓢凉水，飒飒悠悠点燃一支烛火，在庭院里焚毁了早年诗作千余首。随着烟缕之摇曳，他也决绝地跳出了前人窠臼："传派传宗我替羞，作家各自一风流。黄陈篱下休安脚，陶谢行前更出头。"（《跋徐恭仲省干近诗·其三》）这无疑是他不师江西、不师古人的艺术宣言。这里的"黄陈"，指江西诗派代表人物黄庭坚、陈师道，"陶谢"指晋宋诗人陶渊明、谢灵运，泛指一切古人。他傲然宣称——"笔下何知有前辈，醉中未肯赦空瓶"（《迓使客夜归·其三》）；"春花秋月冬冰雪，不听陈玄只听天""山谷前头敢说诗？绝称漱井扫花词"（《读张文潜诗》）。他抛却传统，独辟蹊径，开创了具有摧枯拉朽、风卷残云之势的"诚斋体"。

历来学者概括"诚斋体"之特点，大致是：新、奇、快、活，诙谐幽默。刘克庄《江西诗派小序》说他真得所谓作诗"活法"，"流转圆美如弹丸"；刘祁《归潜志》谓之"活泼刺底，人难及也"；罗大经《鹤林玉露》说他的诗情致深婉，"胸襟透脱"。杨万里之"诚斋体"，譬如农妇大笑，无牵无碍，白菜萝卜，色彩扎眼，乱世洪流，翻涌而下，冲决一切阻滞，打碎任何偶像，纯乎出自本心，顺乎自然，没有规矩，自成方圆，天有多大，胸怀就有多大，地有多厚，味道就有多浓。

篙师只管信船流，不作前滩水石谋。

却被惊湍旋三转，倒将船尾作船头。

——《下横山滩头望金华山·其一》

莫言下岭便无难，赚得行人错喜欢。

政入万山围子里，一山放出一山拦。

——《过松源晨炊漆公店·其五》

碧酒时倾一两杯，船门才闭又还开。

好山万皱无人见，都被斜阳拈出来。

——《舟过谢潭·其三》

峭壁呀呀虎擘口，恶滩汹汹雷出吼。

溯流更着打头风，如撑铁船上牛斗。

风伯劝尔一杯酒，何须恶剧惊诗叟。

端能为我霁威否？岸柳掉头荻摇手。

——《檄风伯》

这些诗句，文气流转，意韵跳荡，未见斧凿痕迹，不屑于寻章摘句，朗朗上口，生动腾跃。"不是风烟好，何缘句子新？兹游四千里，今日过三分。"（《过池阳，舟中望九华山》）在他看来，诗句总在大自然的旖旎风光里——"城里哦诗枉断髭，山中物物是诗题。欲将数句了天竺，天竺前头更有诗"（《寒食雨中同舍人约游天竺，得十六绝句，呈陆务观·其九》）；"玉渊堂下一梢长，倚赖春风压众芳。妙句忽从天上落，千花从此总无香"（《和皇太子雨中赏梅偶成·其二》）；"诗人长怨没诗材，天遣斜风细雨来。领了诗材还又怨，问天风雨几时开"（《瓦店雨作·其三》）；"梦钓鸥边雪，衰忘镜里颜。起来聊觅句，句在眼中山"（《和昌英主簿叔社雨》）；"此行诗句何须觅，满路春光总是题。飞上金銮稳安脚，竹林分付一莺啼"（《送文蕭主簿叔之官松溪》）……

在杨万里眼中，万物皆可入诗。在他的笔下，"山思江情不负伊，雨姿晴态总成奇。闭门觅句非诗法，只是征行自有诗"（《下横山滩头望金华山·其二》）。他对大自然观察之细腻、体味之深入、描写之生动逼真，以至著名词人姜夔说他"处处山川怕见君"——

毕竟西湖六月中，风光不与四时同。

接天莲叶无穷碧，映日荷花别样红。

——《晓出净慈寺送林子方·其二》

泉眼无声惜细流，树阴照水爱晴柔。

小荷才露尖尖角，早有蜻蜓立上头。

——《小池》

雨来细细复疏疏，纵不能多不肯无。

似妒诗人山入眼，千峰故隔一帘珠。

——《小雨》

只有清霜冻太空，更无半点获花风。

天开云雾东南碧，日射波涛上下红。

千载英雄鸿去外，六朝形胜雪晴中。

携瓶自汲江心水，要试煎茶第一功。

——《过扬子江·其一》

作为南宋诗坛巨擘的杨万里，其忧国忧民之心，时时波澜起伏。可是，在一个不幸的时代里，苍天欲堕，万民号泣，诗人手握一管秃笔，纵然才华惊天地而泣鬼神，怎敌得过刀枪剑戟？只能徒然领受万劫不复的心灵折磨而已！"偶为看云且罢琴，万山寒隔一溪深。谁言咽月餐云客，中有忧时致主心"（《题刘高士看云图》）；"诗人踏雪来清游，天风吹侬上琼楼。不为浮生饮玉舟，大江端的替人羞，金山端的替人愁"（《雪霁晓登金山》）……

绍熙元年（1190），金国祝贺正旦（大年初一）的使者翩然南来，杨万里奉命北上迎接。金使名曰"祝贺"，不过是趾高气扬地向南宋君臣宣示金国的威风而已。金国使者傲然如高坐云端，宋廷奉迎者卑微如淮水低流。巨大的心理反差，令杨万里满怀凄楚与惆怅。他乘官船穿云破雾，来到淮河之上，只见云缕飘散如碎棉絮，河岸曲折似九回肠，黯然写下"江流一直还一曲，淮山一起还一伏。江流不肯放人行，淮山只管留人宿"（《舟中排闷》）。淮河渺渺水波，鸣咽着金瓯残缺的悲伤。北岸上，金兵日夜巡逻，淮河以北辽阔的土地，已尽入金国版图。那里的黎民百姓饱受蹂躏，啼饥号寒，挣扎在死亡线上。

船离洪泽岸头沙，人到淮河意不佳。

何必桑乾方是远？中流以北即天涯。

——《初入淮河四绝句·其一》

两岸舟船各背驰，波痕交涉亦难为。

只余鸥鹭无拘管，北去南来自在飞。

——《初入淮河四绝句·其三》

杨万里不像陆游那样渴望"上马击狂胡"，也不像辛弃疾那样"气吞万里如虎"，甚至不像范成大那样"词气慷慨"；他只是感到"意不佳"，感到无可言说的悲哀。他渴望自己成为鸥鹭，在淮河上空自由翱翔。然而，此刻的他必须敛声屏气，毕恭毕敬地迎接傲慢无礼的金国使者。他脸上强挤出来的那几丝僵滞的笑纹，颤动着内心深处的屈辱与绝望！这份心灵的煎熬与磨难，也许是他后来永绝仕途、归隐故乡的一个心理因素吧？

杨万里归隐南溪，与范成大退居石湖，可谓异曲而同工。他们自幼饱经磨难，坚忍不拔，艰苦奋斗，成为那个时代叱咤风云的人物；他们文采斐然，名动星河，在历史的天空中留下了熠熠轨迹。然而，南宋诗坛这两位著名诗人，晚年却殊途同归，先后走上了缥缈的隐逸之路。石湖山水锦绣，南溪风月无波，滋润了两颗敏感而诚挚的诗心，慰藉了他们的暮年岁月。

忽忽岁月如驶，荡荡天地逼狭，许多人想弄明白的是，他们找到灵魂的栖息地了吗？

后 记

新书付梓，感慨万千。这本新著，其实是历经岁月淘洗的产物，荡漾着许多年前的温润之波。记得最初开始构思时，正是2006年炎夏。在石家庄日报社新闻大厦十七楼1706室，我在工作之余开始搜集、研读各种文史资料，无论春风吹拂，还是雪花飘飞，那间陋室里始终飘绕着几丝书香与酒香。这个过程，其实充满了艰涩。对书中的每个人物，都需要进行"心贴心"式的沟通交流，读其文，察其行，感受其喜怒哀乐，领略其心底悲酸，方才有所悟，有所得，下笔之时才能溢出姿彩。后来，或因工作繁忙，或因灵感散逸，或因心尘扬起，时断时续，难免把一堆堆资料束之高阁。近几年来，随着国家教育文化事业发展，弘扬源远流长、博大精深的传统文化日益成为时代潮流。正是循着这一时代最强音，我开启了写作之旅，希望通过展示历代诗人的家国情怀，来呼应这个时代潮流中的绮丽回音；至于行文过程中的纠结，忐忑，磨叽，不断砍削，不断增补，循环往复，以至无穷，方才呈现出本书青枝绿叶之雏形。

感谢著名出版家、杭州电子科技大学融媒体与主题出版研究院院长韩建民先生，他是我的校友，也是本书总策划，经他精心擘画，并拟定书名，使一个北方作者的作品呈现出一派湖海风情；感谢杭州电子科技大学融媒体与主题出版研究院副院长蒋玎玎女士的校改订正，使拙著"蓬荜生辉"；感谢浙江教育出版社总编辑蒋婷女士深入细致的匠心打磨，使这部平凡的书稿焕发出熠熠星辉。当然，还要感谢亲爱的读者，如果您偶然读了这本书，无论赞与弹，都是对作者的最高奖赏。

在此，一并鞠躬致谢啦！

韩联社

2025年7月2日

诗心家园·数字寻踪

【使用说明】

微信扫码关注"学习助手"公众号，进入"诗心家国·数字寻踪"。

【平台内容】

⊙ 诗海拾遗

解锁"刘琨与祖逖""司马相如与扬雄""谢朓与庾信"的尘封故事，探索他们的生命轨迹，走进他们的别样人生。

⊙ 心声回响

留下你的阅读感悟，与更多读者交流心得，共赏诗人个性风采，共感诗人生命律动，共话诗人内心世界。

⊙ 声韵流芳

聆听经典诗词诵读，感受诗词音韵之美，体验流传千古的文字在声音中焕发新生。

图书在版编目（CIP）数据

窗扉的光芒与忧伤 : 古代诗人心中的家国 / 韩联社
著. -- 杭州 : 浙江教育出版社, 2025. 7. -- ISBN 978-
7-5722-9441-9

Ⅰ. I207.22

中国国家版本馆 CIP 数据核字第 2025N5A971 号

窗扉的光芒与忧伤——古代诗人心中的家国

CHUANGFEI DE GUANGMANG YU YOUSHANG——GUDAI SHIREN XINZHONG DE JIAGUO

韩联社　著

总 策 划	韩建民　蒋　婷
责任编辑	舒志慧
美术编辑	曾国兴
责任校对	朱雅婷
责任印务	刘　建
封面设计	艺诚文化
出版发行	浙江教育出版社
	（杭州市环城北路 177 号　电话：0571-88902128）
图文制作	杭州兴邦电子印务有限公司
印刷装订	浙江新华印刷技术有限公司
开　　本	710mm×1000mm　1/16
印　　张	26
字　　数	450 000
版　　次	2025 年 7 月第 1 版
印　　次	2025 年 7 月第 1 次印刷
标准书号	ISBN 978-7-5722-9441-9
定　　价	98.00 元